DONGSUH MYSTERY BOOKS 22

THE HOUND OF THE BASKERVILLES

바스커빌의 개

아더 코난 도일/진용우 옮김

동서문화사

옮긴이 진용우(陳庸宇)
경희대대학원 영문과를 졸업. 경희대 교수 역임. 옮긴책 허드슨 《녹색의 장원》 등이 있다.

DONGSUH MYSTERY BOOKS 22

바스커빌의 개

코난 도일 지음/진용우 옮김
초판 발행/1977년 12월 1일
중판 발행/2003년 1월 1일
발행인 고정일/발행처 동서문화사
창업 1956. 12. 12. 등록 16-345(윤)
서울강남구신사동 540-22 ☎ 546-0331~6 (FAX) 545-0331
www.epascal.co.kr

*

편찬·필름·제작 일체 「동판」 자본으로 이루어짐에 따라
출판권 소유권자 「동판」에서 제조출판판매 세무일체를 전담합니다.
사업자등록번호 211-90-02201
ISBN 89-497-0103-0 04840
ISBN 89-497-0081-6 (세트)

바스커빌의 개
차례

바스커빌의 개

공포의 골짜기

등장인물

찰스 경 의문의 죽음을 당한 바스커빌 저택의 주인

헨리 바스커빌 경 찰스 경의 조카로 유산 상속자

존 바리모어 바스커빌 저택의 집사

엘리저 존 바리모어의 아내

제임스 모티머 찰스 경의 주치의

잭 스테이플튼 메리핏 하우스의 주인으로 박물학자

베릴 잭 스테이플튼의 누이동생

프랭클런드 라프터 저택의 주인

로러 라이언스 프랭클런드의 딸

셀던 탈옥수

카트라이트 심부름꾼 소년

셜록 홈즈 사립 탐정

왓슨 박사 셜록 홈즈의 친구

셜록 홈즈

밤을 새우는 때 말고는 아침에 늦게 일어나는 셜록 홈즈가 벌써 아침 식탁에 앉아 있었다. 나는 난로 앞 양탄자 위에 서서 어제 저녁 손님이 잊어 버리고 두고 간 지팡이를 집어들었다. 그것은 피넌 로여라는 작은 야자나무 줄기로 만든 질이 좋은 굵은 지팡이인데, 대가리에 굵은 손잡이가 달려 있고, 손잡이 바로 밑에는 넓이 1인치나 되는 은테가 둘러져 있었다. 거기에 '왕립 외과의학회 회원 제임스 모티머씨에게, C C H의 친구들로부터'라고 새겨져 있고, 1884년이라는 연호가 찍혀 있었다. 그것은 구식 개업의가 언제나 가지고 다니는 듯한 위엄 있고 단단하며 마음 든든한 지팡이였다.

"어떤가, 왓슨? 뭣 좀 알 것 같은가?"

홈즈는 나에게 등을 돌리고 앉아 있었고, 나는 내가 무엇을 하고 있는 눈치를 조금도 보이지 않았다.

"내가 뭘하고 있는지 어떻게 알았나? 자넨 뒤통수에도 눈이 달린 모양이로군."

"바로 눈 앞에 반짝반짝하게 닦여진 은 커피 주전자가 있거든."

그는 말했다.

"그보다도 왓슨, 손님의 지팡이에서 뭔가 알아냈나? 안타깝게도 우리 둘 다 만나지 못해서 무슨 용건으로 왔는지 알 수 없으니 우연히 두고 간 이 선물이 중요한 근거가 되는 셈일세. 그걸 살펴보고, 어떤 사람인지 추리해 보지 않겠나?"

"내 생각으로는,"

나는 되도록 친구가 하는 추리 방법을 흉내내며 말했다.

"모티머 박사는 한창 날리고 있는 나이 지긋한 의사로, 사람들에게 존경받고 있는 것 같군. 그를 아는 사람들로부터 감사의 표시로 이런 것을 받고 있을 정도니까 말일세."

"좋아, 훌륭해!"

홈즈는 말했다.

"그리고 시골의 개업의사로, 진찰을 하러 무척 많이 걸어 다니는 것 같군."

"어째서?"

"이 지팡이는 처음에는 꽤 볼품있는 것이었을 텐데 이렇게 혹사당한 걸 보면, 도시의 의사가 가지고 다녔다고는 생각되지 않아. 두터운 쇠물미가 닳아 빠진 걸 보니, 이걸 가지고 꽤 걸어다녔음에 틀림없어."

"바로 그렇네!"

홈즈는 말했다.

"게다가 또 이 'C C H의 친구들로부터'를 보게. 무슨 수렵회일 것으로 여겨지는데, 그 지방의 수렵회원이 외과치료를 받은 사례로 이런 선물을 한 것이 아닐까."

"왓슨, 정말이지 자네를 다시 봐야겠네."

홈즈는 의자 등에 기대어 담배에 불을 붙이며 말했다.

"이제까지 나의 보잘것없는 업적을 자네는 호의를 가지고 기록해 주었는데, 그 동안 자네는 언제나 자기의 능력을 너무 낮추어 보아 왔다고 말하고 싶네. 자네는 스스로 빛을 내지는 못할지라도 빛을 전도하는 능력은 갖고 있어. 세상에는 자신이 천재성을 지니지는 못했지만, 천재를 자극하는 뛰어난 힘을 가진 사람들이 있지. 왓슨, 정말이지 나는 자네에게서 큰 힘을 얻고 있네."

지금까지 그는 나에게 이렇게 말해 준 적이 없었다. 그에 대한 나의 찬사라든가 또는 그의 탐정법에 대한 세상의 평판을 좋게 하려고 내가 애쓰는 데 대해 전혀 모르는 체하여 분개한 일조차 있었던만큼, 지금 이렇게 칭찬받고 보니 솔직히 말해서 기뻤다. 더욱이 그의 찬성을 얻을 수 있을만큼 그의 방법을 응용할 정도까지 성장했다는 일이 자랑스러웠다. 이윽고 그는 내 손에서 지팡이를 받아들고 잠시 눈으로 살펴보았다. 그리고는 흥미로운 표정으로 담배를 내려놓고 지팡이를 창가로 가지고 가 볼록렌즈로 다시 살펴보기 시작했다.

"초보적인 것이긴 하지만, 재미있군."

홈즈는 긴 의자의 언제나 앉는 자리로 되돌아오면서 말했다.

"이 지팡이는 확실히 한두 가지 사실을 나타내고 있네. 그 사실로부터 몇 가지 추리가 나오는군."

"내가 미처 못 알아차린 거라도 있나?"

이것은 어느 정도 체면 문제였다.

"중요한 점은 하나도 빠뜨리지 않았다고 생각하는데."

"왓슨, 미안하지만 자네의 결론은 틀린 것 같네. 나를 자극해 준다고 아까 말한 것은, 솔직히 말하면 자네의 잘못된 생각을 살펴가는 동안에 진실에 이르게 되는 수가 많다는 뜻일세. 그러나 이번 경우에 있어서는 자네가 완전히 틀린 것은 아니야. 이 사람은 분명 시골의 개업의사네. 그리고 많이 걸어다닌 것도 확실해."

"그렇다면 내가 말한 대로군."

"거기까지는 맞았지."

"하지만 그게 모두인걸."

"아니야, 왓슨. 그게 모두가 아닐세. 절대로 그렇지 않아. 이를테면 의사에게 보내온 선물이라면 수렵회(Hunt)라기보다 병원(Hospitital)에서 보낸 것일 테고, 그리고 병원 앞에 C C라는 글자가 씌어 있다면 '체링 크로스(Charing Cross)'라는 게 아주 자연스럽게 떠오르지."

"그럴지도 모르겠군."

"확실히 내가 말한 쪽이 더 가능성이 크네. 그리고 이것이 유효한 가설이라면, 이 낯선 손님에 대한 추정을 하기 위한 새로운 기초가 세워지는 셈이지."

"그럼 C C H란 체링 크로스 병원이란 뜻으로 치고, 다음엔 어떤 추정이 나오나?"

"전혀 모르겠나? 자네는 내 방법을 알고 있지? 그걸 적용해 보게."

"이 사람이 시골로 가기 전에 런던에서 일한 적이 있다는 뻔한 결론밖에는 생각나지 않네."

"좀더 대담하게 추리를 전개해도 좋을 걸세. 이런 관점에서 생각해 보게. 이런 선물을 받는 것은 어떠한 경우에 가장 흔하겠는가? 친구들이 그에게 호의를 표시하는 것이 어떤 때이겠나? 그건 분명 모티머 박사가 개인적으로 개업을 하기 위해 병원을 그만둔 때라는 게 되지. 이 지팡이를 선물로 받은 것은 사실이야. 런던의 병원에서 시골 병원으로 옮겨갔다는 것도 틀림 없네. 그렇다면 이 선물은 바로 그 옮겨갈 때 받은 것이라고 추리하는 건 그다지 지나친 일이 아닐 걸세."

"틀림없이 그런 것 같군."

"거기서 이 사람은 병원 '간부'가 아니었음을 추리할 수 있네. 왜냐하면 런던 의료계에서 명성을 얻은 사람만이 그러한 지위에 오를 수 있고, 또 그러한 인물은 시골로 갈 리가 없으니까 말이지. 그렇다면 그는 어떤 사람일까? 그 병원에 있기는 했으나 간부 의사가 아니었다면, 기껏해야 병원에 기숙하는 외과의사이거나 내과의사, 또는 겨우 의대생을 조금 벗어난 정도일 걸세. 그리고 병원을 떠난 것은 5년 전으로 지팡이에 그 연도가 새겨져 있네. 그렇게 되면 자네가 말한 당당한 중년 개업의사의 모습은 사라져 버리게 되지, 왓슨. 그 대신 나타나는 것은 온후하고 야심이 없는 얼빠진 30살 미만의 젊은이로, 개를 기르고 있는데 크기는 대충 테리어 종(種)보다는 크고 매스티프 종보다는 작은 것일 거야."

셜록 홈즈가 긴 의자에 몸을 기대고 앉아 담배 연기로 조그만 동그라미를 만들어 천장으로 불어올리는 것을 보면서, 나는 어처구니가 없어 웃음을 터뜨렸다.

"개 이야기에 관해서는 확인할 방법이 없지만, 적어도 이 사람의 나이나 경력에 대한 두세 가지 사실은 알아보기 어렵지 않네."

나는 의학 서적을 늘어놓은 조그만 선반에서 의사연감을 꺼내어 이름을 찾아보았다. 모티머라는 의사는 몇 사람이나 있었으나, 우리를 방문한 것으로 여겨지는 사람은 한 명밖에 없었다. 나는 그의 경력을 소리내어 읽었다.

제임스 모티머, 1882년 왕립 외과의학회 의원. 데븐 주(州) 다트무어 그림펜에 거주. 1882년부터 1884년까지 체링 크로스 병원의 기숙 외과의사. 논문 〈질병은 격세유전인가?〉로 비교 병리학의 잭슨 상을 받음. 스웨덴 병리학회 통신회원. 〈격세유전에 의한 돌연변이 사례 연구(1882년 〈랜시트〉지에 게재)〉〈과연 인간은 진화하는가?
(〈심리학회〉지 1883년 3월호)〉의 필자. 그림펜, 솔즐리 및 하이베로
우 교구의 의무관.

"시골 수렵회에 관해서는 나와 있지 않군, 왓슨."
홈즈는 짓궂게 웃으면서 말했다.
"하지만 자네가 추리한 대로 시골 의사임에는 틀림이 없네. 그리고
내 추측도 꽤 들어 맞았다고 생각되는군. 난 이 사람을 온후하고
야심이 없는 얼빠진 사람이라고 생각했는데, 그 형용사들은 어떤
가? 내 경험에 의하면, 이 세상에서는 온후하지 않은 사람은 남의
기념품을 받지 못할 것이고, 야심이 없는 사람이 아니고는 런던의
직업을 버리고 시골로 가지 않을 것이며, 얼빠진 사람이 아니고서
는 남의 방에서 한 시간이나 기다리고 나서 명함도 두지 않은 채
지팡이를 잊어 버리고 가지는 않을 거야."
"그리고 개는?"
"이 지팡이를 물고 주인의 뒤를 따라다니는 버릇이 있는 것 같네.
지팡이가 무거워서 한 가운데를 힘 주어 물어서 잇자국이 아주 또
렷하게 나 있어. 잇자국의 간격으로 보아, 이 개의 턱은 테리어 종
이라기엔 너무 넓고 매스티프 종치고는 너무 좁네. 아마……아, 그
래! 바로 털이 곱슬곱슬한 스패니얼 종이야."
그는 이야기 도중에 일어서서 방 안을 거닐고 있었다. 그러고는 창
가에서 문득 걸음을 멈추었는데, 그의 말투가 너무 자신에 차 있어
나는 놀라운 시선으로 그를 올려다보았다.
"여보게, 어쩌면 그렇게 자신만만할 수가 있나?"
"이유는 간단하네. 바로 그 개가 문 앞 계단에 와 있고, 개 주인이
초인종을 울리고 있거든. 왓슨 부탁이야, 여기 있어 주게. 저 사람

은 자네와 같은 직업이니까 자네가 있어 주면 내게 도움이 될지도 모르네. 왓슨, 계단을 올라오는 발자국 소리가 자네의 인생으로 들어오는 것을 듣고 있지만, 자네로서는 그것이 길(吉)인지 흉(凶)인지 알 수 없을 걸세. 과학자 제임스 모티머 박사가 범죄 전문가인 셜록 홈즈에게 무엇을 물어볼 것인가? 들어오십시오!"

전형적인 시골 개업의사만을 상상하고 있었던 나는 들어온 방문객의 모습을 보고 깜짝 놀랐다. 아주 키가 크고 여윈 남자였는데, 날카로운 잿빛 눈 사이로 튀어나온 긴 코는 마치 새의 부리와 같고 미간이 좁은 두 눈은 금테 안경 속에서 번쩍이고 있다. 의사처럼 차리고는 있었으나, 게으른지 프록코트는 꾀죄죄하고 바지는 구겨져 있었다. 아직 젊은데도 기다란 등은 벌써 구부정했으며, 앞으로 쑥 내민 얼굴에 자비로워 보이는 인상을 풍기면서 걸어왔다. 방으로 들어온 그는 홈즈가 들고 있는 지팡이를 보자 환성을 지르며 달려왔다.

"참 다행이로군."

그는 멋적은 듯 말을 이었다.

"지팡이를 두고 나온 곳이 여기였는지 해운업 사무소였는지 기억이 잘 안 났거든요. 이 지팡이는 무슨 일이 있어도 잃어 버려서는 안 되는 것이라서……."

"선물로 받으신 모양이군요."

홈즈가 말했다.

"그렇습니다."

"체링 크로스 병원에서지요? 결혼 때 병원 친구가 보내 준 게 아닙니까? 아차, 이건 잘못 짚었군!"

홈즈는 고개를 저으며 말했다.

모티머 박사는 좀 놀란 듯이 안경 속에서 눈만 깜박거렸다.

"뭘 잘못 짚었다는 거지요?"

"다름이 아니라 선생의 말을 듣고보니 우리의 추리가 빗나갔다는 말입니다. 결혼 기념품이었군요?"

"그렇습니다. 저는 결혼하면서 병원을 그만두었지요. 그러면서 고문의사가 되겠다는 희망도 버렸구요. 저 자신의 가정을 가져야만 했으니까."

"그랬군요. 그렇다면 우리의 추측도 아주 틀린 것은 아니군."

홈즈는 다시 그에게 물었다.

"그럼, 제임스 모티머 박사께서는……"

"아니, 그냥 선생이라고 하십시오. 전 그저 왕립 외과의사회 회원에 지나지 않습니다."

"굉장히 뛰어난 두뇌를 가지신 것으로 생각됩니다만."

"그저 애송이 과학도에 지나지 않습니다, 홈즈 씨. 미지의 넓은 바닷가에서 신기한 조개껍질을 줍고 있는 셈이지요. 그런데 저는 지금 틀림없이 셜록 홈즈 씨와 이야기하고 있는 거겠지요……?"

"틀림없습니다. 이 사람은 제 친구 왓슨 박사입니다."

"처음 뵙겠습니다. 존함은 친구분과 함께 늘 듣고 있습니다. 그런데 홈즈 씨, 저는 선생의 두개골에 퍽 관심이 갑니다. 이처럼 길고 눈구멍 위가 이렇게 잘 발달한 두개골은 이 때까지 한 번도 보지 못했습니다. 실례지만 선생의 노정봉합선(頂縫合線)을 제 손가락으로 직접 만져보게 해 주실 수 없을까요? 선생의 두개골을 모형으로 떠서 어느 인류학 박물관에 갖다놓는다면 실물을 얻을 때까지는 진귀한 진열품이 될 것입니다. 아첨할 생각은 조금도 없습니다만, 솔직히 말씀드려서 선생의 두개골이 무척 탐나는군요."

셜록 홈즈는 이 색다른 손님에게 손짓으로 의자를 권했다.

"선생께서도 저만큼이나 일에 열심이신 모양이군요."

그러고 나서 홈즈는 그에게 담배를 권했다.

"선생의 둘째 손가락을 보니 담배를 손수 말아 피우시는가 보군요. 서슴지 마시고 한 대 붙이십시오."

의사는 종이와 담배를 꺼내더니 놀라울 만큼 민첩한 솜씨로 담배를 말아 물었다. 그의 기다란 손가락은 마치 곤충의 더듬이처럼 가느다랗게 떨리며 줄곧 민감하게 움직이고 있었다. 홈즈는 잠자코 있었으나, 그의 쏘는 듯한 시선으로 미루어보아 이 기묘한 손님에게 흥미를 느끼고 있다는 것을 나는 알 수 있었다.

"한 가지 여쭈어보겠습니다만."

홈즈가 드디어 말을 꺼냈다.

"어젯밤에 이어 이렇게 오늘 또다시 저를 찾아 주신 것은 제 두개골을 살펴보기 위해서만은 아닌 것 같은데요?"

"네, 그렇고말고요. 하지만 그런 기회도 주신다면 정말 고맙겠습니다. 그건 그렇고 홈즈 씨, 제가 선생을 뵈러 온 것은……저는 본디 실행력이라고는 없는 사람인데 갑자기 아주 중대하고 심상치 않은 문제에 부닥쳤기 때문입니다. 그래서 선생을 유럽에서 둘째가는 전문가로 보고……."

"그 첫째가는 분의 명예로운 이름을 좀 대 주실 수 없을까요?"

홈즈는 조금 언짢은 듯이 물었다.

"치밀한 과학적 정신을 가진 사람들은 언제나 프랑스 사람 베르티용 씨의 업적에 굉장한 매력을 느끼고 있지요."

"그럼 그분에게 상의하시는 게 좋지 않겠습니까?"

"저는 지금 치밀한 과학적 정신을 가진 사람들이라고 말씀드렸습니다. 그러나 실지로 문제를 해결하는 데는 선생을 따를 사람이 없다는 것은 세상이 다 인정하는 바입니다. 제가 경솔해서 혹시 선생의 기분이라도……."

"뭐, 별로……. 자, 모티머 선생. 이제 쓸데없는 이야기는 그쯤 해

두시고, 선생께서 저에게 도움을 청하시는 그 문제가 어떤 것인지 구체적으로 말씀해 주셨으면 좋겠습니다. ”

바스커빌 집안의 저주

"제 호주머니 속에 서류가 들어 있습니다."

제임스 모티머 박사는 말했다.

"선생이 들어오실 때부터 이미 알고 있었습니다."

홈즈는 기다렸다는 듯이 대답했다.

"이건 아주 오래된 문서입니다."

"가짜가 아니라면 18세기 초의 것이겠지요?"

"그걸 어떻게 아셨습니까?"

"이야기하시는 동안 줄곧 그 서류가 호주머니 밖으로 조금 나와 있더군요. 옛 문서의 연대를 감정한다면서 10년 전후의 차이를 구별하지 못한다면 참 한심스러운 전문가지요. 혹시 읽으셨는지 모르겠습니다만, 그 문제에 대해서 제가 간단한 논문을 쓴 것이 있습니다. 선생의 문서는 1730년이라고 짚었는데요."

"정확히는 1742년입니다."

모티머 박사는 문서를 가슴 호주머니 속에서 꺼냈다.

"바스커빌 집안에 대대로 내려오는 이 문서는 찰스 바스커빌 경이 저에게 맡겨둔 것입니다. 한 3개월 전, 갑자기 그분이 비극적인 죽음을 당하셨을 때 데븐셔 지방은 온통 흥분으로 들끓었지요. 저는 그분의 주치의이자 또 개인적으로는 친구 사이라고 할 수 있습니다. 그분은 의지가 굳고 현실적인 분이었기 때문에, 저처럼 공상적인 일에는 구애를 받지 않았습니다. 그러나 이 문서만은 아주 중요하게 생각하고 있었지요. 아마 자기도 결국 죽음을 당하리라고 마음 속으로 각오하고 있었던 모양입니다."

홈즈는 팔을 내밀어 문서를 집어들어 무릎 위에 놓고 펼쳐보았다.

"왓슨, 이걸 보게. 여기 S자를 번갈아가며 길게 썼다가 짧게 썼다가 한 걸 보게. 이것이 연대를 추측하는 데 도움이 된 특징 가운데 하나였어."

나는 그의 어깨 너머로 누렇게 변한 종이의 퇴색한 글자를 내려다보았다. 종이 위에 '바스커빌 저택'이라고 씌어 있었고, 그 아래에는 힘찬 글씨로 크게 1742년이라고 씌어 있었다.

"무슨 성명서 같군요."

"그렇습니다. 바스커빌 가문에 전해지는 어떤 전설을 기록한 겁니다."

"그러나 선생이 저에게 상의하려고 하시는 것은 전설이 아니라 보다 새롭고 실제적인 문제겠지요?"

"가장 새로운 문제, 가장 실제적이고도 긴급한 문제지요. 24시간 안으로 반드시 결정지어야 할 문제니까요. 이 문서는 짤막하지만, 이번 사건과 매우 밀접한 관계가 있습니다. 좋으시다면 제가 읽어 드리겠습니다."

홈즈는 의자에 등을 기대고 편한 자세로 앉더니 손가락 끝을 서로 맞대며 눈을 감았다. 모티머 박사는 서류를 밝은 쪽으로 돌리고서, 떨리는 높다란 목소리로 다음과 같은 괴상한 옛날 이야기를 읽어 내려갔다.

바스커빌 집안 사냥개의 유래에 대한 기록은 무척 많지만, 나는 휴고 바스커빌의 직계 후손이며 또 대대로 전해오는 이 이야기를 돌아가신 아버지에게서 들었으므로, 지금 내가 기록하는 것이야말로 그 전설의 진상이라는 굳은 신념을 가지고 기록하는 바이다. 후손들이여, 죄를 벌하시는 정의의 신께서는 마찬가지로 죄를 자비롭게 용서하신다는 것을 믿어야 하느니라. 또한 아무리 지독한 저주라 할지라도 기도와 참회에 의하여 용서받을 수 있다는 것을 믿으라. 그러므로 이 전설을 읽고 과거의 응보를 두려워하지 말고 앞으로 모든 일에 신중을 기한다면, 우리 집안을 짓궂게 괴롭혀온 이 무서운 수난들이 다시는 파멸의 위해를 가하는 일이 없으리라는 것을 명심하라.

　대반란시대(여기에 대해서는 학식 높은 클러랜든 경의 저술을 권하는 바임)에 이 바스커빌 장원(莊園)은 휴고 바스커빌의 소유지였는데, 그는 사납고 모독적이며 신을 믿지 않는 사나이였음을 부정할 수 없다. 그 즈음 이웃사람들은 사실 이 지방에는 성자(聖者)의 혜택이 두텁지 못함을 알고 있었으므로 그런 정도라면 용납할 수도 있었는데, 그밖에도 휴고에게는 음탕하고 잔인한 기질까지 있어 그 악명이 서부지방 일대에 알려졌다. 그런데 휴고가 바스커빌 장원 가까이에 살고 있는 시골 농사꾼의 딸을 사랑──그 추악한 욕정을 이렇게 아름다운 이름으로 부를 수 있다면──하게 되었다. 그러나 분별있고 평판이 좋은 그 처녀는 그를 두려워하여 언제나 피하고 있었다. 그러던 어느 해 성 미카엘 축제날에 처녀의 아버지가 집을 비운 틈을 타 휴고는 5, 6명의 건달들을 데리고 그 집에 침입하여 처녀를 납치하고 말았다. 그들은 처녀를 바스커빌 저택으로 끌고와서 2층의 한 방에 가두고, 자기들은 밤마다 하던 버릇대로 술잔치를 벌였다. 2층에 갇힌 가엾은 처녀는 아래층에서 들려오는 노래소리와 고함소리,

그리고 무서운 욕설에 정신을 잃을 지경이었다. 그도 그럴 것이 술에 취했을 때 휴고 바스커빌이 하는 말이란 너무도 지독해서, 그것을 흉내낸 사람도 지옥으로 떨어질 거라는 소문이 나 있을 정도였으니 말이다. 마침내 공포에 짓눌린 그녀는 어떤 용감하고 민첩한 사나이라도 주저할 만한 일을 해냈다. 남쪽 벽을 덮고 있던——지금도 덮고 있는——담쟁이덩굴을 타고 처마 밑으로 내려와 자기 집 쪽으로 도망친 것이다. 바스커빌 저택에서 그녀 아버지의 농원까지는 3리그나 떨어져 있었는데 그 사이는 온통 황무지였다.

얼마 뒤 휴고가 손님들을 남겨 두고 잡아온 처녀에게 먹을 것과 마실 것——그리고 다른 고약한 것도 함께——을 들고 올라가 보니 새는 달아나고 새장은 텅 비어 있었다. 그러자 그는 악마에게 홀린 사람처럼 미친 듯이 계단을 뛰어내려가 식당으로 들어갔다. 술병과 쟁반을 걷어차면서 큰 식탁 위로 뛰어올라 그 계집애를 쫓아가 붙잡을 수만 있다면, 그날 밤으로 그의 몸이고 마음이고 모두 악마에게 주어도 좋다고 울부짖었다. 술에 취해서 흥청거리던 패거리들은 그가 분해서 날뛰는 꼴을 보고 그저 멍하니 앉아 있는데, 그들 중에서도 아주 못된 놈이——아마도 가장 술에 취했을지도 모르는 자가——사냥개를 풀어서 처녀를 쫓게 하라고 소리쳤다. 이 소리를 들은 휴고는 눈을 번뜩이며 밖으로 뛰어나가 마부들에게 말을 준비하고 개장에 가서 개를 풀어 놓으라고 고래고래 소리쳤다. 그는 개들에게 처녀의 손수건 냄새를 맡게 하고, 처녀의 집 방향으로 몰아댔다. 그리고는 자기도 미친 듯이 목청껏 고함을 지르면서 달빛이 가득한 황무지로 달려나갔다. 그러자 술에 취해 흥청거리던 자들은 순식간에 일어난 이 사태에 얼이 빠져 잠시 멍하니 서 있었다. 그러나 몽롱한 정신 속에서도 황무지에서 어떤 일이 벌어지리라는 것을 곧 깨달았다. 그러자 삽시간에 울부짖는 소리가 가득 차고 어느 놈은 권총을, 어느 놈은 말을, 또 어느 놈은 술병을 찾느라고 법석이었다. 그러나 그렇게 미쳐 날뛰던 그들도 제정신이 돌아오자 모두 13명이 말을 타고 추격에 나섰다. 그들은 처녀가 자기 집으로 돌아가려면 꼭 지나가야만 하는 길을 택하여, 말머리를 나란히 하고 급히 달렸다. 그들의 머리 위에는 달빛이 환했다.

그들이 1, 2마일쯤 갔을 때 황무지에서 밤의 양치기를 만났다. 그들은 그에게 처녀의 뒤를 쫓는 사람들을 보았느냐고 소리쳤다. 그러나 그 양치기는 겁에 질린 나머지 말도 제대로 못하더니 가까스로 사냥개에게 쫓기는 불쌍한 처녀를 보았다고 말했다.

"그것만 본 게 아닙니다. 검은 말을 탄 휴고 바스커빌 나리가 지나갔고 그 뒤에는 무시무시한 지옥의 사냥개가 한 마리 소리를 죽이며 뛰어가고 있었어요. 그런 개에게 쫓기지 않도록 하느님……."

술에 취한 패거리들은 그에게 욕설을 퍼붓고 다시 말을 달렸다. 그러나 그들은 곧 섬뜩함을 느꼈다. 늪을 질주하는 말발굽 소리가 들리더니 하얀 거품을 내뿜으며 검은 말이 안장도 없이 고삐를 땅에 질질 끌며 지나가는 것이었다. 그들은 공포에 사로잡혀 서로 바짝 붙어서 말을 몰았다. 혼자였더라면 말머리를 돌려 곧 도망쳤겠지만 여전히 말을 달려갔다. 이처럼 무서움에 떨며 말을 몰아가던 그들은 드디어 사냥개 떼를 만났다. 용맹과 혈통으로 널리 알려져 있는 그 개들은 모두 황무지의 '깊은 협곡'이라고 불리는 벼랑 끝에 코를 대고 킁킁거리고 있었다. 어떤 놈은 달아나려고 하고, 어떤 놈은 털을 곤두세우고 눈알을 이리저리 굴리며 발 밑의 좁은 골짜기를 내려다보고 있었다.

바스커빌 저택을 떠날 때 취했던 술기운이 완전히 깬 그들은 말을 세웠다. 그리고 더 이상 앞으로 나아가려고 하지 않았다. 그러나 그들 중에서도 가장 용감한, 아니 가장 술에 취한 게 분명한 세 사람이 깊은 협곡으로 말을 몰아내려갔다. 그러자 이 깊은 협곡이 활짝 트이며 넓은 빈터가 나타났다. 거기에는 오랜 옛날, 지금은 잊혀진 사람들이 세운 거석(巨石)이 서 있었다. 달빛이 환하게 비치는 빈터 한가운데에 무참하게도 숨진 처녀가 쓰러져 있었다. 그러나 이 악마도 무서워하지 않는 세 주정꾼들의 머리끝을 쭈뼛하게 만든 것은 처녀의 시체도 아니요, 그 옆에 쓰러져 있는 휴고 바스커빌의 시체도 아니었다. 그것은 꼭 사냥개같이 생긴, 그러나 이 세상의 어떠한 사냥개보다도 큰 시커먼 짐승이 휴고의 시체를 덮치고 그의 목을 물어뜯고 있는 것을 보았기 때문이었다. 그들이 보고 있는 앞에서 그 짐승은 휴고 바스커빌의 목을 물어뜯었다. 이윽고 그 짐승이 이글거리는 눈과 피가 뚝뚝 떨어지는 턱을 돌려 그들을 노려보자, 그들은 공포의 외마디 소리를 지르며 죽을힘을 다하여 황무지로 도망쳤다. 세 사람 가운데 하나는 무서움에 질려 그날 밤 안으로 숨을 거두었고, 다른 둘도 폐인이 되어 남은 생애를 끝마쳤다고 한다.

후손들이여, 이것이 그 뒤로 지금까지 우리 가문의 공포의 저주가 된 사냥개의 유래이다. 내가 이것을 기록하는 것은, 모든 사실을 정확하게 알고 있는 것이 암시나 추측으로 어렴풋이 알고 있는 것보다 덜 무서우리라 믿기 때문이다. 우리 가문의 숱한 사람들이 불행하게도 갑자기 피비린내 나는 수수께끼 같은 죽음을 당한 것은 부정할 수 없는 사실이다. 성경에도 죄지은 자는 3, 4대에 걸쳐 벌을 받는다고 되어 있으나, 죄 없는 자를 이 이상 벌주시지 않는 무한히 자비로운 하느님 당신의 섭리 속에 우리를 몸담게 해 주소서. 후손들이여, 나는 너희들을 신의 섭리에 맡긴다. 그리고 악마가 날뛰는 어두운 밤에 황무지를 지나가지 않도록 각별히 주의할 것을 너희들에게 일러 주는 바이다.

'이것은 휴고 바스커빌로부터 그의 아들 로저와 존에게, 그들의 누

이 엘리자베스에게는 절대로 알리지 말라는 당부와 함께 전해진 것이다.'

모티머 박사는 이 기이한 이야기를 다 읽고 나자, 안경을 이마 위로 밀어올리고는 셜록 홈즈를 쳐다보았다. 홈즈는 하품을 하며 담배꽁초를 난롯불 속에 내던졌다.

"그래서요?"

그는 말했다.

"재미가 없습니까?"

"동화 수집가에게는 재미있겠지요."

모티머 의사는 접은 신문을 호주머니 속에서 꺼냈다.

"그럼, 홈즈 씨. 좀더 새로운 사건을 알려드리지요. 이것은 지난 6월 14일자 〈데븐 카운티 크로니클〉입니다. 여기엔 찰스 바스커빌 경의 죽음에 관한 짤막한 기사가 실려 있습니다."

나의 친구는 몸을 조금 앞으로 내밀면서 약간 긴장된 표정을 지었다. 의사는 안경을 고쳐쓰고 읽기 시작했다.

다음 선거에서 데븐 중부 지구의 자유당 후보로 지목되어 있던 찰스 바스커빌 경이 최근에 갑작스럽게 사망한 일은, 이 일대에 어두운 그림자를 던졌다. 찰스 경이 바스커빌 저택에서 산 것은 비교적 짧은 기간이었으나, 온화한 인품과 지극한 관용성으로 그와 접촉한 모든 사람들에게 사랑과 존경을 받고 있었다. 오늘날과 같은 벼락부자가 판치는 시대에서, 불운에 빠졌던 주(州) 내의 이름난 집안의 후예가 혼자 힘으로 재산을 모아가지고 돌아와 쇠퇴했던 집안을 옛날의 당당한 상태로 복구시킨 것은 요즘 보기드문 호쾌한 일이다.

잘 알려진 바와 같이 찰스 경은 남부 아프리카에서 투기로 돈을 모았다. 그리하여 행운의 여신이 외면할 때까지 계속 매달리는 사람들의 어리석음을 따르지 않고, 현명한 그는 번 돈에 만족하며 영국으로 돌아왔다. 바스커빌 저택에 거처를 정한 지는 2년밖에 안 되지만, 그의 죽음으로 말미암아 좌절될 수밖에 없는 재건과 개선의 계획이 얼마나 컸던가는 세상이 잘 아는 바이다. 자식이 없었던 그가 생전에 막대한 재산을 들여 지방 전체에 이익을 베풀겠다는 소망을 공표한 바 있었으므로, 찰스 경의 갑작스러운 죽음을 개인적으로 애도하는 사람도 많을 것이다. 그가 아낌없이 지방 자선사업에 투자한 기부행위에 대해서는 자주 본란에서 보도한 바 있다. 찰스 경의 죽음에 관한 검찰측 조사 결과가 완전히 사인을 밝혀 냈다고 할 수는 없으나, 적어도 지방의 미신에 근거를 둔 소문을 일소할 수는 있었다고 본다. 타살이라고 할 까닭은 아무것도 없었으며, 자연사라고밖에 볼 수 없었다.

찰스 경은 부인을 잃은 뒤 계속 혼자 지내왔으므로, 정신적으로 얼마쯤 정상적인 상태에서 벗어나 있었다고 할 수도 있다. 막대한 재산이 있음에도 불구하고 사생활은 간소했고, 바스커빌 저택의 고용인도 바리모어라는 부부뿐이었다. 남편은 집사 일을 보고 아내는 가정부 일을 보았다. 그들 부부와 몇몇 친구들의 증언에 의하면 찰스 경의 건강은 얼마 전부터 부쩍 나빠졌으며, 특히 심장병으로 얼굴빛이 몹시 나빴다고 한다. 가끔 호흡 곤란과 신경쇠약으로 심한 발작을 일으키는 일도 있었다고 한다. 고인의 친구였으며 주치의였던 제임스 모티머 박사도 같은 내용의 증언을 한 바 있다.

본 사건은 매우 단순하다. 찰스 바스커빌 경은 밤마다 자기 전에 저 유명한 바스커빌 저택의 주목나무 오솔길을 산책하는 습관이 있었다. 바리모어 부부의 증언으로도 이것은 확실하다. 6월 4일, 찰스 경은 다음날 런던에 갈 뜻을 밝히고 바리모어에게 짐을 꾸리라고 했다.

그날 밤에도 그는 여느 때처럼 역시 밤산책을 나가 늘 그렇듯이 여송연을 피우며 걸었다. 그런데 그길로 그는 돌아오지 않았다. 12시에 바리모어는 현관 문이 아직 열려 있는 것을 발견하고, 깜짝 놀라 등불을 켜들고 주인을 찾으러 나갔다. 그 날은 비가 왔기 때문에 찰스 경의 발자국은 쉽게 따를 수가 있었다.

이 산책길의 중간쯤에 황무지로 통하는 작은 문이 하나 있다. 그 앞에서 찰스 경이 잠깐 머문 흔적이 있었다. 거기서 그는 오솔길을 더 내려갔고 그 길이 끝나는 곳에서 시체로 발견되었다. 한 가지 밝혀지지 않은 사실은 주인의 발자국 모양이 황무지로 통하는 입구에서부터 달라져서 거기서부터는 발끝으로 걸은 듯하다는 바리모어의 진술이다. 머피라는 집시 말장수가 그때 거기서 그리 멀지 않은 황무지에 있었다는데, 그 사람의 진술에 의하면——그는 몹시 취해 있었던 것 같다——비명소리를 들었다고 단언하고 있으나 어느 방향에서 들렸는지는 설명하지 못했다.

찰스 경의 시체에는 폭행을 당한 흔적은 없었으나, 의사의 증언에 의하면 얼굴이 거의 믿을 수 없을 정도로——모티머 의사도 눈앞에 누워 있는 것이 자기 친구이자 자기가 돌보던 환자라는 것을 믿을 수 없을 정도로 몹시——고통으로 일그러져 있었는데, 그것은 극도의 호흡 곤란이나 심장 마비에 의한 죽음의 경우에 흔히 나타나는 것이라고 설명했다. 검시 결과, 오랫동안 지병이 있었던 사실이 밝혀짐으로써 위의 설명이 확인되었고, 검시 배심원도 의사의 증언에 의거하여 판결을 내렸다. 그것은 불행중 다행이었다. 왜냐하면 빠른 시일 내에 찰스 경의 후계자가 바스커빌 저택에 자리를 잡고 불행하게 중단되었던 자선사업을 계속하는 것이 지금 가장 중요한 일이기 때문이다. 검시관의 이성적인 판단이 이 사건에 관하여 퍼졌던 전설적인 이야기에 종지부를 찍지 못했던들, 바스커빌 저택의 다음 주인을 찾기란 곤란했을지도 모른다. 가장 가까운 친척은(만약에 그분이 살아 있다면), 찰스 경 동생의 아들 헨리 바스커빌로 알려져 있다. 새로운 소식에 의하면, 이 젊은이는 미국에 살고 있다고 하며 그에게 이 행운을 알리기 위하여 현재 조사중에 있다.

모티머 의사는 신문을 다시 접어서 호주머니 속에 넣었다.

"홈즈 씨, 이것이 찰스 바스커빌 경의 죽음에 관해서 세상에 알려진 사실입니다."

"고맙습니다."

셜록 홈즈는 말했다.

"특별히 몇 가지 흥미있는 특징을 지닌 사건에 저의 주의를 돌려 주셨으니 말입니다. 그즈음 신문의 논평에서 읽기는 했습니다만, 로마 교황청의 마노(瑪瑙) 조각품 사건에서 몸을 뺄 수가 있어야지요, 교황의 마음을 안심시키려는 생각뿐이어서, 영국에서 일어난 몇 가지 재미있는 사건에도 눈을 돌릴 수가 없었습니다. 이 기사가 세상에 알려진 사실의 전부라고 하셨지요?"

"그렇습니다."

"그럼 세상에 알려지지 않은 속 이야기를 들려 주십시오."

홈즈는 의자에 등을 기대고 다시 손가락 끝을 맞대며 가장 냉정하고 비판적인 표정을 지었다.

"들려 드리기는 하겠습니다."

이렇게 말하며 모티머 박사는 무슨 생각이 떠올랐는지 흥분을 숨기지 못했다.

"이것은 지금까지 아무에게도 말한 적이 없는 사실입니다. 검시관의 질문에 대해서도 이 사실을 말하지 않은 이유는, 과학자라는 사람이 세상에 퍼진 미신을 시인하고 있다고 여겨지는 게 싫었기 때문입니다. 또 한 가지는 신문에도 보도된 바와 같이 이미 무시무시한 소문이 퍼져 있는데, 그것을 더욱 부채질하는 말을 했다가는 정말 바스커빌 저택에 들어가려는 사람이 없을 거라고 생각했기 때문입니다. 이러한 두 가지 이유 때문에, 말해서 좋은 결과가 나올 것도 아닌 말을 모두 털어놓을 필요가 없다고 생각했습니다. 그렇지만 선생한테야 모든 것을 솔직하게 말해서 안 될 이유가 없겠지요.

그곳 황무지에는 주민이 아주 드뭅니다. 그래서 가까이 사는 사람들은 서로 매우 친하게 지내고 있지요. 그렇기 때문에 저는 찰스 바스커빌 경과 자주 만났습니다. 라프터 저택의 프랭클런드 씨와 박물학자 스테이플튼 씨 말고는, 근방 몇 마일 이내에는 교육을 받은 사람이라고는 없습니다. 찰스 경은 교제를 싫어하는 성미입니다만, 그분에게 병이 나면서부터 서로가 가까워졌지요. 또 우리 둘다 과학에 흥미를 가졌기 때문에 줄곧 친하게 지냈습니다. 그는 남 아프리카에서 과학적 자료를 많이 가지고 왔으므로, 우리는 부시 족과 호텐토트 족과의 비교 해부학을 논의하면서 자주 즐거운 저녁 시간을 보내곤 했지요. 그런데 최근 몇 달 동안에 찰스 경의 신경 조직이 위험상태에 접어들고 있었습니다. 그는 아까 제가 읽어 드린 전설에 몹시 신경을 쓰고 있었으므로 자기 집안에서의 산책은 계속했지만, 밤중에 황무지로 나가는 일은 절대로 없었습니다. 홈즈 씨, 선생께서는 믿을 수 없는 일이겠지만, 그분은 자기 가문에 무서운 운명이 덮치고 있다고 진심으로 믿고 있었지요. 게다가 그가 기억하고 있는 선조의 기록은 모두 마음을 밝게 해줄 만한 것이 못 되었으니까요. 그분은 어떤 무서운 존재에 대한 생각에 언제나 사로잡혀 있었기 때문에 제가 밤에 왕진을 가면 오다가 무슨 이상한 짐승을 보지 않았는지, 또는 사냥개의 울음소리를 듣지 않았는가 하고 여러 차례 묻곤 했지요. 개의 울음소리에 대한 질문은 몇 번이나 했는데, 그럴 때마다 흥분으로 목소리가 떨리고 있었습니다.

저는 비극이 일어나기 3주일쯤 전 어느 날 밤 마차로 그 저택에 갔던 때의 일을 잘 기억하고 있습니다. 그는 마침 현관에 서 있었습니다. 제가 마차에서 내려 그의 앞으로 가 섰을 때, 그는 저의 어깨 너머로 눈길을 모아 이루 말할 수 없이 공포에 싸인 표정으로 제 뒤를 노려보고 있는 것을 알았습니다. 저도 휙 뒤돌아보았는데, 그때 집안으로 들어오는 찻길 입구 쪽으로 커다란 검은 송아지만한 짐승이 지나치는 것을 언뜻 보았습니다. 그분이 너무나 흥분하고 당황해하기 때문에, 저는 그 짐승이 있던 곳까지 가서 근방을 둘러보지 않을 수 없었습니다. 그러나 벌써 짐승은 사라져 버린 뒤였습니다. 그 일은 그의 마음에 심한 충격을 준 것 같았습니다. 그날 저녁에는 제가 줄곧 그의 곁에 있었지요. 그때 저에게 자기가 흥분한 까닭을 말하고, 아까 읽어 드린 것을 저더러 맡아달라고 부탁하더군요. 이러한 하찮은 이야기를 하는 까닭은 잇따라 일어난 비극을 생각해 볼 때 뭔가 중요한 뜻을 지니고 있는 것 같기 때문입니다. 그때는 저도 정말 하찮은 일을 가지고 이분이 왜 이렇게 흥분하는지 이상하게 생각했을 뿐입니다.

찰스 경이 런던으로 가기로 한 것은 제가 권했기 때문입니다. 그의 심장이 병들어 있는 것은 틀림없는데, 이렇게 늘 불안을 느끼면서 살아간다는 것은 비록 망상이 원인이라 할지라도 건강에 중대한 영향을 미치거든요. 2, 3개월 동안 도회지에 가서 기분전환을 하면 아주 다른 사람이 되어 돌아올 수 있으리라고 저는 생각했던 것입니다. 스테이플튼 씨도 그분의 건강상태를 걱정하고 있었는데, 그 역시 같은 의견이었습니다. 그런데 바로 이 마지막 순간에 그런 큰 변이 일어난 것입니다.

찰스 경이 세상을 떠난 날 밤에 시체를 발견한 집사 바리모어는 마부 퍼킨스를 제게 보냈는데, 그날 밤 저는 늦게까지 자지 않고 있었기 때문에 사건 후 한 시간도 못 되어 바스커빌 저택에 닿았습니다. 저는 신문(訊問)할 때 말할 모든 사실을 살펴보고 확인했습니다. 발자국을 따라 주목나무 오솔길을 내려가 황무지로 통하는 입구에서 그가 멈춘 듯한 흔적을 확인했고, 그 지점에서부터 발자국의 모양이 달라진 것을 알아냈으며, 부드러운 자갈길에는 바리모어의 발자국 말고는 다른 발자국이 없는 것을 확인했습니다. 그리고는 끝으로 아직 아무도 손을 대지 않은 시체를 세밀하게 조사했습니다. 찰스 경은 엎드려 있었는데 두 팔을 내뻗고 손가락은 땅속에 박혀 있었습니다. 얼굴은 어떤 격렬한 감정으로 일그러져 도저히 그분이라고 단정할 수 없을 정도였습니다. 몸에는 분명히 아무런 상처도 없었습니다. 그런데 신문 때 바리모어는 한 가지 그릇된 진술을 했습니다. 그는 시체 언저리에는 아무런 흔적도 없었다고 했습니다. 그는 흔적을 전혀 보지 못한 모양입니다. 그러나 저는 보았습니다. 조금 떨어진 곳이었지만, 새롭고 뚜렷한 흔적——"

"발자국이었나요?"

"발자국이었습니다."

"남자 것입니까, 여자 것입니까?"

모티어 박사는 한 순간 이상한 얼굴로 우리를 쳐다보더니 속삭이는 듯한 낮은 목소리로 대답했다.

"홈즈 씨, 그것은 거대한 사냥개의 발자국이었습니다!"

문제점

나는 고백하지만 이 말을 들었을 때 소름이 끼쳤다. 의사의 목소리도 가늘게 떨리는 것으로 보아 의사 자신도 자기가 한 말에 깊이 동요되어 있는 것이 틀림없었다. 홈즈도 흥분해서 몸을 앞으로 내밀었다. 그의 두 눈은 깊은 흥미를 느낄 때면 늘 그렇듯 매섭고 싸늘한 빛을 띠었다.

"그걸 보셨단 말씀인가요?"

"보고말고요. 지금 당신을 보고 있는 것과 마찬가지로 똑똑히 보았습니다."

"아무에게도 말씀 안 하셨다고 했지요?"

"말한들 무슨 소용이 있겠습니까?"

"그런데 왜 다른 사람들은 못 보았을까요?"

"발자국은 시체에서 20야드나 떨어져 있었으므로, 아무도 그 생각은 미처 못 한 거지요. 저도 그 전설을 몰랐더라면 역시 못 보았을 겁니다."

"황무지에는 양을 지키는 개가 많겠지요?"

"물론 많지요. 그러나 그건 양치기 개가 아니었습니다."

"크다고 하셨지요?"

"엄청나게 컸습니다."

"그러나 그 개가 시체에 접근하지는 않았군요?"

"그렇습니다."

"그날 밤 날씨는 어땠나요?"

"축축하고 으스스하니 추운 밤이었습니다."

"그러나 비는 내리지 않았겠지요?"

"그렇습니다."

"오솔길은 어떻습니까?"

"길 양쪽에 높이가 12피트쯤 되는 오래된 주목나무 생울타리가 있는데, 아주 빽빽하여 뚫고 들어갈 수가 없습니다. 그 가운데로 폭이 약 8피트쯤 되는 길이 나 있지요."

"생울타리와 길 사이에는 아무것도 없습니까?"

"양편에 폭이 약 6피트쯤 되는 잔디밭이 있어요."

"주목나무 생울타리는 문으로만 지나다니게 되어 있습니까?"

"그렇습니다. 황무지로 통하는 쪽문으로만 지날 수 있습니다."

"그밖에 다른 출입구는 없습니까?"

"없습니다."

"그렇다면 주목나무 오솔길로 가려면 저택에서 내려가든가, 아니면 황무지로 통하는 쪽문으로 들어오든가 해야 되겠군요?"

"오솔길 맨 끝에 있는 정자를 통해서 들어올 수도 있습니다."

"찰스 경은 거기까지 간 것 같던가요?"

"아니오, 거기서 약 50야드 떨어진 곳에 쓰러져 있었습니다."

"그렇다면 모티머 선생——이건 중요한 점인데요——선생이 보신 발자국은 길바닥에만 있고 잔디밭에는 없었지요?"

"잔디밭에는 발자국이 나지 않지요."

"발자국은 황무지로 나가는 쪽문과 같은 길 쪽에 있었습니까?"

"네, 늪으로 나가는 쪽문 쪽 길가에 있었습니다."

"말씀의 내용이 아주 흥미롭습니다. 한 가지만 더, 그 쪽문은 닫혀 있었나요?"

"자물쇠가 채워져 있었습니다."

"높이가 얼마나 됩니까?"

"약 4피트."

"그럼 누구든지 뛰어넘을 수 있겠군요."

"그렇지요."

"그 쪽문 가까이에는 무슨 흔적이 없었습니까?"

"특별한 것은 아무것도……."

"저런! 아무도 살펴보지 않았나요?"

"아니오, 제가 직접 조사했습니다."

"그런데 아무것도 없었습니까?"

"그 둘레가 온통 어지럽혀져 있더군요. 찰스 경은 거기에서 5분이나 10분쯤 서 있었나 봅니다."

"그걸 어떻게 아셨지요?"

"여송연의 재가 두어 군데 떨어져 있었거든요."

"훌륭합니다! 왓슨, 이분은 우리 마음에 맞는 동료로군. 그래, 발자국은?"

"그곳의 조그만 자갈길 앞쪽에 그분의 발자국이 남아 있었습니다. 다른 발자국은 찾아 낼 수가 없었습니다."

셜록 홈즈는 초조한 듯이 자기 무릎을 탁 쳤다.

"제가 현장에 있었더라면! 모티머 선생, 이건 아주 재미있는 사건입니다. 과학적 전문가에게는 굉장한 기회를 제공하는 사건입니다.

제가 보았으면 여러 가지를 알아낼 수 있었을 그 자갈길도, 이제는 벌써 비로 어지럽혀진 데다가 호기심 많은 농부들의 나막신에 짓밟혀 버렸을 거야. 아, 모티머 선생. 왜 그때 저를 부르지 않았습니까! 이건 선생에게도 책임이 많습니다."

"부를 수가 없었지요, 홈즈 씨. 그렇게 하면 지금 말한 사실을 세상이 알게 되는데……. 앞서도 말했듯이 전 그러고 싶지 않았거든요, 게다가 또……."

"서슴지 말고 말씀하십시오."

"민첩하고 경험이 많은 탐정도 어찌할 수 없는 영역이 있는 법이니까요."

"그게 초자연적 현상이란 말입니까?"

"꼭 그렇다는 것은 아니지만……."

"아니, 선생은 분명 그렇게 생각하고 계시는 것 같은데요."

"그 비극이 일어난 다음, 자연의 조리에 맞지 않는 일이 여러 가지 제 귀에 들어왔기 때문입니다."

"예를 들면?"

"그 무서운 사건이 일어나기 전에 이 바스커빌 집안의 악령이라고 생각되는 괴물, 학문적으로 알려져 있는 동물이라고는 생각할 수 없는 짐승을 황무지에서 보았다는 사람이 여러 명 나타났습니다. 그들은 입을 모아 그 짐승은 몸에서 빛이 나고 유령처럼 창백한 커다란 괴물이라고 말했습니다. 저는 이 사람들을 쫓아다니며 물었습니다. 하나는 완고한 시골 사람이었고, 하나는 편자공, 또 하나는 황무지의 농부였습니다. 그들은 모두 이 무서운 마귀에 대해서 똑같은 이야기를 했는데, 이 마귀는 전설에 나오는 그 지옥의 개와 아주 똑같았습니다. 그 지방은 지금 온통 공포에 휩싸여 밤에 황무지를 지나간다는 것은 여간 담이 큰 사람이 아니고서는 엄두도 못

내고 있는 형편입니다."

"그런데 과학적이신 선생까지도, 그걸 초자연적인 현상이라고 믿고 계십니까?"

"무엇을 믿어야 좋을지 모르겠습니다."

홈즈는 어깨를 으쓱했다.

"저는 지금까지 이 세상의 일만을 조사해 왔습니다."

홈즈는 말을 이었다.

"제 나름대로 악과 싸워왔습니다만, 바로 그 마왕과 맞선다는 것은 너무 야심적인 일일지도 모릅니다. 그건 그렇고, 어쨌든 발자국은 현실의 것임을 선생께서도 인정할 수밖에 없겠지요?"

"전설에 나오는 사냥개도 실지로 사람의 목을 물어뜯었으니까 현실의 것이라고 할 수 있지요. 동시에 악마성을 지닌 짐승이구요."

"완전히 초자연론자가 되어 버리셨군요. 그런데 모티머 선생, 그런 견해를 가지고 계시면서 무엇 때문에 저에게 상의하러 오셨습니까? 선생께서는 찰스 경의 죽음을 조사해도 소용없는 짓이라고 하시면서 저에게 조사를 부탁하시니 이건 어떻게 된 일입니까?"

"선생께 조사를 부탁하지는 않았습니다."

"그럼 어떻게 해 달라는 말씀입니까?"

"헨리 바스커빌 경을 제가 어떻게 다루면 좋을지 조언해 주시면 됩니다."

모티머 박사는 시계를 보았다.

"헨리 경은 앞으로 한 시간 15분 뒤면 워털루 정거장에 와 닿습니다."

"그분이 상속자인가요?"

"그렇습니다. 찰스 경이 세상을 떠나셨을 때, 저희들은 이 젊은 분에 대해 여기저기 수소문하여 겨우 캐나다에서 농사를 짓고 있다는 사실을 알아냈습니다. 이곳에 도착한 보고서에 의하면 여러 가지 점에서 훌륭한 분인 것 같습니다. 이것은 의사로서가 아니라, 찰스 경의 유언 보관인 및 지정 집행인으로서 하는 말입니다."

"그밖에 권리를 주장하는 사람은 없나 보군요?"

"한 사람도 없습니다. 우리가 조사할 수 있었던 유일한 혈육은 찰스 경의 두 동생 가운데 막내이신 로저 바스커빌이 있었을 뿐입니다. 찰스 경 3형제 중 젊어서 죽은 둘째가 이 헨리 청년의 아버지입니다. 막내 로저는 집안의 두통거리였습니다. 바스커빌 가문의 횡포한 피를 물려받았고, 들리는 바에 의하면 휴고의 초상과 모습이 똑같답니다. 그는 영국에 있을 수 없게 되자 중앙아메리카로 도망쳐, 거기서 1876년에 황열병으로 죽었습니다. 그래서 이 헨리가 바스커빌 집안의 마지막 사람이 된 겁니다. 앞으로 한 시간 5분 뒤면 전 워털루 정거장에서 그분을 맞이합니다. 그분이 오늘 아침에 사우스햄프턴에 닿았다는 전보를 받았습니다. 자, 홈즈 씨, 그분을 어떻게 하면 좋을지 말씀해 주십시오."

"조상이 살던 집으로 가면 되지 않습니까?"

"그게 당연하겠지요. 그러나 거기로 들어가는 바스커빌 집안의 사람마다 흉측한 운명에 부닥친다는 것을 생각해 보십시오. 만약에 찰스 경이 돌아가시기 전에 저와 이야기를 나눌 수 있었다면, 틀림없이 그분은 그 오래된 집안의 마지막 자손이며 큰 재산을 상속받을 사람을 그런 무서운 집으로 끌어들이지 말라고 경고했을 것입니다. 그러나 한편 가난하고 황량한 그 지방의 번영이, 그분이 그 곳에서 사느냐 안 사느냐에 달려 있음도 부정할 수 없습니다. 그 저택에 주인이 없다면 찰스 경에 의해서 이루어진 모든 훌륭한 사업은 무너지고 말 것입니다. 저는 이 문제에 대해서 제 자신이 취할 뚜렷한 태도를 가지고 있습니다만, 그것에 너무 좌우되어서도 안 될 것 같기에 선생께 이 문제를 털어놓고 도움을 받으려고 하는 것입니다."

홈즈는 잠시 생각에 잠겼다.

"쉽게 말하자면, 선생의 의견으로는 악마가 있기 때문에 바스커빌 가문의 사람이 다트무어에 살기는 위험하다, 이런 말씀이시지요?"

"적어도 그럴지도 모른다는 증거가 있다는 겁니다."

"그렇겠군요. 그러나 선생의 초자연설이 정당하다면 그 악마는 그 젊은이가 런던에 살아도 데븐셔에 있는 거나 마찬가지로 해를 끼칠 겁니다. 교구위원처럼 어느 지역에서만 힘을 쓸 수 있는 악마는 없을 테니까요."

"홈즈 씨, 당신이 만일 이 문제에 개인적으로 관계가 있다면 그렇게 가볍게 말씀하시지는 않을 겁니다. 요컨대 선생의 조언은 그분이 데븐셔에 있으나 런던에 있으나 다 마찬가지일 거라는 말씀이시군요. 50분 뒤면 그분이 옵니다. 어떻게 하면 좋겠습니까?"

"저의 조언은 선생께서 마차를 타시고, 저 현관문을 긁어대고 있는 선생의 스패니얼 종 개를 데리고 워털루 역으로 가서 헨리 바스커빌 경을 만나시라는 겁니다."

"그 다음에는요?"

"우선 이 사건에 대해서 저의 생각이 결정될 때까지 그에게 아무 말도 하지 마십시오."

"선생의 생각이 결정되려면 얼마나 시간이 걸립니까?"

"24시간이면 됩니다. 모티머 선생, 내일 10시에 여기로 와 주시면 대단히 고맙겠습니다. 헨리 바스커빌 경도 함께 오시면 앞으로의 계획을 세우는 데 도움이 될 것입니다."

"그렇게 하지요, 홈즈 씨."

모티머 박사는 홈즈와의 약속을 와이셔츠 소매에 아무렇게나 써넣더니 생각에 잠긴 듯 하면서도 방심한 것 같은 묘한 표정으로 급히 밖으로 나갔다. 홈즈는 그를 계단 위에서 불러세웠다.

"모티머 선생, 한 가지만 더 묻겠습니다. 찰스 바스커빌 경이 죽기 전에 황무지에서 그 마귀를 본 사람이 몇 명이라고 하셨지요?"

"세 사람입니다."

"그 뒤에도 본 사람이 있었나요?"

"그 뒤에는 듣질 못했습니다."

"됐습니다. 안녕히 가십시오."

홈즈는 자리로 돌아왔다. 그는 조용한 표정을 짓고 있었는데, 그런 얼굴은 마음에 드는 일을 맡았을 때의 만족을 나타내는 것이었다.

"밖에 나갈 건가, 왓슨?"

"자네를 도울 일이 없다면."

"아직 없네. 자네 도움이 필요할 때는 실제 행동으로 들어가서부터야. 어쨌든 이 사건은 굉장한 사건이야. 몇 가지 관점에서 볼 때 정말 독특하단 말이야. 브래들리 상점 앞을 지나가거든 제일 독한 담배를 한 파운드만 보내 달라고 부탁해 주겠나? 미안하이. 그리고 저녁때까지 집에 돌아오지 말아 주었으면 좋겠어. 이따 저녁때 오늘 부탁받은 이 재미나는 문제에 관해서 서로의 인상을 비교해 보면 유쾌할 거야."

내 친구가 정신을 집중하여 생각에 잠길 때는 방에 혼자 있는 것을 무엇보다도 좋아한다는 것을 나는 알고 있었다. 그 동안 그는 모든 증거를 깊이 생각하고 그렇게 하여 선택된 것들로 이론을 구성하고, 그것들을 서로 비교 검토하여 어느 것이 본질적이며 어느 것이 피상적인가를 결정짓고는 했다. 그래서 나는 종일 클럽에서 지내며 저녁때까지 베이커 거리에 돌아가지 않았다.

내가 다시 거실에 자리잡고 앉은 것은 거의 9시가 다 되었을 때였다. 내가 방문을 열었을 때의 첫인상은 방에 불이 났다는 것이었다. 테이블 위에 켜 놓은 등불이 흐리게 보일 정도로 방안에 연기가 자욱했기 때문이었다. 그러나 방으로 들어서자 그것은 목에서 기침을 자아내게 하는 값싼 독한 담배의 자극적인 연기라는 것을 알고 마음이 놓였다. 안개 같은 연기 속에서 실내복을 입은 홈즈의 모습이 희미하게 보였다. 그는 검은 도자기 파이프를 입에 물고 안락의자에 앉아 있었다. 똘똘 말린 종이가 몇 개 그의 주위에 흩어져 있었다.

"감기 들었나, 왓슨?"

"아니, 이 독가스 때문에……."

"그러고 보니 정말 연기가 꽤 차 있군."

"꽤 차 있다니! 도저히 견딜 수 없을 지경인데."

"그럼, 창문을 열게! 자넨 하루 종일 클럽에 있었군 그래."

"아니, 홈즈!"

"맞았나?"

"맞았어. 그러나 어떻게……."

홈즈는 나의 어리둥절한 표정을 보고 웃었다.

"왓슨, 자네에게는 참신하고 순진한 점이 있기 때문에 자네를 상대로 나의 추리력을 조금 시험하며 즐겨보고 싶군. 비가 와서 길이 질척거리는 날 한 신사가 외출을 했는데, 저녁에 돌아올 때도 여전히 모자나 신이 반짝거리고 조금도 더러워진 데가 없다. 그러므로 그는 하루 종일 어딘가에 우두커니 앉아 있었다는 말이 되지. 그러나 그에게는 아주 친한 친구가 없다, 그렇다면 그는 어디에 있었겠나? 뻔한 일이 아닌가?"

"음, 뻔한 일이지."

"이 세상은 뻔한 일로 가득 차 있는데 아무도 전혀 그걸 관찰하지 않는 걸세. 왓슨, 난 어디를 다녀온 것 같은가?"

"자네도 움직이지 않고 한 군데 있었겠지."

"정반대야. 난 데븐서를 다녀왔네."

"영혼이 다녀왔나?"

"맞았네. 영혼이 나들이 간 내 몸은 이 안락의자에 방심 상태로 앉아서, 좀 안됐지만 두 주전자의 커피에다 놀랄 만큼 많은 담배를 피웠네. 자네가 나간 뒤에 스탬포트 상점으로 사람을 보내 육지 측량부가 작성한 이 황무지 부분의 지도를 사오게 했네. 내 영혼은 하루 종일 지도 위를 서성거리며 다녔지. 자랑은 아니지만 이제 그곳 지리는 눈감고도 훤해."

"확대도였겠지?"

"물론. 아주 크게 확대한 거야."

그는 지도의 한 부분을 펴서 무릎 위에 올려놓았다.

"여기가 우리와 관계있는 지역일세. 가운데가 바스커빌 저택이야."

"주위에 숲이 있군."

"맞았네. 주목나무 오솔길은 여기 나와 있지 않지만……. 보게, 바른 편에 황무지가 있지? 이 줄 쪽으로 뻗어 있을 거야. 여기 모여 있는 집들이 그림펜 마을인데, 우리 친구 모티머 의사가 본거지를 두고 있는 곳이야. 그런데 여길 보게, 여기서 반지름 5마일 안에는 몇몇 집들이 아주 조금 흩어져 있을 뿐이야. 이것이 오늘 아침 이야기에도 나왔던 라프터 저택이고, 여기 표시된 집이 스테이플튼이라는 박물학자네 집일 걸세. 여기 황무지에 두 채의 농가가 있는데, 하이 토어와 파울마이어가 살고 있네. 그리고 14마일 떨어져서 유명한 프린스타운 교도소가 있지. 이처럼 여기저기 흩어진 집들사이와 주위에는 황량하고 인적이 없는 황무지가 펼쳐져 있단 말이야. 바로 여기가 비극이 일어난 무대이자 또 우리가 한 역할을 맡아야 할 무대란 말일세."

"참 황량한 곳이로군!"

"그렇지? 배경은 더할 나위 없어, 악마가 사람의 운명에 손을 대려고 한다면……."

"아니, 자네까지 초자연설로 기울어지는 건가?"

"그러나 이 악마의 앞잡이들은 피도 있고 살도 있을지 몰라. 아무튼 우리들이 맨 먼저 처리해야 할 문제가 두 가지 있네. 하나는 이 사건에 범죄가 관련되었나 하는 것이고, 다음은 그 범죄의 내용과 방법이야. 물론 모티머 박사의 추측이 옳아서 우리가 자연의 기본법 밖에 있는 마력을 상대로 하고 있다면, 조사 같은 건 하지 않는게 좋을 걸세. 그러나 이 가설에 두 손 들기 전에 우리는 다른 가능한 가설을 들추어 내어 검토해야 하네. 괜찮다면 저 창문을 닫는게 좋겠군. 이상한 말 같지만, 밀폐된 공기는 생각의 집중을 돕거든. 생각하기 위해서는 상자 속으로 들어가야 한다고까지 주장하고 싶지는 않지만, 내 확신을 논리적으로 밀고 나가면 그렇게 될 걸세. 그런데 자네도 이 문제를 생각해 보았겠지?"

"물론, 하루 종일 많이 생각해 보았네."

"그래 어떻던가?"

"전혀 까닭을 모르겠네."

"확실히 특이한 사건이야. 이 사건에는 좀 이상한 점이 몇 가지 있더군. 예를 들면 발자국 모양의 변화라든가 그런 것 말일세. 자넨 어떻게 생각하나?"

"모티머 선생은 그 사람이 오솔길의 한쪽을 발끝으로 걸어내려간 것 같다고 말했지."

"검시 때 어떤 바보가 한 말을 그대로 되풀이했을 뿐이야. 산책길을 발끝으로 걷는 사람이 어디 있나?"

"그럼 어떻게 된 건가?"

"뛰어가고 있었지, 왓슨. 기를 쓰고 목숨을 건지려고 도망간 거야. 심장이 터져서 길바닥에 얼굴을 처박고 쓰러질 때까지 뛰어갔단 말이야."

"뭐가 무서워서 그렇게 뛰어갔을까?"

"그게 문제일세. 뛰기 전에 벌써 공포에 질린 흔적이 있거든."

"어떻게 그걸 알 수 있나?"

"어떤 공포의 원인이 황무지를 가로질러 그를 덮쳤을 텐데 집이 아니라 오히려 반대쪽으로 도망갔거든. 게다가 집시의 증언이 옳다면, 끔찍한 비명을 지르고 살려달라고 외치면서도 가장 확률이 희박한 방향으로 뛰었으니 이미 제정신이 아니었던 게지. 또 한 가지, 그는 그날 밤 누구를 기다리고 있었어. 그런데 왜 자기 집 안에서 기다리지 않고 주목나무 오솔길에서 기다렸나 하는 것이 문제일세."

"자넨 그가 누구를 기다리고 있었다고 생각하나?"

"그는 꽤 나이도 많고 몸도 불편했어. 저녁 산책을 한다는 것은 이해가 가지만, 그날 밤 땅은 질었고 날씨도 험악했잖나. 모티머가 뜻밖에도 실제적인 분별력으로 여송연 재에서 추리한 것처럼 그런 날 밤에 10분 동안이나 서 있었다는 건 좀 우습지 않은가?"

"그러나 그는 저녁마다 산책을 했다고 하지 않나?"

"그가 저녁마다 황무지로 통하는 쪽문에서 누군가를 기다렸다는 것은 곧이 들리지 않아. 오히려 그 황무지를 꺼려 했다네. 그런데도 그날 밤 거기서 기다린 거야. 바로 런던으로 떠나기 전날 밤이었어. 왓슨, 윤곽이 좀 잡히는 것 같네. 조리가 서는 것 같군. 거기 내 바이올린을 좀 주겠나? 이 일에 대한 생각은 내일 아침 모티머 박사와 헨리 바스커빌 경을 만날 때까지 미루는 게 좋겠네."

헨리 바스커빌 경

우리는 아침 식사를 일찍 끝냈다. 홈즈는 실내복 차림으로 약속된 시간을 기다리고 있었다. 우리의 손님들은 약속을 정확하게 지켰다. 시계가 10시를 알리자 모티머 의사가 젊은 예비남작을 데리고 나타났다. 몸집은 작으나 행동이 날쌔고 눈빛이 검은 30살쯤 된 건장한 체격에다 굵고 검은 눈썹에 투지가 넘치는 다부진 얼굴이었다. 불그스름한 트위드 옷을 입고 있는 이 사나이는 마치 생애의 대부분을 야외에서 보낸 사람처럼 비바람에 시달린 겉모습을 하고 있었다. 그러나 침착한 눈매와 조용하면서도 자신이 있어 보이는 몸가짐은 그가 신사임을 나타내고 있었다.

"이 분이 헨리 바스커빌 경입니다."

모티머 의사가 소개했다.

"아닙니다. 경이라뇨……."

그는 말했다.

"그런데 정말 기묘한 우연이더군요, 셜록 홈즈 선생. 실은 오늘 아침에 모티머 박사가 선생에게 가자고 하지 않았더라도 저는 저대로 선생을 찾아뵐 생각이었습니다. 선생께서는 수수께끼를 척척 풀어 내신다지요? 전 오늘 아침에 이상한 일이 생겼는데 도무지 영문을 몰라서요."

"어서 앉으시지요, 헨리 경. 런던에 도착한 뒤 벌써 무슨 특이한 사건을 겪으셨다는 말씀인가요?"

"그다지 중요한 사건은 아닙니다, 홈즈 선생. 장난에 지나지 않는 것인지도 모릅니다. 아무튼 오늘 아침에, 편지라고 할 만한 것도 못됩니다만 이런 것이 배달되었지요."

헨리 경은 테이블 위에 봉투를 한 장 내놓았다. 우리는 모두 그것을 들여다보았다. 보통 쓰는 잿빛 봉투에 '노섬벌랜드 호텔, 헨리 바스커빌 경 귀하'라고 거친 글씨로 씌어 있고, 소인은 '체링 크로스', 부친 날짜는 어제 저녁이었다.

"당신이 노섬벌랜드 호텔에 묵으신 것을 누가 알고 있나요?"

홈즈는 방문객에게 날카로운 시선을 던지면서 물었다.

"아는 사람이 있을 리가 없습니다. 모티머 선생을 만나고 난 뒤에 숙소를 정했으니까요."

"그럼 모티머 선생이 그전부터 거기에 묵고 계셨겠군요?"

"아니오, 저는 친구 집에 있었습니다."

의사는 대답했다.

"우리가 그 호텔에 가려고 한 사실을 아무도 알 리가 없습니다."

"흠! 두 분의 행동에 몹시 관심을 가진 사람이 있는 것 같군요."

그는 넷으로 접은 종이를 봉투에서 꺼내 테이블 위에 펴놓았다. 거기에는 인쇄된 글씨를 오려내어 풀로 붙여 만든 한 줄의 문장이 있었다.

'생명과 이성을 존중하는 자는 황무지를 멀리하라.'

그런데 '황무지'라는 글자만은 잉크로 씌어 있었다. 헨리 바스커빌 경이 말했다.

"홈즈 선생, 대관절 이게 무슨 뜻이지요? 제 일에 이렇게 관심을 갖는 자가 누군지 선생은 아시겠습니까?"

"모티머 선생, 당신은 어떻게 생각하십니까? 여기에는 초자연적인 것은 전혀 없는 것 같군요."

"네, 그렇습니다. 그러나 이 편지는 사건에 초자연적인 것이 있다고 믿고 있는 자가 보냈을지도 모릅니다."

"아니, 무슨 일이 있었나요?"

헨리 경은 날카롭게 물었다.

"제 일에 저보다도 두 분이 훨씬 더 많이 알고 계신 것 같군요."

"헨리 경, 이 방에서 나가시기 전에 저희들이 알고 있는 것을 다 말해 드리지요, 약속합니다."

이렇게 말하고 나서 셜록 홈즈는 다시 덧붙였다.

"하지만 우선은 너무도 흥미로운 이 편지를 주목해주셨으면 합니다. 이건 어제 저녁에 써서 보낸 것이 틀림없습니다. 왓슨, 어제 〈타임스〉 신문 있나?"

"여기 구석에 있군."

"좀 집어 주게. 사설란이 있는 안쪽 말이야."

그는 재빨리 각 난을 위아래로 훑어보았다.

"바로 자유무역에 관한 이 논설이야! 제가 조금 읽어보겠습니다. '개인은 물론이고 각자의 생업이나 산업에서 보호관세야말로 꼭 필요하고 국가발전과도 깊은 관계가 있다고 우리는 착각하기 쉽다. 그러나 보호주의적인 법규제만이 능사라고 본다면 올바른 이성을 가졌다고 할 수 없다. 장기적인 관점에서 고찰해보면 보호관세는 절대 빈곤으로 내닫겠다는 어리석은 주장과 매한가지이며 무역의 참된 가치를 잃어버리는 짓이다. 따라서 국가는 물론이고 국민전체

의 생활수준을 떨어뜨리는 원흉으로 보는 것이 당연하겠다.' 왓슨,
자넨 어떻게 생각하나?"

홈즈는 마음이 들떠서 흐뭇한 듯이 두 손을 비비며 큰 소리로 말했
다.

"훌륭한 의견이라고 생각하지 않나?"

모티머 의사는 직업적인 흥미를 느낀 듯이 홈즈를 쳐다보았고, 헨
리 바스커빌 경은 무슨 영문인지 모르겠다는 듯이 까만 두 손을 내게
로 돌렸다.

"저는 관세라든가 하는 그런 일들은 잘 모르지만, 이 편지 문제에
서 좀 벗어난 것 같군요."

헨리 경은 말했다.

"아니지요. 우린 그 문제에 아까보다 더 다가가고 있는데요, 헨리
경. 여기 있는 왓슨은 당신보다 저의 방법을 잘 알고 있습니다만,
그도 아직 이 문장의 뜻을 파악하지 못한 것 같군요."

"솔직하게 말해서 어떠한 관계가 있는지 난 전혀 모르겠네."

"그렇지만 왓슨, 밀접한 관계가 있다네. 왜냐하면 편지는 신문 기
사에서 오려낸 거니까. '생명', '이성', '존중하다', '……를', '멀리
하다', 이런 낱말들을 어디서 따왔는지 자넨 모르겠나?"

"아! 정말 그렇군요. 참으로 놀랍습니다."

헨리 경이 외쳤다.

"그래도 미심쩍다면 '멀리하다(keep away)' '~로부터(from the)'
가 한번에 오려졌다고 보면 이해가 되겠죠."

"과, 과연!"

"홈즈 씨, 이건 정말 저로서는 도저히 상상할 수 없는 일입니다."

모티머 의사는 넋을 잃은 듯이 홈즈를 지켜보았다.

"누가 이 낱말들은 신문에서 오려낸 것이라고 그냥 말했다면 별로

놀라지도 않았을 겁니다. 하지만 선생께서는 신문 이름을 지적하고, 더구나 사설란이라고까지 지적하시니, 저로서는 지금까지 상상도 못했던 일입니다. 어떻게 해서 알아 내셨지요?"

"모티머 선생, 당신은 흑인과 에스키모의 두개골을 구별하실 수 있으시지요?"

"물론입니다."

"어떻게 구별하십니까?"

"그건 제가 즐기는 도락이니까, 그 차이는 쉽게 찾아낼 수 있지요. 눈 위의 융기라든가, 안면의 각도라든가, 턱뼈의 곡선이라든가……."

"그러니 이것도 제가 즐기는 도락에 불과하고 그 차이도 선생처럼 명백하지요. 흑인과 에스키모의 두개골과 마찬가지로, 저의 눈에는 5호 활자로 짜여진 〈타임스〉의 지면과 싸구려 석간 신문의 엉성한 인쇄는 커다란 차이가 있어 보입니다. 활자의 식별이란 범죄전문가에게는 가장 초보적인 지식의 한 부분입니다. 하긴 제가 아주 젊었을 때 한번 〈리즈 머큐리〉와 〈웨스턴 모닝 뉴스〉를 혼동한 적이 있긴 합니다만. 그러나 〈타임스〉의 사설은 너무도 뚜렷이 구별되기 때문에, 이 활자가 다른 신문의 것이 아니라는 것은 명백한 일입니다. 더구나 이 쪽지는 어제 만든 것이니까 어제 신문에서 그 낱말을 찾았을 가능성이 큰 거지요."

"지금까지 하신 말씀을 종합해 보면, 그러니까 누가 이 신문을 가위로 오려서……."

헨리 바스커빌 경이 말했다.

"손톱 자르는 가위입니다."

홈즈는 말을 가로챘다.

"'멀리하다'라는 낱말에 두 번 가위질을 한 걸 보면, 아주 날이 짧은 가위라는 것을 알 수 있지요."

"그렇군요. 그럼, 누가 날이 아주 짧은 가위로 신문의 낱말을 오려 내어서 그것을 풀로……."

"고무풀입니다."

또 홈즈가 끼어들었다.

"……고무풀로 종이에 붙였군요. 그런데 '황무지'라는 낱말만은 왜 펜으로 썼을까요?"

"신문 활자에서 그 글자를 찾아 내지 못했으니까요. 다른 낱말들은 모두가 평범하기 때문에 어느 신문에서나 찾을 수 있지만, '황무지'라는 낱말은 그렇게 흔하게 쓰지는 않지 않습니까."

"그건 그렇게 설명이 되겠습니다만, 그밖에 또 이 쪽지에서 알아 낸 건 없습니까, 홈즈 씨?"

"한두 가지 마음에 짚이는 점은 있습니다만, 실마리가 될 만한 것은 하나도 남기지 않으려고 무척 애를 썼군요. 보시는 바와 같이 주소의 글씨는 아무렇게나 씌어져 있습니다. 그러나 〈타임스〉는 고등교육을 받은 사람이 아니고서는 좀처럼 읽지 않는 신문입니다. 그러므로 이 쪽지는 교육을 받았으면서도 교육을 받지 않은 사람인 척 꾸미려는 자가 보낸 겁니다. 또 한 가지, 필적을 숨기려고 애쓴 건 그 필적이 당신에게 벌써 알려져 있거나 또는 앞으로 알려지게 될 사람이라는 것을 말하고 있습니다. 그리고 또 보시는 바와 같이 글씨가 가지런히 붙여져 있지 않고, 어떤 것은 높고 어떤 것은 낮습니다. 예를 들면 '생명'이라는 낱말은 전혀 엉뚱한 곳에 가 붙었습니다. 이건 낱말을 오려낸 자가 부주의했거나 아니면 마음이 떨려서 조급히 서둘렀음을 나타내는 것이 됩니다. 저는 뒤의 견해를 취하고 싶습니다. 왜냐하면 이 일 자체가 중요한 일임에 틀림없을 테니까, 이런 편지를 만든 자가 부주의할 리가 없겠지요. 만약 그가 바삐 서둘렀다면, 왜 그렇게 서둘러야 했는가 하는 흥미있는 문제가 생깁니다. 왜냐하면 어떤 편지든지 아침 일찍 넣기만 하면, 헨리 경이 호텔을 떠나기 전에 배달될 테니까요……. 편지를 만든 자가 누구의 방해를 받을까 두려워했다면……. 그건 누구일까요?"

"이제 우리는 추측의 영역으로 들어서는군요."

모티머 의사는 말했다.

"아니, 단순한 추측은 아닙니다. 여러 가능성들을 비교 검토해서 가장 확실성이 있는 것을 추려내는 작업으로 들어가고 있다고 해야겠지요. 이것이 바로 상상력의 과학적 응용이라는 것입니다. 우리의 사색에는 언제나 확고하고 구체적인 근거가 있는 법입니다. 선생께서는 틀림없이 이것도 추측이라고 하시겠지만, 이 주소는 호텔에서 씌어졌다는 것을 저는 거의 확신하고 있습니다."

"대관절 어떻게 해서 그렇게 말할 수 있지요?"

"자세히 보십시오. 펜과 잉크가 모두 이 편지를 쓴 사람을 애먹인 것을 알 수 있을 겁니다. 낱말 하나를 쓰는 데 두 번이나 펜을 긁었고, 짤막한 주소를 쓰는 데 잉크가 세 번이나 말랐습니다. 이건 잉크병에 잉크가 아주 적었다는 걸 말해 주고 있습니다. 자기의 펜이나 잉크 가운데 어느 하나를 이렇게 못쓰게 되도록 내버려 두는 것도 드문 일인데, 두 가지가 다 이런 상태에 있다는 것은 더욱 드문 일입니다. 그런데 아시는 바와 같이 호텔의 잉크나 펜은, 그렇지 않으면 오히려 이상합니다. 만약 채링 크로스 부근의 호텔 쓰레기통을 조사해서 사설을 오려낸 〈타임스〉를 찾아 낼 수만 있다면, 저는 곧 이 이상한 편지를 보낸 장본인을 잡을 수 있다고 단언합니다. 어, 이건 뭐야?"

그는 글자가 풀로 붙어 있는 종이를 눈에서 불과 1, 2인치 간격까지 들이대고 세밀히 조사했다.

"왜 그러십니까?"

"아무것도 아닙니다."

하며 그는 종이를 내던졌다.

"무늬 하나 없는 이절(二切) 백지군요. 아마도 이 기묘한 편지에서 우리가 알아 낼 수 있는 것은 모두 꺼내 버린 것 같군요. 그런데 헨리 경, 런던에 오신 뒤로 다른 무슨 이상한 일은 없었습니까?"

"네, 없었습니다."

"누가 뒤를 밟는다든가 감시한다든가 하는 것을 눈치채지 못하셨나요?"

"지금 저는 마치 삼류 소설 속에 나오는 인물이 된 기분입니다." 우리의 방문객은 말했다.

"도대체 누가 무슨 이유로 내 뒤를 밟거나 감시한다는 겁니까?"

"우린 곧 그 문제를 다루게 될 겁니다. 이 문제에 들어가기 전에 다른 할 말씀은 없으신가요?"

"글쎄요, 무엇이나 다 보고할 가치가 있는 것은 아닐테니……."

"평범한 일에서 벗어난 것이라면 무엇이나 보고할 가치가 있지요." 헨리 경은 미소를 지었다.

"저는 영국 생활을 잘 모릅니다. 이때까지 거의 미국과 캐나다에서 지냈으니까요. 그러나 구두를 한 짝 잃어버린 것은 여기서도 예삿일에 속하는 것은 아니겠지요?"

"구두를 한 짝 잃으셨나요?"

"그건……."

모티머 의사가 목소리를 높였다.

"잘못 두었기 때문일 뿐입니다. 호텔에 돌아가시면 구두가 있을 거예요. 그런 하찮은 일로 홈즈 선생을 귀찮게 해서 무슨 도움이 있겠습니까?"

"무엇이나 예삿일이 아닌 것은 다 말하라고 하셔서……"

"그렇지요."

홈즈는 말을 재촉했다.

"아무리 하찮은 일이라도 도움이 되는 수가 있으니까요. 자, 당신 구두를 한 짝 잃으셨다고 했지요?"

"그건…… 하긴 구두를 잘못 두기도 했지요. 어젯밤에 방 밖에 두었는데, 아침에 일어나 보니 한 짝밖에 없더군요. 구두 닦는 아이에게 물어봐도 신통한 대답을 하지 않고…… 더욱이 그건 어젯밤에 스트랜드 거리에서 새로 사서 아직 한 번도 신지 않은 새 구두거든요."

"아직 한 번도 신지 않으셨다면 무엇하러 방 밖에 내놓고 닦게 하셨습니까?"

"갈색 구두인데, 아직 윤을 내지 않았어요. 그래서 밖에 내놓았지요."

"그럼 어제 런던에 도착하시자 곧 외출을 해서 구두를 사셨군요?"

"물건을 많이 샀습니다. 모티머 선생이 함께 가 주셨지요. 저도 이제 지주 노릇을 하려면 지주다운 차림을 해야 하니까요. 서부에서 살 때는 모든 것을 다 편하게 하고 지냈지만요. 그런데 무엇보다도 가장 먼저——6달러나 주고 말입니다——구두를 사는데, 그걸 신어보기도 전에 한 짝을 도둑맞은 거지요."

"한 짝은 훔쳐가도 쓸모가 없을 텐데…… 이상한 일이군요."

셜록 홈즈는 말했다. 그러자 준남작은 똑똑한 어조로 잘라서 말했다.

"저도 모티머 선생의 의견과 같습니다. 없어진 구두는 곧 되찾게 될 겁니다."

"이것으로 제가 알고 있는 것은 모두 이야기한 것 같습니다. 이제 선생께서 약속을 지키실 차례입니다. 우리들이 부딪치고 있는 문제를 모조리 설명해 주십시오."

"당연한 요구이십니다. 모티머 선생, 저희들에게 하신 이야기를 지금 다시 하는 것이 가장 좋을 것 같군요."

이러한 권유를 받은 우리의 과학자 선생은 호주머니에서 서류를 꺼내어 어제 아침에 한 것처럼 사건의 전모를 진술했다. 헨리 바스커빌 경은 열심히 귀를 기울이면서 이따금 놀라 탄성을 지르곤 했다.

"그러니까 저는 보복이 따르는 상속을 받게 된 셈이군요."

그는 긴 이야기가 끝나자 말했다.

"물론 그 사냥개 이야기는 제가 아주 어렸을 때부터 들었습니다. 우리 집안 사람이면 누구나 다 알고 있는 이야기지요. 전 그다지 진지하게 생각해본 적은 없습니다만, 백부님의 죽음에 대해서는……. 이거 참, 머리 속에서 뭔가 온통 들끓고 있는 것 같아, 무슨 일인지 전혀 갈피를 잡을 수가 없습니다. 여러분도 이것이 경찰에 넘길 문제인지 아니면 목사에게 맡길 문제인지를 결정짓지 못하는 모양이군요."

"바로 그렇습니다."

"그리고 제가 오늘 호텔에서 받은 이 편지와 그 문제가 어떤 관련이 있군요. 바로 장소가 꼭 들어맞으니까요."

"누군가가 황무지에서 일어나고 있는 일을 우리보다도 더 잘 알고 있음을 나타내는 것 같군요." 모티머 의사는 말했다.

"그리고 또 헨리 경에게 위험을 경고하고 있는 걸 보면, 그 사람은 모티어 선생에게 악의를 품고 있지는 않은 것 같습니다." 홈즈가 말을 받았다.

"하지만 어쩌면 그들은 저를 위협해서 자기들의 목적대로 접근하지 못하게 하려는 건지도 모르지요."

"네, 그럴 수도 있는 일입니다. 모티머 선생, 아무튼 여러 가지 흥미있는 대답을 할 수 있는 사건을 소개해 주셔서 고맙습니다. 그리고 헨리 경, 지금 결정해야 할 당면 문제는 바스커빌 저택으로 가시는 것이 좋은가 나쁜가 하는 겁니다."

"어째서 제가 가서는 안 됩니까?"

"위험할 것 같으니까요."

"이 가문 대대로 계속되는 악마로부터의 위험입니까, 아니면 인간들로부터의 위험입니까?"

"글쎄요, 바로 그것이 우리가 밝혀 내야 할 문제겠지요."

"그러나 어느 쪽이든 제 대답은 정해져 있습니다, 홈즈 선생. 지옥의 악마가 있을 리도 없고, 제가 조상의 집에 가는 것을 막을 수 있는 사람도 이 세상에는 없습니다. 이것은 저의 마지막 대답이라고 여기셔도 좋습니다."

이렇게 말하는 그의 검은 눈썹이 찌푸려지고 얼굴은 검붉게 타올랐다. 바스커빌 집안의 불 같은 성질이 이 마지막 후손에게도 이어졌음이 분명했다.

"지금 저에게는 이제까지 말씀해 주신 일을 모두 곰곰이 생각해 볼 시간이 필요합니다. 누구든지 즉석에서 이해하고 결정하기란 어렵지요. 그러므로, 혼자서 조용히 생각할 시간을 갖고 마음을 결정하고 싶습니다. 그럼, 홈즈 선생, 벌써 11시 반이나 되었으니 이만 호텔로 돌아가겠습니다. 2시에 선생의 친구되시는 이 왓슨 박사와 함께 점심을 하시러 나오시지 않겠습니까? 그때라면 이 문제에 대한 제 생각을 말씀드릴 수 있을 겁니다."

"왓슨, 자네는 어떤가?"

"나는 괜찮아."

"그럼 우리가 찾아뵙지요, 마차를 부르게 할까요?"

"아닙니다. 머리가 좀 복잡한 것 같으니 걸어가겠습니다."

"그럼 2시에 다시 뵙지요, 안녕히 가십시오."

두 사람의 발자국 소리가 계단을 내려가고, 현관 문이 쾅하고 닫혔다. 갑자기 홈즈는 게으른 몽상가에서 행동가로 태도가 바뀌었다.

"왓슨, 모자와 구두를. 빨리! 시간을 다투는 일이야!"

실내복 차림으로 자기 방에 뛰어들어간 그는 2, 3초 뒤에 프록코트를 입고 다시 나왔다. 우리는 부리나케 계단을 뛰어내려가 거리로 나갔다. 모티머 의사와 바스커빌 경이 옥스퍼드 방향으로 2백 야드쯤 앞서 가는 것이 보였다.

"뛰어가서 불러세울까?"

"천만에, 왓슨. 자네만 좋다면 동행인은 자네만으로 충분하네. 저분들은 현명한 사람들이야. 산책하기엔 정말 좋은 아침이거든."

그는 걸음을 빨리 해서 드디어 그 사람들과의 거리를 반으로 줄였다. 그러고는 여전히 1백 야드쯤 뒤떨어져 옥스퍼드 거리로, 다시 리전트 거리로 뒤따라갔다. 두 사람은 한 번 걸음을 멈추고 가게의 진열장을 들여다보았는데, 홈즈도 같은 짓을 했다. 얼마 뒤 그가 즐거운 듯 소리를 질렀으므로 나는 그의 시선을 좇았다. 길 저편에 멈추어 서 있던 이륜마차가 사람을 하나 태운 채 다시 천천히 움직이고 있었다.

"왓슨, 바로 저기 있군! 가세, 지금은 더 이상 어쩔 수 없으니, 녀석 얼굴이나 잘 봐 두세."

순간 마차 옆 창 사이로 짙은 검은 수염과 쏘는 듯한 두 눈이 우리를 내다보고 있는 것을 나는 느꼈다. 그러자 순식간에 마차 지붕의 뚜껑문이 홱 열리고 손님이 마부에게 무슨 소리를 외치더니, 마차는 리전트 거리를 미친 듯이 달려갔다. 홈즈는 마차를 잡으려고 열심히 둘러보았으나 빈 마차는 보이지 않았다. 그래서 그는 마차의 물결을 헤치며 맹렬히 뒤를 쫓았다. 그러나 마차는 이미 보이지 않았다.

홈즈는 화가 나서 얼굴이 하얗게 되어 숨을 헐떡거리며 마차의 물결을 헤치고 나오더니 분한 듯이 말했다.

"거 참! 운수도 나빴지만 방법도 이렇게 서투를 수가 있나! 왓슨, 자네가 정직한 사람이라면 이런 것도 기록해서 내 성공에서 공제해야겠지!"

"누구였나?"

"짐작이 가지 않아."

"스파이인가?"

"글쎄, 아까 이야기로 미루어 생각하면, 바스커빌 경이 런던에 와서부터 어떤 녀석에게 아주 끈질기게 미행당하고 있는 게 틀림없어. 그렇지 않으면 그가 노섬벌랜드 호텔에 투숙한 사실이 그렇게 빨리 알려질 수가 있겠나? 첫날에 그를 미행했다면 둘째날에도 그를 미행할 거라고 단정했지. 모티머 박사가 전설을 읽고 있는 동안 내가 두 차례나 창문 곁으로 슬슬 걸어간 걸 자넨 알아차렸는지도 모르겠군."

"물론, 알고 있었네."

"거리에서 빈둥거리는 놈을 찾아보았으나 아무도 없었지. 왓슨, 상대는 빈틈없는 녀석이야. 이 사건은 무척 복잡미묘해. 우리 앞에 있는 것이 선의의 앞잡이인지 악의의 앞잡이인지 나로서는 아직 확정지을 수 없지만, 줄곧 어떤 힘과 음모를 느끼고 있네. 두 사람이 돌아간 뒤 혹시 그들을 그림자처럼 따르는 자를 찾아낼 수 있지 않을까 해서 그들의 뒤를 쫓았던 거야. 그러나 그는 아주 교활한 녀석이어서 걸어가는 것은 마음이 안 놓이니까 마차를 이용해서 그들 뒤를 슬슬 따라가다가는 쓱 지나쳐 보기도 하며 그들 눈에 띄지 않게 뒤따르고 있었던 거야. 마차를 타고 따라다니면 그들이 행여 마차를 타더라도 그대로 계속 뒤따라가기만 하면 된다는 유리한 점이 있거든. 그러나 딱 한 가지 불리한 점도 있긴 해."

"마부에게 덜미를 잡히는 거지."

"바로 그걸세."

"마차 번호를 못 봐 둔 게 안타깝군!"

"여보게, 왓슨. 내가 아무리 서투르기로서니 마차 번호도 안봐 두었으리라고는 생각지 말게. 그 마차는 2704호야. 그러나 번호는 당장엔 아무 소용이 없어."

"그 이상 어떻게 할 수 없지 않았나."

"그 마차를 보았을 때 당장 방향을 바꿔서 반대쪽으로 걸어갔어야 했어. 그리고서 천천히 다른 마차를 잡아타고 상당한 거리를 두고 마차를 뒤쫓든가, 아니면──그보다 좀 나은 방법인데──노섬벌랜드 호텔로 먼저 가서 기다렸어야 했어. 그리하여 그 수상한 자가 바스커빌 경의 뒤를 따라 호텔까지 오거든, 이번에는 거꾸로 그가 어디로 가는지 확인해야만 했었단 말이야. 그런데 너무 경솔하게 서두르는 바람에 그만 너무나도 어이없이 우리의 정체만 드러났고 놈은 놓쳐 버렸단 말일세."

이런 대화를 나누면서 우리가 리전트 거리를 천천히 걸어가는 동안, 모티머 의사와 헨리 바스커빌의 모습은 벌써 사라져 버렸다.

"그들을 따라갈 목적이 없어졌군. 그들을 쫓던 그림자는 사라져 다시는 돌아오지 않을 테니까. 이제 우리에게 남아 있는 패가 무엇인가를 알아보고 그것으로 결정적인 승부를 내는 거야. 자넨 마차에 타고 있던 자의 얼굴을 똑똑히 보아 두었나?"

"수염이 난 것만은 똑똑히 볼 수 있었지."

"나도 그렇네. 그러나 아마 틀림없이 가짜 수염일 거야. 이처럼 중대한 사명을 띤 영리한 자에게는, 얼굴을 가리는 목적 말고는 수염이 필요가 없지. 여기 좀 들러가세, 왓슨!"

그가 어느 용달사 사무실로 들어가자 주인이 그를 아주 반가이 맞았다.

"아, 윌슨 씨. 당신을 도울 수 있었던 그 조그만 사건을 다행히 잊지 않으셨군요?"

"그럼요, 잊을 리가 있겠습니까. 저의 명예뿐만 아니라 생명까지 구해주셨는 걸요."

"여보게, 과장이 좀 심하군. 그런데 윌슨 씨, 당신네 사환들 가운데 그때 상당한 능력을 보여준 카트라이트라는 아이가 있었던 것을 기억하고 있는데……?"

"네, 아직도 여기 있습니다."

"좀 불러 줄 수 없겠소? 그리고 이 5파운드 지폐를 잔돈으로 좀 바꿔 주면 좋겠는데."

날쌔고 똑똑해 보이는 14살쯤 된 소년이 주인의 부름을 받고 나타났다. 그는 이 유명한 탐정을 아주 존경하는 눈초리로 쳐다보며 서 있었다.

"호텔 명부를 좀 갖다 주시오."

홈즈가 윌슨에게 부탁했다.

"됐어! 자, 카트라이트, 여기 23개의 호텔 이름이 있는데, 모두 체링 크로스 근방에 있는 것들이야. 알겠니?"

"네."

"이걸 하나하나 모두 찾아가는 거야."

"네, 알겠어요."

"어느 호텔을 가든지 먼저 안내에게 1실링을 주도록 해. 자, 여기 23실링."

"네."

"그리고 어제 나온 쓰레기를 보고 싶다고 해. 중요한 전보를 잘못 전해서 그걸 찾는다고 하란 말이야. 알겠지?"

"네."

"그러나 네가 정말로 찾아야 할 건 가위로 오려낸 구멍이 몇 군데 있는 〈타임스〉의 가운데 페이지야. 이게 그 신문의 바로 그 페이지 란다. 쉽게 알아볼 수 있겠지?"

"알겠어요."

"어느 호텔에서나 안내가 안에 있는 급사를 불러 줄 테니까 그에게 도 1실링씩 주도록 해. 자, 여기 또 23실링. 23군데 중에서 20군 데까지는 필시 전날 쓰레기를 태워 버렸다든가 다른 곳으로 옮겨 버렸다고 할 거야. 그러나 나머지 세 군데에서는 쓰레기더미를 보 게 될 테니까 그 속에서 〈타임스〉의 이 페이지를 찾아내야 해. 찾 아낼 가능성은 무척 적겠지. 급한 경우에 필요할 테니까 여기 10실 링을 따로 더 주지. 저녁 전까지 베이커 거리로 전보를 쳐줘. 그럼 왓슨, 이젠 2704호 마부의 신원을 전보로 알아 내기만 하면 되네. 그 다음엔 본드 거리의 화랑에 들러 호텔에 갈 때까지 거기서 시간 을 보내세."

끊어진 세 가닥의 실

셜록 홈즈는 놀라울 정도로 마음대로 기분을 바꿀 수 있었다. 우리들이 말려들었던 그 기괴한 사건은 어느새 잊어 버린 듯이, 그는 두 시간 동안 근대 벨기에 거장들이 그린 작품에 온 정신이 팔려 있었다. 화랑을 나와 노섬벌랜드 호텔에 닿을 때까지, 그는 지극히 변변찮은 지식밖에는 가지고 있지 않으면서도 마냥 미술 이야기만을 늘어놓았다.

"헨리 바스커빌 경께서 위층에서 기다리고 계십니다. 선생께서 오시면 곧 안내하라고 말씀하셨습니다."

사무원이 말했다.

"숙박부를 좀 봐도 될까요?"

홈즈는 물었다.

"네, 좋습니다."

장부에는 바스커빌 밑으로도 이름이 둘이나 더 적혀 있었다. 하나는 뉴캐슬 시(市)의 디오필러스 존슨과 그 가족이었고, 또 하나는 올턴 시(市) 하이로지의 올드모어 여사와 그 하녀였다.

"이분은 내가 잘 알고 있는 존슨 씨임에 틀림없겠군. 이분은 백발의 변호사로 걸을 때 다리를 절지 않소?"

홈즈는 안내에게 물었다.

"아닙니다. 탄광 주인이신 존슨 씨라고 합니다. 아주 건강한 분으로 선생처럼 젊으십니다."

"당신이 잘못 생각하고 있는 게 아니오?"

"아닙니다. 오랫동안 저희 호텔을 이용하셨기 때문에 우리는 그분은 잘 알고 있습니다."

"아, 그럼 됐소. 그런데 올드모어 부인이란 이름도 있는 것 같은데. 이것저것 물어봐서 미안하지만, 한 친구를 만나러 갔다가 다른 친구를 만나는 일도 종종 있으니까……."

"그분은 불구이십니다. 바깥어른께서는 과거에 글로스터 시장을 지낸 일이 있으십니다. 부인께서는 런던에 오시면 언제나 저희 호텔에서 묵으시지요."

"고맙소. 그러면 내가 알고 있는 분이 아닌 것 같군."

우리가 함께 2층으로 올라갈 때 그는 낮은 목소리로 말을 계속했다.

"왓슨, 이것으로써 우린 가장 중요한 사실을 확인한 거야. 우리의 친구에게 관심을 가진 사람은 같은 호텔에 묵고 있지 않다는 것은 알게 됐어. 이건 그들이 그렇게 열심히 감시를 하면서도 눈에 띄지 않으려고 무척 애쓰고 있다는 증거야. 알겠나? 이건 가장 암시적인 사실일세."

"뭘 암시한다는 건가?"

"그게 뭘 암시하느냐 하면…… 저런! 여보게, 이게 대체 어찌된 일인가?"

계단을 다 올라가자 우리는 다른 사람도 아닌 헨리 바스커빌 경과 정면으로 마주쳤다. 그의 얼굴은 노여움으로 벌겋게 달아올랐고, 한 손엔 먼지투성이인 헌 구두를 한짝 들고 있었다. 너무 화가 나서 그는 말도 나오지 않는 모양이었다. 이윽고 입을 열자 아침보다 훨씬 천한 서부 사투리가 튀어나왔다.

"이 호텔 녀석들은 나를 바보로 안단 말이야!"

그는 소리를 질렀다.

"조심해! 날 우습게 보고 함부로 대했다가는 혼날 줄 알아. 구두를 안 찾아놓으면 재미없을 거야! 홈즈 선생, 저도 누구 못지않게 농담을 받아들일 줄 압니다만, 이번은 좀 지나쳤어요."

"아직도 구두를 찾고 계십니까?"

"네, 이번에는 꼭 찾아내고야 말겠습니다."

"갈색 새 구두라고 하신 것 같은데?"

"네, 그랬습니다. 그런데 이번에는 검정색 헌 구두입니다."

"뭐라고요! 설마?"

"그렇다니까요. 저는 구두라고는 딱 세 켤레밖에 없거든요. 갈색 새 구두, 검정 헌 구두, 그리고 지금 신고 있는 에나멜 구두지요. 어젯밤에는 갈색 구두를 한 짝 가져가더니, 오늘은 검정 구두를 한 짝 훔쳐갔어요. 이봐, 찾았나? 쳐다보고 서 있지만 말고 말을 해봐!"

독일인 급사가 겁에 질려 그 자리에 서 있었다.

"못찾았습니다. 호텔 안을 샅샅이 뒤져 보았습니다만 나오지 않는군요."

"좋아. 해지기 전에 구두가 나오지 않으면, 지배인을 불러다가 이따위 호텔은 당장 나가버리겠다고 말할 테다."

"꼭 찾아내도록 하겠습니다. 조금만 참아 주시면 꼭 찾아서 가져가겠습니다."

"잘 들어 둬. 난 이 도둑놈 소굴에서 이 이상 도둑맞고 있지는 않을 테니까! 이것 참, 홈즈 선생님. 하찮은 일로 시끄럽게 떠들어서 죄송합니다."

"그러실만합니다."

"선생께서는 심각하게 생각하시는 모양이군요."

"당신은 이 일을 어떻게 설명하시렵니까?"

"설명하고 싶지도 않습니다. 그러나 내 평생 이런 괴상망측한 꼴을 당하기는 처음입니다."

"분명히 괴상한 일입니다."

홈즈는 깊은 생각에 잠기며 말했다.

"홈즈 선생, 어떻게 생각하십니까?"

"저도 아직은 잘 모르겠습니다만, 헨리 경, 이번 사건은 굉장히 복잡한 것 같군요. 당신 백부님의 죽음과 결부시켜 생각한다면, 지금까지 제가 다루었던 수백 가지 정도의 중대사건 중에서도 이렇게 복잡한 사건은 없었던 것 같습니다. 그러나 몇 가닥의 실마리는 쥐고 있습니다. 아마도 그중 어느 것인가를 따라가면 진상에 이르게 되겠지요. 그릇된 실마리를 좇느라고 시간을 낭비할지도 모르지만, 머지않아 반드시 올바른 길로 나가게 될 겁니다."

우리는 즐겁게 점심을 들었다. 그 자리에서는 우리를 이렇게 만나게 한 사건에 대해서 아무도 한 마디 말도 꺼내지 않았다. 식사가 끝나 거실로 물러나오자 비로소 홈즈는 헨리 경에게 어떻게 할 작정이냐고 물었다.

"바스커빌 저택으로 가겠습니다."

"언제요?"

"주말에 가겠습니다."

"당신의 결정은 대체로 현명하다고 생각합니다. 당신이 런던에서 미행을 당하고 있다는 충분한 증거가 있지만 이 대도시의 수백만

인구 속에서는 그들이 누구이며 그들의 목적이 무엇인지 알아내기 어렵습니다. 만일 그들이 나쁜 맘을 먹으면 당신의 신변에 해를 끼칠지도 모릅니다만, 우린 그다지 막을 힘이 없습니다. 모티머 선생, 선생은 아침에 저의 집에서부터 미행당하신 걸 모르셨지요?"

모티머 박사는 몹시 놀랐다.

"미행이라고요! 누구한테요?"

"유감스럽게도 그건 저도 모릅니다. 다트무어의 이웃 사람이나 아는 사람들 가운데 검은 턱수염을 수북이 기른 사람을 아십니까?"

"아니오, 가만 있자……아, 그래! 찰스 경의 집사인 바리모어가 바로 그렇지요."

"그래요? 지금 바리모어는 어디 있습니까?"

"바스커빌 저택을 관리하고 있지요."

"그가 정말로 거기 있는지, 아니면 런던에 와 있지나 않는지 그것을 확인해 보는 일이 중요합니다."

"어떻게 확인하지요?"

"전보 용지를 좀 주시오. '헨리 경을 맞이할 준비는 되었는가?' 이거면 될 거요. 주소는 바스커빌 저택 바리모어 귀하. 가장 가까운 전보국이 어딥니까? 그림펜입니까? 잘됐습니다. 그러면 그림펜 우체국장에게 한 장 더 전보를 칩시다. '바리모어에게 가는 전보는 직접 본인에게 배달하고, 부재중이면 노섬벌랜드 호텔 헨리 바스커빌 경에게 반송 요망.' 이러면 오늘밤 안으로 바리모어가 데번셔에서 자기 자리를 지키고 있는지 어떤지 알 수 있을 겁니다."

"그렇겠군요."

바스커빌이 말했다.

"그런데 모티머 선생, 그 바리모어란 대체 어떤 사람입니까?"

"지금은 이미 죽었습니다만 옛날 관리인의 아들이지요. 지금까지 4

대째 그 저택을 관리하고 있습니다. 제가 알고 있기로는, 바리모어 부부는 그 지방의 어느 누구에게 못지않는 성실한 사람들입니다."

"그러면 그 사람들은 주인이 없는 그 큰 바스커빌 저택에서 아무 할 일도 없이 살고 있겠군요."

바스커빌이 말했다.

"그렇지요."

"바리모어는 찰스 경의 유언으로 얼마나 받았습니까?"

이번에는 홈즈가 물었다.

"부부가 각각 5백 파운드씩 받았지요."

"그래요? 그들도 처음부터 알고 있었나요?"

"그렇습니다. 찰스 경은 유언 내용을 이야기하시길 매우 좋아했으니까요."

"그거 참 재미있군요."

"그렇지만 찰스 경의 유산을 받은 사람들 모두 의심하지는 마십시오. 저도 1천 파운드 받았으니까요."

"그렇군요. 그밖에 또 누가 있습니까?"

"많은 금액은 아니지만, 몇몇 사람들과 많은 자선단체들이 있지요. 나머지는 모두 헨리 경이 받았습니다."

"그럼 그 나머지는 얼마나 됩니까?"

"74만 파운드입니다."

홈즈는 놀라서 눈썹을 치켜올렸다.

"그렇게 막대한 돈이 관련되어 있는 줄은 생각도 못했는데!"

모티머가 다시 덧붙였다.

"찰스 경이 부자라는 이야기는 들었지만, 얼마나 부자였는가는 우리도 이번에 그의 유가증권을 조사하기까지는 몰랐지요. 재산은 1백만 파운드에 가깝습니다."

"호오！그만한 돈이 관련되어 있다면 목숨을 내걸고 승부를 겨뤄보려는 사람이 나올 만도 하겠군. 모티머 선생, 한 가지만 더 묻겠는데요, 헨리 경에게 만일 무슨 일이 생긴다면──불쾌한 가정을 용서하시기 바랍니다！──누가 그 재산을 물려받게 됩니까？"

"찰스 경의 동생인 로저 바스커빌이 결혼을 하지 않고 죽었기 때문에, 먼 친척되는 데스먼드 가문에서 받게 됩니다. 제임스 데스먼드라는 분은 웨스트몰랜드의 목사인데 나이가 많지요."

"감사합니다. 무척 흥미있는 이야기입니다. 제임스 데스먼드 씨를 만나본 적이 있으십니까？

"네, 꼭 한번 찰스 경을 뵈러 오신 일이 있었습니다. 아주 품위있고 존경할만한 분이었지요. 저도 그때 함께 있어서 잘 아는데 찰스 경이 유산을 떠넘기려 했을 때, 그분은 굳이 거절하셨습니다."

"그토록 욕심없는 분이 찰스 경의 몇 십만 파운드나 되는 재산의 상속자가 되는 셈이군요."

"부동산은 직계의 자손에게만 상속되기때문에 자동적으로 그의 소유가 됩니다. 여기 계신 헨리 경이 특별히 다른 사람을 지정하지 않는한 금전도 함께 상속될 것입니다. 물론 헨리 경이 임의로 동산을 처분할 수도 있습니다."

"헨리 경, 당신은 유언장을 만드셨습니까？"

"아직 만들지 않았습니다. 그럴 시간이 없어서……. 어제서야 여러 가지 형편을 알게 되었거든요. 그러나 어쨌든 동산이건 작위건 부동산이건 저는 모두 함께 붙어다녀야 한다고 생각합니다. 돌아가신 백부님이 남기신 뜻이기도 하겠지요. 부동산만 소유했댔자 그것을 유지할 만한 돈이 없다면 어떻게 바스커빌 집안의 영광을 다시 일으킬 수 있겠습니까？ 저택과 토지와 돈, 이 세 가지는 같이 있어야 합니다."

"옳은 말씀입니다. 그건 그렇고, 헨리 경께서 바로 데븐셔로 내려 가시는 것이 현명하다는 점에는 저도 찬성입니다. 거기에 한 가지 만 조건을 붙여야겠습니다. 절대로 혼자 가서는 안 된다는 겁니 다."

"모티머 선생이 함께 가시는데요?"

"하지만 모티머 선생께서는 의사로서의 일이 있고, 게다가 선생댁 은 바스커빌 저택에서 몇 마일이나 떨어져 있습니다. 아무리 당신 일을 걱정하고 있어도, 제때 도울 수가 없을지도 모릅니다. 그렇기 때문에 헨리 경, 언제나 당신 곁에 있을 수 있는 믿을 만한 사람과 함께 가셔야 합니다."

"홈즈 선생, 선생께서 같이 가실 수는 없습니까?"

"사건이 급하게 되면 어떻게 해서라도 제가 직접 가야겠지요, 그러 나 아시겠지만, 여러 가지 사건이 의뢰되어 오고 여기저기서 끊임 없이 호소가 들어오고 있기 때문에, 그렇게 무작정 런던을 떠나 있 을 수는 없습니다. 지금도 영국에서 가장 존경받고 있는 어떤 분이 협박범에게서 명예를 훼손당하고 있습니다만, 그 끔찍스러운 스캔 들을 막아낼 사람은 저밖에 아무도 없습니다. 그러니 제가 다트무 어로 가기 어려운 것을 이해하시겠지요?"

"그럼, 누구 추천이라도……."

홈즈는 한 손을 내 팔에 얹어놓으며 말했다.

"이 친구가 맡아 준다면, 당신이 위험한 지경에 빠질 경우 힘이 되 어 드릴 사람으로서는 아마 가장 알맞을 겁니다. 그건 제가 확신을 가지고 말씀드릴 수 있습니다."

이 말은 나를 깜짝 놀라게 했으나, 무어라고 대답하기도 전에 바스 커빌 경은 내 손을 힘껏 쥐었다.

"왓슨 선생, 정말 고맙습니다. 당신은 제 처지도 알고 계시고, 이 사건에 대해서도 잘 알고 계십니다. 바스커빌 저택으로 오셔서 끝까지 저를 도와 주신다면 은혜는 잊지 않겠습니다."

모험의 예감은 언제나 나를 강하게 유혹했으며 게다가 홈즈의 추천으로 에비 남작이 서슴없이 나를 의논 상대로 맞겠다는 말에 나는 조금 우쭐해졌다. 나는 승낙했다.

"기꺼이 함께 가겠습니다. 이보다 더 유익하게 시간을 보낼 수는 없을 것 같군요."

"가서 두 분은 충분히 주의하여 상황을 보고해 주시오. 반드시 급한 사태가 일어날 겁니다. 그때 어떠한 행동을 취할 것인가를 따로 말씀드리겠습니다. 토요일까지는 모든 준비가 되겠지요?"

"왓슨 선생, 어떻습니까?"

"전 괜찮습니다."

"그럼 별다른 일이 없는 한, 토요일 10시 반에 패딩턴을 떠나는 기차에서 뵙겠습니다."

우리가 돌아가려고 일어섰을 때, 헨리 경이 별안간 기쁜 듯이 환성을 지르며 방 한구석으로 뛰어들어가 캐비닛 밑에서 갈색 구두 한 짝을 끄집어냈다.

"잃어 버린 구두야!"

그는 큰 소리로 외쳤다.

"모든 어려운 문제들이 이렇게 쉽사리 풀렸으면!"

"하지만 정말 이상하군요."

모티머 박사는 말했다.

"점심 식사 전에 이 방을 구석구석 뒤졌는데……."

"저도 샅샅이 뒤졌어요. 그때는 틀림없이 구두가 없었어요……?"

"그렇다면 우리가 점심 식사를 하는 동안에 급사가 두고 간 모양이군요."

독일인 급사를 불렀으나 그는 아무것도 몰랐다. 그리고 무슨 말을 물어도 그에게서는 시원스런 대답을 들을 수 없었다.

얼핏 보아서는 아무것도 아닌 것 같은 계속적인 일련의 조그마한 수수께끼가 어느 틈에 한 가지 더 덧붙여진 셈이었다. 찰스 경의 죽음에 관한 무시무시한 이야기는 뒤로 미루더라도, 이 이틀 동안에 우리는 풀기 어려운 사건들을 줄곧 겪었던 것이다. 활자로 만든 편지며, 역마차에 타고 있던 검은 턱수염의 스파이, 그리고 새 갈색 구두의 분실과 헌 검은 구두의 분실, 그리고 방금 되찾은 갈색 구두 등을. 홈즈는 베이커 거리로 돌아가는 마차 속에서 잠자코 앉아 있었으나, 눈살을 찌푸린 얼굴에는 언뜻 날카로운 빛이 스쳤다. 나처럼 그의 두뇌도 이 이상스럽고도 언뜻 아무 연관이 없는 듯이 보이는 사건들을 가지고 꼭 들어맞는 어떤 줄거리를 짜내려 무척 애쓰고 있음이 분명했다. 오후 내내 그리고 저녁 늦게까지 그는 앉아서 담배를 피우며 생각에 잠겨 있었다.

저녁 식사 바로 전에 전보 두 통이 배달되었다. 하나는

'방금 바리모어가 저택에 있다는 소식을 들었음——바스커빌'

다음 것은

'지시대로 23개의 호텔을 뒤졌으나 오려낸 〈타임스〉는 못 찾아 유감임——카트라이트'

"왓슨, 이로써 내 실마리의 두 가닥이 끊어졌군. 이렇게 모든 것이 내게 불리해 보이는 사건보다 더 투지를 자극하는 것은 없지. 좋아, 세 번째 실마리를 찾아야겠네."

"아직 그 스파이를 싣고 가던 마부가 남아 있지 않나."

"맞았어. 난 그 사람의 이름과 주소를 알려고 등록소에 전보를 쳐두었네. 이건 그 회답이야."

그러나 그때 울린 초인종 소리는 그 회답보다 더 만족스러운 것이

었다. 왜냐하면 방문이 열리고 아까 그 마부임이 틀림없는 거친 얼굴의 사나이가 들어왔기 때문이다.

"여기 사시는 선생님께서 2704호를 찾고 계시다고 등록소로부터 연락이 있어서 왔는뎁쇼."

그는 말했다.

"저는 7년 동안 마차를 몰았습니다만, 한번도 잘못을 저지른 적이 없었지요. 제게 무슨 잘못이 있는지 직접 물어보고 싶어서 주차장에서 곧장 여기로 왔습니다요."

"아니, 자네를 나무랄 일은 하나도 없네."

홈즈는 말했다.

"그냥 내가 묻는 말에 똑똑히 대답만 해 준다면 반 파운드를 주려고 생각하고 있네."

"그렇다면 전 오늘 운수가 좋은데요. 네, 틀림없이 대답하지요."

마부는 씩 웃었다.

"선생님, 묻고 싶으신 게 뭡니까?"

"또 자네를 찾게 될지도 모르니까 이름하고 주소를 먼저 대 주게."

"바러 구 터피 거리 3번지, 존 클레이튼입죠. 저의 마차는 워털루역 앞의 시플리 주차장에 속해 있구요."

셜록 홈즈는 이름과 주소를 적었다.

"그럼 클레이튼, 오늘 아침 10시에 이 집 앞에 와서 망을 보고 있다가 리전트 거리 쪽으로 가는 두 신사 분을 미행한 손님에 대해서 이야기해 주게."

마부는 깜짝 놀라며 조금 당황하는 빛을 보였다.

"아이쿠, 선생님께선 제가 알고 있는 건 모두 알고 계시는 듯하니 별로 도움도 안될 것 같은데……."

그는 머뭇거리며 말했다.

"사실대로 말씀드리면 그 손님은 탐정이라고 하면서 아무에게도 말하지 말라고 했습죠."

"여보게, 이건 아주 중대한 일이니까 무얼 숨긴다면 자네는 좀 곤란한 처지에 빠질 거야. 그래, 그 손님이 탐정이라고 했단 말이지?"

"네, 그러시더군요."

"언제 그러던가?"

"마차에서 내릴 때였습죠."

"다른 말도 했나?"

"자기 이름을 대더군요."

홈즈는 의기양양한 눈초리로 재빨리 나를 쳐다보았다.

"호오, 그가 이름을 댔단 말인가? 경솔한 짓이었군. 그래, 그가 댄 이름이 뭐지?"

"셜록 홈즈라고 했어요."

나는 내 친구가 마부의 이 대답을 들었을 때처럼 크게 놀란 빛을 본 일이 없었다. 그는 잠시 어리둥절하여 앉아 있더니 드디어 큰 소리로 웃음보를 터뜨렸다.

"한 대 맞았군! 왓슨, 멋들어지게 한 대 맞았어! 그의 칼끝도 내 것만큼 날쌔고 훌륭하군. 깨끗이 한 대 맞았어. 그래 이름이 셜록 홈즈라고 하던가?"

"네, 그게 그분의 이름이었습니다."

"좋아! 그럼 어디서 태웠으며 무슨 일이 있었는지 모두 말해 주게."

"9시 반에 트라팔가 광장에서 그분이 저를 불러세웠습죠. 탐정이라고 하시면서, 종일 시키는 대로만 하고 아무 말도 묻지 않는다면 2기니를 주겠다고 하길래 전 기꺼이 그러겠다고 했지요. 그래서 우선 노섬벌랜드 호텔까지 가서 두 신사분이 호텔에서 나와 마차에 오를 때까지 기다리고 있었죠. 우린 그 마차가 이 근방에서 멈출 때까지 두 분의 뒤를 쫓아왔습니다."

"바로 이 집 문앞이었었지?"

홈즈가 물었다.

"글쎄올시다. 저야 아무것도 몰랐습죠. 그러나 그 손님은 모든 것을 알고 계신 것 같더군요. 이 길목 중간쯤에서 마차를 세우고 1시간 반이나 기다렸지요. 그리고는 두 신사가 걸어서 우릴 지나치자 그분들 뒤를 밟아 베이커 거리를 지나고……."

"그건 알고 있네."

"그러고서 리전트 거리를 4분의 3쯤 갔을 때였습니다. 손님이 갑자기 뚜껑문을 밀어젖히고 될 수 있는 대로 빨리 워털루 역으로 달리라고 소리를 치기에 저는 말을 채찍질해서 10분도 안 되어 워털루 역에 닿았습죠. 그때 손님은 약속대로 2기니를 주고 정거장 안으로 들어갔습니다. 그런데 헤어질 때 저를 돌아다보면서, '자네가 오늘 태운 사람이 셜록 홈즈라는 걸 알면 이야기거리가 될 걸세'라고 하시더군요. 그래서 이름을 알았습죠."

"이제 알겠네. 그 다음에는 못 봤나?"

"정거장 안으로 들어간 뒤에는 못 봤습니다."

"그럼 그 셜록 홈즈란 자가 어떻게 생겼던가?"

마부는 머리를 긁적였다.

"글쎄요. 딱 잘라 뭐라고 말하기 어려운 얼굴이었습니다. 나이는 40살쯤 돼보이고, 키는 중키였습죠. 선생님보다 2, 3인치쯤 작아 보였어요. 신사다운 옷차림으로 검은 턱수염이 났는데 끝을 네모지게 깎았고, 얼굴은 창백하더군요. 그 이상은 잘 모르겠는뎁쇼."

"눈 빛깔은?"

"글쎄요······."

"그 밖에 알고 있는 건 없나?"

"없는뎁쇼, 아무것도."

"그렇다면 자, 여기 반 파운드가 있네. 무엇이든 더 알려 주면 또 반 파운드 주겠네. 잘 가게."

"안녕히 계십시오. 이거 정말 고맙습니다!"

존 클레이튼이 좋아서 벙글거리며 나가자, 홈즈는 나를 향해 어깨를 으쓱해 보이며 쓴웃음을 지었다.

"세 번째 실마리도 끊어져 버렸군. 우린 다시 원점으로 돌아간 셈일세."

그리고 잠시 있다가 다시 말을 이었다.

"교활한 녀석! 그는 이 집 주소도 알고 있고, 헨리 바스커빌 경이 내게 사건을 의뢰했다는 것도 알고 있고, 리전트 거리에서는 내가 누구라는 것도 확인했고, 내가 마차 번호를 외고 있다가 마부를 조사할 것까지 다 알고 있었던 걸세. 그래서 그런 건방진 인사를 남기고 간 거야, 틀림없어. 왓슨, 이번에 우린 만만찮은 상대를 만났네. 런던 한복판에서 내가 도리어 당하고 만 거야. 이젠 자네가 데번서에 가서 잘해 주기를 바랄 뿐일세. 하지만 난 아무래도 마음에 좀 걸리는군."

"무엇이 말인가?"

"자네를 보내는 일 말일세. 이건 아주 사악한 사건이야. 왓슨, 사악하고 위험한 사건이기 때문에, 생각하면 할수록 난 이 일이 싫어진단 말일세. 자네는 웃을지도 모르지만, 솔직하게 말하자면 난 자네가 다시 무사히 베이커 거리로 돌아오기를 바랄 뿐이네."

바스커빌 저택

헨리 바스커빌 경과 모티머 의사가 약속한 날까지 모든 준비를 갖추어 놓았기 때문에, 우리는 예정대로 데븐셔로 떠났다. 셜록 홈즈는 나와 함께 마차를 타고 정거장까지 나와서 헤어질 때에 마지막 지시와 충고를 해 주었다.

"왓슨, 난 이 사건에 대해서 여러 가지 추리와 억측을 늘어놓아 자네에게 어떤 선입견을 주고 싶진 않네. 자네는 다만 사실을 될 수 있는 대로 자세히 보고해 주기만 하면 되네. 거기에 대한 추리는 모두 나에게 맡기고."

"어떤 종류의 사실을 말인가?"

나는 물었다.

"아무리 간접적인 사실일지라도 조금이나마 사건에 관계가 있는 것 같으면 무엇이든 알려 주게. 특히 헨리 경과 이웃 사람들과의 관계라든가, 또는 찰스 경의 죽음에 관한 새로운 사실 같은 것 말일세. 난 혼자서 2, 3일 동안 조사해 봤지만 결과는 시원치 못했네. 오직 한 가지 틀림없다고 생각되는 사실은, 다음 상속인이 될 제임스 데스먼드 씨는 무척 온후하고 나이가 지긋한 신사로 이 사건과는 아무런 관계가 없다는 것뿐이네. 이분은 전혀 우리들의 생각밖에 두어도 좋을 것 같아. 그러므로 결국 남는 것은 황무지에서 헨리 바스커빌 경을 실제로 둘러싸게 될 사람들이야. ”

“우선 이 바리모어 부부를 제외시키는 게 좋지 않을까? ”

“천만에, 그보다 더 큰 잘못은 없을 거야. 만일 그 부부에게 죄가 없다면 잔인하고 부당한 일이겠지만, 만약에 그들에게 죄가 있다면 그들로부터 사건을 풀 수 있는 모든 기회를 놓치게 될 거야. 안 되지 안돼. 그들은 그대로 용의자 명단에 남겨 둬야 해. 그리고 바스커빌 저택에는 틀림없이 마부가 한 사람 있을 걸세. 또 황무지에 농부가 두 사람 있고, 그리고 우리 모티머 선생이 계시는데——그분은 더없이 정직한 분이라고 나는 생각하지만——그분의 부인에 대해서는 우린 아무것도 모르네. 그리고 박물학자 스테이플튼이 있고, 매력있는 젊은 아가씨라고 소문난 그의 누이동생이 있지. 또 라프터 저택의 프랭클런드 씨가 있는데, 그 사람 역시 우리에게는 미지수야. 그 밖에 두세 명의 이웃 사람들이 있지. 이 사람들을 자네는 특별히 연구해야 할 걸세. ”

“있는 힘을 다해 보겠네. ”

“무기는 가지고 있지? ”

“물론. 가지고 있는 게 좋을 것 같아서. ”

“그렇고말고, 밤낮으로 권총을 지니고 있게. 그리고 결코 마음을 놓아서는 안 되네. ”

동행자는 벌써 1등 찻간에 자리를 잡아두고 플랫폼에서 우리를 기다리고 있었다.

“그 뒤로 무슨 소식이 없습니까? ”

홈즈가 묻자 모티머 의사는 대답했다.

"아니오, 아무런 소식도 없습니다. 그러나 한 가지 틀림없다고 단언할 수 있는 것은 지난 이틀 동안 우리의 뒤를 밟은 사람이 없었다는 겁니다. 외출할 때마다 늘 세심하게 주의를 했으니까 만약에 그런 사람이 있었다면 우리가 그를 놓쳤을 리 없습니다."

"두 분께서는 언제나 함께 계셨지요?"

"어제 오후 말고는 죽 그랬지요. 저는 런던에 오면 언제나 하루는 순수한 즐거움을 위해 보내기로 하고 있기 때문에, 어제 오후를 외과대학 박물관에서 보냈습니다."

"그래서 저는 공원으로 가서 사람 구경을 했지요."

헨리 바스커빌은 말했다.

"그러나 아무 일도 없었습니다."

"그렇더라도 매우 경솔한 행동이었습니다."

홈즈는 고개를 흔들며 몹시 신중한 표정을 지었다.

"헨리 경, 아무쪼록 혼자서 다니시지 않기를 바랍니다. 그러시다간 뜻밖의 불행이 닥칠지도 모릅니다. 그리고 한쪽 구두는 찾으셨습니까?"

"아니오, 끝내 나타나지 않았습니다."

"그래요? 그거 아주 흥미로운 일이군요. 그럼 안녕히 가십시오."

그는 기차가 플랫폼을 미끄러져 나갈 때 덧붙여 말했다.

"헨리 경, 모티머 선생이 들려 준 기묘한 옛 전설의 한 구절을 마음에 새겨 두시고, 마귀가 날뛰는 어두운 밤중에는 황무지에 나가지 마십시오."

플랫폼을 멀리 떠난 뒤에 돌아다보니, 홈즈의 키 크고 준엄한 모습은 꼼짝도 하지 않고 우리를 바라보고 있었다.

기차 여행은 빠르고 유쾌했다. 나는 그 동안 두 동행인과 더 친해졌고 또 모티머 의사의 스패니얼 종 개와 장난을 치기도 했다. 겨우 한두 시간밖에 달리지 않았는데도 갈색 토지는 붉은 빛을 띠고 벽돌 집들은 화강암 집으로 바뀌었으며, 울짱을 둘러친 목장에서는 붉은 소들이 풀을 뜯고 있었다. 목장의 푸른 풀과 무성한 수목은 습기가 많기는 하나 기름진 풍토임을 말해 주고 있었다. 헨리 바스커빌은 열심히 창 밖의 경치를 내다보고 있더니, 낯익은 데븐셔의 경치가 눈에 들어오자 기쁨의 소리를 질렀다.

"왓슨 선생, 저는 이 나라를 떠나서 세계 여기저기를 꽤 돌아다녔습니다만 이만한 곳은 못 보았습니다!"

"데븐셔 사람들은 특히 고향 자랑을 많이 하더군요."

나는 대답했다.

"그건 땅이 좋기 때문일 뿐 아니라 혈통 관계도 있지요."

모티머 의사가 말했다.

"얼른 보아도 알 수 있듯이 이분은 켈트 족의 특징인 동그란 머리를 하고 있는데, 그 속에는 켈트 족다운 정열과 애정이 들어 있지요. 세상 떠나신 찰스 경의 머리는 아주 드문 형태여서, 게일 족과 이베리아 족의 특징을 반반씩 지니고 계셨습니다. 그런데 당신이 바스커빌 저택을 마지막으로 보신 것은 아주 어릴 때였겠지요?"

"아버지께서 돌아가셨을때 저는 겨우 10대의 어린아이였고, 아버지께서는 남부 해안 지방의 조그만 집에서 살고 계셨기 때문에 저는 바스커빌 저택을 한 번도 본 일이 없습니다. 그리고는 바로 미국에 있는 친구에게 갔으므로 왓슨 선생처럼 저도 전혀 낯선 곳이라, 그 황무지가 보고 싶어 못 견디겠군요."

"그러세요? 당신의 소원은 이제 곧 이루어질 겁니다. 저기 그 황무지가 보이기 시작하니까요."

모티머 의사는 차창 밖을 가리키면서 말했다.

사각형으로 구획된 녹색 밭과 물결치는 낮은 숲 너머에, 멀리 잿빛 음울한 언덕이 솟아올라 있는데 그 이상한 톱니 모양의 마루턱은 멀리 아주 희미하게 보여, 마치 꿈에서 보는 환상적인 풍경처럼 보였다. 헨리 바스커빌은 오랫동안 그곳을 응시하며 꼼짝도 않고 앉아 있었다. 그의 열정적인 표정에서 내가 알아차린 것은, 그의 조상들이 오랜 시일에 걸쳐 위세를 떨쳤고 또 그 흔적을 깊이 남긴 그 낯선 땅을 처음으로 보는 것이 그에게 있어 얼마나 뜻깊은 일인가 하는 것이었다. 살풍경한 찻간 한 구석에 트위드 정장을 입고 미국어의 액센트를 쓰는 그가 앉아 있었다. 더구나 그의 검게 탄 인상적인 얼굴을 쳐다보며, 나는 이 사람이야말로 옛날부터 연연히 내려온, 혈통이 좋고 성질이 불꽃 같은 거만한 사람들의 틀림없는 후손임을 새삼스레 더 깊이 느꼈던 것이다. 그의 짙은 눈썹이며 우뚝 선 코, 흐린 갈색 눈에는 자부심과 용기와 힘이 넘쳐 있었다. 비록 저 무서운 황무지의 곤란하고 위험한 일이 우리를 기다리고 있다 할지라도, 이 사람하고라면 감히 그 모험을 함께 해도 좋으리라고 생각되었고, 또 용감하게 해내리라 믿어지는 인물이었다.

기차가 어떤 조그마한 시골 정거장에서 멈추자 우리는 모두 내렸다. 역 밖에는 하얗고 나지막한 울짱 앞에 망아지 두 마리가 끄는 지붕없는 마차가 기다리고 있었다. 우리들이 온 것은 확실히 큰 사건이었는지, 역장과 짐꾼들이 우리 주위로 몰려와서 짐을 들어 주었다. 조용하고 순박한 고장이었다. 그러나 출입문 옆에 검은 제복을 입은 병사 같은 두 사나이가 총을 짚고 서 있다가, 우리들이 지나칠 때 날카로운 눈초리로 흘겨보는 것을 보고 나는 놀라지 않을 수 없었다. 딱딱한 표정에 주름살 투성이의 마부는 체구가 작았는데 헨리 바스커빌에게 인사하기 바쁘게 하얀 큰길로 마차를 내달렸다. 파도처럼 굽이치는 목장들이 길 양쪽에 기복을 이루고, 박공을 댄 낡은 집들이 무성한 푸른 나무 사이로 내다보였다. 그러나 평화롭고 양지바른 전원 너머에는 톱니 모양의 음침한 언덕을 등진 구불구불하고 음울한 곡선의 황무지가 저녁 하늘을 배경으로 시커멓게 펼쳐져 있었다.

마차는 옆길로 꺾어들었다. 우리는 몇 세기 동안 수레바퀴에 패여서 움푹 들어간 오솔길을, 흠뻑 젖은 이끼와 다육질 양치류가 무성한 양쪽의 높은 둑 사이를 헤치고 곡선을 그리며 올라갔다. 청동색 고사리며 얼룩진 찔레나무가 지는 해를 받아 빛나고 있었다. 우리는 줄곧 오르막길을 올라갔다. 좁은 화강암 다리를 건너, 커다란 잿빛 암석 사이로 물보라를 일으키며 세차게 흘러 내리는 급류를 만났다. 거기서부터는 개울을 끼고 거슬러 올라갔다. 길은 키가 낮은 떡갈나무와 전나무가 빽빽하게 우거진 산골짜기 사이로 꼬불꼬불 나 있었다. 모퉁이를 돌 때마다 헨리 바스커빌은 환성을 지르고 주위를 둘러보며 쉬지 않고 질문을 했다. 그의 눈에는 모든 것이 아름답게만 보였으나, 한 해의 마지막이 가까워진 것을 뚜렷하게 드러내고 있는 전원에 나는 한 가닥 우수를 느꼈다. 낙엽은 오솔길에 수북이 깔려 있고, 우리가 지나칠 때 머리 위로 소리를 내며 날렸다. 썩어가는 낙엽더미 위를 지날 때는 덜컹거리는 마차바퀴 소리가 잠잠해졌다. 바스커빌 가문의 당당한 새 후계자를 자연은 어찌도 이리 쓸쓸하게 맞아들인단 말인가!

"아니! 저게 뭐지?"

갑자기 모티머 의사가 외쳤다. 황무지의 외진 곳에 히드가 무성한 벼랑이 튀어 나와 있었다. 그 꼭대기에, 동상처럼 단단해 보이는 말 탄 병정 하나가 팔에 총을 겨누어 들고 서 있었는데, 그 모양은 거무스레하고 준엄해 보였다. 그는 우리가 가고 있는 길목을 지키고 있었다.

"무슨 일인가, 퍼킨스?"

모티머 의사는 물었다.

마부는 자리에 앉은 채 우리에게로 반쯤 몸을 돌렸다.

"프린스타운 감옥에서 죄수가 하나 도망쳤습죠. 벌써 사흘째나 되는데, 간수들이 길과 역을 모조리 지키고 있는데도 아직 못 찾고 있어요. 근방의 농부들이 무척 두려워하고 있답니다."

"하지만 정보를 제공하면 5파운드 벌 게 아닌가?"

"그렇습죠. 그러나 5파운드를 탐냈다가 목을 잘리기라도 한다면 정말 수지맞는 장사가 아니죠. 선생님, 그게 여느 죄수가 아니랍니다. 무슨 짓을 저지를지 모르는 아주 흉측한 놈이에요."

"이름이 뭔데?"

"셀던입니다. 노팅힐에서 사람을 죽인 녀석이죠."

그 사건이라면 나도 잘 알고 있었다. 범죄 방법이 유달리 흉악하고 잔인무도해서 홈즈가 흥미를 느낀 사건이었기 때문이다. 사형에서 종신 금고형으로 감형된 것은 살인방법이 너무 흉악해서 그 정신 상태가 과연 정상적이었나 하는 의문이 있었기 때문이다. 마차가 고개를 다 올라서자 우리 앞에는 뒤틀리고 울퉁불퉁한 돌무덤과 바위산이 여기저기 흩어져 있는 광막한 황무지가 나타났다. 한줄기 차가운 바람이 스쳐가자 우리는 오싹 몸이 떨렸다. 이 차가운 벌판 어딘가에 자신을 거부한 사회에 원한을 곱씹으며 어떤 포악한 사내가 야수처럼 납작 몸을 숨기고 있으리라. 그런 생각만 해도 이 불모의 들판에 몰아치는 쌀쌀한 바람과 잠길락말락한 하늘 빛이 어쩐지 으시시하게 느껴졌다. 헨리 바스커빌조차 입을 다물고 외투를 바싹 여몄다.

우리는 이미 그 비옥한 고장을 멀리 저 아래에 두고 온 것이다. 되돌아보니 기울어가는 저녁 햇살이 개울을 금색 띠로 물들이고, 쟁기가 새로 뒤집어 엎어놓은 밭의 붉은 흙과 넓게 엉클어진 삼림지대 위에서 빨갛게 타고 있었다. 거대한 둥근 바윗덩이가 여기저기 흩어져 있는 적갈색과 올리브 색의 가파른 비탈길을 넘어갈수록 길은 점점 더 음산하고 황량해졌다. 이따금 지나치는 황무지의 오두막집들은 벽이며 지붕이 돌로 되어 있었으나, 그 거친 윤곽을 덮어 줄 담쟁이덩굴도 없었다. 갑자기 눈 아래에 찻잔처럼 움푹 패인 지대가 나타났다. 이곳에는 몇 년 동안 사나운 폭풍우에 뒤틀리고 이지러진 키 작은 떡갈나무와 전나무가 군데군데 있었다. 그 나무숲 너머에는 높고 뾰족한 탑이 두 개 솟아 있었다. 마부는 말채찍으로 그곳을 가리켰다.

"저것이 바스커빌 저택입니다."

바스커빌 저택의 주인이 된 헨리 경은 허리를 들고 상기된 얼굴로 눈을 빛내며 바라보고 있었다.

몇 분 뒤에 우리는 문지기 집이 붙어 있는 대문에 이르렀다. 복잡하게 장식이 들어간 환상적인 문양의 철대문이었다. 비바람에 시달린 이끼투성이의 기둥이 양쪽에 서 있고 위에는 바스커빌 가문의 문장인 멧돼지의 머리가 조각되어 있었다. 문지기 집은 이미 못쓰게 되어 지금은 시커먼 화강암과 서까래의 앙상한 뼈대가 남아 있을 뿐이었다. 그러나 맞은편에 공사중인 문지기의 새집이 있었는데 찰스 경이 남아프리카에서 벌어 온 돈이 만들어낸 첫 산물이었다.

문을 들어서자 바로 가로수 길이었다. 거기서 마차바퀴 소리는 또다시 낙엽 사이로 사라졌고, 고목들이 내민 가지는 우리 머리 위로 어두운 터널을 이루었다. 바스커빌은 길게 뻗어 있는 어두운 찻길을 쳐다보다가 막다른 곳에 바스커빌 저택이 마치 유령처럼 어렴풋이 나타나자 몸을 떨었다.

"백부님이 돌아가신 곳이 여기였나요?"

그는 가라앉은 목소리로 물었다.

"아니지요, 주목나무 골목길은 저 쪽입니다."

젊은 상속인은 우울한 얼굴로 주위를 둘러보았다.

"이런 곳이니 재앙이 닥칠까 백부님이 걱정하신 것도 무리가 아니군요. 누구라도 무서워질 겁니다. 나는 반 년 안에 여기다가 전등을 달겠습니다. 스원&에디슨의 100촉광짜리 백열등만 하나 현관에 달아도 분위기가 꽤 달라질 겁니다."

가로수 길이 끝나자 널찍한 잔디밭이 나왔고, 바로 우리 눈 앞에 저택이 있었다.

희미한 어둠 속에서 중후한 본관 건물이 포치와 함께 내 앞에 떡하니 버티고 서 있는 것을 보았다. 앞은 온통 담쟁이덩굴로 덮였는데, 창문이나 문장이 그 검은 장막 사이로 군데군데 내다보이고 있었다. 본관에는 옛날 탑이 한 쌍 솟아 있었고 많은 총구멍과 감시 구멍이 뚫려 있었다. 탑의 좌우에는 보다 현대적인 검은 화강암 건물이 소매처럼 붙어 있었다. 세로 창살이 있는 육중한 창문 사이로 희미한 불빛이 새어나왔고, 가파른 지붕에 솟아있는 높은 굴뚝으로 한 줄기 검은 연기가 피어오르고 있었다.

"어서 오십시오, 헨리 경! 바스커빌 저택에 오신 것을 환영합니다."

키가 큰 사나이가 어두운 현관에서 나오더니 마차 문을 열었다. 한 여자의 모습은 홀의 누런 불빛을 등지고 서 있어 검게 형태만 보였다. 그녀도 나와서 사나이를 도와 우리들의 짐을 내렸다.

"헨리 경, 저는 바로 이 마차로 돌아가도 괜찮겠지요? 집에서 아내가 기다리고 있어서요."

모티머 의사가 말했다.

"들어가서 함께 저녁이라도 잡숫고 가시지요."

"아니, 가봐야합니다. 할 일도 있어서요. 바스커빌 저택을 안내해 드렸으면 좋겠지만 바리모어가 더 잘 할 겁니다. 그럼 실례하겠습니다. 그리고 제가 도와드릴 일이 있으면 밤이든 낮이든 주저 마시고 사람을 보내 주십시오."

바퀴소리가 찻길 저쪽으로 사라지고 헨리 경과 내가 현관으로 들어서자 문이 쿵 하고 육중한 소리를 내며 닫혔다. 호화로운 현관홀이었다. 천정도 높고, 오래된 떡갈나무 서까래는 반들반들 까만 윤기 흘렀다. 쇠로 만든 높다란 땔감 시렁 뒤의 커다란 구식 벽난로에서는 장작이 탁탁 소리를 내며 타고 있었다. 오랜 마차 여행으로 몸이 싸늘해진 헨리 경과 나는 불을 쬐었다. 홀 안을 둘러보니 예스러운 색유리가 끼워진 높고 기다란 창문이며, 떡갈나무 벽이며, 벽에 걸린 사슴 대가리와 문장들이 한복판에 걸린 램프의 아늑한 불빛 속에서 모두 흐릿하게 보였다.

"내가 상상한 대로군요."

헨리 경은 말했다.

"전통 있는 가문의 집을 그림으로 나타내면 이럴 것입니다. 바로 이 홀에서 5백 년 동안이나 우리 조상들이 살았으려니 생각하면 엄숙한 느낌이 듭니다."

주위를 둘러보고 있는 그의 어두운 얼굴은 소년 같은 열광으로 빛나고 있었다. 불빛이 그가 서 있는 곳을 비추고, 기다란 그림자들이 벽을 타고 내려와 그의 머리 위에 시커먼 덮개처럼 걸려 있었다. 바리모어가 짐을 각자의 방으로 옮겨놓고 돌아왔다. 그는 아주 잘 훈련된 하인답게 온순한 태도로 우리 앞에 나타났다. 아주 풍채가 좋았으며, 키가 크고 미남인 데다가 각지게 깎아 다듬은 턱수염을 길렀으며, 창백하고 특징 있는 얼굴은 남의 눈길을 끄는 데가 있었다.

"식사는 지금 곧 드시겠습니까?"

"준비가 되어 있나?"

"곧 됩니다. 방에 더운 물을 준비해 두었습니다. 아내와 저는 나리께서 새로 사람을 쓰실 때까지 기꺼이 나리를 모시겠습니다. 바스커빌 저택의 사정이 달라져서 앞으로는 많은 사람이 필요하게 되리라고 생각합니다."

"사정이 달라지다니?"

"아니올시다, 제 말씀은 찰스 경께서는 은퇴 생활을 하셨기 때문에, 저희들만으로도 충분했다는 겁니다. 그러나 나리께서는 당연히 교제 범위가 넓으실 것이므로, 그렇게 되면 집안에 사람이 더 필요할 것 같아서요."

"그럼 자네 부부는 그만두고 싶다는 건가?"

"다만 나리께서 편하실 때 말입니다."

"그러나 자네 집안에서는 여러 대에 걸쳐 이 저택에서 우리 집안과 함께 살지 않았나? 나는 그런 오래된 가족관계를 깨뜨리고 이곳 생활을 시작하고 싶진 않네."

나는 집사의 하얀 얼굴에서 얼핏 어떤 감정의 움직임을 본 듯했다.

"저도 역시 그렇게 생각합니다. 그건 저의 아내도 마찬가지지요. 하지만 나리, 솔직히 말씀드리자면 저희들은 찰스 경을 몹시 따르고 있었습니다. 그래서 경의 별세는 저희들에게 큰 충격이었습니다. 그 때문에 이곳의 모든 것이 저희들 마음을 퍽 아프게 합니다. 저희들은 이 바스커빌 저택에 있는 한 다시는 마음이 편해질 수 없을 것 같습니다."

"그래, 자네는 어떻게 할 작정인가?"

"네, 저희들은 무슨 장사라도 할까 생각하고 있습니다. 찰스 경 덕분으로 장사 밑천은 가지고 있으니까요. 그럼, 방을 안내해 드리겠습니다."

이 오래된 현관 홀에는 난간이 붙은 회랑이 안으로 빙 둘러 있었고 마주보는 계단이 설치되어 있었다. 이 회랑의 중심점으로부터 두 개의 긴 복도가 좌우로 건물 전체에 뻗어 있어서, 집 안의 침실은 모두

가 그 복도와 통하고 있었다. 내 방은 헨리 바스커빌의 방과 거의 마주보고 있었다. 이 방들은 저택의 중심부보다는 훨씬 새 건물인 듯, 밝은 빛깔의 벽지며 무수한 촛불들이 우리가 처음 도착했을 때 받았던 음침한 인상을 얼마간 덜어 주었다.

그러나 홀 쪽으로 이어져 있는 식당은 컴컴하고 음울한 곳이었다. 그것은 기다란 방이었는데, 가족이 앉는 윗자리와 하인들이 앉는 아랫자리로 나뉘어 있었다. 한 구석에는 악사들이 앉는 자리도 높직하게 마련되어 있었다. 우리들 머리 위에는 검은 들보가 가로질렀고, 그 위로 연기에 그을린 거무스름한 천장이 있었다. 활활 타오르는 횃불을 여러 줄 밝혀놓고 옛날식 잔치라도 베풀어, 실컷 기분좋게 떠들어댄다면 이 음산한 기분도 조금은 가라앉으리라. 그러나 검은 옷을 입은 두 신사가 지금 갓을 씌운 램프가 비치는 조그마한 빛의 동그라미 속에 앉아 있노라니 말소리도 낮아지고 기분도 우울해졌다. 엘리자베스 시대의 기사로부터 섭정시대의 멋쟁이에 이르기까지 여러 가지 복장을 한 조상들의 어슴프레한 초상화가 우리를 내려다보고 묵묵히 둘러싸는 바람에 조금 두려운 기분마저 들었다. 우리는 거의 말을 하지 않았다. 식사가 끝나고 근대식 당구실로 내려가 담배를 피울 수 있게 되자 나는 그제서야 마음이 놓이고 기뻤다.

"솔직히 말해서, 이곳은 썩 기분이 좋은 곳은 못 되는군요, 좀 있으면 익숙해지기는 하겠지만 지금으로선 좀 마땅치 않군요, 백부님이 이런 집에서 혼자 사셨으니 신경이 이상해지신 것도 무리가 아닙니다. 그건 그렇고 괜찮으시다면, 오늘 밤은 일찍 쉬기로 하지요, 아마 아침이 되면 좀더 밝은 기분이 될지도 모르겠습니다."

헨리 경은 말했다.

잠자리에 들기 전에 나는 커튼을 젖히고 창 밖을 내다보았다. 창문은 현관 앞에 깔린 잔디밭으로 나 있었다. 건너쪽에는 두 군데의 잡목 숲이 점점 세게 불어오는 바람에 신음하며 흔들렸다. 질주하는 구름 사이로 반달이 얼굴을 내밀었다. 그 차가운 달빛을 받고 잡목 숲 너머로 끊겨진 바위산의 가장자리와, 길고 낮게 구부러진 황무지가 보였다. 나는 커튼을 내리면서, 이날 마지막 보는 이 광경조차 지금까지의 인상을 강하게 할 따름이라는 느낌을 가졌다.

그러나 그것이 마지막은 아니었다. 나는 지쳐 있었으나 잠을 이룰 수 없었다. 오지도 않는 잠을 청하느라고 쉴새없이 이리저리 몸을 뒤척였다. 먼 곳에서 15분마다 시간을 알리는 시계소리가 들려올 뿐, 죽음 같은 고요만 이 오래된 저택을 에워싸고 있었다. 그런데 갑자기, 한밤중의 공기를 뒤흔들며 어떤 소리가 뚜렷하게 내 귀에 들려왔다. 그것은 여자가 흐느껴 우는 소리였다. 참을 수 없는 슬픔에 새어 나오는 울음을 억지로 죽이는 성싶었다. 나는 침대에 일어나 앉아 귀를 기울였다. 그리 먼 곳에서 나는 소리는 아닌 것 같았다. 틀림없이 집 안에서 나는 소리였다. 나는 반 시간 동안이나 온몸의 신경을 곤두세우고 기다렸으나, 시간을 알리는 시계 소리와 벽에 엉킨 담쟁이 덩굴이 바람에 흔들리는 소리밖에는 아무것도 들리지 않았다.

메리핏 하우스의 스테이플튼 오누이

이튿날 아침의 신선한 아름다움은 우리들이 받았던 바스커빌 저택의 어둡고 음산한 첫인상을 얼마간 덜어 주었다. 헨리 경과 내가 아침 식탁에 앉자 세로 창살이 있는 높은 창문으로 햇살이 홍수처럼 흘러들어, 창문에 그려진 문장들이 테이블 위에서 색색으로 빛났다. 검은 벽돌도 금빛 햇살을 받아 청동색으로 빛나, 이것이 어젯밤에 우리 마음에 그렇게도 어두운 인상을 안겨 준 방이라고는 생각할 수 없었다.

"나무랄 것은 우리 자신이지 이 집이 아니었군요! 우리는 여행 때문에 피곤했고 마차에서 추위에 떨어, 이곳을 음산한 곳으로 느꼈던 거요. 이렇게 기분이 상쾌해지니까 모든 것이 다시 밝게 보이는군요."

남작은 말했다.

"그러나 모두 우리 상상에 지나지 않다고는 할 수 없지요."

나는 대답했다.

"어젯밤만해도 누군가가, 아마 여자일겁니다만, 흐느껴 우는 소리를 못 들으셨나요?"

"이상한 일이군요, 하긴 저도 잠이 들락말락하던 참에 그런 소리를 들은 것 같군요, 한참 기다렸는데도 그 소리가 다시 들리지 않아서, 꿈이려니 생각했지요."

"저는 그 소리를 똑똑히 들었습니다. 틀림없이 여자가 흐느껴 우는 소리였어요."

"곧 물어봐야겠군요."

그는 초인종을 눌러서 바리모어를 불러 어젯밤에 있었던 일을 모르느냐고 물었다. 주인의 말을 듣고 있던 집사의 창백한 얼굴이 더욱 하얘지는 것 같았다.

"나리, 저택에는 여자란 둘밖에 없습니다. 하나는 잔일을 하는 하녀인데, 별채에서 자고 있습니다. 다른 하나는 저의 아내입니다만은, 제 아내가 그런 소리를 낸 적은 절대로 없었습니다."

그런데 그 대답은 거짓말이었다. 아침식사 후에 나는 긴 복도에서 우연히 얼굴에 햇빛을 가득 받고 있는 바리모어의 아내와 마주쳤기 때문이다. 그녀는 몸집이 크고 무표정해서 둔하게 보였으나 입 모양은 준엄하고 야무진 인상을 풍겼다. 그러나 부풀어 오른 눈시울 사이로 힐끗 나를 쳐다보던 충혈된 눈이 모든 것을 말해 주었다. 어젯밤에 운 것은 이 여자가 틀림없었다. 그렇다면 그녀의 남편도 반드시 알 것이다. 곧 알려질 것이 뻔한데도 그는 아니라고 잡아떼었다. 왜 그랬을까. 그리고 그녀는 왜 그렇게도 슬피 울었을까? 얼굴이 창백하고 잘생긴 이 검은 턱수염의 사나이 주위에는 벌써 수수께끼 같은 우울한 분위기가 감돌고 있었다. 찰스 경의 시체를 처음 발견한 것도 바로 이 사나이였고 또 그 노인이 죽을 때까지의 모든 상황도 우리는 오직 그의 설명으로서만 알고 있었다. 리전트 거리의 마차 속에서 우리가 본 것이 결국 바리모어였다고 할 수 있을까? 이 수염은 그때의 수염과 같은 것이라고 생각할 수도 있다. 마부의 말로는 키가 좀 작다고 했지만, 그런 인상은 잘못 보기 쉬운 것이다. 어떻게 하면 이 문제를 결정적으로 해결할 수 있을까? 분명한 것은 가장 먼저 해야 할 일이 그림펜의 우체국장을 만나서, 확인 전보가 정말로 바리모어에게 직접 배달되었는가를 알아 내는 것이다. 대답이 어떻더라도, 셜록 홈즈에게 꼭 보고해야 할 것이다.

아침 식사 후 헨리 경은 혼자 조사해야 할 서류가 많아서 바쁘므로 내가 외출하기엔 좋은 시간이었다. 황무지를 끼고 4마일이나 유쾌한 산책을 한 끝에, 나는 음산한 작은 마을에 닿았다. 거기에는 다른 집들보다 높이 솟은 두 건물이 있었는데, 알고보니 여관과 모티머 의사의 집이었다. 마을에서 식료품 가게도 하고 있는 우체국장은 그 전보를 똑똑하게 기억하고 있었다.

"그럼요, 지시하신 대로 어김없이 바리모어 씨에게 배달하도록 했지요."

그는 말했다.

"누가 배달했는가요?"

"여기 있는 제 아들입니다. 제임스, 너 지난 주일에 그 전보를 바스커빌 저택의 바리모어 씨에게 틀림없이 전했겠지?"

"네, 전했어요, 아버지."

"그분 손에 직접 전했나?"

나는 물었다.

"저어, 그때 바리모어 씨는 다락방에 올라가 계셨어요. 그래서 직접 전하지 못하고 바리모어 부인에게 드렸는데, 곧 그분에게 전해주겠다고 약속하셨어요."

"넌 바리모어 씨를 뵈었느냐?"

"아니오, 바리모어 씨는 다락방에 계셨다니까요."

"뵙지 않았으면 어떻게 다락방에 계시는 줄 알지?"

"원 참, 부인이 남편은 다락방에 있다니까 틀림없겠죠, 바리모어 씨가 전보를 받지 못했습니까? 뭔가 잘못되었더라도 불평은 바리모어 씨가 할 일이지요."

우체국장은 짜증을 냈다.

더 알아내려고 해도 가망이 없을 것 같았다. 그리고 홈즈가 계략을 썼는데도 불구하고 우린 바리모어가 런던에 가지 않았다는 증거를 여전히 얻지 못하고 있는 것이다. 가령 그가 런던에 갔다고 한다면——이를테면 그가 살아 있는 찰스 경을 마지막 본 사나이이고, 영국으로 돌아온 새로운 상속인의 뒤를 밟은 맨 처음의 사나이라고 한다면, 이것은 어떻게 된 일일까? 그는 누군가의 끄나풀인가, 아니면 자기 자신이 흉계를 꾸미고 있는 것인가? 무슨 이해 관계가 있어서 그는 바스커빌 집안 사람에게 해를 끼치는 것인가? 나는 〈타임스〉 사설에서 글씨를 오려내어 만든 그 이상한 경고장을 생각했다. 그것은 이 사내가 한 일이었을까, 아니면 이 사나이의 음모를 방해하려는 사람의 짓이었을까? 생각할 수 있는 유일한 동기는 헨리 경이 말한 것처럼, 만약에 헨리 경 가족이 겁이 나서 떠나 버린다면 바리모어 부부에게는 편안하고 죽을 때까지 살 곳이 확보된다는 것이었다. 그러나 이러한 설명은 젊은 남작의 주위에 보이지 않는 그물을 치고 있는 듯한, 심각하고 교묘한 음모를 설명하기에는 너무도 불충분한 동기이다. 오랫동안 세상을 깜짝 놀라게 한 갖가지 수사를 해 온 홈즈도 이보다 더 복잡한 사건에 부딪친 적이 없다고 했으니 말이다. 음산하고 인기척이 없는 길을 돌아오면서, 나는 내 친구가 빨리 그가 묶여 있는 일에서 풀려나 한시라도 빨리 이곳으로 와 이 무거운 책임을 내 어깨에서 벗겨 줄 것을 바랐다.

나의 생각은 갑자기 뒤에서 뛰어오는 발자국 소리와 내 이름을 부르는 소리에 끊어졌다. 모티머 의사려니 하고 돌아다보니, 놀랍게도 내 뒤를 쫓아온 사람은 낯선 사람이었다. 그는 몸집이 작고 호리호리하며 깨끗이 면도를 한 새침한 얼굴의 사나이였다. 머리털은 아마빛이고 턱이 뾰족하며, 나이는 삼십대로 보이고, 회색 양복에 밀짚모자를 쓰고 있었다. 식물채집할 때 쓰는 양철통을 어깨에 메고 있었으며, 녹색 곤충망을 손에 들고 있었다.

"실례를 용서하십시오, 왓슨 박사시지요?"

그는 숨을 헐떡이면서 내가 서 있는 곳까지 다가와서 말했다.

"이곳 황무지에서는 모두들 가깝게 지내기 때문에 형식적인 소개는 기다리지 않지요. 제 이름은 친구 모티머 씨에게서 들으셨을 겁니다. 저는 스테이플튼입니다. 메리핏 하우스에서 삽니다."

"그 망과 통을 보고 벌써 알았습니다. 스테이플튼 씨는 박물학자라고 듣고 있었으니까요. 그런데 제 이름은 어떻게 아셨나요?"

내가 물었다.

"저는 모티머 씨를 찾아갔는데, 진찰실 창문으로 선생께서 지나시는 것을 보고 모티머 씨가 가르쳐 주더군요. 가는 길이 같으니까 따라와서 제 소개를 하려고 했지요. 그런데 헨리 경은 오랜 여행에 불편하시지는 않으신지요?"

"아무렇지 않으십니다, 덕택에."

"찰스 경이 참혹하게 돌아가셔서 새 남작께서 이곳에 사시지 않을지도 모르겠다고 우리들은 모두 염려했지요. 부자에게 이런 곳에 와서 파묻히라고 하는 것은 무리한 부탁이니까요. 그러나 선생도 아시겠지만 이 고장 사람들에겐 사활이 걸린 문제입니다. 헨리 경은 이번 사건에 미신적인 공포를 느끼시진 않겠지요?"

"아마 그러실 겁니다."

"물론 선생께서는 바스커빌 가문에 얽혀 있는 악마개의 전설을 알고 계시겠지요?"

"알고 있습니다."

"이 주변에 사는 농민들은 미신을 지나치게 믿고 있지요. 그들 가운데에는 황무지에서 그런 동물을 보았다고 단언하는 사람도 있답니다."

스테이플튼은 웃으며 말했다. 그러나 그의 눈을 보니 이 사건을 우습게 보는 것 같지는 않았다.

"그 이야기는 찰스 경의 상상력을 크게 지배했지요. 그게 결국 그의 죽음을 불러들였음에 틀림없습니다."

"어떻게 말입니까?"

"그분의 신경은 너무 날카로워져 있기 때문에, 어떠한 개든지 나타나기만 하면 그분의 병든 심장에 치명적인 타격을 줄 수 있었을 겁니다. 마지막 밤에 그분은 주목나무 밑을 산책하시는 길에서 정말로 그런 것을 보셨을 겁니다. 저는 그분을 몹시 좋아하였고 심장병을 앓고 계신 것도 알고 있었으므로 무슨 좋지 않은 일이 일어나지나 않을까 줄곧 걱정하고 있었지요."

"어떻게 심장병을 앓는 일까지 아셨나요?"

"모티머 씨가 말해 주더군요."

"그럼, 선생께서는 찰스 경이 어떤 개에게 쫓겨 공포에 질려 죽었다고 생각하시는군요."

"그밖에 어떤 그럴 만한 좋은 설명이 있으신가요?"

"저는 아직 결론에 이르지 못했습니다."

"셜록 홈즈 씨는요?"

스테이플튼의 말에 한순간 나는 숨이 멈추도록 놀랐으나, 상대방의 침착한 얼굴과 차분한 눈을 보고 그가 나를 놀라게 하려는 것이 아님을 알았다.

"왓슨 선생, 우리가 선생을 모르는 척한대도 소용없는 짓이지요. 선생께서 쓰신 탐정 기록은 이곳에 사는 우리들도 보았습니다. 선생께서 셜록 홈즈 씨를 칭찬하면 선생의 이름도 알려지게 마련이지요. 모티머 씨로부터 선생의 이름을 들었을 때 선생이 누구인지 알게 되었습니다. 선생께서 여기 와 계시다면 셜록 홈즈 씨도 이 사건에 흥미를 가지고 있다는 것이 되고, 그러면 그가 어떠한 의견을 가지고 있는지 알고 싶어지는 것도 당연하지요."

스테이플튼이 말했다.

"그 질문에는 대답할 수가 없는데요."

"그분께서 직접 이곳에 오시는지요?"

"지금은 런던을 떠날 수 없습니다. 다른 사건을 처리하는 중이라서요."

"유감스럽군요! 그분이라면 우리들이 모르는 일을 알아낼 수 있을 텐데요. 그건 그렇고 선생께서 조사하시는 일에 대하여, 저가 도움이 될 만한 일이 있으면 무엇이든지 이야기해 주십시오. 선생께서 누구에게 어떠한 혐의를 가지고 계시며, 또는 사건을 어떻게 조사할 작정이신지 암시만 주시면, 미약하나마 곧 무슨 도움이나 조언을 해 드릴 수 있을 겁니다."

"저는 친구인 헨리 경을 방문하러 여기 온 것뿐입니다. 저에겐 어떠한 도움도 필요하지 않습니다."

"훌륭하십니다! 선생께서 신중하신 것은 당연하지요. 제가 주제넘은 참견을 해서 꾸지람 듣는 것도 당연합니다. 이제 다시는 이 사건에 대해 이야기하지 않기로 약속합니다."

스테이플튼은 말했다. 그러는 사이에 우리는 황무지를 가로질러 구불대는 좁은 풀밭길이 큰길에서 갈라지는 곳에 이르렀다. 오른쪽에는 가파르고 바윗돌이 여기저기 늘려 있는 산이 있는데, 옛날엔 화강암

채석하던 곳이었다. 우리 앞쪽의 움푹 들어간 곳에는 양치류와 가시 덩굴이 무성하게 자라고 있어 시커먼 낭떠러지를 이루고 있었다. 멀리 떨어져 있는 언덕 위에는 회색 깃털 같은 연기가 한 줄기 나부끼고 있었다.

"이 황무지 길을 얼마 동안 걸으면 메리핏 하우스에 이릅니다."

스테이플튼이 말했다.

"저의 누이를 소개해 드리고 싶은데, 한 시간쯤 시간을 내실 수 있겠는지요."

나는 처음에 헨리 경의 곁에 있어야 할 텐데 하고 생각했다. 그러나 곧 그의 서재 책상 위에 어질러져 있던 서류와 증서더미를 떠올렸다. 내가 그의 서류 정리를 도울 수 없음은 확실했다. 그리고 홈즈는 황무지의 이웃 사람들을 조사하라고 특별히 부탁했었다. 그래서 나는 스테이플튼의 초대를 받아들이고 그와 함께 오솔길을 내려갔다.

"아주 멋진 곳이지요, 이 황무지는."

라고 말하면서 그는 기복이 심한 구릉지대를 둘러보았다. 거기에는 녹색의 기다란 파도가 굽이치고, 들쭉날쭉한 화강암의 날카롭게 솟아오른 모서리가 마치 물결처럼 저마다 일렁이고 있었다.

"이 황무지에 싫증이 나는 법은 없지요. 이 속에 잠겨 있는 놀라운 비밀은 상상할 수도 없는 겁니다. 황무지는 지나치게 넓고 너무 메마르며, 끝없이 신비스럽지요."

"그럼, 선생께서는 이 곳을 잘 아시겠군요?"

"제가 여기 온 것은 두 해밖에 되지 않습니다. 이곳의 본토박이들은 저를 신참자라고 부르지요. 우린 찰스 경이 여기에 자리를 잡고 나서 바로 뒤에 왔으니까요. 그러나 제 취미가 취미이니만큼 이 주위를 샅샅이 돌아다녔기 때문에 저 이상으로 이곳을 상세히 아는 사람은 별로 없을 겁니다."

"그렇게 힘이 드는 일인가요?"

"아주 힘들지요, 이를테면 기묘한 언덕들이 불쑥불쑥 솟아 있는 저기 북쪽 들판인데요, 저곳에 대해서 특별히 느껴지는 점이 있으신가요?"

"말을 달리기에는 희한한 장소군요."

"으레 그렇게 생각하겠지요, 다들 그렇게 생각하고 말을 타다가 여러 목숨을 잃었답니다. 여기 저기 숱하게 흩어진 녹지대가 눈에 띄지요?"

"네, 다른 곳보다 땅이 더 비옥한 것 같군요."

스테이플튼은 웃었다.

"아닙니다. 저것이야말로 바닥모를 늪이지요, 한 발자국만 잘못 디뎌도 사람이고 짐승이고 끝장입니다. 어제만 해도 황무지에 사는 망아지가 한 마리 빠져들어가는 것을 보았습니다. 다시는 나오지 못했지요, 머리만은 꽤 오랫동안 늪 밖으로 내놓고 있었으나, 결국 가라앉고 말았습니다. 건조한 계절에도 건너가기가 위험한데, 가을비가 내린 뒤는 정말 무서운 곳입니다. 그러나 저는 한가운데까지 들어갔다가 살아 나올 수 있었습니다. 저런, 또 불쌍한 망아지가 한 마리 들어가는군!"

스테이플튼의 말했다.

뭔가 갈색으로 보이는 것이 녹색 사초(莎草) 사이에서 몸부림치며 허우적거리고 있었다. 괴로움에 뒤트는 긴 목이 처들리는가 했더니 무시무시한 비명이 황무지 위에 메아리쳤다. 무서움에 나는 오싹해졌으나, 내 동행자의 신경은 나보다 강한 모양이었다.

"끝장이다!"

그는 말했다.

"늪이 삼켜 버렸어요, 이틀에 두 마리, 아니 더 많을지도 모릅니다. 이곳 망아지들은 건기에 그곳에 가는 것이 습관이 되어 있기 때문에, 늪의 밥이 되기까지는 우기와의 차이를 모르거든요. 정말 꺼림칙한 곳이죠, 이 그림펜 늪이란."

"그런데 선생께서는 건너갈 수 있다는 말입니까?"

"물론이죠. 아주 재빠른 사람이라면 갈 수 있는 오솔길이 하나둘 있지요. 저는 그 길을 찾아 냈습니다."

"하지만 선생께선 어째서 그런 무서운 곳에 일부러 가십니까?"

"그것은…… 보십시오, 저 건너 언덕이 보이지요? 오랜 동안에 걸쳐 주위 일대가 빠져 나갈 수 없는 늪으로 둘러싸여 섬처럼 되어 버렸어요. 저 언덕이야말로——갈 수 있는 재주만 있으면——진기한 식물들과 나비들이 있는 곳입니다."

"언젠가 저도 건너가 보지요."

그는 놀란 얼굴로 나를 쳐다보며 말했다.

"제발 그런 생각은 하지 마십시오. 그곳을 지나다 선생께 무슨 일이 생기면 제게도 책임이 있으니까요. 선생께서 살아 돌아오실 가망은 조금도 없습니다. 제가 살아서 돌아올 수 있는 건 어떤 복잡한 표지를 기억하고 있기 때문이지요."

"아니! 저게 뭡니까?"

나는 외쳤다.

형용할 수 없이 애처로운 신음소리가 길고 낮게 황무지에 울려 퍼졌다. 그 소리는 공기 속에 가득차 있으면서도 어디서 울리는지 알 수 없었다. 둔한 신음소리로부터 차츰 커져 굵은 포효소리로 변했는가 하면 다시 슬프게 떨리는 신음소리로 가라앉았다. 스테이플튼은 얼굴에 기묘한 빛을 띠며 나를 쳐다봤다.

"이상한 곳이지요, 이 황무지란!"

"저건 뭐지요?"

"농부들은 바스커빌 집안의 사냥개가 먹이를 찾고 있는 것이라고 합니다. 전에 한두 번 들은 일이 있지만, 이렇게 큰 소리는 처음입니다."

심장이 얼어붙을 것 같은 공포를 느끼며, 나는 여기저기 골풀이 파릇파릇 자라고 있는 넓은 들판을 둘러보았다. 그러나 우리 뒤쪽 바위산에서 요란하게 까악까악 우는 두 마리의 갈가마귀밖에는, 이 광막한 공간 위에 움직이는 것이라고는 없었다.

"선생께서는 교육을 받으신 분입니다. 그런 터무니없는 것을 믿으시지는 않겠지요? 저렇게 이상한 소리를 지르는 것이 무엇이라고 생각하십니까?"

나는 물었다.

"늪은 가끔 이상한 소리를 냅니다. 진흙이 가라앉는다든가, 물이 솟아오른다든가, 아마 그런 것이겠지요."

"아니, 아닙니다. 그건 살아 있는 목소리였습니다."

"글쎄요, 그럴지도 모르지요. 알락해오라기가 우는 소리를 들으신 적이 있나요?"

"없습니다."

"아주 희귀한——현재 영국에서는——멸종된 것이나 다름없는 새입니다. 그러나 황무지에서는 무슨 일이 일어날 지 모르죠. 우리가 방금 들은 소리가 마지막 알락해오라기의 울음소리라고 해도 저는 놀라지 않을 겁니다."

"그렇게 섬뜩하고 이상한 소리를 저는 지금까지 들어 본 적이 없습니다."

"네, 정말 기분이 나쁜 곳이지요. 저쪽 산허리를 보십시오. 저것이 뭐라고 생각하십니까?"

가파른 경사면 일대에 회색의 돌바퀴가 적어도 20개는 흩어져 있었다.

"뭡니까? 양 우리인가요?"

"아닙니다. 우리의 훌륭한 조상들이 살던 곳입니다. 선사시대 사람들은 황무지에 모여 살았는데, 그 후로는 아무도 그곳에 살지 않았으므로, 그들의 하찮은 유물들이 그대로 남아 있는 것입니다. 지붕은 없어졌지만 저것은 그들의 오두막집이었지요, 안에 들어가 보실 생각이 있으시다면 아궁이와 방바닥도 볼 수 있습니다."

"이곳은 하나의 마을을 이루고 있군요, 어느 시대의 사람들이 살고 있었지요?"

"신석기시대 사람입니다. 연대는 모릅니다."

"무엇을 하며 살았나요?"

"이곳 경사면에서 가축을 놓아 먹였습니다. 그리고 청동제 칼이 돌도끼 대신 쓰이게 되자 주석 채굴도 배우게 되었지요, 저 건너 언덕의 깊은 도랑을 보십시오, 저게 그 흔적이죠, 왓슨 선생, 황무지에는 정말 신기한 것들이 많습니다. 아, 잠깐 실례합니다! 저건틀림없는 퀴클로피데스로군."

조그마한 파리인지 나방인지 알 수 없는 것이 한 마리 오솔길을 가로지르며 날아갔다. 그 순간 스테이플튼은 무서운 속력으로 그것을 뒤쫓았다. 그 곤충이 똑바로 커다란 늪 쪽으로 날아갔기 때문에 나는 마음을 죄었는데, 이 낯선 친구는 녹색의 곤충망을 공중에 휘두르며 이 풀숲에서 저 풀숲으로 한순간도 쉬지 않고 뛰어다니고 있었다. 회색 옷을 입고 이리저리 휙휙 불규칙하게 전진하는 모습은 커다란 나방을 연상케 했다. 나는 멈추어 서서 그의 놀라운 행동에 대해 매우 감탄하면서도 위험한 늪에 빠지지 않을까 걱정하면서, 그를 지켜보고 있었다. 그런데 마침 발자국 소리가 나기에 돌아다보니 어떤 여자가 바로 내 옆의 오솔길을 걸어오고 있었다. 그녀는 깃털 같은 연기가 피어오르던 메리핏 하우스의 방향에서 걸어왔으나, 황무지에는 움푹 꺼진 곳이 있어서 아주 가까이 올 때까지 보이지 않았던 것이다.

나는 이 여자가 말로만 들었던 스테이플튼 양이 틀림없다고 생각했다. 황무지에는 숙녀가 적은 데다가, 그녀가 미인이라는 말을 들었기 때문이다. 내 옆으로 다가온 여자는 확실히 미인이었다. 그것도 흔치 않은 미인이었다. 이렇게 서로 반대되는 오누이는 그들 말고는 없을 것 같았다. 오빠인 스테이플튼은 피부가 희고 머리색은 연한 밝은 빛에 눈은 잿빛이었는데 여동생의 피부는 깜포름하고 눈과 머리털은 영국에서 좀처럼 보기 드문 검은색이었다. 키가 크고 마른 몸매에 표정은 엄숙하고 이목구비도 단정하였다. 다만 너무 빈틈없는 용모여서 섬세한 입매와 아름답고 생기있는 눈동자가 없었더라면 오히려 거만하게 느껴졌으리라. 우아하고 아름다운 그녀의 모습은 이 황량한 들판과는 어쩐지 어울리지 않았다. 내가 돌아보았을 때 그녀의 눈초리는 오빠에게로 쏠려 있었으나, 빠른 걸음으로 내게 다가왔다. 나는 모자를 들어 인사했다. 그리고 내가 무언가 설명하려고 했을 때 그녀가 먼저 말문을 열었는데, 나의 모든 예상을 완전히 뒤엎은 말을 했다.

"돌아가주세요! 런던으로 곧 돌아가세요."

그녀는 말했다.

나는 놀라서 멍청하게 그녀를 쳐다보고 있을 뿐이었다. 그녀는 타오르는 듯한 눈으로 나를 노려보며, 초조한 듯이 한 발을 굴렀다.

"어째서 제가 돌아가야 합니까?"

나는 물었다.

"설명할 수 없어요."

그녀는 낮고 진지하게 말했는데 어렴풋이 사투리가 섞여있었다.

"하지만 제발 제 부탁대로 해 주세요, 돌아가서서 다시는 이 황무지에 발을 들여놓지 마세요."

"그러나 저는 방금 왔는데요."

"제 말을 들으세요!"

그녀는 외쳤다.

"제가 지금 선생님을 위해서 경고해 드리고 있다는 걸 모르세요? 런던으로 돌아가세요! 오늘 밤 떠나세요! 무슨 일이 있어도 이곳을 떠나세요! 쉿, 오빠가 옵니다! 지금 한 말은 한 마디도 해서는 안 돼요. 저쪽 쇠뜨기 사이에 나 있는 난초를 좀 따 주시겠어요? 황무지에는 난초가 많아요. 하긴 이곳 경치를 보시기에는 시기가 좀 늦으셨네요."

스테이플튼은 추적을 단념하고 되돌아왔는데, 힘든 운동을 하고 난 뒤라 숨을 헐떡이고 얼굴이 달아올라 있었다.

"아아, 베릴!"

그는 외쳤다. 가볍게 인사를 했는데 아무런 감정도 느낄 수 없는 말투였다.

"어머나, 잭, 몹시 더운가 봐요."

"응, 퀴클로피데스를 쫓고 있었거든. 아주 귀해서 이런 늦가을에는 거의 보이지 않아. 놓쳐 버리다니, 정말 애석한데!"

스테이플튼은 아무 관심도 없는 듯이 말하고 있었으나, 그 연한 빛깔의 조그만 눈은 쉬지 않고 그녀와 나를 번갈아 보고 있었다.

"넌 벌써 자기 소개를 했구나!"

"네, 지금 헨리 경에게 황무지의 아름다움을 보시기에는 시기가 좀 늦었다고 말씀드리던 참이었어요."

"저런, 넌 이분이 누구신 줄 아니?"

"헨리 바스커빌 경이시지요."

"아니, 아닙니다. 저는 한낱 평민에 불과합니다. 그러나 그분과는 친구지요, 저는 의사 왓슨입니다. "

나는 말했다. 베릴은 난처한 듯 표정이 풍부한 얼굴이 동요로 붉어졌다.

"어머! 어처구니없는 실수를 했군요. "

"아니, 그다지 이야기할 시간도 없었잖아. "

스테이플톤이 여전히 의심쩍어하면서 추궁하듯 여동생을 바라보았다.

"전 왓슨 선생님이 손님으로 오신 게 아니고 여기에 사실 분으로 착각해서 그렇게 말씀드렸어요. 난초를 보시는데 시기가 이르니 늦니 하는 것은 그다지 상관없는 일이죠. 그보다는, 메리핏 하우스에 가보시지 않겠어요? "

조금 걸어가니까 바로 메리핏 하우스가 나왔다. 쓸쓸한 황무지의 외딴집이었다. 옛날 번창하던 시절에는 목축업자의 농장이었으나 지금은 개조되어 현대식 주택으로 바뀌었다. 둘레에 과수원이 있었으나, 나무들은 황무지의 다른 곳과 마찬가지로 잘 자라지 못하고 손상되어 있어 초라하고 음침한 느낌을 자아냈다. 낡은 옷을 입은, 이상하게 시들어 버린 늙은 하인이 우리를 맞아들였는데, 그의 생김새는 이 집과 무척 잘 어울렸다. 그러나 안으로 들어가보니 품위 있는 가구가 놓인 커다란 방들이 여러 개 있어 여자의 취미가 고상함을 잘 말해 주었다. 나는 창밖으로 화강암이 널려있는 울퉁불퉁한 황무지가 지평선 저멀리 펼쳐져있는 것을 내다보며, 이 교양 있는 사나이와 아름다운 여자가 무엇 때문에 이런 곳에서 살게 되었는지 이상하게 생각하지 않을 수 없었다.

"이상한 곳을 골라잡았지요? "

스테이플튼은 마치 내 생각을 들여다본 것처럼 말했다.

"하지만 꽤 행복하게 지내고 있다고 생각합니다. 안 그래, 베릴? "

"아주 행복해요."

여동생은 그녀의 대답에는 확신이 없어보였다.

"우리는 전에 학교를 경영했지요. 북잉글랜드에서요. 저 같은 사람에게는 학교 경영이 기계적이고 재미가 없는 일이었지만, 젊은이들 사이에서 생활하며 그들이 성장할 수 있도록 도와 주고, 그들의 마음 속에 자신의 인격이나 이상을 새겨 준다는 특권 정신은 저에게 무척 귀중한 것이었습니다. 그러나 우리는 불운에 맞닥뜨렸지요. 학교 안에 지독한 전염병이 발생하여 학생이 셋이나 죽었어요. 학교는 그 타격에서 헤어나질 못했고, 저의 자본도 거의 회수하지 못했습니다. 그러나 사랑스러운 학생들과 함께 생활할 수 없게 되었다는 슬픔만 아니었다면, 저는 오히려 저의 불운을 즐겁게 생각할 수 있었을 겁니다. 그러나 식물학과 동물학에 심취해 있는 저로서는 이곳에서 한없는 연구과제를 찾아 냈고, 누이도 저처럼 자연을 사랑하고 있지요. 왓슨 선생, 선생께서는 창문으로 황무지를 관찰하시던 표정을 보았기에 이런 말씀을 드리는 겁니다."

스테이플튼은 말했다.

"저는 확실히 이곳이 너무 단조로워서 지루하지 않을까 하는 생각을 하긴 했지요. 선생은 아마 누이 되시는 분보다는 덜하시겠지만."

"아니, 천만에요. 저도 지루하지 않아요."

베릴이 재빨리 말했다.

"저희들에겐 책이 있고, 연구할 것이 있고, 재미있는 이웃 사람들이 있습니다. 모티머 의사는 그의 전공에 아주 조예가 깊습니다. 돌아가신 찰스 경도 다시 없는 말동무였지요. 우리는 그분을 잘 알고 있었기 때문에, 이루 말로 다 표현할 수 없을 만큼 섭섭합니다. 오늘 오후라도 제가 헨리 경을 찾아가 뵈면 실례가 될까요?"

"헨리 경은 틀림없이 기뻐하실 겁니다."

"그렇다면 제가 뵙고 싶어한다고 전해 주십시오. 우리들은 저희 나름대로 그분께서 이곳 환경에 익숙해질 때까지 조금이나마 도와 드리고 싶습니다. 왓슨 선생, 2층으로 올라가셔서 인시류(鱗翅類) 수집품을 구경하시지 않겠습니까? 영국 남서부 일대에서 이만큼 완전한 수집품은 없을 거라고 생각합니다. 구경을 끝내실 무렵에는 점심도 거의 준비가 될 겁니다."

그러나 나는 한시라도 빨리 나의 임무지로 되돌아가기로 했다. 황무지의 우울한 기분, 불운한 망아지의 죽음, 바스커빌 집안의 무서운 전설과 결부되어 있는 무시무시한 짐승 소리, 이러한 모든 것들은 내 마음을 암담한 빛으로 물들였다. 게다가 불안한 내 마음에 스테이플 양까지 분명히 경고했던 것이다. 그 진지한 말투로 보아 중대하고 심각한 무슨 까닭이 그 뒤에 숨어 있음을 나는 의심할 수 없었다. 점심 때까지 머물러 달라는 모든 권고를 뿌리치고, 나는 곧 귀로에 올라 먼저 왔던 풀숲 길로 접어들었다. 그런데 이 고장에 익숙한 사람들에게는 지름길이 있는 모양이었다. 왜냐하면 내가 미처 큰길로 나서기 전에 놀랍게도 스테이플튼 양이 길가의 바위 위에 앉아 있는 것을 보았기 때문이다. 급히 왔는지 그녀의 볼은 아름답게 붉은 빛을 띠었고, 한 팔로 옆구리를 누르고 있었다.

"선생님을 앞지르려고 줄곧 뛰어왔어요, 왓슨 선생. 모자를 쓸 틈도 없었어요. 전 여기서 우물쭈물할 시간이 없어요. 그랬다간 제가 없는 것을 오빠가 알게 될 테니까요. 저는 바보처럼 선생님을 헨리 경인 줄로 착각했어요. 그래서 사과 말씀을 드리고 싶었던 거예요. 제발 제가 말씀드린 것은 모두 잊어 주세요. 선생님에게는 전혀 관계없는 일이었거든요."

그녀는 말했다.

"하지만 저는 그 말씀을 잊을 수가 없군요, 스테이플튼 양. 저는 헨리 경의 친구이므로 그분의 안전은 저와 밀접한 관계를 가지고 있습니다. 어째서 아가씨가 그처럼 열심히 헨리 경을 런던으로 돌려보내려고 하시는지 말씀해 주십시오."

나는 말했다.

"여자의 변덕이에요, 왓슨 선생님. 저라는 사람을 좀더 아시면 이해하실 거예요. 제가 하는 말이나 행동은 저 자신도 이유를 댈 수 없는 일이 있으니까요."

"아니, 아닙니다. 당신의 목소리가 강하게 울려왔던 것을 기억하고 있습니다. 당신의 눈빛도 기억하고 있습니다. 스테이플튼 양, 제발 저에게 솔직히 말씀해 주십시오. 저는 이곳에 온 이후로 줄곧 제 둘레의 어두운 그림자를 의식하고 있습니다. 이곳의 생활은 푸른 풀숲이 곳곳에 있는데도 언제 빠질지 모르는, 아무 표적도 없는 그림펜의 늪을 걷고 있는 것이나 다름없습니다. 그러니 어찌된 까닭인지 가르쳐 주십시오. 그럼 당신의 경고를 헨리 경에게 전하겠다고 약속하겠습니다."

망설이는 빛이 한순간 그녀의 얼굴을 스쳤으나 곧 다시 야무진 눈매로 되돌아가 대답했다.

"지나치게 생각하고 계시군요, 왓슨 선생님. 오빠나 저는 찰스 경이 돌아가신 것에 심한 충격을 받았어요. 그분이 좋아하시는 산책길은 황무지를 넘어서 저희들 집에까지 이어졌으므로 우리는 그분을 잘 알고 있었거든요. 그분은 자신의 집안이 받고 있는 저주에 대해서 심각하게 생각하셨기 때문에, 이번의 참변이 일어났을 때 저는 그분이 말씀하시던 공포심에는 꼭 근거가 있을 거라고 생각했지요. 그래서 그 집안의 다른 분이 또 이곳에서 살려고 오신 것을 알고 저는 마음 아팠던 거예요. 그래서 저는 그분에게 미리 경고해야 한다고 생각했죠. 제가 전하고 싶었던 건 다만 그것뿐이에요. "

"그런데 위험이란 뭡니까? "

"사냥개 이야기를 아시죠? "

"저는 그런 터무니없는 이야기를 믿지 않습니다. "

"저는 믿어요. 만약에 선생님께서 헨리 경을 움직일 수가 있으시다면 그 집안 사람들이 언제나 치명적인 재난을 입었던 이 고장에서 그분을 끌어내세요. 세상은 넓어요. 무엇 때문에 위험한 장소에서 사시려는 건가요? "

"그분이 이곳에 사셔야 하는 이유는 바로 이곳이 위험한 장소이기 때문입니다. 그게 헨리 경의 생각입니다. 그러니까 이보다 더 확실한 설명을 해 주시지 않으면 그분을 움직일 수는 없을 겁니다. "

"저는 확실한 말을 드릴 수가 없어요. 저도 모르니까요. "

"스테이플튼 양, 한 가지 더 묻겠습니다. 당신이 처음으로 저에게 말을 거셨을 때, 당신이 말씀하시려던 게 이것뿐이었다면 어째서 오빠가 듣는 걸 바라지 않았나요? 오빠나 그밖의 누구도 반대할 만한 이야기는 아닌데요. "

"저의 오빠는 바스커빌 저택에 누군가가 살기를 몹시 바라고 있어요. 황무지의 가난한 사람들에게 도움이 된다고 생각하시기 때문이에요. 헨리 경을 이곳에서 떠나게 하는 말을 제가 했다는 걸 알면 오빠는 아주 화를 내실 거예요. 그러나 이젠 제 의무가 끝났으니 돌아가야겠어요. 그렇지 않으면 오빠는 제가 집을 비운 것을 눈치 채고 금방 선생님을 만났다고 생각하실 거예요. 안녕히 가세요! "

그녀는 돌아서 흩어져 있는 돌덩이 사이로 금방 사라져 버렸다. 나는 막연한 불안에 싸여 바스커빌 저택을 향하여 발걸음을 재촉했다.

왓슨 박사의 첫 보고

앞으로는 바로 내 앞의 테이블 위에 있는, 내가 셜록 홈즈에게 보냈던 편지를 다시 베껴냄으로써 사건의 경과를 밝히기로 하겠다. 한장은 없어졌으나, 다른 것은 내가 적은 그대로이므로 내 기억보다 더 정확히 당시의 나의 감정과 의혹을 전해 줄 것이다. 하긴 나의 기억은 이 비극적 사건에 대해서는 뚜렷하지만.

10월 13일, 바스커빌 저택에서

친애하는 홈즈

──지금까지의 편지나 전보로 하느님에게 버림받은 세계의 한 구석인 이 벽지에서 지금까지 일어난 모든 사건에 대해 꽤 잘 알았을 줄 믿네. 이곳에 오래 머무르면 머물수록 황무지의 영혼이, 그 광막감과 그 냉혹한 매혹이 마음 속 깊이 파고든다네. 일단 이 황무지의 품에 안기면 오늘날의 영국 모습은 모두 사라져 버리지만, 한편으로는 곳곳에 흩어져 있는 역사 이전의 인류의 집이며 그들이 만든 것에

마음을 빼앗기게 되네. 조금만 걸어도 사방에 잊혀진 사람들의 집들이며, 그들의 묘지와 그들의 사원이 있었음을 가리키는 거대한 돌기둥이 나타난다네. 상처를 입은 것 같은 산허리를 배경으로 회색돌로 지은 오두막들을 보면 우리는 현대를 잊어버리게 되고, 만약에 그 낮은 출입구에서 털가죽 옷을 입고 털이 부숭부숭 난 사람들이 기어나와 부싯돌 촉이 꽂힌 화살을 활에 끼웠다 해도, 이 고장에는 그런 모습이 내가 이곳에 있는 것보다 더 잘 어울린다고 느낄 걸세. 이상한 것은 옛부터 가장 불모의 땅이었음이 틀림없는 이 고장에 그들이 아주 밀집해서 살았던 것 같다는 점일세. 나는 고고학자는 아니지만 상상하건대 그들은 싸움을 싫어하는 약한 종족이어서 다른 종족이 살지 않는 이런 곳으로 밀려나와 살 수밖에 없었던 것이 아닌가 하네. 그렇지만 이런 일은 자네가 나를 여기에 보낸 사명과는 관계가 없을 뿐더러, 자네의 엄격하고 현실적인 정신으로 보면 조금도 흥미가 없는 이야기일 걸세. 자네가 태양이 지구의 주위를 돌거나 지구가 태양의 주위를 돌거나 아랑곳없다고 말한 일을 나는 지금도 기억하고 있네. 그러므로 다시 헨리 바스커빌 경에 관한 이야기로 되돌아가겠네.

요 며칠 동안 아무런 보고도 보내지 못한 것은 오늘까지 이렇다 할 만한 일이 없었기 때문일세. 그러다 아주 놀라운 일이 생겼는데, 그것을 순서대로 이야기하겠네. 그러나 먼저 지금의 사태 속에 끼어든 다른 요인들을 알아 두어야 하네.

그 중의 하나는 지금까지 거의 언급하지 않았지만, 황무지에 숨어 있다는 탈옥수 이야기일세. 그가 이 고장을 떠났다고 믿을 만한 유력한 이유가 있다네. 그래서 이 외딴 지방에 살고 있는 사람들은 적이 안심을 하고 있지. 그가 탈옥한 지 2주일이 지났는데도, 그동안 그를 본 사람도 없고 그의 소식을 들은 사람도 없네. 그동안 그가 줄곧 황무지에 숨어 있을 수 있었다고는 생각되지 않네. 물론 숨기만 하려면 아무런 어려움도 없을 걸세. 돌오두막이 그에게 은신처를 제공할 테니까. 그러나 그가 황무지의 양이라도 잡아 죽이지 않는 한 황무지에는 먹을 것이라곤 아무것도 없다네. 그러므로 결국 그는 사라져 버렸다고 우리는 생각하고 있지. 그 결과 이 벽지의 농부들은 발을 뻗고 잘 수 있게 되었다네. 이 집에는 네 명의 장정이 있으므로 우리들은 걱정이 없으나, 스테이플튼네 집을 생각하면 불안한 마음이 드네. 그들은 사방 몇 마일이나 도와 줄 사람이라고는 하나도 없는 곳에 살고 있거든. 하녀, 하인, 오누이, 이렇게 넷이 살고 있지만, 오빠라는 이도 그다지 힘센 사람은 아니라네. 만일 노팅힐의 범인 같은 망나니가 침입이라도 하는 날이면 그들은 꼼짝도 못할 걸세. 헨리 경과 나는 그들의 처지가 걱정되어 마부 퍼킨스를 그곳으로 자러 보내겠다고 했으나, 스테이플튼은 괜찮다고 하였네.

사실을 말하자면 우리들의 남작은 아름다운 이웃 여성에게 적잖은 관심을 가지기 시작했다네. 그러나 별로 놀라운 일이 아닐세. 그분과 같은 활동적인 사람에게 이 외떨어진 곳은 몹시 지루한 데다가 그녀는 아주 매력있는 아름다운 여성이거든. 어딘가 남국적이고 이국적인 데가 있는 그녀는, 냉정하고 감정을 겉으로 나타내지 않는 오빠와는 기묘한 대조를 이루고 있다네. 그러나 그 오빠 또한 뜨거운 불을 가슴 속에 감추고 있는 듯한 느낌이 드네. 그는 누이에 대해서 확실히 놀랄 만한 영향력을 가지고 있어. 그녀는 이야기를 할 때도 마치 자기가 하는 이야기에 허락을 청하기라도 하는 것처럼 자꾸만 오빠를 힐끗힐끗 쳐다보는 것을 나는 보았지. 그가 누이에게 친절한 것은 사실이지만 그의 눈 속에는 언제나 차갑게 번쩍이는 것이 있네. 굳게 다문 얇은 입술은 냉혹한 성격임을 나타내고 있지. 이 친구는 자네에게 재미있는 연구 대상이 될 걸세.

그는 우리가 도착한 다음날 바스커빌 저택을 방문했고, 그 다음날 아침에는 우리 두 사람을 그 포악무도한 휴고의 전설 발생지로 안내해 주었네. 그곳은 황무지를 가로질러 몇 마일 떨어진 곳이었는데, 너무 음산한 곳이어서 그러한 전설이 생겨남직도 하다고 여겨졌네. 험한 바위산에 좁은 골짜기가 있는데, 이 골짜기는 하얀 황새풀이 드문드문 흩어져 있는 풀밭으로 통하고 있었네. 그 한가운데 두 개의 커다란 돌이 우뚝 서 있지. 그 끝은 비바람에 닳아 뾰족하니 마치 무슨 거대한 짐승의 부식된 커다란 어금니처럼 보였네. 모든 점에서 그곳은 전설 속 비극의 장면과 잘 어울렸네. 헨리 경은 몹시 흥미를 느끼며 인간사에 초자연이 영향을 미칠 수 있다고 믿느냐고 스테이플튼에게 여러 번 물었다네. 그는 그저 대수롭지 않은 것처럼 듣고 있었으나, 매우 진지한 모습이었네. 스테이플튼은 조심스럽게 대답을 하더군. 정말은 말하는 것보다 많은 일을 생각하고 있으면서도 남작의 기분을 고려해서 자기 의견을 전부 이야기하지 않음을 쉽게 눈치챌 수 있었네. 그는 이와 비슷한 흉가의 예를 몇 가지 이야기했는데, 그도 이 사건에 대해서는 일반이 믿고 있는 견해를 가지고 있다는 인상을 우리에게 남겨 주었네.

돌아오는 길에 우리는 메리핏 하우스에 들러 점심을 먹었는데, 헨리 경이 스테이플튼 양을 알게 된 것은 그곳에서였네. 그는 첫눈에 그녀에게 몹시 매혹된 것 같았고, 그러한 기분은 쌍방이 함께 가졌다고 말해도 잘못은 아닐 것일세. 걸어서 돌아오는 길에 그는 거듭거듭 그녀 이야기를 했고, 그때부터 지금까지 그 오누이와 만나지 않은 날이 하루도 없다네. 그들은 오늘 저녁에 여기서 식사를 하기로 되어 있으며, 다음 주일에는 우리가 그들에게 가기로 했지. 이러한 결합을 스테이플튼이 무척 환영하리라고 생각할 테지만, 헨리 경이 그의 누이에게 주의를 집중하고 있을 때 그의 얼굴에 심한 혐오의 표정이 나타나는 것을 본 적이 한두 번이 아니었네. 확실히 그는 누이에게 몹시 애착을 가지고 있어서 그녀가 없으면 쓸쓸한 생활을 면하지 못하겠지. 그렇다고 그가 누이의 빛나는 결혼을 방해한다면 욕심이 너무 지나치다고 할 수 있을 걸세. 그런데도 그는 분명히 두 사람의 친분이 두터워져서 서로 사랑하게 되는 것을 바라지 않고 있으며, 그들 둘이서만 이야기하는 것을 기를 쓰고 막는 것을 본 적도 여러 차례네. 이야기가 났으니 말인데, 만약 이 연애 사건이 우리의 이 어려운 문제에 첨가된다면 헨리 경을 혼자서 외출시키지 말라는 자네 명령은 아마 훨씬 지키기 힘들게 될 걸세. 자네 명령을 문자 그대로 수행하려 들면, 내 인기는 곧 땅에 떨어지고 말 테니까.

일전에——정확히 말하자면 목요일——모티머 의사가 우리와 점심을 함께 했네. 그는 롱다운의 굴을 발굴하다가 선사시대 사람의 두개골을 발견하여 몹시 기뻐하고 있네. 그와 같은 일편단심의 열성가는 일찍이 또 없었을 걸세! 그 뒤에 스테이플튼 오누이도 왔는데, 이 선량한 의사는 헨리 경의 부탁을 받아들여 우리들을 모두 주목나무 오솔길로 안내해서 그 운명적인 밤에 일어났던 일을 상세하게 설명해 주었네. 이 주목나무 오솔길이란 손질한 높은 생울타리 사이에 끼여 있고 양쪽에 좁은 잔디밭이 있는 기다랗고 음산한 산책길이라네. 가로수 길 끝에 오래되어 황폐한 정자가 하나 있지. 길 중간쯤에 황무지로 나가는 문이 있는데, 그 노신사는 여기서 여송연 재를 털었던 걸세. 그것은 하얀 나무 문으로 빗장이 걸려 있네. 그리고 문 너머에는 광막한 황무지가 펼쳐져 있다네. 나는 이 사건에 대한 자네 추리방법을 상기하며 그때의 상태를 마음에 그려보려고 했네. 그 노인은 이곳에 섰을 때 무엇이 들판을 가로질러 오는 것을 보았으며, 그것이 너무도 그를 놀라게 해서 정신없이 뛰어 달아나다가 마침내 이상한 공포와 피곤 때문에 숨졌던 걸세. 그는 이 길고 음울한 나무 굴 속으로 도망쳐 갔단 말일세. 그럼 무엇으로부터 도망쳤을까? 황무지의 양치기 개 때문이었을까? 아니면 검은 몸뚱이의, 짖지 않는 그 괴상한 악마견 때문인가? 이 사건에 정말 인간의 음모가 있었던가? 안색이 창백하고 경계심이 강한 바리모어가 말할 수 없는 그 무엇이 있는 것일까? 모두가 희미하고 막연하지만, 그 배후에는 언제나 검은 범죄의 그림자가 움직이고 있는 것 같네.

요전에 편지를 낸 뒤로 또 한 사람의 이웃을 만났네. 라프터 저택의 프랭클런드 씨인데 남쪽으로 4마일쯤 떨어진 곳에 살고 있네. 그는 얼굴이 불그스레하고 머리털이 희고 화를 잘 내는 영감님인데, 영국의 법률에 미쳐서 많은 재산을 모두 소송에 소비했다네. 그는 광적으로 분쟁에 끼어들었는데 재판에서 시비를 가리는게 너무 신나기 때문이지. 원고든 피고든 그런건 개의치않았으니 취미치고는 비싼 취미라 해야겠지. 때로는 사유지의 일반통행권을 정지시키고서, 교구 사람들에게 그 길을 트게 하고 싶거든 한번 해보라고 부추기는 형편일세. 또 어떤 때는 남의 집 대문을 자기 손으로 두들겨 부수어 놓고는, 거긴 아득한 옛날부터 길이 있었던 곳이라고 우기면서 가택침입죄로 고소를 하려거든 해보라고 싸움을 건다네. 그는 옛날의 장원이며 자치제의 권리 같은 것에 밝아서 그 지식을 펀워디 마을 사람들에게 때로는 유리하게 때로는 불리하게 응용하기 때문에, 마을 사람들은 그를 들쳐메고 신나서 거리를 활보하기도 하고 그의 인형을 만들어 화형에 처하기도 한다더군. 그는 현재 일곱 건의 소송에 관계하고 있다는데 아마 곧 그의 나머지 재산도 탕진하게 될 것이고, 이제 그의 독이빨도 빠지게 되어 이후로는 누구에게도 해를 끼치지 못할 걸세. 법률에서만 떼어 놓으면 그는 친절하고 성질이 온순한 사람 같은데, 이웃 사람들에 대해서 적어 보내라는 자네의 특별한 부탁이 없었다면 쓸 필요도 없는 사람일세. 그런데 그가 요즘 썩 묘한 짓을 하고 있네. 그는 아마추어 천문학자여서 성능이 우수한 망원경을 가지고 있는데, 이것을 들고 자기 집 지붕 위에 드러누워서 탈옥수를 한 번 보려고 하루 종일 황무지를 지키고 있는 걸세. 만약에 그가 모든 정력을 이 일에만 쏟는다면 더할 나위 없겠으나, 소문을 들으니 모티머 의사가 롱다운의 굴에서 신석기시대의 두개골을 발굴했다는 것을 알고 근친자의 승낙없이 묘를 팠다는 이유로 모티머 의사를 고소할 작정인 것 같네. 밋밋하기 짝이 없는 생활을 보내는 이 고장 사람들이 이제 넌더리가 날만하면, 그는 어김없이 사람들을 피식 웃게 만들어 긴장을 풀어주고 생기를 불어넣는 역할을 한다.

지금까지 탈옥수와 스테이플튼 오누이와 모티머 의사 그리고 라프터 저택의 프랭클런드 노인에 관한 최근의 생활을 보고했는데, 마지막으로 바리모어 부부에 관해——아주 중요한 일인데——특히 어젯밤의 놀랄 만한 진전에 관해서 더 보고하겠네.

우선 바리모어가 실제로 여기에 있었는가 하는 여부를 알아보려고 자네가 런던에서 친 시험전보에 관해서는 이미 설명한 바와 같이 우체국장의 증언으로 아무 소용이 없었다는 것과, 따라서 우리에게는 바리모어가 집에 있었느냐의 여부에 대한 뚜렷한 증거가 없었네. 나는 이 이야기를 헨리 경에게 했더니 그분은 그의 솔직한 성격대로 당장 바리모어를 불러서 전보를 직접 받았는가 안 받았는가 물었네. 바리모어는 직접 받았다고 말하더군.

"그 소년이 바로 자네 손에 전했단 말인가?"

헨리 경이 되물었네. 바리모어는 깜짝 놀란 표정을 짓고 잠시 생각에 잠기더니 대답했네.

"아닙니다. 저는 그때 다락방에 있었기 때문에 제 아내가 전보를 가지고 왔습니다."

"답장은 직접 썼나?"

"아닙니다. 제 처에게 내용을 불러 주어 쓰게 했습니다."

저녁때 바리모어 쪽에서 다시 그 이야기를 꺼냈지.

"나리, 오늘 아침에 어째서 그러한 질문을 하셨는지 전혀 이해할 수가 없었습니다. 제가 나리의 신용을 잃을 만한 무슨 짓을 저질렀 다는 말씀은 아니시겠지요?"

헨리 경은 그런 이야기가 아니라며 때마침 런던서 보낸 짐이 도착 했으므로 헌 옷가지를 듬뿍 안겨주어 그를 달랬다네.

바리모어의 처도 내게는 흥미가 있네. 그녀는 육중하고 튼튼한 몸 에 융통성이 없고 몹시 점잔을 빼는, 어딘지 청교도적인 데가 있는 여자일세. 그녀처럼 감정에 움직이지 않는 여자를 달리 또 상상할 수 가 없을 거네. 그런데 이미 보고한 바와 같이 여기 도착한 첫날밤에 나는 그녀가 몹시 흐느껴 우는 소리를 들었고, 그 뒤로도 그녀의 얼 굴에서 눈물 자국을 본 적이 한두 번이 아니네. 어떤 깊은 슬픔이 언 제나 그녀의 마음을 좀먹고 있는 거지. 나는 때로 그녀가 죄지은 기 억에 사로잡혀 있지 않은가 생각했고, 또 가끔은 바리모어가 가정에 서 폭군 노릇을 하고 있지나 않은가도 생각했네. 바리모어의 성격 속 에는 무엇인가 기묘하고 미심쩍은 데가 있다고 나는 생각해 왔는데, 어젯밤의 모험은 그 의혹을 더욱 짙게 했네. 그러나 사건 자체는 사 소할 지도 모르네. 자네도 알고 있듯이 나는 잠귀가 밝은 편이며, 이 집에서 경호 임무를 맡은 뒤로부터는 잠귀가 더욱 밝아졌네. 어젯밤 새벽 2시쯤, 누가 발소리를 죽이며 내 방 앞을 지나가는 소리에 나는 퍼뜩 잠이 깨었네. 나는 일어나서 문을 열고 내다보았지. 시커먼 그 림자가 기다랗게 복도에 뻗어 있었는데, 손에 양초를 들고 복도를 가 만가만 걸어가는 어떤 남자의 그림자였네. 그는 셔츠와 바지만 입었 고 맨발이었네. 윤곽밖에는 보이지 않았으나, 키로 미루어 바리모어 라는 것을 알았지. 그는 아주 천천히 신중하게 걷고 있었네. 그의 겉 모습 전체에서 무엇이라고 표현할 수는 없으나 죄지은 듯한, 피하는 듯한 느낌이 풍겼네. 이미 보고한 바와 같이 복도는 홀안을 빙 두르고 있는 회랑에서 일단 끊어지나, 다시 곧 별채로 이어져 있네. 나는 그가 보이지 않을 때까지 기다렸다가 다시 뒤를 쫓았네. 내가 회랑까지 갔을 때 그는 벌써 건너편 복도의 끝까지 가 있었다. 열려있는 문 사이로 새어나오는 불빛을 보니 그가 방 안으로 들어간 것을 알 수 있었네. 사용하지 않는 방들이기 때문에 가구도 없이 비어있는데, 그가 이 방에 들어갔다는 것은 더욱 수상했네. 불빛이 흔들리지 않게 된 것은 그가 우두커니 서 있기 때문이었네. 나는 가능한 한 발소리를 죽이며 걸어가 문 뒤에서 들여다보았네. 바리모어는 양초를 유리에 대고 창가에 웅크리고 있었네. 그의 옆모습이 반쯤 보였는데, 황무지의 암흑을 내다보고 있는 그의 얼굴은 어떠한 기대로 잔뜩 긴장하고 있었네. 몇 분 동안 그는 뚫어지게 밖을 내다보면서 꼼짝도 않더군. 그러더니 깊은 신음소리를 내고는 급히 촛불을 꺼 버렸네. 나는 내 방으로 돌아왔는데 곧 이어 소리를 죽이고 되돌아가는 발소리가 들려왔네. 그러고 나서 한참 뒤 내가 다시 꾸벅꾸벅 졸고 있는데 어디선지 자물통에 열쇠를 돌리는 소리가 났으나, 어디서 났는지는 알 수가 없었네. 도대체 어찌된 영문인지 나는 짐작할 수가 없지만, 이 음울한 집 안에서는 분명 어떠한 일이 비밀리에 진행되고 있으며, 우리는 머지않아 그 진상을 밝혀 내게 되겠지. 오로지 사실만을 보고하라고 자네가 부탁했기 때문에, 나는 추리를 늘어놓아 자네를 괴롭히지는 않겠네. 오늘 아침에 헨리 경과 오랜 시간 이야기를 나누었고, 어젯밤에 내가 본 것을 바탕으로 작전 계획을 세웠네. 지금은 그 계획에 대해서 이야기하지 않겠으나, 나의 다음 보고서는 재미있는 읽을거리가 될 걸세.

왓슨 박사의 두 번째 보고

10월 15일, 바스커빌 저택에서

친애하는 홈즈

내가 처음 사명을 맡은 무렵에는 자네에게 그다지 보고할 것이 없었지만 이제는 내가 헛되이 보낸 시간을 보충하고 있다는 것을, 그리고 사건이 시시각각으로 중대한 양상을 띠어가고 있다는 것을 자네도 인정해야 할 걸세. 지난번 보고에서는 창문에서 신호를 하던 바리모어의 이야기를 끝으로 붓을 놓았는데, 오늘 나는――그다지 잘못 안 것이 아니라면――자네를 몹시 놀라게 할 보고거리를 손에 넣고 있네. 사태는 예기치 않았던 방향으로 나아갔네. 어떤 면에서는 지난 48시간 동안에 사태가 퍽 뚜렷해졌지만, 또 한편으로는 더 복잡해졌네. 그러나 나는 모든 것을 전달하기만 하고 판단은 자네에게 맡기겠네.

그 사건이 있은 다음날 아침 식사 전에 나는 복도를 지나 전날밤에 바리모어가 들어갔던 방을 조사했네. 바리모어가 열심히 들여다보고 있던 서쪽 창문은, 이 집의 어느 창문에서도 볼 수 없는 한 가지 특징을 가지고 있음을 나는 알아차렸네. 이 창문에서는 황무지를 가장 가깝게 바라볼 수 있다네. 두 그루의 나무 사이가 꽤 벌어져 있어서 바로 이 시점에서 보면 황무지를 한눈에 내다볼 수가 있는데, 다른 창문에서는 멀리 한 부분만을 볼 수 있을 뿐일세. 그러므로 이 창문만이 바리모어의 목적에 부합되었다는 것은, 그가 황무지에 있는 어떠한 물건이나 혹은 어떠한 사람을 찾고 있었음에 틀림이 없다는 결론이 되네. 그렇게 칠흙같은 밤에 그가 무엇을 살펴보리라 마음먹었다고는 믿기 어려웠네. 그러다 문득, 그가 남몰래 여자를 만나려하지 않았나 싶은 생각이 들었네. 그렇다면 그가 발자국을 죽이고 살금살금 걸어간 것이나, 또 그의 아내가 불안에 떨고 있는 것이 모두 설명되네. 이 사람은 시골처녀의 마음을 빼앗을 만큼 몸차림도 근사하고 얼굴도 잘생긴 남자이기 때문에, 이러한 추리판단은 꽤 근거가 있는 것 같았네. 내가 방으로 돌아온 뒤에 들렸던 문소리는 그가 무슨 비밀 약속을 지키기 위하여 밖으로 나갔음을 뜻할지도 모르네. 이렇게 나는 그날 아침 자문자답했다네. 그래서 나는 나대로 의혹의 방향을 자네에게 말해 둔 것인데, 사실은 아무런 근거도 없다는 결과가 드러났네.

그러나 바리모어의 행동에 대한 진정한 이유가 무엇이든 간에, 그것이 명백해질 때까지 내가 입 꼭 다물고 참으면서 그 비밀을 혼자서 안고지내기란 도저히 못할 짓이었네. 나는 아침 식사 뒤에 남작과 서재에서 만나 내가 본 것을 모두 이야기했네. 그분은 내가 기대했던 만큼 놀라지는 않았네.

"바리모어가 밤에 돌아다니는 건 저도 알고 있었습니다. 저도 그 이유를 알고 싶었습니다."

그는 말했네.

"두세 차례 그가 복도를 오가는 발소리를 들었는데, 틀림없이 선생이 말씀하신 시간이었습니다."

"그렇다면 그는 밤마다 그 창문 옆으로 가는지도 모르겠군요."
나는 짐작을 말했네.

"아마 그럴지도 모릅니다. 그렇다면 그의 뒤를 밟아서 그 목적이
무엇인가 알아볼 수가 있겠군요. 만약 홈즈 선생께서 여기 계시다
면 어떻게 하실까요?"

"방금 당신이 말씀하신 그대로 할 겁니다. 바리모어의 뒤를 밟아
그가 하는 짓을 살펴볼 겁니다."

"그럼 우리도 함께 해 봅시다."

"그러나 바리모어가 틀림없이 눈치챌 텐데요."

"그는 귀가 좀 어두우니까, 어떻든 우리는 그것을 이용해야 합니
다. 저녁에 제 방에서 지키고 있다가 그가 지나갈 때를 기다립시
다."

헨리 경은 유쾌한 듯이 두 손을 마주 비볐는데 그는 틀림없이 이
모험을 지루한 황무지 생활의 심심풀이로 환영한 모양일세.

남작은 지금 찰스 경이 살아있을 때 여러 가지 설계를 준비했던 건
축가며 런던서 온 청부업자와 교섭을 하고 있으므로, 곧 대대적인 개
축공사가 시작될 것 같네. 그리고 플리머스에서 실내장식가와 가구제
작자도 와 있네. 그는 커다란 포부를 가지고, 집안의 위엄을 되살리
기 위해서는 어떠한 노력이나 비용도 아끼지 않을 생각임이 틀림없
네. 집이 개축되고 가구도 새로 마련되면, 그 다음에 꼭 이루어야 할
것은 아내를 맞이하는 일이겠지. 우리끼리만의 이야긴데, 만약 그 여
자만 좋다면 이 문제도 곧 해결될 수 있을 것 같은 꽤 뚜렷한 징조들
이 있네. 왜냐하면 여자에게 반한 어떤 남자에게서도 볼 수 없을 만
큼 그는 지금 이웃에 사는 미인 스테이플튼 양에게 반해 있기 때문이
라네. 그러나 참사랑이란 당사자들이 기대하는 대로 순조롭게 진행되

지만은 않는 법일세. 이를테면 오늘 같은 경우 전혀 예기치 않았던 사건이 파문을 일으켜서 우리의 친구는 몹시 당황하고 괴로워하고 있다네.

앞서 말한 바리모어에 대한 대화를 나눈 뒤에 헨리 경은 모자를 쓰고 밖에 나갈 준비를 했네. 물론 나도 따라 일어섰지.

"아니, 왓슨 씨. 당신도 나가십니까?"

헨리 경은 묘한 표정으로 나를 쳐다보며 물었네.

"당신이 황무지에 가신다면요."

"네, 저는 황무지에 갑니다."

"그렇다면 제가 받고 있는 지시가 무엇인지 아시겠지요. 방해를 해서 안 됐습니다만, 홈즈가 당신을 혼자 있게 해서는 안 되며 특히 당신 혼자 황무지에 나가게 해서는 안 된다고 그렇게 힘주어 강조한 것을 당신도 들으셨지요?"

헨리 경은 내 어깨 위에 손을 얹고 유쾌하게 웃었네.

"왓슨 선생, 홈즈 씨가 아무리 지혜가 뛰어나도 제가 황무지에 온 뒤에 일어난 몇 가지 사건까지 미리 알고 있지는 못했을 거요. 제 말뜻을 아시겠지요? 선생께서는 저의 즐거움을 방해할 분은 절대로 아니십니다. 저는 혼자 나가야만 하겠습니다."

나는 아주 거북한 입장에 놓이고 말았네. 나는 무어라고 대답을 해야 할지, 또는 어떤 행동을 취해야 할지 몰랐네. 내가 마음을 정하기도 전에 그는 지팡이를 집어 들고 밖으로 나가버렸지. 그러나 곰곰이 생각해 보니, 어떠한 이유가 있다고 할지라도 그를 내 눈이 닿지 않는 곳으로 혼자 보낸 것이 몹시 마음에 걸렸네. 만약 내가 자네에게로 돌아가서 자네 지시를 잘 행하지 않았기 때문에 사고가 생겼다고 보고해야만 한다면 그때 내 기분이 어떻겠는가를 상상해 보았네. 그런 생각만 해도 볼이 확 달아오르더군. 그래서 지금 그분의 뒤를 쫓아가도 그다지 늦지 않을지도 모른다고 생각하고 곧 메리핏 하우스 쪽으로 출발했지. 나는 있는 힘껏 속력을 내어 밖으로 뛰어나갔으나 헨리 경은 그림자도 보이지 않았네. 그리하여 드디어 나는 황무지의 오솔길이 갈라지는 곳에 이르렀네. 여기서 나는 방향을 잘못 잡은 것이 아닌가 생각하고, 사방을 둘러볼 수 있는 언덕——음침한 채석장이 있는 바로 그 언덕——위로 올라갔지. 거기서는 금방 그가 보이더군. 황무지 오솔길을 4분의 1마일쯤 걸어가고 있었는데, 그와 나란히 있는 여자는 말할 것도 없이 스테이플튼 양이었네. 두 사람 사이에는 이미 이해가 있었고 미리 약속을 하고 만난 것이 분명했네. 그들은 천천히 거닐면서 열심히 이야기를 주고받고 있었네. 그녀는 자기가 하는 말에 몹시 열을 올리고 있는지 바쁘게 손을 움직이고 있었고, 한편 그는 열심히 듣고 있다가 강력히 부정하는 듯이 한두 차례 고개를 힘차게 저었네.

나는 바위 틈에 서서 그들을 지켜보고 있었는데 이제 어떻게 해야 할지 아주 막연하더군. 그들 뒤를 따라가서 은밀한 이야기를 방해하는 것도 무례한 짓으로 생각되었지만, 한편 내 의무는 한순간이라도 그를 나의 시야에서 놓쳐서는 안 되는 게 아닌가. 친구를 몰래 감시한다는 것은 불쾌한 일이었지만, 그 언덕 위에서 지켜보고 있다가 나중에 내가 한 짓을 고백하고 내 양심을 밝히는 것밖에는 달리 더 좋은 방책을 찾아낼 수가 없었네. 만약에 무슨 갑작스러운 위험이 그에게 닥친다 해도 너무 떨어져 있어서 아무 도움도 되지 않을 것은 뻔했지만, 자네는 그때 내 입장이 몹시 곤란했고 달리 어쩔 수 없었다는 것을 이해해 주겠지. 우리들의 친구 헨리 경과 그 여자가 오솔길에 멈추어 서서 이야기에 열중하고 있었을 때, 나는 그들의 밀회를 지켜보고 있는 것이 나만이 아님을 갑자기 깨달았네.

공중에 떠 다니는 녹색의 엷은 물건이 내 눈에 띄었지. 다시 쳐다보니, 그것은 울퉁불퉁한 지면 사이에서 움직이고 있는 어떤 사나이의 막대기 끝에 달려 있었네. 스테이플튼이 곤충채집망을 들고 서 있는 것이었다네. 그는 나보다도 두 사람과 훨씬 가까운 곳에 있으면서 그들이 있는 방향으로 움직여가는 것 같았네. 이 순간 헨리 경이 별안간 스테이플튼 양을 자기 쪽으로 끌어당겼네. 그는 그녀를 껴안았으나, 그녀는 얼굴을 돌리고 빠져나가려고 하는 것 같았네. 그가 그녀의 얼굴로 고개를 숙이자 그녀는 마치 저항하는 듯이 한 팔을 들어올렸네. 다음 순간 그들은 후닥닥 떨어져 황급히 돌아섰네. 스테이플튼이 방해했던 걸세. 스테이플튼은 그 우스꽝스런 곤충채집망을 흔들면서 그들 쪽으로 미친 듯이 뛰어가더니 연인들 앞에서 손짓발짓을 해가면서 몹시 흥분한 듯 보였네. 사태가 어떻게 돌아가는지 잘 알 수는 없지만 보아하니 스테이플튼이 헨리 경에게 욕을 퍼붓고 있는 것 같았네.

처음에는 남작도 이런저런 변명을 하며 마음을 달래려 했으나 스테이플튼이 꿈쩍도 하지 않자 마침내 성질이 폭발해버린 것 같았다. 여동생은 그 자리서 꼼짝않고 서서 말 한마디 하지 않았다. 드디어 스테이플튼은 홱 돌아서더니 단호한 태도로 누이를 손짓으로 부르더군. 그녀는 결단을 내리지 못하는 듯이 헨리 경을 힐끗 쳐다본 뒤, 오빠와 어깨를 나란히 하고 걷기 시작했네. 박물학자의 성난 몸짓으로 보아 그녀에게도 화를 내고 있는 것 같았네. 남작은 잠시 그들을 바라보고 서 있더니 고개를 떨어뜨리고, 몹시 풀이 죽어서 먼저 왔던 길을 천천히 되돌아갔네. 도대체 이것이 무슨 영문인지 나로서는 이해할 수 없었으나, 어쨌든 친구 몰래 그러한 연애 장면을 지켜본 것이 몹시 부끄럽게 생각되더군. 그래서 나는 언덕을 뛰어내려가 언덕 밑에서 남작을 만났네. 그의 얼굴은 분노로 붉어져 있었고, 이마는 어찌할 바를 모르는 사람처럼 주름이 잡혀 있었네.

"이런, 왓슨 선생! 어디서 갑자기 나타난 거요? 설마 그렇게 말했는데도 뒤를 밟은 것은 아니겠지요?"

나는 그에게 모든 것을 이야기했네. 아무래도 혼자 남아 있을 수 없었다는 것, 그래서 그의 뒤를 밟아 모든 일을 다 보았다는 것을 숨김없이 말했네. 한순간 그의 두 눈은 타오르는 듯이 나를 노려보았으나, 나의 솔직한 이야기가 그의 노여움을 풀었는지 마침내는 분한 듯이 웃음을 지어 보이더군.

"당신도 그런 풀밭 한가운데라면 연애하기에 꽤 알맞은 곳이라고 생각하셨겠지요, 그런데 제기랄, 이 동네사람들이 모두 내가 구애하는 걸 구경하러 나왔나보군. 그것도 보기좋게 딱지맞는 걸 말이오, 당신 관람석은 어디죠?"

"저 언덕 위였습니다."

"그럼 아주 뒷자리였군. 그런데 그녀의 오빠는 제일 앞자리였단 말이오, 당신은 그가 우리에게 덤비는 걸 보셨겠지요?"

"네, 봤습니다."

"미친 사람 같다는 생각은 드시지 않던가요? 그녀의 오빠 말입니다."

"그런 생각은 들지 않던데요."

"저는 정상이 아니라고 생각합니다. 지금까지는 제대로 된 사람이라고 보았는데……. 나와 그 사람 중 어느 한쪽은 정신병원에 들어가야 할 겁니다. 나는 어떻습니까? 내가 미친 것 같습니까? 왓슨 선생, 당신은 저와 몇 주일 동안 같이 지내셨으니 솔직하게 말해주십시오, 내게 사랑하는 여자의 좋은 남편이 될 수 없는 무슨 흠이라도 있소?"

"그럴 리가 있습니까?"

"나의 사회적 지위는 흠잡을 데가 없을 테니, 이렇게 심한 짓을 하는 것은 내가 마음에 들지 않기 때문일 거요. 무엇 때문에 그렇게 반대할까요? 나는 지금까지 내가 아는 한 남자고 여자고 해친 적이 없소. 그런데 그는 그녀에게 손가락도 까딱 못하게 한단 말이오."

"그렇게 말하던가요?"

"그뿐만 아니었지요. 정말이지, 왓슨 씨. 내가 그녀와 알게 된 지는 불과 몇 주일밖에는 안 되지만, 첫눈에 나는 그녀야말로 나의 배필이라고 생각했지요. 그리고 그녀도 나와 함께 있을 때는 행복해했어요. 이건 틀림없는 일입니다. 여자의 눈빛을 보면 말보다 더 확실하지요. 그러나 그는 한 번도 우리 둘만 있게 하지 않았어요. 오늘 처음으로 그녀와 단둘이 이야기할 기회를 붙잡은 거지요. 그녀는 나를 만나자 기뻐했습니다. 그러면서도 사랑의 이야기는 하려고 하지 않을 뿐더러, 또 내게도 그런 틈을 주지 않았어요. 그러나 이곳은 위험한 장소이니 내가 여기를 떠날 때까지는 자기는 행복할 수가 없다는 말만 자꾸 되풀이하더군요. 나는 그녀를 만난 뒤로 이곳을 떠날 생각이 없어졌다는 것과, 만약 정말로 내가 떠나는 것을 원한다면 그녀도 나와 함께 떠날 준비를 해야 한다고 말했지요. 그러고 나서 나는 간곡히 청혼을 했으나, 그녀가 미처 대답도 하기 전에 그 오빠란 녀석이 꼭 미친놈 같은 얼굴을 하고서 뛰어내려왔단 말이오. 그의 얼굴은 분노로 하얗게 질렸고, 그의 연한 눈빛은 이글이글 불타고 있었소. 내가 그녀에게 무슨 짓을 했단 말이오? 그녀가 싫어하는데도 억지로 설득하려고 했단 말이오? 내가 남작이니까 무엇이나 마음대로 할 수 있다는 생각이라도 했단 말이오? 만약 그가 그녀의 오빠만 아니었다면, 그럴 때 어떻게 대답해 줘야 하는 것쯤은 나도 잘 알고 있어요. 그러나 어쨌든 그녀의 오빠이니까, 그의 누이에 대한 나의 감정에는 부끄러운 것이 없으며 또 그녀가 내 아내가 되어 주었으면 좋겠다고 그에게 말했지요. 그러나 조금도 누그러지는 기색이 없기에 나도 마침내 화를 내고 말았지요. 그리고 나는 그녀가 옆에 있다는 것을 생각하면 조금 심하다고 할 만한 말을 그에게 했어요. 그랬더니 당신이 보신 바와 같이 결국 그는 그녀를 데리고 가 버리고, 나는 부끄러울 정도로 어찌할 바를 모르고 있는 거요. 왓슨 선생, 이게 대관절 어찌된 일일까요? 부디 일러 주시면 정말 고맙겠습니다."

나는 한두 가지 생각을 말해 보기는 했으나, 정말 나 자신도 몹시 어리둥절했었네. 우리 친구의 신분과 재산과 나이와 인격과 외모 그 어느 것으로 보나 하나도 빠질 데가 없었으므로, 그의 집안에 붙어다니는 이 어두운 운명 말고는 아무것도 그에게 불리한 것은 없다고 생각했네. 헨리 경의 청혼이 그녀 자신의 의사도 묻지 않고서 이렇게 퉁명스럽게 거절당해야 한다는 것은, 그리고 그녀가 아무런 항의도 하지 않고 그 처지를 순순히 받아들여야 한다는 것은 정말 이해할 수 없는 일일세. 그러나 바로 그날 오후에 스테이플튼이 직접 찾아옴으로써 우리들의 억측은 가라앉았네. 그는 오전 중에 나지른 실례를 사과하러 왔는데, 헨리 경과 서재에서 오랫동안 개인적인 이야기를 나눈 끝에 결국 그들의 불화는 완전히 사라지고 그 표시로 다음 금요일에 메리핏 하우스에서 함께 식사를 하기로 되었다네.

"지금도 나는 그가 미친 사람이 아니라고는 생각할 수 없소."

헨리 경은 말했네.

"오전에 나에게로 달려왔을 때의 그의 눈빛을 나는 잊을 수가 없으니 말이오. 그러나 이렇게 멋진 사과를 할 수 있는 사람은 아마 또 없을 겁니다."

"그는 자기 행동에 대해서 무어라고 변명을 하던가요?"

"누이는 자기 생활의 전부라고 말하더군요. 그것은 당연한 일이지요, 무엇보다도 나는 그가 누이를 높이 평가하고 있는 게 기뻤습니다. 그의 말에 의하면 자기는 벗이라고는 단 하나, 여태까지 함께 살아온 누이밖에 없는 퍽 고독한 사람이라서 누이를 잃어버린다고 생각만 해도 정말 끔찍스런 일이었다는 거죠. 그는 내가 자기 누이에게 마음이 끌리고 있다고는 생각해 본 적이 없었는데 막상 눈앞에서 그러한 장면을 보고, 또 누이가 자기에게서 떨어져나갈지도 모른다는 생각이 들자 마음의 충격이 너무 컸기 때문에 한동안 무슨 말을 하는지조차 전혀 알지 못했답니다. 그리고는 자기가 한 일을 몹시 후회했다면서, 누이와 같은 아름다운 여자를 언내까지나 자기 곁에 묶어 둘 수 있다고 생각한 것이 얼마나 어리석고 이기적인 짓인가를 인정했지요. 만약 그녀가 자기 곁을 떠나야만 한다면, 다른 누구보다도 나와 같은 이웃 사람에게 가는 것이 좋다고 말했어요. 그러나 어떻든 그것은 자기에게는 큰 타격이므로 참고 견딜 만한 마음의 준비를 갖출 때까지는 얼마쯤 시간이 걸릴 거라면서, 만약 내가 석 달 동안만 그녀에게 사랑을 구하지 말고 우정을 두텁게 하는 것으로 만족한다면 자기가 한 반대를 모두 취소하겠다더군요. 나는 약속을 했지요. 그래서 그 일은 보류된 셈입니다."

이리하여 우리들의 조그마한 수수께끼가 하나 해결된 셈이네. 우리가 허우적거리고 있는 이런 늪에서 어쨌든 어느 한 가지만이라도 밑바닥까지 조사가 되었다는 것은 일단 성공으로 볼 수 있겠지. 스테이플튼이 누이의 구혼자를——감히 넘보기조차 힘든 헨리 경인데도———못마땅해한 까닭을 이내 알게 됐네.

이번에는 엉켜 있는 실뭉치에서 풀어낸 한 가닥 실마리로 이야기를 옮기겠네. 한밤중의 흐느낌 소리와 바리모어 부인의 눈물젖은 얼굴, 그리고 집사 바리모어가 남몰래 서쪽 방까지 다닌 까닭을 말일세. 홈즈, 나를 축하해 주게. 그리고 내가 대리인으로서 자네를 실망시키지 않았다고, 자네가 나를 이리로 보내준 신뢰를 내가 저버리지 않았다고 말해주게. 모든 일은 하룻밤의 노력으로 깨끗이 해결되었다네.

나는 '하룻밤의 노력으로'라고 말했네만, 사실은 이틀 밤의 노력이었지. 첫날 밤은 그만 허탕을 쳤으니까. 나는 헨리 경과 함께 그의 방에서 거의 새벽 3시까지 지키고 있었으나, 계단 위의 자명종 시계 소리밖엔 아무 소리도 들리지 않았네. 몹시 우울한 불침번이었지. 그리고 결국은 둘 다 자기 의자에 앉은 채 잠들고 말았네. 그러나 그것으로 실망하지 않고 다시 한 번 해보기로 결정한 것은 다행스러운 일이었네. 이튿날 밤 우리는 램프 심지를 줄이고, 담배를 피우며 아무 소리도 내지 않고 앉아 있었네. 시간이 어찌나 느리게 기어가는지 견디기 힘들 정도였지. 그 지루한 시간에서 우리를 구해 준 것은, 사냥꾼이 짐승이 걸려들기를 기다리며 덫을 지키고 있을 때 느끼는 것과 같은 그 끈기 있는 흥미였네. 시계가 1시를 치고, 2시가 되자, 우리는 오늘밤도 허탕쳤구나 하고 절망을 하여 포기하려고 했네. 바로 그 때, 우린 앉은 채로 몸을 꼿꼿이 세우고 피곤한 신경을 다시 한 번 날카롭게 곤두세웠네. 복도에서 삐걱거리는 발자국 소리가 들려온 걸세.

우리는 숨을 죽이고 그 발소리가 지나가는 것에 귀를 기울였네. 드디어 그 소리가 멀리 사라져 버리자 남작이 살며시 방문을 열었지. 우리는 뒤를 쫓았네. 벌써 그는 회랑을 돌아가 버려 복도는 온통 깜깜했네. 우리는 발소리를 죽이며 다른 채로 들어갔지. 우리는 알맞게 거기 도착하여, 키가 크고 검은 턱수염을 기른 사나이가 어깨를 웅크리고 발끝으로 복도를 걸어가는 것을 힐끗 보았네. 그는 먼저와 같은 방문으로 들어가더군. 불빛이 문틈으로 새어나와 어두운 복도에 한 줄기 노란빛을 던졌네. 우리들은 마룻장 위에 우리의 온 무게를 맡기기 전에, 소리가 나지 않나 발끝으로 일일이 조사하면서 조심스럽게 그쪽으로 다가갔네. 미리 주의하느라고 구두는 이미 벗어 두고 왔는데도 그 낡은 마룻바닥은 밟을 때마다 삐걱거리지 않겠나. 가끔 그 소리가 너무 크게 나서 그가 우리들이 다가가는 발소리를 못 들은 것이 이상할 정도였네. 다행히도 그 사나이는 귀가 먹은데다가 자기가 하고 있는 일에 몹시 열중해 있었네. 마침내 문 앞까지 다가가서 안을 들여다보니, 그는 이틀 전 밤처럼 창문에 몸을 웅크린 채 양초를 손에 들고 창백하게 긴장된 얼굴을 유리창에 갖다 대고 있었네.

우리는 이 뒤쫓는 일에 대한 아무런 자세한 계획도 없었는데, 남작에게는 직접적인 행동만이 언제나 가장 자연스러운 방법이라네. 그는 방 안으로 들어갔네. 그러자 바리모어는 아주 날카로운 외마디 소리를 지르며 창문에서 비켜섰네. 그리고 얼굴이 새파랗게 질려 부들부들 떨면서 우리 앞에 얼어 붙었다. 새하얀 얼굴에 검은 눈을 공포와 경악으로 번뜩이며 헨리 경과 나를 번갈아 노려보고 있었네.

"여기서 무슨 짓을 하고 있는 건가, 바리모어?"

"아무것도 아닙니다, 나리."

그는 너무나 심하게 놀라 거의 말을 할 수가 없었던가 보네. 손에 든 촛불이 흔들렸으므로 그림자가 뛰어올랐다 내렸다 했네.

"창문입니다, 나리. 창문들이 잘 잠겨져 있는지 보러 밤마다 돌아다닙니다."

"2층도 말인가?"

"네, 나리. 모든 창문을 돌아봅니다."

"여보게, 바리모어."

헨리 경은 준엄하게 말했네.

"우린 자네 입에서 사실을 듣기로 작정했으니까 꾸물대지 말고 빨리 말하는 편이 좋을 걸세. 자, 어서! 결코 거짓말을 해서는 안 돼! 저 창문에서 도대체 무슨 짓을 하고 있었지?"

그는 절망적인 눈초리로 우리를 쳐다보더니 공포와 슬픔으로 허덕이며 두 손을 쥐어틀었네.

"저는 나쁜 짓은 하지 않았습니다, 나리. 다만 촛불로 창을 밝히고 있었을 뿐입니다."

"촛불을 왜 창문에 비추고 있었나?"

"헨리 나리, 그것만은 묻지 말아 주십시오, 제발 묻지 말아 주십시오! 맹세합니다만, 그건 저의 비밀이 아닙니다. 그래서 전 말씀드릴 수가 없습니다. 만약 저에 관한 일이라면 결코 숨기려고 하지 않을 겁니다."

갑자기 나는 어떤 생각이 머리에 떠올라 그가 창가에 놓아 둔 촛불을 집어들었네.

"틀림없이 이것을 들고 무슨 신호를 하고 있었군. 무슨 응답이 있는지 한 번 시험해 봅시다."

나는 바리모어가 하듯이 촛불을 비추며 밤의 어둠 속을 내다보았네. 달은 구름 속에 숨어 있으므로, 검은 숲과 그보다 조금 밝은 황무지의 공간을 겨우 분간할 수 있을 뿐이었네. 별안간 나는 환성을 질렀네. 조그마한 바늘끝만한 노란빛이 갑자기 어둠 속을 꿰뚫고, 창문 때문에 네모꼴진 어둠 한가운데에서 끊임없이 반짝이고 있었기 때문일세.

"저것이로군!"

내가 외쳤네.

"아닙니다, 나리. 아무것도 아닙니다. 정말 아무것도 아닙니다. 맹세합니다만……."

집사가 말을 가로챘네.

"창문 좌우로 촛불을 흔들어보시오, 왓슨 선생!"

남작이 크게 외쳤네.

"보세요, 누가 역시 흔드는군요. 자, 이 불한당 같으니! 그래도 이게 신호가 아니라고 한단 말이냐? 자, 모두 털어봐! 저기 있는 상대방은 누구야? 그리고 지금 무슨 음모를 꾸미고 있는 거지?"

그 사나이의 얼굴에는 뚜렷하게 반항하는 빛이 나타났네.

"이건 저의 일입니다. 나리 일이 아닙니다. 말씀 못 드리겠습니다."

"그럼 지금 당장 해고야."

"좋습니다. 정 그러시다면 나가겠습니다."

"그것도 불명예 해고야. 나 참, 자넨 부끄러운 줄 알아야 해. 자네 집안은 이 지붕 밑에서 백 년 이상이나 우리 집을 돌보며 살아왔는데, 이제 자네가 나를 배반하여 흉측한 음모를 꾸민단 말인가."

"아닙니다, 아닙니다. 나리를 배반한 게 아닙니다!"

그것은 여자의 목소리였네. 바리모어의 아내가 남편보다도 더 새파랗게 질려 문가에 서 있었네. 그녀의 얼굴에 격렬한 감정이 나타나지 않았더라면, 어깨에 숄을 두르고 스커트를 입은 그녀의 커다란 몸집은 어쩌면 익살맞게 보였을지도 모르네.

"우린 떠나야 해, 엘리저. 이젠 끝장이야. 짐을 꾸려요."

집사가 말했지.

"아아, 존. 저 때문에 끝내 이렇게 되고 말았군요! 모두 제 탓입니다, 헨리 나리, 모두 제 탓이에요. 남편이 한 짓은 오직 저를 위해서였어요. 제가 부탁했으니까요."

"그럼 털어놓아요! 대체 어떻게 된 거요?"

"불쌍한 제 동생이 황무지에서 굶어 죽어가고 있습니다. 그래서 바로 저희들 앞에 두고 굶겨 죽일 수는 없었습니다. 이쪽에서 비치는 불은 먹을 것이 준비되었다는 신호이고, 저쪽의 불은 먹을 것을 어디로 가져오면 된다는 신호입니다."

"그럼 동생이란……?"

"탈옥한 죄수입니다, 나리. 셀던이라는 이름의 죄수입니다."

"나리, 사실입니다."

그제야 바리모어도 털어놓았네.

"그래서 내 비밀이 아니기 때문에 말씀드릴 수 없다고 한 것입니다. 그러나 이젠 말씀을 들으셨으니까, 이런 음모가 있었더라도 그건 나리를 배반한 게 아니라는 것을 아셨을 겁니다."

이것으로 바리모어가 살금살금 돌아다닌 일과 창문의 불빛이 설명되었네. 헨리 경과 나는 깜짝 놀라서 그 여자를 쳐다보았지. 신경이 둔할 정도로 착실한 이 여자가 이 나라의 가장 악명 높은 범인과 같은 피를 나누었다니, 그럴 수가 있을까!

"그렇습니다. 저의 결혼하기 전 성은 셀던이고, 그는 제 동생입니다. 어렸을 때부터 너무 그 아이 비위만 맞춰 주었고 모든 일을 제멋대로 하게 했더니, 드디어는 세상이란 자기 뜻대로 되는 것이라고 생각하게 되었습니다. 그렇게 자라나고 나쁜 친구와 어울리자 악마에 씌인 사람처럼 되어 버렸지요. 어머니는 화병으로 돌아가시고 집안은 온통 먹칠을 당했습니다. 거듭 죄를 범하고 더욱 타락하여 마침내는 하느님의 자비심 덕분에 간신히 교수대를 면할 정도가 되고 말았습니다. 그러나 그애는 저에게 있어 언제까지나 제가 누나로서 보살펴 주고 함께 놀아 주던 곱슬머리의 어린아이입니다. 그래서 탈옥한 것입니다. 제가 여기 있다는 것을, 또 저희들이 자기를 저버리지 않으리라는 것을 알고 있었습니다. 어느날 밤 동생이 지치고 굶주린 몸으로 간수들에게 쫓기면서 여기까지 도망쳐 왔을 때, 저희들은 어떻게 했으면 좋았겠습니까? 저희들은 안으로 끌어들여 먹을 것을 주고 돌봐 주었습니다. 그러자 나리께서 돌아오셨습니다. 동생은 추격이 잠잠해질 때까지는 어디보다도 황무지가 안전하다고 생각하고 황무지에 숨어 있었습니다. 우리는 하루 걸러 밤마다 창문에 불을 비쳐서 그가 아직도 거기 있는가를 확인 했습니다. 그리고 저쪽에서 답이 있으면 남편이 그에게 빵과 고기를 가져다 주었습니다. 매일 같이 우린 그가 어디로든 가 버렸으면 좋겠다고 생각하면서도 거기 있는 한 그냥 버려둘 수가 없었습니다. 저도 정직한 그리스도 교인입니다. 이것으로 다 말씀 드렸습니다. 나무라실 일이 있더라도 그건 남편의 잘못이 아니고 제 탓입니다…… 남편은 모두 저를 위해서 한 일이니까요."

여자의 말에는 열의와 확신이 있었네.

"사실인가, 바리모어?"

"네, 헨리 나리. 한 마디도 틀림이 없습니다."

"좋아, 난 자네가 아내편을 들었다고 나무랄 생각은 없네. 아까 내가 한 말은 잊어 주게. 둘 다 방으로 돌아가요. 이 일은 내일 아침에 다시 상의할 테니까."

그들이 가버린 뒤 우리는 다시 창문을 내다보았네. 헨리 경이 창문을 활짝 열어 젖히자 차가운 밤바람이 우리 얼굴을 스쳤지. 저 먼 어둠 속에서 여전히 자그마한 점 같은 노란 불빛이 아직도 비치고 있었네.

"좀 대담하지 않습니까."

헨리 경은 말했네.

"아마 여기서만 볼 수 있는 장소를 잡았을 겁니다."

"틀림없이 그렇겠지요. 여기서 얼마나 멀겠습니까?"

"바위산 근방 같습니다."

"1, 2마일쯤 떨어진 곳이로군요."

"그 정도도 안 될 겁니다."

"글쎄요, 바리모어가 먹을 것을 가져다 주었다면, 그다지 멀지는 않겠지요, 지금 이 불한당은 촛불 옆에서 기다리고 있을 거요, 아무튼 왓슨 선생, 전 그 녀석을 붙잡으러 가겠소!"

나도 그와 같은 생각을 하고 있었네. 바리모어 부부가 결코 자진해서 우리에게 비밀을 털어놓은 것은 아니었네. 그들의 비밀은 우리가 억지로 끌어낸 걸세. 그는 사회에 위험한 극악무도한 사나이이므로 가엾이 여기거나 용서할 수는 없네. 나쁜 짓을 할 수 없는 곳으로 데려가기 위해 이 기회를 잡는 일은 오로지 우리의 의무를 다하는 것이 될 뿐일세. 흉악무도한 성질을 가졌으므로 우리가 남의 일처럼 보고만 있으면, 다른 사람들이 희생될 지도 모르네. 이를테면 오늘 밤에라도 스테이플튼네 집이 습격을 당할지도 모르지 않나. 이런 생각 때문에 헨리 경은 그 모험에 열을 올렸는지도 모르네.

"저도 가지요."

나는 말했네.

"그럼 권총을 가지고 장화를 신으시지요, 녀석은 불을 끄고 달아날지도 모르니까 되도록 빨리 떠나는 게 좋겠습니다."

5분 만에 우리는 집을 나와 모험의 길에 올랐네. 가을바람이 낮게 울부짖는 소리와 낙엽이 바스락거리는 소리를 들으면서 어두운 관목숲을 헤치고 서둘러 갔네. 밤 공기는 습기와 썩는 냄새로 가라앉아 있고, 이따금 달이 잠깐씩 비치곤 했으나 하늘에는 온통 구름들이 달리고 있었네. 우리가 막 황무지로 나섰을 때 가랑비가 내리기 시작했네. 불빛은 저 앞에서 아직도 꾸준히 타고 있었지.

"당신도 무기를 가지셨나요?"

"사냥용 채찍을 가지고 왔습니다."

"그 녀석은 필사적일 테니까 단숨에 덤벼들어야 합니다. 기습을 하여 반항할 틈을 주지 않고 잡아야 합니다."

"그런데, 왓슨 선생. 이런 것을 알면 홈즈 씨는 뭐라고 할까요?

악마가 날뛰는 밤중에 이러고 다닌 걸 알면요."

마치 그의 말에 대답이라도 하는 듯이 끝없는 황무지의 어둠 속에서, 내가 그전에 그림펜 늪가에서 들었던 그 괴상한 고함소리가 갑자기 일어났네. 그 소리는 바람을 타고 밤의 적막을 뚫으며 처음에는 깊고 깊은 곳에서 중얼거리는 소리처럼 들리더니 점점 세게 짖는 소리가 되고 나중에는 구슬픈 신음소리가 되어 사라져 버렸네. 이 소리는 몇 번이나 거듭 들려왔지. 소름끼치도록 날카롭고 여기저기 제멋대로 울려퍼지면서 주변 일대의 공기를 부르르 떨게 만들었다네. 남작은 나의 옷소매를 붙들었는데 그의 얼굴은 어둠 속에서 하얗게 질려있었네.

"이게 무슨 소리지요, 왓슨 선생?"

"저도 모릅니다. 황무지에서 나는 소리랍니다. 전에도 한 번 들은 적이 있습니다."

그 소리가 사라지자, 이번에는 죽은 듯한 고요가 우리를 둘러쌌네. 우리는 귀를 기울이고 서 있었으나, 아무것도 들려오지 않았네.

"왓슨 선생."

남작은 간신히 입을 열었다.

"그 소리는 개의 울음소리였습니다."

그가 엄청난 공포에 사로잡혀 겨우 말을 이어나가는 것을 보고 나는 혈관 속의 피가 얼어붙는 것 같았네.

"무슨 소리라고 하던가요?"

그는 물었네.

"누가 말입니까?"

"이 고장 사람들 말입니다."

"아, 아주 무식한 사람들이니까, 별로 귀담아 들으실 말이 못됩니다."

"말씀해 주시오, 왓슨 선생. 그들은 무어라고 하던가요?"

나는 망설였지만, 그 질문을 피할 수는 없었네.

"바스커빌 집안의 악마견의 울음소리라고 하더군요."

그는 신음하는 듯 하더니 잠시 동안 말이 없었네.

"그래, 분명 사냥개였어……."

그는 한참 있다가 말했네.

"그러나 몇 마일이나 떨어진 곳에서 들려오는 것 같던데요."

"어디서 들려오는지는 모르겠습니다."

"바람을 타고 높아졌다 낮아졌다 했으니까, 그림펜 늪 쪽이 아닐까요?"

"예, 그런 것 같습니다."

"그래! 거기가 틀림없어. 자, 왓슨 선생. 선생께서도 개가 우는 소리라고 생각했지요? 전 어린아이가 아닙니다. 걱정 마시고 사실대로 말씀해 주십시오."

"요전에 들었을 때는 스테이플튼과 함께 있었지요. 그 사람은 이상한 새가 우는 소리일지도 모른다고 하더군요."

"아니오, 아니오, 사냥개 소리였소. 아아, 어쩌면 그 전설은 사실일지도! 그런 황당한 이유 때문에 제가 정말로 위험을 당할까요? 왓슨 선생, 선생께선 믿지 않으시지요?"

"물론 믿지 않습니다."

"그렇지만 런던에 있으면서 그런 일은 있을 수 없다고 웃어넘길 때와, 지금 여기 이렇게 황무지의 어둠 속에서 그러한 울음소리를 듣는 것과는 좀 기분이 다르군요. 저의 백부님 일도 그렇고요! 그분이 쓰러지셨던 곳 옆에 사냥개의 발자국이 있었다고 했지요? 모든 게 딱 들어맞습니다. 왓슨 선생, 저는 겁쟁이가 아니라고 생각했는데 그 소리를 들었을 때는 피가 얼어붙는 것 같았습니다. 제 손을 만져보십시오 ! ”

그의 손은 마치 대리석처럼 차가왔네.

“내일이 되면 괜찮을 겁니다. ”

“전 그 울음소리를 잊을 수가 없을 것 같습니다. 자, 우리는 어떻게 해야 될까요 ? ”

“그만 돌아가시겠습니까 ? ”

“아니, 천만에요, 우린 그 녀석을 잡으러 왔으니까 그대로 해야지요, 우리는 그 탈옥수를 쫓고 있고, 지옥견은 아마도 우리를 쫓고 있는 모양이군요, 해 볼 테면 해 보라지 ! 지옥의 모든 악마가 한꺼번에 이 황무지로 뛰어나온다 해도, 우린 철저히 막아낼 테니까. ”

우리들은 어둠 속을 비틀거리며 천천히 걸어갔네. 주위에는 험한 바위산들이 시커멓게 어른거렸고, 저 앞쪽에서는 아직도 노란 반점이 하나 꾸준히 빛나고 있었네. 칠흙 같은 어둠 속에서 비치는 불빛처럼 거리를 짐작하기 힘든 것도 없더군. 아득한 지평선 위에 있는 듯 하다가는 갑자기 우리들 앞 몇 야드 이내에 있는 듯 했네. 그러나 우리는 드디어 그 불빛의 출처를 알게 되었는데, 그건 우리가 바로 그 가까운 곳에 와 있음을 깨달은 때였네. 양 옆에서 바람을 막아주고 또 바스커빌 저택 쪽에서만 볼 수 있도록, 촛농이 흐르는 촛불이 바위 틈바구니에 세워져 있었네. 화강암 돌덩이 하나가 우리들이 다가가는 것을 가려 주었으므로 잠시 그 뒤에 웅크리고 앉아서 신호 불빛을 살펴보았네. 단 한 자루의 촛불이 인기척 하나 없는 황무지 한가운데서 타고 있는 모습, 한 줄기의 곧은 노란 불꽃과 그 양편에 어렴풋이 빛나는 바위를 바라보고 있노라니 참으로 이상한 기분이 들었네.

“이제 어떻게 하지요 ? ”

헨리 경이 속삭였네.

"여기서 기다립시다. 틀림없이 불 가까이에 있을 겁니다. 한 번 보이는가 살펴봅시다."

이 말이 내 입에서 떨어지기도 전에 우리들은 그를 보았네. 촛불이 타고 있는 바위틈 너머로 흉악한 노란 얼굴——추한 정욕이 새겨진 무서운 짐승 같은 얼굴이 쑤욱 나왔네. 흙투성이에 수염이 더부룩했고, 머리는 헝클어져 마치 산중턱의 굴 속에 살았던 옛 야만인의 얼굴을 방불케 했네. 발 밑에서 타고 있는 촛불은 그의 조그맣고 교활한 눈에 반사되고 있었는데, 그 눈이 어둠 속을 두리번거리며 날카롭게 살피는 모양은 꼭 사냥꾼의 발소리를 들은 약삭빠른 짐승과도 같았네.

틀림없이 그는 지금 무엇인가 의심을 느낀 것 같았네. 바리모어가 우리들이 모르는 무슨 암호를 보냈거나, 또는 아무래도 이상하다고 생각될 만한 어떤 다른 이유로 눈치챘었는지도 모르네만, 나는 그의 악한 얼굴에서 공포의 빛을 읽을 수 있었네. 당장이라도 그가 촛불을 끄고 어둠 속으로 사라져 버릴지 모른다는 생각에 나는 뛰어나갔네. 헨리 경도 뛰어나오더군. 그 순간 죄수는 우리에게 저주를 퍼부으면서 돌을 집어 던졌네. 돌은 우리를 가리고 있던 바위에 부딪혀 산산이 부서졌네. 그가 뛰어 일어나 날쌔게 달아날 때, 나는 키가 작고 땅딸막하니 다부지게 생긴 그의 모습을 얼핏 볼 수 있었네. 그때 달이 구름을 헤치고 나온 것은 참으로 다행한 일이었네. 그 틈에 우리들은 언덕 마루 위로 뛰어올라갔는데, 그 사나이는 벌써 산악지대에 사는 산양처럼 익숙하게 발길로 돌멩이를 걷어차며 겁나게 빨리 산언덕을 내려가고 있었네. 거리는 멀었지만 권총을 잘 겨누어 쏜다면 그를 병신으로 만들 수도 있었겠지. 그러나 나는 권총을 공격당했을 때의 호신용으로 가져온 것이지, 무기도 없이 도망치는 사람을 쏘기 위해 가지고 온 것은 아니었네.

우리는 둘이 다 잘 뛰었고 컨디션도 좋았지만 그를 뒤쫓아 봐야 소용없다는 것을 곧 알았네. 꽤 오랫동안 달빛 속에 그의 모습이 보였으나, 드디어는 먼 언덕 경사면의 바위 사이를 움직이고 있는 작은 점에 지나지 않게 되었네. 우리는 숨이 턱에 닿을 때까지 달리고 또 달렸으나, 그와의 사이는 자꾸만 벌어져갈 뿐이었네. 마침내 우리는 단념하고 숨을 헐떡이면서 두 개의 바위 위에 주저앉아 멀리 사라져가는 그를 지켜보았네.

그런데 참으로 뜻밖인 이상한 일이 생긴 것은 바로 그 순간이었네. 우리들은 바위에서 일어나 가망이 없는 추격을 포기하고 집으로 돌아가려던 참이었네. 달이 바른편으로 낮게 기울어졌으므로, 화강암 바위산의 톱니꼴 봉우리가 은빛 달 아래쪽을 가리고 우뚝 서 있었네. 언뜻 보니 거기에 한 사나이가 달빛을 등에 받으며, 흑단의 조각상처럼 시커먼 윤곽을 드러내고 바위산 위에 서 있지 않겠나! 홈즈, 이것을 망상이라고 생각하지 말아주게. 나는 이때까지 그 보다 더 명백한 것은 아직 본 일이 없었다고 장담하네. 내가 보기에는 키가 크고 여윈 남자였네. 두 다리를 조금 벌리고 팔짱을 끼고 고개를 숙이고 서 있는 모습이, 마치 눈 앞에 펼쳐진 광막한 토탄과 화강암의 황무지에 대해 곰곰이 생각하고 있는 듯 했네. 그는 바로 이 끔찍한 고장의 정령인지도 모르지. 그러나 분명 그 죄수는 아니었네. 이 사나이는 죄수가 사라진 곳으로부터 멀리 떨어진 곳에 있었으니까. 게다가 그는 죄수보다 훨씬 키가 컸네. 놀라 고함을 지르며 남작에게 그 사나이를 가리키려고 내가 돌아서서 그의 팔을 잡는 순간 사나이는 사라져 버렸네. 화강암의 날카로운 봉우리는 아직도 달의 아래쪽을 가리고 있었으나 묵묵히 서있던 그 사나이는 흔적도 없었네. 나는 거기로 가서 바위산을 조사해 보고 싶었으나, 꽤 거리가 멀었네. 남작의 신경은 그 사냥개의 울음소리를 듣고 자기 집안의 어두운 이야기를 상기했는지, 새로운 모험을 할 기분이 내키지 않는 모양이었네. 거기다 바위산 위의 외로운 사나이를 보지 못했으므로, 그의 이상한 출현과 위압적인 태도에서 내가 받았던 그 전율을 같이 나눌 수는 없었네.

"간수일 거요, 아마. 황무지는 그자가 탈옥한 뒤부터 간수들로 가득 차 있으니까요."

과연 그의 설명이 옳을지도 모르나, 나는 더 확실한 증거가 없이는 뭐라고 말할 수 없네. 오늘 우리는 프린스타운 교도소 사람들에게 탈옥수가 있을 만한 곳을 알려줄 작정이네. 그러나 우리들 자신이 실제로 그를 붙들어서 당당하게 끌고 올 수 없었던 건 유감일세. 이상이 어젯밤의 모험인데, 홈즈, 이 보고에 관한 한은 자네에게서 맡은 나의 역할을 충분히 수행한 것을 인정해 주게. 물론 많은 부분에서 잘못 보고 있는지도 모르지만, 나는 자네에게 모든 사실을 제공하여 자네가 결론을 내리는데 가장 도움이 될 만한 사실을 스스로 선택하도록 하는 것이 가장 좋다고 생각하네. 우리는 확실히 약간의 진전을 보고 있네. 바리모어 부부에 대해서는 그 행동의 동기도 알았고, 그것으로 사태가 퍽 뚜렷해졌네. 그러나 여러 가지 신비를 안고 주민들을 못살게 구는 이 기묘한 황무지는 여전히 수수께끼로 남아 있네. 아마 다음 보고에서 나는 이 점에 대해서도 약간의 빛을 던지게 될지도 모르겠네. 그러나 무엇보다도 자네가 빨리 이곳으로 내려오는 것이 가장 좋을 걸세.

왓슨 박사의 일기

지금까지는 내가 이곳에 와서 셜록 홈즈에게 보냈던 보고를 인용할 수가 있었다. 그러나 이제는 이 방법 대신, 그때 써 둔 일기를 바탕으로 내 기억을 되살리면서 이야기를 계속해나가겠다. 지금 일기를 몇 장 뒤적여보면 마음속에 뚜렷이 새겨진 모든 장면들이 구석구석 세밀하게 눈앞에 떠오른다. 그럼 우리가 탈옥수의 추격에 실패하고 황무지에서 겪게되는 또 다른 이상한 경험을 한 다음날 아침부터 이야기는 계속된다.

10월 16일

보슬비가 내리는 흐릿하고 안개 긴 날씨다. 바스커빌 저택은 소용돌이치는 구름에 싸였다가, 이따금 그 구름이 걷히면 황무지의 음산한 굴곡들과 언덕 경사면을 따라 가느다란 은색 아지랑이가 피어오르고 빗물에 젖은 화강암 덩이들이 햇빛을 받아 번뜩이는게 보였다. 집 안팎이 우울할 뿐이다. 남작은 어젯밤의 흥분의 여파로 기분이 침울하다. 나도 마음을 내리누르는 듯 한 중압감과 위험이 곧 닥치리라는 불안감에 사로잡혀 있다. 위험은 항상 있으나, 내가 그 위험의 정체를 확인할 수가 없기 때문에 더욱 무섭다.

내가 공연히 무서워하고 있는 것일까. 그러나 생각해 보면 잇달아 일어난 일련의 사건들은 모두 우리들의 주위에 작용하는 어떤 불길한 압력을 암시하고 있는 것이다. 바스커빌 저택 전 주인의 죽음은 바로 이 집안의 전설을 실현시켰으며, 황무지에 이상한 동물이 나타났다는 농부들의 보고도 빈번히 날아들고 있다. 나 자신도 사냥개가 멀리서 짖는 듯한 소리를 두 차례나 들었다. 그러나 그러한 것이 자연의 법칙을 벗어나서 존재한다는 것은 믿을 수도 있을 수도 없는 일이다. 눈에 보이는 발자국을 남기고 공중에 짖는 소리를 울려 퍼지게 하는 유령의 개가 있다는 것은 생각할 수 없는 일이다. 스테이플튼은 그러한 미신에 빠졌을지도 모르며, 모티머도 그럴지 모른다. 그러나 나에게 한 가지 장점이 있다면 그것은 상식이다. 무슨 일이 있어도 그러한 미신을 나에게 믿게 할 수는 없을 것이다. 그런 것을 믿는다면 한낱 농부들과 같은 수준으로 떨어지는 것인데, 이 농부들은 악마의 개를 보았다는 것만으로는 만족하지 못하고 입과 눈에서 지옥의 불을 내뿜더라고 하지 않으면 직성이 풀리지 않는 것이다. 홈즈도 이러한 공상에 귀를 기울이지 않을 것이다. 그리고 나는 그의 대리인이다. 하지만 사실은 어디까지나 사실이며 나는 이 황무지에서 두 차례나 사냥개의 울음소리를 들었다. 어떤 거대한 사냥개가 실지로 황무지에서 돌아다니고 있다고 상상한다면, 모든 것이 어느 정도 설명될 것이다. 그리고 어디에 그러한 개가 숨겨져 있으며, 어디서 먹을 것을 구하고, 어디서 왔으며, 어째서 낮에는 아무도 못 보았을까? 솔직히 말해서 자연적인 존재라는 설명도 다른 설명과 마찬가지로 많은 어려운 문제가 있는 것이다. 사냥개는 차치하고 인간에 대해서 생각해보면, 런던에서 미행했던 마차의 손님이나 헨리 경에게 황무지에 접근하지 말라고 경고하던 편지처럼 수수께끼는 남아 있다. 그러나 이런 문제들은 적어도 현실에서 일어난 일임에는 분명하다. 이런 짓을 한 사람은 적일 수도 있지만 때로는 우리편일 수도 있는 것이다. 그 친구인지 적인지 모르는 사나이는 지금 어디에 있는가? 아직 런던에 남아 있는가, 또는 여기까지 우리들을 쫓아와 있는가? 어쩌면 그는 ……내가 바위산에서 보았던 그 괴상한 사나이와 같은 인물일까?

사실은 그를 한번 힐끗 쳐다보았을 뿐이지만, 확실히 증언할 수 있는 일이 얼마든지 있다. 나는 이제 이웃사람들을 모두 만났지만, 그 사나이는 내가 여기서 본 사람은 아니다. 스테이플튼보다 키가 훨씬 컸고, 프랭클런드보다 훨씬 야위었다. 바리모어가 아닌가 하고 생각 못한 바는 아니지만, 그는 저택에 두고 왔고 그가 우리를 따라올 수 없었던 것도 확실하다. 그렇다면 런던에서 낯선 사나이에게 뒤를 밟힌 것과 마찬가지로, 여기서도 우리는 낯선 사나이에게 뒤를 밟히고 있는 것이다. 런던의 사나이를 떼어버리지 못했던 것이다. 그 사나이를 붙잡을 수 있다면, 그것으로 모든 문제는 해결될지도 모른다. 이제야말로 나는 이 목적 하나에 나의 모든 정력을 바쳐야 하는 것이다.

우선 모든 계획을 헨리 경에게 이야기하려고 했다. 그러나 다시 한 번 잘 생각하니, 보다 현명한 방법은 혼자서 일을 진행하고 되도록 아무에게도 이야기하지 않는 것이었다. 헨리 경은 말수도 적어졌고 허탈한 상태에 있다. 그는 황무지에서 들은 이상한 소리 때문에 신경이 약해진 것 같다. 나는 그분의 불안을 더해 줄 말은 하지 말고 나 자신의 목적에 도달하기 위하여 내 나름의 수단을 취할 것이다.

오늘 아침 식사 뒤에 조그마한 말썽이 있었다. 바리모어가 헨리 경과 이야기를 하고 싶다고 하여 둘은 잠깐 헨리 경의 서재에 들어가 있었다. 나는 당구실에 앉아 있었는데, 큰소리로 말하는 소리가 여러 차례나 들려왔으므로 무슨 이야기를 하고 있는지 잘 알 수 있었다. 이윽고 남작이 문을 열고 나를 불렀다.

"바리모어가 불평이 있다는군요."

그는 말했다.

"자진해서 비밀을 털어놓았는데도 우리들이 자기 처남의 뒤를 쫓는 것은 공정한 처사가 못된다는 거요."

집사는 얼굴이 몹시 창백했으나 매우 침착한 태도로 서 있었다.

"저의 말이 너무 과격했는지도 모르겠습니다. 만약 그렇다면 용서하여 주시기 바랍니다. 그러나 오늘 아침에 두 분께서 돌아오시는 것을 보고, 또 셀던의 뒤를 쫓으셨다는 것을 알고는 대단히 놀랐습니다. 셀던이 불쌍합니다. 그는 이제 새삼 제가 뒤쫓는 사람을 보내지 않아도 싸울 상대가 너무도 많습니다."

"자네가 자진해서 이야기를 했다면 일이 그렇게 되지는 않았을 거야. 강요당하여 할 수 없으니까 자네는, 아니 자네 처가 이야기 한 거지."

"헨리 경께서 그것을 꼬투리 삼아 그렇게 하실 줄 저는 생각지도 못했습니다. 참말로 저는 꿈에도 생각지 않았습니다."

"그 사나이는 사회의 위험 인물이야. 이 황무지에는 외떨어진 집들이 사방에 흩어져 있는데, 그는 무슨 짓을 저지를지 모른단 말이야. 그건 그의 얼굴을 한 번만 보면 알 수 있어. 예를 들어 스테이플튼 씨 댁을 보게나. 스테이플튼 한 사람밖에는 집을 지킬 사람이 없단 말일세. 그 사나이를 감금하기 전에는 아무도 안전할 수 없지."

"나리, 그는 누구의 집을 침입하지는 않을 겁니다. 제가 맹세할 수 있습니다. 그리고 다시는 이 나라 사람을 해칠 수가 없을 겁니다. 사실은 2, 3일 안으로 필요한 수속만 모두 끝나면 남아메리카로 떠나게 되어 있습니다. 나리, 그가 아직 이 황무지에 있다는 사실을 제발 경찰에 알리지 말아 주십시오. 경찰은 그곳의 수색을 단념했습니다. 그러므로 그는 배가 준비될 때까지 가만히 숨어 있을 수 있습니다. 그를 고발하시는 것은 저와 제 처를 괴롭히는 짓입니다. 부탁입니다, 나리. 경찰에 아무 말씀도 말아 주십시오."

"어떻게 하지요, 왓슨 선생?"

나는 어깨를 으쓱했다.

"그가 무사히 외국으로 달아나 준다면 납세자의 부담이 덜어지겠군."

"그러나 떠나기 전에 혹시라도 누굴 해치면 어떻게 하지?"

"그런 엉뚱한 짓은 하지 않을 겁니다, 나리. 그가 바라는 것은 모두 마련해 주었습니다. 새로 죄를 범하면 자기가 숨을 곳을 알리는 결과가 되지 않겠습니까?"

"그렇겠군."

헨리 경은 말했다.

"그럼, 바리모어……."

"감사합니다, 나리. 정말 감사합니다! 그가 다시 붙잡혔으면 제 처는 죽었을 겁니다."

"왓슨 선생, 우리는 중죄를 도와주고 선동한 것이 되었군요. 그러나 이야기를 듣고 보니, 그 사람을 꼭 남에게 넘겨줘야겠다는 생각이 없어집니다. 그럼, 이 일은 이것으로 끝내기로 하지요. 좋아, 바리모어. 가도 좋아."

바리모어는 감사의 말을 몇 마디 더듬거리면서 돌아섰으나 조금 머뭇거리더니 되돌아왔다.

"친절하게 해주신 데 대한 보답으로 제가 할 수 있는 최선을 다하려고 합니다. 나리, 사실은 저만 알고 있는 일이 있습니다. 진작 말씀드렸어야 했습니다만, 제가 그걸 깨닫게 된 것은 검시가 있고도 한참이나 지났기에…… 지금까지 누구에게든 한마디도 말한 적이 없습니다. 찰스 경의 별세에 관한 겁니다."

준남작도 나도 자리에서 벌떡 일어섰다.

"어떻게 해서 돌아가셨는지 자네는 안단 말인가?"

"그게 아닙니다. 그건 저도 모릅니다."

"그럼 뭔가?"

"그 시간에 찰스 경께서 왜 문에 서 계셨는지 저는 압니다. 어떤 부인을 만나시기 위해서입니다."

"부인을 만나시려 하셨다! 그분이?"

"그렇습니다."

"그 부인의 이름은?"

"나리, 이름은 알 수 없습니다만 이니셜은 알고 있습니다. 이니셜은 L L이었습니다."

"어떻게 알았나, 바리모어?"

"네, 나리. 그날 아침에 찰스 경께서는 한 통의 편지를 받으셨습니다. 찰스 경은 언제나 많은 편지를 받고 계셨지요. 그 어른께서는 세상에 잘 알려져 있었고, 또 친절하시기로 이름이 나신 분이었기 때문에, 어려운 일이 생기면 누구나 부탁을 해오고는 했습니다. 그런데 그날 아침에는 공교롭게도 편지가 한 통 뿐이어서, 저는 유심히 그것을 보았습니다. 쿰 트레이시 시(市)에서 온 것인데, 주소는 여자 글씨로 씌어 있었습니다."

"그래서?"

"그 뒤로 저는 그 일을 더 이상 생각하지 않았습니다만, 아내 때문에 다시 생각하게 되었습니다. 불과 2, 3주 전에 제 처는 찰스 경의 서재를 청소하고 있었습니다. 돌아가신 뒤에는 한 번도 손을 대지 않았지요. 그런데 난로 밑바닥에서 타 버린 편지 재를 보았습니다. 대부분이 시커멓게 타서 바스러져 버렸습니다만, 타다 남은 편지 끝 부분이 함께 붙어 있었습니다. 검게 된 종이에 잿빛이 된 글씨였습니다만, 글씨는 아직 읽을 수 있었습니다. 아마 편지 끝의 추신으로 생각되었습니다. '부디, 신사답게 이 편지는 반드시 불에 태워버리시고, 10시까지 그 문으로 나오시기 바랍니다'라고 씌어 있고 그 아래에는 L L이라는 이니셜이 있었습니다."

"그 종이조각을 지금 가지고 있나?"

"아닙니다, 나리. 만지니까 바스러져 버렸습니다."

"찰스 경은 그때 말고도 같은 글씨의 편지를 받으신 적이 있었나?"

"글쎄올시다. 그분 편지에 대해선 특별히 주의를 하지 않았으니까요. 그 날은 꼭 한 장만 왔기 때문에 주목하게 된 겁니다."

"그럼 L L이 누군지 생각이 안 나나?"

"네, 안 납니다. 나리께서 모르시는 것과 마찬가지로 저도 모릅니다. 그러나 그 여자를 찾아내면 아마 찰스 경의 최후에 대해서 더 잘 알게 될 겁니다."

"바리모어, 어째서 자네가 이렇게 중대한 정보를 숨기고 있었는지 모르겠군."

"네, 그건 저희들에게 걱정거리가 생기고 난 직후였고 또 찰스 경께서 저희들에게 베풀어 주신 모든 은혜를 생각하면 당연한 일입니다만 저희들은 그 어른을 몹시 존경하고 있었거든요. 그래서 그 일을 시끄럽게 만드는 것은 고인이 되신 주인 어른을 위하는 일이 아니라고 생각했지요. 더구나 사건에 여자가 끼어 있을 땐 아주 신중하게 해 나가야 합니다. 아무리 훌륭하신 분일지라도……."

"찰스 경의 명예를 손상시킬지도 모른다고 생각한 모양이로군."

"어쨌든 이득은 없을 거라고 생각했습니다. 그러나 지금 나리께서 저희들에게 친절을 베푸셨는데, 제가 그 일에 대해서 알고 있는 것을 말씀드리지 않는다면 저희들 도리가 아니라고 느껴졌습니다."

"고맙네, 바리모어, 이제 가 보게."

집사가 나가자 헨리 경은 내게로 돌아섰다.

"왓슨 선생, 이 새로운 정보를 어떻게 생각하시오?"

"먼저보다도 더 수수께끼가 어려워진 것 같군요."

"저도 그렇게 생각합니다. 그러나 만약에 그 L L이라는 이니셜을 추적할 수 있다면, 모든 것이 명백해질 것은 틀림이 없어요. 그만큼 우린 진전한 셈이지요. 그 여자를 찾아내기만 하면 사실을 모두 알고 있는 사람이 나올 겁니다. 어떻게 하면 되겠습니까?"

"홈즈에게 곧 알립시다. 이 사실은 어쩌면 그가 찾고 있는 단서를 제공해 줄 겁니다. 그래도 그가 내려오지 않는다면 제 생각이 틀린 거지요."

나는 바로 내 방으로 돌아가서 홈즈에게 오늘 아침의 이야기를 알리는 보고문을 작성했다. 홈즈가 요즘 바쁜 것은 확실하다. 왜냐하면 베이커 거리에서 보내는 쪽지는 그 횟수가 몹시 드문데다가 내용도 짧았으며, 내가 보낸 정보에 대해서도 아무런 의견이 없고, 또 내 임무에 대해서도 전혀 말이 없기 때문이다. 아마 그는 맡고 있는 협박 사건에 모든 힘을 기울이고 있는 모양이다. 그렇지만 이번의 새로운 사실은 반드시 그의 눈길을 끌고 흥미를 더할 것이 틀림없다. 그가 여기로 왔으면 좋겠다.

10월 17일

종일 비가 쏟아졌다. 담쟁이덩굴 잎이 바스락거리고, 처마에서는 낙숫물이 주루룩 흘러내린다. 바람이 몰아치는 추운 황무지에서 피할 곳도 없는 탈옥수를 생각했다. 불쌍한 사나이 ! 아무리 큰 죄를 지었더라도 그는 지금 그것을 보상할 만한 고통을 받고 있는 것이다. 그리고 나는 또 다른 사나이——마차 속의 얼굴, 달을 등지고 섰던 인물——를 생각했다. 그도——모습을 나타내지 않는 감시인, 어둠 속의 사나이——또한 이 폭우를 그냥 맞고 있을까 ? 저녁때 나는 비옷을 입고 흠뻑 젖은 황무지 멀리까지 나갔는데, 비가 얼굴을 후려치고 바람이 귓가에서 울부짖었다.

내 마음은 어두운 상상으로 가득 찼다. 땅이 굳은 높은 지대도 진흙이 되어 버린 지금, 그 커다란 늪지를 헤매는 사람에게 신의 가호가 있기를 빌었다. 그리고 지난밤에 그 외로운 감시자가 서 있었던 검은 바위산에 이르렀으므로 톱니 모양의 산꼭대기에서 우울한 구름을 내려다보았다. 쏟아지는 비는 적갈색 땅 위를 흘러가고, 음침한 회색 구름은 사방에 낮게 드리워 기이한 언덕들의 경사진 아래에 잿빛 소용돌이가 되어 길게 뻗쳐 있었다. 안개에 절반쯤 가려진 왼쪽 분지에서는 멀리 바스커빌 저택의 가느다란 두 개의 탑이 나무 위로 솟아 있었다. 언덕 경사면에 빽빽하게 모여 있는 선사시대의 오두막을 제외하면, 인간생활의 흔적같은 것은 아무 것도 없었다. 이틀 전 밤에 내가 같은 장소에서 보았던 그 외로운 사나이의 흔적은 아무 데에도 없었다.

황무지 끄트머리에 있는 파울마이어의 농가에서 시작되는 울퉁불퉁한 오솔길에서, 모티머 의사가 작은 마차를 몰고 따라와 돌아가던 나를 불러세웠다. 그는 우리를 몹시 걱정했기 때문에, 어떻게 지내는가를 보려고 바스커빌 저택으로 찾아오지 않는 날이 거의 없었다. 그는 나에게 마차에 오르도록 권하여 집까지 데려다 주었다. 그는 그의 조그마한 스패니얼 개가 행방을 감추었다고 몹시 걱정하고 있었다. 황무지로 나가서는 다시는 돌아오지 않았다는 것이었다. 나는 되도록 그를 위로하기는 했으나, 그림펜 늪에 빠진 망아지를 생각하니 강아지가 돌아올 것 같지 않았다.

"그런데 참, 모티머 씨."

나는 울퉁불퉁한 길에 마구 흔들리면서 물었다.

"이 마차를 몰고 갈 수 있는 거리에 사는 사람이면 선생께서는 모르시는 분이 없겠군요?"

"글쎄요, 아마 없겠지요."

"그렇다면 이니셜이 L L인 여자의 이름을 아시겠습니까?"

그는 잠깐 생각하더니 대답했다.

"모르겠는데요. 집시나 품팔이꾼들 중에 모르는 사람이 있긴 하지만 농장주나 상당한 신분에 있는 사람들 중에는 L L이라는 이니셜을 가진 분은 없습니다. 아니, 좀 기다려 주십시오."

그는 조금 사이를 두었다가 말을 덧붙였다.

"로러 라이언스가 있군요——이니셜이 L L이지요——그러나 이 여자는 쿰 트레이시에 사는데요.

"어떤 사람입니까?"

나는 물었다.

"프랭클런드의 딸이지요."

"뭐라고요! 괴짜 프랭클런드 노인 말이오?"

"네, 그녀는 이 황무지에 그림을 그리러 온 라이언스라는 화가와 결혼을 했지요. 그런데 그는 건달이어서 그녀를 버렸어요. 그러나 소문을 들으니 전적으로 한쪽만 잘못한 것은 아니었나 봅니다. 그녀의 부친은 자기 승낙 없이 결혼을 했다고, 또 아마 다른 이유도 더 있었겠지만 딸을 상대하지 않았습니다. 그래서 그 여자는 아버지와 젊은 망나니 사이에 끼여 몹시 곤란을 당했었지요."

"그 여자는 지금 어떻게 지내는가요?"

"프랭클런드 노인이 생활비를 조금씩 보내고는 있지만, 자기 형편도 몹시 어려우니까 별 도움이 될 수는 없을 겁니다. 자기가 저지른 일이라고는 하지만, 사람들은 그녀가 모든 희망을 잃고 돌이킬 수 없는 짓을 하지나 않을까 도저히 보고만 있을 수가 없었지요. 그 여자의 이야기가 알려지자, 어떻게든 도와주고 싶어하는 독지가들이 나타났습니다. 스테이플튼 씨와 찰스경이지요. 저도 얼마 안 되지만 약간 보조했습니다. 그녀가 타이피스트로 생활할 수 있도록 모두가 대책을 세워줬답니다."

그는 나의 조사 목적을 알고 싶어했으나, 아무에게나 비밀을 이야기 할 까닭이 없기 때문에 나는 자세히 이야기하지 않고 그럭저럭 얼버무려 그의 호기심만 만족시켜 주었다. 내일 아침에는 쿰 트레이시에 가야겠다. 그 소문의 주인공 로저 라이언스 부인을 만나보면, 이 일련의 수수께끼 중 한 가지는 해결되는 방향으로 한 걸음 성큼 내딛게 될지도 모른다. 나도 확실히 교활한 지혜가 발달되고 있는 모양이다. 모티머 씨가 성가실 정도로 거듭 질문을 해오자 나는 프랭클런드의 두개골이 무슨 형에 속하느냐고 물어 말머리를 돌리는데 성공했다. 그러나 이 때문에 마차를 타고 가는 동안 줄곧 골상학 이야기만 듣게 되었다. 셜록 홈즈와 몇 해 동안 살아온 것이 헛된 일은 아니었던 모양이다.

이 폭풍우가 치던 우울한 날에 또 한 가지 기록할 사건이 있다. 이 사건은 방금 내가 바리모어와 나눈 대화였는데, 이것도 적당한 시기가 오면 결정적인 수단이 될 것이다.

모티머는 그대로 만찬 때까지 눌러 있었다. 그 후에는 남작과 트럼프를 했다. 집사가 도서실에 있는 나에게 커피를 가지고 왔으므로 이 기회에 두세 가지 질문을 할 수 있었다.

"바리모어."

나는 말문을 열었다.

"당신의 처남은 떠났나요, 아니면 아직도 숨어 있나요?"

"모르겠습니다, 의사 선생님. 걱정만 끼쳐 드리니 차라리 떠나 버렸으면 좋겠습니다. 2, 3일 전입니다만, 제가 음식을 갖다 두고 온 뒤로는 아직 그에게 소식이 없습니다."

"그때 그를 만났나요?"

"아닙니다, 의사 선생님. 그러나 다음에 가보니 음식이 없어졌더군요."

"그럼 그가 거기 있었던 것은 틀림없군요?"

"다른 사내가 가져가지 않았다면 그렇겠지요."

나는 커피 잔을 입으로 가져가다가 그를 노려보았다.

"그럼 또 한 사람이 있다는 걸 자넨 알고 있군?"

"그렇습니다. 황무지에는 다른 사람이 또 있습니다."

"그 사람을 본 적이 있나?"

"없습니다."

"그럼 어떻게 알지?"

"일주일쯤 전에 셀던이 저에게 그 사람 이야기를 했습니다. 그 사람도 역시 숨어 있습니다만, 제가 알기로는 탈옥수는 아닙니다. 왓슨 선생님, 분명히 말씀드리겠는데 저는 정말이지 이런 일들이 너무 싫습니다."

그는 평정을 잃고 갑자기 감정을 폭발시켰다.

"들어보게, 바리모어! 나는 자네 주인의 문제를 걱정하고 있을 뿐, 그밖에는 아무런 흥미도 없네. 내가 여기 온 것도 그 분을 도와주는 것 외에는 다른 목적이 없어. 솔직하게 말하게, 무엇이 그렇게 싫은가?"

바리모어는 어쩌다가 튀어나온 말을 후회하는 것인지, 아니면 자신의 감정을 말로 표현하기가 어려운 것인지 잠시 머뭇거리고 있었다.

"모두가 싫은 일들뿐입니다."

그는 드디어 황무지 쪽의 비가 들이치는 창문을 향해 손짓을 하며 외쳤다.

"어디선가 불길한 음모가 꾸며지고 있는 것 같습니다. 어디에선가 사악한 일이 벌어지려고 합니다. 느낄 수 있습니다. 부디 헨리 경께서 런던으로 되돌아가신다면 저는 참으로 기쁘겠습니다!"

"무얼 그렇게 무서워하나?"

"찰스 경의 최후를 보십시오! 검시관이 무어라고 해도 거기에는 뭔가 으시시한 일이 있습니다. 밤에 황무지에서 나는 소리를 들어 보십시오. 해가 진 뒤에는, 돈을 준다 해도 그곳을 지나갈 사람은 없습니다. 수상한 사나이가 저기 숨어서 가만히 지키고 기다리고 있는 것을 보십시오! 대체 그는 무엇을 기다리고 있습니까? 무슨 까닭입니까? 바스커빌이라는 성을 가진 사람이면 누구에게나 좋지 않은 일임에 틀림이 없습니다. 그러니까 저는 새로 하인을 두어 바스커빌 저택의 일을 넘겨 줄 수만 있다면 그날로 그만 두고 싶습니다."

"그런데 그 수상한 사나이에 대해 자네가 알고 있는 건 무엇인가? 셀던은 무어라고 말하던가? 그 사나이가 숨어 있는 곳이며, 하고 있는 일을 알고 있던가?"

"셀던은 한두 차례 그 사나이를 보았지만, 그는 교활한 녀석이어서 아무것도 드러내지 않는답니다. 처음에는 순경으로 생각했다가 곧 뭔가 꿍꿍이가 있다는 것을 알았다고 합니다. 보기에는 신사 같았으나 무엇을 하는지 전혀 알 수 없었답니다."

"어디에 살고 있다고 하던가?"

"산허리의 오래된 집들 사이——옛 사람들이 살던 돌 오두막집에 있답니다. "

"식사는 어떻게 하고 ? "

"셸던이 알아낸 바로는 소년이 하나 딸려 있어서, 이 소년이 그에게 필요한 것을 나른다는군요. 아마 쿰 트레이시로 가지러 가겠지요. "

"됐네, 바리모어. 이 이야긴 나중에 다시 하세. "

집사가 나가자 나는 캄캄한 창가로 다가갔다. 그리고 나는 뿌연 유리창 너머로 휘몰아치는 비구름과 바람에 흔들리는 나무들을 바라보았다. 방안에서도 이렇게 기분 나쁜 밤인데 황무지의 돌 오두막에서는 어떨까 ! 얼마나 심한 증오와 원한이 있기에 이런 때 그런 장소에 숨게 되었을까. 그리고 또 얼마나 심각하고 진지한 목적이 있기에 이러한 시련을 견디려는 것인가 ! 황무지의 저 오두막 속에는 나를 그렇게도 몹시 괴롭혔던 문제의 핵심이 있는지도 모른다. 맹세하거니와 또 하루가 지나버리기 전에 나는 할 수 있는 모든 방법을 동원하여 수수께끼를 속속들이 풀어볼 작정이다.

바위산의 사나이

    앞장에서 소개된 내 일기는 이야기를 10월 18일까지 끌고 왔는데 그날 생긴 몇 가지 기괴한 사건들이 무서운 종말을 향하여 급속히 움직이기 시작했다. 그 뒤 며칠 동안의 일들은 지워 버릴 수 없을 정도로 내 기억에 깊이 새겨져 있으므로 당시의 메모를 참조하지 않더라도 이야기할 수 있다. 따라서 나는 두 가지 중대한 사실을 확인한 다음날부터 시작하겠다. 그 두 가지 사건 가운데 하나는 쿰 트레이시의 로러 라이언스 여사가 찰스 바스커빌 경에게 편지를 보내어 그가 참변을 당한 장소에서 그 시간에 만날 것을 약속했다는 사실이며, 또 하나는 황무지에 숨어 있는 사나이가 산허리의 돌오두막에 있다는 사실이다. 내가 이 두 가지 사실을 손에 쥐고 있으면서도 이 암흑의 고장에 어떠한 광명을 던져 줄 수 없다면, 나의 지혜와 용기가 부족하다는 이야기가 된다고 생각했다.

    남작은 지난 밤에 모티머 의사와 밤늦도록 카드놀이를 했기 때문에 나는 라이언스 부인에 대해 알아낸 사실을 그에게 말할 기회가 없었다. 그렇지만 아침 식사 때 나는 내가 알아낸 것을 그에게 알리고, 나와 함께 쿰 트레이시까지 갈 것인지를 물을 수 있었다. 처음에 그는 꼭 가겠다고 했으나, 다시 한 번 생각해보니 내가 혼자 가는 것이 결과적으로 더 나을 것 같이 여겨진다고 말했다. 격식을 차린 방문일수록 정보는 더욱 얻기 어려울지 모르니까. 그러므로 나는 헨리 경을 집에 혼자 남겨두었다고 마음에 걸려하면서도 혼자서 조사를 하러 나섰다.

쿰 트레이시에 도착하자 나는 퍼킨스에게 말을 쉬게 하라고 지시하고 나서 목적한 여자를 조사했다. 그녀가 사는 집을 찾아내는 것은 힘들지 않았다. 마을 중심에서 가까운, 시설이 잘 되어 있는 집이었다. 하녀가 스스럼없이 안내하여 거실로 들어가니, 레밍턴 타이프라이터 앞에 앉아 있던 한 여자가 환한 미소를 띠면서 얼른 일어섰다. 그러나 내가 낯선 사람임을 알아차리자 얼굴을 숙이고 다시 자리에 앉더니 용건을 물었다.

라이언스 부인에게서 받은 첫인상은 뛰어난 미인이라는 것이었다. 눈과 머리털은 따뜻한 담갈색이었고, 볼에는 주근깨가 많았으나 마치 유황색 장미꽃의 한가운데에 숨어 있는 듯한 고상한 연분홍색으로 물들어 있었다. 되풀이하거니와 첫인상은 감탄이라는 한 마디로 족했다. 그러나 보고 있노라니 결점도 눈에 띄었다. 얼굴에는 어딘지 모르게 묘한 그늘이 있었고, 표정도 좀 천박스러웠으며, 눈초리가 매섭고, 입매가 희미해서 그 뛰어난 아름다움을 손상시키고 있었다. 그러나 물론 이런 것들은 나중에 느낀 점이다. 처음에는 내 앞에 있는 여자가 대단한 미인이고 그녀가 지금 나에게 용건을 묻고 있다는 의식뿐이었다. 그 순간까지도 내 역할이 얼마나 미묘한 것인가를 나는 전혀 깨닫지 못했던 것이다.

"저는 댁의 아버님을 알고 있는 사람입니다."

나는 이렇게 말문을 열었다.

이것이 매우 서투른 자기 소개였다고 느낀 것을 그녀는 숨기려 들지 않았다.

"아버지와 저 사이에는 아무런 관계도 없는데요."

그녀는 말했다.

"전 아버지의 도움을 받고 있지 않아요. 그리고 아버지의 친구는 저의 친구가 아닙니다. 고인이 되신 찰스 바스커빌 경이며 그 밖의 몇몇 친절한 분들이 안 계셨더라면 아버지에게서 받은 것만으로는 저는 벌써 굶어 죽었을지도 몰라요."

"그 고인이 되신 찰스 바스커빌 경 때문에 제가 당신을 뵈러 온 것입니다."

그 부인의 주근깨가 있는 얼굴이 갑자기 빛났다.

"저에게서 무슨 말을 듣고 싶으신 거지요?"

그녀는 가늘게 떨리는 손으로 타이프라이터의 키를 매만지며 물었다.

"당신은 그분을 어떻게 알고 계십니까?"

"제가 그분의 친절하신 도움을 많이 받았다고 벌써 말씀드린 줄 아는데요. 이렇게 살아가는 것도 거의 다 그분이 저의 불행한 형편을 보고 베풀어주신 동정 때문이지요."

"그분과 편지 내왕이 있었습니까?"

부인의 담갈색 눈이 성난 듯 반짝이면서 재빨리 나를 쳐다보았다.

"무슨 목적으로 그런 것들을 물으시나요?"

부인이 날카롭게 물었다.

"좋지 않은 소문이 이 세상에 나돌지 않도록 피하기 위해서입니다. 일이 걷잡을 수 없게 되기 전에 미리 알아 물어 두는 게 더 좋을 거 같기 때문입니다."

그녀는 잠자코 있었으나 얼굴색은 파리했다. 조금 뒤 얼굴을 들었을 때, 그 태도에는 될 대로 되라는 도전적인 모습이 엿보였다.

"그럼, 대답하겠어요."

그녀는 말했다.

"질문이 무엇이지요?"

"찰스 경과 서신 왕래를 하셨나요?"

"그분의 동정과 은혜에 고맙다는 뜻의 편지를 한두 번 썼습니다."

"그 편지 보낸 날짜를 기억하시겠습니까?"

"아니오."

"그분을 만나신 일은?"

"그것도 한두 번, 그분이 쿰 트레이시에 오셨을 때예요. 그분은 아주 조용한 분으로 좋은 일도 남몰래 하시기를 좋아했어요."

"그러나 그렇게 어쩌다 만나고 편지도 몇 번 안 하셨는데 그분은 어떻게 당신의 사정을 알고 도울 수 있었나요. 당신이 도움을 받았다고 하시니 말입니다만."

그녀는 이 어려운 물음을 아무렇지도 않은 듯이 받아 넘겼다.

"저의 불쌍한 사정을 알고 힘을 모아 저를 도와주신 어른들이 몇 분 계셨어요. 찰스 경의 이웃이고 친한 친구인 스테이플튼 씨도 그 중의 한 분이었지요. 그분은 무척 친절한 분이었고, 그분을 통해서 찰스 경도 저의 사정을 아셨어요."

나는 찰스 바스커빌 경이 스테이플튼을 통해서 몇 차례 자선을 베푼 사실을 이미 잘 알고 있었으므로, 그 부인이 하는 말은 진실이라는 인상을 받았다.

"당신이 찰스 경에게 뵙고 싶다는 편지를 쓴 적이 있나요?"

나는 질문을 계속 했다.

라이언스 부인의 얼굴은 다시 노여움으로 발갛게 달아올랐다.

"그건 너무 지나친 질문이군요."

"죄송합니다. 그러나 꼭 물어보아야겠습니다."

"그럼 대답하죠. 물론 그런 일은 없어요."

"찰스 경이 운명하셨던 날에도 그런 일은 없으신가요?"

순식간에 그녀의 발그레한 얼굴은 핏기가 가시고 하얗게 되었다. 그녀는 입술이 바짝 말라붙어서 '아니오'라는 말도 제대로 못하고 입술만 달싹 움직였을 뿐이었다.

"틀림없이 기억을 잘 못하시는군요."

나는 말했다.

"저는 당신이 쓰신 편지의 한 구절을 인용할 수도 있습니다. '부디, 이 편지를 신사답게 태워 버리시고, 10시까지 그 문으로 나오시기 바랍니다.'"

나는 혹시 정신을 잃지나 않을까 걱정했으나, 그녀는 있는 힘을 다 짜내어 정신을 차렸다.

"이 세상에 진짜 신사는 없는 모양이군요."

그녀는 숨을 몰아 쉬었다.

"찰스 경을 오해하지는 마십시오. 그분은 분명히 편지를 태웠습니다. 그러나 편지란 다 타버린 뒤에도 읽을 수 있는 경우가 있습니다. 그러니까 편지를 쓰셨다는 사실은 인정하시는군요."

"네, 썼어요."

그녀는 울부짖듯 말하더니, 마음속을 토해 내듯 말을 계속했다.

"틀림없이 썼어요. 무엇 때문에 제가 거짓말을 할 필요가 있겠어요. 부끄럽게 생각할 이유도 없지요. 전 그분에게서 도움을 받고 싶었어요. 만나 뵈면 도움을 받을 수 있으리라고 생각했기 때문에 만나 주십사 하고 부탁한 거예요."

"하지만 하필이면 왜 그런 시간에?"

"다음날 런던으로 떠나시면 여러 달 동안 집을 비우시게 된다는 걸 마침 알게 되었으니까요. 그리고 보다 더 일찍 갈 수 없는 이유가 있었어요."

"왜 집에서 만나지 않고 정원에서 만나기로 했지요?"

"그런 늦은 시간에 여자 혼자서 정식으로 독신자를 찾아갈 수 있나요?"

"그래, 그곳에 도착했을 때 무슨 일이 일어났나요?"

"저는 안 갔어요."

"라이언스 부인!"

"안 갔어요, 당신에게 맹세하지요. 전 안 갔어요. 무슨 일이 생겨서 못 갔어요."

"무슨 일이었지요?"

"개인사정이 있었지요. 이야기할 수 없어요."

"그러니까 당신은 찰스 경이 운명하던 그 시간에, 그 장소에서 만나기로 약속한 것은 인정하나 그 약속은 지키지 못했다는 말이로군요."

"그렇습니다."

나는 계속해서 물으려고 했으나 더 이상 깊이 파고 들 수는 없었다.

"라이언스 부인."

나는 이 길고 소득없는 회담의 자리를 뜨면서 말했다.

"당신이 알고 계시는 것을 완전히 털어놓으시지 않는다면, 당신은 중대한 책임을 져야 하고 또 궁지에 빠지게 될 겁니다. 만약 제가 경찰에 협조를 청해야 된다면, 그때 당신은 대단히 위태로운 형편에 놓이시게 될 겁니다. 만일 당신이 결백하다면, 왜 처음에 그날 찰스 경에게 편지를 쓴 사실을 부인했나요?"

"거기서 무슨 잘못된 결론이 나와 제가 나쁜 소문에 말려들까 두려워서였어요."

"그리고 당신은 왜 편지를 태워달라고 부탁했지요?"

"편지를 읽으셨다면 아실 텐데요."

"모두 읽었다고는 말하지 않았습니다. 추신만을 겨우 알아볼 수 있었지요. 편지는 태웠다고 말씀드리지 않았습니까. 모두 읽을 수는 없었어요. 한 번 더 묻겠습니다만, 무엇 때문에 당신은 찰스 경이 운명하던 날에 받았던 이 편지를 꼭 태워 달라고 그토록 신신당부했습니까?"

"그건 개인적인 문제예요."

"사회의 이목을 피하는 이유를 좀더……."

"그럼 말하겠어요. 저의 불행한 이야기를 들으셨다면 제가 경솔한 결혼을 하고서 그걸 뉘우쳐야만 했다는 것을 아시겠지요."

"그 정도는 들어서 알고 있습니다."

"저는 생각만 해도 몸서리가 나는 남편에게서 줄곧 학대를 받으며 살아 왔어요. 법률은 남편 쪽에 유리하게 되어 있어, 지금도 매일같이 다시 억지로 그와 함께 살게 되지 않을까 하고 겁을 먹고 있어요. 찰스 경에게 이 편지를 썼을 때에는, 어느 정도의 비용이 있으면 제가 자유의 몸이 될 수 있을 것 같다는 사실을 알고 있었지요. 저에게는 정말 중요한 일이었어요——마음의 평화, 행복, 자존심——그 모든 것들이 걸려 있었으니까요. 찰스 경의 너그러움을 알고 있었으므로 제 입으로 직접 말씀드리면 저를 도와주시리라고 생각했어요."

"그런데 당신은 왜 안 나가셨나요?"

"그 사이 다른 분에게서 도움을 받았기 때문이에요."

"그럼 어째서 찰스 경에게 편지로 이야기하지 않았나요?"

"그럴 작정이었는데 다음날 아침 신문에서 그분이 운명하신 것을 알았어요."

그 여자의 이야기는 앞뒤가 잘 맞아 들어가서 내가 아무리 질문을 해도 끄떡도 하지 않았다. 이제는 참변 당시나 그 전후에 그녀가 정말로 이혼 소송을 제기하고 있었는지의 여부를 조사하는 길밖에 없었다.

그녀가 바스커빌 저택에 실제로 갔으면서 안 갔다고 잡아뗀다는 것은 있을 수 없는 일이었다. 그곳에 가려면 적어도 소형 마차는 있어야 하고 또 아무리 서둘러도 다음날 아침이나 되야 쿰 트레이시로 돌아가게 되니까 남이 모르게 할 수도 없었다. 그러기 때문에 아마 그 이야기는 사실이든가 아니면 적어도 어느 정도는 사실인 것 같다. 나는 당황하고 실망하면서 그곳을 떠났다. 나는 또 한번 차가운 벽에 부딪치고 말았다. 이 벽은 내가 임무를 완수하기 위해서 통과해야 하는 모든 길을 가로막고 있는 것 같았다. 더구나 그 부인의 얼굴이나 태도를 생각하면 할수록 더욱더 내가 모르는 무엇이 숨겨져 있는 것만 같았다. 왜 그렇게 창백해졌을까? 어째서 숨길 수 없게 될 때까지 사실을 인정하지 않으려고 안간힘을 써야 했는가? 무엇 때문에 참변이 일어난 당시의 일에 입을 다물고 있어야 했던가? 틀림없이 이 모든 것을 하나하나 해명해 나가다보면 그녀는 나에게 말하고 있는 만큼 결백하지는 못할 것이다. 그러나 당장은 더 이상 캐어 들어갈 수 없으므로 나는 방향을 바꿔 황무지의 돌오두막 사이에서 찾아내야 할 다른 단서로 돌아가야만 했다.

그러나 그것도 참으로 막연한 방향이었다. 마차로 되돌아오면서 언덕이라는 언덕에는 빠짐없이 남아 있는 고대인의 집터를 둘러보면서 나는 그것을 깨달았다. 바리모어의 정보는 그 수상한 인물이 돌오두막 속에 있다는 것이었는데, 수백 개나 되는 돌오두막들이 황무지 여기저기에 흩어져 있는 것이다. 그러나 나는 나의 경험을 안내자로 삼았다. 왜냐하면 나는 그 사나이가 검은 산 위에 서 있는 것을 보았기 때문이다. 따라서 그곳을 중심으로 수사할 작정이다. 그곳에서부터 시작하여 황무지에 있는 모든 오두막을 하나하나 찾아가면 드디어 목적하는 오두막에 이를 것이다. 만약 이 사나이가 안에 있다면 필요에 따라서는 연발 권총을 들이대서라도, 그가 누구이며 무엇 때문에 우리 뒤를 밟았는지 그의 입으로 실토시켜야만 한다. 리전트 거리의 군중 속에서는 우리를 피할 수가 있었을지 모르나, 이 호젓한 황무지에서는 뜻대로 될 수 없을 것이다. 그러나 또 한편으로는, 만약 내가 그 오두막을 찾아냈다 하더라도 그 거주자가 안에 없다면, 나는 그곳에서 그가 돌아올 때까지 아무리 오랜 시간이라도 불침번을 서서 기다려야 한다. 홈즈는 런던에서 그를 놓쳤다. 그러나 나의 스승이 실패한 것을 내가 해낼 수 있다면 그야말로 나의 승리가 될 것이다.

이 수사에서 나는 거듭 운이 나빴으나, 이제 드디어 행운이 나를 도우러 왔다. 그 행운의 사자는 다른 사람이 아니라 프랭클런드 씨였는데, 그는 내가 지나가는 길에 있는 그의 정원 문 밖에 서 있었다. 그는 하얀 구레나룻에 불그레한 얼굴이었다.

"안녕하시오, 왓슨 선생."

그는 여느 때보다 더 유쾌한 듯이 외쳤다.

"말을 쉬게 하고 들렀다 가시오. 한 잔 드시고 나를 축복해 주셔야 합니다."

그가 딸에게 취한 행동에 대한 이야기를 듣고 난 다음부터 이 사람에 대한 나의 감정은 친밀감하고는 거리가 멀었다. 그러나 나는 퍼킨스와 마차를 돌려보내고 이 기회를 이용하려고 했다. 마차에서 내려 헨리 경에게는 저녁때까지 걸어서 돌아가겠다는 말을 전했다. 그리고 나는 프랭클런드를 따라서 그의 식당으로 들어갔다.

"오늘은 나에겐 굉장한 날입니다. 내 생애 경축일의 하나지요."

그는 껄껄 웃으며 말했다.

"동일 종목에서 2관왕이 됐단 말이오. 이 근방 사람들에게 법률은 어디까지나 법률이라는 것, 그리고 법과 힘을 겨루어도 두려워하지 않는 사나이가 여기 있다는 것을 가르쳐 준 셈이오. 미들턴 노인의 수렵장 한가운데, 그것도 그 영감집 현관에서 1백 야드도 안 떨어진 곳에 길을 뚫는 권리를 획득했지요. 어떻습니까? 우린 높으신 양반들에게 그들이 평민의 권리를 짓밟을 수 없다는 것을 가르쳐 줘야 해요. 못된 자식들 같으니! 그리고 또 한 가지는 편위디 무리들이 늘 소풍가는 숲을 폐쇄시켰지요. 이 못된 녀석들은 이 세상에 소유권이란 없다고 생각하는지, 제멋대로들 떼지어 와서는 종이조각이나 빈 병 따위를 마구 버린단 말이오. 이 두 소송의 판결이 났는데, 왓슨 선생, 양쪽 다 내게 유리한 판결이었지요. 존 몰런드 경이 자기 토끼 사육장에서 총을 쏘았다고 해서 권리 침해로 그를 골려준 뒤로 오늘처럼 기쁜 날은 처음이오."

"도대체 어떤 일입니까?"

"이 책을 좀 보시오. 프랭클런드 대(對) 몰런드의 고등법원 공소사건. 읽어서 손해는 없을 거요. 비용이 2백 파운드나 들었지만 내가 이겼소."

"그래서 당신에게 무슨 이익이 있나요?"

"하나도 없지요, 하나도. 내 개인에게는 이익이 없다는 것이 내 자랑이오. 나는 전적으로 공적인 의무감에서 행동하니까요. 오늘밤에 편위디 떼들이 내 인형을 만들어 불사르며 나를 저주할 것이 틀림없소. 지난번에 그들이 그따위 짓을 했을 때 나는 경찰에게 이 따위 장난을 못하게 하라고 일렀지요. 그런데 말이오, 이 주(州)의 경찰이란 썩었어요. 경찰은 내가 당연히 받을 권리가 있는 보호를 나에게 거부했어요. 프랭클런드 대 여왕(빅토리아 여왕을 말함. 즉 국가를 상대로 소송을 제기한다는 뜻)의 소송에서 이 사실을 세상 사람들에게 알릴 작정이오. 나를 그렇게 다루면 후회할 날이 있을 거라고 말해줬는데 벌써 내 말이 들어맞았어요."

"무슨 말입니까, 그것은?"

나는 물었다.

노인은 아주 거만한 표정을 지었다.

"녀석들이 알고 싶어 안달인 것을 나는 알고 있거든요. 하지만 난 죽어도 그 악당들을 도와 주지 않을 거요."

나는 아까부터 그의 허튼 소리를 피할 수 있는 구실을 찾고 있었으나 이번에는 더 듣고 싶어지기 시작했다. 그러나 나는 이 괴짜 노인의 옹고집을 즉 이쪽에서 흥미를 강하게 보이면 그는 반드시 내막을 이야기하지 않는다는 것을 충분히 알고 있었기 때문에 그다지 관심이 없다는 듯한 태도로 말했다.

"틀림없이 밀렵사건이라도 있었던 모양이로군요."

"아니, 여보시오, 그것보다는 훨씬 중요한 일이오! 당신은 황무지의 탈옥수 사건을 알고 있소?"

나는 깜짝 놀랐다.

"탈옥수가 어디 있는 줄 알고 있다는 건 아니겠지요?"

"어디 있는지 정확히는 모르지만, 내가 힘을 빌려 주면 경찰은 탈옥수를 꼭 잡을 수가 있지요. 그 범인을 잡으려면 식량을 보급받는 곳을 찾아 내어 거기서부터 그의 뒤를 밟아야 할 텐데, 당신은 그런 생각을 해본 적이 없소?"

확실히 그는 흘려 들을 수 없는 사실까지 알고 있는 것 같았다.

"그렇고말고요."

나는 말했다.

"그러나 탈옥수가 황무지에 숨어 있다는 것을 어떻게 아십니까?"

"탈옥수에게 먹을 것을 나르는 심부름꾼을 내 눈으로 보았으니까요."

나는 바리모어를 생각하고 기분이 우울했다. 이 집념이 강한 노인의 손에 걸려들었다 하면 문제는 심각하다. 그러나 다음 이야기를 듣자 내 마음은 다소 가벼워졌다.

"깜짝 놀라실 테지만, 탈옥수에게 먹을 것을 나르는 건 남자아이요, 나는 매일 지붕에서 망원경으로 보고 있지요, 같은 시간에 같은 길을 지나가는데, 탈옥수에게 가지 않는다면 어디로 가겠소?"

이건 참 행운이었다. 그러나 나는 애써 나의 관심을 겉으로 나타내지 않았다. 남자아이? 그렇지! 바리모어도 남자아이가 먹을 것을 그 괴상한 인물에게 날라다 주고 있다고 말하지 않았던가. 프랭클런드가 우연히 부딪친 것은 그 괴상한 인물의 발자국이지 탈옥수의 발자국은 아니었다. 만약 내가 노인이 알고 있는 것을 알아낼 수만 있다면 나는 오랫동안 지루하게 찾아다니지 않아도 될지 모른다. 그러나 믿을 수 없다는 표정으로 무관심한 체하는 것이 가장 좋은 수단임은 뻔한 일이었다.

"황무지의 양치기 아들이 제 아버지에게 저녁밥을 나르는 거겠지요."

조금만 반대하는 기미를 보여도 이 완고한 늙은이의 감정에 불을 붙일 수 있었다. 그의 두 눈은 증오심을 품고 나를 노려보았고, 잿빛 구레나룻은 마치 성난 고양이처럼 곤두섰다.

"여보시오, 선생!"

그는 넓은 황무지 저쪽 너머를 가리켰다.

"저 너머에 검은 바위산이 보이지요? 찔레나무가 무성한 저 너머 낮은 언덕 말이오, 저곳은 황무지 중에서도 가장 돌이 많은 곳이오, 저런 곳에 양치기가 자리를 잡을 것 같소? 터무니없는 생각이지."

나는 잘 모르고 그랬노라고 순순히 사과했다. 내가 겸손하게 나오자 그는 기분이 좋아서 잇달아 내막을 털어놓았다.

"당신도 아시겠지만, 내가 이렇게 말하는 것은 충분한 근거가 있소, 난 짐을 들고 가는 소년을 몇 번이나 보았어요. 날마다, 그리고 어떤 때는 하루에 두 번이나 볼 수 있었는데 나는…… 아니 잠깐만, 왔슨 선생. 내 눈이 잘못 보고 있는 건지, 저기 좀 보시오, 산허리에 지금 무엇이 움직이고 있지요?"

몇 마일 떨어진 거리였으나, 나는 흐릿한 초록과 회색을 배경으로 하여 조그마한 검은 점 하나가 움직이고 있는 것을 똑똑히 볼 수 있었다.

"이리 오시오, 선생. 이리로 오란 말이오!"

프랭클런드는 외치며 계단을 뛰어올라갔다.

"직접 자신의 눈으로 보고 스스로 판단하시오."

망원경은——삼각대 위에 장치된 그 굉장한 기구는——편편한 함석 지붕 위에 있었다. 프랭클런드는 망원경에 한눈을 갖다 대고는 만족한 듯이 외쳤다.

"빨리, 왔슨 선생. 빨리 오시오, 그가 언덕을 넘어가기 전에!"

틀림없이 조그마한 짐을 든 한 소년이 천천히 그 언덕을 땀을 흘리며 오르고 있었다. 소년이 마루터기에 이르자 그 남루한 모습이 한순간 쌀쌀한 푸른 하늘을 등지고 드러나보였다. 그는 마치 추적을 두려워하는 사람처럼 몰래 살금살금 주위를 둘러보았다. 그러고 나서 그는 언덕 너머로 사라졌다.

"어떻소! 내 말이 맞지요?"

"분명히 무슨 비밀 심부름을 하는 아이 같군요."

"그 심부름이 무엇이냐 하는 것은 시골 순경이라도 추측할 수가 있지요. 그러나 나는 한 마디도 그 녀석들한테 귀띔해 주지 않을 겁니다. 그러니 왓슨 선생, 선생도 말을 해서는 안 되오, 한 마디도! 아셨소?"

"하라시는 대로 해야죠."

"경찰은 나를 바보로 취급했소, 바보로. 프랭클런드 대 여왕의 소송에서 사실이 드러나면 분노의 파도가 온 나라를 휩쓸 겁니다. 나는 경찰에 힘을 빌려줄 생각은 추호도 없소. 그 몹쓸 것들이 화형에 처하고 싶은 것은 내 인형이 아니라 바로 나 자신이었을지도 모르지만 말이오. 아니, 가지 마시오! 이 굉장한 승리를 축하하기 위하여 우리 함께 술병을 비웁시다!"

그러나 나는 그의 온갖 애원을 거절하고 집까지 바래다 주겠다는 것도 겨우 말렸다. 그가 전송하고 있는 동안에는 큰 길을 걸었으나, 다음에는 곧 황무지 쪽으로 접어들어 소년이 사라진 돌 많은 언덕으로 향했다. 모든 일이 나에게 유리하게 진행되고 있었으므로, 나는 힘과 인내력이 모자라 운명의 신이 던져준 이 좋은 기회를 이용하지 못하게 되어서는 안 된다고 마음 속으로 기도했다.

내가 언덕 꼭대기에 다다랐을 때에는 벌써 해가 지고 있었다. 눈 아래 뻗은 기다란 경사면들에 한편은 금록색, 다른 편은 잿빛으로 그늘져 있었다. 아득한 지평선 위에 안개가 낮게 끼어 있었고, 그 위로 벨리버 바위산과 빅슨 바위산의 환상적인 형태가 드러났다. 그리고 끝없이 넓은 황무지 위에는 소리도 움직임도 없었다. 갈매기인지 마도요인지 알 수 없는, 커다란 잿빛 새 한 마리가 푸른 하늘에 높이 떠 있었다. 이 드넓은 하늘과 황무지 사이에는 살아 있는 것이라곤 오로지 그 새와 나뿐인 것 같았다. 그 불모의 경치와 고독감, 그리고 내가 맡은 수수께끼와 긴박감은 가슴을 얼어붙게 했다. 그 소년은 아무 데도 보이지 않았다. 그러나 발 아래 저 밑 골짜기에는 동그란 모양의 옛날 돌 오두막집들이 늘어서 있었고, 그 한가운데 비바람을 막을 만한 지붕이 남아 있는 오두막이 하나 있었다. 그것을 보자 내 가슴은 뛰었다. 이곳이야말로 그 괴상한 인물이 숨어 사는 곳임에 틀림이 없었다. 드디어 나는 그가 숨어 사는 문 앞까지 온 것이다. 이제 그의 비밀은 나의 손아귀에 들어 있었다.

스테이플튼이 곤충망을 가지고서 앉아 있는 나비에게 접근할 때처럼 조심조심 오두막에 다가갔을 때, 나는 분명히 그곳에서 사람이 살고 있는 흔적을 볼 수 있었다. 바위 사이로 잘 알아 볼 수 없는 오솔길이 허물어진 구멍으로 통하고 있는데, 그곳이 문인 것 같았다. 안에서는 아무 소리도 없었다. 그 괴상한 인물은 거기 숨어 있을지도 모르고, 아니면 지금 황무지를 서성거리고 있을지도 모른다. 내 신경은 모험을 앞두고 흥분해 있었다. 피우던 담배를 내던지고 연발권총의 손잡이에 손을 갖다 대고는, 문 앞까지 날쌔게 걸어가서 안을 들여다보았다. 오두막은 텅 비어 있었다.

그러나 내가 그릇된 단서를 쫓고 있지 않다는 증거는 충분했다. 이 오두막은 틀림없이 그 사나이가 살고 있는 곳이었다. 그 옛날 신석기 시대의 인간이 잠잤던 바로 그 석판 위에, 방수포에 싼 모포가 몇 장 돌돌 말려 놓여 있었다. 타다 남은 재가 엉성한 화로 위에 쌓여 있었다. 그 옆에 몇 가지 취사 도구와 물이 반이나 든 양동이도 있었다. 빈 깡통이 흩어져 있는 것은 오두막에 얼마 동안 사람이 살았다는 것을 나타내는 증거였다. 또 바위틈으로 새어드는 빛에 익숙해지자, 작은 접시 하나와 반쯤 남은 술병 하나가 한쪽 구석에 있는 것이 보였다. 오두막 한가운데에서는 판판한 돌 하나가 테이블로 쓰이는 모양인데, 이 위에는 보자기에 싼 작은 꾸러미가 하나 놓여 있었다. 조금 전에 내가 망원경으로 그 소년의 어깨 위에서 보았던 꾸러미와 같은 것임에 틀림없었다. 속에는 빵덩어리가 하나, 소 혓바닥 통조림이 하나, 그리고 복숭아 통조림이 둘 들어 있었다. 나는 그 짐을 뒤져본 뒤 제자리에 놓으려고 하다가 그 밑에 무엇이 적힌 종이가 한 장 있는 것을 보고 깜짝 놀랐다. 그것은 연필로 휘갈겨 쓴 다음과 같은 내용의 메모였다.

왓슨 선생은 쿰 트레이시에 갔음.

잠시 동안 나는 그 종이쪽지를 두 손으로 움켜쥔 채 이 짤막한 말의 뜻을 생각하며 서 있었다. 그렇다면 그 숨어 있는 사나이에게 뒤를 밟히고 있는 것은 헨리 경이 아니라 바로 나란 말인가. 그는 직접 내 뒤를 쫓지 않고 꼬마풀을——아마도 그 소년을——시켜 내 뒤를 쫓게 했으며, 이 쪽지는 바로 그의 보고이리라. 아마 내가 황무지에 온 이후 나의 모든 행동은 일일이 관찰되고 보고되었으리라. 언제나 눈에 보이지 않는 힘이 지극히 교묘하고 세심하게 우리 주위에 쳐 놓은 섬세한 그물을 우리는 느끼고 있었으나, 이 그물은 너무 가볍게 우리를 감싸고 있었기 때문에 어떤 결정적인 일이 벌어지기 전까지는 우리가 정말로 그 그물코에 휘감겨 있음을 전혀 모르고 있었던 것이다.

하나의 보고가 있는 이상 다른 보고도 있을 것 같아 오두막 안을 둘러보았다. 그렇지만 그럴싸한 흔적은 아무것도 없었다. 다만 그 사나이는 스파르타식 습관이 몸에 배어 있어서 안락한 생활은 거의 싫어한다는 것 이외에는 그 기묘한 장소에 살고 있는 사나이의 성격이나 목적을 알아볼 만한 어떠한 증거도 나는 찾아 낼 수가 없었다. 전날에 몹시 퍼부은 비를 생각하고 구멍이 난 지붕을 쳐다보았을 때, 나는 그 불편한 곳에 그를 머물게 한 목적이 얼마나 강하고 움직일 수 없는 것인가를 알 수 있었다. 그는 우리의 악의에 찬 적일까, 아니면 우리의 수호신일까? 나는 그것을 알아낼 때까지는 오두막을 떠나지 않으리라고 결심했다.

바깥에는 해가 낮게 가라앉고 서쪽 하늘이 주홍색과 황금색으로 타오르고 있었다. 그 빛은 멀리 떨어진 그림펜 늪 안에 있는 연못에 반사되어 여기저기 붉은 반점처럼 반짝이고 있었다. 바스커빌 저택의 두 탑이 바라보이고, 멀리 뿌연 연기가 떠올라 그림펜 마을이 있는 곳을 가르쳐 주고 있었다. 그 중간 산너머에는 스테이플튼 오누이의 집이 있었다. 황금빛 석양 속에서 모든 것은 아름답고 부드럽고 평화스러웠으나 그것을 바라보는 나의 마음은 평화스러운 자연 속에 융합될 수 없었고, 시시각각으로 다가오는 그 사나이와의 대면에 대한 막연한 공포감으로 떨고 있었다. 신경은 극도로 흥분해 있었으나, 목적을 이룰 작정으로 나는 그 오두막의 어두운 구석에 앉아 집주인이 돌아오기를 침울한 마음으로 참고 기다렸다.

그러자 드디어 그가 돌아오는 소리가 들렸다. 먼 데서 구두가 돌멩이에 부딪치는 날카로운 소리가 들려왔다. 그 날카로운 소리는 한 발자국 또 한 발자국 차츰차츰 다가왔다. 나는 가장 어두운 구석으로 물러서서 호주머니 속에 든 권총의 방아쇠를 잡고 그 수상한 인물의 모습을 보기까지는 나타나지 않기로 결심했다. 소리가 오랫동안 나지 않는 것으로 보아 그는 걸음을 멈춘 듯했다. 그리고는 다시 발소리가 다가오더니 이윽고 오두막 입구에 그 그림자가 드리워졌다.

"아름다운 저녁이군, 왔슨."

귀에 익은 목소리가 말했다.

"안보다 바깥에 있는 편이 더 기분좋을걸세."

황무지에서의 죽음

한동안 나는 내 귀를 의심하며 숨도 쉬지 못하고 앉아 있었다. 이 윽고 나는 정신이 들고 목소리도 나오게 되었다. 갑자기 그때까지 나를 누르던 무거운 책임감이 한꺼번에 내게서 풀려나가 버린 것 같았다. 저 냉정하고, 날카롭고, 빈정거리는 듯한 목소리의 주인은 이 넓은 세상에서 한 사나이밖에 없을 것이다.

"홈즈!"

"밖으로 나오게."

그는 말했다.

"그리고 제발 그 연발 권총은 조심하게."

부서진 차양 밑으로 몸을 구부리고 나가니 그는 바깥 돌 위에 앉아 있었다. 그의 잿빛 눈은 깜짝 놀란 나의 얼굴을 쳐다보며 재미있다는 듯 데굴데굴 구르고 있었다. 그는 마르고 여위어 있었으나 여전히 말끔하고 민첩했으며, 날카로운 얼굴은 햇살에 그을리고 바람에 거칠어 있었다. 그는 트위드 천으로 된 옷과 모자를 쓰고 있어서 여느 황무지의 관광객과 다를 데가 없었다. 그리고 그가 베이커 거리에 있을 때와 마찬가지로 턱의 면도 자국도 말끔하고 셔츠도 깨끗한 것은, 그의 성격의 하나인 고양이 같은 결벽증 때문이었다.

"내 생전에 사람을 만나서 이렇게 반가운 적은 없었네."

나는 그의 손을 꽉 쥐었다.

"'놀란 적은 없었네'가 아닌가?"

"글쎄, 솔직히 말해서 그렇겠지."

"놀란 것은 자네만이 아니네. 정말이야. 자네가 내 임시 은신처를 찾아 내리라고는 전혀 생각하지 않았거든. 더구나 입구에서 스무 걸음 전까지만 해도 자네가 안에 있으리라고는 생각도 못했네."

"내 발자국으로 알아냈군?"

"아니야, 왓슨! 세상 사람들의 발자국 중에서 자네 발자국을 알아낼 자신은 나도 없네. 자네가 정말 나를 속이고 싶다면, 자넨 담배를 바꿔야 해. 옥스퍼드 거리의 브래들리 표가 있는 담배꽁초를 보고서 나는 친구 왓슨이 이 근방에 와 있음을 알았지 뭔가. 저기 오솔길 옆에 있더군. 이 빈 집 속으로 돌진하는 순간에 버렸을거야, 틀림없이."

"맞았네."

"그럴 테지. 그리고 자네의 끈기가 대단하다는 것을 잘 알고 있기 때문에, 자네가 손닿는 곳에 무기를 두고 주인이 오기를 숨어서 기다리고 있다고 나는 생각했지. 그래 자넨 내가 정말 범인이라고 생각했나?"

"누군지는 몰랐지만 기어코 알아낼 생각이었네."

"훌륭하네, 왓슨! 그런데 내가 여기 있는 것은 어떻게 알았지? 아마도 탈옥수를 쫓던 날 밤에 나를 본 거로군. 그때는 내가 부주의해서 달빛을 등지고 서 있는 것을 몰랐으니까 말일세."

"물론, 그때 보았네."

"그럼 여기까지 오느라고 틀림없이 오두막을 하나하나 모두 뒤졌겠군?"

"아니, 자네가 데리고 있는 소년을 보았네. 그래서 어디를 찾으면 되겠는지 짐작이 갔지."

"틀림없이 그 망원경을 가진 노인이로군. 처음에 망원경 렌즈에 빛이 반사했을 때 나는 그게 무엇인지 몰랐네."

그는 일어서서 오두막 안을 들여다보았다.

"허어, 카트라이트가 무얼 가져다 놓았군. 이 종이는 무언가? 으음, 자넨 쿰 트레이시에 다녀왔군그래?"

"그러이."

"로러 라이언스 부인을 만나러?"

"맞았네."

"잘했군! 우리들의 수사는 확실히 평행선을 달리고 있었네. 수사 결과를 합치면 사건의 전모가 거의 드러나겠군."

"어쨌든, 자네가 여기 와줘서 진심으로 기쁘네. 책임이 무거운 데다가 사건이 너무 복잡해서 내 신경이 견뎌내지 못할 것 같았어. 도대체 자네는 어떻게 여기로 왔고, 여기선 무엇을 하고 있었나? 베이커 거리에 있으면서 그 협박 사건 해결에 골몰하고 있는 줄 알았는데."

"자네가 그렇게 생각하기를 바랐던 걸세."

"그럼 자네는 나에게 일을 시키면서도 믿지는 않았군그래! 좀더 자네에게서 대접을 받을 만하다고 생각했는데, 홈즈."

나는 좀 신랄하게 외쳤다.

"여보게, 자네는 지금까지의 다른 여러 가지 사건에서와 마찬가지로 이번 사건에서도 아주 귀중한 역할을 해 주었네. 혹시 내가 자네를 속인 것 같은 생각이 들었다면 용서해 주게. 사실 내가 그런 수단을 쓴 것은 한편 자네를 위한 일이었고, 내가 이리로 와서 사건을 직접 조사하게 된 것은 자네가 맞닥뜨리고 있는 위험을 인식했기 때문일세. 내가 만약 헨리 경이나 자네와 함께있었다면 사건에 대한 나의 견해는 자네들의 것과 거의 다름없었을 것이고, 또 내가 여기에 있었다면 무서운 적들에게 경계심만 굳혀 주었을 거야. 나는 자유롭게 돌아다닐 수 있었네. 만약 내가 바스커빌 저택에 있었다면 아마 그렇게 못했을 걸세. 그리고 나는 이 사건 속에 미지의 요소로 숨어 있다가, 위기가 닥치면 온 힘을 다해 뛰어들 참이었네."

"그런데 어째서 그걸 내게 밝혀 주지 않았나?"

"자네가 알고 있어도 우리에게 아무런 도움이 될 수는 없었고, 어쩌면 그 때문에 내 존재가 드러날지도 몰라서였네. 자네는 무엇인가 내게 말해 주고 싶기도 했을 것이고, 또 노파심에서 위안이 되는 것을 내게 날라주고 싶기도 했을 테니까. 그렇게 되면 공연히 불필요한 위험만 초래하게 되거든. 나는 카트라이트를 데리고 왔네. 용달사 사무실의 그 꼬마가 생각나겠지? 그 아이가 빵이라든가 깨끗한 셔츠라든가, 내게 필요한 자잘한 물건들을 가져다 주었네. 그밖의 무엇이 더 필요하겠나? 그 아이는 잘 걷는 데다가 내 눈 외에 따로 두 개의 눈 역할을 해 주었고, 그 두 가지가 모두 다 아주 소중한 도움이 되었지."

"그럼 내가 한 보고는 아무 소용이 없었군!"

나는 그것을 작성하던 때의 노고와 자부심이 생각나서 나도 모르는 사이에 목소리가 떨렸다. 홈즈는 한 묶음의 서류를 호주머니에서 꺼냈다.

"이게 자네 보고야. 여보게, 하나하나 면밀하게 읽어 본 자리가 보이지 않나. 내가 잘 수배해 놓았기 때문에 하루씩만 지체되었을 뿐, 여기서 다 받아 보았네. 이 이상할 만큼 어려운 사건에서 자네가 보여준 열성과 총명에 참으로 경의를 표해야만 하겠네."

나는 아직도 나를 상대로 한 속임수에 마음이 풀리지 않았으나, 홈즈가 열렬히 칭찬을 하는 바람에 노여운 생각이 사라졌다. 그리고 역시 마음속으로는 그가 한 말이 옳고, 또 그가 황무지에 와 있다는 것을 내가 모르는 것이 우리들의 목적을 위해서는 가장 좋았다는 것도 사실이라고 여겨졌다.

"그게 더 나았네."

그는 내 얼굴이 밝아지는 것을 보고 말했다.

"자, 그럼 로러 라이언스 부인을 방문한 결과를 들려주게. 자네가 그 여자를 만나러 갔으리란 추측은 어렵지 않았네. 왜냐하면 쿰 트레이시에서 이 사건 해결에 우리를 도울 사람이란 그녀 한 사람이라는 것을 나는 알고 있었기 때문일세. 오늘 자네가 가지 않았으면 십중팔구 내일 내가 갔을 걸세."

벌써 해가 져서 땅거미가 황무지 위에 내려앉고 있었다. 공기가 싸늘해지자 우리는 찬기운을 피하기 위하여 오두막 안으로 들어갔다. 오두막의 어스름 속에 함께 앉아서 나는 홈즈에게 로러 라이언스 부인과 나눈 이야기를 들려 주었다. 그는 몹시 관심을 가졌기 때문에 어떤 부분은 두 차례나 반복해야만 했다.

"이건 아주 중대한 사실일세."

그는 내 이야기가 끝을 맺자 말했다.

"이것으로써 이 지극히 복잡한 사건에서 내가 다리를 놓을 수 없었던 간격이 메꾸어졌네. 자네도 눈치채고 있었겠지만, 이 부인과 스테이플튼이라는 사나이 사이에는 친밀한 관계가 있는 것 같아."

"특별히 친밀한 관계라고는 생각지 않았는데."

"그 점에 관해서는 의심할 여지가 없네. 그들은 만나고 편지를 주고받고, 그들 사이에는 완전한 이해가 있다네. 이제 이 사실로 우리들은 강력한 무기를 가진 셈이 되네. 만약에 내가 이 사실을 이용하여 그의 아내를 떼어낼 수만 있다면…….. ”

“그의 아내라고? ”

“자네에게서 받은 모든 정보에 대한 보답으로 이번에는 내가 자네에게 정보를 제공하지. 이곳에서 스테이플튼 양으로 통하고 있는 그 여자는 실제로는 그의 아내일세. ”

“뭐라고, 홈즈! 자네 지금 한 말이 틀림없나? 그렇다면 스테이플튼은 어째서 헨리 경이 그녀와 사랑에 빠지는 것을 그대로 두었단 말인가? ”

“헨리 경이 연애에 빠진다고 해도 해를 입는 건 헨리 경밖에 없네. 헨리 경이 그 여자에게 손을 못 대게 스테이플튼이 눈을 번뜩였던 일을 자네도 보았겠지. 거듭 말하지만 그 여자는 그의 아내지 누이가 아니네. ”

“하지만 무엇 때문에 그렇게 기를 쓰고 속임수를 쓰는 건가? ”

“그건 그녀를 독신으로 해 두는 것이 그에게 훨씬 쓸모가 있으리라는 것을 예상했기 때문이지. ”

내가 입밖에 내지는 않았지만 직감하고 있던 막연한 의심들이 갑자기 형태를 갖추어 그 박물학자에게로 집중되었다. 밀짚모자를 쓰고 곤충채집망을 들고 있던 그 핏기없는 평범한 사나이 속에서 나는 뭔가 무시무시한 것을 본 것 같았다. 미소짓는 얼굴 뒤에 잔인한 마음을 숨기고 있는, 무한히 인내심이 강하고 술책이 비상한 사람인 것이다.

“그럼 우리들의 적은 그 녀석이군. 런던에서 우리의 뒤를 밟은 것도 그 녀석인가? ”

“나는 수수께끼를 그렇게 풀이하네. ”

"그럼 그 경고문은 그 여자가 보낸 것이 틀림없군그래!"

"맞았네."

흉측한 악행의 윤곽이 그동안 나를 둘러쌌던 암흑 속에서 절반은 확실하게, 절반은 짐작의 형태로 어렴풋이 나타났다.

"하지만 자신있나, 홈즈? 어떻게 해서 그 여자가 그의 아내라는 걸 알았나?"

"왜냐하면 그가 자네를 처음 만났을 때, 깜빡 잊고 자네에게 자신의 경력 일부를 사실대로 말해 버렸기 때문일세. 아마 그는 나중에 몇 번이고 그것을 후회했을 거야. 그는 잉글랜드 북부에서 교장을 지낸 적이 있지. 그런데 교장이라는 것처럼 조사하기 쉬운 직업은 없단 말일세. 교원 취직 소개라는 것이 고장마다 있어 누구나 교직을 지낸 사람은 신원을 밝혀 낼 수 있다네. 간단한 조사결과, 나는 어떤 학교가 아주 형편없이 망해버렸는데, 그 교장이——이름은 달랐지만——아내를 데리고 뺑소니쳤다는 사실을 알게 되었네. 기재 사항들이 딱 들어맞더군. 그 행방불명된 사나이가 곤충학에 골몰하고 있었다는 이야기를 듣자 신원은 완전히 밝혀졌네."

나를 둘러싼 암흑은 걷히고 있었다. 그러나 아직도 많은 것이 그늘에 가려져 있었다.

"이 여자가 사실상 그의 아내라고 한다면 로러 라이언스 부인이 들어설 곳은 어딘가?"

나는 물었다.

"자네 조사가 빛을 던져준 점이 바로 그거야. 자네와 그 여자의 면담이 그 사정을 환히 밝혀 주었네. 나는 그 여자와 남편 사이에 제기된 이혼 문제에 대해서는 몰랐네. 그렇다면 스테이플튼을 독신으로 생각하고서 그 여자는 그의 아내가 될 작정이었나보군."

"그럼 그녀가 속은 걸 알게 되면?"

"뻔하지, 그녀는 우리에게 쓸모있게 되지. 내일 그 여자를——우리 둘이——만날 필요가 있네. 그런데 왓슨, 자넨 너무 오랫동안 담당구역에서 떠나 있다고 생각하지 않나? 자네가 있을 곳은 바스커빌 저택일 텐데."

서쪽 하늘에 저녁놀의 마지막 빛이 사라지자 황무지 위의 밤이 내려앉았다. 희미한 별이 하나 둘 보랏빛 하늘에서 반짝이고 있었다.

"마지막으로 한 가지만 더 묻겠는데, 홈즈."

나는 일어서면서 말했다.

"자네와 나 사이에 비밀을 둘 필요가 어디 있겠나. 이게 모두 무엇을 뜻하는 건가? 그는 무엇을 노리는 걸까?"

그 질문에 대답할 때, 홈즈의 목소리는 깊숙이 가라앉아 있었다.

"살인이야, 왓슨. 정교하고, 비정하고 신중한 살인. 세밀한 점은 묻지 말아주게. 그 녀석이 헨리 경에게 친 그물도 죄어들고 있지만, 내가 그 녀석에게 친 그물도 죄어 들고 있네. 자네의 도움으로 그 녀석은 이미 내 손아귀에 들어온 거나 다름없네. 다만 우리를 위협하는 위험이 꼭 하나 있네. 그건 우리의 준비가 갖추어지기 전에 그 녀석이 먼저 행동을 취하지 않을까 하는 걸세. 하루——기껏해야 이틀이면——내 사건은 끝나게 되네. 그러니 그때까지 애정 있는 어머니가 병든 자식을 보살피듯이 자네가 맡은 역할을 빈틈없이 해 주게. 오늘의 자네 일은 그 자체로서는 훌륭했지만, 그래도 나는 자네가 그분 옆을 떠나지 않으면 하네——이게 무슨 소리야?"

무시무시한 공포와 불안, 길게 끄는 포효 소리가 황무지의 고요를 깨뜨리며 터져나왔다. 그 끔찍스러운 고함 소리에 내 혈관 속의 피가 얼어붙는 것 같았다.

"오, 하느님 맙소사! 저게 뭐야? 어떻게 된 거지?"

나는 헐떡이며 외쳤다. 홈즈는 벌떡 뛰어 일어서기가 바쁘게 그의 민첩하고 검은 모습은 어느새 오두막 문간에 나가 있었다. 그는 어깨를 숙이고 머리를 쑥 내밀어 바깥 어둠 속을 응시하고 있었다.

"쉬! 쉬!"

홈즈는 소곤거렸다.

고함소리는 처절했기 때문에 크게 들렸으나 실제로는 멀리 떨어진 캄캄한 들판에서 들려온 것이었다. 지금 그 소리는 우리의 귀에 더 가깝게, 더 크게, 전보다 더 절박하게 울려왔다.

"어디지?"

홈즈는 소곤거렸다. 그의 목소리가 떨리고 있는 것으로 보아 그 무쇠 같은 사나이도 공포에 넋을 잃은 것 같았다.

"어디지, 왓슨?"

"저기 같은데."

나는 어둠 속을 가리켰다.

"아니, 저기야!"

또다시 단말마의 울부짖음이 밤의 고요를 휩쓸며 아까보다 더 가깝고 더 크게 들렸다. 그리고 다른 소리가 그 소리에 섞였다. 낮고 굵게, 투덜거리는, 선율적이면서도 기분나쁜 소리가 몸부림치듯, 마치 낮게 끊임없이 중얼거리는 파도 소리처럼 높아졌다 낮아졌다 했다.

"그 사냥개야! 어서 가세, 왓슨. 하느님 맙소사, 너무 늦었으면 어쩌지!"

홈즈는 쏜살같이 황무지를 향해 뛰기 시작했고, 나는 그의 뒤를 바짝 따라갔다. 그런데 이번에는 우리들 바로 앞의 울퉁불퉁한 땅바닥 어딘가에서 단말마의 절규가 들리고 이어서 털썩 하는 무거운 것이 떨어지는 소리가 들려왔다. 우리는 발을 멈추고 귀를 기울였다. 바람 한 점 없는 밤의 공기는 무겁게 가라앉아 다시는 아무 소리도 나지 않았다. 홈즈는 마치 실성한 사람처럼 그의 손을 이마에 갖다 댔다. 그는 발로 땅을 굴렸다.

"당했어, 왓슨. 우리가 너무 늦었네."

"그럴 리가! 그렇지 않아!"

"신중을 기하다가 바보가 됐군. 그리고 자네도 말이야, 왓슨. 자네 역할을 버려두니까 이런 결과가 되지 않았나! 그러나 최악의 일이 일어났다면 우린 반드시 그자에게 복수를 해야 돼!"

우리는 무턱대고 어둠 속을 뛰었다. 바위에 부딪치며, 가시금작화 덤불을 헤치며, 숨가쁘게 언덕을 오르고 비탈길을 뛰어내리며 그 무서운 소리가 들려온 방향으로 줄곧 내달렸다. 홈즈는 높은 곳에 이를 때마다 열심히 주위를 둘러보았다. 그러나 황무지엔 어둠이 짙게 깔려 그 황량한 표면에서는 아무것도 움직이지 않았다.

"무엇이 보이나?"

"아무것도 안 보여."

"아, 조용히! 저건 무슨 소리지?"

나지막한 신음 소리가 들려왔다. 이번에는 왼쪽이었다. 그쪽에는 바위 산등성이의 한쪽 끝이 날카로운 낭떠러지가 되고, 이 낭떠러지에서는 돌투성이의 비탈이 계속되고 있었다. 그 울퉁불퉁한 경사면 위에 시커먼 물체가 흐릿하게 날개를 편 것처럼 넘어져 있었다. 달려가 보니 막연한 윤곽이 확실한 형태로 나타났다. 그것은 얼굴을 땅바닥에 처박고 엎드려 있는 사람이었다. 머리는 푹 숙여 몸 밑으로 포개졌고, 어깨를 웅크리고 몸은 마치 공중제비를 하는 것처럼 활모양으로 굽어져 있었다. 그 모습이 너무 괴상했기 때문에 그 순간 나는 좀전의 그 신음 소리가 마지막으로 숨이 넘어가는 소리였음을 깨닫지 못했다. 웅크리고 찬찬히 들여다보니 그 시커먼 몸은 숨이 끊어져 꿈쩍도 하지 않았다. 홈즈는 그 몸을 일으키려다 갑자기 공포의 소리를 질렸다. 그가 켠 성냥 불빛이 그의 손가락과 그 시체의 부서진 머리로부터 서서히 흘러내리는 끔찍스러운 피바다를 비쳤다. 다시 이 성냥불이 비친 것을 보자 우리의 심장은 멎어버리는 듯 했다. 그것은 바로 헨리 바스커빌 경의 시체였던 것이다!

그 색다른 무늬의 붉은빛 트위드 양복은 우리들이 잊을래야 잊을 수 없는 것이었다. 우리가 베이커 거리에서 그를 처음 만났던 날 아침에 그가 입었던 옷이었다. 우리가 그것을 확실히 보고 나자 성냥불빛은 깜박거리다가 꺼져버렸고 우리 마음도 어둠 속에 가라앉았다. 홈즈는 신음소리를 냈다. 그의 얼굴이 어둠 속에서 하얗게 번쩍였다.

"제기랄! 아아, 홈즈, 그분을 혼자 두어 이렇게 만들다니, 내 큰 잘못이야."

나는 두 주먹을 불끈 쥐고 외쳤다.

"왓슨, 자네보다는 내 잘못이 더 크네. 나는 내가 맡은 사건을 완전무결하게 해결하려다가 내 의뢰인의 목숨을 내던져 버린 셈일세. 이건 내 생전에 처음 당하는 가장 큰 타격이야. 하지만 알 수 없는 일이로군, 알 수 없는 일이야. 나의 경고를 어기면서까지 어째서 그는 이 황무지에서 홀로 자기의 목숨을 위험 속에 빠뜨렸을까?"

"우리는 그의 비명 소리를 듣고서도——지금도 소름이 끼치지만——그를 구할 수가 없었다니! 그를 죽음으로 몰아넣은 그 흉악한 사냥개는 지금 어디 있을까? 지금 이 순간에도 여기 바위 사이에 숨어 있을는지 모르지. 그리고 스테이플튼, 그놈은 어디 있나? 반드시 이 원수는 갚아줄 테다."

"물론, 반드시 그렇게 해야지. 백부와 조카가 다 살해되었단 말이야. 백부는 짐승을 보고서 유령으로 생각하여 놀라서 죽었고, 조카는 짐승에게서 도망치려고 미친 듯이 달리다가 결국 죽고 말았네.

그러나 이제 우린 범인과 짐승과의 관계를 밝혀 내야 하네. 우린 그 짐승의 짖는 소리만 들었을 뿐, 짐승의 존재조차도 단언 할 수가 없단 말일세. 왜냐하면 헨리 경은 분명히 추락사했기 때문이야. 하지만 그놈이 아무리 교활한 놈일지라도, 내일 하루가 지나기 전에 반드시 내가 잡고야 말 테다!"

우리는 엉망이 된 시체 양 옆에 괴로운 마음으로 서 있었다. 우리들의 오래고도 고된 노력을 한순간에 그렇게도 가련한 결말로 끌고간 이 갑작스럽고 돌이킬 수 없는 재난을 당하자, 가슴을 도려내는 듯한 아픔을 느꼈다. 그때 달이 떠올랐으므로 우리는 이 비운의 친구가 굴러떨어진 바위 꼭대기로 기어 올라갔다. 그리고 꼭대기에서 우리는 절반은 은빛으로 절반은 검은빛으로 보이는 어슴푸레한 황무지를 둘러보았다. 멀리 몇 마일 떨어진 그림펜 늪 쪽에서 노란 등불이 꼭 하나 계속 반짝이고 있었다. 그것은 스테이플튼의 외딴집에서 흘러나오는 것임에 틀림없었다. 나는 그 등불을 노려보면서 주먹을 휘두르며 저주를 퍼부었다.

"왜 우리는 그놈을 당장 잡아서는 안 되나?"

"아직 증거가 완전하지 못하네. 그자는 철저하게 경계심이 강하고 교활한 놈이야. 알고 있는 것만으로는 안되네. 증거를 댈 수가 있어야지. 만약 우리가 잘못 움직이면 그 악당은 우리 손아귀에서 빠져나갈지도 모른단 말이야."

"그럼 우린 어떻게 하면 좋은가?"

"내일은 우리가 할 일이 많네. 오늘 밤에는 이 불쌍한 친구의 시체를 운반할 수밖에 없군."

우리는 그 낭떠러지를 내려가서 달빛을 받아 은빛으로 비치는 돌 사이의 검고 선명하게 보이는 시체에 다가갔다. 단말마의 고통으로 뒤틀린 팔다리를 보자 나는 온몸에 경련이 일 만큼 고통을 느꼈고 두 눈은 눈물로 흐려졌다.

"사람을 불러와야겠어, 홈즈! 우리만으로는 바스커빌 저택까지 옮길 수 없네. 아니, 자네 미쳤나?"

홈즈가 별안간 소리를 지르면서 시체 위에 엎드렸던 것이다. 지금 그는 소리내어 웃으며 내 손을 꽉 쥐고 있었다. 근엄하고 자제력이 강한 내 친구가 이럴 수 있을까? 어디에 이런 미친 열기가 숨어 있었단 말인가!

"수염이야! 수염! 이 사람에겐 수염이 있네!"

"수염이 있다고?"

"이건 남작이 아니야. 이건, 아이쿠! 나의 이웃인 탈옥수로군!"

우리는 황급히 시체를 뒤집어 보았다. 피가 뚝뚝 떨어지는 턱수염이 차갑고 밝은 달을 쳐다보고 있었다. 튀어나온 이마며 짐승처럼 움푹 파인 눈, 틀림없었다. 이것이야말로 바위 너머로부터 촛불 속에서 나를 노려보았던 죄수 셀던의 얼굴이었다.

그 순간 나에게는 모든 것이 뚜렷해졌다. 나는 남작이 자기의 헌 양복을 바리모어에게 주었다고 한 이야기가 생각났다. 셀던의 도망을 도우려고 바리모어는 그 헌옷을 셀던에게 주었던 것이다. 구두며 셔츠며 모자며 모두가 헨리 경의 물건이었다. 무서운 참사이긴 했지만 적어도 이 사나이는 나라의 법률에 의하면 죽어 마땅했던 사람인 것이다. 나는 감사의 마음과 환희로 가슴 설레며 이 사정을 홈즈에게 말했다.

"그럼 이 옷 때문에 이 불쌍한 녀석은 죽었군."

그는 말했다.

"사냥개는 헨리 경의 소지품——십중팔구 호텔에서 도둑맞은 구두 한 짝——냄새에 이끌려 나왔으므로 이 사나이 뒤를 바짝 쫓아온 게 분명하네. 그렇지만 한 가지 아주 이상한 점이 있군. 어떻게 해서 셸던은 이 캄캄한 밤에 그 사냥개에게 쫓기고 있음을 알게 되었을까?"

"사냥개의 소리를 들었겠지."

"황무지에서 사냥개의 소리를 들었다고 해서 이 죄수같은 망나니가 이렇게까지 공포의 발작을 일으킬 리야 없지. 그렇게 소리치면 다시 붙잡힐 염려도 있을 게 아닌가. 그의 고함소리로 보아서는 짐승에게 쫓기고 있다고 깨달은 뒤에도 그는 꽤 먼 거리를 뛰어 온 것이 틀림없네. 그는 어떻게 알았을까?"

"우리의 추측이 모두 옳다고 가정하고서, 내가 전혀 모를 일은 무엇 때문에 이 사냥개가……."

"나는 아무것도 추측하지 않았네."

"글쎄, 그렇다면 왜 사냥개를 오늘 밤에 풀어놓아야만 했느냐 말일세. 사냥개가 언제나 풀려서 황무지를 돌아다니지는 않을 텐데. 스테이플튼은 헨리 경이 황무지로 나왔다고 생각할 만한 이유 없이는 사냥개를 풀어놓지 않을 거야."

"나의 의문이 자네 것보다는 더 고약하네. 왜냐하면 자네 것은 곧 설명이 될지도 모르지만, 내것은 영원히 수수께끼로 남게 될지도 모르기 때문일세. 지금 문제는 이 불쌍한 녀석의 시체를 어떻게 처리하느냐야. 여기다 버려두어 여우나 까마귀 밥이 되게 할 수는 없으니."

"경찰에 보고할 때까지 오두막 속에 넣어두면 어때?"

"맞았네. 오두막까지는 우리 둘이 시체를 나를 수 있지. 이봐, 왓슨. 저게 뭐야? 바로 그자로군. 참 놀라울 정도로 대담한데! 의심을 나타내는 말을 한 마디라도 해서는 안 되네. 한 마디도, 그렇지 않으면 내 계획이 무너지네."

사람의 모습이 하나 황무지 저편에서 우리를 향해 다가오고 있었다. 여송연의 빨간 불이 뿌옇게 보였다. 달빛을 받은 자그마하고 팔팔해 보이는 모습이며 그 거만한 걸음걸이로 보아 박물학자라는 것을 알아볼 수 있었다. 그는 우리를 보자 걸음을 멈추더니 곧 다가왔다.

"아니, 왓슨 선생 아니십니까? 이런 한밤중에 황무지에서 선생을 만날 줄은 전혀 생각지도 못했습니다. 그런데 저런, 저게 뭐지요? 누가 다쳤나요? 설마 헨리 경은 아니겠지요!"

그는 급히 내 옆을 지나더니 몸을 구부리고 죽은 사나이를 내려다 보았다. 숨을 삼키는 기미가 보이더니 여송연이 그의 손가락에서 떨어졌다.

"이게 누구, 누구요?"

그는 더듬거렸다.

"셀던이오, 프린스타운의 탈옥수지요."

스테이플튼은 핼쑥한 얼굴을 우리쪽으로 돌렸다. 그러나 그는 온 힘을 다하여 놀라움과 실망을 억눌렀다. 그는 날카로운 눈초리로 홈즈와 나를 차례로 보았다.

"쯔쯧! 정말 비참한 사건이로군요! 어떻게 죽었나요?"

"저 바위 위에서 굴러 떨어져 목이 부러진 모양이오, 나는 내 친구와 황무지를 산책하다가 고함 소리를 들었지요."

"나도 들었습니다. 그래서 여기까지 나왔지요, 저는 헨리 경이 걱정스러웠습니다."

"어째서 헨리 경 일이 그토록 걱정되셨나요?"

나는 묻지 않을 수가 없었다.

"오늘 밤 저의 집으로 나오시도록 제가 권했기 때문이지요, 그런데 오시지를 않아서 걱정하고 있던 참에 황무지에서 고함 소리가 나길래, 저는 갑자기 무슨 변이 생겼는가 하고 걱정이 되더군요, 그런데⋯⋯."

그의 눈초리는 다시 나에게서 홈즈에게로 건너갔다.

"고함 소리 외에 다른 무슨 소리는 못 들으셨나요?"

"못 들었어요. 선생은요?"

홈즈가 되물었다.

"못 들었습니다."

"그럼, 왜 물으시지요?"

"농부들이 유령개에 대해서들 지껄이는 이야기를 아시겠지요. 밤이면 황무지에서 부르짖는 소리가 들린다고 하더군요. 오늘 밤에도 그런 소리가 확실히 들렸는가 해서였지요."

"그런 소리는 전혀 듣지 못했습니다."

나는 대답했다.

"그럼 이 불쌍한 친구는 어떻게 해서 죽었다고 생각하십니까?"

"붙들리지 않을까 하는 불안과 고생스러운 생활로 그의 머리가 돌아 버렸을 겁니다. 그는 미쳐서 황무지를 뛰어 돌아다니다가 여기서 떨어져 목이 부러졌을 겁니다."

"그게 가장 타당한 생각 같군요."

스테이플튼은 한숨을 내쉬었는데, 마치 안도의 숨을 내쉰 것으로 생각되었다.

"셜록 홈즈 선생, 선생께서는 어떻게 생각하십니까?"

내 친구는 머리를 숙여 인사했다.

"빨리도 알아보시는군요."

홈즈는 말했다.

"왓슨 선생이 오신 뒤로 여기서는 모두 선생이 오시기를 기다리고 있습니다. 때마침 잘 오셔서 이 참변을 보셨군요."

"그렇습니다. 제 친구의 설명이 사실로 드러나겠죠. 내일은 불쾌한 기억을 안고 런던으로 돌아갈 생각입니다."

"아니, 내일 벌써 돌아가시나요?"

"그럴 생각입니다."

"선생께서 오셨으니까 저희들이 골치를 앓고 있는 사건에 대해 뭔가 단서를 잡으셨지요?"

홈즈는 어깨를 으쓱했다.

"언제나 바라던 대로 성공을 거둘 수는 없지요. 조사하는 데에 필요한 것은 사실이지, 전설이나 소문은 아닙니다. 그런 점으로 보아서 이번 사건은 이상스러운 사건이었으니까요."

홈즈는 아주 솔직하고 태연한 태도로 말했다. 스테이플튼은 여전히 그를 응시하고 있었다. 그리고서 스테이플튼은 내게 얼굴을 돌렸다.

"이 불쌍한 사나이를 저희 집으로 옮기자고 말씀드리고 싶습니다만, 제 누이가 겁을 먹지 않을까 해서 그렇게는 못하겠군요. 무엇으로 얼굴을 덮어두면 아침까지는 괜찮을 것 같습니다."

그래서 그렇게 하기로 결정되었다. 스테이플튼은 자기 집에 들렀다가 가라고 친절을 보였으나, 홈즈와 나는 이것을 거절하여 박물학자혼자 돌아가도록 하고 바스커빌 저택으로 발길을 돌렸다. 돌아다보니그의 모습은 넓은 황무지 너머로 천천히 사라지고 있었다. 그리고 그가 떠난 뒤의 은빛 비탈 위에는 무서운 죽음을 당한 그 사나이가 마치 검은 얼룩처럼 누워 있었다.

"드디어 맞붙었군."

"참 뻔뻔스러운 녀석이야! 엉뚱한 사람이 자기 계략에 희생된 것을 보고서도 당황하기는커녕 오히려 조금도 빈틈이라고는 보이지 않으니. 왓슨, 런던에서 이야기한 것을 또다시 되풀이하지만, 이 사나이는 우리들의 적수로서 누구보다도 손색이 없네."

우리가 황무지를 건너갈 때 홈즈는 말했다.

"자네가 그 녀석 눈에 띈 것은 아무래도 개운치 않은 일이야."

"나도 처음에는 그렇게 생각했네. 하지만 피할 수 없었어."

"자네가 여기에 와 있다는 것을 알아차렸으니 그 녀석 계획에 어떤 영향이 나타나리라고 생각되나?"

"더욱 신중을 기할지도 모르고, 또는 당장에 무슨 필사적인 방법을 서두를지도 모르네. 꾀가 많은 대개의 범죄자들처럼 그 녀석도 자기 꾀를 너무 믿은 나머지 우리를 감쪽같이 속였다고 생각하고 있을지도 모르지."

"어째서 그 자를 당장에 체포하면 안 된다는 건가?"

"왓슨 군, 자네는 태어날 때부터 활동가야. 언제나 정력적으로 움직이는 게 자네 성격이지. 하지만 생각해 보게. 가령 우리가 오늘 밤으로 그 녀석을 체포한다고 하세. 대체 그것으로 무슨 좋은 일이 생기겠나? 그에게 불리한 증거가 우리에겐 없네. 게다가 그 녀석의 교활함은 악마나 다름없어. 만약 그가 인간을 끄나풀로 쓰고 있다면, 우린 무슨 증거라도 잡을 수 있을지 모르지만, 설사 우리가 큰 사냥개를 백일하에 끌어내놓더라도 사냥개 주인의 목에 줄을 거는 데는 아무런 도움이 안될 걸세."

"그러나 엄연히 범죄는 일어나고 있지 않나."

"아냐, 범죄의 냄새도 없네. 있다면 추측과 억측뿐이야. 만약 우리가 그런 전설이나 증거를 법정에 제출했다가는 우리는 법정에서 웃음거리가 될 거야."

"찰스 경의 죽음이 있는데?"

"죽었지만 그에게는 흔적 하나 없었네. 자네와 나는 그분이 공포 때문에 죽었다는 것과 또 그 공포의 원인도 알고 있네. 그러나 12명의 둔한 배심원들에게 어떻게 그걸 이해시킨단 말인가? 사냥개가 거기 있었다는 무슨 증거가 있나? 사냥개의 잇자국이라도 있단 말인가? 물론 우린 사냥개가 시체를 물지 않는다는 것과, 또 찰스 경은 짐승이 덤비기 전에 이미 죽어 있었다는 것을 알고 있네. 그러나 우린 이것을 모두 증명해야 되는데, 우리에겐 아직 그게 불가능하단 말일세. ”

“그럼, 오늘 밤 일은? ”

“오늘 밤 일도 그다지 다를 게 없지. 역시 사냥개와 그 사나이의 죽음 사이에는 직접적인 관련이 없네. 우린 사냥개를 본 것도 아닐세. 그 소리만 들었을 뿐이지. 그러니까 개가 그 사나이를 뒤쫓고 있었다는 것은 증명이 안 되네. 동기도 전혀 없네. 그러니까 여보게, 우리는 지금 범죄로는 잡지 못했다는 사실과 그것을 잡기 위해서는 무슨 위험을 무릅쓰더라도 그만한 보람이 있다는 것을 인정해야 한단 말일세. ”

“그럼 어떻게 할 작정인가? ”

“로러 라이언스 부인에게 큰 기대를 걸고 있네. 사건의 진상을 이야기하면 그녀도 사실을 밝히겠지. 그리고 나에게도 역시 나름대로의 계획이 있고, 이 사건으로 고생하는 건 내일 하루면 충분하네. 그러나 내일 하루 해가 다 가기 전에 내가 철저하게 해치울 수 있었으면 좋겠는데. ”

나는 그 이상 그의 생각을 끌어낼 수가 없었다. 그는 바스커빌 저택의 문앞까지 생각에 잠긴 채 걸어왔다.

“자네도 들어오겠나? ”

“물론, 이제는 더 숨어서 지낼 까닭이 없네. 그러나 왓슨, 한 마디만 마지막으로 일러 두겠네. 헨리 경에게 사냥개에 대해서는 한 마디도 하지 말아 주게. 셀던의 죽음에 대해서는, 스테이플튼이 우리에게 믿게 하고 싶은 그대로 생각하도록 내버려 두게. 그래야만 헨리 경은 내일, 자네 보고를 잘못 기억하는 것이 아니라면, 그분이 그의 집에서 저녁을 먹기로 되어 있는 내일 겪게 될 시련을 보다 더 태연하게 겪을 수 있을 테니까."

"나도 함께 저녁을 먹기로 되어 있네."

"그럼 자네는 구실을 만들어서 빠지고 그분만 혼자 보내야 하네. 그건 쉽게 꾸밀 수 있을 거야. 그건 그렇고 저녁 식사 시간에 몹시 늦고 말았군, 뭔가 밤참을 먹을 수 있겠지."

그물을 치다

헨리 경은 셜록 홈즈를 만나서 놀라기보다는 기뻐하는 것 같았다. 이 며칠 동안 그는 최근에 일어난 사건으로 불안했기 때문에 그가 런던에서 내려오기를 기다리고 있었던 것이다. 그렇지만 그가 아무 짐도 가지고 있지 않을 뿐만 아니라 그 설명도 하지 않는 것을 알자, 헨리 경은 놀라는 눈치였다. 그러나 곧 우리 둘은 홈즈에게 필요한 것을 마련해 준 뒤에, 때늦은 저녁을 들면서 홈즈와 나는 남작이 알아두는 것이 좋을 정도로 우리가 겪은 일을 이야기했다. 그런데 셀던의 죽음을 바리모어와 그의 아내에게 맨 먼저 알려주는 불유쾌한 일을 내가 맡아야 했다. 바리모어에게는 다시 없이 마음이 놓이는 일이었을지도 모르나, 그의 아내는 앞치마에 얼굴을 파묻고 몹시 울었다. 셀던이 세상 사람들에게는 절반은 짐승이고 절반은 악마인 망나니였으나, 그녀에게는 언제나 소녀시절부터 변함없는 어리광쟁이였고, 그녀의 손에 매달리던 장난꾸러기 동생이었던 것이다. 자기의 죽음을 슬퍼해 주는 여자가 한 명도 없는 남자야말로 진정 악마인 것이다.

"왓슨 선생이 아침에 나가신 뒤부터 저는 하루 종일 집 안에서 우울하게 지냈지요. 전 좀 칭찬을 받아야겠습니다. 왜냐하면 약속을 지켰으니까요. 혼자서 나가 돌아다니지 않는다는 약속을 하지 않았으면 보다 즐거운 저녁을 즐겼을지도 모르죠. 왜냐하면 스테이플튼으로부터 초대장이 왔거든요."

준남작은 말했다.

"틀림없이 보다 더 즐거운 밤을 보내셨을 겁니다."

홈즈는 쌀쌀하게 대답했다.

"이야기가 났으니 말입니다만, 경이 목이 부러져 우리들이 난처해하는 모양을 보고 싶은 것은 아니겠지요."

헨리 경은 두 눈을 크게 떴다.

"그게 무슨 말씀이십니까?"

"그 불쌍한 녀석은 경의 옷을 입고 있었지요. 옷을 그에게 준 경의 하인이 경찰에서 문제가 안 될지는 모르겠습니다."

"그렇지는 않을 겁니다. 그 옷엔 분명히 나의 것이라는 표시가 없으니까요."

"그건 그를 위해 다행이로군요. 정말 모두를 위해서 다행입니다. 왜냐하면 이 점에 있어서는 모두가 법률 위반자니까요. 양심적인 탐정이라면 저는 맨 먼저 댁의 모든 사람을 체포해야 마땅할 겁니다. 왓슨의 보고서가 죄의 유무를 결정하는 가장 결정적인 서류이지요."

"그런데 사건 자체는 어떻습니까? 미궁에서 무슨 단서라도 잡으셨나요? 왓슨 선생이나 저는 여기에 온 뒤로 정보를 많이 얻었다고는 할 수 없는데요."

남작은 물었다.

"머지않아 사태를 보다 더 명백하게 설명할 수 있게 될 겁니다. 이번 사건의 수사는 몹시 난해하고 가장 복잡한 일이었습니다. 아직도 우리가 밝혀 내야 할 점이 몇 가지 있습니다만, 그러나 역시 잘 될 겁니다."

"아마 왓슨 선생이 말씀하셨을 줄 압니다만 저희들은 한 가지 경험을 했습니다. 우리도 황무지에서 그 사냥개가 짖는 소리를 들었습니다. 그러니까 그건 전혀 허무맹랑한 미신은 결코 아니라고 확언할 수 있습니다. 제가 미국의 서부지방에 있을 때 개를 다룬 적이 있기 때문에 들어보면 개소리쯤은 압니다. 선생께서 그 개에게 재갈을 물리고 쇠사슬로 묶을 수가 있다면, 저는 서슴지 않고 선생을 고금을 통한 명탐정이라고 단언하겠습니다."

"경께서 힘을 빌려주신다면 저는 재갈을 물리고 쇠사슬에 묶을 수 있을 겁니다."

"무엇이든지 분부대로 하지요."

"좋습니다. 그리고 역시 부탁입니다만, 어느 때든 이유를 묻지 말고 무조건 시키는 대로 해 주셔야겠습니다."

"그렇게 하지요."

"그렇게 해 주시면 우리들의 이 사소한 문제는 곧 해결이 될 가망이 있습니다. 그런데 틀림없이……"

홈즈는 갑자기 말을 멈추고 나의 머리 너머를 뚫어지게 쳐다보았다. 등불 빛을 받은 그의 표정이 너무 진지하고 확고부동해서 마치 선명한 고전적 조각상, 다시 말하면 긴장과 기대의 상징 같았다.

"무슨 일이오?"

우리 둘은 외쳤다.

홈즈가 눈을 내리깔았을 때, 나는 그가 마음 속의 감정을 억누르고 있음을 알 수 있었다. 그의 얼굴은 여전히 냉정하게 보였으나 두 눈은 즐거운 흥분으로 빛나고 있었다.

"감상가의 갑작스러운 감격을 용서하십시오."

홈즈는 반대편 벽에 한 줄로 걸려 있는 초상화 쪽을 손으로 가리키며 말했다.

"왓슨은 나의 그림을 보는 안목을 인정하지 않는데 다만 관점의 차이입니다. 뭐, 시샘이라고도 하겠지요. 그건 그렇고, 참으로 훌륭한 초상화가 모여 있군요."

"글쎄요, 그렇게 칭찬을 해주시니 기쁩니다."

헨리 경은 조금 놀란 듯이 나의 친구를 힐끗 쳐다보며 말했다.

"저는 초상화에 대해 안다고는 말할 수 없습니다. 저는 그림보다는 말이나 소를 감식하는 것을 더 잘할 겁니다. 선생께 이런 것을 즐기실 시간 여유가 있으리라고는 전 미처 몰랐습니다."

"보면 좋은 것은 알 수가 있지요. 그리고 이건 좋은 겁니다. 저쪽에 푸른 명주옷을 입은 숙녀는 넬러의 작품이고, 저 가발을 쓰고 있는 완강하게 보이는 신사는 레이놀즈의 작품임에 틀림없을 겁니다. 모두 가족의 초상이겠지요?"

"그렇습니다."

"저분들 이름을 다 아십니까?"

"바리모어에게 배워서 꽤 잘 외고 있다고는 생각합니다만."

"망원경을 가진 분은 누군가요?"

"바스커빌 해군 소장입니다. 서인도 제도에서 로드니 제독의 부하였습니다. 푸른색 코트를 입고 손에 두루마리를 든 분이 윌리엄 바스커빌 경이신데, 피트 수상 때 하원의장이었습니다."

"제 정면에 있는 이 기사는? 검정 벨벳 옷에 레이스를 단……?"

"아아, 저 사람은 선생께서 알아두실 권리가 있습니다. 모든 불행의 원인이 된 악한 휴고입니다. 그에게서 바스커빌의 사냥개 전설이 시작됐지요. 저 사람은 잊어 버릴 것 같지 않아요."

나는 흥미와 얼마간의 놀라움을 가지고 그 초상화를 눈여겨보았다.

"저런! 아주 조용하고 온순해 보이는 분이…… 그러나 역시 저 눈 속에는 악마가 숨어 있는 것 같군요. 저는 보다 더 건장하고 악한 다운 인물을 상상하고 있었지요."

홈즈는 말했다.

"그분의 초상임에 틀림없습니다. 성명과 1647년이라는 연대가 그림 뒤에 적혀 있습니다."

홈즈는 그 이상 말을 하지 않았으나, 그 늙은 방랑객의 그림에 매혹된 모양으로 식사하면서도 줄곧 그 그림을 쳐다보고 있었다. 헨리 경이 자기 방으로 간 뒤 나는 비로소 그가 무엇을 생각하고 있었는가를 알 수 있었다. 그는 침실용 양초를 한 손에 들고, 나를 그 연회실로 다시 데리고 가서 벽에 있는 해묵은 그림을 촛불로 비추었다.

"그림에서 무언가 짚이는 게 없나?"

나는 챙이 넓고 깃털 장식이 붙은 모자, 귓가에서 내려뜨려진 곱슬머리, 하얀 레이스로 된 칼라, 그리고 그런 것들에 둘러싸인 긴장되고 엄격한 얼굴을 쳐다보았다. 야수적인 용모는 아니었으나, 딱딱하고 우락부락하고 준엄한 얼굴이었다. 엷은 입술은 꼭 다물어졌고, 차가울 정도로 냉혹한 눈초리였다.

"누군가 아는 사람이 생각나지 않나?"

"턱은 어딘지 헨리 경 같군."

"어쩌면 조금 그럴지도 모르겠네. 그러나 잠깐 기다리게!"

그는 의자 위에 올라서서 왼손으로는 등불을 들고 구부린 오른팔로는 넓은 모자와 기다란 곱슬머리의 언저리를 가렸다.

"저런!"

나는 놀라서 소리쳤다. 스테이플튼의 얼굴이 그림에서 튀어나왔던 것이다.

"허 참, 이제야 알았군. 내 눈은 장식을 떼어버리고 얼굴만 보게

훈련되어 있다네. 변장 뒤에 숨은 정체를 꿰뚫어보는 것은 범죄수
사관의 첫째 가는 기본 자질이지."

"하지만 이건 놀라운데. 바로 그 녀석의 초상화 같군."

"맞았네. 육체적으로나 정신적으로나 나타나기 마련인 그 격세유전
의 흥미로운 본보기야. 이 집안의 초상화만 연구를 해도 인간의 환
생설을 믿게 하기에 충분할 걸세. 그 녀석은 바스커빌 집안 사람일
세. 그건 틀림없네."

"상속권에 관련된 음모로군."

"맞았네. 이 뜻밖의 그림이 가장 크게 벌어졌던 추리의 구멍을 메
꿔 준 셈일세. 왓슨, 이젠 그 녀석을 잡았어. 그 녀석의 정체를 잡
은 거야. 내 단언하지만, 내일 저녁 때까지는 그 녀석이 자기가 수
집하고 있는 나비처럼 우리 그물 속에서 파닥거리게 될 걸세. 핀으
로 코르크에다 꽂고 카드를 써서, 베이커 거리의 표본 사이에 넣는
거야!"

홈즈는 그림 앞을 떠나면서 좀처럼 볼 수 없는 폭소를 터뜨렸다.
나는 그가 소리높이 웃는 것을 자주 듣지는 않았지만, 그가 한 번 웃
으면 그것은 언제나 어느 누군가에게는 불길한 웃음이었던 것이다.

이튿날 아침 나는 일찍 일어났으나, 홈즈는 더 일찍 일어나서 활동
을 시작했다. 내가 옷을 입고 있는데 그는 찻길을 올라오고 있었다.

"그렇고말고, 오늘은 충실한 하루가 될 걸세. 그물은 다 쳐 놓았
고, 이제 끌어당기려는 참이야. 오늘 안으로 저 크고 턱이 야윈 창
꼬챙이가 잡혔는지, 아니면 그물코를 빠져나갔는지 알게 되네."

이렇게 말하며 그는 행동의 즐거움으로 손을 비볐다.

"벌써 황무지에 다녀왔나?"

"그림펜과 프린스타운으로 셸던의 죽음에 대해서 전보를 치고 왔
네. '당신네들은 이제 셸던에 대한 일로 성가신 일을 당하지는 않

을 겁니다'라고 말일세. 그리고 충실한 카트라이트에게도 연락을 해 두었지. 그 아이는 내가 무사하다고 안심을 시켜주지 않으면, 마치 주인의 묘에서 떠나지 않는 개처럼, 틀림없이 내가 숨었던 오두막 입구에서 떠나지 않고 슬픔으로 죽어갈 거야."

"그럼 다음 행동은 무언가?"

"헨리 경을 만나는 거야. 아, 여기 오시는군!"

"밤새 안녕하시오, 홈즈 선생! 당신은 나치 참모장과 전투 계획을 짜고 있는 장군 같군요."

남작은 말했다.

"정말 그런 상황입니다. 왓슨이 명령을 받으려던 참이었지요."

"그럼 저에게도."

"좋습니다. 당신은 오늘 저녁에 스테이플튼 씨 집사람들과 식사하기로 약속이 되어 있죠?"

"함께 가셨으면 좋겠습니다. 그분들은 손님을 좋아하니까 두 분이 함께 가시면 퍽 좋아할 겁니다."

"왓슨과 저는 런던으로 돌아가야 할 것 같습니다."

"런던에요?"

"그렇습니다. 지금으로서는 거기에 있는 것이 보다 유리할 것 같아요."

남작은 눈에 띄게 낙담한 얼굴을 하였다.

"저는 이 사건의 수사가 끝날 때까지 저를 돌봐 주실 것으로 생각했는데요. 이 바스커빌 저택도 황무지도 혼자일 때는 유쾌한 곳이 못 되니까요."

"그러나 헨리 경, 저를 절대로 믿고 제가 말하는 대로 해 주십시오. 우리도 함께 가서 폐를 끼치고 싶었는데, 급한 볼일로 런던으로 가게 되었다고 전해 주십시오. 우린 곧 또 데븐셔로 돌아오니다. 잊지 않으시고 꼭 전해주시겠지요?"

"꼭 그렇게 해야 한다면 그러지요."

"다른 방법이 없습니다. 정말입니다."

남작의 얼굴이 흐려진 것으로 보아 그는 우리가 자기를 버려 두고 간다고 생각하고 몹시 기분이 언짢은 것 같았다.

"언제 출발하시렵니까?"

그는 쌀쌀하게 물었다.

"아침 식사 뒤에 곧 떠나겠습니다. 쿰 트레이시까지는 마차로 갑니다만, 여기로 돌아온다는 약속으로 왓슨은 짐을 두고 갑니다. 왓슨, 자네는 스테이플튼 씨에게 못 가서 섭섭하다는 편지를 내게."

"저도 함께 런던으로 가고 싶은데요, 왜 저만 혼자 여기에 남아야 합니까?"

준남작은 말했다.

"왜냐하면 그것이 경께서 지켜야 할 위치이기 때문입니다. 경은 내 명령에 따르겠다고 약속을 하셨지요? 그래서 저는 경이 여기 머물러야 한다고 말씀드리는 겁니다."

"알았습니다. 그럼 남아 있겠습니다."

"한 가지 또 지시하겠습니다. 메리핏 하우스에는 마차로 가시기 바랍니다. 그렇지만 그곳에 도착했을 때, 마차를 돌려보내시고, 돌아갈 때는 걸어서 간다는 것을 그들에게 알리도록 하십시오."

"황무지를 걸어서 돌아와야 하나요?"

"그렇지요."

"하지만 그건 바로 홈즈 선생께서 저에게 못하도록 여러 차례 당부하신 일이 아니오?"

"이번에는 황무지를 걸어서 돌아와도 안전합니다. 만약 저희들이 경의 담력이나 용기를 조금이라도 믿을 수가 없다면 이러한 부탁을 할 수가 없지요. 경계선 꼭 그렇게 하셔야 합니다."

"그렇게 하겠습니다."

"그리고 목숨은 소중한 것이니, 황무지를 지나실 때에는 메리핏 하우스에서 그림펜 도로로 나 있는 언제나 집으로 가실 때 다니시는 그 직선 길에서 벗어나 황무지로 들어서서는 안 됩니다."

"말씀대로 하겠습니다."

"고맙습니다. 그럼 오후에는 런던에 닿을 수 있도록 아침 식사 뒤에 되도록 빨리 출발하고 싶습니다."

홈즈가 전날 밤 스테이플튼에게 다음날은 돌아갈 작정이라고 한 말은 나는 기억하고 있었지만, 이 계획을 듣자 나는 몹시 놀랐다. 홈즈가 나도 함께 데리고 가리라고는 생각지도 않았고, 더구나 그 자신이 최후의 결전이라고 한 이 순간에 어째서 둘 다 이곳을 비워야 하는지 이해할 수가 없었다. 그러나 무조건 따르는 수밖에 별도리가 없었다. 그래서 우리는 슬픈 표정을 띠고 있는 친구에게 작별인사를 하고, 두 시간 후에 쿰 트레이시 역에 도착하여 마차를 돌려보냈다. 어린 소년이 하나 플랫폼에서 기다리고 있었다.

"다음은 무슨 명령이지요?"

"카트라이트, 너는 이 기차를 타고 런던으로 가거라. 도착하거든 곧장 헨리 바스커빌 경에게 전보를 치는데, 내가 떨어뜨리고 온 수첩이 보이거든 등기우편으로 베이커 거리로 보내라고 해."

"네, 알았습니다."

"그리고 역 사무소에 가서 내게 무슨 편지가 없나 물어 봐."

소년이 전보를 가지고 돌아오자, 홈즈는 그것을 내게로 넘겼다. '전보 받았음. 백지 체포영장 가지고 감. 5시 40분 도착——레스트레이드'로 되어 있었다.

"오늘 아침 내 전보에 대한 답이야. 그는 형사들 가운데서는 가장 우수하다고 생각하네. 이번 기회에 그의 힘을 좀 빌릴 작정일세. 그런데 왓슨, 자네와 안면이 있는 로러 라이언스 부인을 찾아보는 것이 가장 효과적인 시간 이용이라고 생각되는데."

그의 작전 계획은 점점 뚜렷하게 드러나기 시작했다. 스테이플튼 집안 사람에게 우리가 런던으로 떠났다는 것을 믿게 하기 위하여 남작을 이용하고, 우리가 필요하다고 생각하는 순간에 정확하게 그 위치에 돌아와 있으려는 계획인 것이다. 런던에서 카트라이트가 친 전보를 헨리 경이 받았다고 스테이플튼에게 말하게 되면, 그들에게서 마지막 한 조각 의혹마저도 사라질 것이 틀림없었다. 벌써 우리들의 그물이 그 턱이 야윈 창꼬챙이의 둘레에 자꾸만 죄어드는 것이 눈에 보이는 것 같았다.

로러 라이언스 부인은 자기 사무실에 있었다. 셜록 홈즈가 솔직한 태도로 단도직입적인 질문을 하는 바람에 그녀는 당황했다.

"저는 고(故) 찰스 바스커빌 경의 사인을 조사중입니다. 여기 내 친구 왓슨 박사는 찰스 경의 사인에 대해 부인께서 말씀하신 것과 숨기고 계신 것을 저에게 일러 주었습니다."

그는 이렇게 말을 꺼냈다.

"무엇을 제가 숨겼다는 거죠?"

그녀는 대드는 투로 물었다.

"부인께서 말씀한 바에 의하면 부인은 찰스 경에게 10시까지 대문으로 나오시라고 부탁을 하셨습니다. 우린 바로 그분이 그 시간에 그 장소에서 숨진 것을 알고 있습니다. 이 사이에 뭔가 관련이 있을 텐데, 당신은 그것을 숨기고 있습니다."

"아무런 관련도 없어요."

"그렇다면 그 우연의 일치는 정말 이상하군요. 그렇지만 마침내 어떤 관계가 있음을 입증할 수 있을 것입니다. 라이언스 부인, 저는 솔직하게 말씀드리고 싶습니다. 우리는 이 사건을 살인 사건으로 보고 있습니다. 증거를 더듬어 보니 부인의 친구 스테이플튼 씨뿐만 아니라, 그분의 아내에게도 마찬가지로 관계가 있는 것 같군요."

그녀는 의자에서 벌떡 일어서며 외쳤다.

"그분의 아내라고요!"

외쳤다.

"그 사실은 이미 비밀이 아닙니다. 그의 누이로 통하고 있는 사람은 정말은 아내입니다."

라이언스 부인은 다시 의자에 주저앉았다. 그녀는 두 손으로 의자 팔걸이를 잡고 있었는데, 너무 힘을 주어서 분홍빛이던 손톱이 하얗게 변했다.

"아내라고요! 그럴 리가 없어요! 그분은 결혼하지 않았어요."

그녀는 되뇌었다. 셜록 홈즈는 어깨를 으쓱할 뿐이었다.

"증거를 대세요! 증거를 대요! 증거를 댈 수 있다면……."

이글이글 타오르는 그녀의 눈빛은 말보다도 더 많은 것을 말해 주고 있었다.

"그럴 작정으로 미리 준비해 왔습니다."

홈즈는 호주머니에서 몇 장의 서류를 꺼냈다.

"이 부부의 사진은 4년 전 요크 시에서 찍은 것입니다. 반델러 부부라고 뒤에 적혀 있습니다만, 그 남자가 누군지 그리고 그 여자도, 만약 당신이 그 여자를 본 일이 있다면 알아보는 데 힘들지 않을 겁니다. 여기 3통의 서류는 세인트 올리버 사립학교를 경영하던 반델러 부부에 대해서 믿을 만한 증인들이 쓴 것입니다. 읽으신 다음 이 사람들의 신분을 의심할 수 있는가 생각해 보시오."

라이언스 부인은 그 서류를 힐끗 보고는, 절망에 빠진 여자의 단호하고 굳어 버린 얼굴로 우리를 올려다보았다.

"홈즈 씨! 그 사람은 제가 남편과 이혼하면 결혼하자고 했습니다. 이 나쁜 인간은 온갖 수법으로 저를 속였어요, 지금까지 단 한 마디도 참말을 한 적이 없어요, 무슨 까닭일까요, 무엇 때문일까요? 저는 지금까지 그것은 저를 원하고 있기 때문이라고 생각했지요, 그러나 저는 하나의 도구에 불과했다는 것을 지금 알았어요, 저에게 성실하게 대하지 않은 사람에게 제가 성실하게 대해야 할 필요는 없어요, 나쁜 짓을 하고서 벌을 받는 그를 막아 줄 필요는 없습니다. 무엇이든지 묻고 싶은 것을 물어보세요, 이젠 아무것도 숨길 필요가 없습니다. 다만 한 가지 만은 맹세해 두겠어요, 제가 그 편지를 썼을 때 그것이 제게 가장 친절하게 해 주셨던 그 노인에게 무슨 해를 끼치리라고는 전 꿈에도 생각하지 않았습니다."

라이언스 부인은 말했다.

"저는 당신을 전적으로 믿습니다, 부인."

셜록 홈즈는 말했다.

"이 사건을 이야기한다는 건 부인에게는 퍽 고통스러울 줄로 압니다. 그러니 제가 사건의 경위를 말씀드려 거기에 무슨 착오가 있으면 부인께서 고쳐주시기로 하는 것이 좋겠습니다. 그 편지를 보내신 것은 스테이플튼이 권한 것이었지요?"

"그가 명령을 했지요."

"아마 그때 그가 내세운 까닭은, 찰스 경에게서 이혼 수속에 드는 법적 비용을 원조받게 된다는 거였죠?"

"맞아요."

"그리고 당신이 편지를 낸 다음에는 만날 약속을 지키지 못하게 했지요?"

"누가 되었든 다른 남자에게서 그런 목적으로 돈을 받는다는 것은 자기의 자존심을 손상시키는 일이라면서, 또 자기가 가난하기는 하지만 우리들 사이에 가로놓인 장애물을 없애기 위해서는 마지막 한 푼까지도 내놓겠다고 그는 말했어요."

"그는 참 빈틈없는 성격 같군요. 그리고 부인께서는 사망 기사를 신문에서 볼 때까지 아무것도 모르셨지요?"

"네."

"그리고 그는 찰스 경과의 약속에 대해서는 함구령을 내렸겠군요?"

"그렇습니다. 수수께끼 같은 죽음이어서 그 사실들이 드러나면 제가 혐의를 받게 될 것이 틀림없다고 말했어요. 그는 저에게 겁을 주어 말을 못하게 했어요."

"그랬겠군요. 하지만 부인께서도 그가 수상하다는 생각이 드셨겠지요?"

라이언스 부인은 말하기를 망설이면서 눈을 내리깔았다.

"저는 그가 어떠한 사람이라는 것을 알고 있었습니다. 하지만 그 사람이 저에게 성실하게 대해준다면, 저도 언제나 성실하게 대해주려고 생각했어요."

부인이 말했다.

"결국 부인께서는 위험을 모면한 셈입니다. 부인께서 그의 비밀을 쥐고 있고, 또 그가 그 사실을 알고 있는데도 부인께서는 아직 살아 있으니까요. 요 몇 달 동안 부인께서는 파멸의 가장자리를 아슬아슬하게 걷고 있었던 셈입니다. 이제 그만 실례해야겠습니다, 라이언스 부인. 아마 곧 또 우리에게서 연락을 받게 될 겁니다."

라이언스 부인의 사무실을 나와 런던에서 오는 급행 열차를 기다리며 홈즈는 말했다.

"우리 사건도 점점 핵심으로 파고들어 어려운 문제가 눈앞에서 하나씩 사라져 가는군. 현대에 있어서 가장 이상하고 충격적인 범죄 사건의 하나를 나는 곧 일관된 이야기로 엮을 수 있게 될 걸세. 범죄학 연구가는 1866년에 소러시아의 고드노에서 이와 비슷한 사건이 있었던 것을 기억할 걸세. 그리고 물론 노스캐롤라이나 주의 살인사건도 있었지만, 이번 사건에는 참으로 독특한 특징이 몇 가지 있거든. 그러나 이 교활한 사나이에 대해서 아직도 분명하지 못한 점이 있긴 하지만 오늘 저녁 자기 전까지 모든 것이 뚜렷해지지 않는다면 오히려 놀라운 일이지. "

런던 발 급행열차가 굉음을 울리며 정거장으로 들어오자, 몸집이 작으나 다부진 몸매의 불독처럼 생긴 사나이가 1등 찻간에서 뛰어내렸다. 우리 셋은 서로 악수를 나누었다. 내 친구를 대하는 레스트레이드의 공손한 태도로 보아, 그들이 처음 함께 일하던 때부터 그가 홈즈에게서 얼마나 많은 것을 배웠는가를 나는 곧 알 수 있었다. 이 탐구자의 이론이 그때 이 현실론자에게 굴욕을 줌으로써 얼마나 자극이 되었던가를 나도 잘 기억하고 있다.

"뭐 흥미로운 사건이라도 일어났습니까? "

그는 물었다.

"몇 년 만에 일어난 최대 사건이지. "

홈즈는 말했다.

"출발까지 두 시간이 있네. 그동안에 저녁을 먹었으면 좋겠구먼. 그리고 레스트레이드, 다트무어의 맑은 밤공기를 마시게 하여 자네 목구멍에서 런던의 안개를 뱉어내게 해 줄게. 여긴 처음인가? 아, 그래. 아마 첫 방문은 잊지 못하게 될 걸세. "

바스커빌 집안 사냥개

셜록 홈즈의 결점의 하나는——그것을 결점이라고 부를 수 있다면 ——그의 모든 계획을 완수하는 순간까지 남에게 밝히기를 꺼리는 점이었다. 그것은 분명히 어느 정도든 주위 사람들을 압도하고 놀라게 하기를 좋아하는 그의 영웅적인 성격에서 온 것이었다. 그리고 또 한편으로는 결코 요행을 바라지 않는 그의 직업적인 조심성에서였다. 그렇지만 그 결과는 그의 대리나 조수로 일을 보는 사람에게는 몹시 힘든 노릇이었다. 나도 종종 그러한 결과를 당하여 고생을 했지만, 그날 저녁 오랜 시간 마차로 어둠 속을 달리던 동안 보다 더 힘든 적은 없었다. 커다란 시련이 눈앞에 다가와 있었다. 드디어 우리는 마지막 노력을 기울이려는 참이었다. 그런데도 홈즈는 아무 말도 하지 않으므로, 나는 그가 다음에 취할 행동을 다만 추측해 볼 수밖에 없었다. 드디어 얼굴을 스치는 바람이 차가워지고 좁은 길 양쪽에 펼쳐지는 어두운 공간이 우리가 다시 황무지에 돌아 왔음을 알려주자, 나의 신경은 부들부들 떨렸다. 말이 한 발자국 내딛고 마차 바퀴가 한 번씩 돌 때마다 우리들은 마지막 모험으로 자꾸만 다가가고 있었다.

우리는 전세 마차의 마부가 있기 때문에 마음대로 대화를 할 수 없었으므로, 우리의 신경이 감정과 예감으로 긴장되어 있는데도 시시한 이야기만을 하지 않을 수 없었다. 이렇게 부자연스러운 억압을 겪고 있었으므로, 우리가 마침내 프랭클런드의 집을 지나 메리핏 하우스로, 즉 활극의 무대로 다가가고 있음을 깨달았을 때 나는 오히려 마음이 가벼워졌다. 우리는 현관 문간까지 타고 들어가지 않고, 가로수 길 입구 가까이에서 내렸다. 삯을 치르고 곧장 쿰 트레이시로 돌아가도록 마부에게 지시하고는, 우리는 메리핏 하우스를 향하여 걷기 시작했다.

"무장하고 있나, 레스트레이드?"

몸집이 작은 형사는 미소를 지었다.

"제가 바지를 입고 있는 한 뒷주머니가 있고, 뒷주머니가 있는 한 그 속에 뭔가 들어 있지요."

"됐어! 우리도 만일의 경우에 대비하여 무장하고 있네."

"사태는 몹시 급한 것 같군요, 홈즈 선생. 지금 형세가 어떻게 됐습니까?"

"대기 상태야."

"아닌게아니라 그다지 기분 좋은 장소 같지는 않군요."

형사는 몸을 부르르 떨더니, 근처에 있는 언덕의 어두운 경사면과 그림펜 늪 위에 자욱이 끼어 있는 거대한 안개의 바다를 둘러보았다.

"우리 앞에 인가의 등불이 보이는군요."

"저게 메리핏 하우스이고 우리들의 목적지야. 제발 조심하여 발끝으로 걷고 속삭이는 소리보다 더 크게는 말하지 말게."

우리는 그 집을 향해 돌격하는 것처럼 조심조심 걸었다. 그 집에서 약 2백 야드 떨어진 곳까지 오자 홈즈는 우리를 멈추게 했다.

"이만하면 될 거야. 오른쪽 바위가 멋있게 가려 주는군."

그는 말했다.

"여기서 기다려야 합니까?"

"그렇지, 여기서 조금 잠복하고 있어야지. 이 움푹한 곳으로 들어 오게, 레스트레이드. 그리고 왓슨, 자네는 저 집에 들어가 봤지? 방들의 위치는 어떤가? 이쪽 끝에 있는 격자창들이 달린 방들은 뭔가?"

"부엌 창문일 거야."

"그럼 저쪽, 환하게 비치는 창문은?"

"틀림없이 식당 창문일 걸세."

"덧문이 열려 있군. 자네가 여기 지형을 가장 잘 알고 있으니 가만 히 기어가서 그들이 무엇을 하고 있는가 보고 오게. 그러나 결코 엿보고 있다는 걸 들켜선 안 돼!"

나는 오솔길을 발끝으로 걸어 내려가서 나무가 잘 자라지 못한 과 수원을 둘러싸고 있는 낮은 담 뒤에 몸을 웅크렸다. 담 그늘 속을 기 어가 커튼이 걷혀 있는 창문을 바로 들여다볼 수 있는 곳에 이르렀 다.

방안에는 헨리 경과 스테이플튼 두 사람뿐이었다. 둥근 테이블 양 쪽에 마주 앉아 옆얼굴을 내 쪽으로 돌리고 있었다. 두 사람 다 여송 연을 피우고 있었고, 커피와 포도주가 앞에 놓여 있었다. 스테이플튼 은 신나는 듯이 지껄이고 있었으나, 남작은 얼굴이 창백하고 다른 일 에 얼굴이 팔려 있는 것 같았다. 아마 그 불길한 황무지를 혼자 걸어 서 돌아가야 한다는 생각이 그의 마음을 무겁게 짓누르고 있는 듯 했 다.

내가 그들을 지켜보고 있는데 스테이플튼이 일어서서 나갔다. 한편 헨리 경은 다시 잔에 술을 따르고 의자에 등을 기대면서 여송연의 연 기를 혹 내뿜었다. 나는 현관문이 열리는 소리와 자갈길을 밟는 구두

소리를 들었다. 그 소리는 내가 웅크리고 있는 담 반대쪽의 작은 길을 지나갔다. 넘겨다보니, 박물학자는 과수원 모퉁이에 있는 별채 문 앞에서 멈추었다. 그가 열쇠를 열고 안으로 들어서자, 발을 질질 끄는 듯한 이상한 소리가 들려왔다. 그는 겨우 1분쯤 안에 있더니, 다시 자물쇠를 채우는 소리가 들리고 다시 내 앞을 지나쳐서, 집으로 들어갔다. 그가 손님이 있는 곳으로 되돌아온 것을 보고, 나는 내 동료들이 기다리고 있는 곳으로 가만히 기어 돌아와 방금 본 것을 그들에게 이야기했다.

"여보게, 왓슨. 그럼 부인은 거기 없단 말인가?"

내 보고가 끝나자 홈즈는 물었다.

"없네."

"식당 외엔 어느 방이나 불이 꺼져 있는데, 그럼 대체 어디 있단 말인가?"

"모르겠는데."

이미 말했듯이 그림펜 늪 위에는 하얀 안개가 짙게 끼어 있었다. 그 안개는 천천히 우리 쪽으로 흘러와서 늪과 우리 사이에 높지는 않으나 두텁고 윤곽이 뚜렷한 벽을 이루었다. 달빛을 받아 대빙원처럼 빛났고, 멀리 보이는 바위산의 봉우리가 마치 그 표면 위에 솟아난 바위처럼 보였다. 홈즈는 그쪽으로 얼굴을 돌리고 안개가 서서히 흘러오는 것을 보더니 초조한 듯이 중얼거렸다.

"안개가 이쪽으로 밀려오는군, 왓슨."

"걱정되나?"

"큰일이야, 정말. 저 안개가 내 계획을 망쳐 버릴지도 모르네. 그러나 헨리 경은 이제 곧 나오겠지. 벌써 10시야. 우리들의 성공뿐 아니라 그의 목숨까지도, 안개가 오솔길을 가리기 전에 그가 나오느냐에 달려 있을지도 몰라."

밤하늘은 맑게 개어 머리 위에서 아름답게 빛나고 있었다. 별은 차갑게 반짝이고 반달이 사방을 부드럽고 희미한 빛으로 감싸고 있었다. 우리 앞에는 집이 거무스름하게 서 있었고, 그 톱니 같은 지붕과 튀어나온 굴뚝이 별이 반짝이는 하늘을 등지고 선명하게 드러나 보였다. 아래쪽 낮은 창문에서 흘러나오는 폭넓은 황금빛 광선들이 과수원과 황무지 쪽으로 뻗어 나오고 있었다. 그 광선 중에 하나가 갑자기 꺼져버렸다. 하인들이 부엌을 나간 것이다. 식당의 불빛만이 남아 있었는데, 식당에서는 살의를 품고 있는 주인과 그것을 전혀 모르는 손님이 여송연을 피우면서 아직도 이야기를 하고 있었다.

황무지의 절반을 덮은 양털 같이 하얀 안개의 바다는 시시각각 그 집을 향하여 가까이 흘러오고 있었다. 벌써 맨 앞 엷은 안개의 흐름은 불 켜진 창문의 네모난 황금색 불빛 속에서 맴돌고 있었다. 과수원 저편의 담은 벌써 안개에 가려졌고 나무들은 하얀 김의 소용돌이에 싸여 있었다. 우리가 보고 있는 동안에 안개의 소용돌이는 집 양 모퉁이로 접어들더니 천천히 맴돌며 두터운 벽을 이루었다. 2층과 지붕은 마치 망막한 바다 위에 떠 있는 이상한 배와 같았다. 홈즈는 초조해서 우리 앞에 있는 바위를 손으로 마구 치며 발을 동동 굴렀다.

"이제 15분 안에 나오지 않으면 길이 모두 덮여 버리겠어. 30분이 지나면 우린 눈앞의 자기 손도 볼 수가 없게 될 거야."

"더 높은 곳으로 물러날까요?"

"음, 그것도 괜찮을 것 같군."

그래서 안개의 둑이 앞으로 흘러오자 우리는 자꾸 밀려서 마침내는 그 집에서 반 마일이나 떨어진 곳까지 물러났다. 여전히 그 짙은 하얀 안개의 바다는 달빛을 받아 그 윗부분을 은빛으로 반짝이며, 천천히 그리고 거침없이 줄곧 몰려왔다.

"너무 멀리 가는데. 그가 우리들이 있는 곳까지 오기 전에 습격을 당하게 해서는 안 되네. 무슨 일이 있더라도 우리는 이 자리를 지켜야 하네.”

홈즈는 말했다. 그리고 그는 무릎을 꿇고 땅바닥에 귀를 댔다.

“됐어, 그가 오는 소리가 들리는군.”

빠른 발자국 소리가 황무지의 고요를 깨뜨렸다. 바위 사이에 웅크리고 앉아서 우리는 눈앞의 가장자리가 은빛으로 빛나는 안개의 벽을 뚫어지게 바라보고 있었다. 발소리가 점점 커지며 마치 커튼 사이로 걸어나오는 듯이 우리가 기다리고 있던 사람이 안개를 뚫고 나왔다. 그는 맑고 별이 총총한 밤 속으로 나오자 깜짝 놀라 주위를 둘러보았다. 그리고 그는 오솔길을 재빨리 걸어와, 우리가 숨어 있는 바로 옆을 지나서 우리 뒤쪽의 긴 비탈을 올라갔다. 걸어가면서도 그는 불안에 떨고 있는 사람처럼 자꾸만 둘레를 둘러보았다.

“쉿!”

홈즈가 외치자, 나는 권총의 격철을 세우는 날카로운 소리를 들었다.

“조심하게! 온다!”

살금살금 다가오는 저 안개의 벽 한가운데서, 토닥토닥 달음질치는 것 같은 소리가 가냘프나 또렷이 줄곧 들려왔다. 안개는 우리들이 숨어 있는 곳에서 50야드 안까지 다가와 있었다. 우리들 셋은 모두 그 속에서 어떠한 무서운 것이 튀어나올지 예측도 못한 채 그 곳을 노려보고 있었다. 나는 홈즈의 바로 옆에 있었으므로 힐끗 그의 얼굴을 쳐다보았다. 홈즈의 얼굴은 창백했으나 자신만만했고, 눈은 달빛에 밝게 빛나고 있었다. 갑자기 그의 눈은 튀어나올 듯이 한 곳만을 뚫어지게 노려보았고, 그의 입술은 놀라움에 벌어졌다. 그 순간 레스트레이드는 공포의 외마디소리를 지르며 땅바닥 위에 얼굴을 처박고 엎드렸다. 나는 펄쩍 뛰어 일어나 둔한 손으로 권총을 잡았으나, 손이 말을 듣지 않고 어두운 안개 속에서 튀어나와 우리 쪽으로 달려오는 무시무시한 형체에 넋이 빠져버렸다.

그것은 한 마리의 사냥개였다. 지금까지 사람의 눈으로는 본 적이 없을 것 같은 거대하고 새까만 사냥개였다. 벌린 입에서는 불이 뿜어 나왔고, 눈은 타고 있는 숯불처럼 이글거렸으며, 코끝과 목 언저리는 날름거리는 불꽃 속에 그 윤곽이 드러났다. 미친 사람의 미친 꿈이라 할지라도, 그때 안개의 둑에서 튀어나온 저 시커먼 형체와 야만스러운 얼굴보다 더 잔인하고 처참하고 흉악한 것을 꿈꿀 수는 없을 것이다.

몸을 크게 흔들며 그 거대한 검은 짐승은 쏜살같이 헨리 경의 뒤를 바짝 쫓고 있었다. 우리는 그 요괴의 출현으로 넋이 빠져 다시 정신을 차렸을 때에는 그 짐승이 벌써 우리들의 앞을 지나쳐 있었다. 그때 홈즈와 나는 동시에 총을 쏘았다. 그 짐승이 소름끼치는 소리를 지르는 것으로 보아 적어도 한 방은 맞았음이 분명했다. 그렇지만 그것은 끄떡도 하지 않고 그대로 뛰어갔다. 오솔길 훨씬 전방에서 헨리 경이 뒤를 돌아보았는데, 달빛에 얼굴이 하얗고 공포로 두 손을 쳐든 채 쫓아오는 무서운 짐승을 절망에 떨며 노려보고 있는 것이 보였다.

그러나 사냥개가 지른 고통의 소리는 우리들의 공포를 바람결처럼 날려 버렸다. 그 짐승이 상처를 입은 것을 보면 분명 산 짐승이고, 상처를 입힐 수 있다면 죽일 수도 있을 것이다. 그날 밤의 홈즈처럼 빨리 달리는 사람을 나는 본 적이 없었다. 나도 발이 빠르다고 인정받고 있었으나, 홈즈는 내가 그 몸집이 작은 형사를 떼 놓은 만큼 나를 떼 놓았다. 우리는 뛰어가면서도 전방에서 헨리 경이 거듭 지르는 비명소리와 사냥개의 낮고 굵은 포효 소리를 들었다. 마침내 그 짐승이 제물에 덤벼들어 그를 땅바닥에 넘어뜨리고, 그의 목덜미를 물어

뜯으려고 했다. 그러나 다음 순간, 홈즈는 열 발 권총의 탄환 다섯 발을 짐승의 옆구리에 쏘았다. 단말마의 신음 소리와 허공을 물어뜯는 격렬한 소리를 내며, 짐승은 나가떨어져 사지를 맹렬히 바둥거리더니 힘없이 옆으로 쓰러졌다. 나는 숨을 헐떡이면서 몸을 웅크리고 권총을 희미하게 빛나는 그 끔찍스러운 대가리에 갖다댔으나, 방아쇠를 당길 필요는 없었다. 그 거대한 사냥개는 죽어 있었다.

헨리 경은 쓰러진 채 정신을 잃고 있었다. 우리는 그의 셔츠를 찢었다. 아무 곳에도 상처 자국이 없고 구조가 늦지 않았음을 알자 홈즈는 감사의 기도를 드렸다. 벌써 우리 친구는 눈꺼풀을 떨고 있었고 몸을 힘없이 움직이려 했다. 레스트레이드가 남작의 입안에 브랜디를 흘려 넣었다. 겁에 질린 두 눈이 우리를 쳐다보았다.

"아아, 그게 뭐지? 도대체 뭐였나?"

그는 속삭였다.

"뭐가 되었든 그건 죽었소. 우린 당신의 집안 귀신을 영원히 처치했소."

홈즈는 대답했다.

우리들 앞에 뻗어 있는 짐승은 다만 그 크기와 힘에 있어서도 무시무시한 짐승이었다. 그것은 순종의 블러드하운드도 아니었고 순종의 매스티프도 아니었다. 이 둘의 잡종인 듯 했다. 무시무시하고, 잔인하고, 작은 암사자만한 크기였다. 죽어서 움직이지 않는 지금도 커다란 턱은 시퍼런 불꽃을 내뿜는 것 같았고, 조그맣고 움푹 팬 잔혹한 두 눈은 불이 에워싸고 있었다. 내가 그 번쩍거리는 코끝에 손을 댔다가 들어 올려보니 내 손가락은 어둠 속에서 흐릿하게 빛났다.

"인(燐)이군."

나는 말했다.

"참으로 교활한 짓이야."

홈즈는 죽은 개의 냄새를 맡으며 말했다.

"사냥개의 후각을 방해할 만한 냄새는 묻어 있지 않군. 헨리 경, 이렇게 놀라시게 한데 대하여 정말 사과드립니다. 저도 사냥개에 대비는 하고 있었지만, 이렇게 굉장한 놈인 줄은 미처 몰랐지요. 그리고 안개 때문에 우린 이놈과 맞설 틈이 없었습니다."

"당신은 제 생명의 은인입니다."

"그 이전에 당신의 생명을 위태롭게 했습니다. 일어설 힘이 있으십니까?"

"브랜디를 한 모금 더 주시면 무슨 일이라도 할 것 같습니다. 됐어요! 자, 저를 일으켜 주시오. 이제 어떻게 하면 됩니까?"

"당신은 여기 계시면 됩니다. 오늘밤 이 이상의 모험은 당신에게 무리입니다. 기다려 주시면 저희들 중의 누가 바스커빌 저택까지 모시고 가겠습니다."

그는 비틀거리며 일어서려고 했으나 아직도 얼굴이 죽은 사람처럼 파랗게 질려 있었고 손발은 온통 부들부들 떨고 있었다. 우리가 그를 부축하여 바위가 있는 곳까지 데리고 가자 그는 거기에 주저앉아서 얼굴을 두 손에 파묻고 오들오들 떨고 있었다.

"그럼 여기서 기다리셔야겠습니다. 나머지 일을 해치워야 합니다. 지금은 1초가 천금 같습니다. 우린 사건을 파악했으니까, 이제 범인을 잡는 일뿐입니다."

홈즈는 말했다.

"우리가 그를 집에서 찾아낼 가망은 천에 하나야."

그는 빠른 걸음으로 길을 내려가면서 말을 이었다.

"권총소리로 그는 모든 것이 끝났다고 생각했을 거야."

"우리는 얼마쯤 떨어져 있었고, 또 이 안개 때문에 총소리가 안 들렸을지도 모르지."

"그는 사냥개를 불러들이기 위해 뒤를 따라왔어. 자네도 그건 의심하지 않겠지. 아니야. 아니야, 그는 지금쯤 어디론가 사라졌을 거야! 그러나 가택수색을 해서 확인해 보세."

현관문이 열려 있었으므로, 우리들은 뛰어들어가 이 방에서 저 방으로 재빠르게 찾아다니다가 복도에서 부딪친 비틀거리는 늙은 하인을 깜짝 놀라게 했다. 식당에만 등불이 있었기 때문에, 홈즈는 등불을 집어들고 집안을 샅샅이 뒤졌다. 그러나 우리가 쫓고 있는 범인은 그림자도 볼 수가 없었다. 그런데 2층의 한 침실 문에 자물쇠가 채워져 있었다.

"이 안에 누가 있습니다!"

레스트레이드가 외쳤다.

"누가 움직이고 있어요, 문 열어!"

가느다란 신음 소리와 옷이 스치는 소리가 안에서 들려왔다. 홈즈가 자물쇠 바로 위를 구둣발로 걷어차자 문이 활짝 열렸다. 권총을 손에 들고, 우리들 셋은 와락 방 안으로 뛰어들었다. 그러나 방 안에는 우리가 기대했던 필사적으로 반항하는 악한의 흔적은 전혀 없었다. 그 대신 우리들이 부딪친 대상은 너무 기이하고 너무 뜻밖의 인물이었기 때문에 우리는 넋을 잃고 한참 동안 물끄러미 쳐다보고 있었다.

그 방은 작은 박물관처럼 꾸며졌으며, 벽에는 나비와 나방으로 가득 찬 유리 뚜껑 달린 상자가 줄지어 걸려 있었다. 이것을 만드는 것이 그 복잡하고 위험한 인물의 오락이었다. 방 한가운데 수직의 기둥이 하나 서 있는데, 그 시기는 몰라도 지붕에 건너지른 헐어서 벌레가 먹은 들보를 떠받치는 기둥으로 세워진 것이었다. 이 기둥에 사람이 하나 묶여 있었는데 밧줄 대신에 천으로 칭칭 감겨 있었으므로 그것이 남자인지 여자인지 한동안은 아무도 알아볼 수가 없었다. 한 장의 수건을 목에 감아 그 기둥 뒤로 묶어 놓았다. 다른 수건은 그 얼굴의 아래 부분을 덮고 있었고, 그 위로 두 개의 까만 눈이——슬픔과 수치와 공포와 의문으로 가득 찬 눈이——우리를 빤히 보고 있었다. 곧 우리가 재갈을 벗기고 결박을 풀어 주자, 우리들 앞 마룻바닥 위에 쓰러진 것은 스테이플튼 부인이었다. 그녀의 아름다운 얼굴이 푹 수그러지자, 그 목덜미에 채찍으로 맞은 붉은 자국이 뚜렷이 보였다.

"짐승 같은 놈! 여보게, 레스트레이드, 브랜디 병을 가져오게! 의자에 부인을 앉혀요! 학대와 심한 피로로 기절했군."

홈즈는 외쳤다.

부인은 다시 눈을 떴다.

"그는 무사한가요? 그는 피했나요?"

부인이 물었다.

"그를 놓칠 수는 없습니다, 부인."

"아니, 아니. 저의 남편 이야기가 아니에요. 헨리 경, 그분은 무사하나요?"

"네."

"사냥개는요?"

"죽었습니다."

부인은 마음이 놓이는 듯 길게 한숨을 내쉬었다.

"하느님, 감사합니다! 아아, 그 사람은 참으로 악당이었어요! 저를 어떻게 했는지 좀 보세요!"

부인은 소매를 걷고 두 팔을 보였는데, 팔 전체가 상처로 변색한 것을 보고 우리는 두려움에 떨었다.

"하지만 이것은 아무것도, 아무것도 아니에요! 그는 저의 마음과 영혼을 괴롭히고 더럽혔어요. 저는 그의 사랑을 받고 있다는 희망에 매달릴 수 있었던 동안은 학대도 고독도, 기만당한 인생도, 모든 것을 참을 수가 있었어요. 그러나 이제야 알았어요. 애정도 없었고, 저는 속아 그의 도구가 되었다는 것을."

그렇게 말하면서 부인은 몹시 흐느껴 울었다.

"이젠 그에게 호의를 갖고 있지 않겠지요, 부인!"

홈즈는 말을 이었다.

"그럼 그가 어디로 도망쳤나 말해 주시오. 만일 당신이 그의 나쁜 짓을 도운 적이 있으시다면 이번 기회에 우리를 도와서 보상하도록 하시오."

"그가 도망칠 장소란 한 군데밖에 없어요. 늪 한가운데 있는 섬에 주석 폐광이 있어요. 그는 그곳에서 사냥개를 길렀고 그곳에 또 유사시의 피난처를 준비해 놓았어요. 도망을 쳤다면 거기밖에는 없어요."

부인이 대답했다.

안개의 벽은 마치 하얀 양털처럼 창문까지 밀려와 있었다. 홈즈는 램프를 창문에 비쳤다.

"하지만 보십시오. 오늘 밤에는 그림펜 늪으로 들어갈 수 없습니다."

홈즈는 말했다. 부인은 기뻐 못 견디겠다는 듯이 미소띤 얼굴로 눈과 이를 빛내며 말했다.

"들어갈 수 있을지는 몰라도, 나오지는 못하지요."

그녀는 또 외쳤다.

"어떻게 그가 오늘 밤 길잡이 막대기를 볼 수가 있겠어요? 그것은 그와 제가 함께 늪지로 통하는 길에 표를 하기 위해 심은 거예요. 아아, 오늘 밤에 제가 그것을 뽑아버릴 수만 있다면——그러면 그는 독 안에 든 쥐가 될 텐데!"

안개가 걷힐 때까지는 뒤쫓아 보아도 소용없다는 것이 뻔했다. 그래서 그 집의 감시를 레스트레이드에게 맡기고 홈즈와 나는 남작을 데리고 바스커빌 저택으로 돌아갔다. 스테이플튼 부부에 대한 일을 더 이상 그에게 숨길 수는 없었다. 그러나 그는 자기가 사랑하던 여자에 대한 진상을 알았을 때도 용감하게 그 충격을 이겨냈다. 그러나 그날 밤의 모험에 의한 충격으로 그의 신경은 갈기갈기 찢어졌기 때문에, 날이 새기 전에 벌써 그는 높은 열이 나면서 헛소리를 하여 모티머 의사의 간호를 받아야만 했다. 그 뒤 이 두 사람이 세계 일주 여행을 함께 하고 나서야, 헨리 경은 그 불길한 바스커빌 저택의 주인이 되기 전처럼 다시 꿋꿋하고 튼튼한 사람이 되었다.

그럼 나는 이 기괴한 이야기를 빨리 끝맺기로 하겠다. 이 이야기에서 나는 오랫동안 생활을 어둡게 하고 마침내는 비극적인 결말을 맺었던, 이 음침한 공포와 막연한 억측들을 독자 여러분에게 들려주려고 애썼다. 그 사냥개를 죽인 이튿날 아침, 안개가 걷혔고 우리는 스테이플튼 부인의 안내로 그들이 늪으로 통하는 통로를 찾아냈던 지점으로 갔다. 그녀가 남편을 뒤쫓는 우리들을 열심히 그리고 기꺼이 도와 주는 것을 보았을 때, 이 여자의 인생이 얼마나 공포에 싸였던 것인가를 뚜렷이 짐작할 수 있었다.

우리는 눈앞에 펼쳐진 늪 속으로 가늘게 뻗어 들어간 반도 모양을 한 이탄질(泥炭質)의 단단한 땅 위에 그녀를 남겨 두고 나아갔다. 그 반도의 앞머리에는 여기저기에 조그마한 막대기가 세워져 있어 길에 익숙하지 못한 사람을 가로막는, 이 녹색 부평초에 덮인 구멍이며 냄새나는 늪 사이에 흩어져 있는 골풀 숲으로 구불거리는 오솔길을 가리키고 있었다. 무성한 갈대와 끈적끈적한 수초에서는 썩은 냄새와 짙은 독기가 서린 김이 나와 우리들의 얼굴을 스쳤다. 한쪽 발을 잘

못 디뎌, 어둡고 부글거리는 늪 속으로 허벅다리까지 빠진 적이 한두 번이 아니었다.

이 늪은 우리가 디딘 발 둘레에 몇 야드 사방의 파문을 일으켰다. 걸어갈수록 끈적거리는 진흙이 뒤꿈치에 붙어, 발을 헛디디면 마치 어떤 마수가 우리를 저 더러운 나락 속으로 끌어당기는 것처럼 기분 나쁘게 달라붙었다. 꼭 한 번 우리보다 먼저 누군가 위험한 오솔길을 지나간 흔적을 보았다. 진흙 속에서 자라고 있는 한 무더기의 황새풀이 어떤 검은 것을 받치고 있었다. 홈즈는 그것을 잡으려고 오솔길에서 벗어났다가 허리까지 빠졌다. 만약 우리들이 옆에서 끌어내 주지 않았더라면 그는 결코 단단한 땅을 다시는 밟지 못했을 것이다. 그는 검정색 헌 구두를 하나 집어 공중으로 치켜들었는데, '토론토 시 메이어 구두점'이라는 상표가 안 가죽에 찍혀 있었다.

"진흙으로 목욕을 한 값어치가 있군. 헨리 경이 잃어버린 구두야." 그는 말했다.

"스테이플튼이 도망치면서 내던졌군."

"맞았네. 사냥개에게 뒤쫓게 하기 위하여 구두를 사용한 뒤에도 지니고 있었던 거지. 끝장이 온 것을 깨닫고 도망치면서도 그는 아직 구두를 거머쥐고 있었던 거야. 그리고 이 지점까지 도망쳐 와서 내던진 걸세. 우린 적어도 그가 여기까지는 무사히 온 걸 알 수 있단 말이야."

그러나 우리는 여러 가지 추측을 할 수 있었으나 그 이상 알아낼 수는 없었다. 늪지에서 발자국을 발견할 가망은 없었다. 왜냐하면 발자국이 나도 진흙이 솟아올라 재빨리 발자국을 덮어 버리기 때문이었다. 그러나 마침내 늪을 건너 보다 단단한 지면에 이르렀을 때, 우리는 모두 열심히 발자국을 찾았다. 그러나 어떠한 조그만 흔적조차도 발견할 수 없었다. 만약에 지면에 나타난 대로라면, 스테이플튼은 어젯밤에 안개를 헤치고 나아가다가 결국 은신처인 저 섬엔'이르지 못했음이 분명했다. 그림펜 늪지 한복판 어느 곳엔가, 거대한 늪의 냄새나는 진흙 속에, 이 냉혹하고 잔인한 사나이는 영원히 묻혀 있는 것이다.

그가 잔인한 그의 동료를 숨겨 두었던 늪으로 둘러싸인 섬 안에는 그의 흔적이 많이 남아 있었다.

거대한 바퀴는 폐광의 흔적을 보여 주고 있었다. 그 옆에는 광부들의 오두막들이 무너진 채 남아 있었는데, 아마 그들은 주위의 늪에서 솟아오르는 악취에 쫓겨났을 것이다. 그 오두막 하나에는 쇠사슬이 걸려 있는 꺽쇠와 깨끗이 뜯어먹은 많은 뼈다귀가 있었는데, 이것으로 보아 여기에 그 동물이 갇혀 있었던 모양이었다. 헝클어진 갈색 털이 달라붙은 두개골 하나가 부스러기 사이에 섞여 있었다.

"개로군!"

홈즈는 말했다.

"곱슬털의 스패니얼이군. 가엾게도 모티머 박사는 그의 강아지를 다시는 만나지 못할 거야. 이것으로 이곳에도 우리가 이미 알아낸 이외의 비밀은 없을 걸세. 사냥개를 숨길 수는 있었지만, 사냥개의 소리를 막을 수는 없었기 때문에 낮에도 그런 불쾌한 고함소리가 들려왔던 걸세. 급할 때는 메리핏 하우스의 별채에 숨겨 둘 수도 있었겠지만 그건 언제나 위험이 따르는 일이었으므로 모든 노력이 끝나는 날이라고 생각한 그날에 그렇게 감행한 것일세. 이 깡통에 든 반죽은 틀림없이 동물에게 발랐던 야광도료야. 이것은 물론 그 집안에 전해지는 지옥견의 전설과 찰스 경을 공포로 절명시키려는 욕망에서 암시를 받았던 거야. 이런 괴물이 황무지의 어둠 속을 뛰어 쫓아오는 것을 보았을 때 그 불쌍한 탈옥수가, 우리의 친구도 그랬던 것처럼 도망치면서 비명을 지른 것도 무리는 아니네. 우리도 아마 그랬을 테니까. 정말 교활한 술책이었네. 노리는 상대를 죽음으로 몰아넣을 수 있을 뿐만 아니라, 설사 농부들이 황무지에서 그것을 보았다 하더라도——사실 여럿이 보기는 했지마는——도대체 어느 농부가 감히 이러한 괴물에 바싹 다가가 조사하려고 덤비겠는가 말이야. 왓슨, 내가 런던에서 한 말을 여기서 되풀이하지만, 우리는 많은 수사를 해왔지만 저기 늪 속에 잠겨 있는 사나이만큼 위험한 인물은 없었네. "

그는 팔을 들어 그 끝이 황무지의 암갈색 사면으로 이어진 녹색 수초가 점점이 떠 있는 거대한 늪 쪽을 가리켰다.

회상

11월 말이 가까운 어느 추운 안개 낀 밤에, 홈즈와 나는 베이커 거리의 거실에서 빨갛게 타오르는 난로를 사이에 두고 마주앉아 있었다. 우리들의 데븐셔 방문이 비극적 결말을 지은 다음에 그는 아주 중요한 두 사건 때문에 몹시 바빴다. 첫 사건에서 홈즈는 논퍼렐 클럽의 유명한 트럼프 추문과 관련된 업우드 대령의 잔악한 행위를 폭로하고, 두 번째 사건에서는 불행한 몽팡시에 부인을 의붓딸 카레르 양의 죽음과 관련된 살해 혐의에서 풀어 주었다. 그런데 6개월 뒤에 이 젊은 카레르 양이 뉴욕에 살아 있으며 결혼까지 했다는 사실이 판명된 일은, 아직도 기억에 새로울 것이다. 나의 친구는 잇따라 일어나는 중요하고 복잡한 사건들을 성공적으로 해결하여 기분이 썩 좋았으므로, 나는 그에게서 바스커빌 사건의 상세한 이야기를 들을 수 있었다. 나는 참을성있게 이 기회를 기다렸던 것이다. 왜냐하면 그는 사건이 끝난 다음에 이야기하기를 좋아하지 않았고, 또한 그의 명석하고 논리적인 두뇌가 현재의 사건을 떠나서 과거의 추억을 곰곰이 생각하는 것을 좋아하지 않음을 나는 알고 있었기 때문이다. 그런데 헨리 경과 모티머 의사가 마침 헨리 경의 신경쇠약을 회복하는 데 좋다는 긴 여행을 떠나려고 런던에 나와 머물고 있었다. 바로 그날 오후에 그들은 우리를 방문했으므로 그 사건이 화제에 오른 것은 당연했다.

"이번 사건의 자초지종은."

홈즈는 말하기 시작했다.

"스테이플튼이라고 자칭하는 사람의 입장에서 본다면 단순하고 명백한 것이었지만, 우리로서는 처음에 그의 행동 동기를 알 길이 없었고 다만 사실의 일부분밖에는 알지 못했으므로 몹시 복잡한 것으로 생각되었던 것일세. 나는 사건 후 두 차례나 스테이플튼 부인과 이야기할 기회를 가졌으므로, 그 사건은 모두 밝혀져 의심나는 점은 아무것도 없는 것 같네. 사건 색인부의 B항에 그 사건에 대한 몇 가지 메모가 있네."

"그럼 사건의 자초지종을 기억을 더듬어서 대강 이야기해 줄 수 있겠지?"

"물론이지, 모든 사실을 기억하고 있다는 보증은 못하지만. 강한 정신집중은 이상하게도 과거의 기억을 지워 버린다네. 자기 사건을 환히 알고 있고, 문제점에 대해서는 그 방면의 전문가와 토론할 수 있는 변호사도 한두 주일 동안 다른 일로 법정에 나서게 되면 그 사건이 다시 그의 머리에서 완전히 빠져나가게 된단 말일세. 마찬가지로 내가 취급하는 사건도 지금의 사건이 곧 그 전의 것을 몰아내기 때문에 카레르 양이 바스커빌 저택에 대한 나의 기억을 흐리게 해 버렸네. 내일이라도 무슨 다른 조그마한 문제가 나의 주의를 끌게 되면, 이번에는 그것이 아름다운 프랑스의 부인이며 악명높은 업우드를 쫓아낼 거야. 그렇지만 그 사냥개의 사건에 관해서만은 되도록 자세하게 자초지종을 이야기하기로 하지. 무엇이든 내가 잊어버린 것이 있으면 지적해 주게.

내가 조사한 바에 의하면 그 가문의 초상화가 거짓말을 하지 않았음은 명백해졌고, 또 그가 바로 바스커빌 가문의 한 사람임은 분명했네. 그는 로저 바스커빌의 아들이었네. 로저는 찰스 경의 동생이었는데, 좋지 않은 소문을 남기고서는 남아메리카로 도망을 쳤지. 그는 그곳에서 독신으로 죽은 것으로 되어 있네. 그러나 사실은 결혼해서 아들이 하나 있었지. 그게 바로 이 사나이야. 본디 이름은 자기 아버지와 같지. 그는 코스타리카의 이름난 미인 베릴 가르샤와 결혼을 했다네. 거액의 공금을 횡령한 뒤에, 그는 반델러라고 이름을 바꾸어 영국으로 도망쳐 와서 요크셔 주의 동부에 학교를 세웠지.

이러한 특수 사업에 손을 댄 이유는 귀국 도중에 폐병을 앓는 교사와 친해졌으므로 그의 재능을 이용해서 성공을 꾀했던 거지. 그런데 프레이저라는 그 교사가 죽고 나서는, 잘되던 학교가 점점 평판이 나빠지기 시작해서 결국은 재기불능이 되어 버렸지. 반델러 부부는 이름을 스테이플튼이라고 고치는 것이 낫겠다고 생각하고, 나머지 재산과 장래의 계획과 곤충학에 대한 취미를 가지고 영국으로 갔지. 대영박물관에서 안 일이지만, 그 작자는 이 방면에서는 권위자로 인정되고 있더군. 또 요크셔에 있을 때 발표한 어떤 종류의 나방에는 반델러라는 이름이 영원히 붙어 있다네.

이제 여기서부터 그의 일생 가운데 우리들에게 강렬한 흥미를 안겨 주게 되는 시기로 들어가게 되네. 그는 자기 집안에 대해 조사해 본 결과 막대한 재산과 자기 사이에 방해가 되는 것은 단지 두 사람뿐이라는 것을 알아낸 걸세. 데븐셔로 처음 왔을 때에는 그의 계획이란 것도 아주 막연했던 것 같아. 그러나 아내를 누이로 가장하여 데리고 온 것을 보면 처음부터 그가 나쁜 짓을 하려고 했던 것은 명백하네. 그의 계획을 어떤 방향으로 처리할 것인가는 확정되지 않았을지 모르지만, 그녀를 미끼로 이용할 생각은 마음 속에 분명히 있었던 걸세. 그는 재산을 모조리 자기 손 안에 넣을 작정이었지. 그는 그 목적을 위해서는 수단과 방법을 가리지 않았고, 어떠한 위험도 무릅쓸 각오였네. 그의 첫 행동은 그의 조상 집인 바스커빌 저택에 되도록 가까이 자리잡는 것이었고, 다음은 찰스 바스커빌 경 및 이웃 사람들과 친분을 맺는 것이었지.

그런데 찰스 경이 그에게 집안의 사냥개 이야기를 해서 스스로 죽음의 길을 터놓은 셈이 되었네. 스테이플튼은——나는 앞으로 이렇게 부르겠네——그 노인의 심장이 약하므로 충격을 주면 죽일 수 있다는 것을 알았네. 그런 이야기는 모티머 의사에게서 듣고 이미 알고 있었지. 또한 그는 찰스 경이 미신을 믿고 있어서 이 음산한 전설을 심각하게 받아들이고 있다는 것도 알고 있었네. 그의 영악한 두뇌는 당장에 찰스 경을 죽이더라도 진범은 거의 살인혐의를 받지 않을 수 있는 방법을 생각해냈네.

그 계획을 마음에 품자 그는 놀랄 만큼 교묘하게 그 생각을 실행에 옮기기 시작했네. 보통 사람이라면 사냥개를 이용하는 것만으로 만족했을 거야. 인공적인 수단을 써서 동물을 악마처럼 꾸민다는 것은 그가 얼마나 천재적 두뇌를 가지고 있었나를 말해 주는 것이지. 그 사냥개는 런던 플럼 거리의 로스 앤 맹글즈 상회에서 산 거네. 그 사냥개는 그들이 가진 것 중에서 가장 억세고 사나운 놈이었다더군. 그는 그 사냥개를 노스드 데본 철도로 운반하고는 다른 사람 눈에 띄지 않게 집으로 데려오기 위해 상당히 먼 길을 걸어 황무지를 넘어간 걸세. 그는 이미 곤충 채집을 하다가 그림펜 늪지로 들어가는 길을 알게 되어 그 짐승을 숨길 만한 안전한 장소를 발견해 놓았던 걸세. 이곳에서 그는 사냥개를 개집에 넣어 두고 기회를 기다리고 있었네.

그러나 얼마 동안 기다려야 했네. 그는 노인을 밤에 그의 뜰 밖으로 꾀어낼 수가 없었던 거야. 스테이플튼은 몇 차례 사냥개를 데리고 숨어 기다렸으나 소용이 없었네. 그 개, 아니 그의 협력자가 농부의 눈에 띄어 악마견의 전설이 새삼스럽게 떠돌게 된 것도 그렇게 소용없는 짓을 하던 때였네. 그는 아내가 찰스 경을 유혹해 그를 죽였으면 좋겠다고 생각했지만, 그녀는 뜻밖에도 이 계획에 응하지 않았네. 노신사를 유혹하여 그에게 넘기는 짓을 그녀는 하려고 하지 않은 걸세. 위협하고 때리기도 했으나 그녀는 듣지 않았네. 그녀가 전혀 응하려고 하지 않았기 때문에 얼마 동안 스테이플튼은 또 벽에 부딪친 셈이었네.

그런데 그는 궁지에서 빠져나가는 길을 찾아 냈지. 그를 친구로 생각했던 찰스 경이 로러 라이언스라는 불행한 여자에게 자선을 베푸는 데 그를 대리인으로 정했기 때문일세. 그는 독신자라고 속여 그녀의 마음을 완전히 휘어잡았네. 그리고는 그녀가 남편과 이혼을 하면 그녀와 결혼하겠다고 말한 걸세. 그런데 찰스 경이 모티머 의사의 의견을 쫓아서 바스커빌 저택을 떠나려고 하는 것을 알게 되자, 그의 계획은 갑자기 위기에 몰리고 말았네. 하긴 스테이플튼 자신도 모티머 의사의 의견에 찬성하는 체했겠지만. 그는 당장에 행동하지 않으면 상대방은 그의 힘이 닿지 못하는 곳으로 가버릴지도 모른다는 생각이 들어, 라이언스 부인을 꾀어 이 편지를 쓰게 해서 노인이 런던으로 떠나기 전날 밤에 그녀를 만나 주게끔 애원하도록 한 걸세. 그리고는 그럴듯한 이유를 들어 그녀를 못 가게 하고, 기다리고 기다렸던 기회를 손에 넣었던 거지.

저녁때 쿰 트레이시에서 마차를 타고 돌아오자, 바로 개를 데리러 가서 인을 칠해 악마견으로 만든 다음 노인이 기다리기로 되어 있는 그 문까지 개를 끌고 갈 수 있었네. 주인이 부추기자 사냥개는 그 작은 문을 뛰어넘어 불쌍한 찰스 경을 추격했지. 그는 비명을 지르며 주목나무 오솔길을 달려 도망쳤네. 그 음침한 나무 사이로 난 길에서 입에서 불을 뿜고, 눈을 번득이며 먹이를 향하여 뛰어오는 엄청나게 큰 시커먼 개를 본다는 것은 정말 소름끼치는 광경이었을 거야. 그는 오솔길 끝에서 심장마비와 공포로 쓰러져 죽어 버렸네. 찰스 경이 오솔길을 도망쳐가는 동안 사냥개는 길가의 풀밭 위를 줄곧 달리고 있었기 때문에, 사람 이외의 어떠한 발자국도 눈에 띄지 않은 거야. 그가 넘어져서 움직이지 않는 것을 보자 그 짐승은 가까이 가서 찰스 경의 냄새를 맡았겠지. 그러나 그가 죽어 있는 것을 알고는 다시 되돌아갔을 걸세. 모티머 씨가 본 발자국은 바로 그때 그 짐승이 남겼던 거야. 스테이플튼은 개를 불러들여 그림펜 늪의 개집으로 재빨리 끌고 갔지. 그래서 이 이상한 사건은 당국을 당황하게 하고, 지방 사람들을 놀라게 하였고, 드디어는 우리의 주목을 끌게 된 걸세.

찰스 바스커빌 경의 죽음에 대해서는 그런 정도일세. 이건 정말 악마와 같은 교활한 짓임은 말할 나위도 없는 일일세. 왜냐하면 진범을 체포한다는 것은 거의 불가능한 일이기 때문이야. 그의 유일한 공모자인 개는 절대로 그를 배반할 수 없을 것이고, 기괴하고 상상할 수도 없는 성질의 준비물은 모든 효과를 한층 더 강력하게 할 뿐이었네. 이 사건에 등장하는 두 여자, 스테이플튼 부인은 그가 노인에 대해서 꾸미고 있는 음모도 알고 있었고, 개의 존재에 대해서도 알고 있었네. 라이언스 부인은 어느 쪽도 전혀 몰랐지. 그러나 취소도 하지 않고 약속을 어긴 그 시간에 노인이 죽고, 더구나 약속을 알고 있는 사람은 스테이플튼뿐이라는 일에 이상한 느낌을 가졌네. 그렇지만 그녀들은 둘 다 그의 손아귀에 들어 있었으므로 그는 아무런 걱정도 하지 않았네. 이리하여 그의 계획의 전반부는 멋지게 이루어졌지만, 더 어려운 후반부가 아직도 남아 있었네.

스테이플튼은 캐나다에 후계자가 한 사람 있다는 사실을 모르고 있었을지도 모르네. 어쨌든 그는 곧 그의 친구 모티머 의사로부터 사실을 알게 되었을 거고, 또 그로부터 헨리 바스커빌 경의 도착에 대한 상세한 이야기를 들었네. 스테이플튼이 맨 처음 생각한 것은 캐나다의 낯선 젊은이는 어쩌면 데븐셔까지 오기를 기다릴 필요없이 런던에서 해치울 수 있다고 본 것일세. 그는 그의 아내가 노인을 함정에 빠뜨리는 일을 도와 주지 않고 거절한 후부터 그의 아내를 믿을 수 없어 오랫동안 눈이 닿지 않는 곳에다 가두어 두었지. 자기의 영향력이 듣지 않을까 두려워했네. 그가 그 여자를 런던으로 데리고 간 것은 이런 이유 때문이었네.

나중에 안 일이지만, 그들은 크레이븐 거리의 멕스버러 프라이비트 호텔이라는 특정여관(친지 소개에 의한 전용호텔)에서 묵었다는 것을 알았네. 그런데 이 호텔은 증거 수집을 위해 카트라이트가 찾아갔던 호텔 중의 하나였네. 이 호텔 방에 그는 아내를 감금해 두고서, 그 자신은 가짜 수염을 붙이고 모티머 의사의 뒤를 베이커 거리까지, 그리고 나중에는 정거장과 노섬벌랜드 호텔까지 밟았던 거야. 그의 아내는 남편의 계획을 어렴풋이나마 눈치채고 있었지. 그러나 그녀는 남편을 너무 무서워하고 있었기 때문에——즉 그에게서 짐승 같은 학대를 받고 있었기 때문인데——남이 위험한 처지에 빠져 있는 것을 알면서도 그 사람에게 경고의 편지를 쓸 용기가 나지 않네. 만일 그 편지가 스테이플튼의 손에 들어가기라도 한다면, 그녀 자신의 목숨이 위험했을 것일세. 따라서 우리도 알고 있는 일이지만, 결국 그녀는 낱말을 오려내어 전달하는 말이 되도록 만들어 그 편지의 주소를 가짜 필적으로 적는 수단을 취했던 거야. 그 편지는 남작에게 전달되어 그의 위험에 대한 첫 경고가 되었네.

개를 사용하려면 언제든 개에게 냄새를 맡게 하여 그의 뒤를 쫓을 수 있도록 헨리 경이 몸에 지니고 다니는 무슨 물건을 손에 넣는 것이 스테이플튼에겐 아주 필요했지. 특유의 신속함과 대담함으로 그는 당장 이 일에 착수했지. 틀림없이 호텔의 구두닦이나 객실의 하녀 중에 누군가가 후한 뇌물을 받아먹고 그의 계획을 도와 주었을 걸세. 그러나 그가 처음에 입수한 구두가 공교롭게도 새 구두여서, 그의 목적을 위해서는 소용이 없었네. 그러자 그는 그것을 돌려보내고 다른 헌 구두를 입수했던 것인데——이것은 가장 도움이 되는 사건이었네. 이 사건으로 해서 결국 이 사건에 진짜 개가 관련되었다는 결론을 가져왔기 때문일세. 새 구두는 소용없어 헌 구두를 입수하고 싶어한다, 더구나 한 짝이라도 좋다는 사실을 다른 추측으로는 전혀 설명할 수가 없었지. 사건이 유별나고 기괴하면 할수록 더욱더 주의깊게 검토할 필요가 있으며, 얼핏 보기에 사건을 복잡하게 하는 바로 그 점을 올바르게 추리하고 과학적으로 취급하면, 사건을 가장 잘 해명하는 열쇠가 되는 법일세.

그리고서 다음날 아침 우리를 방문한 헨리 경과 모티머 의사를 스테이플튼은 마차를 타고 줄곧 미행하였네. 그가 우리들의 주소며 내 외모에 대해서 잘 알고 있던 일이나 또는 모든 행동으로 보아, 스테이플튼의 범죄 경력은 결코 이 바스커빌 사건에만 국한되지 않았다고 나는 생각하고 싶네. 최근 3년 동안 서부지방에 큰 강도 사건이 네 건이나 있었는데 한 건도 범인이 잡히지 않았다는 건 뭔가 생각하게 하는 일일세. 이 네 건 중에서 마지막 한 건은 지난 5월에 포크스턴 코트에서 있었는데, 복면을 쓴 강도를 우연히 발견한 급사 아이가 무자비하게 권총으로 사살당했기 때문에 주목되는 일일세. 스테이플튼은 틀림없이 부족한 자금을 이런 식으로 조달했을 걸세. 그리고 그는 몇 해 동안 목숨 아까운 줄 모르고 날뛰는 위험한 사나이였음이 분명하네.

그가 그때 미행하다가 그렇게도 멋지게 우리의 추격을 피했을 때 그는 임기응변의 재치를 우리에게 보여 주었고, 또 마부의 입을 통해서 내 자신의 이름을 내게로 돌려보냈을 때 그 대담무쌍함은 우리를 놀라게 했지 않나. 그 순간부터 그는 내가 런던에서 이 사건을 맡았음을 알고는 런던에서는 속수무책임을 깨달았네. 그래서 그는 다트무어로 돌아와서 준남작의 도착을 기다린 걸세."

"잠깐만!"

나는 말했다.

"자넨 틀림없이 사건들을 순서대로 정확하게 설명하고 있네만, 한 가지 중요한 점을 빠뜨렸네. 주인이 런던에 있을 때 그 사냥개는 어떻게 되었나?"

"이점에 대해서도 나는 약간의 주의를 기울였지. 그건 확실히 중요하네. 물론 스테이플튼에게는 심복이 하나 있다고 볼 수밖에 없네. 하긴 그는 모든 그의 계획을 심복에게 털어놓아 그에게 덜미를 잡힐 짓은 하지 않을 성싶지만, 메리핏 하우스에는 안소니라는 늙은 하인이 있었네. 그와 스테이플튼 부부와의 관계는 몇 해 전까지 즉 스테이플튼이 학교를 경영하던 때까지 거슬러 올라갈 수 있으니까. 그는 그의 두 주인이 사실은 부부인 것도 알고 있었음에 틀림없네. 그 사나이는 이 나라에서 도망쳐서 외국으로 사라져 버렸네. 안소니라는 이름은 영국에서 그리 흔한 이름이 아니지만, 안토니오라는 이름이 스페인 계통의 나라들이나 중남미 국가에서는 흔히 있는 이름이라는 것은 암시적이야. 이 사나이도 스테이플튼 부인처럼 영어를 잘했지만, 묘한 액센트가 있었네. 나는 이 노인이 스테이플튼이 표시해 두었던 오솔길로 해서 그림펜 늪지를 건너가는 것을 본 적이 있었네. 따라서 주인이 없을 때에는 그가 사냥개를 보살폈다고 보아도 될 걸세. 하긴 그 짐승을 어디다 쓰는지에 대해서는 아마 몰랐을 테지만.

그리고는 스테이플튼 내외는 데븐셔로 내려왔는데, 바로 이어서 헨리 경과 자네가 데븐셔로 내려온 거야. 그럼 그때 내가 어떻게 했는가에 대해 한 마디 하겠네. 아마 자네의 기억에 떠오르겠지만, 내가 그 활자를 붙인 편지를 조사했을 때, 나는 종이에 비치는 무늬를 세밀하게 검사했네. 그리고 그것을 내 눈에서 2, 3인치 되는 곳까지 치켜들었을 때, 나는 소위 백(白) 자스민이라는 향수의 냄새가 풍기는 것을 알았네. 범죄 전문가라면 75종류 정도의 향수는 일일이 분간해서 맡을 줄 알아야 하네. 향수를 재빨리 분간함으로써 사건 해결의 실마리를 얻은 예는 나 자신의 경험만으로도 한두 차례가 아니었네. 그 향수는 사건에 여자가 관련되어 있음을 암시해 줬으므로 이때 이미 나의 마음은 스테이플튼 부부에게로 향하기 시작했네. 이렇게 해서 나는 사냥개의 정체를 확인하였고, 우리가 서부지방으로 가기 전에 벌써 범인을 추측하고 있었네.

나의 작전은 스테이플튼을 감시하는 것이었네. 그렇지만 내가 자네들과 함께 갔다면 그가 빈틈없이 경계했을 터이므로 분명 그를 감시할 수 없었을 걸세. 그래서 나는 자네까지 포함한 모두를 속여 런던에 있다고 생각하게 한 다음, 몰래 내려간 걸세. 나의 고생은 자네가 생각한 것처럼 대단한 것은 아니었네. 하긴 그러한 사소한 일들 때문에 사건 조사가 늦춰질 수야 없지만, 나는 대부분 쿰 트레이시에 머물렀고, 사건의 무대에 접근할 필요가 있을 때에만 황무지의 오두막을 이용했을 뿐일세. 카트라이트는 나와 함께 내려와 시골 소년으로 변장하고 나를 크게 도와 주었네. 그는 먹을 것과 깨끗한 셔츠를 내게 갖다 주었지. 내가 스테이플튼을 감시하고 있을 때 카트라이트는 빈틈없이 자네를 감시해 주었기 때문에 나는 모든 방향을 한꺼번에 살필 수 있었네.

자네의 보고가 베이커 거리에서 쿰 트레이시로 즉시 전송되어, 재빨리 내 손으로 들어왔다는 것은 내가 벌써 이야기했지? 그건 내게 많은 도움이 되었네만, 특히 우연히 알게 된 스테이플튼의 경력은 큰 도움이 되었네. 나는 그 두 사람의 신원을 알 수 있었고, 덕분에 나의 주위 상황을 정확하게 파악할 수 있었네. 이 사건은 탈옥수의 사건과, 그와 바리모어 부부와의 관계도 뒤얽혀 상당히 헝클어졌었네. 그러나 이것 또한 자네가 적절한 방법으로 해결해 주었네. 나도 이미 내 자신의 관찰에 의해서 같은 결론에 도달하고 있었지만 말일세.

황무지에서 내가 자네에게 발각되었을 무렵엔 나는 이미 사건의 전모를 완전히 알고 있었지만, 배심원에게 가지고 갈 만큼 충분한 증거를 잡지는 못하고 있었네. 스테이플튼이 그날 밤 헨리 경을 노렸다가 결국은 그 불행한 죄수를 죽이고 말았다는 사실도 우리들이 그의 살인을 입증하는 데는 불충분했네. 그를 현행범으로 체포하는 수밖에는 다른 방도가 없을 것 같았네. 그러기 위해서는 우리는 헨리 경을 혼자 호위도 없는 것처럼 보이게 하고서 미끼로 이용할 수밖에 없었네. 우리가 쓴 그 방법 때문에 사건 의뢰인에게 심한 충격을 주어 면목이 없지만, 사건을 해결하고 스테이플튼을 파멸로 몰아넣는 데 성공했지. 헨리 경을 그렇게 놀라게 한 것은 솔직히 말해서 이번 사건 처리에 있어 내가 비난받아야 할 점이네만, 그 개가 그렇게 무시무시하고 소름끼치는 형상을 하고 있을 줄이야 미리 알 수도 없었고, 갑자기 튀어나올 때까지 모르고 있을 정도로 깊은 안개가 낄 줄도 몰랐네. 그러나 우리의 성공을 위해 치른 헨리 경의 희생이 전문의와 모티머 의사가 일시적인 일이라고 보충해 준 일은 정말 불행중 다행이네. 긴 여행을 하고 나면 우리 친구는 신경장애뿐만 아니라 마음의 상처도 회복될 걸세. 그의 그 여자에 대한 사랑은 깊고도 성실한 것이었으므로 그에게 있어 이 음산한 사건에서 가장 슬픈 부분은 그 여자가 그를 속였다는 사실이었네.

이제 남은 것은 사건 전체를 통해서 그 여자가 맡았던 역할을 이야기하는 것뿐이겠지. 스테이플튼이 그녀에게 영향력을 행사한 것은 의심할 여지가 없는데, 그것은 그녀가 그를 사랑했기 때문이거나 아니면 공포 때문이었을 걸세. 어쩌면 둘 다 일지도 모르지. 그 두 감정은 서로 아주 대립적인 감정도 아니니까 말일세. 그것은 적어도 절대적인 효력이 있었네. 그의 명령으로 그 여자는 표면상 그의 누이로 통하는 데 동의했지. 그 여자를 살인에 대한 공범으로 삼으려고 했을 때, 그 힘의 한계를 알게 되긴 했지만 말일세. 그 여자는 남편의 죄상을 폭로하지 않는 테두리 안에서 헨리 경에게 경고해 줄 생각이었네. 그래서 그녀는 그렇게 거듭 애썼지. 스테이플튼은 질투심이 무척 강했던 것 같네. 준남작이 그 여자에게 구애하는 것을 보았을 때, 그것이 자기 계획의 일부분임에도 불구하고, 그때까지 교묘하게 숨겨왔던 사나운 마음을 드디어 참지 못하고 드러내보이는 질투심으로 훼방을 놓지 않을 수 없었던 걸 보면 말일세. 두 사람 사이가 가까워지도록 함으로써 헨리 경이 자주 메리핏 하우스로 오게 하여, 조만간 그가 바라는 기회를 잡게 되도록 계획을 짜 놓은 거지. 그렇지만 바로 위기일발의 그날, 그의 아내는 갑자기 그에게 반항했네. 그 여자는 그 죄수의 죽음에 대해서도 눈치를 챘고, 헨리 경이 만찬에 오는 날 저녁 때 그 사냥개를 자기 집 별채에 데려다 넣어둔 것도 알았기 때문이지. 그 여자는 남편의 범죄 음모를 비난했기 때문에 큰 싸움이 벌어졌지. 그때 그는 그녀에게 처음으로 자기에게도 사랑하는 여자가 따로 있음을 밝혔네. 그녀의 헌신은 순식간에 증오로 변해 그는 그 여자가 자기를 배반하리라고 판단했네. 그래서 헨리 경에게 알리지 못하도록 그 여자를 묶어 놓은 걸세. 아마 그는 이 지방 사람들이 이번의 남작의 죽음도 그 집안에 얽혀 있는 저주 때문이라고 생각한다면——아마 그렇게 될 것은 틀림이 없지마는——그는 이미 지나간 일은 어쩔 수 없다고 아내를 설득하여 그녀의 입을 막을 수 있다고 생각했던 거야. 여기서 그는 치명적인 실수를 한 셈이지. 가령 우리가 그곳에 가지 않았더라도 그의 운명은 역시 결정되었을 것일세. 스페인의 피를 지닌 여자란 그러한 모욕을 그렇게 간단하게 용서하지 않네. 자, 그럼 왓슨, 메모를 참고하지 않고서는 이 기묘한 사건을 이 이상 더 자세히는 설명 못하겠군. 하지만 중요한 부분은 하나도 빼놓지 않고 다 말한 듯 싶으이."

"고령의 찰스 경이야 악마개로 죽일 수 있어도 헨리 경에게는 무리라는 생각을 그는 못했던걸까⋯⋯?"

"그 짐승은 본디 성질이 포악한 데다가 굶겨 놓았네. 그 개를 보고 놀라서 죽지는 않을지라도, 적어도 저항할 힘은 빼앗겼을 걸세."

"그렇겠지. 그런데 아직 한 가지 의문점이 남았네. 만약 스테이플튼이 그 가문을 이어 받게 된다면, 후계자인 그가 아무도 모르게 이름을 바꾸어 영지와 아주 가까운 곳에 살았다는 사실을 그는 어떻게 설명할 수 있었을까? 도대체 의심이나 조사를 받지 않고 어떻게 상속권을 주장할 수 있겠는가?"

"그건 너무 어려운 문제여서 그것까지 나보고 해명하라는 것은 너무 무리한 주문인 것 같네. 과거와 현재는 내가 조사하는 범위 내에 속하지만, 미래에 어떻게 하겠는가 하는 것은 대답하기가 어려운 질문이네. 그러나 스테이플튼 부인은 자기 남편이 그 문제에 대해서 이야기하는 것을 몇 차례 들었다더군. 가능한 방법이 세 가지 있네. 하나는 남아메리카로 돌아가서 그곳에서 재산권을 요구하고, 그곳의 영국 관청에다 자기 신분을 증명함으로써 아예 영국에는 돌아오지도 않고 재산을 손에 넣는 거지. 또 하나는 런던으로 나가서 되도록 빨리 정교한 변장을 할 수도 있네. 또는 공범자에게 증명서나 서류를 구비시켜 상속인으로 등기를 시켜 자기 몫을 요구할 수도 있지. 그만큼 교활한 자이니까, 그는 무슨 수를 써서라도 난관을 벗어났을 걸세. 자, 그럼 왓슨. 우린 몇 주일 동안 어려운 일을 해 왔으니, 하루 저녁쯤은 보다 더 즐거운 생각을 해도 좋을 걸세. 자, 여기 가극 '레 위그노(마이엘베르 작)'의 특별석 표를 예약해 두었네. 자네 드 레시케의 노래를 들어보았나? 그럼 30분 안에 준비를 해주지 않겠나? 도중에 마르치니 레스토랑에 들러 가볍게 저녁식사를 할 수 있게 말일세."

THE VALLEY OF FEAR
공포의 골짜기

등장인물

존 더글러스   벌스톤 저택의 주인

더글러스 부인   존의 아내

세실 제임스 바커   존의 친구 헤일즈 저택의 주인

에임즈   벌스톤 저택의 집사

알렌 부인   벌스톤 저택의 가정부

존 매긴티   대자유인단 버밋사 341지부장

테드 볼드윈   대자유인단 버밋사 341지부의 간부

마이크 스캔런   대자유인단 단원

제이콥 새프터   하숙집 주인

에티   하숙집 주인의 아름다운 딸

알렉 맥도널드   런던 경찰청의 경감

화이트 메이슨   서섹스 주 경찰의 수사주임

윌슨   서섹스 주 경찰의 경사

모리아티 교수   세기의 범죄왕

왓슨 박사   셜록 홈즈의 친구

셜록 홈즈   사립탐정

제1부 벌스톤의 비극

제1장 경고

"내 생각은 이런데……." 나는 말했다.

"누구에게나 각자의 생각이 있는 법이지." 셜록 홈즈는 짜증스러운 듯이 대답했다.

나는 누구보다도 참을성이 많다고 자부하고 있지만, 이렇게 매정하게 말허리를 잘리게 되자 불쾌해지고 말았다.

"여보게, 홈즈, 자네는 가끔 남을 화나게 하는구면." 나는 정색을 하고 말했다.

그는 깊은 생각에 잠겨 있었기 때문에 내 항의에 곧 대답하지 않았다. 앞에 차려진 아침 식사에는 손도 대지 않고, 손으로 턱을 괸 채 봉투에서 막 꺼낸 종이쪽지를 유심히 보고 있었다. 이윽고 홈즈는 봉투를 집어서 밝은 쪽으로 높이 쳐들어 그 겉면과 봉한 부분을 아주 주의깊게 살펴보았다.

"폴록의 필적일세."

그는 신중한 태도로 말했다.

"폴록의 필적임에 거의 틀림없어. 하긴 그 사람의 글씨를 지금까지 두 번밖에 본 일이 없지만 말이야. 'e'자를 그리스체로 써서 머리를 이상한 모양으로 만드는 것이 특징이지. 그런데 폴록에게서 온 것이라면 아주 중대한 일일 걸세."

그는 나에게 말한다기보다는 오히려 자기 스스로에게 말하고 있는 것 같았는데, 나는 그 말에 흥미가 생겨 불쾌한 기분은 어디론가 사라지고 말았다.

"그래, 그 폴록이란 뭘하는 사람인가?" 나는 물었다.

"폴록은 말일세, 왓슨. 하나의 이름, 즉 신분 증명의 기호에 불과하지만, 배후의 인물은 간계에 뛰어난 정체불명의 사나이야. 먼젓번 편지에서는 자기의 본명이 아님을 솔직히 말하고, 이 런던에 우글거리고 있는 몇백만이나 되는 사람들 속에서 찾아 낼 수 있으면 어디 한 번 찾아보라고 말해 왔었지. 폴록 자신은 그다지 중요하지 않지만, 그와 연관된 거물이 있다네. 상어의 안내역을 하는 방어라든가, 사자에게 먹이를 가르쳐 주는 자칼이라든가…… 그 녀석 자신은 시시하지만 무서운 존재와 함께 다니고 있는 것을 상상해 보게. 무서울 뿐더러 매우 기분이 나쁘다네, 왓슨. 다시없이 기분나쁜 법이지. 내가 알고 있는 폴록은 그런 사나이일세. 자네는 내게서 모리아티 교수의 이야기를 들은 일이 있지?"

"저 유명한 범죄 과학자, 악인들 사이에서도 이름 높은……."

"홈즈의 어처구니없는 실책이었다는 말인가, 왓슨?"

홈즈는 비난하듯이 중얼거렸다.

"내가 말하려는 것은 '일반 사람들이 알지 못하는 만큼 악인들 사이에서는 모르는 사람이 없다'는 걸세."

"좋아. 그럴 듯한 솜씨로군!"

홈즈는 외쳤다.

"자네의 유머가 점점 능숙해지고 있군, 왓슨. 나도 이제부터 조심하지 않으면 안 되겠어. 하지만 모리아티를 범죄자니 뭐니라고 말하면 법률적으로는 비방죄가 될걸. 거기에 이 일의 위대함과 불가사의함이 있지. 희대의 음모가, 온갖 나쁜 일의 계획자, 암흑계의 지배적 두뇌, 모든 나라의 운명을 마음대로 할 수 있는 두뇌를 지닌 것이 이 사나이일세. 세상 사람들로부터 의혹의 눈길을 받지 않고, 비판을 받지 않고, 권모술수에 능할뿐더러 배후 조종에도 능하기 때문에, 지금 자네가 한 말을 가지고 소송을 걸어 명예훼손의 위자료로서 자네의 1년분 연금을 앗아갈 수도 있을 거야. 그는 《소유성(小遊星)의 역학》이라는 유명한 책을 지은 사람이거든. 과학잡지에서도 그것을 비평할 수 있는 사람은 없다고 말할 정도로 순수 수학의 최고봉에 이른 책이야. 이런 사람을 중상모략해도 괜찮겠는가? 욕 잘하는 의사와 비난당한 교수……자네들 두 사람은 각기 그렇게 보여질 걸세. 그것이 바로 천재라는 거지, 왓슨. 하지만 내가 피라미들을 상대로 하는 일을 끝내면 꼭 놈을 이기고 말거야!"

"그 날을 보고 싶군!"

나는 열의를 담아 외쳤다.

"하지만 자네 이야기는 폴록에 대한 것이었지."

"아아, 그랬었지. 이른바 폴록이라는 사나이는 연결 고리의 하나로서, 중요한 것으로부터는 조금 떨어져 있는 녀석일세. 우리끼리 이야기지만, 폴록은 그리 단단한 고리는 못 돼. 내가 알아본 바로는 연결 고리 중에서도 가장 약한 것이야."

"따라서 다른 연결고리들은 그보다 강한 것이 되는 셈이지."

"바로 그것일세, 왓슨. 그러니까 폴록이 아주 중요해지는 거라네. 아직 마음 속에 좋은 일을 해보려는 생각이 남아있고, 또 내가 기회를 틈타 간접적으로 보내준 10파운드가 효력이 있어서 한두 번 귀중한 정보를 미리 알려 준 일이 있었지. 하기는 죄를 보상한다기보다 그것을 먼저 알아 사전에 예방한다는데 가치가 있는 것이었지만 말이야. 암호 해독법만 알고 있다면, 이 정보도 지금 내가 말한 것과 같은 성질의 것일 게 틀림없어."

홈즈는 빈 접시 위에 그 종이쪽지를 놓고 구김을 폈다. 나는 일어나 그쪽으로 몸을 내밀고 그 기묘한 글자를 가만히 들여다보았다. 거기에는 다음과 같이 씌어 있었다.

534 C2 13 127 36 31 4 17 21 41
더글러스 109 293 5 37 벌스톤
26 벌스톤 9 127 171

"이것을 어떻게 생각하나, 홈즈?"

"비밀 정보를 전해 주려는 시도인 게 분명해."

"하지만 열쇠 없는 암호문은 곤란하지 않은가?"

"이 경우는 정말 곤란하군."

"어째서 '이 경우'라고 말하지?"

"신문 광고란의 수수께끼 비슷한 글과 같을 정도로 쉽게 풀 수 있는 암호문은 세상에 얼마든지 있잖나. 그 정도의 엉성한 연구라면 머리를 즐겁게 할지언정 아프게 하는 일은 없을 텐데. 그런데 이것은 달라. 어떤 책에 나와 있는 것은 분명하지만, 어느 책의 어느 페이지라는 것을 모르는 한 꼼짝할 수가 없어."

"그런데 '더글러스'니 '벌스톤'이니 하는 것은 왜 그냥 썼을까?"

"그것은 이 두 단어가 문제의 페이지에 실려 있지 않기 때문일 걸세."

"그렇다면 어째서 무슨 책인지 밝혀 놓지 않은 거지?"

"자네의 타고난 신중함……사실 모두들 감탄하고 있지만……그 자네의 머리라면 설마하니 암호의 열쇠와 편지를 함께 넣는 짓은 하지 않겠지, 왓슨. 만일 다른 사람의 손에 들어가는 일이 있으면 끝장이 아니겠는가. 따로따로 보내면 둘 다 같은 사람의 손에 들어가지 않는 한, 위험한 일은 없을 걸세. 두 번째 우편이 이제 도착할 무렵이로군. 그 안에 틀림없이 자세한 설명이나, 또는……아무래도 그럴 것 같은데……이 암호를 풀어줄 책의 이름이 씌어 있을 걸세."

홈즈의 예상은 제대로 들어맞았다. 그로부터 2, 3분도 안 되어서 급사인 빌리가 우리가 기다리고 있던 편지를 가져왔던 것이다.

"같은 필적이네."

봉투를 뜯으면서 홈즈는 말했다.

"게다가 서명까지 있군."

편지를 펴면서 그는 신나는 목소리로 덧붙였다.

"이제 잘 풀릴 것 같네, 왓슨."

하지만 편지를 훑어보면서 그의 얼굴은 흐려 갔다.

"이거 정말 어이가 없군! 기대가 완전히 빗나갔네, 왓슨. 폴록에게 위험이 닥치지 말았으면 좋겠는데……이렇게 말하고 있다네. '셜록 홈즈 씨, 이 일에서 이제 손을 뗄까 합니다. 너무 위험하기 때문입니다. 그는 나를 의심하고 있습니다. 의심하고 있는 것을 확실히 알았습니다. 암호문 열쇠를 보낼 작정으로 봉투에 받는이 이름을 다 쓰고 났을 때 갑자기 나타난 것입니다. 봉투를 감출 수는 있었습니다. 만일 들켰으면 호된 꼴을 당할 뻔했습니다. 그러나 그의 눈에서 의혹의 빛이 보였습니다. 부디 암호문을 태워 없애 주십시오. 지금은 이미 소용이 없게 되었으니까요. ──프레드 폴록'

이라고 말일세. "

홈즈는 잠시 동안 그 편지를 손가락에 끼워 비틀며, 난로불 속을 물끄러미 바라보면서 찡그린 얼굴을 하고 있었다.

이윽고 그가 입을 열었다.

"결국 이 편지는 아무런 의미가 없는 것일지 몰라. 다만 그 친구가 뒤가 켕기는 것을 느꼈을 뿐일 거야. 자기가 배신자가 되었다고 생각하자 상대의 눈이 의심하고 있는 것처럼 보인 것이겠지. "

"상대라면 모리아티 교수 말이지 ? "

"물론이지. 그 일당들 사이에서 '그'라고 하면 그것으로 벌써 의미가 통한다네. 그들 일당 중에서 권력을 휘두르는 '그'는 한 사람밖에 없으니까. "

"하지만 그가 대체 무엇을 하는 거지 ? "

"흐음……그게 큰 문제일세. 상대가 유럽 최고의 두뇌를 지닌 자로 배후에 범죄 세력이 도사리고 있다면, 어떤 일이든지 일으킬 수 있거든. 어떻게 되었든 폴록은 겁에 질리고 말았네. 편지의 필적과 봉투의 필적을 비교해 보게. 봉투 쪽은 그가 말하고 있듯이 다 쓰고 났을 때 '그'가 공교롭게 들어왔던 거야. 봉투 글씨는 똑똑한데 편지 글씨는 거의 읽을 수 없을 정도거든. "

"그런데도 어떻게 편지를 썼을까 ? 어째서 그만두지 않았지 ? "

"그렇게 되면 내가 조사를 해서 귀찮게 될까봐 걱정스러웠기 때문이야. "

"그게 틀림없겠군. 하지만……. "

나는 암호문을 집어들고 눈썹을 찡그리며 들여다보았다.

"이 종이쪽지에 중요한 비밀이 숨겨져 있고, 사람의 능력으로는 그것을 읽어 낼 수 없다고 생각하니 좀 견디기 어렵군. "

셜록 홈즈는 아직 손도 대지 않은 아침 식사를 제쳐놓고, 깊은 명상에 잠길 때면 언제나 그러듯이 맛도 없는 파이프 담배에 불을 붙였다.

"어디 다시 보세!"

의자에 비스듬히 기대어 천장을 물끄러미 바라보며 그는 말했다.

"빈틈없는 자네의 지력을 가지고도 미처 못 본 점이 있겠지. 이 문제를 순수한 추리력에 의해 고찰해 보세나. 이 친구가 가리키는 것은 책일세. 그것이 출발점이야."

"좀 애매한 출발이로군."

"자아, 그럼, 범위를 좁혀 나갈 수 있는지 없는지 시험해 보세. 정신을 집중하면 그다지 어려울 것도 없으리라고 생각해. 찾아 낼 책이 어떤 것인지를 암시해 주는 것으로 무엇이 있을까?"

"아무것도 없는데."

"아니, 꼭 그렇지만은 않네. 암호문은 534라는 커다란 글자로 시작되고 있지 않은가? 534는 암호가 나타내는 어느 한 페이지라고 가정해도 좋아. 그러면 이 책은 두꺼운 것이라는 결론이 나오므로, 그것만으로 우선 한 걸음 나아갈 수 있지. 이 두꺼운 책에 대해 달리 뭔가 지시되어 있는 것이 있는가? 다음 표시는 C2일세. 이것을 어떻게 생각하나, 왓슨?"

"제2장(Chapter2)의 약자겠지, 틀림없어."

"그렇지 않을걸, 왓슨. 페이지가 적혀 있으면 장의 번호는 필요가 없네. 그리고 또 534페이지가 되도록 아직 제2장이라고 하면, 제1장의 길이가 엄청나게 길다는 결론이 나오네."

"그렇다면 단(段-Column)일 걸세!"

나는 외쳤다.

"맞았네, 왓슨. 오늘 아침엔 머리가 잘 돌아가는군. 단이 아니라고는 도저히 생각할 수 없어. 그러니까 벌써 어떤 두툼한 책이 눈 앞에 보이기 시작하는군. 2단 인쇄로 각 단의 길이가 상당히 길다네. 293이라고 편지에 번호가 나와 있는 것을 보아도 알 수 있듯이 말이야. 추리력에 의해 알 수 있는 것은 이것이 다일까?"

"그런 것 같군."

"그건 오해야. 한 번 더 영감을 떠올려 보게나. 그 책이 희귀한 것이라면 그는 그것을 보내 주었을 걸세. 그런데 그것을 보내지 않고 그 봉투에 열쇠를 넣어 보낼 작정이었는데, 그 계획도 실패로 끝나 버렸지. 편지에서 그렇게 말하고 있어. 이것은 아마도 우리들이 힘들이지 않고 그 책을 구할 수 있음을 나타내 주는 걸거야. 그 책은 그도 가지고 있고 나도 가지고 있는 것이라고 생각되는 걸세. 간단히 말해서, 왓슨, 아주 흔해 빠진 책이라네."

"자네 말이 맞는 것 같군."

"수사 범위는 2단 조판의 흔히 볼 수 있는 두꺼운 책으로 좁혀진 셈일세."

"성서다!"

나는 승리를 자랑하듯 외쳤다.

"됐어, 왓슨. 훌륭해! 그러나 정확히 말해서, 썩 훌륭하다고는 할 수 없겠군. 모리아티 교수 패거리들의 옆에는 있을 법하지도 않은 책이 아닌가. 그리고 성서에는 여러 가지 판이 있으므로, 내가 같은 페이지 수의 것을 가지고 있으리라고는 폴록도 생각지 않겠지. 이것은 분명히 표준된 책일세. 폴록이 말하는 534페이지가 내 534페이지와 똑같다는 것을 그는 잘 알고 있는 거야."

"하지만 그렇게 일치하는 책이란 아주 드물잖나."

"바로 그걸세. 거기에 돌파구가 있는 거지. 우리들의 수사 범위는 누구나 가지고 있다고 생각되는 표준화된 책으로 좁혀진 셈이야."

"브라더쇼우 철도 안내서인가?"

"그렇게 생각하기는 어렵네, 왓슨. '브라더쇼우'의 어휘는 정확하고 간결하지만, 한정되어 있어. 거기서 말을 추려 내어 어떤 편지를 쓰기란 힘들지. '브라더쇼우'는 제외 하세나. 사전도 같은 까닭으로 인정될 수 없겠지. 그럼, 다음에는 뭐가 남지?"

"연감이야."

"굉장하군, 왓슨! 틀림없이 알아맞추리라고 생각하고 있었지. 연감이고말고. 호이테커 연감의 성격을 한 번 살펴보세. 일반에게 흔히 사용되고 있네. 페이지 수도 많지. 또한 2단으로 되어 있어. 첫 부분은 어휘가 제한되어 있지만 내 기억이 틀리지 않는다면 뒤로 넘어갈수록 많아지고 있을 거야."

그는 책상에서 연감을 집어들었다.

"이것이 534페이지의 2단째일세. 꽉 들어찬 활자는 영국령 인도의 무역과 자원에 대한 것을 다루고 있구먼. 왓슨, 내가 읽는 말을 받아 써 주지 않겠나. 13번째 글자는 '말래터'일세. 뭐가 있을 것 같은 서두는 아닌 것 같군. 127번째 글자는 '정부(政府)'일세. 이것은 적어도 뜻이 통하지. 우리들과 모리아티 교수에게는 관계가 없을 것 같지만 말일세. 자아, 한 번 더 해보세나. 말래터 정부가 어떻게 한다는 걸까? 아니, 다음 말은 '돼지 털'이라고 나왔군. 이거 안 되겠는데, 왓슨! 다 틀렸어."

그는 농담투로 말하고 있었지만, 굵은 눈썹을 꿈틀꿈틀하고 있는 것으로 보아 어이가 없어 속이 타는 게 분명했다. 나는 별 수 없이 초라한 모습으로 가만히 난로불만 지켜보고 있었다. 오랜 침묵을 깨뜨리고 느닷없이 소리를 지르며 벽장 쪽으로 가더니 홈즈는 표지가 노란 책을 한 권 새로 들고 나타났다.

"너무 새것을 좋아하면 손해를 보는 수도 있는 거야, 왓슨."

그는 외쳤다.

"우리는 시대를 너무 앞섰기 때문에 벌을 받은 거라네. 오늘은 1월 7일이니까 새 연감을 사들여도 당연한 일이지만, 폴록은 아무래도 묵은 것으로 암호문을 쓴 것 같아. 설명의 편지를 했다면 틀림없이 그렇게 써서 보냈겠지. 자아, 534페이지에 뭐가 있는지 찾아보세. 13번째 글자는 'There'로군. 이건 훨씬 유망해. 127번째는 'is'야. '있다(There is)'라는 뜻이 되는군."

홈즈의 두 눈은 흥분에 빛나고, 말을 헤아리는 그의 가느다란 신경질적인 손가락이 가늘게 떨렸다.

"다음은 '위험(danger)'인가. 아하! 멋있군! 받아 써 주게, 왓슨. '위험 있다, 금방 닥친다. 아!(There is danger—may—come—very—soon—one)'

이번에는 이름으로 '더글러스(Douglas)'로군. '벌스톤의 벌스톤 저택에 사는——부유한 시골의——비밀——임박해 있다(rich country—now—at—Birlstone—House—Birlstone—confidence—is—pressing)' 어떤가, 왓슨! 순수한 추리력과 그 결과를 어떻게 생각하나? 가게에서 월계관 같은 것을 팔고 있다면 빌리를 시켜 사러 보내고 싶군."

나는 홈즈가 암호를 풀어 가는 대로 받아쓴 기묘한 쪽지를 무릎 위에 놓고 물끄러미 바라보고 있었다.

"의미를 전하는 방법치고는 꽤나 이상하고 지루한 방법이로군!"

내가 말했다.

"그뿐인가, 보기 드물게 멋있는 솜씨일세."

홈즈는 이렇게 대답한 후 계속해서 설명해나갔다.

"책의 어느 한 단에서만 필요한 단어를 찾다보면 원하는 단어가 없을 수도 있네. 상대의 지력에 맡기지 않으면 안 되는 경우도 나오지. 이 편지의 요점은 정말 분명하네. 더글러스라는 사람에 대해 뭔가 나쁜 일이 꾸며지고 있는 걸세. 어떤 사람인지는 모르지만, 암호에 써있는 그 장소에 살고 있는 돈 많은 시골 신사일 테지. 그런데 그에게 나쁜 일이 임박해 있다고 믿고 있는 거야. '확신(confidence)'이라고 한 것은 '확신하다(confident)'에 가장 가까운 단어이기 때문일세. 이것이 우리들의 수확이로군. 아주 멋있는 분석이 아닌가."

홈즈가 맛본 기쁨은, 보다 나은 작품을 끝낸 참다운 예술가의 순수한 기쁨과도 같았다. 목표한 높은 수준에 이르지 못했을 경우에는 우울에 잠기고 마는 것이었지만⋯⋯그가 아직 성공의 기쁨에 젖어 있을 때 빌리가 방문을 열고 경찰청의 맥도널드 경감을 안내했다.

이것은 1800년대 마지막 해 첫무렵의 일로서, 알렉 맥도널드는 아직 지금과 같이 전국적인 명성을 얻고 있지 않았다. 그는 젊은 형사들의 신뢰를 받는 한 사람으로서 몇몇 사건으로 두각을 나타내고 있었다. 키가 크고 뼈가 앙상한 몸에는 보통 이상의 듬직한 체력이 엿보였고, 큰 두개골과 움푹 들어간 눈은 짙은 눈썹 깊숙이 날카롭게 번쩍이는 지력이 체력 못지않음을 분명히 말해 주고 있었다. 말수가 적고 빈틈없는 사나이로 성질이 까다로웠으며, 스코틀랜드의 애버딘 사투리가 강했다. 벌써 두 번이나 홈즈의 손을 빌려 사건을 해결한 일이 있는데, 홈즈가 받은 유일한 보수는 지적인 기쁨뿐이었다. 이런 까닭으로 경험이 적은 이 스코틀랜드 사람은 홈즈를 경애하는 마음이 깊어져서, 곤경에 처할 때는 홈즈에게 상의를 해오곤 했다. 평범한 사람은 자기보다 나은 사람에 대해서 아무것도 모르지만, 재능있는 사람은 금방 천재를 알아보는 법이다. 맥도널드는 탐정으로서의 재능을 충분히 지니고 있었기 때문에, 타고난 재능에 있어서나 경험에 있어서나 이미 유럽에서는 어깨를 견줄 사람이 없는 홈즈의 도움을 구하는 일이 결코 수치가 아님을 알고 있었다. 홈즈는 우정에 좌우되는 일은 없었지만, 이 덩치 큰 스코틀랜드 사람에 대해 너그러운 태도를 취하여 그의 모습을 보면 반가워했다.

"일찍 일어났군, 맥" 하고 홈즈는 말했다. "조금이라도 도움이 되면 좋겠는데. 혹시 난처한 문제라도 생겼나?"

"난처하다고 하기보다는 재미있다고 하는 편이 나을겁니다, 홈즈 씨."

경감은 빙그레 웃으며 대답했다.

"자아, 이런 추운 아침에는 한 잔쯤 마셔 두면 훨씬 견디기가 좋겠지요. 아니, 담배는 안 피우겠습니다. 급히 가야 하니까요. 사건 해결에는 때를 놓치지 않는 것이 중요하니까요. 누구보다도 잘 알고 계시겠지만, 그런데……그런데……"

경감은 갑자기 말을 멈추고 몹시 놀란 표정으로 책상 위의 종이쪽지를 지켜보고 있었다. 그것은 내가 수수께끼 같은 편지의 암호를 푼 글을 휘갈겨 쓴 것이었다.

"더글러스라고요!"

그는 입 속으로 중얼거렸다.

"벌스톤이라니! 이건 또 뭡니까, 홈즈 씨? 마술 같군요……대체 어디서 이 이름을 들으셨습니까?"

"왓슨 박사와 내가 푼 암호문일세. 하지만 왜…… 이 이름이 어떻게 되었나?"

경감은 멍하니 우리의 얼굴을 번갈아 보았다.

"그렇습니다." 벌스톤 저택의 더글러스 씨가 오늘 아침에 참혹하게 살해되었습니다."

제2장 셜록 홈즈의 설명

그것은 그야말로 내 친구가 그를 위해 존재하고 있다고 할 수 있을 만큼 극적인 한순간이었다. 홈즈가 이 놀라운 소식에 충격을 받았다든가 흥분했다든가 하는 것은 지나친 말일 것이다. 그러나 그의 비범한 기질에 잔혹한 점은 조금도 없었으며, 오히려 오랜 동안의 지나친 자극으로 무감동해져 있는 것이 틀림없었다. 감정이 무디어 있다고는 해도 그의 지적인 지각력은 매우 활발했다. 그러니만큼 이 놀라운 통고를 듣고 내가 느낀 것과 같은 공포의 빛은 보이지 않았고, 과포화 용액에서 형성되어 가는 결정체를 지켜보는 화학자의 냉정하고 흥미에 넘친 침착함이 그의 얼굴에 나타나 있었다.

"신기하군! 정말 신기해!"

"뜻밖의 일은 아닌 것 같군요."

"흥미로운 일이네, 맥. 그러나 뜻밖의 일은 아니야. 어떻게 내가 뜻밖의 일로 생각하겠나? 나는 중요한 정보원으로부터 어느 사람이 위험에 처해 있다는 익명의 통지를 받았네. 그로부터 한 시간도 되지 않아서 그 위험이 실제로 일어났다네. 나는 흥미를 가지고 있지만, 뜻밖의 일이라고는 생각하지 않네."

그는 경감에게 편지와 암호문에 대해서 간단하게 설명했다. 맥도널드는 두 손으로 턱을 괴고 듣고 있었는데, 그의 모래빛 나는 굵은 눈썹이 한덩어리가 되어서 누렇게 마주 엉컸다.

"오늘 아침 벌스톤으로 가는 참입니다." 그는 말했다.

"혹시 당신과 여기 함께 계시는 친구분께서 동행해 주실 수 있을는지 부탁드리려고 들른 것입니다. 그런데 말씀을 듣고 나니 런던에 계시는 편이 더 좋을 것 같군요."

"그렇지도 않을 걸세." 홈즈는 말했다.

"아니, 홈즈 씨!" 경감은 외쳤다.

"하루나 이틀 동안은 신문 기사가 벌스톤의 수수께끼로 가득차게 되겠지만, 사전에 범죄를 예언한 사람이 런던에 있다고 한다면 뭐

어렵겠습니까? 그를 붙잡기만 하면 나머지는 모두 해결된 겁니다."

"그건 틀림없네. 하지만 자네는 어떤 방법으로 폴록이라는 사람을 잡겠다는 건가?"

맥도널드는 홈즈가 건네 준 편지를 뒤집어 보았다.

"캠퍼웰의 소인이 찍혀 있군요. 이건 그다지 소용이 없습니다. 이름이 가명이군요. 확실히 수사할 만한 것은 못되지요. 돈을 보내 주었다고 하셨었지요?"

"두 번쯤."

"어떤 방법으로?"

"캠퍼웰 우체국을 통해서."

"누가 그걸 받으러 왔는지 확인하지 않으셨습니까?"

"으음, 확인하지 않았네."

경감은 뜻밖의 대답에 조금 놀라는 듯했다.

"어째서 확인하지 않았지요?"

"나는 언제나 신의를 지키니까. 처음 저쪽에서 편지가 왔을 때, 정체를 알아내려는 일 따위는 하지 않겠다고 약속했다네."

"배후에 누가 있다고 생각하십니까?"

"누가 있는가는 잘 알고 있지."

"늘 말씀하시는 그 교수인가요?"

"맞았네."

맥도널드 경감은 빙그레 웃었으나, 흘끔 내 쪽을 보았을 때 눈까풀이 떨리고 있었다.

"숨김없이 말씀드립니다만, 홈즈 씨, 검찰청에서는 그 교수에 대한 당신의 생각을 좀 이상스럽게 여기고 있습니다. 나 자신도 이 문제에 대해 조사를 해보았습니다. 교수는 아주 훌륭하고 학식이 풍부하고 재능이 있는 분으로 보였습니다."

"자네가 그의 재능을 인정하게 된 것은 다행한 일일세."

"인정하지 않을 수가 없었지요. 당신의 견해를 듣고 나서 곧 교수를 만나 보았습니다. 일식에 대한 이야기를 나누었지요, 어째서 이야기가 그쪽으로 옮겨갔는지는 생각나지 않습니다만……그러나 교수는 반사경과 지구의를 내놓고 그 자리에서 설명해 주었습니다. 그리고 책을 빌려 주었는데, 이래봬도 나 역시 애버딘에서 제대로 교육을 받았습니다만, 좀 어려워서 잘 알 수가 없었다고 솔직히 말씀드리겠습니다. 여윈 얼굴에 머리가 희끗희끗하며 말하는 것도 무게가 있어서 기품있는 성직자 같았습니다. 작별할 즈음해서 내 어깨에 손을 얹었을 때에는, 이제부터 차갑고 험한 세상으로 나아가려 하는 아들에게 신의 가호를 비는 아버지 같았습니다."

홈즈는 코웃음치듯 웃으면서 두 손을 마주 비볐다.

"훌륭했었군! 정말 훌륭했겠어! 여보게, 맥. 그 즐겁고도 감동적인 회견은 교수의 서재에서 이루어졌겠지?" 그는 말했다.

"그렇습니다."

"훌륭한 방이었을걸."

"정말 훌륭했습니다. 참으로 좋은 방이었지요, 홈즈 씨."

"자네는 서류가 있는 책상 앞에 앉았었겠군그래?"

"맞았습니다."

"자네 머리에는 해가 비치고 있었지만, 교수의 머리는 그늘이 져 있었겠지?"

"밤이었습니다만, 램프가 내 얼굴 쪽으로 향해 있었던 것을 기억하고 있습니다."

"그랬겠지. 교수의 머리 위에 한 폭의 그림이 걸려 있는 것을 보지 못했나?"

"나는 사물을 그냥 지나쳐 보는 일이 그다지 없습니다, 홈즈 씨. 아마 그것은 당신에게서 배운 것일 테지요. 그렇습니다, 그림을 보았습니다. 두 손으로 머리를 받치고서 이쪽을 비스듬히 바라보고 있는 젊은 부인의 그림이었지요."

"그 그림은 장 밥티스트 그뢰즈의 작품일세."

경감은 흥미있는 듯이 보이려고 애쓰고 있었다.

"장 밥티스트 그뢰즈는……."

홈즈는 손 깍지를 끼고 벌렁 의자에 등을 기대면서 말을 이었다.

"1750년에서 1800년 무렵까지를 장식한 프랑스의 화가이지. 물론 내가 말한 것은 창작 기간이지만 말일세. 현대의 비평가들은 당대의 평가 이상으로 높게 인정하고 있네."

경감의 눈이 흐려지기 시작했다.

"그런 것보다는……." 하고 그는 말했다.

"잠깐만" 하고 홈즈가 그의 말을 가로막았다.

"내가 말하는 것은 자네가 말하는 벌스톤의 수수께끼와 직접적으로 중대한 관계가 있는 걸세. 어느 의미에서는 바로 그 핵심이라고 말해도 좋겠지."

맥도널드는 힘없이 미소지으며 호소하듯 내 쪽을 보았다.

"나로서는 당신의 머리 회전을 따라가기가 좀 벅찹니다, 홈즈 씨. 가다가 껑충 비약을 하기 때문에 도무지 알 수가 없어요. 그 죽은 화가와 벌스톤의 수수께끼가 대체 무슨 관계입니까?"

"탐정에게는 온갖 지식이 유용한 걸세."

홈즈는 말했다.

"1865년에 '아기양을 가지고 있는 아가씨'라고 제목을 붙인 그뢰즈의 그림이 4천 파운드나 되는 금액으로 팔렸지. 폴테리스의 소장품을 처분할 때 말일세. 그런 사소한 사실들도 차례차례 추리를 가능케 하는 계기가 될지도 모르는 걸세."

분명히 경감은 뭔가 생각하기 시작한 것 같았다. 곧 이야기에 흥미를 느끼는 얼굴로 바뀌었다.

"한 가지 말해두고 싶은 것은," 하고 홈즈는 계속했다.

"교수의 수입이 대략 1년에 700파운드라는 걸세."

"그럼, 어떻게 그림을 살 수 있었을까요."

"바로 그거야. 어떻게 살 수 있었느냐……?"

"그렇습니다. 그 점이 이상하군요."

경감은 신중하게 말했다.

"다 말씀해 주십시오, 홈즈 씨. 듣고 싶어졌습니다. 이거 재미있는데요."

홈즈는 빙긋 웃었다. 그는 언제나 진심으로 하는 칭찬에는 감격하는 것이었다. 이것은 참다운 예술가의 특징이리라.

"벌스톤 쪽은 안 가봐도 되겠습니까?"

나는 경감에게 물었다.

"아직 시간이 있습니다."

경감은 회중시계를 보면서 말했다.

"현관에 마차를 대기시켜 두었습니다. 빅토리아 역까지는 20분밖에 걸리지 않습니다. 그런데 그 그림 이야기입니다만, 홈즈 씨. 당신은 모리아티 교수를 만난 적은 없다고 언젠가 말씀한 걸로 생각됩니다만……."

"으음, 만난 일은 없지."

"그럼, 어떻게 교수의 방에 대해서 알고 계시지요?"

"아, 그건 문제가 다르네. 그의 방에는 세 번 들어간 일이 있어. 그 가운데 두 번은 각각 다른 구실로 그를 기다리고 있었는데, 그가 돌아오기에 앞서 물러나오고 말았지. 한 번은, 그러니까 그 한

번에 대해서는 도저히 형사님들 앞에서 말씀드릴 수가 없네. 마지막 기회에 그의 서류를 재빨리 뒤져 보았는데, 결과가 의외였네."

"뭔가 유력한 것이라도 발견되었습니까?"

"전혀 발견되지 않았어. 정말 깜짝 놀랐다네. 그건 그렇고, 그 그림 문제는 대개 짐작이 갔겠지? 그런 그림을 가지고 있는 이상 그는 대단한 부자라는 결론이 나오는데, 어떻게 재물을 모은 것일까? 그는 아직 독신이며, 동생은 영국 서부에 있는 어느 역의 역장으로 일하고 있지. 교수의 수입은 1년에 700파운드……그런데도 그뢰즈의 그림을 가지고 있어."

"그래서요?"

"결론은 명백하네."

"수입이 많다, 비합법적으로 얻고 있는 것이 틀림없다, 이런 말씀입니까?"

"바로 그걸세. 물론 그렇게 생각하는 이유는 그밖에도 있지. 그를 중심으로 보이지 않는 가느다란 줄이 몇십 가닥이나 뻗어 있고, 그 중심에는 맹독을 품은 거미가 가만히 도사리고 숨어 있는 걸세. 내가 그뢰즈의 그림을 들어 말하는 것은, 자네가 그것을 우연히 보았기 때문일세."

"정말 홈즈 씨, 그 이야기에는 흥미가 있습니다. 흥미가 있는 정도가 아니라 정말 놀라운 일입니다. 그런데 가능하면 좀 더 분명히 이야기해 줄 수 없겠습니까? 그러니까 그 그림은 위조입니까, 모사품입니까, 훔친 것입니까? 그 돈은 어디서 들어오는 겁니까?"

"자네는 조너던 와일더(1682~1725. 암흑가의 왕. 대소설가 피알의 작품 가운데 그를 그린 유명한 소설이 있다)에 대해 읽은 일이 있는가?"

"많이 들은 듯한 이름이군요. 소설 속 인물이 아닙니까? 나는 소설에 나오는 탐정에는 그다지 관심을 두지 않기로 하고 있습니다.
여러 가지 문제를 해결하면서도 도무지 그 방법을 가르쳐 주지 않
는 사람들에게는 말입니다. 그런 이들은 이상한 영감에 의해 움직
이고 있지만, 실생활에서는 소용이 없습니다."

"조너던 와일더는 탐정도 아니고 소설에 나오는 인물도 아닐세. 범
죄왕으로, 전 세기 1750년 무렵에 살았던 인물이지."

"그럼, 내게는 소용이 없습니다. 나는 현실주의자니까요."

"여보게 맥, 이 세상에서 가장 실제적인 일을 하려거든 석 달쯤 집
안에 틀어박혀 하루 12시간씩 범죄 기록을 읽는 거야. 그러면 무슨
일이든 알게 되지, 모리아티 교수의 일도 말일세. 조너던 와일더는
런던 범죄계의 숨은 세력으로, 그는 범죄계에 15퍼센트의 수수료
를 받고 두뇌와 조직력을 팔고 있었던 걸세. 수레바퀴가 돌아가듯
이 세상일은 되풀이되고 있네. 전에 있었던 일이 또다시 반복되는
법이지. 모리아티 교수에 대해 한두 가지 흥미로운 일을 더 이야기
하겠네."

"틀림없이 흥미있는 일이겠지요."

"나는 우연하게도 누가 그의 첫 번째 연결고리인가를 알게 되었네.
이 사슬의 한끝은 악의 길로 달린 나폴레옹 같은 사나이와 이어져
있고, 다른 한끝은 백여 명에 이르는 잘 길들여진 폭력배·소매치
기·공갈자·사기 도박꾼 등과 이어져 그 사이에서 범죄란 범죄는
다 행해지고 있어. 이 조직의 참모장은 세바스찬 모런 대령으로,
모리아티처럼 초연하게 스스로를 굳게 지키고 있어서 법률로도 가
까이 할 수 없는 사람이라네. 이 사나이는 교수에게 얼마나 바치고
있으리라고 생각하나?"

"글쎄……알 수가 없지요."

"1년에 6천 파운드일세. 그것이 두뇌의 대가이지. 미국식 상거래의

원칙이야. 우연한 일로 이젠 자세한 것을 알게 되었지만, 국무총리 이상의 수입이 아닌가. 모리아티의 수입이 어디에서 나오는지, 그의 일의 규모가 얼마나 큰지 이제는 대충 알았으리라고 생각되네. 또 한 가지가 있는데, 얼마 전에 나는 모리아티가 발행한 수표를 추적해 보았지. 가게 지출로 나간, 조금도 수상한 데가 없는 흔해 빠진 수표였네. 그것은 여섯 개의 각기 다른 은행에서 발행한 것이더군. 여기에 대한 자네의 감상은 어떤가?"

"이상하군요, 확실히. 당신은 어떻게 추측하십니까?"

"재산 일로 소문에 오르고 싶지 않은 걸세. 얼마만큼의 재산을 가지고 있는지 아무에게도 알리고 싶지 않은 거야. 틀림없이 거래 은행이 20개쯤 있을 걸세. 외국에 있는 대부분의 재산을 독일 은행이나 리용 은행 같은 데 맡겨 두고 있었지. 언제 한두 해 여가가 생기거든 모리아티 교수를 조사해 보도록 권하고 싶네."

이야기가 진행됨에 따라 맥도널드 경감은 감명을 받았다. 넋을 잃은 듯이 듣고 있었다. 그러나 이윽고 실제적인 스코틀랜드 사람다운 지성이 되살아나 그는 당면한 문제로 활기차게 돌아갔다.

"잠시 모리아티는 그대로 두기로 하지요."

그는 말했다.

"흥미있는 일화를 들려 주셨습니다만, 이야기가 옆길로 빠지고 말았습니다, 홈즈 씨. 중요한 것은 교수와 이 범죄 사이에 뭔가 관계가 있다고 말씀하신 점입니다. 폴록이란 사람을 통하여 받은 경고에서 그것을 아신 거지요? 지금 곧 필요하다고 생각되는 것으로, 그 이상 들려 주실 건 없습니까?"

"범죄의 동기에 대해서는 어느 정도 추측이 안 가는 것도 아닐세. 자네가 맨 처음 한 이야기로 미루어보면, 이것은 풀 수 없는, 적어도 설명할 수 없는 살인 사건일세. 그런데 범죄의 근원을 우리가 의심하는 대로라고 가정하면, 여기 각기 다른 두 가지 동기가 있네. 우선 첫째로, 모리아티는 밑에 있는 자들을 쇠채찍으로 지배하고 있다고 해도 좋아. 그의 규율은 엄격하거든. 그의 법에 규정된 형벌은 하나밖에 없어. 죽음이지. 그런데 이 살해된 사나이, 더글러스 말인데, 그가 머지않아 피살되리라는 것을 범죄왕의 부하 가운데 한 사람이 알고 있었네. 이 더글러스는 어떤 일로 해서 우두머리를 배신한 걸세. 그래서 당장 처벌이 행해지고, 다른 부하들에게 본보기를 보여 주기 위해 그것이 모두에게 알려지게 된 걸세."

"정말 그것도 생각해 볼 수 있는 하나의 가정이로군요, 홈즈 씨."

"또 하나는 보통 있는 일로서, 모리아티가 직접 계획을 실행한 거라고 보는 걸세. 뭔가 도둑맞은 것은 없나?"

"그건 아직 듣지 못했습니다."

"그렇다면 물론 첫 번째 가정은 형편이 좋지 못하고, 두 번째 것이 옳을 것 같군. 모리아티는 얻은 물건을 할당받는다는 조건으로 지휘를 했거나, 아니면 그만한 돈을 선금으로 받고 일을 착수했거나 둘 중 하나일세. 양쪽 다 가능한 일이지. 그러나 어느 쪽이 되었든, 또 여기에 다른 방법이 결부되어 있든 어쨌든 사건을 해결하기 위해서는 벌스톤까지 가지 않으면 안 될 걸세. 모리아티가 런던에 자취를 남겨 두었으리라고는 생각할 수 없네."

"그럼, 벌스톤으로 가지 않으면 안 돼!"

의자에서 벌떡 일어나면서 맥도널드가 외쳤다.

"이거 큰일났군! 생각보다 늦어졌는데. 5분 안으로 준비를 해주십시오. 그 이상 지체해서는 안 됩니다."

"그 정도면 충분하네."

홈즈는 의자에서 일어나 실내복을 벗고 겉옷으로 갈아입으면서 말했다.

"여보게, 맥. 가는 도중에 남김없이 말해 주도록 부탁하네."

'남김없이' 들어 봐야 놀랄 만큼 조금이었지만, 이제부터 착수하는 사건이 전문가의 성의있는 주의를 끌기에는 충분하다고 확신했다. 자료는 부족했지만, 놀랄 만한 이야기에 귀를 기울이면서 홈즈는 얼굴을 빛내고 가느다란 두 손을 마주 비볐다. 아무 일 없이 몇 주일을 보내다가 마침내 꼭 알맞는 사건이 나타난 것이다. 특별한 재능은 쓰지 않고 내버려 두면 소유자는 답답해서 견딜 수 없게 된다. 즉 면도칼 같은 두뇌는 아무 일도 하지 않고 가만히 있으면 무디어져서 녹이 슬게 마련이다. 간신히 일할 기회를 얻었으므로 셜록 홈즈의 눈은 빛나고, 창백한 두 뺨은 열기를 띠기 시작하였으며, 진지한 얼굴은 온통 기쁨에 넘쳐 있었다. 마차 안에서 그는 몸을 앞으로 내밀 듯이 하고 서섹스 주에서 우리를 기다리고 있는 문제에 대한 맥도널드의 간단한 설명에 정신없이 귀를 기울이고 있었다.

설명을 들어 보니——경감 자신도 아침 일찍 우유 열차로 배달된 휘갈겨 쓴 보고서를 바탕으로 이야기하고 있는 것이었다——그 지방 경관인 화이트 메이슨이 개인적으로 잘 아는 사이였기 때문에, 지방 경찰에서 런던 경찰청으로 도움을 청하는 보통의 경우보다 훨씬 빨리 맥도널드에게 통지가 전달된 것이었다. 런던의 민완 경감에게 사건 해결을 요청하는 것은 대개의 경우 아주 단서가 적은 사건이다.

그가 읽어 준 편지의 내용은 다음과 같았다.

맥도널드 경감님, 당신의 도움을 의뢰하는 공식 문서는 별도로 보냈습니다. 이것은 제가 개인적으로 드리는 것입니다. 벌스톤 행 오전 몇 시 열차를 타실 것인지 전보를 보내 주시면 제가 마중을 나가겠습니다. 급한 일이 있으면 누구든지 다른 사람을 마중 보내겠습니다. 이것은 대단히 난해한 사건입니다. 조금도 지체하지 마시고 곧 와 주십시오. 가능하면 홈즈 씨와 같이 와 주십시오. 그분의 마음에 들 만한 일이 반드시 있을 것으로 생각됩니다. 이 사건에서 만일 살해된 사람이 없었다면, 모든 것은 어떤 연극을 위해 일부러 꾸며진 일이 아닌가 생각될 정도입니다. 거듭 말씀드리지만, 확실히 난해한 사건입니다.

"자네 친구는 바보가 아닌 것 같군" 하고 홈즈는 말했다.

"결코 바보가 아니지요. 내 눈이 틀림없다면 화이트 메이슨은 참으로 빈틈없는 사람입니다."

"그런데 이제 더 이상 알고 있어야 할 일은 없나?"

"그곳에 도착하면 메이슨이 자세하게 설명해 줄 겁니다."

"더글러스 씨라든가, 그가 참살된 사실에 대해서는 어떻게 알게 되었나?"

"그것은 동봉한 공문서에 씌어 있습니다. 하긴 '참살'이라고는 씌어 있지 않았습니다만, 그것은 공식 용어로 인정되지 않고 있거든요. 존 더글러스라는 이름의 사나이가 엽총으로 머리를 맞았다고 씌어 있었습니다. 사건이 일어난 시각도 씌어 있었는데, 어젯밤 자정 가까이라고 합니다. 덧붙여 말하면, 이것은 의심할 여지없이 살인 사건이지만, 아직 용의자를 체포하지는 못했으며, 또 이 사건은 몹시 난해하여 이상한 특색을 보이고 있다고 씌어 있었습니다. 지금 알고 있는 것은 이것밖에 없습니다, 홈즈 씨."

"그렇다면 그건 우선 그런대로 두세, 맥. 불충분한 자료로 속단을 내리는 것은 우리의 직업상 금물이네. 지금으로서 확실히 알 수 있는 것은 두 가지밖에 없군. 런던에 가공할 두뇌의 인간이 있고, 서섹스 주에서는 한 사나이가 피살되었다는 것일세. 이 두 가지를 연결하는 고리를 우리는 이제부터 찾아 내야 하는 걸세."

제3장 벌스톤의 비극

그럼 여기서 잠시 독자의 양해를 얻어 나 같은 단역은 잠시 물러나기로 하고, 우리가 나중에 얻은 지식을 토대로 현장에 도착할 때까지에 일어난 사건을 이야기해 보기로 하겠다. 이런 식으로라도 설명하지 않으면 사건에 관련이 있는 인물이라든가, 그들의 운명이 연출된 무대 등을 독자에게 잘 이해시킬 수가 없기 때문이다.

벌스톤은 서섹스 주 북쪽에 별장 모양의 반목조 집들이 모여 있는 아주 옛날부터 내려오는 자그만 마을이다. 몇 세기 동안 이 마을은 옛날과 조금도 다름이 없었는데, 최근 2, 3년 사이에 그림 같은 경치와 좋은 위치로 많은 유복한 사람들의 마음을 끌어, 그런 사람들의 별장이 주위의 숲 사이로 드문드문 보이게 되었다. 이 고장에서는 그 숲이 빌드 대삼림의 끝에 해당되는 줄로 알고 있지만, 사실 그 나무들은 점점 드물어져서 이윽고 북부의 석회암 구릉에 닿게 된다. 인구가 늘어남에 따라 그 수요를 충족시키기 위해 작은 상점이 몇 개나 생겨나게 되었으므로, 벌스톤은 머지않아 옛마을에서 근대적인 도시로 바뀔 전망도 있었다. 또한 상당히 넓은 지역 일대의 중심이 되어 있다. 왜냐하면 가장 가까운 대도시인 탬브리지 웨일즈는 켄트 주의 경계를 넘어 동쪽으로 12마일이나 떨어져 있기 때문이다.

마을에서 반 마일쯤 떨어진 곳에 너도밤나무숲으로 유명한 오래된 정원 안에 유서깊은 벌스톤 저택이 있다. 저택 건물의 일부는 제1차 십자군시대로 거슬러 올라가는 것으로, 휴고 드 커프스가 윌리엄 왕에게서 받은 경지 한복판에 성을 쌓은 것이다. 이것은 1543년의 화재로 불타 버렸는데, 제임스 1세 시대에 벽돌로 된 새 저택을 지으면서 옛 봉건 성의 새까맣게 타 버린 주춧돌 일부를 사용하였던 것이다.

이 저택에는 많은 바람막이가 있고, 다이아몬드 모양의 유리를 끼운 창문이 있어서 7세기 초의 모습을 그대로 간직하고 있었다. 무용 (武勇)을 자랑하는 조상들을 지켜준 이중의 해자(垓字) 가운데 바깥의 것은 바싹 말라붙어 자그마한 채소밭이 되어 있었다. 안쪽 해자는 옛날대로 남아 있는데, 지금은 그 깊이가 2, 3피트밖에 안 되지만 너비는 40피트나 되어 저택을 둘러싸고 있다. 작은 냇물이 해자에 물을 쏟아넣어 밖으로 흘려보내고 있었으므로 물은 전체적으로 흐리기는 하지만 결코 더럽지는 않았다. 건물 아래층 창문은 해자의 수면에서 1피트도 안 되었다.

저택으로 들어가려면 도개교를 건너는 수밖에 없다. 다리의 쇠사슬이며 다리를 감아올리는 기계는 오랜 동안 녹슬어 부서진 채로 있었다. 그런데도 최근 이 저택에 사는 사람은 타고난 정력을 발휘하여 이것을 수리했기 때문에 다리를 들어올릴 수 있을 뿐만 아니라 실제로 매일 밤 그것을 들어올렸다가 아침에 내리곤 하고 있었다. 이처럼 옛날 봉건시대의 습관을 새롭게 하여 저택은 밤 동안 하나의 섬이 되었다. 이 사실이 이윽고 온 영국 사람들의 눈길을 끌게 된 수수께끼의 사건과 직접적인 깊은 의미를 갖는 것이다.

더글러스 집안이 이 저택을 샀을 때에는 벌써 몇 해 동안이나 빈집으로 있어서, 그림에서나 보는 것 같이 폐허로 주저앉고 마는 게 아닐까 생각되었을 정도였다. 더글러스 집안의 가족이라고 해야 존 더글러스와 그의 아내 두 사람뿐이었다. 더글러스는 성격이며 인품이 뛰어난 인물로서 나이는 50살쯤이었으며, 넓은 턱과 주름이 많은 얼굴에 반백의 콧수염이 나고 회색 눈빛은 예리하였으며 근골이 늠름하고 활기찬 몸집에는 젊은이의 힘과 활력이 조금도 사라지지 않은 듯 싶었다. 성격이 쾌활해서 누구에게나 친밀감을 주었지만 예의범절 면에서는 서섹스 주의 사교계보다 좀 수준이 낮은 사회층에서 살아 온 사람인 듯한 인상을 주었다.

그러나 비록 교양있는 사람들로부터는 호기심 어린 눈길을 받고 서먹하게 취급되기는 했지만, 마을 사람들 사이에서는 금방 큰 인기를 얻게 되었다. 지방의 모든 일에 기분좋게 기부를 했고, 담배를 마음대로 피울 수 있는 음악회나 그밖의 집회에도 참석하였으며, 집회 같은 데서는 아주 성량이 풍부한 목소리로 언제나 청이 있으면 멋있는 노래를 들려 주기도 했다. 그는 돈이 넘치도록 있는 것 같았으며, 캘리포니아 금광에서 벌었다는 소문이었다. 그가 한동안 미국에서 산 적이 있다는 것은 그의 이야기하는 태도나 아내의 행동으로도 알 수 있었다. 위험에 대해 전혀 개의치 않는다는 평판이 그의 좋은 인상을 더욱 강하게 만들어 주었다. 승마는 서툴렀지만 시합이 있을 때마다 나타나서 최고 기수와도 겨루다가 보기 좋게 낙마하곤 했다. 한 번은 목사관에 불이 나서 지방 소방서마저도 틀렸다고 단념하고 말았는데 그가 앞 뒤 가리지 않고 건물로 뛰어들어가 재산을 건져 내어 이름을 날린 일도 있었다. 이런 이유로 벌스톤 저택의 존 더글러스는 5년도 채 안 되어 그 지방에서 신망을 얻을 수가 있었던 것이다.

그의 아내도 그녀와 알고 지내는 사람들 사이에서는 평판이 좋았다. 하기야 인사도 없이 그 지방에 정착하게 된 타지 사람을 방문하는 사람은 영국인의 습관에 따라 몇 안 되었고, 그것도 이따금씩밖에 없었다. 이 점은 그녀가 천성이 소극적이고, 언제나 남편과 집안일에 몰두해 있었기 때문에 그다지 문제되지는 않았다. 그녀는 영국 태생으로 더글러스가 런던에서 홀아비 생활을 하고 있을 무렵 알게 되었다고 한다. 키가 크고 머리가 검은, 날씬하고 아름다운 부인으로 남편보다 20살쯤 젊었다. 상당히 나이 차이가 있었으나, 그 때문에 가정 생활이 만족스럽지 못한 것 같은 일은 조금도 없었다.

그러나 부부를 잘 알고 있는 사람들은 기회가 있을 때마다 말하곤 했는데, 두 사람은 서로 완전히 신뢰하고 있는 것 같지는 않았다. 그것은 아내가 남편의 과거 생활에 대해 입을 다물고 말을 하지 않는다기보다도 아예 그 점에 대해서는 별로 듣지 못한 듯했기 때문이다. 또 몇몇 살피기 좋아하는 사람들 말에 따르면, 더글러스 부인에게는 가끔 신경과민의 징후가 보였으며 특히 남편이 밖에 나갔다가 돌아오는 시간이 늦을 때면 보기에도 딱할 만큼 걱정스러운 얼굴을 한다는 것이었다. 조용한 시골에서는 온갖 뜬소문이 환영받는 법이어서, 이 집 부인의 이러한 점은 사람들의 눈을 벗어날 수가 없었으며, 거기에 특별한 의미가 있을 법한 이번 사건이 일어나자 사람들의 기억에는 그것이 한층 크게 떠올랐던 것이다.

거기에 또 다른 한 인물이 있었다. 벌스톤 저택에는 가끔 와서 머물렀을 뿐이었지만, 지금부터 말하는 기괴한 사건이 일어났을 때 마침 같이 있었기 때문에 그의 이름이 순식간에 알려지게 되었다. 그는 햄스테드의 헤일즈 저택에 사는 세실 제임스 바커라는 사나이였다. 키가 크고 느릿한 세실 바커의 모습은 그가 줄곧 벌스톤 저택을 찾아오곤 하여 접대를 받았기 때문에 벌스톤의 큰길에서는 낯이 익었다. 그는 이 새로운 영국의 환경 속에서 사는 더글러스의 알려지지 않은 과거를 아는 유일한 친구라 하여 사람들로부터 주목받고 있었다.

바커 자신은 틀림없는 영국인이었지만, 그의 이야기에 따르면 그가 처음으로 더글러스와 알게 된 곳은 미국으로, 거기서 그와 꽤 친하게 알고 지냈다는 것이 확실했다. 상당한 재산을 가지고 있으며, 아직 독신이라는 소문이었다. 나이는 더글러스보다 젊어 45살쯤이었으며, 훤칠하니 큰 키와 떡 벌어진 가슴, 말끔히 수염을 깎은 프로 권투선수 같은 얼굴, 굵고 억센 검은 눈썹에 위압적인 검은 눈은 힘센 두 손을 쓰지 않고도 적의있는 군중에게 길을 비키게 만들 만한 힘이 있었다. 승마도 사격도 하지 않으며 파이프를 물고 옛마을을 이리저리 걷기도 하고, 더글러스와 함께 또는 그가 집에 없을 때는 부인과 함께 아름다운 시골길을 마차를 타고 달리기도 하면서 소일하고 있었다.

"성질이 느긋하고 쾌활한 신사지요."

집사인 에임즈가 바커를 가리켜 하는 말이었다.

"하지만 사소한 것이라도 그 분을 거스르는 일은 하고 싶지 않아요."

더글러스와는 진심으로 사귀고 있었고, 부인과도 친했다. 부인과는 그녀의 남편을 불안하게 하지 않을까 생각될 정도로 다정해서, 하인들까지도 주인의 마음이 편치 못함을 눈치챌 수 있었던 것이다. 비극이 일어났을 때 그 집 가족의 한 사람으로 같이 있었던 인물이란 바로 이 사람이다. 그밖에 이 옛집에 사는 다른 사람이라면 많은 고용인 중에서 두 사람을 더 들면 충분할 것이다. 깔끔하고 멋있으며 재주와 솜씨가 뛰어난 집사 에임즈와 부인의 집안일을 돕는 뚱뚱하고 쾌활한 알렌 부인이다. 다른 여섯 명의 하인들은 1월 6일 밤에 일어난 사건과는 아무런 관계도 없다.

서섹스 주 경찰의 윌슨 경사가 맡고 있는 조그만 지방 경찰서에 처음으로 급보가 전해진 것은 11시 45분이었다. 굉장히 흥분한 세실 바커가 경찰서 현관으로 뛰어들어와 요란스럽게 벨을 울렸다. 그리고는 벌스톤 저택에 참극이 일어나 더글러스가 살해되었다고 숨이 넘어갈 듯이 알렸던 것이다. 그 뒤 바커는 급히 저택으로 돌아갔으나, 경사는 곧 주 경찰에 중대 사건이 일어났음을 보고하고 2, 3분 뒤에 바커의 뒤를 쫓았다. 그가 범행 현장에 도착한 것은 12시가 조금 지난 무렵이었다.

저택에 도착해 보니 도개교가 내려져 있고 창문마다 불이 켜져 집안이 온통 대소동이었다. 새파랗게 질린 하인들이 홀에 모여앉아 있고, 굳어져 버린 집사가 현관에서 두 손을 비비고 있었다. 감정을 억누르고 있는 것은 세실 바커뿐인 것 같았다. 그는 현관에서 가장 가까운 문을 열고 경사를 안내했다. 그때 우드 박사가 도착했는데, 그는 용감하고 솜씨좋은 마을의 개업의였다. 세 사람이 함께 참사가 일어난 방으로 들어가자, 겁에 질린 집사가 그 뒤를 따르며 뒤에서 방문을 닫아 끔찍한 광경을 하인들에게 보이지 않도록 했다.

죽은 사람은 방 한복판에 손발을 보기 흉하게 내뻗고 똑바로 누워 있었다. 입고 있는 것은 잠옷 위에 걸친 분홍빛 실내복뿐이었다. 맨발에는 융단으로 된 슬리퍼를 신고 있었다. 의사는 죽은 사람 옆에 무릎을 꿇고 앉아 테이블 위의 램프를 집어들었다. 피해자를 흘끗 본 것만으로도 의사는 자기가 온 게 헛일이라는 것을 알았다. 차마 볼 수 없는 상처였다. 시체의 가슴에 기묘한 모양의 총기가 얹혀져 있었다. 방아쇠 앞에서 총신을 1피트쯤 잘라 낸 엽총이었다. 바로 가까이에서 총을 쏜 것으로, 그 총알을 모조리 얼굴에 맞아 머리가 거의 박살난 것이 확실했다. 한꺼번에 총알이 나가서 효과가 보다 확실해 지도록 하기 위해 방아쇠가 철사로 붙들어매어져 있었다.

지방 경관은 갑자기 어깨에 내려앉은 무거운 책임에 어찌할 바를 몰랐다.

"윗사람이 올 때까지는 아무 데도 손을 대지 말도록 합시다."

무참하게 당한 시체의 머리를 무서운 듯이 내려다보며 경사는 나직이 말했다.

"아직 아무 데도 손을 대지 않았습니다."

세실 바커가 말했다.

"그것은 보증합니다. 내가 발견한 때 그대로입니다."

"발견한 것은 언제이지요?"

경사는 수첩을 꺼내들고 말했다.

"꼭 11시 반이었습니다. 옷을 벗지 않고 침실 난로 옆에 앉아 있었는데 총소리가 들렸습니다. 그리 큰 소리는 아니었습니다. 소리를 없애려고 애쓴 것 같습니다. 나는 아래로 뛰어내려 갔습니다. 방에 들어가기까지 30초도 걸리지 않았을 겁니다."

"문이 열려 있었습니까?"

"네, 열려 있었습니다. 그리고 보시는 바와 같이 더글러스가 쓰러져 있었습니다. 침실용 촛불이 테이블 위에서 타고 있었습니다. 몇 분 뒤 내가 램프를 켰습니다."

"아무도 눈에 띄지 않았습니까?"

"아무도 못 보았습니다. 더글러스 부인이 계단을 내려오는 소리가 들렸기 때문에 나는 방 밖으로 뛰어나가 부인에게 이 참혹한 광경을 보이지 않으려고 했습니다. 그때 가정부 알렌 부인이 나타나서 부인을 데리고 가 주었습니다. 이윽고 에임즈가 달려왔으므로 둘이서 같이 방으로 다시 들어갔습니다."

"그런데 밤에는 도개교를 올려 둔다고 들었습니다만."

"네, 올려져 있었는데 내가 내린 겁니다."

"그렇다면 범인은 어떻게 달아난 것일까요? 그건 문제가 안 되겠군. 더글러스 씨는 틀림없이 자살한 것이겠지요?"

"처음에는 우리들도 그렇게 생각했습니다. 그런데 이것을 보십시오."

바커는 커튼을 젖히고 다이아몬드 모양의 유리가 끼워진 높은 창문이 완전히 열려 있는 것을 가리켰다.

"그리고 이것을 보십시오!"

그는 램프를 아래로 내려 창틀에 구두 바닥 모양으로 묻어 있는 핏자국을 비춰 보였다.

"누군가가 이리로 달아난 것입니다."

"해자를 건너서 달아났다는 건가요?"

"그렇습니다."

"그럼, 당신이 이 방으로 달려온 것이 범행이 있은 지 30초도 지나지 않았다고 한다면, 범인은 틀림없이 그때 해자 안에 있었겠군요."

"틀림없이 있었을 겁니다. 그때 창으로 달려갔으면 좋았을텐데…… 그러나 보시다시피 커튼이 쳐져 있었기 때문에 조금도 눈치채지 못했습니다. 그리고 마침 그때 더글러스 부인의 말소리가 들렸으므로 부인을 방으로 들어오게 할 수가 없었습니다. 만일 들어오게 했더라면 무서운 일이 벌어졌을 겁니다."

"그렇고말고요!"

의사는 박살이 난 머리와 그 언저리의 참혹한 상처를 보면서 말했다.

"벌스톤 철도의 충돌 사고 이래 이렇게 심한 모습은 본 적이 없습니다."

"그런데 말이오" 하고 경사가 말했다. 그의 느리고 시골스러운 상식은 여태까지 열려진 창문에 대해 생각하고 있었던 것이다.

"범인이 이 해자를 건너서 달아났다는 것은 그렇다 치고, 한 가지 묻고 싶은 것은, 만일 다리가 올려져 있었더라면 범인이 어떻게 이 집에 숨어들어올 수 있었을까요?"

"아, 그게 문제군요." 바커가 말했다.

"다리를 올린 것은 몇 시 입니까?"

"6시 가까워서였습니다."

집사 에임즈가 대답했다.

"들은 바에 따르면" 하고 경사가 말했다. "다리는 언제나 해가 지면 곧 올린다고 하는데, 그렇다면 요즘은 6시보다도 4시 반에 가까운 시각이 아닐까요?"

"마님에게 차 대접할 손님이 계셔서 손님이 돌아가실 때까지 올리지 않았습니다. 돌아가시고 나서 제가 직접 올렸습니다."

에임즈의 대답이었다.

"그럼 범인이 밖에서 들어왔다고 하면, 그리고 두 명 이상이 들어왔다고 하면, 틀림없이 그들은 6시 전에 다리를 건너 들어와 그때부터 11시가 지나 더글러스 씨가 방으로 갈 때까지 줄곧 숨어서 기다리고 있었던 셈이 되겠군요."

"그렇습니다. 더글러스는 매일 밤 자기 전에 마지막으로 등불이 켜진 채 있지는 않은가 하고 집 안을 둘러보곤 했지요. 그리고 나서 이 방으로 들어오자 기다리고 있던 범인이 그를 쏘아 죽인 겁니다. 그리고는 총을 던지고 창문으로 도망친 겁니다. 나는 그렇게 생각되는군요. 그렇지 않으면 앞뒤가 맞지 않으니까요."

경사는 시체 옆 방바닥에 떨어져 있는 카드 하나를 집어들었다. 'V V'라는 머리글자와 그 밑에 '341'이라는 숫자가 잉크로 아무렇게나 씌어져 있었다.

"이게 뭘까?"

그는 카드를 불빛에 비춰 보면서 중얼거렸다.

바커도 호기심을 가지고 카드를 보았다.

"그런 것이 있는 줄은 미처 몰랐는데."

"틀림없이 범인이 잊고 간 거겠지요."

"'V V 341'이라……뭐가 뭔지 모르겠군."

경사는 카드를 굵은 손가락에 끼우고 계속 빙글빙글 돌렸다.

"'V V'라는 것은 무엇일까? 누군가의 머리글자일지도 모르겠군. 그건 뭡니까, 우드 선생?"

그것은 난로 앞 깔개 위에 버려져 있는 상당한 크기의 망치였다. 직공들이 쓰는 튼튼하게 생긴 망치였다. 세실 바커는 맨틀피스에 놓여 있는 놋쇠 못 상자를 가리키며 말했다.

"더글러스는 어제 벽의 액자를 바꿔 걸었습니다. 이 의자에 올라가서 큰 액자를 거는 것을 내가 보았지요. 그때 이 망치를 보았습니다."

"본디 있던 깔개 위에 도로 놓아 두는 것이 좋겠소."

경사는 당혹하여 머리를 긁적이며 말했다.

"이 사건의 진상을 파악하려면 경찰진의 선발팀에 부탁하지 않으면 안 될 거요. 런던 경찰청에 도움을 청하여 해결하는 순서가 되겠지요."

그는 램프를 집어들고 방 안을 천천히 돌아다녔다.

"아니!"

창문 커튼을 한쪽으로 끌어당기면서 경사가 흥분하여 외쳤다.

"이 커튼은 언제 쳤지요?"

"램프를 켰을 때입니다" 하고 집사가 대답했다.

"4시 조금 지났을 무렵이었을 겁니다."

"역시 누군가가 여기에 숨어 있었군."

경사가 램프를 아래로 비추자 한쪽 구석에 진흙 투성이의 구두 자국이 뚜렷이 보였다.

"이것으로 당신의 말이 확증된 셈이로군요, 바커 씨. 아무래도 범인이 집에 들어온 것은 4시쯤 커튼을 치고 난 뒤부터 6시 이전 아직 다리를 들어올리지 않은 동안인 것 같소. 이 방으로 숨어든 것은 가장 손쉬웠기 때문이지요. 달리 숨을 만한 곳이 없었기 때문에 이 커튼 뒤에 들어가 있었던 겁니다. 이것만은 분명합니다. 범인의 주된 목적은 물건을 훔치는 데 있었던 모양인데, 우연히 더글러스 씨에게 들켰기 때문에 죽이고 도망친 거요."

"나도 그렇게 생각합니다."

바커가 말했다.

"그런데 말입니다. 지금 우리는 귀중한 시간을 헛되이 보내고 있는 게 아닐까요. 범인이 달아나기 전에 근처를 수색해 보는 것이 좋지 않겠습니까?"

경사는 잠시 생각하고 있었다.

"아침 6시까지는 기차가 없으니까 철도로 도망칠 수는 없소. 두 다리가 피와 물에 흠뻑 젖은 채 큰길을 지난다면 아마 누군가가 눈치를 채겠지요. 아무튼 나는 누군가 교대가 올 때까지 이곳을 떠날 수가 없소. 그리고 현재의 상황이 좀 더 확실해지기 전까지는 아무도 이 집을 떠나서는 안 될 겁니다."

의사는 램프를 집어들고 시체를 자세히 살펴보고 있었다.

"이건 무슨 표적일까요? 범죄와 무슨 관련이라도 있는 걸까요?"

시체의 오른팔이 실내복에서 불쑥 내밀어져 팔꿈치까지 환히 드러나 있었는데, 동그라미 속에 그려진 기묘한 모양의 세모난 다갈색 표적이 피부에 뚜렷이 양각되어 있었다.

"문신은 아니로군. 이런 것은 본 적이 없는데. 소에게 낙인을 찍듯이 되어 있군. 이건 어찌 된 까닭일까요?" 의사는 안경 속에서 눈을 빛내며 말했다.

"정말 나로서도 그 이유를 모르겠습니다."

세실 바커가 말했다.

"그러나 최근 10년 동안 더글러스에게 이 표시가 있다는 것은 알고 있었습니다."

"저도 그렇습니다. 나리께서 팔을 걷어올리실 때 몇 번이나 이 표시를 보았습니다. 무엇일까 하고 가끔 생각해 보았었지요." 집사가 말했다.

"그럼, 어찌 되었든 이것은 범죄와는 아무 관계가 없겠군."

경사가 말했다.

"하지만 이상해. 이 사건은 전부가 이상해. 아니, 이런……."

집사가 깜짝 놀라 소리지르며 길게 펼쳐져 있는 시체의 손을 가리켰다.

"결혼 반지가 없어졌습니다!"

집사는 숨을 헐떡이며 말했다.

"뭐라구?"

"정말입니다! 나리께서는 언제나 왼쪽 새끼손가락에 장식이 없는 금반지를 끼고 계셨습니다. 그 위에 자연 그대로의 금덩어리가 붙은 반지를 또 하나 끼고, 넷째손가락에는 뱀이 뒤얽힌 모양의 반지를 끼고 계셨습니다. 금덩어리와 뱀 모양의 반지는 있는데, 결혼 반지가 없습니다."

"에임즈가 말하는 대로입니다."

바커도 말했다.

"그러니까 결혼 반지를 밑에 끼고 있었다는 이야기군요?"

경사가 말했다.

"언제나 그랬습니다."

"그럼, 범인은……아니, 누가 훔쳤는지는 모르지만, 먼저 당신이 말하는 금덩어리 반지를 벗기고 나서 결혼 반지를 뺀 다음 다시 금덩어리 반지를 본래대로 도로 끼운 셈이군요."

"그렇습니다."

성실하고 정직한 지방 경관은 머리를 내저었다.

"한시빨리 런던에서 와 주었으면 좋겠는데……."

그는 말했다.

"이곳 주 경찰의 화이트 메이슨 수사주임도 솜씨가 좋지요. 지방 사건 가운데 그의 손을 거치지 않은 것은 하나도 없소. 그도 곧 이리로 와서 협력해 줄 거요. 그러나 역시 일이 끝나기 전에 런던 쪽에다 부탁을 해야 될 텐데. 아무튼 이 사건은 솔직히 말해서 나 같은 사람에게는 너무 벅차다고 인정해야겠습니다."

제4장 암흑

서섹스 주 경찰의 수사주임 화이트 메이슨이 벌스톤의 윌슨 경사로부터 긴급 연락을 받고 본부에서 이륜마차로 숨도 제대로 못 쉬게 말을 채찍질하며 달려온 것은 오전 3시였다. 그리고 그는 오전 5시 40분 열차편으로 시 경찰서에 보고를 보내고, 12시에는 우리들을 마중하기 위해 벌스톤 역에 나와 있었다. 화이트 메이슨은 조용하고 차분한 느낌을 주는 사람으로, 헐렁한 트위드 재킷을 입고 있었다. 불그레한 얼굴은 말끔히 면도질이 되어 있고, 좀 뚱뚱한 편이었으며, 안으로 휜 듯한 늠름한 다리에 각반을 친 모습은 조그마한 농장의 주인이나 은퇴한 사냥터지기처럼 보였다. 정말 아무리 보아도 지방의 민완 형사로는 보이지 않았다.

"이번은 정말 어려운 사건입니다, 맥도널드 씨."

그는 몇 번이고 이 말을 되풀이했다.

"신문기자가 알면 큰 소동이 일어날 겁니다. 쓸데없는 짓들을 해서 단서를 뒤죽박죽으로 만들기 전에 재빨리 해결하고 싶습니다. 이번 같은 사건은 만난 기억이 없습니다. 뭔가 가슴에 와닿는 것이 있겠지요, 홈즈 씨? 틀림없이 있을 겁니다. 그리고 왓슨 선생도, 사건을 해결하는 데는 의사에게도 도움을 청하지 않으면 안 되니까요. 숙소는 웨스트빌 암즈로 정해 놓았습니다. 깨끗하고 좋은 여관이랍니다. 거기 말고는 머무르실만한 곳이 없습니다. 가방은 제가 들겠습니다. 자, 그럼, 이쪽으로……."

이 서섹스 주 경찰의 수사주임은 부산스러웠으나 친절한 사람이었다.

　10분쯤 뒤 우리들은 여관에 닿았다. 다시 10분쯤 뒤 우리는 여관 담화실에 앉아서 앞장에서 말한 사건 경위를 대충 들었다. 맥도널드는 이따금 메모를 했으나, 홈즈는 식물학자가 흔치 않은 귀중한 꽃을 관찰하듯 놀라움과 경건이 한데 섞인 상찬의 표정을 떠올리면서 듣고 있었다

　"놀라운 일이야!"

　이야기가 끝나자 홈즈가 말했다.

　"정말 놀라운 일이야! 이처럼 기이한 양상을 갖춘 사건은 여태껏 보지 못했소."

　"그렇게 말씀하실 줄 알았습니다, 홈즈 씨."

　화이트 메이슨이 빙긋이 웃으며 대답했다.

　"서섹스 경찰은 민첩하게 행동합니다. 오늘 오전 3시에서 4시 사이에 내가 윌슨 경사로부터 인계받을 때까지의 사건 상황은 지금 말씀드린 바와 같습니다. 허겁지겁 늙은 말에 채찍질을 하여 달려왔지만, 그렇게 서두를 필요도 없었습니다. 내가 가서 할 수 있었던 일은 아무것도 없었으니까요. 윌슨 경사가 사실을 완전히 설명해 주었습니다. 나는 그것을 조사해서 확인하고, 이것저것 생각하여 내가 파악한 사실을 두세 가지 덧붙였습니다."

　"그것이 무엇이지요?"

　홈즈가 열띤 어조로 물었다.

　"나는 우선 망치를 조사해 보았습니다. 우드 선생이 현장에서 힘을 빌려 주었습니다. 폭력을 휘두르기 위해 사용한 흔적은 없었습니다. 더글러스 씨가 망치로 막았다고 한다면 깔개 위에 떨어지기 전에 범인에게 상처를 입혔을지도 모른다고 생각했습니다. 그리고 핏자국도 묻어 있지 않았습니다."

"그것만이라면 물론 결정적인 것이 될 수는 없겠군."

맥도널드 경감이 말했다.

"망치로 사람을 죽여도 그 망치에 핏자국이 없는 경우는 얼마든지 있으니까."

"그렇습니다. 그것이 망치를 쓰지 않았다는 증거는 되지 않습니다. 그러나 핏자국이 남는 경우도 있을 수 있지요, 그랬다면 상당히 도움이 되었을 텐데 말입니다. 그러나 실제로는 아무것도 없었습니다. 그리고 나서 나는 총을 조사해 보았습니다. 총알은 사슴탄으로 윌슨경사가 확인한 것처럼 두 개의 방아쇠를 철사로 붙들어 두었기 때문에 그것을 당기면 두 개의 총신에서 총알이 한꺼번에 나가게끔 되어 있었습니다. 누가 장치한 것인지는 모르지만, 상대를 잘못 쏘는 일이 없도록 신중하게 조작한 것입니다. 이 짧게 자른 총은 길이가 2피트도 못되므로 쉽게 웃옷 밑에 숨겨 가지고 다닐 수 있습니다. 제작자의 이름은 일부밖에 남아 있지 않았습니다만, PEN이라는 글자가 두 총신 사이의 홈이 있는 곳에 씌어져 있고, 나머지는 총신이 잘려 나갔기 때문에 없습니다."

"P는 대문자로 글자 위에 장식이 붙어 있고 E와 N은 소문자겠지요?" 하고 홈즈가 물었다.

"그렇습니다."

"펜실베니아 소총회사입니다. 미국의 유명한 회사지요."

화이트 메이슨은 내 친구의 얼굴을 찬찬히 바라보고 있었다. 마치 작은 마을의 개업의가 난처해 하고 있던 어려운 문제를 한 마디로 해결하는 할리 거리의 전문의를 바라보는 듯한 표정이었다.

"이건 상당히 도움이 됩니다, 홈즈 씨. 확실히 말씀하신 대로입니다. 훌륭하십니다. 정말 훌륭해요! 온 세계 총기 제작자의 이름을 전부 알고 계시는 겁니까?"

홈즈는 손을 흔들며 그 말에는 상대하지 않았다.

"분명히 미국 엽총입니다."

화이트 메이슨은 말을 계속했다.

"미국의 어떤 지방에선가는 총신을 짧게 자른 총을 흉기로 쓴다는 것을 나도 어디선가 읽은 적이 있는 것 같습니다. 총신에 붙어 있는 이름은 몰랐지만 그 생각을 했습니다. 그럼, 저택에 들어가 주인을 죽인 것은 미국 사람이라는 증거가 나온 셈이 되겠지요?"

맥도널드는 머리를 저었다.

"여보게, 속단해서는 안 되네. 외부로부터 누가 그 집에 들어왔다는 증거는 아직 없으니까."

"창이 열려 있고, 창틀에 피가 묻어 있고, 수상한 카드가 있고, 한쪽 구석에 구두 자국이 있고, 총이 있습니다."

"일부러 갖춰 놓을 수 없는 증거물은 하나도 없네. 더글러스 씨는 미국인이고, 그렇지 않다 하더라도 미국에서 오랫동안 살아 온 사람이야. 바커 씨도 그렇고. 미국적인 방법을 설명하기 위해 일부러 밖에 있는 미국인을 끌어들일 필요는 없겠지."

"집사 에임즈가……."

"에임즈가 어떻게 했다는 건가? 그 사람은 믿을 수 있는가?"

"찰스 챈도스 경의 집에서 10년이나 일했는데, 바위처럼 단단한 사람입니다. 더글러스가 5년 전에 저택을 산 뒤부터 줄곧 일하고 있었지요. 그 집에서는 이런 총을 본 일이 없다는 겁니다."

"그 총은 숨길 수 있게끔 만들어져 있네. 그러니까 총신을 잘라 둔 걸세. 어떤 상자에라도 들어가도록. 어떻게 그 집에 그런 총이 없었다고 잘라 말할 수 있겠나?"

"어쨌든 본 일이 없다고 말하고 있습니다."

맥도널드는 스코틀랜드 사람답게 완고하게 머리를 저었다.

"저녁에 누군가가 들어왔다는 이론에는 아직 찬성할 수 없네. 생각해 보게나."

그는 의론에 몰두하게 되면 애버딘 사투리가 심해졌다.

"생각 좀 해보라구. 누군가가 그 총을 집 안으로 가지고 들어왔다고, 그러한 기괴한 일이 외부인에 의해 일어났다고 한다면 도대체 어떻게 되는 건가? 여보게, 그런 일은 상상할 수 없네! 상식에서 벗어나는 일이야. 지금까지 들은 이야기로 판단해 볼 때 나는 이렇게 생각됩니다만, 홈즈 씨."

"어디 자네 주장을 말해 보게나, 맥."

홈즈가 객관적인 태도로 말했다.

"만일 숨어들어온 사람이 있다 하더라도 강도는 아닙니다. 반지며 카드 등이 뭔가 개인적인 이유가 있는 계획 살인임을 보여 주고 있습니다. 그렇지, 범인이 사람을 죽이려는 목적을 가지고 어느 집에 몰래 들어갔다고 생각해 봅시다. 분별있는 사람이라면 그 집이 해자로 둘러싸여 있으므로 도망치기가 쉽지 않다는 것은 알고 있을 겁니다. 그때 그는 어떤 흉기를 택하겠습니까? 이 세상에서 가장 소리나지 않는 것으로 택할 것입니다. 그러면 목적을 이루고 난 뒤 곧 창문으로 가만히 나가 해자를 건너 천천히 도망칠 수 있습니다. 그거라면 쉽게 할 수 있지요. 하지만 소리가 나게 되면 온 집안 사람들이 금방 현장으로 달려오게 되고, 해자를 건너기 전에 들킬 것이 뻔합니다. 그런데 일부러 고르고 골라서 가장 큰 소리가 나는 흉기를 가지고 간다고 생각할 수 있습니까? 그런 일이 믿어질 수 있겠습니까, 홈즈 씨."

"흠, 설득력 있는 이야기로군."

나의 친구 홈즈는 생각에 잠겨 말했다.

"그 밖에도 설명을 필요로 하는 점은 아주 많지. 실례지만 화이트 메이슨 씨. 해자에서 올라온 사람의 흔적이 있는지 맞은편 언덕을 조사해 보셨습니까?"

"아무 흔적도 없었습니다, 홈즈 씨. 그런데 맞은편은 돌을 깔아 놓았기 때문에 흔적이 눈에 띄지 않습니다."

"발자취라든가 어떤 흔적도?"

"없습니다."

"그래요! 지금 곧 저택으로 출발해도 좋습니까, 화이트 메이슨 씨? 문제가 될 만한 세밀한 점이 아직 남아 있을지도 모르니까요."

"홈즈 씨, 저도 그것을 말씀드리려고 했습니다만, 떠나시기 전에 사실을 완전히 알려드리고 싶었기 때문에……만일 뭔가 눈에 띄는 거라도 있으시면……."

화이트 메이슨은 사립 탐정의 얼굴을 의아스러운 듯이 바라보았다.

"나는 전에도 홈즈 씨와 함께 일한 적이 있지만, 이분은 혼자서 일을 하신다네" 하고 맥도널드 경감이 말했다.

"아무튼 나는 내 방식대로 일을 합니다."

홈즈는 빙긋이 웃으며 말했다.

"내가 일에 손을 대는 것은 정의를 실현하고 경찰을 돕기 위해서입니다. 만일 내가 경찰에서 떨어져 나왔다 하더라도, 그것은 경찰 쪽에서 먼저 떠나 버렸기 때문입니다. 나는 경찰을 이용해서 공을 세울 생각은 없습니다. 동시에 화이트 메이슨 씨, 나는 나대로 일을 해서 이쪽 형편이 좋은 때에 결과를, 미결 상태가 아니라 완전히 해결된 것으로서 건네 줄 권리를 요구합니다."

"우리는 당신께서 와 주신 것을 명예로 생각하고, 이쪽에서 알고 있는 것은 남김없이 알려 드리겠습니다."

화이트 메이슨은 정중히 말했다.

"함께 와 주십시오, 왓슨 씨. 언젠가 우리도 당신의 책에 등장하고 싶으니까요."

우리들은 위를 잘라 손질한 느릅나무가 양쪽으로 줄지어 있는 풍치 있는 마을의 큰길을 걸어갔다. 큰길 바로 맞은편에는 고풍스러운 돌기둥이 두 개 서 있었다. 비바람을 맞아 이끼가 끼어 있고, 그 위에는 뭔가 볼품없는 것이 얹혀 있는데, 그것은 일찍이 벌스톤에 살았던 커프스 집안의 뒷발로 서 있는 사자상이 완전히 변해 버린 모습이었다. 영국의 전원에서는 볼 수 없을 것 같은 잔디밭이며 참나무숲이 늘어선 꼬불꼬불한 마차길을 조금 걸어가자 갑자기 길이 꼬부라지며, 적갈색 벽돌로 지은 길고 나지막한 제임스 1세풍의 저택이 눈 앞에 나타났다. 저택 양쪽에 수송(水松)나무를 곱게 손질한 산울타리의 옛날풍 뜰이 보였다. 가까이 다가감에 따라 목조 다리와 폭이 넓고 아름다운 해자가 보였다. 해자의 물은 차가운 겨울 햇볕을 받아 수은처럼 고요히 빛나고 있다.

옛 영주의 저택은 3세기의 세월을 지나왔다. 많은 사람들이 태어나고, 귀향하고, 시골의 무도회를 열고, 또 여우 사냥에 모여들고…… 이렇게 해서 세월은 흘러간 것이다. 그 유서깊은 저택이 만년에 와서 악업(惡業)의 그림자에 싸이게 되었다는 것은 뭔가 이상한 느낌을 불러일으키게 했다.

그렇기는 하지만, 기이하게도 뾰족한 지붕이며 묘한 모양으로 튀어나온 바람막이 같은 것은 음침한 계획을 꾸미는 데 안성맞춤의 차폐물(遮蔽物)처럼 보였다. 깊숙한 창문이며 짙은 잿빛 물에 씻긴 넓게 이어진 정면을 바라보노라니 이러한 비극에, 이처럼 꼭 들어맞는 구색도 없으리라는 생각이 들었다.

"저 창문입니다."

화이트 메이슨이 말했다.

"다리 바로 오른쪽에 있지요. 어젯밤 발견된 대로 열려져 있습니다."

"좁아서 사람이 빠져나갈 수 있을 것 같지는 않군."

"분명 뚱뚱한 녀석은 아니었을 겁니다. 당신의 추측을 기다릴 것도 없이 그것은 잘 알 수 있습니다, 홈즈 씨. 그러나 당신이나 나라면 빠져나갈 수 있겠지요."

홈즈는 해자의 가장자리를 걸어가며 맞은쪽을 바라보았다. 그리고 나서 아래에 깐 돌과 그 앞의 풀밭을 보았다.

"내가 잘 조사해 보았습니다, 홈즈 씨."

화이트 메이슨이 말했다.

"거기에는 아무것도 없습니다. 사람이 기어올라간 자취는 없습니다. 그런 곳에도 자취를 남기게 되는 일이 있을 수 있을까요?"

"그렇지, 그럴 수는 없지요. 해자의 물은 언제나 흐려 있소?"

"대개 이런 빛을 띠고 있습니다. 작은 내를 통해서 흙탕물이 들어오기 때문이지요."

"어느 정도 깊이인가요?"

"양쪽 가장자리는 2피트 정도이고, 한가운데는 3피트입니다."

"그렇다면 범인이 건너려다가 빠져 죽었다는 생각은 버려도 좋겠군요."

"네, 아이들이라도 그런 일은 없을 겁니다."

다리를 건너가자 뼈대가 울퉁불퉁하고 삐쩍 마른 이색적인 모습의 사나이가 마중나와 있었는데, 집사 에임즈였다. 노인은 충격 때문에 새파랗게 질려서 떨고 있었다. 참사가 있었던 방에서 키가 크고 무뚝뚝하며 우울해 보이는 시골 경사가 어젯밤부터 계속 감시하고 있었다. 의사는 이미 돌아가고 없었다.

"뭔가 새로운 일이 있었나, 윌슨?"

화이트 메이슨이 물었다.

"없습니다."

"그럼 돌아가도 좋아. 수고했네. 일이 있으면 부르지. 집사는 방 밖에서 기다리도록 해 두는 게 좋겠군. 집사를 통해서 바커 씨와 더글러스 부인과 가정부에게 묻고 싶은 일이 있으니 곧 와 주도록 일러 두게. 그럼 여러분, 우선 내가 도달한 견해를 말씀드리겠습니다. 거기에 따라 여러분의 생각을 정리해 주십시오."

이 지방의 전문가에게 나는 감명을 받았다. 그는 사실을 완전히 파악하고 있었으며, 냉정하고 명철한 상식적 두뇌를 가지고 있었다. 그렇기 때문에 이 방면에서 상당한 성공을 거두고 있는 것이라고 생각되었다. 홈즈는 관리들을 상대할 때 흔히 느끼게 되는 지루한 빛을 조금도 보이지 않고 열심히 그의 말에 귀를 기울이고 있었다.

"자살이냐, 타살이냐……그것이 첫째 문제가 될 것입니다. 자살이라고 한다면, 다음과 같이 생각할 수가 있겠지요. 즉 죽은 사람은 먼저 자기의 결혼 반지를 빼가지고 그것을 감추었다는 겁니다. 그리고 나서 실내복을 입고 이 방으로 내려와서, 누군가가 자기를 기다리고 있었던 것처럼 보이도록 커튼 뒤쪽에 진흙을 문질러 놓고, 창을 열고 피를 묻힌 뒤……."

"그런 건 문제가 되지 않네."

맥도널드가 말했다.

"나도 그렇게 생각합니다. 자살이라는 생각은 문제가 되지 않습니다. 그럼 타살이라는 것이 됩니다만, 여기서 결정해 두어야 할 일이 있습니다. 즉 외부 사람의 짓이냐, 내부 사람의 짓이냐 하는 것입니다."

"어디 그 논증을 들어 봅시다."

"어느 쪽이든 상당히 곤란이 따르는 문제지만, 둘 중 그 어느 쪽인가에 틀림이 없습니다. 우선 내부 사람 가운데 한 사람, 또는 두 사람 이상의 범행이라고 가정해 봅시다. 그들은 주위가 조용해지긴 했지만 아직 아무도 잠들지 않았을 때에 피해자를 이리로 데리고 왔습니다. 그리고 나서 무슨 일이 일어났는지 모든 사람에게 알릴 수 있도록 굉장히 큰 소리를 내는 흉기——전에 이 저택에서는 본 적이 없는 흉기——로 살해한 겁니다. 그러나 이런 방법은 있을 법하지 않잖습니까?"

"음, 그런 일은 없을 거요."

"그리고 누구의 말을 들어도 똑같습니다만, 총소리가 들리고 나서 채 1분도 되기 전에 온 집안 사람이 현장으로 달려왔습니다. 자기 가 제일 먼저 달려왔다는 세실 바커 씨 뿐만이 아니라 에임즈며 부 인 등 모두가 말입니다. 겨우 1분도 안되서 범인이 커튼 뒤에 발자 국을 만들기도 하고, 창문을 열기도 하고, 창틀에 피를 묻히기도 하고, 죽은 사람의 손가락에서 결혼 반지를 빼기도 하고, 그밖의 일들을 해치울 수 있으리라고 생각하십니까? 그런 일은 불가능합 니다!"

"참으로 논리가 분명하군요. 나도 거기에 찬성하고 싶습니다." 홈 즈가 말했다.

"그럼, 다음에는 외부에서 들어온 사람의 짓이라는 가정으로 돌아 오지 않을 수 없습니다. 이 가정을 취해도 역시 큰 곤란이 있긴 합 니다. 하지만 어찌 되었든 불가능한 일은 아닙니다. 범인은 4시 반 에서 6시, 즉 해가 진 뒤부터 다리를 들어올리는 시각 사이에 저택 으로 숨어들었습니다. 저택에 손님이 와 있었기 때문에 현관문이 열려 있었으므로 방해물은 없었습니다. 흔해 빠진 강도 아니면 더 글러스 씨에게 뭔가 개인적인 원한을 가진 자였을지도 모릅니다. 더글러스 씨는 반평생을 미국에서 보냈고, 이 엽총은 미국제이므로 개인적 원한설 쪽이 보다 유력할 것으로 생각됩니다. 이 방으로 숨어들게 된 것은 맨 먼저 부딪친 방이었기 때문이며 그는 커튼 뒤에 숨어 있었습니다. 거기서 밤 11시가 지날 때까지 있었습니다. 그때 더글러스 씨가 방으로 들어왔습니다. 두 사람이 이야기를 나누었다 해도 그것은 아주 짧았겠지요. 더글러스 부인은 남편이 나가고 나서 2, 3분도 되지 않아 총소리가 들렸다고 말하고 있으니까요."

"그렇습니다. 초는 새것이었는데 반 인치밖에 타들어가지 않았거든요. 초를 테이블 위에 놓고 나서 곧 당한 것이 틀림없습니다. 만일 그렇지 않다면 쓰러질 때 틀림없이 초도 땅에 떨어졌을 것입니다. 이것으로도 알 수 있듯이 피해자는 방에 들어서자마자 총을 맞은 것은 아닙니다. 그 뒤 바커 씨가 달려와서 램프를 켜고 촛불을 끈 것입니다."

"그건 명백하군요."

"따라서 이런 식으로 상황을 재현할 수 있습니다. 더글러스 씨가 방으로 들어온다, 촛불을 테이블 위에 놓는다, 커튼 뒤에서 한 사나이가 나타난다, 그는 엽총을 들고 있다, 그는 결혼 반지를 요구한다, 그 이유는 아무도 알 수 없지만, 아무튼 요구한 것이 틀림없습니다. 더글러스 씨는 반지를 준다, 그리고 나서 그 사나이는 천천히 냉정하고 참혹하게, 또는 격투를 했는지도 모르고, 더글러스 씨가 깔개 위에 있는 망치를 벌써 쥐고 있었을지도 모르지요. 더글러스 씨를 이처럼 쏘아 죽인 겁니다. 범인은 총을 놓고 나서 무슨 의미에서인지 'V V 341'이라고 쓴 이상한 카드를 떨어뜨리고 간 것 같습니다. 그리고 세실 바커가 범행을 발견한 바로 그 무렵에 창문을 빠져나가 해자를 건너서 도망치고 만 겁니다. 어떻습니까, 홈즈 씨?"

"굉장히 흥미가 있습니다만, 몇 가지 납득이 안 되는 점이 있군요."

"여보게, 그건 정말 넌센스일세" 하고 맥도널드가 외쳤다.

"누군가가 사람을 죽였다고 하세. 그것이 누구이든, 그런 방법이 아닐 거라는 점은 분명히 증명할 수 있네. 그런 식으로 도망치는 길을 미리 정해 둔 것은 무엇 때문이었을까? 소리를 내지 않아야만 도망칠 수 있는데, 엽총 같은 것을 쏜 것은 무엇 때문이었을까? 자, 홈즈 씨, 당신이 모범을 보여줄 차례입니다. 지금 말한 가정에 납득이 안 간다고 말씀하시니 말입니다."

홈즈는 긴 의론 동안 열심히 주위를 살피고 있었다. 상대의 말을 한 마디도 빠뜨리지 않으면서도 날카로운 시선을 이리저리 던지며 이마에 주름을 짓고 있었다.

"나의 의견을 말하기 전에 관련 사실을 좀 더 듣고 싶군, 맥."

시체 옆에 무릎을 꿇으면서 홈즈는 말했다.

"아니, 이건 대단한 상처인데! 집사를 좀 불러 주시겠소, 화이트 메이슨 씨……아, 에임즈, 더글러스 씨의 팔 위에 있는 동그라미 속의 세모난 낙인 같은 이 기묘한 표시는 줄곧 보아 왔던 것이겠지요?"

"자주 볼 수 있었습니다."

"이것이 무엇을 뜻하는지에 대해 뭔가 들은 적이 없소?"

"네, 없습니다."

"몹시 아팠을 텐데. 분명 낙인이로군. 그런데 에임즈, 더글러스 씨의 턱 옆쪽에 조그만 반창고가 붙어 있는데, 당신은 주인이 살아 있었을 때도 그것을 보았소?"

"네, 보았습니다. 어제 아침 면도할 때 벤 것입니다."

"전에도 면도할 때 벤 적이 있소?"

"오랫동안 없었습니다."

"뭔가 까닭이 있을 것 같군 ! 하긴 우연의 일치에 지나지 않을지도 모르지. 아니면 뭔가 이유가 있어서, 위험이 닥쳐온 것을 알아차리고 무서워하고 있었다는 것을 보여 주는, 마음이 동요된 표시일지도 몰라. 어제 주인의 행동에 뭔가 다른 점은 없었소, 에임즈 ? "

"어딘가 차분하지 못하고 흥분해 계셨습니다. "

"으음 ! 그럼, 뜻밖에 당한 것은 아니로구먼. 조금은 수사가 진행된 것 같지 않은가 ? 자네도 심문해 보고 싶겠지, 맥 ? "

"아닙니다, 홈즈 씨. 당신께 맡기겠습니다. "

"그럼, 이 카드로 옮아가 볼까. V V 341이라고 씌어 있군. 종이질이 안 좋은데. 집에 이런 종이가 있소, 에임즈 ? "

"없는 것으로 압니다. "

홈즈는 책상으로 다가가 각 잉크 병에서 잉크를 조금씩 찍어다가 압지에 문질렀다.

"이 방에서 쓴 건 아니야. "

그는 말했다.

"이 잉크는 검은데 저것은 자주색이거든. 그리고 이것은 굵은 펜으로 씌어져 있는데 여기에 있는 것은 가는 펜뿐일세. 즉 어딘가 다른 데서 썼다고 말하지 않을 수 없는데, 여기 씌어 있는 것의 뜻에 대해 생각나는 게 없소, 에임즈 ? "

"없습니다, 조금도. "

"자네는 어떻게 생각하나, 맥 ? "

"뭔가 비밀 결사의 표시가 아닌가 하는 기분이 드는군요, 팔 위쪽에 있는 표시와 같이 말입니다. "

"나도 그렇게 생각되는군요. "

화이트 메이슨이 말했다.

"그럼, 이것을 기본 가정으로 채택하고, 곤란이 어느 정도 줄어들게 되는지 확인해 보기로 하세. 어떤 결사가 보낸 밀정이 저택에 숨어들어 더글러스 씨를 기다렸다가 이 흉기로 머리가 날아갈 정도로 쏘고 나서 해자를 건너 도망쳤는데, 그 전에 시체 옆에 카드를 두고 간다, 카드에 대한 기사가 신문에 실리면 그것으로 결사의 다른 패가 복수의 성공을 알게 된다……이렇게 되면 줄거리가 통하는군. 그런데 고르고 골라서 왜 하필 이런 총을 썼을까?"

"정말입니다……."

"그리고 어째서 반지가 없어진 것일까?"

"그렇군요."

"그리고 어째서 아직 체포되지 않는 것일까? 벌써 2시가 지났네. 당연히 반경 40마일 안의 모든 경찰관은 새벽부터 물에 빠진 생쥐가 된 사나이를 찾아 돌아다니고 있을 터인데."

"그렇습니다, 홈즈 씨."

"바로 가까이에 숨을 집이라도 있든가, 갈아입을 옷이라도 준비해 두지 않은 한 찾아 내지 못할 리 없을 텐데. 아무튼 지금으로서는 아직 발견되지 않고 있소."

홈즈는 창가로 다가가 창틀의 핏자국을 렌즈로 조사해 보았다.

"분명히 구두 자국이로군. 이상하게 폭이 넓은데, 넓적발이겠지. 하지만 아무래도 이상해. 진흙투성이인 커튼 뒤쪽의 발자국을 보면 발바닥 모양이 훨씬 좁으니 말이야. 하긴 그다지 똑똑하게 나 있지는 않았지만. 아니, 이 옆테이블 아래에 있는 것은 무엇일까?"

"더글러스님의 아령입니다."

에임즈가 말했다.

"아령……하나밖에 없군. 또 하나는 어디에 있지요?"

"모릅니다, 나리. 처음부터 하나밖에 없었는지도 모르지요. 저도 오랫동안 모르고 있었습니다."

"아렇이 하나라……."

홈즈는 진지한 얼굴로 말했는데, 날카롭게 문을 노크하는 소리에 그 말은 중단되었다.

수염이 없는 키가 크고 햇볕에 그을린 유능해 보이는 사나이가 들어와 우리의 얼굴을 보았다. 나는 곧 그가 이야기로 들은 세실 바커라고 추측할 수 있었다. 거만한 눈초리로 흘끔흘끔 의아한 듯이 우리 네 사람의 얼굴을 번갈아 보는 것이었다.

"말씀 도중에 미안합니다만, 방금 들어온 정보를 알려 드릴 생각으로……."

"체포되었습니까?"

"그런 좋은 소식은 아닙니다만, 자전거가 발견되었습니다. 범인은 자전거를 놓고 달아난 겁니다. 나와 보십시오, 현관에서 100야드도 떨어져 있지 않습니다."

나가 보았더니 3, 4명의 마부와 하릴없는 자들이 마차길에 서서 상록수숲 속에서 끌어 낸 자전거를 구경하고 있었다. 그것은 이미 낡아 빠진 랫지 호이트워즈 제로, 굉장히 멀리서 타고 온 것인 듯 닭털 방석이 얹혀 있었다. 스패너와 기름통이 든 가방이 달려 있었으나, 소유자에 대한 단서는 아무것도 없었다.

"번호가 붙어 있고 등록이 되어 있다면 상당히 도움이 될 텐데. 하지만 이것이 발견된 것만으로도 고맙게 생각하지 않으면 안 되겠지요, 범인이 어디로 갈 작정이었는지는 몰라도 어디서 온 것인지는 알 수 있을 것 같습니다. 그건 그렇더라도 대체 범인은 왜 이것을 놓아두고 달아났을까요? 그리고 또 자전거를 타지 않고 어떻게 달아난 것일까요? 이 사건에 대해서는 아직 실마리를 찾지 못하고 있는 것 같군요, 홈즈 씨." 경감이 말했다.

"그럴까?"

우리의 친구는 생각에 잠겨 대답했다.

"글쎄……."

제5장 등장인물

우리들이 저택으로 돌아오자 화이트 메이슨이 물었다.

"서재에 대한 조사는 이제 끝났습니까?"

"지금으로서는."

경감이 대답했다.

홈즈도 고개를 끄덕여 보였다.

"그럼, 집안 사람들의 증언을 들으실까요? 식당을 써도 좋겠소, 에임즈? 당신부터 우선 알고 있는 것을 말해 주시오."

집사의 진술은 간단명료해서, 그의 성실성은 의심할 수 없다는 인상을 주었다. 그는 5년 전 더글러스가 처음 벌스톤에 왔을 때 고용되었다. 그는 더글러스를 미국에서 재산을 모은 부자 신사라고 생각하였다. 더글러스는 친절하고 동정심있는 주인으로서, 지금까지 섬겨 온 주인들과 비교해 볼 때 조금 못한 점도 있기는 하지만, 모든 것이 완벽할 수는 없는 법이다. 더글러스에게서는 뭔가 걱정이 있는 듯한 모습을 찾아 볼 수가 없었다. 그건 고사하고 그처럼 무서움을 모르는 사람은 본 적이 없었다. 매일 밤 다리를 올려 두도록 명령한 것은 다만 오랜 옛날부터의 관습이었기 때문이며, 그는 이 오랜 관습을 계속 지켜 나가는 것을 좋아했을 뿐이다. 더글러스는 런던에 나가는 일도 마을을 떠나는 일도 별로 없었는데, 살해당한 날 탬브리지 웨일즈에서 물건을 사 가지고 왔다. 에임즈에게는 그날 더글러스가 침착하지 못하고 흥분해 있는 것처럼 보였다. 여느 때의 주인과는 달리 이상하게 조급한 듯하고 초조해 있었기 때문이다. 그날 밤 에임즈는 아직 잠자리에 들지 않고 집 뒤쪽 식기실에서 은그릇을 정돈하고 있었는데, 갑자기 벨이 요란스럽게 울렸다. 총소리는 들리지 않았지만, 그것은 이상한 일이 아니었다. 식기실과 부엌은 집의 훨씬 뒤쪽에 있어서 더글러스 방과의 사이에는 닫혀진 문이 몇 개나 있고, 긴 복도도 있기 때문이다. 요란스러운 벨 소리를 듣고 가정부가 방에서 나왔다. 거기서 두 사람이 함께 집 정면 쪽으로 달려갔다. 계단 아래까지 오자 더글러스 부인이 내려오는 것이 보였다.

"아니오. 마님은 그다지 서두르고 있지는 않았습니다…… 특별히 당황한 것처럼 보이지도 않았습니다."

더글러스 부인이 막 계단을 다 내려왔을 때 바커가 서재에서 뛰어나왔다. 바커는 더글러스 부인을 가로막으며 제발 돌아가 달라고 부탁했다.

"제발 부탁이니 방으로 돌아가 주십시오! 존이 죽어 있습니다. 당신이 할 일은 아무것도 없습니다. 부탁이니 돌아가 주십시오!"

잠시 후 계단에서 설득당한 부인은 방으로 돌아갔다. 그녀는 울부짖지 않았다. 비명 소리도 내지 않았다. 가정부 알렌 부인이 2층으로 데리고 가서 침실에서 시중을 들고 있었다. 에임즈와 바커는 서재로 들어갔다. 방 안은 뒤에 경찰이 조사했을 때와 조금도 다름이 없었다. 그때는 촛불이 아니라 램프가 켜져 있었다. 두 사람은 창문으로 밖을 내다 보았으나 아주 캄캄해서 아무것도 보이지 않았으며 소리도 들리지 않았다. 그리하여 에임즈는 현관에 홀로 뛰어가서 다리를 내릴 때 감아올리는 기계를 돌렸다. 그리고 바커가 급히 경찰을 부르러 간 것이다.

집사의 증언 내용은 대강 이러했다.

가정부 알렌 부인의 진술은 집사의 진술을 뒷받침해 주었다. 가정부의 방은 에임즈가 일하고 있던 식기실보다는 집 정면에 더 가까이 있었다. 잠자리에 들 준비를 하고 있는데 요란하게 벨이 울렸기 때문에 무슨 일인가 싶었다. 그녀는 귀가 좀 어두웠다. 그런 까닭으로 총소리가 들리지 않았겠지만, 아무튼 서재는 멀리 떨어져 있었다. 뭔가 큰 소리가 난 것은 알고 있었는데, 문을 쾅 닫은 소리로 생각하고 있었다. 그것은 벨 소리보다 훨씬 전의 일이었다. 벨이 울린 것보다 적어도 30분쯤 전이었다. 에임즈가 정면 쪽으로 갈 때 그녀도 따라갔다. 가서 보니 흥분한 바커가 창백한 얼굴로 서재에서 나오는 것이 보였다. 그는 계단을 내려오는 더글러스 부인을 가로막고 있었다. 그가 부인에게 방으로 돌아가도록 부탁하자 부인은 그것을 받아들였는데, 그녀가 무슨 말을 했는지는 알아들을 수 없었다. 바커는 가정부에게 말했다.

"2층으로 데려가 주시오, 부인 옆에 붙어 있어 주어야 하오!"

그래서 그녀는 부인을 침실로 데리고 가서 위로하려고 애썼다. 부인은 몹시 흥분해서 온몸을 떨고 있었으나, 아래층으로 내려가는 것은 단념하고 있었다. 침실 난로 옆에 실내복을 두르고 앉아 두 손에 얼굴을 묻고 있을 뿐이었다. 그녀는 거의 하룻밤 내내 부인 옆에 붙어 있었다. 다른 하인들은 자고 있었기 때문에 경찰이 오기 바로 전에야 소동을 알았다. 그들은 집 훨씬 뒤쪽에서 자고 있었으므로 아마 아무 소리도 듣지 못했을 것이다.

가정부의 증언은 그것뿐이었다. 반대 심문을 해보아도 그저 울거나 몸부림을 칠 뿐 더 이상의 수확은 없었다.

가정부 알렌 부인 다음으로 증인이 된 사람은 세실 바커였다. 전날 밤 사건에 대해서는, 그가 이미 경찰에 말한 것에 다시 덧붙일 것은 거의 없었다. 그리고 개인적인 생각이지만, 범인은 창문을 통해 도망친 것으로 확신하고 있다고 말했다. 핏자국이 그것을 결정적으로 뒷받침해 주고 있다는 것이 그의 의견이었다. 더욱이 도개교가 올려져 있었기 때문에 달리 달아날 방법을 생각할 수 없다는 것이었다. 범인이 어찌 되었는지, 자전거가 범인의 것이라면 어째서 타고 가지 않았는지 그것은 모르겠으며, 해자는 어디나 3피트 이상 깊지 않기 때문에 빠져 죽는 일은 있을 수 없다고 덧붙였다.

그는 가슴 속에 자기 나름대로 더글러스 피살에 대해 뚜렷한 의견을 가지고 있었다. 더글러스는 말이 없는 사나이였으며, 그리고 생애의 어느 시기에 대해서는 결코 말을 하지 않았다. 젊었을 때 아일랜드에서 미국으로 이민가서 상당히 형편이 좋아졌는데, 바커가 처음 그와 알게 된 곳은 캘리포니아였다. 거기서 두 사람은 공동 출자하여 베니트 협곡이라고 불리는 곳에 수지가 맞을 듯한 광구를 샀다. 사업은 제법 잘되어 갔는데, 더글러스가 갑자기 권리를 팔고 영국으로 건너갔다. 그 무렵 그는 독신이었다. 바커도 나중에 재산을 현금으로 바꾸어 런던으로 옮겨와 살게 되었다. 이리하여 두 사람은 옛 교제를 새롭게 했던 것이다. 더글러스에게 뭔가 위험이 닥쳐온 듯한 인상을 받았기 때문에, 그가 갑자기 캘리포니아에서 떠난 것도 영국의 이런 조용한 곳에 집을 산 것도 그 위험과 관계가 있으리라고 바커는 줄곧 생각해 왔다. 어떤 비밀 결사라든가 집념이 강한 단체가 더글러스를 추적하여 죽여 없애기 전까지는 추적을 그만두지 않았던 것이라고 생각되었다. 어떤 비밀 결사이며 어떤 일로 그들을 노엽게 만들었는지는 전혀 들은 적이 없으나 더글러스의 이야기 군데군데에서 그런 느낌을 받았으며, 카드에 씌어 있는 글자도 틀림없이 이 비밀 결사와 어떤 관계가 있으리라 생각된다고 그는 말했다.

"캘리포니아에서는 더글러스 씨와 얼마 동안이나 같이 일했습니까?"

맥도널드 경감이 물었다.

"5년 동안입니다."

"더글러스 씨는 독신이었다고 했지요?"

"아내가 먼저 세상을 떠났답니다."

"전처가 어디 사람이었는지 들은 일이 있습니까?"

"아니오, 없습니다. 그러나 스웨덴 사람의 피가 흐르고 있다고 말한 것은 기억하고 있습니다. 사진을 본 일이 있는데, 굉장한 미인이었습니다. 내가 더글러스와 알게 되기 전 해에 장티푸스로 죽었다더군요."

"더글러스 씨의 과거 이야기로 미루어 그가 미국의 어느 지역에 있었는지 생각나는 것은 없습니까?"

"시카고에 대해 이야기하는 것을 들은 일이 있습니다. 시카고 일을 잘 알고 있고, 거기서 일한 적도 있었던 모양입니다. 탄광이나 철광 지구의 이야기를 하는 것을 들은 일도 있습니다. 젊었을 무렵에는 여기저기 돌아다닌 것 같습니다."

"정치를 한 걸까요? 그 비밀 결사는 정치와 관계가 있는 게 아닐까요?"

"아니오, 정치에는 조금도 관심이 없었습니다."

"범죄와 관계가 있다고 생각할 이유도 없겠군요?"

"물론이지요, 그처럼 숨김이 없는 사람은 여태까지 본 일이 없습니다."

"캘리포니아 생활에서는 뭔가 색다른 점이 있었습니까?"

"우리들의 광구 불하 청구지에 틀어박혀 일하는 것을 무엇보다도 좋아했습니다. 될 수 있으면 다른 사람들이 있는 곳에는 가지 않으려고 했지요. 처음에 더글러스가 누군가에게 쫓기고 있는 게 아닌가 하는 생각이 든 것도 그런 까닭이 있었기 때문입니다. 그래서 그렇게 갑자기 유럽으로 떠났을 때도 역시 그렇구나 하고 생각했지요, 위험하다고 느끼는 점이 있었던 거겠지요. 그가 떠나고 나서 1주일도 안 되어서 5, 6명의 사나이가 그의 일을 물으러 왔습니다."

"어떤 사람들이었지요?"

"글쎄요……건달패 같았습니다. 광구로 찾아와서 더글러스가 어디에 있는지 알고 싶다는 것이었습니다. 유럽으로 가 버려서 어디에 있는지 모른다고 대답해 주었지요. 그들은 더글러스에게 뭔가 좋지 못한 일을 꾸미고 있는 것 같았습니다. 그건 한눈에 금방 알 수 있었습니다."

"그들은 미국인이었던가요, 캘리포니아 사람이었던가요?"

"글쎄요……저는 캘리포니아 사람이 어떻게 생겼는지 모르지만, 미국인임에는 틀림없었습니다. 하지만 광부는 아닙니다. 어떤 자들인지 짐작이 가지 않았지만, 얌전히 돌아갔기 때문에 마음을 놓았습니다."

"그러니까 6년 전의 일이겠지요?"

"그럭저럭 7년이 됩니다."

"그럼, 당신들은 캘리포니아에서 5년 동안 같이 있었으니까, 이 사건의 시작은 적어도 12년이나 옛날로 거슬러 올라가게 되는군요?"

"그런 셈입니다."

"그토록 오랜 동안 끈질기게 따라다녔다면 보통 원한이 아니었던 게 분명하군요. 그렇게 따라다니도록 만든 것은 사소한 일이 아닐 것 같습니다."

"그로 인해 일생이 캄캄해지게 된 거겠지요. 그 일이 잠시도 그의 머리를 떠나지 않았던 겁니다."

"하지만 자기 몸에 위험이 닥쳐 있고, 또한 그 위험이 어떤 것인지 알고 있다면 왜 경찰에 보호를 청하려고 생각하지 않았을까요?"

"위험의 성질로 보아 보호를 받을 수 없었던 거겠지요. 한가지 말씀드리고 싶은 것이 있는데, 그것은 더글러스가 언제나 무기를 지니고 다녔다는 사실입니다. 권총을 호주머니에서 뗀 일이 없었습니다. 그런데 공교롭게도 어젯밤에는 실내복을 입고 있었기 때문에 권총을 침실에 둔 채 잊고 있었던 겁니다. 도개교를 올려 두면 일단 안전하리라고 생각했던 거겠지요."

"시간 관계를 좀 더 확실히 듣고 싶군요." 맥도널드가 말했다.

"더글러스 씨가 캘리포니아를 떠나고 나서 6년이 되는데, 당신은 그 이듬해에 뒤쫓아오셨다고요? 더글러스 씨가 결혼한 것은 5년 전이니까, 당신이 이리로 돌아온 것은 그가 결혼할 무렵이었겠군요?"

"한 달쯤 전이었습니다. 결혼식에서 들러리를 섰지요."

"더글러스 부인을 결혼 전부터 알고 있었습니까?"

"아닙니다, 몰랐습니다. 10년이나 영국을 떠나 있었으니까요."

"그러나 결혼 뒤에는 자주 만났겠지요?"

바커는 무서운 눈초리로 경감의 얼굴을 보았다.

"더글러스는 여러 번 만났습니다. 부인도 물론 만났지요. 그러나 그것은 남편을 찾아오게 되면 그 부인을 만나지 않을 수 없기 때문입니다. 어떤 관계가 있는 것이라고 생각하신다면……"

"뭐, 달리 생각하는 것은 아닙니다, 바커 씨. 사건에 관계있는 일은 무엇이든지 물어보지 않을 수 없기 때문에…… 언짢게 생각지 마십시오."

"실례되는 질문이라는 것도 있지요."

바커는 화난 듯이 말했다.

"우리가 알고 싶어하는 것은 사실뿐입니다. 그것을 분명히 하는 것은 당신을 위해서이며, 모든 사람을 위해서입니다. 더글러스 씨는 당신과 부인과의 교제를 완전히 인정하고 있었습니까?"

바커는 금방 얼굴이 파랗게 되어 크고 억센 두 주먹을 경련을 일으키듯 불끈 쥐었다.

"당신에게는 그런 질문을 할 권리가 없습니다! 그것이 지금 수사하는 사건과 무슨 관계가 있다는 거지요?"

"되풀이하지만, 대답해 주십시오."

"절대로 대답할 수 없습니다."

"대답하지 않으셔도 좋습니다만, 거부하는 것도 역시 하나의 대답이 된다는 것을 아셔야 합니다. 아무것도 숨길 일이 없다면 거부하실 까닭이 없으니까요."

바커는 잠시 무서운 얼굴로 굵은 눈썹을 잔뜩 찌푸리며 뭔가 골똘히 생각하고 있더니 이윽고 얼굴을 들고 빙긋 웃었다.

"그러니까 당신들은 지금 다만 순수하게 의무를 집행하고 있는 것이므로, 나에게는 그것을 방해할 권리가 없다는 말씀이로군요? 어쨌든 이 일로 더글러스 부인에게 걱정을 끼치지 않도록 해주셨으면 합니다. 지금 그녀는 그렇지 않아도 슬픔으로 가슴이 미어질 지경입니다. 정말은 단 한 가지, 더글러스에게 결점이 있었습니다. 그것은 질투였지요. 그는 나를 좋아했습니다. 그처럼 친구를 좋아하는 사람도 없을 겁니다. 그리고 몸과 마음을 바쳐 부인을 사랑하고 있었습니다. 그런데 부인과는 내가 같이 이야기를 하거나, 우리들 사이에 뭔가 서로 통하는 듯한 일이 있으면 질투심을 불태워 금방 자제심을 잃고 심한 말을 입에 담는 겁니다. 그런 까닭에 다시는 안 오겠다고 맹세한 일도 한두 번이 아니었지요. 그러나 곧 몹시 후회하는 사과의 편지를 보내오곤 했기 때문에 나로서도 마음이 풀리지 않을 수가 없었습니다. 그러나 여러분, 이것만은 믿어 주셨으면 합니다. 더글러스처럼 애정이 두텁고 충실한 아내를 가진 남자는 없습니다. 그리고 또 나만큼 성실한 친구도 없었을 겁니다."

열의와 감정을 담은 말투였다. 그러나 맥도널드는 그것으로 문제를 끝내지 않았다.

"알고 계시겠지만 죽은 사람의 손가락에서 결혼 반지가 뽑혀졌습니다."

"그런 것 같습니다."

바커는 대답했다.

"'같다'라고 하시는 것은 무슨 뜻이지요? 당신은 사실을 알고 계시겠지요?"

바커는 얼떨떨하고 당황한 모양이었다.

"'같다'고 말한 것은, 더글러스가 직접 뽑은 것으로 생각할 수도 있다는 뜻입니다."

"누가 뽑았든 반지가 없어졌다는 사실만으로도 결혼과 이번의 비극이 무슨 관계가 있다고 생각되지 않습니까?"

바커는 넓직한 어깨를 움츠렸다.

"무슨 말씀인지 나로서는 알 수 없군요, 그러나 그것이 어떤 의미로 부인의 명예에 관계되지 않겠느냐고 말씀하시는 거라면……."

순간 그의 눈이 번쩍 빛나더니 간신히 감정을 억누르고 있는 듯한 표정이 얼굴에 나타났다.

"그것은 잘못 보신 거라고 말씀드릴 뿐입니다."

"지금으로서는 이 이상 더 물을 것이 없는 것 같군요" 하고 맥도널드는 차갑게 말했다.

"그러나 한 가지 질문이 있는데,"

셜록 홈즈가 입을 열었다.

"방에 들어갔을 때 테이블 위에는 촛불이 한 개만 켜져 있었나요?"

"그렇습니다."

"그 불빛으로 무서운 사건이 일어난 것을 아셨겠군요?"

"그렇습니다."

"금방 벨을 울려서 도움을 청하셨겠지요?"

"그렇습니다."

"곧 와 주었습니까?"

"1분도 채 되기 전에."

"그런데도 여럿이 와서 보니 촛불은 꺼져 있고 램프가 켜져 있었습니다. 그것이 아무래도 주목할 만한 일일 것 같군요."

다시금 바커는 여러 가지 생각으로 방황하고 있는 듯했다.

"주목할 만한 일이라고는 생각지 않습니다, 홈즈 씨."

잠시 뒤 그는 대답했다.

"촛불로는 잘 보이지 않았기 때문입니다. 좀 더 밝은 것을 켜려고 우선 생각했던 겁니다. 테이블 위에 램프가 있기에 그것을 켰지요."

"그리고 나서 촛불은 불어 껐습니까?"

"그렇습니다."

홈즈는 그 이상 아무것도 묻지 않았다. 바커는 우리의 얼굴을 차례로 물끄러미 바라보더니——그 얼굴에는 아무래도 도전적인 무언가가 깃들어 있는 것 같았다——몸을 홱 돌려 방을 나갔다.

맥도널드 경감은 더글러스 부인에게 그녀의 방으로 찾아가고 싶다는 뜻의 편지를 전달했다. 부인은 식당에서 만나겠다는 답장을 보내왔다.

부인은 30살쯤 된 키가 큰 미인으로, 아주 얌전하고 침착하여 내가 상상하고 있던 비극적인 흐트러진 모습은 전혀 찾아볼 수가 없었다. 얼굴만은 창백하게 긴장되어 있어서 큰 충격을 받았다는 것을 드러내고 있었으나 태도는 태연했으며, 테이블 끝에 예쁜 손을 얌전히 올려놓고 있었다. 그녀는 슬프고 하소연하는 듯한 눈으로 우리를 한 사람

한 사람 바라보았는데, 그 눈에는 묘하게도 뭔가를 묻고 싶은 표정이 떠올라 있었다. 이윽고 그 더듬어 찾는 듯한 눈길이 말로 바뀌었다.

"뭔가 아시게 되었나요?"

그녀는 물었다.

그 질문에 희망이 아니라 두려움이 깃들어 있는 것처럼 여겨진 것은 나의 억측이었을까?

"가능한 한 모든 조처를 강구하고 있습니다, 부인."

경감은 대답했다.

"소홀한 점은 하나도 없으니까 마음 놓으십시오."

"비용은 얼마가 들어도 좋아요."

그녀는 힘없이 담담한 목소리로 말했다.

"모든 힘을 기울여 주세요."

"사건 해결에 뭔가 단서가 될 만한 일을 들려 주셨으면 해서……."

"도움이 될 만한 건 아무것도 없어요. 하지만 알고 있는 것은 다 말씀드리겠어요."

"지금 세실 바커 씨로부터 들었습니다만, 부인께서는 실제로 보시지 않았고, 참극이 일어났을 때 방에 들어가시지도 않았다고 하더군요."

"네, 계단에서 그분에게 되쫓겨왔습니다. 내 방으로 돌아가라는 부탁이었어요."

"그러니까 부인께서는 총소리를 듣고 바로 아래층으로 내려오신 거지요?"

"실내복을 입고서 내려왔어요."

"계단에서 바커 씨가 가로막은 것은 총소리가 나고 얼마쯤 지난 뒤였지요?"

"1, 2분쯤 지난 뒤였어요. 그런 경우 시간을 계산하는 것은 도저히 어려운 일이지만. 바커 씨는 들어가지 말라고 부탁했어요. 가도 아무 소용이 없다는 것이었지요. 그래서 알렌 부인이 2층으로 데려다 주었습니다. 정말 무서운 꿈만 같았어요. ”

“남편께서 아래층으로 내려가시고 나서 총소리가 들리기까지 어느 정도 시간이 흘렀는지 아시겠습니까 ? ”

“글쎄요, 모르겠군요. 남편은 화장실에서 나갔기 때문에 내게는 아래층으로 가는 소리가 들리지 않았거든요. 그분은 화재를 몹시 무서워하고 있었기 때문에 매일 밤 집 안을 한 바퀴 둘러보곤 했었지요. 남편이 두려워하고 있던 것은 그것뿐이었어요. ”

“묻고 싶었던 것은 바로 그 점입니다, 부인. 부인께선 남편의 영국 시절밖에 모르시지요 ? ”

“네, 결혼한 지 5년밖에 안 되니까요. ”

“남편께서는 미국에서 있었던 일, 몸 가까이에 위험이 닥칠 만한 일을 말씀하신 적이 있습니까 ? ”

더글러스 부인은 대답하기 전에 진지하게 생각하고 있었다.

“네. ”

그녀는 마침내 말했다.

“나는 남편에게 언제나 위험이 눈 앞에 닥쳐 있는 듯한 느낌을 받았어요. 그러나 그분은 나에게 그런 말을 하는 것을 피하고 있었습니다. 나를 믿지 못했기 때문은 아니에요. 우리는 완전히 서로 사랑하고 서로 믿고 있었으니까요. 다만 나를 무섭게 만들지 않겠다는 생각이었던 거에요. 내가 알게 되면 걱정하리라고 생각했기 때문에 잠자코 있었던 겁니다. ”

“그러시다면 어떻게 그것을 알게 되었지요 ? ”

더글러스 부인의 얼굴은 금방 웃음을 띠었다.

“한평생 비밀을 숨길 수 있는 남편이 있을까요 ? 또한 남편을 사랑하고 있는 아내가 그 비밀을 조금도 눈치채지 못하고 지낼 수가 있을까요? 저는 여러 가지 일로 그것을 짐작할 수 있었어요. 미국에 있었던 무렵의 어떤 이야기에 대해서 굳이 말하기를 피하고 있음을 알게 됐어요. 무언가 경계를 하고 있는 것도 알았어요. 무심코 입 밖에 낸 어떤 말에서도 알 수 있었어요. 뜻밖에 찾아온 낯모르는 사람들을 보는 눈초리로도 알 수 있었고요. 저는 분명히 생각했어요. 주인에겐 어떤 강력한 적이 있어 그가 계속 주인을 노리고 있으며, 그래서 주인도 경계하고 있는 거라고요. 마침내 그것이 분명해졌기 때문에 최근 몇 년 동안 주인이 돌아오는 것이 어느 때 보다 늦으면 무서워서 견딜 수가 없었어요."

"그래서 묻고 싶은 겁니다만."

홈즈가 입을 열었다.

"부인의 주의를 끈 말이란 어떤 것이었지요?"

"'공포의 골짜기'라는 말이에요."

부인은 대답했다.

"내가 물으면 이런 식으로 대답하는 것이었어요. '나는 공포의 골짜기에 있었던 적이 있지. 그런데 아직도 거기서 벗어나지 못하고 있는 거요' 하고 말이에요. 남편이 언제나 괴로운 표정을 하고 있었기 때문에 언젠가 나는 '우리들은 공포의 골짜기에서 벗어날 수 없는 건가요?' 라고 물은 일이 있습니다. '가끔 영영 벗어날 수 없다고 생각될 때가 있소' 하고 그는 대답했어요."

"공포의 골짜기가 무슨 뜻인지 물어 보셨습니까?"

"네, 물었어요. 하지만 몹시 답답한 얼굴을 하고 머리를 내젓는 것이었어요. '우리 두 사람 가운데 한 사람이 그 골짜기의 그림자로부터 벗어나지 못하고 있다는 것은 참으로 난감한 일이야' 하고 그는 말했습니다. '당신에게만은 그 그림자가 미치는 일이 없어야 할 텐데.' 그것은 어딘가에 실지로 있는 골짜기로서 주인은 거기서 지낸 일이 있고, 거기서 뭔가 무서운 일이 일어났던 거에요. 이것은 확실합니다. 하지만 이제 더 이상은 모릅니다."

"주인께서는 누군가의 이름을 말하지 않았습니까?"

"말한 적이 있어요. 3년 전쯤 사냥에서 사고가 일어났을 때, 열로 헛소리를 한 일이 있어요. 그때 계속 어떤 이름을 입에 올린 것을 기억하고 있어요. 화난 듯이, 그리고 무서운 듯이 말하고 있었어요. '매긴티'라는 이름으로서, 지부장 매긴티라고 했어요. 완쾌된 뒤에 매긴티 지부장이 누구며, 어떤 단체의 지부장이냐고 나는 물어 보았지요. '내가 속한 단체의 우두머리는 아니오, 다행히도 말이야.' 하고 그분은 웃으며 대답했는데, 그것밖에는 더 들을 수가 없었어요. 하지만 매긴티 지부장과 공포의 골짜기는 뭔가 관계가 있는 것 같아요."

"또 하나 묻고 싶은 점이 있습니다."

맥도널드 경감이 말했다.

"부인께서 더글러스 씨와 알게 되신 것은 런던의 하숙에서였지요? 그리고 거기서 약혼하신 거지요? 결혼에 있어서 로맨스라든가 뭔가 비밀스럽거나 또는 신비스러운 일은 없었습니까?"

"로맨스는 있었어요. 결혼에는 로맨스가 있기 마련이지요. 하지만 신비스러운 일은 없었어요."

"주인에게 경쟁 상대는 없었습니까?"

"제게 다른 남자는 없었어요."

"주인의 결혼 반지가 뽑혀져 없어졌다는 것을 들으셨겠지요? 그 일로 뭔가 생각나는 점은 없습니까? 옛날의 적이 그가 있는 곳을 찾아 내어 이런 일을 저지른 것이라고 가정한다면, 결혼 반지를 뽑아 간 것은 어떤 이유일까요?"

짧은 한순간 부인의 입 언저리에 아주 가느다란 미소의 그림자 같은 것이 번지는 것을 나는 보았다고 맹세할 수 있다.

"그건 저로서도 전혀 모르겠군요."

그녀는 대답했다.

"정말 다시 없이 기괴한 일이에요."

"그럼, 더 이상 여기 계시게 하지는 않겠습니다. 이런 때에 이런 일로 번거롭게 해드려서 미안합니다."

경감은 말했다.

"이밖에도 묻고 싶은 일이 있습니다만, 문제가 되면 찾아뵙도록 하지요."

그녀는 일어났다. 나는 그녀가 아까 우리들을 둘러보았을 때 느꼈던 재빨리 더듬는 듯한 그 시선을 또다시 느꼈다. '내 증언이 당신들에게 어떤 인상을 주었을까?' 하고 눈으로 묻고 있는 듯했다. 그리고 나서 고개를 한 번 숙이고 그녀는 곧 방에서 나갔다.

"미인이로군, 굉장한 미인이야."

그녀의 뒤에서 문이 닫히자 맥도널드가 깊은 생각에 잠기며 말했다.

"그 바커라는 자가 늘 이 집에 와 있는 것은 확실합니다. 그는 부인의 마음을 끌 만한 남자지요. 죽은 더글러스가 질투하고 있었다고 인정하고 있는데, 질투의 원인이 무엇인지 가장 잘 알고 있는 것은 자신이겠지요. 그리고 결혼 반지 문제입니다만, 그냥 지나쳐 버릴 수 없는 일입니다. 죽은 사람에게서 결혼 반지를 뽑아 가지는 사나이를 당신은 어떻게 생각합니까, 홈즈 씨?"

내 친구는 두 손으로 머리를 안고 깊은 사색에 잠겨 있었는데, 그제야 일어나서 벨을 울렸다. 집사가 들어오자 그는 말을 걸었다.

"에임즈, 바커 씨는 지금 어디에 있소?"

"보고 오겠습니다."

조금 뒤 집사가 돌아와서, 바커는 뜰에 있다고 알려 주었다.

"어젯밤 당신이 서재로 달려갔을 때 바커 씨가 무엇을 신고 있었는지 기억하고 있소, 에임즈?"

"네, 기억하고 있습니다, 나리. 침실용 슬리퍼를 신고 계셨지요, 경찰을 부르러 가실 때 구두를 가져다 드렸습니다."

"그 슬리퍼는 지금 어디에 있소?"

"홀의 의자 밑에 있습니다."

"수고했소, 에임즈, 어떤 발자국이 바커 씨의 것이고, 어떤 것이 밖에서 들어온 자의 것인지 아는 것이 중요한 일이라서 말이오."

"네, 그렇겠지요. 사실을 말씀드리면, 슬리퍼에 피가 묻어 있는 것이 눈에 띄었습니다. 제 것에도 묻었습니다만."

"방 안의 형편을 생각하면 당연한 일이지. 수고했소, 에임즈, 일이 있으면 벨을 울리겠소."

2, 3분 뒤 우리들은 서재로 들어갔다. 홈즈는 홀에서 융단으로 만든 슬리퍼를 가지고 왔다. 에임즈의 말대로 양쪽 바닥이 피로 꺼멓게 되어 있었다.

"이상한데!"

창문의 밝은 곳에 서서 슬리퍼를 정성들여 조사하며 홈즈는 중얼거렸다.

"정말 이상하군!"

그는 고양이가 금방이라도 먹이에 달려들 듯이 몸을 구부리고서 슬리퍼를 창틀 핏자국에 대 보았다. 그것은 꼭 맞았다. 그는 아무 말 없이 사람들을 보며 빙긋 웃었다.

경감은 흥분으로 얼굴빛이 달라지고 말았다. 그리고 그가 태어난 고향의 사투리가 마구 튀어나오는 것이었다.

"이거 놀라운데!"

그는 외쳤다.

"틀림없습니다! 바커가 제 손으로 창에다 피를 묻힌 것입니다. 어느 구두 바닥보다도 훨씬 크군요. 넓적발이라고 한 것을 기억하고 있습니다. 그것으로 설명이 됩니다. 그런데 이건 어떻게 된 이야기일까요, 홈즈 씨. 어떻게 된 이야기일까요?"

"글쎄. 어떻게 된 이야기일까."

내 친구는 생각에 잠겨 반문했다.

화이트 메이슨은 빙긋이 웃으며 만족한 얼굴로 두툼한 손을 문질렀다.

"그러니까 내가 난해한 사건이라고 했던 겁니다!"

그는 외쳤다.

"이건 정말 난해한 사건입니다!"

제6장 한 가닥의 빛

세 명의 탐정은 세밀한 점에서 조사할 일이 아직도 많이 있었기 때문에 나는 혼자 마을 여관의 검소한 방으로 돌아가기로 했는데, 그전에 집 한 옆에 있는 고풍스런 정원을 산책하기로 했다. 정원은 이상한 모양으로 잘라 다듬어진 늙은 수송나무로 빙 둘러싸여 있었다. 그 안에는 온통 아름다운 잔디밭이 깔려 있고, 잔디밭 중앙에 오랜 해시계가 있었는데, 전체적인 분위기가 정말 조용하고 평화로워 어딘지 모르게 헝클어진 내 신경에 즐거움을 주었다. 이처럼 평화로운 분위기 속에 있으니 방바닥에 피투성이가 되어 쓰러진 시체가 있는 어두운 서재의 일 같은 것은 잊을 수 있었고, 생각이 난다 해도 기괴한 악몽으로밖에는 여겨지지 않았다. 그런데 정원 안을 돌아다니며 그 향기에 젖어 기분을 가라앉히려고 하자 묘한 일이 일어나서 다시금 그 비극을 떠올리게 되었고, 내 마음에 나쁜 인상을 새겨넣어 주었다.

아까 말했듯이 정원은 수송나무로 빙 둘러싸여 있는데, 집에서 가장 멀리 떨어진 끝쪽에서는 나무들이 빽빽이 들어차 산울타리가 되어 이어져 있다. 이 산울타리 맞은편에 집쪽에서 오는 사람에게는 보이지 않게끔 숨겨진 돌의자가 있었다. 마침 내가 그리로 가까이 가는데 사람의 말소리가 들려 왔다. 남자의 깊고 힘찬 목소리가 뭐라고 말을 하자, 그것에 대답하듯 여자의 짧은 웃음소리가 들렸다. 다음 순간 나는 산울타리 끝을 돌고 있었기 때문에 거기에 있는 더글러스 부인과 바커의 모습을 보고 말았다. 두 사람은 아직 내 쪽을 못 보고 있었다. 부인의 모습을 보고 나는 깜짝 놀랐다. 아까 식당에서는 조용하고 조심성이 많았는데, 지금은 슬퍼하고 있는 모습 같은 것은 조금도 보이지 않았다. 눈은 생명의 기쁨으로 빛나고, 얼굴은 상대가 한 말에 기뻐하며 경련하고 있었다. 바커는 앞으로 몸을 내밀 듯이 하고, 두 손을 마주잡아 두 팔을 자기 무릎 위에 얹고, 대담무쌍하고 아름다운 얼굴에 미소를 띠며 그녀에게 대답하고 있었다. 내 모습이 눈에 비치자 두 사람은 한순간 심각한 표정으로 되돌아왔다. 두 사람은 당황하여 두세 마디 말을 나누더니 바커가 일어서서 내 쪽으로 다가왔다.

"실례입니다만, 왓슨 선생이 아니십니까?"

나는 냉정하게 고개를 숙여 보였는데, 그 태도에는 지금 금방 받은 인상이 뚜렷이 나타나 있었을 것이다.

"우리들은 당신에 대해 많이 생각하고 있었습니다. 셜록 홈즈 씨와 당신의 관계는 모르는 사람이 없으니까요. 이리로 오셔서 더글러스 부인과 잠시 이야기를 나누시는 게 어떻겠습니까?"

나는 시무룩하니 그의 뒤를 따랐다. 내 마음의 눈에는 머리를 총에 맞고 방바닥에 쓰러져 있는 사나이의 모습이 역력히 보였다. 비극이 일어나고 몇 시간도 지나지 않았는데, 지금 여기에 피살된 사람의 아내와 둘도 없는 친구가 그의 것이었던 정원 덤불 밑에서 즐겁게 이야기하고 있는 것이다. 나는 개운찮은 기분으로 부인에게 인사했다. 식당에서는 나도 그녀와 슬픔을 함께 했으나, 지금은 그녀의 호소하는 듯한 눈길을 냉담한 시선으로 받았다.

"나를 차갑고 냉정한 여자라고 생각하시겠지요?"

그녀는 말했다.

나는 어깨를 으쓱했다.

"그건 내가 알 일이 아닙니다" 하고 나는 대답했다.

"하지만 언젠가는 아시게 될 거에요. 당신께서 이것만 알아주신다면⋯⋯"

"왓슨 선생께 알아 달라고 할 필요는 없소" 하고 재빨리 바커가 말했다. "방금 말씀하셨듯이 선생께서 알 일이 아니니까요."

"그렇습니다. 그러니까 나는 이만 실례하고 산책이나 계속하겠습니다."

"잠깐만요, 왓슨 씨."

부인은 애원하는 목소리로 외쳤다.

"한 가지 묻고 싶은 일이 있어요. 이 질문에 믿을 만한 답변을 해주실 수 있는 분은 당신뿐이에요. 대답해 주신다면 완전히 사정이 달라지게 될 거에요. 당신은 홈즈 씨에 대해, 그리고 홈즈 씨와 경찰과의 관계 같은 것을 누구보다도 잘 알고 계십니다. 만일 어떤 일을 은밀히 홈즈 씨에게 알리게 된다면, 그분은 그것을 경찰 쪽에 꼭 알려야 할 필요가 있을까요?"

"그렇습니다, 바로 그겁니다" 하고 바커도 열심히 말했다. "홈즈 씨는 독자적인 입장에 있는 겁니까, 아니면 경찰에 완전히 협력하고 있는 겁니까 ? ”

“그런 것을 말해서 좋을지 어떨지 모르겠군요. ”

“부탁입니다. 부탁이니 대답해 주세요, 왓슨 씨. 저희들을 도와주세요. 당신께서 대답해 주시면 저는 정말 구제받게 될 거에요. ”

부인의 목소리에는 간절한 진심이 깃들여 있었으므로 나는 곧 그녀의 경솔한 행동을 완전히 잊고 부탁을 들어 줄 생각이 들었다.

“홈즈는 독립해서 조사하고 있습니다. 누구의 지시도 받지 않고 있으므로 자기 판단이 명령하는 대로 행동할 겁니다. 그렇기는 하지만, 같은 사건을 조사하고 있는 경찰에 충실하는 것도 당연한 일이지요. 따라서 범인을 처벌하는 데 도움이 되는 일이라면 무엇하나 숨기지 않을 겁니다. 그 이상은 아무 것도 말할 수 없지만, 좀 더 자세하게 알고 싶으시다면 홈즈에게 말해 두겠습니다. ”

그리고 나서 나는 모자를 집어들고, 두 사람을 사람의 눈에 띄지 않는 산울타리 뒤에 남겨 둔 채 걸어나왔다. 산울타리 훨씬 끝쪽을 돌면서 우연히 뒤를 돌아보니 두 사람은 아직도 계속 이야기를 나누고 있었다. 내 뒤를 쫓는 시선으로 미루어 보아 그들이 이야기하고 있는 것은 나의 대답에 대한 것임이 분명했다.

그때 있었던 일을 이야기해 주자 홈즈는 말했다.

“그 사람들이 털어놓는 이야기 같은 건 듣고 싶지 않군. ”

그는 오후 내내 저택 안에서 두 경관과 함께 협의하고 있다가, 5시쯤 돌아와서 내가 주문해 둔 고기 요리와 차를 서둘러 먹고 있었다.

“그런 이야기는 거절하겠네, 왓슨. 그러다가 살인 공모죄로 체포되거나 하는 일이 생기면 처치곤란이야. ”

“일이 그렇게 될 것 같은가 ? ”

그는 무척 쾌활하고 기분이 좋았다.

“왓슨, 이 정력제 달걀을 다 먹고 나면 상황을 모조리 설명해 주겠네. 내 추측이 정확하다고는 말할 수 없지만——거기까지는 이르지 못했네——그러나 없어진 아령의 행방을 알게 되면……."

"아령이라니!"

"여보게, 왓슨. 자네는 이 사건의 해결이 없어진 아령에 달려 있다는 것을 아직 몰랐단 말인가? 뭐, 낙심할 건 없네. 우리끼리 이야기지만, 맥 경감이나 그 뛰어난 지방 주임까지도 그것이 굉장히 중요한 것임을 모르고 있으니까 말이야. 하나뿐인 아령 말일세, 왓슨! 아령을 하나밖에 가지고 있지 않은 운동가를 생각해 보게. 한쪽만의 발달, 척추 만곡을 일으킬 위험을 생각해 보게. 무서운 일이야, 왓슨. 정말 무서운 일이야!"

그는 토스트를 볼이 메어지도록 넣고 우물거리면서 장난기 어린 눈을 반짝이며 내가 머리를 앓고 있는 것을 지켜보고 있었다. 식욕이 왕성한 것으로 보아 수사가 잘 진척되고 있는 것이 틀림없었다. 어떤 문제로 고민하고 초조해 하면서, 여위고 진지한 얼굴을 한층 더 여위게 한 채 식사도 잊고 밤낮을 보내던 일을 나는 분명히 기억하기 때문이다. 이윽고 그는 파이프에 불을 붙이고 낡은 시골 여관방의 난로 옆에 걸터앉아 천천히 생각나는 대로 사건에 대해 이야기하기 시작했다. 그것은 생각을 정리해서 이야기한다기보다는 혼자 중얼거리고 있는 것 같았다.

"거짓말. 엄청나고 터무니없으며 뻔뻔스럽고 주체할 수 없는 거짓말. 여보게, 왓슨. 맨 먼저 우리가 부딪치고 있는 것이 이것이라네. 그것이 출발점이야. 바커의 이야기는 모두 거짓말이야. 더욱이 바커의 이야기를 뒷받침하고 있는 것이 더글러스 부인이거든. 그러므로 더글러스 부인 역시 거짓말을 하고 있는 셈이지. 그들은 거짓말을 하고 있고, 서로 짜고 있네. 그래서 이제 문제는 확실해진 셈이지. 어째서 거짓말을 하고 있는가? 그들이 숨기려 하고 있는 진실은 무엇인가? 왓슨, 자네와 나 둘이서만 해보지 않겠나? 그 거 짓말을 꿰뚫는 진실을 재구성할 수 있을는지 어떤지 한 번 해보세.

거짓말을 하고 있다는 것을 내가 어떻게 알았느냐 하면, 도저히 참을 수 없을 만큼 너무나 서투르게 꾸미고 있기 때문일세. 생각 좀 해보게! 우리가 들은 이야기에 의하면, 범인은 살해하고 나서 2분도 못되는 동안에 죽은 사람의 손가락에서 다른 반지 밑에 끼워 져 있는 결혼 반지를 뽑아 내고 위의 반지를 본대로 도로 끼웠다 니……그런 일은 있을 법하지도 않은 이야기야. 그리고 나서 피해 자의 곁에 그 기묘한 카드를 놓아두지 않으면 안 되었던 걸세. 그 런데 이런 일은 분명히 불가능하네. 자네는 이렇게 말할지도 몰라. 나는 자네의 판단력을 높이 사고 있으니까 그런 일은 없으리라 생 각하네만. 반지는 죽기 전에 뽑아 가졌을지도 모른다고 말일세. 촛불이 켜져 있었던 것이 아주 짧은 동안이었다는 사실로 보아, 두 사람이 얼굴을 마주 대한 것은 길지 않았음을 알 수 있네. 더글러 스는 소문으로 판단하건대 두려움을 모르는 성격인 모양인데, 한 마디 했다고 해서 결혼 반지를 건네 줄 사나이겠는가? 또 그가 반 지를 건네 줄 작정이었다고 생각할 수 있겠는가? 왓슨, 범인은 램 프를 켜고 시체 옆에 잠시 혼자 있었던 걸세. 그것은 의심할 여지 가 없어. 그러나 죽은 원인은 내가 보건대 총탄인 것 같아. 그러니 까 그 탄환은 이야기로 들은 것보다 조금 전에 쏜 게 틀림없어. 그 런데 이런 일에는 잘못 생각하는 일이 결코 있을 수 없네. 여기서 우리는 총소리를 들은 두 사람, 바커라는 사나이와 더글러스 부인 의 정성들인 공모에 부딪치게 된 걸세. 더구나 창틀에 있는 핏자국 이 경찰에 거짓 단서를 주기 위해 바커가 일부러 묻힌 것임이 증명 되면 그의 용의가 깊어지리라는 것은 자네도 인정하겠지.

여기서 우리는 살인이 실제로 몇 시에 일어났는가를 생각해 볼 필요가 있어. 10시 반까지는 하인들이 집 안을 돌아다니고 있었으니까 그 시각보다 전이 아닌 것은 분명하네. 11시 15분 전에 에임즈만 빼놓고 하인들은 모두 자기 방으로 돌아갔지. 에임즈는 식기실에 있었어. 오늘 오후 자네가 돌아가고 나서 실험해 보았는데, 문을 모두 닫아 두면 식기실에서는 서재에서 나는 소리가 전혀 들리지 않는다는 것이 밝혀졌네. 그러나 가정부의 방에서는 들리지. 그 방은 복도에서 그다지 멀지 않기 때문에 서재에서 큰 소리를 지르면 어렴풋이 들리네. 엽총 소리는──이 경우도 분명 그런 것이지만──쏘는 거리가 아주 가까우면 어느 정도 소리가 작아지게 된다네. 그리 큰 소리는 아니었겠지만 그래도 아주 고요한 밤중이었기 때문에 가정부 알렌 부인 방에서는 쉽사리 들렸을 걸세. 그녀는 자신도 말했듯이 약간 귀가 어두웠지만, 방문이 닫히는 것같은 소리가 들렸다고 증언하고 있네. 소동이 일어나기 30분 전이라고 했으니까 11시 15분 전일 걸세. 그녀가 들은 것은 총소리로서, 그것이 살인이 행하여진 실제 시각임에 틀림없네. 그렇다면 바커와 더글러스 부인이 진범이 아니라는 말이 되는데, 그 경우 총소리를 듣고 달려온 11시 15분 전에서부터 벨을 울려 하인들을 부른 11시 15분까지 그들이 대체 무엇을 하고 있었느냐 하는 것을 우리는 결정하지 않으면 안 돼. 두 사람은 무엇을 하고 있었을까? 어째서 급한 일을 당장 알리지 않았던 것일까? 이것이 우리들이 맞닥뜨리고 있는 문제로서, 그 답이 나오면 문제의 해결에 한층 가까이 다가간 셈이 되네."

"확신하건대 그 두 사람 사이에는 뭔가 양해가 되어 있었던 걸거야. 남편이 피살되고 몇 시간도 지나지 않았는데 웃으며 잡담을 하고 있다니, 그 여자는 사람도 아니야, 틀림없어" 하고 나는 말했다.

"맞았네. 사건 진술을 들어 봐도 아내된 사람으로서는 호감이 안

가더군. 왓슨, 자네도 알다시피 나는 여성 찬미자는 아니네. 하지만 내 인생 경험을 통해 남편에게 조금이라도 애정을 갖고 있는 여자라면 남편의 시체를 앞에 두고 다른 남자와 소곤대지 않으리라는 것쯤은 알고 있네. 왓슨, 만일 내가 결혼을 한다면, 엎어지면 코 닿을 곳에 내 시체가 쓰러져 있는데도 가정부의 부축을 받아 가 버리는 그런 일이 없도록 아내에게 애정을 심어 두고 싶네. 연출이 서툴렀어. 경험 없는 취조관 앞에서도 보통은 여자답게 눈물을 보이게 마련인데 눈물 한 방울 흘리지 않으니 어이가 없을 수밖에. 다른 무엇이 없더라도 나는 이 점만으로도 공모의 냄새가 난다고 여겼을 거야."

"그렇다면 분명히 바커와 더글러스 부인이 살인을 저질렀다고 생각하는 건가?"

"자네 질문은 단도직입적이라서 늘 나를 놀라게 한단 말이야."

홈즈는 나를 향해 파이프를 흔들며 말했다.

"마치 총알을 맞은 것 같군. 더글러스 부인과 바커가 살해의 진상을 알고 있으면서도 공모 끝에 그것을 숨기고 있는 것이냐고 묻는다면 나는 진심으로 대답할 수 있네. 틀림없이 그럴 거야. 그러나 보다 무서운 자네 의견에 대해서는 그다지 확실하지 않아. 우리를 고민하게 만드는 곤란한 일을 잠시 생각해 보지 않겠나? 그 두 사람을 결합시킨 것은 탈선한 사랑으로서, 그들이 방해가 되는 사나이를 죽이기로 마음먹었다고 가정해 보세. 그러나 이 가정은 너무 지나쳐. 하인들과 다른 사람들을 신중히 조사해 보아도 그것을 확증할 수는 없었으니까. 그와 반대로 더글러스 부부가 서로 진심으로 사랑하고 있었다는 증거는 많이 있네."

"그러나 나로서는 그렇게 생각되지 않네."

나는 정원에서 본 아름다운 미소를 떠올리며 말했다.

"적어도 그런 인상을 받았어. 그러니 그들은 보통이 넘는 교활한 남녀로서 그 점을 용케 숨기고 남편을 죽이려고 공모했다고 가정해 보세. 그 남편은 마침 뭔가 위험한 그림자에 떨고 있는 사나이였네."

"그건 그 두 사람이 그렇게 말하고 있을 뿐이지."

홈즈는 생각 깊은 표정을 지었다.

"아무튼 알았네, 왓슨. 그러니까 자네의 대체적인 의견은 두 사람의 말이 처음부터 거짓말이라는 거로군. 자네의 의견에 따르면 정체 불명의 협박도, 비밀 결사도, 공포의 골짜기도, 매긴티인가 뭔가 하는 자도 없었다는 것인데, 과연 그럴 듯한 결론일세. 그럼, 그대로 밀고 나가면 어떻게 되는가 확인해 보세. 두 사람은 자전거를 사냥 동산에 버려두고 외부에서 누군가 사람이 숨어 들어왔다는 증거를 만들었네. 창틀에 핏자국을 묻힌 것도 같은 생각에서 나왔지. 시체 옆에 있었던 카드도 마찬가지로, 이것은 집 안에서 준비해둔 것일지도 모르네. 자네 가설에는 꼭 들어맞는군그래, 왓슨. 그런데 여기서 한 가지 까다롭고 귀찮고 난처한 문제에 부딪치게 되네. 하필이면 왜 총신을 잘라 낸 엽총을 썼을까? 그것도 미제 총을……그 총소리라면 아무도 달려오지 않으리라고 그처럼 확신한 것은 어째서일까? 가정부 알렌 부인이 문이 쾅 닫히는 소리를 듣고 무엇 때문일까 하고 달려나가지 않았던 것은 말하자면 단순히 우연에 지나지 않네. 자네가 혐의를 두고 있는 저 두 사람은 어째서 이런 일을 했을까?"

"솔직히 설명이 안되는군."

"그리고 또 하나 여자가 정부와 공모해서 남편을 살해했다고 하면, 죽인 뒤에 보란 듯이 결혼 반지를 뽑아 죄를 광고하는 것 같은 짓을 하겠는가? 그럴 수가 있다고 생각하나, 왓슨?"

"아니, 그럴 수 없을 것 같은데."

"그리고 또 하나, 자전거를 숨기고 도망치려고 했다는 증거를 남길 생각을 해낸 경우, 자전거는 범인이 도망하기 위해서는 가장 필요한 것이므로 아무리 머리가 둔한 탐정이라도 뻔히 들여다보이는 속임수인데, 그런 일을 할 생각이 나겠는가?"

"어떻게 설명해야 좋을지 모르겠군."

"그런데 사람의 지혜로 설명이 되지 않는 사건이 한꺼번에 몇 가지나 서로 겹쳐 일어나는 일은 아마 없을 걸세. 따라서 이것은 사실이 아니라고 단언하기로 하고, 가능한 추론을 다시 살펴보세. 물론이것도 단순한 상상에 지나지 않지만, 상상이 진실의 어머니가 되는 경우가 얼마나 많은가 하는 것은 자네도 알고 있겠지.

존 더글러스라는 사나이의 생애에 범죄가 되는 비밀, 수치스러운 비밀이 있었다고 가정해 보세. 이 가정에 따르면 뒤에 복수자가 있다는 셈이 되는데, 따라서 누군가 외부 사람의 손에 의해 살해된 것이 되지. 이 복수자는——사실 아직 나로서는 납득이 가지 않지만——어떤 이유로 죽은 사람의 결혼 반지를 뽑아 가졌네. 복수의 원인은 더글러스의 첫 번째 결혼에 있을 수도 있고, 반지는 뭔가 그런 이유로 뽑아 가진 것으로 생각될 수 있겠지. 이 복수자가 도망치기 전에 바커와 부인이 방으로 달려갔네. 범인은 그들로 하여금 자기를 잡으려고 하면 무서운 추문이 드러나게 된다고 생각하게 만들었지. 그리하여 두 사람은 범인을 도와 달아나게 하는 쪽을 택했네. 도망시키기 위해 두 사람은 다리를 내렸을 걸세. 그것은 조금도 소리를 내지 않고 할 수 있는 일이니까. 그리고 나서 다시 올렸을 거야. 그렇게 하여 범인은 달아난 것인데, 뭔가 이유가 있어서 자전거보다는 걸어서 달아나는 편이 안전하다고 생각했을 걸세. 그래서 그는 안전하게 도망치고 난 다음이면 발견되어도 상관없는 곳에 자전거를 숨겨 두었던 걸세. 여기까지는 가능한 추론이 아니겠나?"

"그렇군. 그런 일은 있을 수 있어, 틀림없이."

나는 조금 망설이며 대답했다.

"그런데 잊어서는 안될 것은 왓슨. 어떤 일이 일어났든 너무도 기괴한 일이라는 점이네. 지금까지의 추론을 계속해보면, 그 두 사람──두 사람이 범인이라고는 말하지 않겠네만──은 다음과 같은 사실을 깨달았네. 범인이 도망쳐 버리면 자기들이 곤란한 입장에 놓이게 된다는 것, 즉 그들이 죄를 범하지 않았으며 보고도 못 본 척한 게 아님을 증명해야 한다는 것을 말이야. 그리하여 그들은 곧 대책을 세웠는데, 너무 서툴렀어. 바커의 피 묻은 슬리퍼로 창틀에 흔적을 남겨서 범인이 어떻게 달아났는지를 보여 주려고 했지. 총소리를 들은 것은 에임즈와 알렌 부인 두 사람뿐임에 틀림이 없으므로 급히 알리기는 했는데 사건이 일어나고 꼬박 30분이나 지난 뒤의 일이었어."

"그래서, 어떻게 그런 것을 증명할 수 있다는 건가?"

"그건 말이야, 왓슨. 외부 사람의 짓이라고 하면 뒤를 밟아 잡을 수 있네. 그렇다면 가장 유력한 증거가 되겠지. 그러나 그렇지 않다고 하면, 하지만 과학이라고 하는 자원은 끝나는 일이 없으니까 말이야. 그 서재에서 혼자 하룻밤을 지내보면 크게 참고가 되겠지."

"혼자서 하룻밤을!"

"곧 갈 작정이네. 그 일은 저 존경할 만한 에임즈와 타협해 두었어. 그는 바커를 진심으로 좋아하고 있는 것은 아니야. 그 방에 앉아서 그곳 분위기로부터 무언가 영감이 떠오르는지 어떤지를 확인해 보려는 걸세. 나는 각 장소의 수호신이라는 것을 믿고 있다네.

웃고 있군, 왓슨. 아무튼 곧 알게 돼. 그런데 자네, 그 큰 우산을 가지고 오지 않았나?"

"가지고 왔어."

"그럼, 빌려주겠나?"

"좋아, 하지만 빈약한 무기일걸! 만일 위험이 있게 되면……."

"별일 없을 걸세, 왓슨. 그렇지 않다면 자네에게 도움을 청할 게 아닌가. 아무튼 우산을 가지고 가겠네. 지금으로서는 탬브리지 웨일즈로부터 경감들이 돌아오기를 기다리고 있을 수 밖에 없군. 그들은 그곳에서 자전거 주인을 찾고 있다네."

해가 지고 나서 맥도널드 경감과 화이트 메이슨이 조사를 끝내고 돌아왔는데, 아주 기뻐하며 수사가 대단히 진전되었다고 말했다.

"지금이니까 말입니다만, 외부에서 들어온 사람이 있다는 데에는 의심을 품고 있었습니다."

맥도널드가 말했다.

"그러나 이제는 그렇게 생각하지 않습니다. 자전거 주인을 알아냈고, 범인의 인상도 분명해졌습니다. 그러니까 수사도 상당히 진척된 셈이지요."

"거의 종말에 가까워진 것 같군" 하고 홈즈가 말했다. "진심으로 두 분께 축하를 드리겠소."

"우선 내 출발점은 더글러스 씨가 피살되기 전날, 즉 탬브리지 웨일즈로 간 날부터 걱정스러운 얼굴을 하고 있었다는 사실입니다. 그러니까 그가 무슨 위험을 깨달은 것은 탬브리지 웨일즈에서였다는 결론이 나오지요. 그러므로 자전거를 타고 온 사람이 있었다고 하면 그것은 탬브리지로부터 온 것이 분명합니다. 우리들은 자전거를 가지고 가서 호텔을 몇 군데나 돌면서 보여 주었지요. 그러자 곧 한 여관 지배인이, 이틀쯤 전에 투숙한 허글레이브라는 사람의 것이라고 증언했습니다. 그 자전거와 작은 손가방이 그의 전 재산으로, 숙박계에는 런던에서 왔다고 기록되어 있을 뿐 주소는 쓰지 않았더군요. 손가방은 런던에서 만든 것이고 안에 들어 있는 물건들도 영국제였지만, 그는 틀림없이 미국인이었답니다."

"과연……."

홈즈는 기쁜 듯이 말했다.

"내가 친구를 상대로 공리공론에 시간을 보내고 있는 동안 당신들은 확실한 일을 했구려. '말보다는 실천'이라는 교훈 그대로군, 맥."

"그렇습니다, 바로 그것입니다, 홈즈 씨" 하고 경감은 만족해서 말했다.

"하지만 자네의 추리와도 딱 들어맞지 않는가?"

내가 홈즈에게 말했다.

"맞는지 안 맞는지 우선 이야기를 끝까지 들어보세. 맥, 그의 신원을 알 수 있을 만한 것은 아무 것도 없었겠지?"

"아무래도 신원을 알 수 없도록 주의를 하고 있었던가 봅니다. 서류며 편지며 옷가지도 없었습니다. 침실 테이블에는 자전거 여행용 지도가 놓여 있었습니다. 어제 아침 식사를 마치고 나서 자전거를 타고 호텔을 나간 뒤, 우리가 조사하러 가기까지 전혀 소식을 알 수 없답니다."

"그래서 골치를 앓고 있는 겁니다, 홈즈 씨."

화이트 메이슨이 말했다.

"경찰의 추적을 피하고 싶었다면 호텔로 돌아와서 아무 일 없었던 여행자처럼 시치미를 떼고 있을 것입니다. 그러나 안 돌아오게 되면 그에 대해 호텔 지배인이 경찰에 신고할 것이고, 그가 없어진 것이 살인과 결부될 것은 뻔한 이야기입니다."

"그렇게 생각할 수도 있겠지요. 그러나 아직 잡히지 않고 있으니까 아무튼 지금으로서는 머리가 좋다는 증거가 되겠군요. 그건 그렇고, 그의 인상은 어떤가, 맥?"

맥도널드는 수첩을 뒤적였다.

"알아낼 수 있는 데까지는 적어 두었습니다. 특별히 주의해서 보지는 않은 모양인데, 그래도 급사며 사무원들이며 하녀 등이 말하고 있는 공통된 특징은 대개 다음과 같습니다. 키는 5피트 9인치 정도, 나이는 50살 안팎이고, 머리털은 약간 잿빛을 띠었으며, 회색 콧수염을 달고, 코는 매부리코에다 얼굴은 누구나 다 험상궂다고 말하고 있었습니다."

"음, 얼굴만 빼면 더글러스 씨의 인상과 똑같다고 말해도 좋을 정도로군."

홈즈는 말했다.

"더글러스 씨는 막 50살을 넘었고, 머리털도 수염도 잿빛이었으며, 키도 그 정도이지. 그밖에 뭐가 있었나?"

"두꺼운 회색 신사복에 리퍼 자켓을 입고, 짧은 노란색 코트를 걸치고, 챙이 없는 부드러운 모자를 쓰고 있었답니다."

"엽총은 어떻게 하고?"

"그건 2피트도 못됩니다. 그거라면 손가방에도 문제없이 들어갑니다. 코트 속에 넣고서도 문제없이 걸을 수 있습니다."

"그런 것들이 모두 이 사건 전체와 관련이 있다고 어떻게 장담할 수 있겠나?"

맥도널드가 대답했다.

"글쎄요……이 자가 붙들리기만 하면──인상착의를 듣고서 바로 모든 곳에 전보를 쳐 두었습니다──더 잘 알 수 있겠지요. 하지만 지금으로서도 수사는 확실히 진척되어 있습니다. 허글레이브라는 미국인이 이틀 전에 자전거로 가방을 가지고 탬브리지 웨일즈로 찾아온 것을 알게 됐으니까요. 가방에는 총신을 잘라 짧게 만든 엽총이 들어 있었으므로 범행 의도가 있었던 게 틀림없습니다. 어제 아침 그는 코트에 엽총을 숨겨 가지고 자전거를 타고 이 벌스톤으로 향했습니다. 우리들이 아는 한 그가 온 것을 본 사람이 없습니다만, 마을을 지나지 않더라도 사냥 동산 문으로 나갈 수가 있습니다. 거리에는 자전거를 타고 달리는 사람이 얼마든지 있습니다. 아마 그는 곧장 자전거를 우리가 발견한 그 월계수 덤불 속에 숨기고, 자신도 거기에 숨어서 저택을 감시하며 더글러스 씨가 나오기를 기다리고 있었겠지요. 엽총은 집 안에서 쓰기에는 부적합한 무기지요, 그는 그것을 바깥에서 쏠 작정이었던 겁니다. 그러면 우선 잘못 쏠 리가 없으므로 편리한 것은 명백하고, 영국의 사냥터 근처에서는 흔히 총소리가 들리므로 이상하게 생각할 사람도 없을 겁니다."

"그건 확실히 그렇군!" 하고 홈즈가 말했다.

"그런데 더글러스 씨는 나타나지 않았던 겁니다. 그렇게 되면 다음에 어떻게 했겠습니까? 자전거를 숨겨 둔 채 땅거미 속에서 저택으로 다가갔습니다. 다리는 내려져 있고 근처에는 아무도 없었습니다. 누구와 마주치면 뭔가 핑계를 대기로 마음먹고 다리를 건넜습니다. 다행히 아무도 만나지 않았습니다. 그리하여 바로 가까운 방으로 숨어 들어가 커튼 뒤에 숨어 있었습니다. 거기서는 다리가 올라가는 것이 보였으므로 해자를 건너는 방법밖에는 달리 달아날 길이 없다는 것을 알았습니다. 11시 15분이 지나도록 기다리고 있자 더글러스 씨가 늘 하던대로 집 안을 둘러보다가 이 방으로 들어왔습니다. 그리하여 계획대로 그를 쏘아 죽이고 달아난 겁니다. 자전거는 호텔 사람들에게 알려져서 불리한 단서가 되기 때문에 그대로 두고, 뭔가 다른 수단으로 런던이나 또는 이미 마련해 둔 안전한 은신처로 달아난 겁니다. 이 가정이 어떻습니까, 홈즈 씨?"

"훌륭하군, 맥. 내가 들은 중에서는 참으로 훌륭하고 분명한 이야기일세. 그러니까 그것이 이야기의 결론인 셈이군. 내 결론은 이렇다네. 범행은 보고된 시각보다 30분쯤 전에 일어난 것으로, 더글러스 부인과 바커 씨가 공모하여 중요한 사실을 숨기고 있으며, 범인의 도망을 도와주었다……아니, 적어도 범인이 달아나기 전에 방으로 달려갔으며, 확실한 건 아니지만 다리를 내려 도망치도록 해주었으면서도 창문으로 도망친 듯 거짓 증거를 꾸며 놓았다는 걸세. 나는 사건 전반을 이렇게 해석하고 있다네."

두 수사관은 머리를 가로 저었다.

"하지만 홈즈 씨. 그것이 사실이라고 하면 하나의 수수께끼가 풀렸다고 생각하는 순간 또 다른 수수께끼에 부닥치게 되는 셈입니다" 하고 런던의 경감이 말했다.

"그리고 어느 의미에서는 보다 더 이해하기 어려운 수수께끼에 부닥치게 되지요" 화이트 메이슨이 덧붙였다.

"부인은 미국에 간 일이 없습니다. 미국인 범인과 무슨 관계가 있어서 덮어 줄 생각을 했겠습니까?"

"곤란한 점이 있다는 것은 나도 인정합니다."

홈즈는 말했다.

"오늘밤에 나는 독특하고도 간단한 수사를 해볼 작정이오, 그것이 우리들의 공동 목적에 뭔가 공헌할 수도 있겠지요."

"도와 드릴까요, 홈즈 씨?"

"아니, 괜찮습니다! 어둠과 왓슨 박사의 우산만 있으면 충분합니다. 그리고 에임즈, 그 충실한 집사 에임즈가 틀림없이 한 꺼풀 벗겨 줄 것이오, 내 생각의 귀결점은 언제나 하나의 근본 문제, 즉 운동가가 어째서 하나밖에 없는 아령 같은 부자연스러운 것을 써서 몸을 단련했을까 하는 점이오."

홈즈가 단독 수사에서 돌아온 것은 그날 밤 늦은 시각이었다. 우리들이 자는 방은 침대가 두 개 놓여 있어, 작은 시골 여관이 베풀 수 있는 최상의 방이었다. 나는 그때 잠들어 있었으나 그가 들어오자 얼른 눈을 떴다.

"어떻게 됐나, 홈즈" 하고 나는 작은 목소리로 물었다. "무엇이 발견되었나?"

그는 촛불을 들고 말없이 내 옆에 서 있었는데, 이윽고 가늘고 긴 몸을 내게로 굽혔다.

"여보게, 왓슨" 하고 그가 속삭였다.

"미친 사람이나 골이 물러 버린 사나이나 제 정신을 잃은 백치 같은 사람과 한방에서 자는 것은 싫겠지?"

"아니, 난 조금도……."

나는 놀라며 대답했다.

"아, 그렇다면 고맙군."

그 말 외에 그는 그날 밤 더 이상 이야기하려고 하지 않았다.

제7장 해결

다음날 아침, 식사를 마치고 나가 보니 맥도널드 경감과 화이트 메이슨이 지방 경사의 작은 객실에서 열심히 의논을 하고 있는 중이었다. 두 사람 사이의 테이블에는 편지와 전보가 수북히 쌓여 있었는데, 그들은 그것을 분류하기도 하고 내용을 간추려 쓰기도 했다. 한 옆으로 밀쳐져 있는 것이 세 통이었다.

"감쪽같이 달아난 자전거 여행자를 아직도 뒤쫓고 있는 모양이로군.”

홈즈가 쾌활하게 물었다.

“그 녀석의 최근 정보가 들어와 있나?”

맥도널드는 처량한 표정으로 산더미처럼 쌓인 통신물을 손으로 가리켰다.

“지금으로서는 레스터, 노팅엄, 사우샘프턴, 더비, 이스트햄, 리치먼드, 그 밖의 열네 곳에서 정보가 들어와 있습니다. 그중 세 군데, 이스트햄과 레스터와 리버풀에서는 용의가 짙어 지금 붙잡아 두고 있습니다. 노란 코트를 입은 도망자가 전국에 우글거리고 있는 모양입니다.”

“기가 차군!” 하고 홈즈가 동정 어린 목소리로 말했다.

“그런데 여보게 맥, 그리고 화이트 메이슨 씨 당신에게도 마찬가지지만, 나는 진심으로 충고하고 싶네. 내가 이 사건을 자네들과 함께 손대게 되었을 때, 틀림없이 잊지 않았겠지만……나는 어중간한 의견은 말하지 않겠다, 옳다고 납득될 때까지는 내 생각을 보류하고 끝까지 밀고 나가겠다고 약속했지. 그러므로 나는 지금 내가 생각하고 있는 것을 하나도 말하지 않고 있는 걸세. 그러나 또 나는 자네들과 정정당당하게 승부를 겨룰 작정이라고 말했으므로 한순간이나마 쓸데없는 일에 정력을 낭비하게 내버려 두는 것은 공정한 방법이 아니라고 생각되네. 그런 이유에서 오늘 아침 충고하러 온 걸세. 나의 충고는 단 한 마디, 그런 수사는 그만두라는 걸세.”

맥도널드와 화이트 메이슨은 깜짝 놀라서 유명한 동료의 얼굴을 지켜보았다.

“희망이 없다고 생각하고 계시는 겁니까?” 하고 경감이 말했다.

“아니, 자네들의 수사가 희망이 없다고 생각하는 걸세. 진실에 도달하는 것에 희망이 없다고는 생각되지 않네.”

"하지만 그 자전거 여행자는 우리가 만들어 낸 것이 아닙니다. 인상도 알고 있고, 가방도 자전거도 있습니다. 그는 지금 어딘가에 있는 게 틀림없습니다. 어째서 붙잡아서는 안 된다는 거죠?"

"그렇지. 틀림없이 어딘가에 있을 것이고, 틀림없이 붙잡히게 되겠지만, 이스트햄이나 리버풀에서 자네들의 정력을 낭비케 하고 싶지는 않은 거라네. 나는 좀 더 가까운 길이 있으리라고 확신하네."

"당신은 뭔가 숨기고 계시는군요. 그건 공정한 방법이라고 말할 수 없는데요, 홈즈 씨."

경감이 난처한 표정을 지었다.

"내 일하는 방법을 알고 있겠지, 맥. 그러나 발표를 미루는 것도 되도록 짧게 끝내겠네. 세밀한 점에 대해 음미해 보았으면 하는 것뿐으로, 아마도 곧 끝날 걸세. 그런 다음 작별 인사를 하고 우리는 런던으로 돌아가겠네. 결과는 고스란히 자네들에게 맡겨 두고 말이야. 굉장히 신세를 졌으니까 그렇게라도 해주지 않으면 마음이 개운치 않거든. 여러 가지 경험을 했지만 이처럼 이상하고 흥미 깊은 연구는 그다지 기억에 없으니까 말이야."

"도무지 잘 알 수가 없군요. 어젯밤 탬브리지 웨일즈에서 돌아와 만났을 때는 우리들의 결과에 대체로 찬성하는 것 같았는데, 그 뒤 무슨 일이 있었기에 이처럼 사건에 대한 생각이 완전히 달라졌습니까?"

"물으니까 말이지만, 그때 말했듯이 어젯밤 몇 시간 동안을 그 저택에서 보냈지."

"그래, 무슨 일이 있었습니까?"

"물론이지! 하지만 거기에 대해서는 지금으로서는 아주 조금밖에 대답할 수 없네. 나는 그 옛 건물에 대한 짧지만 명확하고 흥미 깊은 설명서를 읽고 있었다네. 그것은 시골 담뱃가게에서 1펜스밖에 안 되는 싼값으로 살 수 있는 거지."

홈즈는 조끼 주머니에서 옛 영주 저택의 엉성한 판화가 그려진 작은 책자를 꺼냈다.

"현장의 역사적 분위기를 분명히 마음에 새겨넣었을 경우, 수사에 한층 열의가 생겨나거든. 그렇게 지겨워하지 않아도 되는 걸세. 이처럼 간단한 설명이라도 지나간 모습을 얼마쯤 마음속에 떠오르게 해주니까. 그럼, 한 가지 예를 들어 보지. 제임스 1세의 재위 제 5년에 지음. 이 벌스톤 저택은 해자로 둘러싼 제임스 왕조풍의 저택으로서, 현존하는 것 가운데 가장 훌륭한 것의 하나인데……."

"우리를 놀리고 있군요, 홈즈 씨."

"아니, 여보게, 맥. 자네는 약간 신경질적인 데가 있다고 생각했는데 역시 그렇군그래. 그럼, 일일이 읽는 건 그만두지. 본론 쪽에 더 관심이 있는 모양이니까. 하지만 1644년에 저택이 의회당의 대령에게 점령당한 일이며, 내란의 북새통에 찰스 왕이 며칠 동안 숨어 있었던 일이며, 또 조지 2세가 이곳을 찾아온 일 등의 설명이 있다고 하면, 이 오래 된 집에 대해 흥미로운 점이 여러 가지 있다는 것을 인정하겠지?"

"그건 의심하지 않습니다, 홈즈 씨. 하지만 그런 건 이 사건과 관계가 없습니다."

"그럴까? 시야를 넓게 갖는 것이 우리가 이 직업으로 성공하는 비결의 하나야, 맥. 관념이 서로 뒤섞이기도 하고 지식이 간접적으로 활용되기도 하는 것은 특별히 흥미 깊은 일이거든. 이런 말을 한다고 나무라지는 말게. 보잘 것 없는 범죄 감정가이지만, 자네보다는 나이도 들었고 경험도 많은 사람의 말이라네."

"그건 기꺼이 인정합니다."

경감은 진심으로 말했다.

"요점을 알고 있을 텐데도 빙빙 돌려서 말씀하시기 때문에……. "

"좋아, 지난 역사 이야기는 그만두고 현재의 사실로 돌아가세. 아까도 말했지만 어젯밤 나는 저택에 갔네. 바커 씨도 더글러스 부인도 만나지 않았는데, 두 사람을 번거롭게 할 필요가 없을 것 같기 때문이었네. 그런데 부인은 슬픔에 잠기지도 않고 저녁 식사를 맛있게 들었다는 이야기를 듣고 나는 기쁘게 생각했지. 내가 방문한 목적은 특히 그 충실한 에임즈를 만나는 일이었으므로, 직접 여러 가지 이야기를 한 다음 아무도 모르게 잠시 서재에서 혼자 있도록 허락해 주었던 걸세. "

"뭐라고 ! 시체와 함께 말인가 ! " 하고 나는 외쳤다.

"아니 아니, 그때는 벌써 말끔히 치워져 있었어. 자네가 치워도 된다고 허락했다더군, 맥. 방은 여느 때처럼 되어 있었고, 그래서 나는 15분을 유익하게 지냈던 거야. "

"뭘 하고 있었습니까 ? "

"글쎄…… 없어진 아령을 찾고 있었네. 이것이 수사를 가로막고 있었거든. 나는 결국 발견해 냈지. "

"어디서 ? "

"아, 그 점은 아직 조사하지 않았기 때문에 좀 더, 정말 조금만 더 조사를 해 보아야겠네. 그런 뒤 내가 알고 있는 것은 무엇이든 다 알려 주겠다고 약속하지. "

"그 말씀은 알아듣겠는데 수사를 그만두라고 하신다면 대체 어째서 수사를 그만두어야 하는 겁니까 ? " 하고 경감이 말했다.

"이유는 간단하네, 맥. 수사하고 있는 당면 목적이 무엇인가를 우선 모르고 있기 때문이야. "

"벌스톤 저택의 존 더글러스 씨 피살 사건을 수사하고 있는 겁니다. "

"그렇지, 물론. 그러나 자전거를 탄 수수께끼의 사나이를 뒤쫓는 것 같은 일은 그만두는 게 좋아. 아무 소용도 없다는 것을 내가 보증하지."

"그러면 어떻게 하라는 말씀입니까?"

"자네에게 그럴 생각이 있다면, 어떻게 할지를 분명히 가르쳐 주겠네."

"당신의 이상야릇한 방법 뒤에 언제나 분명 이유가 있다는 것은 인정합니다. 충고에 따르겠습니다."

"그럼, 화이트 메이슨 씨는?"

주 경찰서 수사주임은 걱정스러운 듯이 모두의 얼굴을 둘러보았다. 그는 홈즈에 대해서도, 그의 수사 방법에 대해서도 아직 잘 모르고 있었다.

"글쎄요, 경감님이 좋다면 나도 괜찮습니다."

마침내 그도 동의했다.

"멋있군!" 하고 홈즈가 말했다.

"그렇다면 자네들 두 사람에게 권고하고 싶군. 이 근처를 기분 좋게 마음놓고 산책하라고 말이야. 벌스톤 지맥에서 삼림 지대를 바라보는 전망은 특히 좋더군. 점심은 어딘가 여관에서 먹을 수 있겠지. 이 지방 일은 아무 것도 모르므로 어떤 여관이라고 추천할 수는 없지만 말이야. 저녁 무렵이 되어 피로해도 좋은 기분으로……"

"농담이 지나치군요!"

맥도널드는 성이 나 의자에서 벌떡 일어나며 외쳤다.

"글쎄, 자네 좋을 대로 하루를 보내게."

홈즈는 그의 어깨를 힘있게 두드리며 말했다.

"좋을 대로 하게. 어디를 가도 좋네. 그러나 어둡기 전에 반드시 이리로 와 주어야 해. 반드시 말이야, 맥. ”

“무슨 이야기인지 알겠습니다. ”

“모처럼 좋은 일을 권하긴 했지만, 무리를 하라고는 말하지 않겠네. 내가 필요할 때 이리로 와 주기만 하면 그것으로 좋아. 그런데 떠나기 전에 바커 씨에게 보내는 편지를 써 주었으면 하는데……. ”

“그러지요. ”

“내가 불러 주지. 준비됐나? 실은 해자의 물을 빼지 않으면 안되게 되었습니다. 뭔가 수사에 도움이 될 것이 발견……. ”

“그런 건 없습니다. 벌써 조사를 끝냈으니까요. ” 경감이 말했다.

“그러니까 안 되는 거야, 맥! 내가 부르는 대로 받아쓰게. ”

“그럼, 계속해 주십시오. ”

“……발견될 것으로 생각하기 때문입니다. 준비는 일단 끝났기 때문에 내일 아침 일찍 인부들이 일에 착수하여 냇물을 막고 물줄기를 돌리게……. ”

“어림없는 이야기입니다! ”

“물줄기를 돌리게 되어 있으므로, 미리 사정을 말씀드려야 하겠기에 알려드립니다. 자, 거기에 서명해서 4시쯤 건네 주게. 그리고 그 시각에 다시 이 방에서 만나세. 그때까지는 저마다 하고 싶은 대로 해도 좋아. 수사는 분명히 한때 정지한 것이니까 말이야. ”

우리들이 다시 모였을 때는 땅거미가 지기 시작하고 있었다. 홈즈의 태도는 몹시 진지했고, 나는 호기심에 불타 있었으며, 두 수사관은 분명 비판적이고 불쾌한 얼굴이었다.

“자, 그럼” 하고 내 친구는 엄숙하게 말했다.

“나와 함께 모든 것을 시험해 보세. 그리고 내 관찰에 의해 도달한 결론이 옳다고 증명될 수 있는지 없는지는 각자의 판단에 맡기겠네. 오늘밤은 몹시 추운데다 탐험이 얼마 동안 계속될지 모르니 아주 따뜻한 외투를 입도록. 어둡기 전에 부서에 임하는 것이 가장 중요한 일이니까, 괜찮다면 지금 떠나기로 하세."

우리들은 저택의 사냥 동산 바깥쪽 경계를 따라 나아가서, 목책 난간이 부서져 있는 곳으로 갔다. 거기서 안으로 숨어 들어가, 다가오는 어둠 속으로 홈즈의 뒤를 따라 정면 현관과 다리의 반대쪽 근처에 있는 관목 숲에 닿았다. 다리는 올려져 있지 않았다. 홈즈가 월계수 그늘에 웅크렸기 때문에 우리 세 사람도 몸을 웅크렸다.

"이제부터 어떻게 하는 겁니까?"

맥도널드가 퉁명스럽게 물었다.

"꾹 참고, 될 수 있는 한 소리를 내지 않는 걸세."

홈즈는 대답했다.

"무엇 때문에 이리로 온 거지요? 좀 더 털어놓고 말해 줄 수 없습니까?"

홈즈는 웃었다.

"왓슨은 나를 보고 생활 연극인이라고 말하고 있지. 내 가슴 속에 있는 예술가적 기질은 연출에 의한 사건 해결을 끈질기게 요구하거든. 확실히 우리들의 직업은 말이야, 맥, 승리를 장식할 만한 무대 장치라도 해 두지 않으면 저속하고 답답해서 견딜 수가 없다네. 무뚝뚝하게 죄를 지적하고 잔혹하게 어깨를 치는……그러한 사건 해결을 사람들은 어떻게 생각하겠나? 그보다는 민첩한 추리, 교묘한 함정, 날카로운 예측, 추론의 입증이 있기에 우리는 이 일을 긍지로 삼고 떳떳하게 일할 수 있는 게 아닐까? 지금 자네들은 매력적인 상황과 사냥의 기대감으로 부풀어 있네. 내가 시간표처럼 짜여진 그대로 행동한다면 그런 전율을 맛볼 수 있겠는가? 좀 더 기다려 주기를 바랄 뿐이네, 맥. 그러면 모든 것이 분명하게 돼."

"그렇긴 해도 추위로 얼어죽기 전에 긍지니 떳떳함이니 하는 것이 나타나면 좋겠군요."

런던의 경감은 체념에 농담을 섞어서 말했다.

우리들이 맥도널드의 원망에 박자를 맞춘 것도 무리는 아니었다. 감시 시간은 길고 밤공기는 찌르는 듯이 추웠기 때문이다. 오래된 저택의 길다랗고 음침한 정면에 서서히 어둠이 덮이기 시작했다. 해자에서 오는 차갑고 축축한 공기로 뼈까지 얼어붙는 느낌이었으며 이가 딱딱 소리를 내며 떨려 왔다. 문간에 램프가 하나, 그리고 참극이 일어난 서재에 훤히 등불이 켜져 있었다. 다른 곳은 모두 캄캄하니 쥐 죽은 듯 고요했다.

"어느 정도 걸리는 겁니까? 그리고 무엇을 감시하고 있는 거지요?" 불쑥 경감이 물었다.

"어느 정도 걸릴지 그건 나도 몰라." 홈즈가 대답했다.

"범인들이 언제나 열차처럼 시간에 맞춰 행동해 준다면 우리한테도 꽤 도움이 될 텐데. 무엇을 감시하고 있느냐 하면…… 옳지, 저거야, 우리들이 감시하고 있는 것은."

그 순간, 서재에 밝게 켜져 있던 노란 등불이 어두워지고 누군가가 그 앞을 이리저리 걸어다니는 것이 보였다. 우리들이 숨은 월계수는 서재 창문 맞은편에 있었는데, 거기서 100피트밖에 떨어져 있지 않았다. 이윽고 경첩이 삐걱거리는 소리가 나며 창문이 활짝 열리더니, 어둠 속을 들여다보듯이 한 사나이의 머리와 어깨의 검은 윤곽이 희미하게 보였다. 몇 분 동안 그는 가만히 앞쪽을 바라보고 있었는데, 주위에 아무도 없는지 확인하고 있는 것 같았다. 그러다가 갑자기 어부가 고기를 낚아 올리듯이 뭔가를 끌어올렸다. 커다랗고 둥근 것으로, 열린 창문으로 끌어올린 순간 등불이 어두워졌다.

"자, 지금이다! 이제 알았겠지?" 홈즈는 외쳤다.

우리들은 손발이 굳어진 채 홈즈의 뒤를 따라 비틀거리며 일어났다. 홈즈는 필요에 따라서는 다시없이 활동적이고 강인한 사나이가 되는 것이다. 지금도 그는 번개같이 다리를 건너가 무섭게 벨을 울렸다. 안에서 빗장을 벗기는 소리가 들리고, 반쯤 넋이 나간 에임즈의 모습이 문간에 나타났다. 홈즈는 말없이 그를 밀어붙이고 우리들을 뒤따르게 하면서, 지금까지 우리가 감시하고 있던 사나이가 있는 방을 향해 뛰어들었다.

　테이블 위의 석유 램프는 바로 밖에서 보이던 등불이었다. 그 램프를 지금은 세실 바커가 들고 있었는데, 우리들이 들어가자 그는 그것을 이쪽으로 돌려댔다. 램프 빛에 비쳐진 그 사나이의 깨끗이 면도된 결연한 얼굴과 위협적인 눈이 빛났다.

　"이게 대체 어찌 된 거요, 대체 뭘 찾고 있는 거요?" 그는 외쳤다.

　홈즈는 재빨리 주위를 둘러보며 책상 밑에서 끈으로 묶인 물에 흠뻑 젖은 보따리를 끄집어냈다.

　"우리가 찾고 있던 건 이것입니다, 바커 씨. 아령을 매달아 해자 바닥에 던져두었다가 방금 끌어올린 이 보따리입니다."

　바커는 태연자약한 표정으로 홈즈를 노려보고 있었다.

　"아니, 어떻게 이것을 알게 되었지요?" 하고 그는 물었다.

　"내가 거기에 넣어 두었기 때문이오."

　"당신이 넣어 두다니! 당신이!"

　"'다시 넣었다'고 하는 편이 좋을까요."

　홈즈가 말했다.

　"자네는 잊지 않았겠지만, 맥, 내가 아령이 하나밖에 없는 것을 이상해 하지 않던가. 자네의 주의를 그쪽으로 돌리려 했는데, 자네는 다른 것에 정신이 쏠려서 아령 따위는 생각할 겨를이 없었지. 생각했더라면 뭔가 추리할 수가 있었을 텐데 말이야. 가까운 곳에 물이 있고, 아령처럼 묵직한 것이 없어졌다면 뭔가 물 속에 가라앉은 것이 있다고 가정해볼 수도 있을 걸세. 이 생각은 적어도 시험해 볼 가치가 있었기 때문에 방으로 안내해 준 에임즈의 협력을 얻어서 왔슨 박사의 우산 자루로 어젯밤 이 보따리를 끌어올려 그 속을 조사할 수가 있었던 거라네. 그러나 가장 중요한 것은 누가 거기에 던져 넣었는가를 증명하는 일이었지. 이렇듯 증명할 수 있었던 것은 내일 해자의 물을 말린다고 통고했기 때문이네. 그렇게 알려두면 보따리를 감춘 사람이 누구이든지간에 그는 어두워져서 아무도 수상하게 여기지 않을 무렵 틀림없이 끌어올릴 것이기 때문일세. 여기 네 사람의 증인이 있습니다, 바커 씨. 그러니까 바커 씨, 이 번에는 당신이 말씀하실 차례입니다."

셜록 홈즈는 물이 뚝뚝 떨어지는 꾸러미를 테이블 램프 옆에 놓고 묶어 놓은 끈을 끌렀다. 안에서 아령을 꺼내어 방 한쪽 구석에 있는 또 한 개의 아령 쪽으로 데구루루 굴렀다. 다음에 끄집어 낸 것은 한 쪽 구두였다.

"보시다시피 미국제입니다."

구두 바닥을 가리키며 홈즈는 말했다.

그런 다음 테이블 위에 길고 위험스러워 보이는 칼집이 딸린 나이프를 꺼내 놓았다. 마지막으로 옷보따리를 끌렀다. 거기에는 속옷, 양말, 잿빛 트위드 신사복, 짧은 노란색 코트 등이 얌전히 한 벌 갖춰져 있었다.

"옷은 흔해빠진 거네."

홈즈는 말했다.

"그러나 코트만은 달라. 이것은 아무래도 단서가 될 만한 거지."

그는 코트를 등불 쪽으로 가만히 비춰 들고 가느다란 손가락으로 만져 보았다.

"보시다시피 이것이 안주머니인데, 안감이 있는 곳까지 깊게 만들어 총신을 잘라서 작게 한 엽총이 충분히 들어가게끔 되어 있네. 깃 안에는 양복점 이름이 붙어 있는데, '미국 버밋사 닐 양복점'이라고 되어 있군. 나는 오늘 오후 내내 목사관 도서실에서 유익한 시간을 보내며 지식을 넓힐 수가 있었다네. 버밋사는 미국의 가장 유명한 탄광 골짜기 안에 있는 번영하는 작은 도시라는 것도 알았지. 나는 아직도 기억하고 있는데, 바커 씨, 당신은 탄광 지구라고 하면 더글러스 씨의 전 부인에 대해 생각이 난다고 하셨지요? 그러므로 시체 옆에 있던 카드의 'V V'는 버밋사 골짜기(Vermissa Valley)를 가리키며, 또 이것이 바로 암살단을 보내는 곳으로 우리 귀에도 익숙한 '공포의 골짜기'라고 추측했다면 무리한 생각은 아니겠지요? 여기까지는 확실합니다. 그러면 바커 씨, 내가 당신의 설명을 방해하고 있었던 것 같으니 부디……."

명탐정이 이런 식으로 설명하는 동안 세실 바커의 반감어린 얼굴은 그야말로 볼 만했다. 분노와 놀람과 낭패와 망설임이 번갈아 얼굴을 스쳤다. 마침내 그는 신랄하게 차가운 웃음을 띤 표정으로 말을 시작했다.

"골고루 잘도 아시는군요, 홈즈 씨. 더 이야기해 주시는 것이 좋겠는데요."

"얼마든지 이야기할 수는 있습니다만, 바커 씨, 그보다는 당신 자신이 이야기해 주시는 게 좋을 것 같은데요."

"그렇게 생각되십니까? 하지만 나로서는, 비밀이 있다 하더라도 나에 관한 것이 아니므로 나는 그것을 밝힐 만한 사람이 못된다고 말할 수 있을 뿐이오."

"그렇다면 바커 씨. 구속 영장을 받아다가 당신을 구속할 때까지 감시해야겠군요." 경감은 차분히 말했다.

"좋도록 하시오."

바커는 도전적으로 말했다.

사실 그에 대해서는 달리 방법이 없을 것 같았다. 그 고집스러운 얼굴로 보건대 아무리 다그쳐 봐야 마음에 없는 말을 하게 만들 수는 없으리라는 것을 알 수 있었기 때문이다. 그러나 부인의 목소리가 문제를 해결해 주었다. 더글러스 부인은 반쯤 열린 문 앞에 서서 듣고 있다가 성큼 방 안으로 들어왔다.

"세실, 그것으로 충분히 우리를 위해 애써 주셨어요. 앞으로 어떻게 되든 이제 그것으로 충분해요." 그녀는 말했다.

"물론 이것으로 충분하고도 남지요."

셜록 홈즈는 정중하게 말했다.

"부인, 당신에겐 어디까지나 동정합니다만, 우리의 사법 체계에 상식이 있다는 것을 믿으시고 스스로 경찰 측에 무엇이든 다 털어놓으시도록 강력히 권고합니다. 내 친구 왓슨 박사를 통해 알려 주신 힌트를 받아들이지 않은 것은 나의 잘못이었는지도 모릅니다만, 그때는 당신이 이 범죄에 직접 관계가 있다고 믿을 만한 충분한 이유가 있었기 때문입니다. 그러나 지금은 그렇지 않다는 확신이 섰습니다. 그렇긴 하지만 아직 납득이 가지 않는 부분이 많으니까, 더글러스 씨가 직접 설명해 주시기 바랍니다."

홈즈의 말을 듣고 더글러스 부인은 깜짝 놀라 소리를 질렀다. 수사관들과 나도 함께 소리를 질렀다. 왜냐하면 그때 마치 벽 속에서 튀어나온 것처럼 한 사나이가 방구석 어두운 곳에 모습을 나타내어 이쪽으로 다가오고 있는 것을 보았던 것이다. 더글러스 부인이 몸을 돌려 사나이를 끌어안았다. 바커는 사나이가 내미는 손을 잡았다.

"이것이 가장 나아요, 존. 정말 이것이 가장 나아요." 부인은 되풀이해서 말했다.

"그렇습니다, 더글러스 씨. 이것이 가장 낫다는 것을 곧 아시게 될 겁니다" 하고 셜록 홈즈는 말했다.

사나이는 어둠 속에서 갑자기 밝은 곳으로 나와 눈이 부신지 눈을 깜박이며 우리들을 바라보았다. 대담한 잿빛 눈, 힘차 보이는 짧게 자른 반백의 콧수염, 앞으로 내밀어진 네모난 턱, 얼마쯤 유머러스하게 느껴지는 입매. 특이한 풍채였다. 그는 우리들을 뚫어지게 보고 있더니 이윽고 놀랍게도 내 쪽으로 다가와서 한 뭉치의 서류를 건네 주었다.

"소문은 듣고 있었습니다, 왓슨 씨."

그의 목소리는 영국식 발음도 아니고 미국식 발음도 아니었으나, 정말 부드럽고 기분 좋은 것이었다.

"당신은 역사의 기록자입니다. 아무튼 왓슨 씨, 이처럼 재미있는 이야기를 쓰신 일은 없을 겁니다. 보장합니다. 마지막 1달러까지 걸어도 좋습니다. 좋으실 대로 쓰시면 됩니다만, 진상이 모두 거기에 들어 있으므로 그것만 쓰시게 되면 독서계의 호평을 받게 될 겁니다. 이틀 동안이나 갇혀 있었습니다만, 해가 비쳐드는 시간을——그런 지독한 굴 속에도 해가 비쳐들더군요——이용해서 이것을 썼습니다. 부디 사용해 주십시오, 당신과 당신의 애독자를 위해서. 공포의 골짜기에 대한 이야기입니다."

"더글러스 씨, 그것은 옛날 일이겠지요?"

셜록 홈즈가 조용한 어조로 물었다.

"지금 우리들이 듣고 싶은 것은 현재의 이야기입니다."

"들려 드리고 말고요."

더글러스는 말했다.

"담배를 피면서 이야기해도 괜찮을까요? 고맙습니다, 홈즈 씨. 내 생각이 틀림없다면 당신도 담배를 좋아하시는 분일 겁니다. 이틀 동안이나 주머니에 담배가 들어 있는데도, 냄새때문에 피지 못하고 있었다면 어떤 심정이 들지 아시겠지요."

그는 맨틀피스에 기대어 홈즈가 건네 준 잎담배를 깊숙이 들이마셨다.

"홈즈 씨, 당신에 대해선 소문으로 듣고 있었습니다만, 이렇게 직접 만나게 되리라고는 꿈에도 생각 못했습니다. 그러나 저것을……."

그는 내가 쥐고 있는 서류를 보며 고개를 끄덕였다.

"중간까지라도 읽으신다면 내 이야기가 전혀 새로운 것이라고 생각되실 겁니다."

맥도널드 경감은 완전히 넋을 잃고 이 새로운 등장인물을 물끄러미 바라보고 있었다.

"아, 이건 정말 두 손 들었군!" 하고 그는 마침내 외쳤다.

"당신이 벌스톤 저택의 존 더글러스 씨라면, 그럼, 이틀 동안 우리가 수사하고 있었던 것은 누구의 시체입니까? 당신은 지금 도대체 어디서 뛰어나온 겁니까? 요술 상자에서 나온 건지……."

"여보게, 맥."

나무라듯 둘째손가락을 흔들면서 홈즈가 말했다.

"그건 모두 찰스 왕이 이곳에 숨었던 일을 기록해 놓은 저 훌륭한 소책자를 읽지 않았기 때문이라네. 그 당시 사람들은 아주 안전한 곳이 아니면 몸을 숨기지 않았지. 한 번 피신했던 장소는 두 번도 사용되는 법이거든. 나는 더글러스 씨가 집 안에 있다고 확실히 믿고 있었네."

"그렇다면 홈즈 씨, 당신은 언제부터 우리를 속이고 있었던 거지요?" 경감은 화를 내며 말했다.

"수사를 해도 소용이 없다는 것을 알면서도, 언제부터 헛수고를 시켰던 겁니까?"

"언제부터랄 것도 없네, 맥. 나도 어젯밤에야 비로소 사건의 윤곽을 알게 되었으니까. 그러나 오늘밤이 되기까지 그것을 증명할 수가 없었기 때문에 자네와 화이트 메이슨 씨에게 오늘 낮 동안만은 쉬게 했던 거지. 그 이상 무얼 할 수 있었겠나? 해자 안에서 신사복을 한 벌 발견해 내고 나는 서재에서 본 시체가 존 더글러스 씨의 것이 아니라 탬브리지 웨일즈에서 온 자전거 여행자의 것이라는 확신이 들었네. 그 밖에 다른 생각은 할 수 없었지. 그래서 나는 존 더글러스 씨가 어디에 있는가를 밝혀내지 않으면 안 되었던 걸세. 확률적으로 생각해 보니 원래 이곳은 망명자를 숨겨 준 일이 있는 집이므로 그는 부인과 친구의 도움을 얻어 한동안 숨어 있다가 좀 더 조용해지면 달아나려 하고 있는 거로구나 하고 결론지었지."

"대체로 당신이 짐작하신 대로입니다."

더글러스 씨는 머리를 끄덕이며 말했다.

"나는 영국의 법률을 피해 가려고 생각했었습니다. 영국 법에서 내가 어떤 처지에 있는지 알 수도 없었고, 또한 그렇게 하면 내 뒤를 쫓는 자들을 따돌릴 수 있으리라고 생각했던 겁니다. 그러나 나는 처음부터 끝까지 남부끄러운 일이나 후회할 만한 일은 아무 것도 하지 않았습니다. 아무튼 그것은 내 이야기가 끝난 뒤에 직접 판단해 주십시오, 경감님. 주의는 필요없습니다. 나는 진실을 밝힐 결심이 되어 있습니다. 처음부터 자세하게 이야기하지는 않겠습니다. 저기에 모두 씌어 있으니까요."

그는 내가 가지고 있는 서류 다발을 손으로 가리켰다.

"읽어보시면 굉장히 기이한 이야기라는 것을 알게 될 겁니다. 간단히 말하면 이렇습니다. 나를 미워할 이유가 있는 사나이가 몇 사람인가 있어서, 나를 죽이기 위해서는 돈을 아끼지 않는 겁니다. 내가 살아 있고 그들도 살아 있는 한, 나에게 있어 이 세상에서 안전 같은 것은 없습니다. 그들은 시카고에서 캘리포니아로 나를 뒤쫓아 왔습니다. 결국 나를 미국에서 쫓아냈습니다만, 결혼하여 이 조용한 곳에 와서 살게 되었을 때에는 이것으로 늘그막을 평온하게 보낼 줄로 생각했지요. 아내에게 사정을 말한 적은 없었습니다. 아내에게 털어놓아서 좋을 게 뭐 있겠습니까? 털어놓으면 두 번 다시 마음 편할 날이 없이 언제나 걱정만 하게 될 테니까요. 그러나 아내는 뭔가 알고 있었던 것 같습니다. 우연한 기회에 내가 나도 모르게 비추었는지도 모르지요. 그러나 어제 당신들을 만나게 되기까지 사건의 진상은 모르고 있었습니다. 아내는 아는 데까지 말했고, 그것은 여기 있는 바커도 마찬가지입니다. 이번 사건이 일어났던 날 밤에는 자세히 설명하고 있을 겨를이 없었기 때문입니다. 그러나 이제 아내도 완전히 알고 있습니다. 좀 더 일찍 이야기하는 편이 나로서는 현명한 방법이었겠지요. 그러나 그것은 어려운 문제였소, 여보……."

그는 한순간 그녀의 손을 잡았다.

"그리고 나는 가장 좋은 결과를 바라고 한 일이었던 거요. 그런데 여러분, 이 사건이 있기 전날, 나는 탬브리지 웨일즈에 갔다가 길에서 우연히 한 사나이를 언뜻 보았습니다. 그저 한 번 슬쩍 보았을 뿐이었지만——나는 그런 점에는 눈이 빠르지요——그것이 누군지 똑똑히 알았습니다. 나의 적 가운데서도 가장 무서운 적. 최근 몇 해 동안이나 순록을 쫓는 굶주린 늑대처럼 나를 노리고 있던 사나이였습니다. 귀찮은 일이 일어나리라는 것을 알았기 때문에 나는 집으로 돌아와 곧 결심했습니다. 내 힘으로 보기 좋게 싸워 내겠다고 생각했던 겁니다. 내가 운이 좋다는 것은 한때 온 미국에 이야깃거리가 된 적도 있었지요. 아직까지도 그 운이 나를 따르고 있다는 것을 나는 조금도 의심하지 않았습니다.

다음날은 하루 종일 경계하며 사냥 동산에도 나가지 않았습니다. 그것만으로도 충분했던 겁니다. 밖에 나가 있었더라면 나보다 먼저 그가 사슴 잡는 총을 들이대고 내가 권총을 뺄 틈도 주지 않았을 겁니다. 도개교를 올리고 나서는——저녁때 다리를 올리면 언제나 한결 마음이 놓였습니다——그 일을 깨끗이 잊고 있었습니다. 그 놈이 집 안에 숨어 들어와 기다리고 있으리라고는 상상도 하지 못했습니다. 그러나 늘 하던 대로 실내복을 입고 집 안을 돌아보고 있었는데, 서재에 들어오자마자 위험을 느꼈던 겁니다. 사람은 일 평생에 몇 번의 위험한 고비를 당하게 되면——나는 젊었을 무렵에도 보통 사람들보다 훨씬 많은 위험한 일을 당했습니다만——육감이라는 것이 작용해서 경계 신호를 줍니다. 위험 신호가 확실히 보였습니다만, 무엇 때문인지는 알 수가 없었습니다. 다음 순간 창문 커튼 밑의 구두 자국을 발견하고 곧 까닭이 뚜렷해졌습니다.

손에 들고 있는 것은 촛불 한 자루뿐이었지만, 열려 있는 문을 통해 홀의 등불이 밝게 비치고 있었습니다. 나는 촛불을 아래에 놓고 달려가서 맨틀피스에 넣어 둔 망치를 집어들었습니다. 동시에 상대가 내게로 덤벼들었습니다. 나이프가 번쩍 하는 것이 보였으므로 나는 망치로 후려갈겼습니다. 어디를 맞았는지 적은 나이프를 바닥에 떨어뜨렸습니다. 그는 뱀장어처럼 날쌔게 테이블 주위를 빙글빙글 돌며 달아났는데, 곧 웃옷 밑에서 총을 꺼내들었습니다. 노리쇠를 당기는 소리가 들렸으므로, 나는 총을 쏘기 전에 그것을 꽉 움켜잡았습니다. 잡힌 것은 총신이었으며 그때부터 한 1분쯤 총을 완전히 손에 넣기 위해 싸웠지요. 손을 놓는 쪽이 죽게 되는 겁니다. 적은 힘껏 쥐어잡고 있긴 했으나, 너무 오랫동안 개머리판을 아래로 하고 쥐고 있었지요. 방아쇠를 당긴 것은 나였는지도 모릅니다. 서로 빼앗으려 하면서 저절로 당겨졌는지도 모릅니다. 아무튼 상대는 두 방을 얼굴 정면에 맞고, 곧 내 눈앞에 테드 볼드윈의 시체가 쓰러져 있게 된 겁니다. 거리에서도 또 나에게 덤벼들었을 때도 나는 그라는 것을 알고 있었습니다만, 시체가 된 그의 모습은 낳은 어머니라도 알아볼 수 없게 되었습니다. 나는 험악한 일에는 익숙해져 있었지만, 그의 죽은 모습을 보고는 기절할 것만 같았습니다.

테이블 옆에 멍하니 서 있노라니 바커가 급히 달려 내려왔습니다. 집사람도 가까이 오는 소리가 들렸기 때문에 나는 문 쪽으로 달려가서 그녀를 들어오지 못하게 했습니다. 여자가 볼 것이 못됩니다. 아내는 곧 가 주었습니다. 바커에게도 몇 마디 했습니다. 그는 한 번 보고 모든 것을 짐작했습니다. 그래서 우리 두 사람은 다른 사람들이 달려오기를 기다리고 있었습니다. 그런데 아무도 나오는 기색이 없었습니다. 그래서 총소리가 전혀 들리지 않았으며, 일어난 일을 알고 있는 사람은 우리들뿐이라는 것을 알았습니다.

기발한 생각이 떠오른 것은 그때였습니다. 그 근사한 점에는 정말 눈이 아찔할 정도였습니다. 그 사나이의 소매가 걷어올려져 있었는데, 위쪽에 지부의 낙인이 찍혀 있었습니다. 바로 이겁니다.”
더글러스는 웃옷과 셔츠 소매를 걷어올리고 시체에 찍혀 있던 것과 똑같은 동그라미 속의 세모난 다갈색 표적을 보여 주었다.
“그것을 보고 묘안을 생각해 냈던 겁니다. 낙인을 보자 곧 계획이 똑똑히 머리에 떠올랐습니다. 그는 키가 큰 것으로나, 머리털 빛깔로나, 겉모습으로나 나와 아주 비슷합니다. 가엾게도 얼굴은 박살이 나서 아무도 알아볼 수 없습니다. 나와 바커는 옷을 벗기고 15

분쯤 걸려서 그에게 내 실내복을 입혀 당신들이 보신 그대로의 자세로 쓰러뜨려 두었습니다. 그리고 나서 주위의 것들을 한데 싸서 거기 있던 아령에 매달아 창문 밖으로 해자에다 던져 버린 겁니다. 나를 죽이고 시체 옆에 두려고 생각했던 카드를 거꾸로 그 자신의 시체 옆에 놓아주었습니다. 그리고 그 손가락에 내 반지를 끼웠던 것인데, 결혼 반지를 빼려고 하자……."

그는 늠름한 손을 내밀었다.

"알아주실 줄 믿습니다만, 이것만은 도저히 버릴 수가 없었습니다. 그리고 결혼하고 나서 한 번도 뺀 적이 없기 때문에 빼려면 줄이라도 가져오지 않으면 안 되었을 겁니다. 아무튼 어쩔 수 없는 경우라면 버릴 기분이 들었을지도 모릅니다만, 비록 버릴 기분이 들었다 하더라도 어찌할 도리가 없었을 겁니다. 그래서 이 반지만은 그대로 두지 않을 수 없었던 겁니다. 그건 그렇고, 나는 얼른 반창고를 가지고 와서 지금 이렇게 여기 붙이고 있는 곳에다 붙여 주었습니다. 홈즈 씨, 당신이 아무리 명민하다 할지라도 그것만은 실수를 했습니다. 만일 그 반창고를 떼어 보았더라면 벤 자리가 없음을 알았을 겁니다.

대강 이런 상황이었습니다. 앞으로 잠시 동안 숨어 있다가 어딘가로 도망쳐 거기서 아내와 합치게 되면, 여생을 평온하게 보낼 기회도 얻을 수 있겠지요. 저 악마들은 내가 살아 있는 한은 추적의 손을 늦추지 않을 테지만, 볼드윈이 나를 해치운 것을 신문으로 알게 되면 내 걱정도 그것으로 끝나게 됩니다. 시간이 없었기 때문에 그 일을 바커와 아내에게 분명히 밝힐 수는 없었지만, 두 사람 다잘 이해하고 도와주었습니다. 숨는 장소에 대해서는 잘 알고 있었습니다. 에임즈도 물론 알고 있었지만, 그것을 사건과 결부시켜서 생각하지는 않았던 겁니다. 내가 그곳에 숨자, 나머지는 모두 바커가 알아서 해주었습니다.

바커가 해준 일에 대해서는 당신들도 알고 계시겠지요. 창문을 열고 가장자리에 발자국을 남겨, 범인이 어떻게 달아났는가를 보여주려고 했습니다. 그것은 무리한 일이었지만, 다리가 올려져 있었기 때문에 달리 방법이 없었습니다. 그리하여 모든 준비가 다 끝나자 그는 진지하게 벨을 울렸던 것입니다. 그 뒤로 어떻게 되었는가는 당신들이 알고 계신 그대로입니다. 자, 여러분, 이제 좋으실 대로 해주십시오. 그러나 나는 진실을, 있는 그대로의 진실을 이야기했습니다. 오, 하느님! 지금 묻고 싶은 것은, 영국 법률에서 볼때 내 입장은 어떻게 되는 겁니까?"

우리는 잠시 침묵에 싸여 있었는데, 그것을 깨뜨린 것은 셜록 홈즈였다.

"영국 법률은 대체적으로 공명정대합니다. 마땅한 벌 이상의 무거운 형벌을 받는 일은 없습니다. 그러나 그 사나이가 어떻게 당신이 여기 살고 있는 것을 알아냈고, 어떻게 저택에 숨어들어올 수 있었으며 당신을 죽이기 위해 어디에 숨어 있었는지 묻고 싶군요."

"그것에 대해서는 아무 것도 모릅니다."

홈즈의 얼굴은 몹시 창백하고 엄숙해졌다.

"이야기는 이것으로 끝나지 않은 것 같은데요."

홈즈는 말했다.

"영국 법률보다도, 미국에서 오는 적보다도 더 무서운 위험에 마주칠지도 모릅니다. 더글러스 씨, 당신 앞에 닥쳐올 고난이 내 눈에는 잘 보입니다. 내 충고를 받아들여 앞으로도 계속 경계하여 주십시오."

그런데 참을성 많은 독자 여러분, 잠시 나와 함께 서섹스에 있는 벌스톤 저택과 존 더글러스라고 불리는 이 사나이의 기괴한 이야기로 끝나는 저 다사다난한 여행에 작별을 고해 주기 바란다. 지금부터 시간적으로는 약 20년 전으로 거슬러 올라가고, 공간적으로는 수천 마일 서쪽으로 여행하려 하는데, 그것은 여러분 앞에 기괴하고 가공할 만한 이야기——나는 사실대로 말하고 있지만, 실제로 그 일이 일어났으리라고는 믿어지지 않을 정도로 기괴하고 가공할 이야기——를 펼칠 수 있으리라고 생각하기 때문이다.

하나의 이야기가 아직 끝나지 않았는데, 다른 이야기를 끼어 넣는다고 나무라지 말아주기를……. 읽어가는 동안에 그렇지 않다는 것을 알게 될 것이다. 그리고 내가 그 먼 고장의 사건을 자세하게 이야기하고 난 뒤 우리는 다시 한번 베이커 거리의 방에 모여, 거기서 지금까지의 다른 많은 이상한 사건때와 마찬가지로 결론을 짓도록 하겠다.

제2부 천주단

제8장 그 사나이

1875년 2월 4일의 일이다. 몹시 추운 겨울이어서, 길머튼 산맥의 협곡에는 눈이 깊게 쌓여 있었다. 그러나 철도 선로의 눈은 증기 제설기로 말끔히 치워져 있어, 길게 이어진 탄광 마을과 제철 마을을 연결하는 밤열차가 달리고 있었다. 열차는 평원 위의 스택빌을 떠나 버밋사 골짜기 깊숙이에 있는 이 일대의 중심 도시 버밋사로 향하는 급경사를 느릿느릿 신음 소리를 지르며 오르고 있었다. 이 지점에서부터 선로는 내리막길이 되어, 버튼 교차점과 헬름딜을 지나 순전히 농업 지대인 머튼으로 향한다. 선로는 단선이었는데, 수많은 곁가지가 뻗어나가 석탄과 철광을 실은 화차가 긴 열을 짓고 있어, 땅 속에 숨은 부(富)가 미국에서도 극히 황량한 이 골짜기에 난폭한 사람들을 불러들여 떠들썩한 변영을 이루고 있음을 말해 주고 있었다(이상 말한 모든 지명은 가상의 것임).

정말 황량하다고 말할 수밖에 없었다. 최초의 개척자들은 아무리 훌륭한 대초원이나 푸른 풀이 무성하고 관개가 잘된 목장도 이 시꺼

먼 절벽과 깊은 밀림으로 된 음침한 땅에 비하면 무가치하다는 생각을 꿈에도 하지 못했을 것이다. 사람의 침입을 허락하지 않는 어두컴컴한 산허리의 삼림 위에는 군데군데 흰 눈에 덮인 산봉우리가 깎아지른 바위를 보이며 솟아 있었다. 이곳을 조그만 열차가 천천히 기어 올라가는 것이었다.

약 2, 30명의 승객을 실은 긴 선두차에 지금 막 석유 램프가 켜졌다. 승객의 대부분은 골짜기 밑에서 하루의 노동을 마치고 돌아가는 노동자들이었다. 그중 적어도 열두서너 명은, 더러워진 얼굴이며 가지고 있는 안전등으로 보아 갱부임을 알 수 있었다. 이들 무리는 한 덩어리로 뭉쳐 담배를 피우고, 낮은 소리로 이야기를 주고받다가는 이따금 반대쪽에 있는 두 명의 사나이에게 눈길을 보냈다. 그 두 사나이는 제복과 배지로 보아 경관인 것을 알 수 있었다. 그 밖의 승객으로는 몇 명의 여자 노동자와 지방의 작은 상점 주인으로 보이는 사람이 한두 명 있고, 또한 한쪽 구석에 혼자 떨어져 앉은 젊은 사나이가 있을 뿐이었다. 우리와 관계를 갖는 인물은 이 사람이다. 잘 보아 두자. 보아 둘 만한 가치가 있는 사람이니까.

얼굴빛에 생기가 넘치는 보통 체격의 사나이로, 중키에 30살을 갓 넘은 듯싶다. 크고 예리하며 어딘가 유머러스한 잿빛 눈이 안경 너머로 주위 사람들을 둘러보면서 가끔 신기한 듯이 눈을 깜박인다. 인상이 좋고 성격이 단순하며, 누구하고든 친하게 지내려 한다는 것을 한눈에 알 수 있었다. 누구나 그를 보면 첫눈에 사교성이 풍부한 성격으로 이야기를 좋아하며 재치가 있고, 언제나 명랑한 사람이라고 인정할 것이다. 그러나 보다 면밀하게 관찰한 사람이라면 야무진 턱이며 힘차게 꽉 다문 입매 같은 것으로 보아, 훨씬 속이 깊어서 이 호감이 가는 갈색 머리의 젊은 아일랜드 사람은 어떤 사회에 들어가서도 좋든 나쁘든 강한 발자취를 남기리라고 생각할 것이다.

바로 가까이 있는 갱부에게 시험삼아 한두 마디 말을 걸어 보았으나 짧고 퉁명스러운 대답밖에 얻을 수 없었기 때문에, 이 나그네는 단념하고 달갑지 않은 침묵을 지키며 황혼이 지는 창 밖 풍경을 쓸쓸히 바라보고 있었다. 그의 앞에 그다지 명랑한 일이 기다리고 있지는 않은 것 같다. 점점 짙어가는 어둠 속에서 산 중턱의 용광로 불이 새빨갛게 숨쉬고 있다. 양옆에는 광석 부스러기와 석탄재가 산더미처럼 쌓여 있는 것이 어렴풋이 보이고, 그 위에는 수갱(竪坑)이 높이 솟아 있었다. 철로를 따라서 초라한 목조 가옥들이 아무렇게나 늘어서 있고, 창문으로 등불이 비치기 시작했다. 열차는 계속 멈췄는데, 그때마다 거무스름한 사람들로 떠들썩했다. 석탄과 철광으로 가득한 버밋사 지방은 한가한 사람이나 교양 있는 사람들의 관광지가 아니다. 어디를 보나 가장 노골적으로 드러난 인생 투쟁의 현장이며 거친 일을 하는 억센 노동자들로 불을 뿜는 분위기가 풍기고 있었다.

젊은 나그네는 이 음침한 지방을 물끄러미 바라보며 혐오와 흥미가 뒤섞인 표정을 지었는데, 이러한 풍경은 그에게 있어 처음인 듯했다. 틈틈이 주머니에서 두툼한 편지를 꺼내들고 들여다보며 그 여백에 뭔가 적어 넣고 있었다. 꼭 한 번 그는 허리 뒤에서 이처럼 태도가 온화한 사나이에게 어울리지 않은 물건을 꺼냈다. 최대형의 해군용 권총이었다. 그것을 비스듬히 하고 불빛에 비췄을 때 약협 가장자리가 번쩍 빛났으므로 완전히 장전되어 있음을 알 수 있었다. 남의 눈에 띄지 않도록 얼른 주머니 속에 다시 넣었지만, 옆자리에 앉아 있던 노동자에게 들키고 말았다.

"여, 친구! 준비는 되어 있군 그래."

젊은이는 당황한 듯이 싱긋 웃었다.

"밀. 내가 있던 곳에서는 이런 것이 필요한 때도 있어서 말이오."

"거기가 어디인데?"

"시카고."

"이쪽은 처음이오?"

"그렇소."

"여기서도 그것이 필요할걸" 하고 노동자는 말했다.

"아, 그래요?" 하며 젊은이는 흥미를 느끼는 모양이었다.

"이 근처에 대해서는 아무 것도 듣지 못했나 보지?"

"별로 색다른 것은 듣지 못했소."

"허, 소문을 듣지 못했다고? 곧 듣게 되겠지. 어떻게 이리로 오게 되었소?"

"일하고 싶은 사람에게는 언제나 일거리가 있다고 들었기 때문에……."

"조합원이오?"

"그렇소."

"그럼, 일자리는 얻게 되겠지. 친구는 있소?"

"아직은 없지만 곧 생길거요."

"어떻게?"

"나는 '대자유인단'의 회원이거든. 도시가 있으면 반드시 지부가 있고, 지부가 있으면 친구는 자연히 찾게 되는 거지."

이 말은 상대에게 기묘한 효과를 주었다. 그는 차 안의 다른 사람들을 주의 깊게 둘러보았다. 갱부들은 아직도 서로 소곤소곤 말을 주고받고 있었다. 두 경관은 꾸벅꾸벅 졸고 있었다. 그는 가까이 가서 젊은 나그네 바로 옆에 앉아 손을 내밀었다.

"악수하세." 그는 말했다.

굳은 악수가 오고갔다.

"자네의 말이 거짓이 아니라는 것은 알지만, 확인하는 편이 좋으니까 말이야."

그는 오른손을 들어 오른쪽 눈썹에 댔다. 그러자 나그네는 곧 왼손을 왼쪽 눈썹에 댔다.

"어두운 밤은 불쾌하다" 하고 노동자가 말했다.

"그렇다, 낯선 곳을 여행할 때는." 젊은이가 말을 받았다.

"이것으로 됐네. 나는 버밋사 골짜기 341지부의 동지 스캔런이네. 여기서 만나게 되어 기쁘군."

"고맙네. 나는 시카고 29지부의 동지 존 맥머드일세. 지부장은 J. H. 스코트, 그러나 이렇게 빨리 동지를 만나게 되다니 운이 좋군."

"그거야 동지가 많이 있기 때문이지. 미국에서도 이 버밋사 골짜기만큼 우리 단의 세력이 왕성한 곳은 없을 걸세. 하지만 자네같이 젊은 사람이라면 어디서든 일할 곳이 있겠지. 노동조합에 가입한 한창 때의 젊은이가 시카고에서 일자리를 못 구했다는 말은 아직 듣지 못했는데."

"일자리는 많이 있었지" 하고 맥머드는 말했다.

"그럼, 어떻게 해서 이리로 온 건가?"

맥머드는 경관 쪽을 보고 고개를 끄덕이며 싱긋 웃었다.

"저 녀석들이 알면 기뻐할 텐데."

스캔런은 동정하듯 한숨을 내쉬었다.

"걸려든 건가?"

그는 나직한 소리로 물었다.

"귀찮게 됐어."

"징역 감인가?"

"그 정도가 아닐세."

"죽인 모양이군?"

"그런 말을 하기에는 아직 일러."

공연한 말을 무심코 해 버렸다는 듯이 맥머드는 말했다.

"시카고를 떠나온 데는 그만한 이유가 있네. 그렇게만 말하면 충분하겠지. 그런 걸 캐묻는 자네는 대체 누구지?"

그의 잿빛 눈이 안경 속에서 갑자기 살기를 띤 노여움으로 빛났다.

"여보게, 친구, 악의가 있어서는 아닐세. 자네가 무슨 짓을 하든 나쁘게 생각할 사람은 아무도 없어. 지금 어디로 가는 건가?"

"버밋사로."

"그럼, 여기서 세 번째 역이로군. 어디서 묵을 예정인가?"

맥머드는 봉투를 하나 꺼내들더니 어두운 램프에 가까이 가져갔다.

"여기가 지금 가는 곳이지. 샐리던 거리의 제이콥 새프터. 시카고에서 알게 된 사람이 소개해 준 하숙집이야."

"못 듣던 이름인데. 버밋사는 우리 관내가 아니니까 말이야. 나는 홉슨 개척지에 살고 있네. 그럭저럭 다 온 것 같군. 하지만 말이야, 헤어지기 전에 한 가지 충고해 두고 싶은 것이 있네. 버밋사에서 뭔가 말썽거리가 생기거든 곧장 조합이 있는 곳으로 가서 매긴티를 만나야만 해. 버밋사 지부의 지부장으로, 이 근처에서는 존 매긴티가 승낙하지 않으면 어떤 일도 할 수 없어. 그럼, 잘 가게, 친구. 언젠가 밤에 지부에서 만나게 되겠지. 하지만 내가 한 말을 잊지 말게나. 곤란한 일이 생기거든 매긴티에게 달려가라는 말 말이야."

스캔런이 내리자 맥머드는 다시 혼자 남아서 뭔가 생각에 잠겼다. 벌써 해가 저물어서, 용광로의 불꽃이 여기저기 어둠 속에서 울부짖으며 춤추고 있었다. 이 불길을 배경으로 숱한 사람의 검은 그림자가 기계 소리의 리듬에 맞추어 몸을 굽혔다 폈다 하고 있었다.

"지옥이란 분명 저런 곳이겠지."

누군가 말하는 소리가 들렸다.

맥머드가 뒤돌아보니, 경관 한 사람이 다가와 활활 타오르는 용광로 쪽을 바라보고 있었다.

"지옥은 틀림없이 저런 걸 거야. 진짜 지옥에도 저기 있는 악당들보다 더 무서운 놈이 있으리라고는 생각되지 않아. 자네는 이쪽이 처음인 모양이지, 젊은이?"

"처음이면 어떻단 말이오?"

맥머드는 퉁명스럽게 대답했다.

"잠깐 생각해 본 것뿐일세. 친구를 고르는 데 주의하는 편이 좋다고 충고해 주려고. 내가 자네라면 마이크 스캔런이라든가 그 일당들과 친하고 싶지는 않거든."

"내가 누구와 친구가 되든 그것이 당신과 무슨 관계가 있소?"

맥머드가 제법 큰 목소리를 냈으므로 차 안의 얼굴들이 일제히 그를 바라보았다.

"당신보고 누가 설교해 달라고 부탁했나? 아니면 나를 애송이라고 생각하는 건가? 말을 걸어오면 대답이나 해주면 그만이야. 나는 당분간 아무 간섭도 받고 싶지 않아."

그는 얼굴을 앞으로 내밀고 개가 으르렁거리듯이 경관에게 이를 드러내 보였다.

사람 좋아 보이는 둔중한 두 경관은 호의로 말을 건넸다가 무참하게 당했기 때문에 기가 질리고 말았다.

"악의가 있어 한 말은 아닐세."

한 사람이 말했다.

"자네 옷차림으로 보아 이곳이 처음인 것 같이 보였기 때문에 자네를 위해서 충고해 주었을 뿐이지."

"이곳은 처음이지만, 당신들 같은 자들과는 처음이 아니야."

맥머드는 반항적으로 성을 내며 외쳤다.

"아무도 부탁하지 않았는데 쓸데없이 주의나 주고, 경찰이란 누구나 똑같단 말이야!"

"머지않아 가끔 만나게 되겠지."

경관 한 사람이 조금 냉담하게 말했다.

"내 눈이 틀림없다면 아무래도 보통 녀석이 아닌 것 같군."

"나도 그런 생각을 했었네."

다른 한 사람이 말했다.

"어찌 되었든 또 만나게 되겠지."

"겁나지 않아. 내가 겁낼 줄로 안다면 오산이야!"

맥머드는 외쳤다.

"나는 존 맥머드야. 알겠어? 나한테 볼일이 있으면 버밋사의 샐리던 거리에 있는 제이콥 새프터의 집으로 오면 돼. 도망치지도 숨지도 않을 테니까. 낮이든 밤이든 언제나 떳떳하게 맞아 줄 테다. 그 점을 잊지 말아!"

낯선 젊은이의 대담무쌍한 태도를 보고 갱부들 사이에서는 공감과 상찬의 속삭임이 일어났는데, 두 경관은 어깨를 웅크리고 뭔가 이야기를 하고 있었다. 몇 분 뒤에 열차가 어둠침침한 정거장에 닿자 승객이 대부분 내렸다. 버밋사는 이 철로 변에서 가장 큰 도시였기 때문이다. 맥머드가 가죽 가방을 들고 어둠 속으로 나가려 하자 갱부한 사람이 인사를 했다.

"여, 친구, 경찰을 닦아세우는 모습이 정말 근사하던데."

존경심이 깃든 목소리였다.

"듣고 있으니 정말 멋있었어. 그 손가방은 내가 들고 가지. 길을 안내하겠네. 새프터의 집으로 돌아가는 중이니까."

떠나가는 갱부들이 "잘 가게" 하고 외치는 정다운 목소리가 플랫폼 여기저기서 들렸다. 버밋사에 발을 들여놓기도 전에 난폭자 맥머드는 벌써 이 고장의 명사가 되어 버렸다.

이 지방은 '공포의 골짜기'라고 하는 곳인데, 시내는 더욱 음침했다. 그 긴 골짜기 아래에는 활활 타오르는 불과 자욱하게 피어오르는 연기 속에 일종의 어두운 장중함이 깃들어 있고, 갱구 옆에 산더미같이 쌓인 석탄 찌꺼기들은 인간의 힘과 부지런함을 나타내는 기념비 같았다. 그러나 시내는 불결하고 지저분했다. 넓은 찻길은 오가는 차와 마차들로 눈이 뒤범벅이 되어 바퀴 자국 투성이의 진창으로 변해 있었다. 보도는 좁고 울퉁불퉁했다. 수없이 켜져 있는 가스등은 길 쪽으로 베란다가 튀어나와 있는 줄지어선 목조 가옥의 누추함과 지저분함을 한층 더 뚜렷하게 비춰줄 뿐이었다.

두 사람이 시내 중심으로 가까이 오자 환하게 등불을 켠 상점들이 처마를 맞대고 줄지어 있었으며, 또한 술집과 노름방이 한데 모여 있었으므로 주위는 더욱 밝았다. 이런 곳에서 갱부들은 땀 흘려 얻은 품삯을 아낌없이 다 써 버리는 것이었다.

"저것이 조합 건물이라네."

호텔로 착각할 정도로 당당하게 우뚝 솟은 술집을 가리키며 안내하는 사나이가 말했다.

"존 매긴티가 저곳 지부장이지."

"어떤 사람인가?"

맥머드가 물었다.

"어떻다니! 그의 소문을 들은 적이 없단 말인가?"

"난 이곳이 처음인데, 어떻게 소문을 들었겠나?"

"그래, 아주 먼 곳의 조합에도 이름이 알려져 있는 줄로 생각했었지. 신문에도 몇 번이나 났었거든."

"어떻게 해서?"

"그게 말일세……." 갱부는 목소리를 낮추었다. "사건 때문이라네."

"어떤 사건인데?"

"아니, 여보게, 이런 말을 하면 기분이 언짢겠지만, 소문을 못 들었다니 좀 이상한데. 이 근처에서 소문난 사건이라면 하나밖에 없지. 바로 천주단(天誅團) 사건 말일세."

"옳아, 천주단 일이라면 시카고에서도 읽은 일이 있는 것 같군. 살인 단체가 아닌가?"

"쉿! 조심하게!"

갱부는 놀라 그 자리에 우뚝 선 채 겁에 질린 표정으로 상대의 얼굴을 들여다보면서 외쳤다.

"여보게, 길에서 그런 소리를 하면 살아남기 힘들어. 이보다 하찮은 일로도 죽은 사람이 많거든."

"하지만 나는 아무 것도 모르고 있네. 그저 읽어서 알 뿐이지."

"자네가 읽은 것이 사실이 아니라는 건 아니네."

사나이는 이야기를 하면서 신경질적으로 주위를 둘러보며, 마치 무슨 위험이 숨어 있을까 두려워하는 듯 어둠 속을 가만히 들여다보았다.

"사람을 해치우는 것이 살인이라면 살인범은 넘칠 정도로 많아. 하지만 그것을 존 매긴티와 결부시켜 말할 생각은 아예 하지 않는 게 좋아. 어떤 비밀 이야기라도 남김없이 그의 귀에 들어가게 되고, 그가 알면 가만 두지 않으니까. 저기 저게 자네가 찾고 있는 집일세. 큰길에서 조금 들어가 있는 집 말일세. 그 하숙집 주인 제이콥 새프터는 시내에서 누구 못지않게 정직한 사나이라네."

"고맙군."

맥머드는 방금 알게 된 사나이와 악수하고 난 다음 가방을 들고 하숙집으로 통하는 골목길로 들어가 큰 소리를 내며 대문을 두들겼다. 문은 곧 열렸는데, 뜻밖의 사람이 나왔다.

보기 드물게 아름다운 젊은 여자였다. 스웨덴 사람인 듯 했다. 아름답고 밝은 금발이 검은 눈동자와 선명한 대조를 이루고 있었다. 그 눈동자는 처음 보는 남자를 향하여 놀라는 빛을 보였으며, 쑥스러운 듯 창백한 얼굴에 홍조를 띠었다. 맥머드에게 있어 열려진 문 뒤의 밝은 빛을 배경으로 서 있는 그녀의 모습은 다시없이 멋진 그림이었다. 지저분하고 음울한 주변 환경과 대조되어 한층 더 매력적이었다. 산더미처럼 쌓인 광산의 검은 광석 부스러기 위에 피어 있는 어여쁜 제비꽃이라도 이처럼 기묘한 조화를 이루지는 못할 것이다. 황홀한 나머지 그는 말도 못하고 서 있는데, 그녀 쪽에서 침묵을 깨뜨렸다.

"아버지인 줄 알았어요."

상냥한 스웨덴 사투리를 섞어 그녀는 말했다.

"아버지를 만나러 오셨나요? 지금 아랫마을에 계시는데, 곧 돌아오실 거에요."

맥머드가 계속 바라보고 있자 마침내 그녀는 이 늠름한 남자 손님 앞에서 몸둘 바를 몰라하며 눈을 내리감고 말았다.

"아닙니다, 아가씨."

그는 그제야 입을 열었다.

"뭐, 그다지 서두르지 않아도 됩니다. 하지만 댁에서 하숙을 하도록 추천 받았기 때문에 마음에 들 것으로 생각은 했습니다만, 와서 보니 정말 그렇군요."

"너무 이른 결정인 것 같군요."

그녀는 생긋 웃으며 말했다.

"장님이 아니라면 누구나 마찬가지일 겁니다."

젊은이는 대답했다.

"그럼, 어서 들어오세요." 그녀가 미소를 띠며 말했다. "저는 새프터의 딸 에티에요. 어머니가 돌아가셨기 때문에 살림을 맡아하고 있답니다. 현관 옆방의 난로 앞에 앉으셔서 아버지가 돌아오실 때까지 기다려 주세요. 어머나, 지금 오시네요. 곧 의논하는 게 좋겠군요."

다부지게 생긴 나이 지긋한 사나이가 골목길을 걸어왔다. 맥머드는 간단히 용건을 설명했다. 머피라는 사람이 시카고에서 이곳을 소개해 주었다고 말했다. 사실은 머피도 누군가 다른 사람으로부터 들은 것이었다. 새프터 노인은 곧 승낙했다. 맥머드는 주머니에 돈이 두둑한 것 같았다. 일주일에 12달러를 선불로 하고 식사를 제공받기로 했다. 이리하여 자칭 법의 쫓김을 받는 도망자 맥머드는 새프터네 집에서 하숙하게 되었는데, 이것이 먼 나라에서 막을 내린 그토록 길고 어두운 일련의 사건으로 통하는 첫걸음이 된 것이다.

제9장 지부장

맥머드는 금방 눈에 띄는 존재였다. 어디를 가나 금방 표가 났다. 일주일도 안 되어 그는 새프터네 하숙집에서 가장 중요한 인물이 되어 있었다. 하숙집에는 10명 안팎의 사람이 있었는데, 평범한 직장인이나 가게 점원들로, 이 젊은 아일랜드 인과는 전혀 종류가 다른 사람들이었다. 저녁 무렵 모두 모이면 맥머드는 재치 있는 농담과 뛰어난 노래 솜씨로 사람들을 즐겁게 했다. 그는 주변 분위기를 명랑하게 만드는 재주가 있었다.

그러나 열차 안에서 보여 준 것처럼 갑자기 무섭게 성을 내는 일도 가끔 있어서 그를 만나는 사람들에게 경외심을 품게 하였으며, 공포심마저 가지게 하는 것이었다. 또 법률이나 법과 관련된 모든 것을 몹시 경멸했는데, 그것이 같은 하숙인들을 기쁘게 하고 다른 사람들을 두렵게 만들었다.

그는 처음부터 아름답고 품위 있는 하숙집 딸을 공공연하게 칭찬하고 마음에 들었다는 것을 분명히 했다. 구애하는 데 그는 조금도 쑥스러워하지 않았다. 하숙에 와서 이틀째 되는 날 그녀를 좋아한다고 고백했다. 그녀의 냉정한 태도에는 아랑곳하지 않았다.

"다른 남자가 있다고! 그럼, 그 사람이 불쌍하게 됐군! 그 남자에게 주의하라고 말해 주오. 이 내가 다른 사나이 때문에 단념할 수 있겠소? 에티, 당신은 계속 '싫다'고 말해도 좋소! '좋아요'라고 대답할 날이 반드시 올 테니까. 그리고 나는 아직 젊으니까 언제까지든 기다리겠소."

아일랜드 사람 특유의 뛰어난 말솜씨로 적당히 얼버무려 넘기는 수법을 알고 있어, 그는 무서운 구혼자였다. 또한 그에게는 풍부한 경험과 수수께끼 같은 면이 있어서, 여자의 흥미를 끌고 결국에는 애정을 차지하고 마는 매력이 있었다. 그는 고향 모나건 주의 아름다운 골짜기와 그곳의 멋있는 섬들과 낮은 구름이며 푸른 목장에 대한 이야기를 했는데, 그런 것들은 눈쌓인 이 황량하고 지저분한 도시에서 상상하면 더없이 아름답게 여겨지는 것이었다. 게다가 그는 북부의 도시며 디트로이트며 미시건의 목재 벌채지, 버펄로, 또는 제재공장에서 일했던 시카고에 대해 자세히 알고 있었다.

그의 말투에는 어딘가 로맨틱한 울림이 깃들어 있어 그 대도시에서 기이한 일을 경험했다는 느낌을 주었는데, 너무도 기이하고 개인적인 일이기 때문에 이야기할 수는 없는 것 같았다. 갑자기 그곳을 떠나온 일이며, 오랜 관계를 끊은 일이며, 낯선 땅으로 달아나려고 이 쓸쓸한 골짜기로 흘러온 일들을 괴로운 듯이 이야기하였다. 에티는 검은 눈을 연민과 공감——자신도 모르게 급속히 애정으로 변하는 두 가지의 감정——으로 반짝이며 귀를 기울이곤 했다.

맥머드는 부기계(簿記係)의 임시 일자리를 얻게 되었다. 배운 것이 있었기 때문이다. 그는 그 일 때문에 '대자유인단'의 지부장에게 가볼 틈이 없었다. 그러나 어느 날 밤 열차 안에서 알게 된 마이크 스캔런이 찾아왔으므로 자신이 게을렀음을 깨닫게 되었다. 몸집이 작고 어깨가 떡 벌어졌으며 신경질적인 검은 눈의 사나이 스캔런은 다시 만난 것을 기뻐하는 것 같았다. 위스키를 한두 잔 기울이고 나자 그는 찾아온 목적을 털어놓았다.

"여보게, 맥머드. 자네의 하숙을 알고 있었기 때문에 이렇게 찾아온 걸세. 자네가 지부장 있는 곳에 얼굴도 내밀지 않고 있다는 데 놀랐네. 매긴티를 만나지 않고 있다니, 어떻게 할 작정인가?"

"일자리를 찾지 않으면 안 되었기 때문에 말이야, 좀 바빴었지."

"다른 일을 할 시간은 없더라도 만나러 갈 시간쯤은 있지 않겠나. 이리로 온 이튿날 즉시 조합으로 가서 등록을 마치지 않는다는 것은 미친 짓이나 마찬가지야! 지부장과 충돌이라도 하게 되면——뭐, 그런 일이 있어선 안 되겠지만——그야말로 끝장일세!"

맥머드는 적당히 놀란 표정을 지어 보였다.

"스캔런, 나는 단의 일원이 되고 나서 2년이 넘었지만 그렇게 강제적인 의무가 있다고는 듣지 못했는데."

"시카고라면 그럴지도 모르겠네만……."

"여기도 같은 단체가 아닌가?"

"그럴까?"

스캔런은 물끄러미 그의 얼굴을 한참 보았다. 그 눈에 뭔가 기분 나쁜 것이 느껴졌다.

"그럼, 같지 않다는 건가?"

"한 달만 지나면 알 걸세. 내가 기차에서 내린 뒤 경관과 말다툼을 했다면서?"

"어떻게 알았지?"

"소문이 퍼졌어. 여기는 좋은 일이든 나쁜 일이든 재빨리 소문이 나지."

"응, 대꾸를 해줬지. 너희들은 개새끼들이라고 해주었어."

"틀림없이 자네는 매긴티의 마음에 들 걸세!"

"뭐라고! 그 사람도 경찰을 몹시 싫어하나?"

스캔런은 큰 소리로 웃어댔다.

"만나러 가 보게."

작별을 하며 그는 말했다.

"만나러 가지 않으면 그에게 미움받는 건 경찰이 아니라 자네가 될 걸세. 자, 친구의 충고를 받아들여 당장에라도 가야 하네."

마침 그날 밤 맥머드는 같은 방향으로 가지 않으면 안 될 다른 급한 볼일이 있었다. 그런데 에티에 대한 그의 구애가 점점 뚜렷해진 때문인지, 아니면 선량한 스웨덴 노인의 둔한 머리로도 차츰 그것을 알아차리게 된 때문인지, 까닭이야 어찌 되었든 노인이 그를 자기 방으로 불러들여 단도직입적으로 그 문제를 이야기하기 시작했다.

"여보게, 맥머드, 아무래도 에티를 따라 다니는 모양인데, 그렇지 않은가? 아니면 내가 잘못 본 건가?"

"네, 맞습니다" 하고 젊은이는 대답했다.

"그럼, 미리 말해 두겠네만, 그건 아무 소용없는 일일세. 이미 정해진 혼처가 있으니까."

"에티도 그렇게 말하더군요."

"그 애가 말하는 것은 거짓이 아니네. 그런데 상대가 누군지 말하던가?"

"아니오, 물어 보았지만 끝내 말하지 않더군요."

"그랬겠지. 우리 말괄량이도 자네를 위험에 빠뜨리고 싶지는 않았을 테니까."

"위험이라고요!"

맥머드는 불끈 화가 치밀어 말했다.

"물론이지, 맥머드! 그 사람을 무서워한다는 건 하나도 부끄러울 게 없어. 다른 사람 아닌 테드 볼드윈이니까 말일세."

"그런데 그 녀석은 대체 어떤 놈이지요?"

"천주단의 간부지."

"천주단이라고요! 그거라면 전에도 들은 적이 있지요. 여기서도 천주단, 저기서도 천주단, 언제나 수군거리고 있더군요! 뭘 그렇게 무서워하는 거지요? 천주단이란 대체 뭣하는 곳이지요?"

하숙집 주인은 그 무서운 결사에 대해 말할 때면 누구나 그렇듯이 본능적으로 소리를 낮추었다.

"천주단이란 대자유인단을 말하는 거라네."

젊은이는 깜짝 놀랐다.

"저런, 나도 그 단원인데요."

"자네가! 그런 줄 알았으면 이 집에 두지 않았을 텐데. 비록 일주일에 100달러를 낸다고 해도 둘 수 없어."

"대자유인단의 어디가 나쁘다는 거지요? 자선과 친목을 목적으로 하는 단체로, 규약에도 그렇게 씌어 있는데요."

"다른 고장에선 그럴지도 모르지만, 여기서는 다르네!"

"여기선 어떻지요?"

"사람 죽이는 패거리. 그렇게들 말하고 있지."

맥머드는 믿어지지 않는 듯이 웃어댔다.

"증거가 있습니까?"

"증거라구! 살인이 50번이나 일어났는데도 증거가 안 된다는 건가? 밀면 반 쇼스트, 니콜슨 집안, 하이앰 노인, 철부지 빌리 제임스, 그밖에도 있지. 어떤가? 증거를 대라고! 남자든 여자든 이 골짜기에서 이 사실을 모르는 사람은 하나도 없네."

"새프터 씨!" 맥머드는 정색을 하고 말했다.

"지금 한 말을 취소하던가, 아니면 깨끗이 사과를 하던가 하지 않으면 안 될 거요. 둘 중의 어느 쪽인가를 하지 않고는 이 방에서 나갈 수 없소. 내 입장이 되어 보시오. 나는 이 고장에 처음 온 사람이오. 어느 결사에 들어 있지만, 훌륭한 단체인 줄로만 생각하고 있었지요. 미국 어디에나 다 있지만 살인과는 거리가 먼 단체요. 지금 이리로 와서 지부에 등록하려고 생각하고 있는 참에 '천주단'이란 사람 죽이는 패거리라고 당신이 말한 거요. 새프터 씨, 뭔가 잘못되었다고 사과를 하던가, 좀 더 자세히 설명을 하던가 하지 않으면 안 되오."

"세상 사람들이 다 알고 있는 것을 말한 것뿐일세. 한쪽 두목이 다른 쪽 두목도 되는 거겠지. 한쪽을 거스르게 되면 다른 쪽에게 당하게 되는 거야. 증거는 신물날 정도로 보았네."

"그건 단순히 뜬소문이오! 증거를 대시오!"

맥머드는 소리쳤다.

"이곳에 오래 살고 있으면 곧 증거를 보게 될 걸세. 그러나 자네가 단원인 줄은 눈치채지 못했군. 자네도 곧 다른 자들처럼 나쁜 짓을 하게 되겠지. 곧 다른 하숙을 구해 주었으면 하네. 여기에 둘 수는 없어. 그런 패들 가운데 한 사람이 에티를 설득하러 오는 것만도 쫓아낼 용기가 없는 형편에 또 한 사람 하숙을 시킨다는 것은 견딜 수 없는 일이 아니겠나? 그렇고 말고, 오늘밤만 지내고 어딘가 다른 곳으로 가 주게!"

그리하여 맥머드는 마음에 드는 숙소로부터, 사랑하는 에티로부터 추방 선고를 받은 신세가 되고 말았다. 그날 저녁 그녀가 거실에 혼자 있는 것을 보고 그는 자기의 딱한 사정을 털어놓았다.

"당신 아버지는 나를 이 집에서 쫓아내려 하고 있소. 방을 쫓겨 나는 것은 상관이 없지만, 당신과 헤어진다고 생각하면……. 당신을 알게 된 지 일주일밖에 안 되었으나 당신은 내게 있어 없어서는 안 될 존재가 되었소. 나는 당신 없이는 살아갈 수가 없소……."

"어머나, 맥머드 씨, 그런 말은 그만두세요! 그런 말 하면 안 돼요!" 하고 그녀는 말했다. "이미 당신에게 너무 늦었다고 말하지 않았어요? 저에게는 다른 사람이 있어요. 아직 그 사람과 결혼하기로 약속한 것은 아니지만, 다른 사람과 약속할 수 없어요."

"에티, 내 쪽이 빨랐다면 희망이 있었을까?"

그녀는 두 손에 얼굴을 묻었다.

"당신이 먼저였다면 좋았을 텐데" 하고 그녀는 흐느껴 울면서 말했다.

맥머드는 그녀 앞에 무릎을 꿇었다.

"에티, 부탁이니 내가 먼저였던 것으로 해주오! 그 약속 때문에 당신 생활만이 아니라 나까지 형편없이 만들어 버릴 작정이오? 당신의 마음이 원하는 대로 하는 것이 좋아, 정말이오! 자신이 무얼 말하고 있는 지도 잘 모르면서 약속 같은 것을 하기보다는 그러는 편이 자신을 위하는 길일 거요."

그는 자신의 햇볕에 탄 늠름한 손으로 에티의 흰 손을 꼭 잡았다.

"내 사람이 되겠다고, 우리 둘이라면 어떤 일이라도 맞부딪쳐 나가겠다고 말해 주오."

"이 고장에서?"

"그렇소, 이 고장에서."

"안 돼, 안 돼요, 존!"

그의 팔이 그녀를 힘있게 끌어안았다.

"이 고장에서는 안 돼요. 나를 데리고 달아나 주지 않겠어요?"

한순간 맥머드의 얼굴에 고민의 빛이 스쳤으나 다시 곧 돌처럼 무표정해졌다.

"아니, 여기서. 에티, 어디까지나 당신을 지켜 내겠소. 여기서 한 걸음도 떠나지 않고서!"

"어째서 같이 달아날 수 없는 거지요?"

"에티, 나는 이곳을 떠날 수가 없어."

"하지만 무엇 때문에?"

"여기서 쫓겨났다고 생각하면 두 번 다시 머리를 들 용기가 없어져 버릴 테니까. 그리고 무엇을 두려워하는 거지? 우리들은 자유로운 나라의 자유로운 사람이오. 당신이 나를 사랑하고, 내가 당신을 사랑하고 있는데 누가 우리 사이를 떼어놓을 수 있겠소?"

"존, 당신은 아무 것도 몰라요. 저 볼드윈이라는 사나이도 모르고 매긴티에 대해서도, 그리고 천주단에 대해서도 모르고 있어요."

"물론 나는 그런 건 알지도 못하고, 무서워하지도 않고, 믿지도 않아. 나는 거친 사람들 속에서 살아 왔지만, 그 녀석들을 무서워한 일은 없었소. 언제나 마지막에는 상대편으로 하여금 나를 무서워하도록 만들었지, 에티. 언제나 말이야. 만약 그자들이 당신 아버지의 말처럼 이 골짜기에서 몇 번이나 나쁜 짓을 해서 그들의 이름을 누구나 알고 있다면, 어째서 아무도 재판을 받은 사람이 없는 거지? 에티, 그 말에 대답할 수 있소?" 하고 맥머드는 말했다.

"증인으로 나설 사람이 없기 때문이에요. 그런 일을 하게 되면 한 달을 살아 있지 못할 테니까요. 그리고 고소를 당해도 알리바이를 입증할 사람을 언제나 대기시켜 놓거든요. 하지만 존, 이런 일에 대해서 읽은 적은 있겠지요? 아마 미국의 어느 신문에나 다 실렸을 거에요."

"읽은 적은 있지만 꾸며낸 이야기라고 생각했지. 그들이 그런 일을 하는 데에는 어떤 까닭이 있을 거요. 그렇지 않으면 뭔가 가혹한 일을 당하게 되므로 달리 어쩔 방법이 없었던 거겠지."

"어머나, 존, 그런 소리 하지 말아요！ 그 사람——약속한 사람——도 그런 식으로 말했어요！"

"볼드윈이 이렇게 말했단 말이오？"

"그래서 난 그 사람이 싫은 거에요, 존, 이젠 마음에 있는 말을 모두 할 수 있어요. 난 아무래도 그 사람이 싫어요. 하지만 무서워요. 나도 무섭지만, 그보다 아버지의 일이 더 걱정스러워요. 내가 진심을 이야기한다면 무서운 불행이 닥칠 게 틀림없어요. 그렇기 때문에 적당히 약속해 두어 피하고 있었던 거에요. 사실을 말하자면, 그것만이 우리들이 무사할 수 있는 방법이거든요. 하지만 존, 당신이 나와 함께 달아나 준다면, 아버지를 모시고 달아나 준다면, 저 악당들의 힘이 미치지 않는 곳에서 언제까지나 평안히 살 수 있을 거에요."

다시금 맥머드의 얼굴에 고민의 빛이 떠올랐다가 곧 돌처럼 무표정하게 되었다.

"에티, 당신을 비참하게 만들지는 않겠소. 아버지도 역시. 악당으로 말하면, 내가 그들보다 더한 악당이라는 것이 곧 알려지게 될지도 모르오."

"거짓말, 거짓말이에요, 존！ 난 당신을 믿고 어디까지든 따라갈 거예요."

맥머드는 씁쓰레하게 웃었다.

"흐음, 당신은 나에 대해서 전혀 모르는군！ 당신의 그 순진한 마음으로는 내가 지금 무슨 생각을 하고 있는지 알 수가 없겠지. 아니, 누가 왔나 보군."

갑자기 문이 열리고 젊은 사나이가 주인인 척하는 태도로 잔뜩 으스대며 들어왔다. 배짱이 두둑하고 숨결이 거칠어 보이는 젊은이로, 나이며 체격이 맥머드와 비슷했다. 챙 넓은 검은 중절모를 벗지도 않은 채 날카롭고 무섭게 보이는 눈과 매의 부리처럼 굽은 콧날을 가진 아름다운 얼굴이 격노한 빛을 띠고 난로 옆에 앉아 있는 두 사람을 무섭게 노려보았다.

에티는 겁에 질려 벌떡 일어났다.

"볼드윈 씨, 어서 오세요. 생각보다 일찍 오셨군요. 자, 앉으세요."

볼드윈은 허리에 두 손을 대고 맥머드를 노려보았다.

"누구지?" 그는 내뱉듯이 물었다.

"내 친구예요, 볼드윈 씨. 이번에 우리 집에 하숙하게 된 분이지요. 맥머드 씨, 소개하겠어요. 이쪽은 볼드윈 씨라고 해요."

젊은이들은 무뚝뚝하게 서로 고개를 끄덕여 보였다.

"우리 두 사람이 어떤 관계인지는 에티에게 들었겠지요?"

"당신들이 뭔가 관계가 있다는 말은 못 들었는데."

"못 들었다고? 그럼, 똑똑히 알려 주지. 이 여자는 내 사람이오. 밤 공기가 상쾌하니 산책이나 하지 그러시오."

"고맙지만 산책할 기분이 아니오."

"그래?"

사나이의 눈이 노여움에 불탔다.

"싸움이라면 생각이 있겠지, 하숙하시는 분?"

"그렇소!"

벌떡 일어나면서 맥머드는 외쳤다.

"바라던 바이지."

"존, 부탁이에요! 제발 부탁이에요!"

가엾게도 에티는 정신을 잃을 것 같았다.

"존, 다칠 거예요!"

"오, '존'이라고 부르는군."

볼드윈은 성이 나 미쳐 날뛰었다.

"벌써 그렇게 부르는 사이인가?"

"아니에요, 테드, 오해하지 마세요. 날 괴롭히지 말아 주세요! 테드, 나를 사랑하고 있다면, 나를 위해 마음을 넓게 갖고 용서해 주세요!"

"에티, 우리를 단둘이 있게 해주면 일은 간단히 끝날 거야."

맥머드는 말했다.

"괜찮다면 볼드윈 씨, 밖으로 나가 주실까? 달빛이 아직 환하고, 다음 블록 끝에 빈터가 있으니까."

"네 녀석을 해치우는 정도라면 손을 더럽힐 것도 없겠지."

상대가 말을 받았다.

"이 집에 발을 들여놓지 않았더라면 좋았을 걸 하고 생각하겠지? 말을 꺼낸 뒤니 이미 늦었지만 말이야."

"하려면 지금 하자!" 하고 맥머드는 외쳤다.

"지금 하느냐 않느냐는 내 자유야. 내 일이지. 자, 이걸 좀 보실까!"

볼드윈은 갑자기 소매를 걷어올리고 팔 위쪽의 기묘한 표시를 보였다. 그것은 동그라미 속의 세모형태를 불로 지져서 새겨넣은 듯이 보였다.

"이것이 뭔지 알고 있나?"

"모르겠는걸. 별것도 아니군!"

"그래, 곧 알게 되겠지. 약속해 두지만, 목숨이 길지는 못할 거야. 에티가 가르쳐 주겠지. 에티, 당신은 무릎을 꿇고 내게로 돌아오게 될 거야. 알겠어? 무릎을 꿇고 말이야! 그러면 벌이라는 것이 어떤 것인지 가르쳐 주지. 스스로 뿌린 씨야. 자업자득이라구!"

그는 분노에 찬 얼굴로 두 사람을 노려보았다. 그리고 나서 발꿈치를 돌리는가 싶자 곧 바깥문이 쾅 닫히는 소리가 들렸다.

잠시 맥머드와 에티는 잠자코 서 있었다. 그녀가 갑자기 그를 끌어안았다.

"존, 당신은 정말 용기가 있군요! 하지만 소용없어요, 달아나지 않으면 안 돼요! 오늘 밤 안으로, 존. 오늘밤 안으로 말이에요! 그밖에는 다른 도리가 없어요, 그 사람에게 목숨을 잃고 말 거에요. 그의 눈에 그렇게 씌어져 있었어요. 상대가 매긴티 지부장과 지부의 힘을 배경으로 하는 12명 중의 하나라면 당신도 이길 가망성은 없지 않겠어요?"

맥머드는 그녀의 손을 놓고 키스를 한 다음 상냥하게 의자에 도로 앉혔다.

"글쎄, 나 좀 봐요, 에티! 나 때문에 걱정하거나 무서워할 필요는 없어. 나도 대자유인단 단원이니까. 그것은 아까 아버님께도 말해 두었지. 다른 자들보다 나을 것도 없으니까 나를 성자 취급하는 것은 그만둬. 이 정도만 들어도 내가 싫어졌겠지?"

"아니에요, 존! 살아 있는 한 그런 일은 없을 거에요, 여기서는 다르지만 다른 곳에서는 대자유인단이 되어도 나쁠 건 없다고 들었어요. 그래요, 단원이라고 해서 싫어질 이유가 어디 있어요? 하지만 존, 대자유인단이라면서 왜 시내로 가서 매긴티 지부장과 사이좋게 지내지 않는 거지요? 존, 빨리 갔다 오세요! 먼저 가서 담판을 짓는 거에요, 부하들이 쫓아오기 전에."

"나도 그렇게 생각하고 있었어."

맥머드는 말했다.

"곧 가서 결말을 짓고 오겠어. 아버지께는 오늘밤은 여기서 묵고 내일 나른 하숙집을 찾아보겠다고 말해 주오."

매긴티의 술집은 언제나처럼 흥청대고 있었다. 시내 건달들의 마음에 드는 사교장이었기 때문이다. 매긴티는 거칠고 명랑한 성격 때문에 인기가 높았다. 그러나 그것이 하나의 가면이 되어 그 뒤에 숨어 있는 본래의 모습을 가려주는 구실을 했다. 그에 대한 공포심도 컸다. 그것은 온 시내, 아니 30마일에 걸친 이 골짜기의 끝에서 끝까지는 물론 골짜기 양옆의 산맥 너머까지 영향을 미쳐서 그 때문만으로도 술집을 번창하게 하기에 충분했다. 그의 호의를 무시할 수 있는 사람은 한 사람도 없었던 것이다.

그밖에 그는 편의를 봐 주기를 바라는 무리에 의해 시의 도로위원이라는 고급 공직에 선출되어 있었다. 지방세와 국세는 엄청나게 높고, 공공 토목 사업은 등한시되었으며, 회계보고는 검사관을 매수하여, 제대로 조사도 받지 않고, 공갈협박으로 선량한 시민의 돈을 갈취했지만, 그러나 모두들 뒷일이 무서워 입을 다물고 있었다. 이렇게 하여 매긴티 지부장의 다이아몬드 핀은 해마다 굵어지고, 점점 화려해지는 조끼에 달린 금사슬은 갈수록 무거워졌으며, 술집은 계속 확장되어 시장 광장의 한쪽 전부를 점령해 버리지나 않을까 생각될 정도였다.

맥머드는 가게의 회전문을 밀어 열고 우글거리는 사람들 속을 지나, 담배 연기가 자욱하고 알콜 냄새가 코를 찌르는 공기 속으로 나아갔다. 가게에는 휘황하게 등불이 켜져 있고 사방 벽에 굵은 금테두리 거울이 번쩍번쩍 빛나고 있었으며, 천박한 조명이 몇 배나 더 눈부셨다. 와이셔츠 소매를 걷어붙인 몇 명의 바텐더가 바쁘게 돌아다니며, 폭넓고 두꺼운 금속을 붙인 카운터에 다가앉아 있는 손님들을 위해 셰이커를 흔들고 있었다.

카운터 저쪽 끝에는 키가 크고 기골이 장대한 사나이가 엽궐련을 비스듬히 물고 기대앉아 있었다. 그가 저 유명한 매긴티임에 틀림없었다. 머리털이 검은 거한으로 턱수염이 광대뼈 근처까지 나 있고,

헝클어진 머리카락이 옷깃에까지 늘어져 있었다. 얼굴빛은 이탈리아 사람처럼 거무스름하고, 눈은 이상하리만큼 새까맣게 가라앉은 빛으로 약간 사팔뜨기인 것이 특히 기분 나쁘게 보였다. 이 사나이의 그 밖의 특징들——당당한 몸집이며 잘생긴 얼굴이며 거리낌없는 태도——은 그의 명랑하고 숨김없는 태도와 잘 어울렸다. '이 사나이는 솔직하고 정직하다. 말을 함부로 하고 그 말이 난폭하게 들릴지라도 본심은 건전하다'라고 사람들은 말할 것이다.

더없이 무자비한 그 검은 눈을 돌렸을 때에야 비로소 사람들은 저도 모르게 몸이 오그라들며, 자기가 지금 마주 대하고 있는 것은 바닥을 알 수 없는 악(惡)이며, 또한 그 배후에는 무서운 힘과 담력과 술수가 숨어 있어서 그것을 몇천 배나 무서운 것으로 만들고 있음을 알게 될 것이다.

상대를 빠짐없이 살피고 나서 맥머드는 언제나처럼 태연하고 대담한 태도로 사람들을 제치고 나아가, 두목에게 아첨 섞인 농담을 하면서 큰 소리로 웃고 있는 조무래기들 속을 헤치고 들어갔다. 이 낯선 젊은이의 대담한 잿빛 눈은 날카롭게 돌아보는 상대의 새까만 눈을 안경 너머로 머뭇거리는 빛도 없이 마주보았다.

"이봐, 젊은이, 자네 얼굴은 본 기억이 없는데."

"이곳에 온 지 며칠 안 됩니다, 매긴티 씨."

"상대방 신사의 직함을 모를 정도로 갓 오지는 않았겠지?"

"매긴티 시의원님일세, 젊은이."

둘레에 모여 있는 사람들 속에서 소리가 들렸다.

"이거 미안하게 됐군요, 의원님. 이 고장 관습을 모르기 때문에……아무튼 당신을 만나보라고 하기에…….."

"그런가? 잘 보아 두게. 지금 보는 대로일세. 나를 어떻게 생각하나?"

"그야 아직 모르지요. 당신 마음이 몸집만큼 크고, 성질이 얼굴만큼 훌륭하다면 더 바랄 게 없겠지만" 하고 맥머드는 말했다.

"흐음, 아일랜드 식으로 제법 재치 있는 소리를 나불대는군."

이 대담무쌍한 손님의 기분을 맞추어 줄 것인가 위엄을 지켜야 할 것인가 망설이면서 술집 주인은 외쳤다.

"그럼, 내 풍채는 합격이로군?"

"물론이지요" 하고 맥머드는 말했다.

"그런데 나를 만나라는 말을 누구에게서 들은 모양인데?"

"그렇습니다."

"누구에게서?"

"버밋사 341지부의 스캔런 동지에게서 들었습니다. 자, 의원님, 당신의 건강과 우리의 친교를 위해 건배합시다."

그는 술이 따라진 잔을 들어 마시면서 새끼손가락을 탁 퉁겼다.

가만히 그를 지켜보고 있던 매긴티는 굵고 검은 눈썹을 치켜올렸다.

"아, 그런가?" 하고 그는 말했다.

"그건 좀 더 알아볼 필요가 있겠군. 뭐라고 하는가, 자넨……."

"맥머드요."

"좀 더 자세하게 이야기하세, 맥머드. 이곳에선 사람을 너무 믿지도 않으며, 들은 말을 무엇이든 믿을 수도 없는 일이니까. 이리로 잠깐 들어오게. 카운터 뒤로."

안에는 술통이 죽 늘어서 있는 작은 방이 있었다. 매긴티는 문을 꼭 닫고 술통 하나에 걸터앉아 뭔가 생각하면서, 엽궐련을 입에 물고 기분 나쁜 눈으로 상대를 관찰했다. 2, 3분 동안 입을 다물고 있었다.

맥머드는 한쪽 손을 호주머니에 넣고 한쪽 손으로 갈색 콧수염을

비비면서 쾌활하게 상대의 관찰을 받고 있었다. 느닷없이 매긴티는
몸을 구부리며 권총을 꺼내들었다.

"이봐, 이 시건방진 녀석!" 하고 그는 말했다.

"이상한 흉내를 내면 당장 해치우고 말 테다."

"색다른 인사로군요."

맥머드는 약간 위엄을 보이며 대답했다.

"대자유인단의 지부장이 다른 고장의 동지를 맞이하는 것으로는."

"흐음, 단원이라는 것을 정확히 증명하지 않으면 안 돼."

매긴티는 말했다.

"증명이 안 되면 그대로 두지 않을 테니까. 어디서 입단했지?"

"시카고의 29지부요."

"언제?"

"1872년 6월 24일."

"지부장의 이름은?"

"제임스 H. 스코트."

"지구 통치자는 누구지?"

"바솔로뮤 윌슨."

"흐음! 술술 대답하는군. 여기서는 뭘 하나?"

"일하고 있소. 당신과 마찬가지로 말이오. 훨씬 작은 규모지만."

"솜씨는 어느 정도인가?"

"나를 잘 아는 사람들 사이에서는 솜씨 좋기로 이름나 있지요."

"그럼, 자네가 생각하고 있는 것보다 빨리 시험해 보이지. 이곳 지
부에 대해서 뭔가 듣지 못했나?"

"분명한 사람이면 동지로 받아준다고 들었지요."

"자네라면 그렇겠지, 맥머드. 어쩌시 시카고를 떠나왔지?"

"그런 걸 말할 수 있을 것 같소?"

매긴티는 눈을 크게 떴다. 그런 대답은 별로 들어보지 못했으므로 재미있었다.

"어째서 말할 수 없다는 건가?"

"동지에게 거짓말은 할 수 없으니까요."

"그럼, 남에게는 이야기할 수 없을 정도로 나쁜 일인가?"

"그렇게 말해도 좋겠지요."

"이봐, 이곳으로 오기까지의 일을 대답할 수 없는 그런 사나이를 지부장인 내가 받아들일 것으로 생각하지는 않았겠지?"

맥머드는 당혹한 듯한 얼굴을 했다. 이윽고 안주머니에서 해진 신문 조각을 꺼냈다.

"당신은 폭로하거나 하지는 않겠지요?"

그는 물었다.

"나보고 그런 소리를 하면 따귀를 갈길걸."

매긴티는 성내며 말했다.

"의원님, 고맙습니다" 하고 맥머드는 얌전히 말했다. "사과하지요. 무심코 지껄이고 말았군요. 당신 밑에 들어가면 위험이 없다는 것은 알고 있소. 그 쪽지를 보아주시오."

매긴티는 1874년 초에 시카고 마켓 거리의 호숫가 정자에서 조너스 핀트라는 사나이가 사살된 사건 기사로 눈길을 보냈다.

"자네가 한 짓인가?" 신문을 돌려주며 그는 물었다.

맥머드는 고개를 끄덕였다.

"어째서 죽였지?"

"나는 달러를 만들어 나라의 수고를 덜어 주고 있었소. 내가 만든 돈은 정부가 만든 것보다 질이 좋지 못했지만, 겉으로 보기에는 똑같고 싸게 먹혀서 말이오. 그런데 이 핀트라는 사나이가 나를 도우면서 어떻게든 그것을……."

"어떻게 했지?"

"뭐, 그 달러를 유통시키는 거지요. 밀고하겠다고 위협하면서 말이오. 아마 정말로 밀고했을 거요. 나는 가만히 기다리고 있지만은 않았소. 그래서 놈을 해치우고 탄광지로 찾아온 거요."

"왜 탄광지를 골랐지?"

"이곳에서는 너무 시끄럽게 굴지 않는다고 신문에서 읽은 일이 있었기 때문이오."

매긴티는 웃음을 터뜨렸다.

"처음에는 돈을 위조하고, 그리고는 사람을 죽이고 환영을 받을 것으로 생각하고 이리로 찾아온 셈이로군?"

"말하자면 그런 셈이죠."

"그래, 자네라면 어떻게 되겠지. 그 달러 만드는 기술은 아직도 써먹을 수 있나?"

맥머드는 주머니에서 지폐 대여섯 장을 꺼냈다.

"이건 워싱턴 조폐국에서 발행한 게 아니오."

"설마!"

매긴티는 그것을 고릴라같이 큰 털북숭이 손에 들고 등불에 비춰 보았다.

"완벽하군! 똑같아! 흠, 자네는 틀림없이 쓸모 있는 동지가 될 것으로 생각되네. 악인 한둘쯤은 이곳에 있어도 상관없어, 맥머드. 우리들 힘으로 하지 않으면 안 될 때도 있을 테니까. 우리를 압박하려는 놈을 물리치지 않으면 곧 벽에 부딪치고 말 거야."

"나도 다른 사람들과 같이 힘을 보태겠습니다."

"배짱이 두둑한 것 같군. 이 권총을 들이대도 꿈쩍 않으니 말이야."

"위험한 건 내가 아니거든요."

"그럼, 누군가?"

"의원님, 그건 당신입니다."

맥머드는 재킷 옆주머니에서 공이치기를 당긴 권총을 꺼내들었다.

"아까부터 겨누고 있었지요. 내 총알도 당신 것 못지않게 빠르거든요."

매긴티는 얼굴을 붉히며 성을 냈으나 곧 크게 웃음을 터뜨렸다.

"아니, 아니!" 하고 그는 말했다.

"이런 고마운 꼴은 처음 당하는군. 우리 지부는 자네를 자랑으로 삼게 될 걸세. 이봐, 대체 무슨 일이야? 손님과 단둘이서 5분 동안도 이야기하게 놓아두지 않고 방해하러 들어오다니."

바텐더가 어리둥절해 있었다.

"죄송합니다만, 테드 볼드윈 씨가 볼일이 있답니다. 곧 뵙고 싶다고 하셔서……."

그런 전갈은 필요 없었다. 바텐더의 어깨 너머로 볼드윈의 강하고 잔인해 보이는 얼굴이 보였기 때문이다. 그는 바텐더를 방밖으로 밀어내고 방문을 쾅 닫았다.

"옳지!" 하고 그는 맥머드에게로 성난 시선을 던지며 말했다.

"한 걸음 먼저 와 있었군그래. 의원님, 이 녀석 일로 드릴 말씀이 있습니다."

"그렇다면 지금 내가 듣는 앞에서 말해 보시지" 하고 맥머드가 외쳤다.

"언제 어떤 곳에서 말하든 그건 내 자유야!"

"잠깐, 잠깐만!" 매긴티는 술통에서 일어서며 말했다.

"그건 아무래도 찬성할 수 없군. 새 동지를 맞았네, 볼드윈. 그런 식으로 동지를 맞는 게 아니야. 손을 내밀어 화해를 하게."

"안 될 말이오!" 하고 볼드윈이 미친 듯이 외쳤다.

"나 때문에 피해를 입었다고 생각한다면 승부를 겨뤄도 좋다고 말해 주었던 겁니다" 하고 맥머드는 말했다.

"나는 맨주먹으로 승부를 하지만, 그것이 마음에 들지 않는다면 이 친구 좋을 대로 무엇이든 괜찮소. 자, 의원님, 지부장으로서 당신에게 판정을 맡기겠습니다."

"그럼, 묻겠는데, 어떻게 된 일인가?"

"젊은 여자에 대한 일입니다. 어느 쪽을 택하든 그것은 여자의 자유입니다."

"뭐라구?" 볼드윈이 외쳤다.

"같은 지부의 두 동지가 상대라면 그렇겠지" 하고 두목은 말했다.

"뭐라구, 그것이 당신의 판정이오?"

"그렇네, 테드 볼드윈."

매긴티는 기분 나쁘게 노려보았다.

"자네, 거기에 대해 이의를 달 생각인가?"

"당신은 5년이나 당신을 도와 온 사람을 버려 두고, 지금까지 만난 일도 없는 녀석의 편을 들고 있는 거요? 존 매긴티, 당신은 죽을 때까지 지부장은 아니니까 틀림없이 이번 선거를 하게 되면……."

의원은 사나운 호랑이처럼 그에게 덤벼들었다. 한쪽 손으로 상대의 목을 잡아 술통 위로 던져 쓰러뜨렸다. 맥머드가 말리지 않았더라면 목을 졸라서 죽이고 말았을 것이다.

"참으십시오, 의원님! 부탁이니 진정하십시오."

맥머드는 그를 잡아끌면서 외쳤다.

매긴티가 손을 놓자 볼드윈은 죽음의 못을 바라본 사람처럼 겁에 질려, 이때까지의 허세는 어디론지 달아나 버리고 숨이 넘어갈 듯이 헐떡이며 온 몸을 부들부들 떨면서 쓰러졌던 술통 위에 다시 일어나 앉았다.

"네놈은 훨씬 전부터 이렇게 당하고 싶어했어. 이번에야말로 맛을 알았겠지."

매긴티는 넓은 가슴을 들썩이며 외쳤다.

"내가 지부장 선거에서 떨어지면 대신 네가 된다고 생각하고 있었던 거겠지? 그것을 결정하는 것은 지부의 의사야. 하지만 내가 지부장으로 있는 한, 누구든지 나와 내 지시에 반대하게 내버려두지는 않을 테니까."

"당신에게는 아무 불평도 없소."

볼드윈은 목을 어루만지면서 우물거렸다.

"그래, 그렇다면" 하고 금방 명랑하고 꾸밈없는 말투로 돌아가 지부장은 외쳤다.

"우리 모두 사이좋게 지내세. 이야기는 이것으로 끝났어."

그는 선반에서 샴페인 병을 집어들고 마개를 비틀어 뽑았다.

"자!" 세 개의 유리잔에 부으면서 그는 말을 계속했다.

"화해주를 들기로 하지. 알고 있겠지만 건배를 하며 원한을 깨끗이 풀어 버리는 거야. 자, 테드 볼드윈, 내가 왼쪽 손으로 목젖을 누르고 있지? 무엇을 성내겠는가?"

"검은 구름이 가득 덮여 있다."

볼드윈이 대답했다.

"그러나 구름은 영원히 개일 것이리."

"그것을 나는 맹세한다."

두 사람이 잔을 비우자 같은 의식이 볼드윈과 맥머드 사이에 행해졌다.

"자!" 매긴티는 두 손을 문지르면서 외쳤다.

"이것으로 원한도 고통도 사라졌다. 이 맹세를 깨뜨리면 지부의 규정에 따라 재판을 받게 되지. 볼드윈 동지도 알다시피 이곳에서는 그 벌이 엄격해. 맥머드 동지도 곧 알게 될 테지만, 귀찮은 일을 일으키게 되면 말이야."

맥머드는 말했다.

"절대로 그런 일은 하지 않습니다. 나는 싸움도 빠르지만 용서도 빠르지요. 아일랜드 인의 피는 뜨겁다고 모두들 말하고 있지 않습니까. 하지만 이미 끝난 일이니까 아무런 원한도 없소."

볼드윈은 두목의 눈이 무섭게 빛나고 있었으므로 내민 손을 잡지 않을 수가 없었다. 그러나 시무룩한 얼굴은 상대의 말로 마음이 조금도 풀어지지 않았음을 말해 주고 있었다.

매긴티는 두 사람의 어깨를 탁 쳤다.

"쯧쯧! 고작 계집애 일로!" 하고 그는 외쳤다.

"계집애 하나를 놓고 내 집 사나이들 둘이서 다투다니, 정말 운이 나쁘군. 그 문제를 해결하는 것은 중간에 낀 여자가 할 일이지. 지부장의 권한 밖의 일이니까 말이야. 그 점에 대해서는 하느님을 찬양해야 하겠지. 계집애 일이 아니더라도 문제는 얼마든지 많으니까. 맥머드 동지, 341지부에 입단하는 것을 허락하겠네. 시카고와 달라서 이곳의 규칙이나 방식은 좀 색다른 데가 있어. 토요일 밤에 모임이 있는데, 그때 출석하면 버밋사 골짜기를 자유로이 돌아다닐 수 있게 해주지."

제10장 버밋사 341지부

마음을 조마조마하게 만드는 사건이 여럿 있었던 밤을 지낸 그 다음날, 맥머드는 제이콥 새프터 노인의 하숙을 나와 시내를 훨씬 벗어난 곳에 있는 맥나마라 과부 집에 자리를 정했다. 열차 안에서 알게 된 스캔런이 버밋사로 옮겨오게 되었으므로 두 사람은 함께 살게 되었다. 다른 하숙인은 없었고, 여주인은 성질이 느린 아일랜드 태생의 노파로 이러쿵저러쿵 잔소리를 하지 않았기 때문에 두 사람은 공통의 비밀을 간직하는 사람에게 있어서는 더할 나위 없는 자유를 맛볼 수가 있었다. 새프터도 마음을 누그러뜨려 맥머드가 마음이 내키면 식사를 하러 와도 좋다고 말했으므로, 에티와의 교제도 그것으로 끝나지는 않았다. 오히려 날이 갈수록 두 사람의 사이는 더욱 친밀해져 갔다.

새 하숙의 침실이라면 위폐 주형(鑄型)을 꺼내도 안전하다고 생각되었으므로 몇 번이나 비밀 맹세를 시킨 뒤 지부의 동지 몇 사람에게 그것을 보여 주었다. 그들은 모두 주머니에 가짜 돈의 견본을 넣고 돌아갔는데, 그것은 아무 곤란도 위험도 없이 어디서나 통용될 정도로 정말 교묘한 것이었다. 이런 기막힌 기술을 몸에 지니고 있으면서 맥머드는 왜 부기계 같은 일을 하고 있을까 하고 같은 패들은 늘 이상하게 생각했다. 그는 그런 질문을 받으면, 확실한 일자리도 없이 지내고 있으면 금방 경찰에 의심을 받지 않겠느냐고 대답하곤 했다.

사실은 경관 한 명이 벌써 그를 뒤쫓고 있었는데, 우연한 사건 때문에 다행히도 위험하게 되기는커녕 도리어 아주 좋은 결과를 가져왔다. 그는 매긴티와 알고 지내게 된 후로 술집에 가지 않는 저녁이 별로 없었다. 거기에 나가서는 '아이들'과의 사귐을 돈독히 했는데, '아이들'이란 그 술집에 둥지를 튼 시끄러운 패들이 서로를 유쾌하게 부르는 이름이다. 날렵한 태도와 대담무쌍한 이야기 솜씨로 그는 그들 모두의 총아가 되었고, 술집에서의 '제한 없는' 싸움에서는 멋진 솜씨로 상대를 간단히 해치웠기 때문에 이 거친 사회에서 존경을 차지했다. 그러나 그의 명성을 더없이 높여 준 것은 다른 사건이었다.

어느 날 밤, 마침 술집이 문을 닫을 시각에 광산 경찰대의 투박한 푸른 제복에 뾰족모자를 쓴 사나이가 들어왔다. 이들은 철도와 광산 주인이 고용한 특수 경찰대로, 이 고장을 위협하는 조직적인 악당에 대해서 손을 쓰지 못하는 보통 경찰을 돕기 위해 와 있었다. 그가 들어오자 주위는 조용해지고 시선이 집중되었는데, 미국에서는 경관과 악인의 관계가 특별해서 매긴티는 카운터 뒤에 서서 경관이 손님들 사이로 들어와도 그다지 놀라지 않았다.

"위스키 스트레이트 한 잔! 오늘밤은 추워서 도무지 견딜 수가 없군" 하고 경감이 말했다.

"처음 뵙겠습니다. 의원님."

"새로 온 대장님이시군요?" 하고 매긴티는 말했다.

"그렇습니다, 의원님. 당신과 시내 유지들의 신세를 지고 있지요, 이 시내의 법과 질서를 지키는 데 말입니다. 광산 경찰대의 머빈 대장이라고 합니다."

"머빈 대장님, 당신이 오지 않아도 잘해 나갈 수 있을 텐데요," 매긴티는 차갑게 말했다.

"시내 경찰이 있으므로 외부의 도움 같은 건 필요없지요, 당신들은 자본가들에게 고용된 도구가 아니오? 놈들을 위해서 불쌍한 시민 동포를 방망이로 때리거나 쏘아 죽일 뿐이잖소?"

"그만 그만, 그런 이야기는 그만두시오,"

경관은 그다지 화도 내지 않으며 말했다.

"우리는 정당하다고 생각하는 직무에 충실해야 한다고 생각하고 있지만, 각각 보는 눈이 다르겠지."

그는 잔을 비우고 나가려 했는데 바로 옆에서 찌푸린 얼굴을 하고 있던 존 맥머드의 얼굴에 시선이 떨어졌다.

"아니, 이거!"

머리끝에서 발끝까지 훑어보면서 그는 외쳤다.

"아는 사람이 있었군!"

맥머드는 꽁무니를 뺐다.

"경찰 나부랭이와 친구였던 적은 없는데."

"안다고 해서 반드시 친구는 아니지."

대장은 빙긋 웃으며 말했다.

"자네는 시카고의 존 맥머드지? 틀림없어. 그렇지 않다고는 못할 거야?"

맥머드는 어깨를 으쓱했다.

"그렇지 않다고는 말하지 않겠소. 내가 나의 이름을 부끄러워할 것으로 생각하시오?" 하고 그는 말했다.

"아무튼 부끄러워할 이유는 충분하지 않나?"

"그게 대체 무슨 소리지?"

그는 두 주먹을 불끈 쥐고 호통을 쳤다.

"쓸데없는 일이야, 존. 큰소리쳐 보았자 소용없어. 나는 이 광산 지대로 오기 전에는 시카고 경찰에 있었으니까. 시카고의 악당은 얼굴만 보면 알아."

맥머드의 얼굴빛이 바뀌었다.

"시카고 중앙 경찰서의 머빈은 아니겠지!"

"바로 그 테디 머빈일세. 저 조너스 핀트 사살 사건은 아직 잊지 않았겠지?"

"내가 한 짓이 아니야!"

"자네가 한 짓이 아니라고? 그거 멋진 증언이로군! 어찌 되었든 그 녀석이 죽은 것이 자네로서는 다시없이 다행스러운 일이었어. 죽지 않았으면 가짜 돈을 쓴 죄로 당장 붙잡혔을 테니까. 뭐, 그런 건 잊어 버리게. 왜냐하면 우리끼리 이야기지만……그리고 이런 말을 하는 건 직무에 어긋날지도 모르지만, 자네에 대해서는 증거가 불충분하기 때문에 내일 시카고로 돌아가도 아무 걱정이 없어."

"나는 여기가 좋소."

"방법을 가르쳐 주었는데도 인사가 없다니!"

"글쎄, 친절은 고맙게 생각하지."

맥머드는 그다지 고마울 것도 없다는 듯이 말했다.

"자네가 떳떳한 길을 걷고 있는 한은 나도 아무 말 않겠네."

경관은 말했다.

"그러나 맹세하지만, 앞으로 못된 짓을 하면 이야기가 달라질 거야! 그럼. 잘 있게. 자, 의원님, 그럼……."

그는 술집에서 나갔는데, 그때는 벌써 이 지방의 영웅이 한 사람만들어져 있었다. 시카고에서 맥머드가 한 일은 전부터 은밀히 이야깃거리가 되고 있었다. 사람들에게 잘났다는 소리를 듣기 싫은 건지, 그는 아무리 캐물어도 웃으며 대답을 피해 왔다. 그러나 지금 그 일에 대해 경관이 확인해준 것이다. 술집의 일없는 자들이 주위로 몰려와서 너도나도 악수를 청했다. 그리하여 그는 그때부터 이 사회에서는 말이 통하는 사나이가 되었다. 그는 술을 아무리 마셔도 얼굴에 표가 나지 않았는데, 그날 밤은 동료인 스캔런이 집으로 데리고 돌아가지 않았더라면 하룻밤을 꼬박 술집에서 지내야만 했을 것이다.

토요일 밤 맥머드는 지부에 소개되었다. 시카고에서 입단했기 때문에 식 같은 것은 행하지 않아도 되리라 생각하고 있었는데, 버밋사에는 특별한 의식이 있어 그들은 그것을 자랑으로 여기고 있었다. 입단 희망자는 누구든 의식을 치러야 했다. 모임은 그러한 목적을 위해 조합 건물에 마련해 둔 큰방에서 행해졌다. 버밋사에는 약 60명이 모였는데, 그것이 전부는 아니었다. 왜냐하면 이 골짜기에는 아직 몇 개의 지부가 더 있을 뿐만 아니라 양쪽 산맥 저쪽에도 있어서, 중대한 문제가 생기면 그 지방에서는 얼굴이 알려져 있지 않은 패들이 나설수 있도록 단원을 교환하는 것이었다. 모두 합치면 탄광 지방에 흩어져 있는 단원의 수는 500명을 밑돌지 않았다.

텅 빈 회의실에 단원들은 긴 테이블을 둘러싸고 모였다. 한쪽에는 술병과 컵을 올려놓은 테이블이 있는데, 개중에는 벌써 그리로 눈을 돌리고 있는 사람도 있었다. 윗자리에 앉은 매긴티는 헝클어진 검은 머리에 챙이 없는 폭넓은 검은 비로드 모자를 쓰고, 목에는 화려한 자줏빛 법복을 걸치고 있어 악마의 의식을 주재하는 승려처럼 보였다.

그의 양옆에는 지부의 상급 간부가 죽 앉아 있었는데, 그 가운데는 테드 볼드윈의 잔혹하지만 잘생긴 얼굴도 보였다. 이들은 각각 직책을 나타내는 목도리며 휘장을 달고 있었다. 그들은 대부분 나이가 지긋한 사나이들이었는데, 그밖에는 18세에서 25세 정도의 젊은 사람들로, 연장자의 명령을 기꺼이 실행에 옮기는 솜씨 있는 앞잡이들이었다. 나이 지긋한 이들 속에는 흉악하게 생긴 사람이 많이 있었는데, 아랫사람들을 보면 진실되고 사심이 없을 것 같은 얼굴들을 하고 있었다. 이런 젊은이들이 실은 위험한 살인 갱이며, 나쁜 일 하는데 숙달한 것을 자랑으로 여기고, 이른바 '깨끗이 해치우는' 일로서 이름을 날리고 싶어한다는 것은 믿어지지 않을 정도였다. 그들은 별로 아무런 해도 주지 않고 대부분의 경우 얼굴도 본 적이 없는 사람을 해치우는 일을 자청해 나서는 것이 누구냐 하는 것으로 말다툼을 하고, 피살된 사나이의 비명과 괴로워하던 모습을 이야기하면서 즐거워하곤 했다. 처음에는 순서를 정하는 데도 비밀이 지켜지지만 이런 이야기를 할 무렵이 되면 놀랄 만큼 공개적이 된다. 왜냐하면 경찰진의 거듭되는 실패 덕분에 한편으로는 아무도 증인으로 서려는 사람이 없게 되고, 다른 한편으로 그들은 확실한 증인을 얼마든지 세울 수가 있으며, 주머니 사정이 좋기 때문에 주에서도 가장 우수한 변호사를 세울 수가 있음을 알기 때문이다. 그리하여 10년이라는 긴 세월 동안 폭력 행위를 맘껏 자행해왔건만, 단 한 사람도 유죄 선고를 받지 않았다. 천주단을 위협하는 오직 하나의 위험이라면, 그것은 피해자뿐이었다. 아무리 상대의 수가 많고 불시에 습격을 당했다 하더라도 피해자는 하수인들에게 반격을 안겨 줄 위험이 있었고, 때로는 실제로 그런 일이 있었기 때문이었다.

맥머드는 뭔가 통과의례를 겪어야 한다는 말을 들었지만, 그것이 어떤 것인지는 아무도 말해 주지 않았다. 그는 위엄있는 얼굴을 한 두 명의 동지에 의해 바깥쪽 방으로 안내되었다. 판자 칸막이를 통해 안쪽 회의실에서 여러 사람의 낮은 이야기 소리가 들렸다. 한두 번 그의 이름이 나오는 것으로 보아 입단 자격을 놓고 의논하고 있는 것 같았다. 이윽고 파란색과 금색 띠를 가슴에 두른 친위대원이 들어왔다.

"지부장의 명령으로 밧줄로 묶어 눈가림을 하고 동행한다."

그렇게 말한 후 셋이서 웃옷을 벗게 하고, 오른팔 소매를 걷어올리더니 팔꿈치 위로 밧줄을 감아 돌려서 단단히 매었다. 다음에 머리와 얼굴 윗부분에 아무 것도 보이지 않도록 두껍고 검은 두건을 씌웠다. 그리고 나서 회의실로 데리고 갔다.

두건이 씌워져 있기 때문에 캄캄하고 몹시 답답했다. 사람들의 옷 스치는 소리와 낮은 목소리가 들리고, 이윽고 매긴티의 목소리가 귀까지 내려 덮인 두건을 통해 희미하게 들렸다.

"존 맥머드, 그대는 이미 대자유인단에 가입해 있는가?"

그는 고개를 끄덕였다.

"지부는 시카고의 29지부인가?"

그는 다시 고개를 끄덕였다.

"어두운 밤은 불쾌하다" 하고 그 목소리는 말했다.

"그렇다, 낯선 곳을 여행할 때는" 하고 그는 대답했다.

"검은 구름이 가득 덮여 있다."

"그렇다, 폭풍우는 멀지 않다."

"동지들, 이것으로 좋은가?" 하고 지부장이 물었다.

모두 약속이라도 한 듯이 찬성한다고 중얼거렸다.

"암호를 주고받음으로써 그대가 우리들의 동지임을 알았다" 하고 매긴티는 말했다.

"하지만 한 가지, 이쪽의 몇 지부에서는 특별한 시험을 통해 굳센 용사를 찾는다. 시험에 응할 준비가 되어 있는가?"

"그렇습니다."

"용기는 있겠지?"

"있습니다."

"한 걸음 앞으로 나와 그것을 증명해 보이라."

그 말과 함께 눈앞에 단단하고 뾰족한 것이 두 개 쑥 내밀어져 오며 눈을 누르고 있는 것처럼 느껴졌으므로, 눈을 다치지 않고 앞으로 나갈 수는 없을 것처럼 생각되었다. 그런데도 그는 용기를 내어 결연히 한 걸음 내디뎠다. 동시에 압력은 어디론가 사라지고 말았다. 나지막한 칭찬의 소리가 들렸다.

"담력이 있군그래" 하는 소리가 들렸다.

"고통을 견뎌낼 수 있는가?"

"남들만큼은 견뎌낼 수 있습니다" 하고 그는 대답했다.

"시험해 주어라!"

갑자기 팔 위쪽에 펄쩍 뛸 것만 같은 심한 고통이 느껴졌다. 크게 비명을 지르지 않는 것이 고작이었다. 갑작스럽고 무서운 아픔이었기 때문에 까무러칠 것만 같았으나, 입술을 꽉 물고 주먹을 불끈 쥐며 그것을 견뎌냈다.

"좀더 세게!" 하고 매긴티가 말했다.

이번에는 크게 상찬의 소리가 일었다. 입단할 때 이처럼 훌륭한 태도를 보인 사람이 없었던 것이다. 번갈아 등을 두드리고, 머리에서 두건이 벗겨졌다. 동지들의 축하를 받으면서 그는 눈을 깜박이며 빙그레 웃고 있었다.

"맥머드 동지, 마지막으로 한 마디 일러둔다."

매긴티가 말했다.

"그대는 이미 비밀과 충성의 맹세를 했는데, 그것을 위반하는 일이 있으면 벌로서 당장 죽음을 면치 못한다는 것을 알고 있겠지?"

"네."

"그리고 당분간은 어떤 입장에서든 지부장의 명령에 복종하겠는가?"

"복종합니다."

"그럼, 버밋사 341지부의 이름으로 입단을 인정하고, 특권과 토의권을 준다. 스캔런 동지, 테이블에 술을 차려 주게. 뛰어난 동지를 위해 축배를 드세."

누군가가 웃옷을 가져다 주었다. 맥머드는 그것을 입기 전에 오른팔을 살펴보았다. 팔은 아직도 욱신거리며 몹시 아팠다. 팔 위쪽 살에 동그라미 안의 세모 표시가 낙인이라도 찍은 듯 깊고 빨갛게 나 있었다. 가까이 있는 한두 명의 사나이가 소매를 걷어올리고, 역시 지부의 표시가 찍혀 있는 것을 보여 주었다.

"우리들도 있지." 한 사람이 말했다.

"하지만 찍힐 때 자네처럼 담력 있는 녀석은 없었어."

"이런 것쯤은 아무렇지도 않아" 하고 그는 말했다.

그러나 상처부위는 불로 지지는 듯이 아팠다.

술을 깨끗이 비우고 나자 곧 지부의 용건을 토의하기 시작했다. 맥머드는 시카고의 단조로운 모임만을 보아 왔기 때문에 어떤 일이 일어날까 귀를 기울이며 놀라움을 삼키면서 듣고 있었다.

"협의 사항의 첫째는" 하고 매긴티가 입을 열었다.

"머튼 고을 249지부의 지역장 윈들에게서 온 편지에 대해서인데, 이렇게 씌어 있소."

삼가 아룀. 이 근처에 살고 있는 탄광 주인 레이 앤드 스타매시 회사의 레이를 해치우기로 됐음. 지난해 가을 순찰 경관 건에 대해 동지 두 명을 보내드린 것을 기억하실 줄로 앎. 그 답례를 받고 싶음. 튼튼한 두 사람을 보내 주시면 본 지부의 회계원 히긴즈가 일체를 인수할 것임. 이곳 주소는 아실 것으로 생각됨. 시일과 장소는 이쪽에서 지시할 예정임.

대자유인단 지역장

J.W. 윈들

"윈들은 이쪽에서 협력을 부탁할 때마다 한 번도 거절한 일이 없소. 따라서 우리도 거절할 수는 없지."

매긴티는 말을 끊고서 게슴츠레하니 사악한 눈으로 방 안을 둘러보았다.

"자원할 사람이 있소?"

몇몇 젊은이가 손을 들었다. 지부장은 흐뭇한 미소를 띠며 그들의 얼굴을 보았다.

"호랑이 코맥인가? 좋겠지. 요전처럼 잘 뛰어다니면 실패는 없을 걸세. 그리고 윌슨, 너도."

"권총이 없습니다" 하고 말한 이 지망자는 아직 10대의 꼬마였다.

"이런 일은 처음이지? 그렇군, 언젠가는 피 냄새를 맡아 두지 않으면 안 돼. 네가 일을 시작하는 데는 안성맞춤이야. 권총이라면 저쪽에서 이미 준비했을 거야. 월요일에 떠나면 시간은 충분하겠지. 돌아오면 크게 환영해 주마."

"이번에도 상금이 있습니까?" 하고 코맥이 물었다.

그는 키가 작고 얼굴빛이 검으며 잔인해 보이는 젊은이로, 사납기 때문에 '호랑이'라는 별명이 붙어 있었다.

"상금 같은 건 생각하지 않는 게 좋아. 명예로 생각하고 하면 되는 걸세. 무사히 끝내면 2, 3달러는 주겠지."

"그 사람이 무슨 짓을 한 겁니까?" 하고 꼬마 윌슨이 물었다.

"무엇을 했건 너 같은 녀석이 물을 일이 아니야. 저쪽에서 그놈을 해치우기로 결정한 거니까, 우리가 알 바 아니지. 우리로서는 저쪽에서 정한 일을 해주면 되는 거야. 저쪽에서 우리가 정한 일을 잠자코 해주었듯이 말이야. 그렇게 되면 다음 주일 머튼 지부에서 동지 두 명이 이곳에 와서 한 가지 일을 해주기로 되어 있어."

"누가 오는 겁니까?" 하고 한 사람이 물었다.

"그런 것은 묻지 않는 편이 좋을 텐데. 아무 것도 모르면 아무 것도 증언할 수 없고, 그로 말미암아 귀찮은 일이 일어나지도 않을 테니까. 일을 빈틈없이 처리하고 갈 사람이 올 걸세."

"마침 좋은 기회로군!" 테드 볼드윈이 외쳤다.

"이 근처 녀석들은 도무지 손아귀에 넣을 수 없게 되었소. 바로 지난 주일 우리 단원 세 명이 탄광 조장인 브레이커에게 해고당했소. 그 녀석에게는 훨씬 전부터 빚진 게 있으니까 이번에 두둑하게 갚아 줄 필요가 있소."

"뭘로 갚아 주는 거지?"

맥머드는 옆에 있는 사나이에게 가만히 물었다.

"사슴 잡는 총의 끝에서 나가는 것으로."

너털웃음을 웃으며 그 사나이는 대답했다.

"우리들 방식을 어떻게 생각하나?"

맥머드의 범죄적인 두뇌는 방금 들어온 악당 단체의 정신을 벌써 충분히 터득하고 있는 것 같았다.

"멋있는데. 활기 있는 젊은 사람에게는 안성맞춤의 일이지."

그는 말했다.

주위에 있던 몇 사람이 그 말을 듣고 칭찬했다.

"왜 그러는가?" 테이블 끝에서 검은 머리의 지부장이 외쳤다.

"방금 들어온 동지가 말입니다, 우리가 하는 일이 마음에 든답니다."

"지부장, 한 마디 하고 싶은데, 만일 사람 손이 필요한 일이 있다면 저에게 시키십시오. 지부를 위해 일하는 것을 명예로 생각합니다."

맥머드는 곧 일어서며 말했다.

이 말을 듣자 큰 박수 갈채가 일어났다. 새로운 태양이 지평선에서 얼굴을 내밀기 시작한 것처럼 느껴졌다. 간부 중에는 조금 건방지다고 생각하는 사람도 있는 것 같았다.

"내가 한 마디 하겠는데……."

라고 입을 연 사람은 지부장 옆에 앉아 있는 매 같은 얼굴에 턱수염을 기른 노인으로, 비서인 핼러웨이였다.

"맥머드 동지는 지부에서 필요로 할 때가 오기까지 기다리는 게 좋겠네."

"물론 그럴 생각입니다. 모든 것을 일임하겠습니다."

"일단 들어왔으면 기회는 온다네, 동지" 하고 지부장은 말했다.

"자진해서 해줄 사람이라는 건 이미 알고 있었지. 이곳에서 훌륭한 일을 해줄 것으로 기대하네. 오늘 밤 조그만 일이 있는데, 괜찮다면 손을 빌리고 싶군."

"보람있는 일이라면 무엇이든 하겠습니다."

"아무튼 오늘 밤 하기로 하지. 이곳에서 우리들이 훌륭한 일을 위해 싸우고 있다는 것을 알게 될 테니까. 이따가 알려 주겠네. 그런데……"

그는 협의 사항 서류로 눈길을 보냈다.

"또 한두 가지 상의하고 싶은 일이 있는데, 우선 맨 먼저 회계원에게서 은행 예금의 잔고를 보고 받고 싶네. 짐 캐너웨이 미망인에게 조의금을 보내야 하거든. 짐은 지부의 일을 하다가 쓰러졌으니까, 미망인이 생활에 곤란을 받지 않도록 돌보아 줄 의무가 우리들에게 있네."

"짐은 지난달, 말레이 골짜기의 체스터 윌콕스를 죽이려다가 사살되었어." 맥머드의 옆에 앉은 사나이가 가르쳐 주었다.

"지금으로서는 자금이 충분합니다."

통장을 앞에 놓고 회계원이 대답했다.

"최근 회사의 돈 내는 형편이 좋아졌습니다. 맥스 린더 회사는 내버려 두어 주기만 해 달라고 500달러를 냈습니다. 워커 브러더즈는 100달러를 냈는데, 이것은 제 권한으로 돌려보내고 500달러를 요구했습니다. 수요일까지 회답이 없으면 권양기의 기어를 부서뜨려 줄 예정입니다. 작년에도 쇄광기(碎鑛機)를 불태워 버린 후에야 말귀를 알아들었지요. 그리고 서부 지구 석탄회사는 예년과 같은 액수를 냈습니다. 그러므로 어떤 지불 의무에나 응할 만큼의 돈이 있습니다."

"아치 스윈든은 어떻게 되었소?" 하고 한 명의 동지가 물었다.

"탄광을 팔고 이곳을 떠나갔네. 협박을 당하면서 큰 탄광을 가지고 있느니 뉴욕으로 가서 자유롭게 도로 청소부라도 하는 편이 낫다는 편지를 남기고. 개새끼, 편지가 우리 손에 닿기 전에 도망치고 말았소! 아무튼 이제 두 번 다시 이 골짜기에는 얼굴을 내밀 수 없겠지. ”

이마가 넓은 얼굴을 깨끗이 면도한, 사람 좋아 보이는 중년의 사나이가 지부장과 마주 놓인 테이블 끝에서 일어났다.

“회계원, ” 하고 그는 말했다.

“몇 가지 물어 보고 싶은데, 이 고장에서 쫓겨난 사람의 광산을 산 것은 누군가? ”

“모리스 동지, 그 광산을 산 사람은 스테이트 머튼 군 철도회사일세. ”

“그리고 지난해에 역시 팔려고 내놓은 톳드먼과 리 광산은 누가 샀나? ”

“같은 회사일세, 모리스 동지. ”

“그리고 최근에 문을 닫은 맨슨, 슈먼, 반 데어, 애트우드 등 제철소는 누가 샀나? ”

“웨스트 길머튼 광업회사가 단독으로 인수해 버렸지. ”

“모리스 동지, 누가 샀든 상관없지 않나? 이 고장에서 다른 곳으로 가지고 갈 수는 없을 테니까” 하고 지부장이 말했다.

“지부장, 말대꾸를 하는 것 같습니다만, 그것은 우리들에게 있어 중대 문제라고 생각합니다. 벌써 10년동안이나 이런 일이 행해지고 있습니다. 우리는 차츰 중소기업자들을 경영 불능으로 몰아넣고 있습니다. 그 결과 어떻게 되고 있습니까? 중소기업 대신에 철도라든가 제너럴 아이언 같은 큰 회사가 들어서게 되었습니다. 그 중역들은 뉴욕이나 필라델피아 같은 곳에 있어서 우리의 협박에는 눈 하나 깜짝하지 않습니다. 우리는 그들의 앞잡이인 작은 두목에게서 짜낼 뿐, 그것도 형편이 좋지 않으면 대신 다른 사람이 파견됩니다. 우리들은 스스로 몸을 위태롭게 하고 있는 겁니다. 중소기업자라면 우리에게 해가 되지는 않습니다. 돈도 없고 힘도 없으니까요.

가혹하게 쥐어짜지 않는 한, 우리에게 덜미를 잡힌 채 도망치는 일이 없습니다. 그러나 큰 회사의 경우는 다르지요. 우리가 자기들 회사 이익의 방해가 된다는 것을 알게 되면, 노력과 비용을 아끼지 않고 우리를 끝까지 뒤쫓아 재판까지 벌일 것입니다."

이 말에 방 안은 잠시 쥐죽은듯이 조용해지고, 서로 우울한 얼굴을 바라보면서 암담한 기분이 되었다. 지금까지 전능과 무적을 자랑하고 있었으므로, 보복을 당한다는 생각은 전혀 없었던 것이다. 그러나 이렇게 되자 많은 사람들 가운데 가장 용감한 사나이마저도 등골이 오싹해졌다.

"그래서 나는 제안하고 싶습니다" 하고 발언자는 계속했다.

"중소기업자를 너무 심하게 다루지 말자고. 그들이 모조리 쫓겨가 버리면 이 결사의 세력도 약해지고 맙니다."

반갑지 않은 진실은 그다지 환영받지 못하는 법이다. 발언자가 자리에 앉자 성난 호통이 떨어졌다. 매긴티는 이마를 어둡게 해가지고 일어섰다.

"모리스 동지, 자네는 언제나 비관론자로군. 단원이 일치 단결해 있으면 이 미국에서 우리에게 손을 댈 수 있는 놈은 없어. 그것은 법정에서 몇 번이나 시험해 본 일이 아닌가. 대기업일지라도 싸움보다는 돈을 내는 쪽이 덜 귀찮다는 것을 알게 되겠지. 작은 회사와 마찬가지로 말일세. 그건 그렇고, 동지 여러분."

매긴티는 지껄이면서 모자와 법복을 벗어 던졌다.

"오늘 밤 협의는 이것으로 마치기로 하겠소. 다만 작은 문제가 하나 남아 있는데, 해산할 때쯤 말하기로 하겠소. 자, 지금부터 마음껏 즐기며 우애를 다지기로 합시다."

인간성이란 정말 묘한 것이다. 여기 있는 이들에게 있어서 살인이란 색다른 일이 못되어 한 집안 주인을, 개인적으로 아무 원한도 없는 사람을 수없이 죽여 왔으며, 슬픔에 젖은 아내와 의지할 곳 없는 어린아이들을 보아도 손톱만큼도 후회나 동정심을 느끼지 않았지만 아름답고 슬픈 가락을 띤 음악에는 마음이 감동되어 울었다.

맥머드는 뛰어나게 아름다운 테너 목소리의 소유자였다. 그가 그때 까지 지부의 호의를 얻지 못했다 하더라도 '메어리여, 나는 계단에 걸터앉았다'와 '아랑의 강기슭에서'를 노래한 뒤로는 누구든 그에게 호의를 갖지 않을 수 없게 되었다. 최초의 하룻밤만으로 이 신입생은 동지들 중에서 가장 큰 인기를 누렸다. 중요한 직책으로 승진을 보장 받은 것이나 마찬가지였다. 그러나 뛰어난 대자유인 단원이 되는 데 는 사교성뿐만이 아니라 그밖에도 필요한 자격을 갖추어야 했는데, 그날 밤 안으로 그는 그러한 자격도 갖추고 있음을 보여 주었다. 위 스키 병이 몇 번이나 돌아 사나이들이 얼굴을 붉게 만들고 뭔가 장난 이라도 하고 싶어질 무렵이 되자, 지부장이 다시 일어나 그들에게 외 쳤다.

"여러분, 이 시내에서 해치우지 않으면 안 될 인물이 한 사람 있 소. 그를 해치우는 것이 여러분의 임무요. 내가 말하는 사람은 헤럴 드 지의 제임스 스탱거요. 이 사나이가 다시 우리들에 대해 떠들어 대고 있다는 것은 여러분도 잘 알고 있을 것이오."

그렇소, 그렇소 하는 소리가 일어나고 여기저기서 낮은 소리로 악 담을 던지는 사람도 있었다. 매긴티는 조끼 주머니에서 오려 낸 신문 조각을 꺼내 읽었다.

"'법과 질서'라는 제목이오. '석탄과 철광 지구를 지배하는 공포— —이 지방에 범죄 조직의 존재를 증명하는 최초의 암살 사건이 일 어난 지 벌써 12년이 지나고 있다. 그날부터 이들의 폭력 행위는 그치는 일이 없었으며, 오늘에 이르러서는 그 극한에 달하여 문명 사회의 불명예로 생각되는 상태에 도달했다. 이 위대한 국가가 유럽의 전제로부터 벗어나려 하는 유랑자들을 맞아들인 것은 이러한 결과를 바라서였겠는가? 살 집을 빌려 준 사람들 위에 군림하고, 자유를 상징하는 성조기의 신성한 그늘에 숨어서 공포와 무법천지로 몰아가는 것을 허락해도 될 것인가? 동양의 군주국에 이러한 것이 존재한다고 읽기만 해도 우리는 공포를 느낄 것이다. 우리는 이 일당의 이름을 알고 있다. 조직이 존재하는 것을 알고 있다. 우리들은 언제까지 이것을 참지 않으면 안 되는 것인가? 우리들이 살아가는 한……' 우는 소리 같은 건 더 들을 것도 없어!"

의장은 이렇게 외치며 테이블 위에다 오려 낸 신문 조각을 집어던졌다.

"내가 여러분에게 묻고 싶은 것은, 이자에게 뭐라고 말해 주면 좋겠는가 하는 점이오."

"죽여 버립시다!"

열 명쯤 되는 사나이들이 무서운 소리로 외쳤다.

"나는 거기에 반대하오."

이마가 넓은 얼굴을 깨끗하게 면도한 모리스가 말했다.

"동지 여러분, 나는 감히 말하지만, 이 골짜기에서는 우리 방법이 너무 가혹했소. 이렇게 되면 시민들은 안전을 위해 한 사람 남김없이 단결하여 우리들을 쳐부수려 할 것이오. 제임스 스탱거는 노인이오. 그는 이 도시와 근처 지방에서 존경받고 있으며, 그 신문은 이 골짜기의 온건한 사람들을 대표하고 있소. 만일 그가 저격 당하면 주 전체에 소동이 일어나서 결국 우리는 파멸할 것이오."

"아니, 그들이 어떻게 우리를 파멸시킨다는 건가, 이 겁쟁아."

매긴티가 외쳤다.

"경찰의 힘을 빌려서? 경찰의 반은 여기서 월급을 주고 있고, 나머지 반은 우리를 무서워하고 있네. 아니면 법원과 판사의 힘으로? 그런 것은 벌써 몇 번이나 부딪쳐 오지 않았는가. 그때마다 무사히 끝나지 않았느냔 말일세!"

"린치라는 판사도 있소" 하고 모리스는 말했다.

'린치'라는 말을 듣자 일제히 성난 호통 소리가 일어났다.

"내가 이 손가락 하나만 움직이면" 매긴티는 외쳤다.

"그러면 200명이나 되는 사람이 이 시내로 몰려와서 시내를 깡그리 쓸어버릴 걸세."

그는 갑자기 소리를 높여 굵고 시꺼먼 눈썹을 무섭게 찡그리면서 말했다.

"여보게, 모리스 동지. 아까부터 자네를 눈여겨보고 있었는데, 자네는 용기가 없을 뿐만 아니라 다른 사람의 용기까지 없애려 하고 있네. 모리스 동지, 자네 이름이 협의 사항으로 거론되면 자네에게 반갑지 않은 일이 되겠지. 아무래도 그래야 될 것 같지만 말일세."

모리스는 얼굴이 새파랗게 질리고 맥이 탁 풀려서 쓰러지듯이 의자에 주저앉았다. 그는 떨리는 손으로 잔을 집어들어 한 모금 마시고 나더니 대답했다.

"지부장, 내가 한 말이 너무 지나쳤다면 당신과 동지 여러분께 사과합니다. 나는 충실한 단원입니다. 그것은 아시리라고 생각합니다. 귀에 거슬리는 말을 한 것은 지부에 혹시라도 무슨 일이 있을까 걱정한 때문입니다. 그러나 지부장, 나는 자신의 판단보다도 당신의 판단을 신뢰합니다. 앞으로 마음에 거슬리는 일은 말하지 않겠습니다."

굴복하는 말을 듣자 지부장의 찡그린 얼굴도 누그러졌다.

"알겠다, 모리스 동지. 자네를 처벌하지 않으면 안 될 경우가 된다면 나로서도 애석한 일일세. 그러나 내가 이 의자에 앉아 있는 한, 말하는 것이나 행동하는 것이나 모두 일치 단결하지 않으면 안 된다고 생각하네. 그런데 여러분!"

그는 모두를 둘러보면서 말을 계속했다.

"이것만은 분명하오, 스탱거가 마땅히 받아야 할 벌을 받게 된다면, 우리들이 귀찮아지게 될 것이오, 신문은 단결되어 있기 때문에 주 신문들은 모두 경찰과 군대의 출동을 요구할 거요, 그러나 위협 정도는 할 수 있을 것이오, 볼드윈 동지, 그대가 하겠는가?"

"하고 말고요!" 하고 그 젊은 사나이는 진지하게 대답했다.

"몇 사람 필요한가?"

"여섯 명 정도, 그리고 문간에서 망보는 사람 둘. 가우어, 맨슬, 스캔런, 그리고 윌러비 형제도 와 주게."

"새 동지에게도 부탁했네" 하고 지부장은 말했다.

맥머드를 보는 볼드윈의 눈은 아직 그 일을 잊지 않았으며 용서하지 않은 듯했다.

"오고 싶으면 따라와도 좋겠지."

그는 무뚝뚝하게 말했다.

"됐습니다. 일을 착수하는 데는 빠른 게 가장 좋지요."

모두들 환성을 올리고 취한 김에 노래까지 부르며 해산했다. 술집은 아직 손님들로 들끓고 있었으므로 동지들 대부분은 그곳에 남았다. 특파된 사람들은 큰길로 나와 사람 눈에 띄지 않도록 삼삼오오 보도를 걸어가고 있었다. 몹시 추운 밤으로, 별이 깜박이는 서리 찬 밤하늘에는 반달이 밝게 빛나고 있었다. 그들은 걸음을 멈추고 높은 건물 맞은편의 빈터에 모였다. 불이 훤히 켜져 있는 창과 창 사이에는 '버밋사 헤럴드'라는 금글자가 붙어 있었다. 안에서는 인쇄기 돌아가는 소리가 들려왔다.

"이봐!" 하고 볼드윈이 맥머드에게 말했다.

"입구에서 방해하는 놈이 들어오지 못하도록 지키고 있어. 아더 윌러비도 함께. 다른 사람은 날 따라와. 모두 두려워할 건 없어. 우리들이 이 시각에 조합 술집에 있었다고 증언해 줄 사람이 열댓명은 있으니까."

한밤이 가까운 시각이어서, 거리에는 인기척이 없고 다만 집으로 돌아가는 취한 사람의 모습이 한둘 눈에 띌 뿐이었다. 길을 가로질러 신문사 문을 밀어 열자, 볼드윈과 그의 부하가 안으로 뛰어들어 바로 앞에 있는 계단을 올라갔다. 맥머드와 또 한 사나이는 밑에 남아 있었다. 이윽고 윗방에서 부르짖는 소리와 도움을 청하는 비명이 들리고, 쿠당탕 하는 발소리와 의자 넘어지는 소리가 들렸다. 뒤이어 계단 층계참으로 달려나온 잿빛 머리의 사나이가 있었다. 사나이는 그곳까지 도망쳤으나 붙들리어 안경이 소리를 내며 맥머드의 발 아래로 굴러왔다. 털썩 하고 누군가 쓰러지는 소리가 나고, 신음하는 소리가 뒤를 이었다. 사나이가 넘어져 엎어지자 대여섯 개의 나무 막대가 철썩철썩 그 위로 떨어졌다. 그는 몸부림치며 길다란 손발을 떨었다. 다른 사람들은 마침내 매질을 그만두었는데, 볼드윈만이 잔인한 얼굴에 악마 같은 미소를 띠고 사나이의 머리를 사정없이 계속 내리쳤다. 사나이는 두 팔로 머리를 가리려고 애를 썼지만 헛일이었다. 잿빛 머리털이 군데군데 피로 물들었다. 볼드윈은 여전히 상대를 굽어보듯이 하며 조금이라도 때릴 곳이 있으면 철썩철썩 날카로운 타격을 가했다. 그때 맥머드가 계단으로 뛰어가서 그를 밀어붙였다.

"이 사람을 죽이고야 말겠군!" 하고 그는 말했다.

"막대를 버려!"

볼드윈은 기가 막혀 그의 얼굴을 쳐다보았다.

"개새끼!" 하고 그는 외쳤다. "풋내기 주제에, 저리 꺼져!"

그는 나무막대를 번쩍 들었는데, 맥머드는 벌써 뒷주머니에서 권총을 꺼내들고 있었다.

"너야말로 저리 꺼져! 나에게 함부로 해봐! 네 얼굴을 꿰뚫어 줄 테다. 이자를 죽이지 말라고 지부장이 명령했잖나. 이렇게 내리치면 죽고 말 거야."

"맥머드 말이 맞아" 하고 그들 중 한 사람이 말했다.

"큰일났다, 서둘러야 해!" 아래에 있던 사나이가 소리쳤다.

"집집마다 창문에 불이 켜지기 시작했어. 이제 5분만 지나면 사람들이 몰려올 거야."

벌써 큰길에는 사람들의 외침 소리가 들리고 아래층 홀에서는 식자공들이 작은 무리를 지어 몰려오고 있었다. 축 늘어져 꼼짝도 못하는 편집장을 계단 위에 놓아 둔 채 폭도들은 계단을 뛰어내려 큰길을 부리나케 도망쳐 갔다. 조합 건물에 닿자 한 사나이가 매긴티 술집의 손님들 틈에 섞이어, 카운터 너머로 지부장에게 일이 잘되었다고 작은 소리로 보고했다. 다른 이들은——그 중에는 맥머드도 있었는데——옆골목으로 나가 빙 돌아서 각각 자기 집으로 돌아갔다.

제11장 공포의 골짜기

이튿날 아침 눈을 뜨자 맥머드는 입단식을 떠올리지 않을 수가 없었다. 술 때문인지 머리가 아팠고, 낙인찍힌 팔이 욱신욱신 쑤시며 부어 올라 있었다. 특별한 수입원이 있기 때문에 근무처에는 나가기도 하고 안 나가기도 하고 있었으므로, 그날 아침도 느지막이 아침 식사를 마친 뒤, 오전에는 밖에 나가지 않고 친구에게 긴 편지를 썼다. 편지를 다 쓰고 나서 헤럴드 신문을 읽었다. 마감 바로 직전에 찍어 낸 특보란에 〈헤럴드사, 폭도에게 피습. 편집장은 중상〉이라는 표제가 붙어 있었다. 기자보다도 맥머드쪽이 더 잘 알고 있는 사건을 간단하게 보고한 것이었다. 기사 끝에는 다음과 같은 설명이 붙어 있었다.

이 사건은 지금 경찰이 조사하고 있는 중이지만, 종전과 달리 어떤 가시적인 성과를 끌어낼 수 있을지는 확실하지 않다. 용의자 가운데는 인상착의가 확인된 사람도 있어, 유죄 판결을 얻어 낼 전망은 있다. 이번 사건의 배후에 이 지역의 악명 높은 결사단이 있으며, 이번 사건은 이 조직에 대해 본지가 어디까지나 단호한 태도를 취해 왔기 때문에 발생한 것으로 보인다. 편집장 스탱거 씨는 무참하게 구타를 당하여 머리에 중상을 입었으나, 생명에 관계될 정도가 아닌 것은 그분을 아는 많은 사람들과 더불어 참으로 다행하게 생각하는 바이다.

그 다음에 윈체스터 총으로 무장한 광산 경찰대가 헤럴드 사를 경계하고 있다고 적혀 있었다.

맥머드가 신문을 놓고 어젯밤 과음으로 인해 떨리는 손으로 파이프에 불을 붙이려고 하는데, 문을 노크하는 소리가 나더니 하숙집 안주인이 들어와서 방금 한 소년이 심부름으로 가지고 왔다면서 편지를 건네주었다. 편지에는 보낸 사람의 이름도 없이 다음과 같이 씌어 있었다.

이야기하고 싶은 일이 있는데, 자네 하숙집에서는 아무래도 마땅치가 않네. 밀러 언덕의 깃대 있는 곳에서 기다리겠네. 곧 와 주면 자네에게 있어서나 나에게 있어서나 중요한 일을 이야기하겠네.

맥머드는 무척 놀라며 그 편지를 두 번이나 되풀이해 읽어보았다. 무엇을 뜻하는 건지, 누구에게서 온 것인지도 상상할 수가 없었기 때문이다. 여자의 필적이라면 지금까지도 흔히 있었던 사랑의 모험이 또 시작되는 것이라고 생각했겠지만, 편지는 남자의, 그것도 상당히 교육을 받은 사람의 필적이었다. 약간 망설여졌지만, 결국 그는 가서 확인하기로 마음먹었다.

밀러 언덕은 시내 한복판에 있는 손질이 잘 안된 공원이었다. 여름에는 사람들이 많이 찾지만, 겨울만 되면 아무도 찾아가는 사람이 없었다. 언덕 꼭대기에서 바라보면 우중충하니 길게 이어진 시내의 전경뿐만 아니라, 그 아래의 꾸불꾸불한 골짜기를 따라 여기저기 광산과 공장이 주위의 눈을 시꺼멓게 물들이고 있는 것과, 숲으로 덮인 눈 쌓인 산맥이 골짜기를 끼고 있는 것이 보였다. 맥머드는 상록수가 늘어선 꼬불꼬불하고 작은 길을 천천히 걸어서, 여름이면 흥청거리지만 지금은 사람이 뜸한 음식점 거리로 갔다. 큰 깃대 아래에 모자를 푹 눌러 쓰고 코트 깃을 세운 남자가 서 있었다. 이쪽으로 돌린 얼굴이 어젯밤 지부장의 노여움을 산 모리스 동지였다. 두 사람은 서로 다가서며 단의 암호를 주고받았다.

"맥머드, 자네에게 이야기해 두고 싶은 일이 있었기 때문에" 하고 나이가 위인 모리스가 먼저 말을 꺼냈다. 그의 이야기하는 태도에는 어딘지 위험한 상황에 놓인 듯한 망설임의 빛이 엿보였다.

"일부러 나와 주어서 정말 고맙네."

"어째서 편지에 이름을 쓰지 않았지요?"

"조심하지 않으면 안 되기 때문일세. 요즘은 어떤 일로 보복을 당할지 알 수가 없거든. 누구를 믿어야 좋을지, 누구를 믿어서는 안되는지 도무지 알 수가 없다네."

"단의 동지는 믿을 수 있을 텐데요."

"아니 아니, 꼭 믿을 수 있다고 단정할 수는 없네." 모리스의 말투는 격렬했다.

"우리가 무슨 말을 하는지, 마음속으로 무슨 생각을 하고 있는지까지 매긴티 지부장에게 송두리째 전해지고 있는 모양일세."

"모리스 씨" 하고 맥머드는 강경하게 대들었다.

"당신도 알고 있겠지만, 내가 지부장에게 충성을 맹세한 것이 바로 어젯밤의 일이오. 그 맹세를 깨뜨리라는 말이오?"

"자네가 그렇게 생각하고 있다면" 하고 모리스는 슬픈 듯이 말했다. "일부러 여기까지 나와 주어서 미안하게 되었다고 말하는 도리밖에 없군. 두 자유시민이 생각하고 있는 것을 서로 이야기할 수 없다니, 정말 슬픈 일이야."

상대를 유심히 지켜보고 있던 맥머드는 태도를 조금 누그러뜨렸다.

"내 입장만 생각하고 말을 한 것 같군요. 말할 것도 없는 일이지만, 나는 신참이라 아무 것도 모릅니다. 그러므로 나는 잠자코 있는 편이 좋겠지요. 내게 뭔가 이야기하고 싶은 일이 있다면 들어봅시다."

"듣고 나서는 매긴티 지부장에게 일러바치겠지."

모리스는 불쾌한 듯이 말했다.

"그건 나를 오해하고 있는 거요" 하고 맥머드는 외쳤다.

"나로서는 단에 충성을 다할 생각이므로 그것을 정직하게 말한 것뿐이며, 당신이 비밀히 털어놓는 일을 다른 사람에게 이야기하는 그런 비열한 사나이는 아니오. 돕거나 동조하지는 않을지 모르지만 아무에게도 말하지는 않을 거요."

"도와 달라는 것은 아니네."

모리스는 말했다.

"이것을 말해버리면 내 목숨은 자네에게 맡기는 셈이 되지만, 아무리 자네가 악한 사람일지라도——어젯밤 본 바로는 다시없는 악인이 될 수도 있겠다고 생각되지만——그래도 아직 갓 들어왔으니 자네의 양심은 그들처럼 무감각하지 않으리라고 여기네. 그래서 나는 자네와 이야기하고 싶다고 생각했던 걸세."

"그런데 이야기란 뭐지요?"

"절대로 배신하면 안 되네."

"말하지 않겠다고 했잖소."

"그럼 묻겠는데, 자네는 시카고의 대자유인단에 들어가 충성을 맹세했을 때 그것이 곧 죄를 범하는 계기 같은 것이 되리라고 생각했었나?"

"그것을 죄라고 말한다면……." 하고 맥머드는 대답했다.

"'죄라고 말한다면' 이라구" 하고 외치는 모리스의 목소리는 격정으로 떨리고 있었다. "그것이 죄가 아니라고 한다면, 그것은 자네가 아무것도 모르고 있기 때문이네. 어젯밤 자네 아버지 뻘 되는 사람이 흰 머리에서 피가 나올 만큼 얻어맞았네. 그것이 죄가 아닌가? 그것이 죄가 아니면 무엇이 죄란 말인가?"

"투쟁이라고 말하는 사람도 있지요. 두 계급의 총력전입니다. 그러니까 서로가 온 힘을 다해 싸우는 거지요" 하고 맥머드는 말했다.

"그럼, 시카고에서 단에 들어갔을 때 그러한 생각을 했던가?"

"아니, 그런 것은 생각지 않았소."

"내가 필라델피아에서 처음 단에 들어갔을 때도 생각지 않았었지. 단순한 공제 조합으로 친구를 찾아 모이는 모임에 지나지 않았거든. 그리고 나서 이곳 이야기를 들었는데——이곳 이름을 처음 들었을 때의 일을 생각하면 지금도 화가 치민다네!——나는 자신을 단련시킬 생각으로 이곳에 온 걸세. 기가 차서! 자신을 단련시킨다고 했으니! 아내도 세 아이들도 같이 와서 시장 광장에서 포목전을 벌였는데 제법 번성했지. 그러다가 내가 대자유인단이라는 말이 퍼지게 되어 어젯밤의 자네처럼 억지로 지부에 들어오게 된 걸세. 내 팔 위에는 치욕의 표시가 찍혀 있고, 마음에는 보다 심한 표시가 그물에 걸려들어 있더군. 어떻게 하면 좋겠나? 잘되라고 생각하여 무슨 말을 하면, 바로 어젯밤처럼 반역으로 취급되지. 어떤 녀석이 줄곧 가게에 눌어붙어 있기 때문에 도망칠 수도 없어. 결사단에서 탈퇴하면 죽는다는 건 잘 알고 있네. 내 아내와 아이들은 대체 어떻게 되는 것일까. 아아, 무서워——무서운 일이야!"

그는 두 손을 얼굴에 대고 몸을 떨며 발작적으로 흐느껴 울었다.

맥머드는 어깨를 으쓱했다.

"당신은 마음이 너무 약한 것 같군요. 이런 일에는 맞지 않아요."

"나는 양심도 신앙도 가지고 있었는데, 녀석들 때문에 범죄자 틈에 끼고 말았네. 나는 마침내 뽑혀서 어떤 일을 맡게 되었지. 몸을 사리면 어떻게 된다는 것은 뻔히 알고 있었네. 나는 비겁한 사람인지도 모르네. 아내와 아이들 일을 생각하면 그렇게 되는 것이겠지. 아무튼 나는 출발했지. 그 일은 평생 나를 붙어다니며 떠나지 않을 걸세. 저쪽 산 너머의, 여기서 20마일쯤 떨어진 외딴집이었는데, 어젯밤 자네와 마찬가지로 문간에서 망을 보도록 명령을 받았었지. 나를 신용할 수 없었기 때문에 중요한 일은 시킬 수가 없다는 것이었네. 다른 자들은 안으로 들어갔는데, 나왔을 때는 손목까지 새빨갛더군. 그 자리를 떠나려 하자 집 뒤쪽에서 어린아이가 울부짖는 소리가 들렸네. 눈앞에서 아버지가 피살당하는 것을 본 5살된 사내아이였지. 나는 너무도 무서워 정신이 아찔해지는 판이었지만, 대담하게 싱글벙글 웃고 있지 않으면 안 되었다네. 그렇게라도 하지 않는다면, 이번에는 놈들이 내 집에서 피투성이 손으로 나가게 된다는 사실을 잘 알고 있었기 때문이지.

그러나 나는 그것으로 범죄자, 이 세상에서 영원히 구제될 수 없으며, 내세에서도 구제될 수 없는 살인의 공범자가 되고 말았네. 나는 믿음이 깊은 가톨릭교도였는데, 신부는 내가 천주단이라는 말을 듣자 나와 말을 나누려고도 하지 않는다네. 그래서 지금은 파문 당해 있지. 이런 형편이라네. 자네가 나와 같은 길을 가는 것을 보고 묻는 것인데, 결과가 어떻게 되리라고 생각하나? 냉혈의 살인 전문가가 될 작정인가? 아니면 서로 어떻게든 손을 써서 그것을 막을 수는 없는 것일까?"

"당신은 뭐가 어쨌다는 거지요? 밀고라도 하겠다는 거요?" 맥머드가 느닷없이 물었다.

"무슨 소릴! 그런 건 생각만 해도 목숨이 없어진다네" 하고 모리스는 외쳤다.

"그렇다면 당신은 마음이 약한 사람이라고 생각되는군요. 그리고 지나친 생각을 하고 있는 거요" 하고 맥머드는 말했다.

"지나친 생각이라고! 이곳에 좀 더 오래 살아 보면 알게 될 걸세. 골짜기를 보게. 수없이 서 있는 굴뚝 연기로 새까맣게 되어 있어. 그러나 모든 사람의 머리 위를 내리덮고 있는 살인의 검은 구름은 저런 것보다 더 두텁고 무거운 거라네. 저것은 공포의 골짜기, 죽음의 골짜기야. 새벽부터 해질 때까지 사람들의 마음에서 공포가 떠나지를 않아. 글쎄, 두고 보게나. 머지않아 알게 될 테니까."

"좋소, 내가 사태를 좀 더 잘 알게되면, 내가 어떤 생각을 하고 있는지 알려 주겠소." 하고 맥머드는 말했다. "분명한 것은 당신은 이 고장에 맞지 않는다는 거요. 하루라도 빨리 가게를 정리하는 제── 1달러 값어치가 있는 것을 10센트에 팔면 성적이 아주 좋다고 치고 하는 말이지만──좋겠지요. 아직 누구에게도 이런 말은 하지 않았지만……제기랄! 당신이 밀고라도 하지 않을까 생각하면……."

"그런 일은 없네!" 모리스는 슬픈 듯이 외쳤다.

"그럼, 그걸로 됐소. 당신이 한 말은 잘 기억해 두지요. 언젠가는 당신이 생각날 거요. 당신은 호의에서 이런 말을 해주었을 테니까.

그럼, 슬슬 돌아가기로 할까요."

"돌아가기 전에 한 마디만 더" 하고 모리스는 말했다.

"이렇게 둘이서 있는 것을 누군가가 보았을지도 모르네. 우리들이 무슨 이야기를 했는지 알고 싶어하겠지."

"옳아, 좋은 생각이오."

"내가 자네에게 가게 점원이 되어 달라고 권했다고 하세."

"그것을 내가 거절했다는 걸로 해 둡시다. 그럼, 잘 가시오, 모리스 동지. 당신 일이 모두 잘되기를!"

그날 오후 맥머드가 거실 난로 옆에서 담배를 피우며 생각에 잠겨 있노라니, 방문이 활짝 열리며 문틀이 가득 차도록 매긴티 지부장의 커다란 몸집이 버티고 섰다. 신호를 주고받은 뒤에 매긴티는 젊은이의 맞은편에 앉아 잠깐 그를 물끄러미 바라보았다. 맥머드도 지지 않고 마주 바라보았다.

"나는 내 쪽에서 사람을 찾아가는 일은 별로 없네, 맥머드 동지." 하고 말한 다음 그는 이야기를 시작했다. "내게 오는 손님 접대만 해도 너무 바쁘기 때문이지. 그런데 오늘은 파격적으로 내 쪽에서 자네를 만나러 오기로 한 걸세."

"의원님, 일부러 와 주셔서 반갑습니다."

맥머드는 진심으로 말하고 선반에서 위스키 병을 꺼냈다.

"생각지도 않은 영광입니다."

"팔은 어떤가?" 하고 매긴티가 물었다.

맥머드는 얼굴을 찌푸렸다.

"뭐, 완전히 잊어버리고 있을 정도는 아닙니다. 그러나 그럴만한 가치가 있겠지요."

"그렇지, 가치 있는 일이지." 매긴티는 대답했다.

"단에 충실하고, 어려움을 뚫고 나가 끝까지 단을 위해 일하는 사람에게는 말이야. 오전 중 밀러 언덕에서 모리스 동지와 무슨 이야기를 나누었나?"

질문이 너무 갑작스러웠기 때문에, 미리 대답을 준비해 두기를 잘했다고 그는 생각했다. 그리고 뱃속 깊숙이에서부터 웃음을 터뜨렸다.

"모리스는 내가 이렇게 집에 있으면서도 끄떡없이 먹고 살아 간다는 것을 몰랐던 모양입니다. 그처럼 배짱이 없어 가지고는 우리들에게 맞지 않겠더군요. 그러니까 무심코 아무 말이나 할 수 없는 거지요. 하지만 마음씨는 고운 사람이었습니다. 내가 빈들빈들 놀고 있는 줄 알고 친절한 마음에서 자기 가게의 점원이 되지 않겠느냐고 묻지 않겠소."

"정말인가?"

"정말입니다."

"그래, 거절했나?"

"물론 거절했지요. 내 방에서 네 시간만 일하면 10배나 벌 수 있지 않습니까?"

"그렇지. 하지만 나는 자네가 그 녀석과 너무 가까이 지내는 것은 찬성할 수 없네."

"어째서지요?"

"내가 찬성할 수 없기 때문이지. 이곳에선 그렇게 말하면 다들 알아듣는다네."

"대부분의 사람들은 알고 있겠지만, 나는 아직 잘 모르고 있습니다, 의원님" 하고 맥머드는 용감하게 말했다. "사람들에 대해 잘 알고 있는 당신이라면 그 정도는 설명해주실 수 있겠지요?"

살빛이 검은 거한은 그를 흘겨보며 상대의 머리에 술잔을 집어던지기라도 할 듯이 털북숭이 손으로 한순간 그것을 꽉 쥐었으나, 갑자기 큰 소리로 호쾌하게 그러나 불성실한 태도로 웃음을 터뜨렸다.

"확실히 자네는 별난 사나이야" 하고 그는 말했다.

"이유를 알고 싶으면 가르쳐 주지. 모리스는 지부에 대해 험담을 말하지 않던가?"

"말하지 않았습니다."

"내 험담도?"

"안 했습니다."

"그럼, 그 녀석은 자네가 못 미더웠던 게로군. 하지만 맥머드, 그 녀석은 마음 속으로는 충실한 동지가 아니야. 그것을 잘 알고 있기 때문에 나는 가만히 보고 있다가 때가 오면 본때를 보여 줄 생각이지. 그때가 다가오고 있다고 생각하네. 비열한 겁쟁이 따위는 단에 놓아 둘 수 없거든. 자네도 그런 불충실한 사람과 접촉하게 되면 역시 불충실한 자로 보이게 될 걸세. 알겠나?"

"그 사나이와 접촉하거나 하는 일은 없을 거요. 나는 그 사람이 싫으니까요" 하고 맥머드는 대답했다.

"당신은 지금 배신자와 같은 패가 되니 어쩌니 하고 말했는데, 만일 당신이 아니었다면 그대로 두지 않았을 거요."

"그래, 그걸로 됐네." 매긴티는 술잔을 들이키면서 말했다. "늦기 전에 한 마디 일러두려고 찾아왔는데, 그만 하면 알겠네."

"좀 물어 보고 싶은 게 있습니다만…… 모리스와 이야기한 것을 어떻게 알았습니까?" 하고 맥머드는 말했다.

매긴티는 웃음을 터뜨렸다.

"이 시내에서 어떤 일이 있었는지를 아는 것이 내 일이라네. 어떤 일이든 다 내 귀에 들어온다고 생각하는 게 좋아. 자, 이제 더 있을 시간이 없어. 나는 다만……."

그러나 그의 작별 인사는 뜻밖에도 중단되고 말았다. 갑자기 큰 소리가 나며 방문이 열리더니 날카롭게 노려보는 세 얼굴이 뾰족한 경관 모자 밑에서 두 사람을 보고 있었다. 맥머드는 벌떡 일어서며 권총을 반쯤 꺼내들었으나, 윈체스터 총이 두 자루 자기 머리를 겨누고 있음을 알아차리자 도중에 그만두었다. 제복을 입은 사나이가 6연발 총을 가지고 방 안으로 들어왔다. 전에는 시카고 경찰서에 있었으나 지금은 광산 경찰대에 있는 머빈 대장이었다. 그는 엷은 웃음을 띠며 맥머드 쪽으로 머리를 저어 보였다.

"문제를 일으키리라고 생각하고 있었지, 시카고의 악당 맥머드. 깨끗이 발을 씻을 수는 없는 모양이지. 모자를 쓰고 같이 따라와!" 하고 그는 말했다.

"응분의 댓가를 치르게 해주겠소, 머빈 대장!"

매긴티는 말했다.

"느닷없이 남의 집에 뛰어들어와 법률을 잘 지키는 정직한 사람에게 괴로움을 주다니, 당신은 대체 뭐하는 사람이오? 그 대답을 듣고 싶소."

"매긴티 의원님, 부디 나서지 말아 주시오."

경찰 대장이 말했다.

"연행되는 것은 당신이 아니라 맥머드요. 당신은 공무 집행을 돕지 않으면 안 됩니다. 방해하지 마시오."

"이 사람은 내 친구요. 그의 행동에는 내가 책임을 지겠소."

하고 매긴티는 말했다.

"매긴티 씨, 머지않아 당신은 자기 행동에 책임을 져야 할거요" 하고 경찰대장은 대답했다. "이 맥머드란 자는 이리로 오기 전부터 악당으로, 이곳에 와서도 성질을 못 고치고 있소. 여보게, 경관, 내가 이자의 무장을 풀 테니까 총을 겨누고 있게."

"그건 내 권총이오" 하고 맥머드는 차갑게 말했다.

"머빈 대장, 단둘이서만 마주쳤다면 이렇게 깨끗이 잡히지는 않았을 거요."

"체포 영장을 가지고 왔소?" 하고 매긴티가 물었다.

"당신 같은 자가 경찰관이니 어쩌니 하고 뽐내고 있는 한 버밋사에서 사느니 러시아에서 사는 편이 낫겠군. 이건 자본가의 횡포야! 이대로 두지는 않을 테니까 잘 기억해 두시오!"

"의원님, 당신은 당신 일이나 잘하시오, 우리는 우리의 의무를 다할 테니까."

"내게 무슨 죄가 있다는 거요?" 하고 맥머드는 물었다.

"헤럴드 사의 스탱거 편집장을 때린 혐의로 구속한다. 살인 혐의가 아닌 것은 자네 잘못이 아니지만 말이야."

"그래, 그거라면 지금 당장 그만두는 게 수고를 많이 덜게 될걸. 이 사람은 한밤중까지 나와 술집에서 포커를 하고 있었으니까. 뭣하면 증인을 10명쯤 데리고 올 수도 있소" 하고 매긴티는 웃으면서 말했다.

"그건 우리가 알 바가 아니오, 내일 법정에서 해결할 일이지. 그럼, 맥머드, 자, 가자. 개머리판으로 얻어맞고 싶지 않거든 얌전히 따라오는 거야. 매긴티 씨, 거기 좀 비켜주시오, 직무 방해는 용서하지 않겠소."

대장의 태도는 너무도 단호하여 맥머드도 지부장도 그 상황에 응하지 않으면 안 되었다. 매긴티는 그들이 나가기 전에, 체포된 맥머드에게 간신히 두세 마디 속삭일 수가 있었다.

"그건 어떤가?"

그는 슬쩍 엄지손가락을 들어 가짜 돈 만드는 설비를 암시했다.

"문제없소" 하고 맥머드도 역시 속삭였다.

방바닥 밑에 비밀장소를 만들어 두었기 때문이었다.

"그럼, 몸조심하게나. 라이 변호사를 만나보겠네. 무죄로 풀려나올 테니까 마음놓게" 하고 악수를 하면서 매긴티는 말했다.

"그건 보장할 수 없겠지. 자네들 둘이서 이 녀석을 감시하고 있게. 서투른 수작을 하면 쏘아 죽여도 괜찮네. 나는 돌아가기 전에 가택 수색을 해야겠으니까."

머빈은 가택 수색을 했는데, 감춰 둔 설비는 하나도 발견되지 않은 모양이었다. 2층에서 내려오자 그는 부하들과 함께 맥머드를 호위하여 본부로 향했다. 주위는 완전히 어두워지고 강한 눈보라가 휘몰아치고 있었기 때문에 거리는 거의 인기척이 없었다. 그러나 하릴없는 사람이 두세 명 뒤따라와서는 어둠을 방패삼아 체포된 사나이에게 여지없이 욕을 퍼부었다.

"천주단의 개새끼, 린치를 해주어라!" 하고 그들은 외쳤다. "린치를 해주어라!" 맥머드가 경찰서로 끌려 들어가는 것을 보고 그들은 비웃으며 떠들어댔다.

그는 담당 경감으로부터 틀에 박힌 짤막한 심문을 받은 다음 유치장에 갇혔다. 거기에는 볼드윈과 그밖에 어젯밤 같이 갔던 하수인 세 사람이 그날 오후에 체포되어 이튿날의 재판을 기다리고 있었다.

그러나 이 법률의 요새 깊숙이까지 대자유인단의 손이 뻗쳐 있었다. 밤이 으슥해진 뒤 간수가 침대용 짚다발을 가지고 와, 그 속에서 위스키 두 병과 술잔 몇 개와 트럼프를 꺼냈다. 덕분에 그들은 이튿날의 재판 같은 건 생각지도 않고 명랑하게 하룻밤을 보낼 수가 있었다.

결과를 보아도 알 수 있겠지만, 그들은 전혀 걱정할 게 없었던 것이다. 치안판사는 사건을 상급 재판으로 가지고 올라갈 만한 판결을 내리고 싶어도 도저히 증거를 잡을 수가 없었던 것이다. 한편 식자공이며 인쇄공들은 등불이 어두웠다는 점, 자기들도 몹시 당황해 있었다는 점, 이들 피고인 가운데 범인이 있다고는 생각되지만 습격자가 누구라고 분명히 말하기는 어렵다는 점 등을 인정하지 않으면 안 되었다.

매긴티가 세운 수완 좋은 변호사의 반대 신문을 당하자 그들의 증언은 한층 더 희미해지고 말았다. 피해자는 이미 선서 증언을 하고 있었지만, 습격이 너무 뜻밖이었기 때문에 깜짝 놀라서 최초의 일격을 가한 사나이가 콧수염을 달고 있었다는 것 이외는 아무 것도 말할 수 없다고 말했다. 그러나 그는 습격한 것이 천주단임은 분명하다고 덧붙였다. 왜냐하면 천주단에 대해서 솔직한 사실을 기사로 실어 오랜 동안 협박당하고 있었고, 그 밖에는 자기에게 원한을 품고 있을 만한 사람이 아무도 없기 때문이라고 말했다. 그러나 시의 고급 공무원인 매긴티 의원을 포함한 여섯 명의 시민이 피고들은 범행 시간보다 늦게까지 조합 건물에서 트럼프를 하고 있었다는 것을 분명히 증언하였다. 말할 것도 없이 그들은 석방되고, 판사로부터는 괴로움을 끼쳐 미안하다는 말까지 들었으며, 또 머빈 대장과 부하는 직무에 너무 열중한 나머지 엉뚱한 참견을 했다고 뒤에서 견책을 받았던 것이다.

판결이 내려지자 맥머드에게도 낯익은 사람이 많이 있는 방청석에서는 떠들썩한 갈채와 환호가 일었다. 지부의 동지들은 싱글벙글하며 손을 흔들었다. 그러나 피고들이 피고석에서 한 줄로 서서 나오자, 입술을 깨물며 눈을 내리까는 사람도 있었다. 그중 한 사람은 키가 작고 검은 턱수염을 기른 의연한 사나이였는데, 석방된 피고들이 앞을 지나갈 때에 자신과 같은 사람들의 생각을 말로 나타냈다.

"이 살인자들! 천벌을 받을 거다."

제12장 최악의 시기

존 맥머드는 체포되었다 석방된 일로 동료들 사이에서 한층 인기가 높아졌다. 입단한 그날로 치안판사 앞에 끌려갈 만한 일을 해낸다는 것은 지부에서 그 예가 없는 일이었다. 이미 그는 유쾌한 친구이며 명랑한 술꾼으로 알려졌고, 게다가 모욕을 당하면 상대가 전능의 지부장일지라도 잠자코 있지 못하는 성질 급한 사람으로서도 평판이 나 있었다. 또한 계획을 세우거나 실천하는 데 있어 그만큼 능력이 있는 사람도 달리 없다는 인상을 심어 주고 있었다. "깨끗이 해치우는 일은 그 녀석만이 해낼 수 있어" 하며 간부들은 그에게 일을 시킬 때가 오기를 기대하고 있었다. 매긴티에게는 이미 솜씨 좋은 부하가 많았지만, 이처럼 솜씨가 확실한 녀석은 없다고 생각했다. 사나운 블러드하운드개를 기르고 있는 것 같은 느낌이었다. 작은 일이라면 쓸모 있는 개들이 얼마든지 있지만, 언젠가는 이 개를 놓아 사냥감을 뒤쫓게 해보리라. 지부의 두세 명——그 중에는 볼드윈도 있었지만——은 이 보도 듣도 못한 사나이가 눈에 띄게 세력을 얻는 것을 달갑게 생각지 않았으며, 그 때문에 그가 미워서 견딜 수 없었다. 그러나 굉장히 싸움이 빠른 것을 알고 있었기 때문에 옆에 가까이 가지 못했다.

동료들에게선 인기를 얻었지만, 정작 그에게 중요한 사람에게서는 완전히 호감을 잃고 말았다. 에티의 아버지는 벌써 그를 상대도 하지 않았고, 그를 집에 들여놓으려고도 하지 않았다. 에티는 그를 몹시 사랑하고 있었으므로 완전히 단념할 수는 없었지만, 범죄자로 인정되고 있는 남자와 결혼해서 앞날이 어떻게 될 것인가 하는 이성적인 경계를 하고 있었다. 어느 날 아침 그녀는 잠을 못 이루고 꼬박 하룻밤을 지샌 뒤——아마 이것이 마지막이 되겠지만——그를 만나서 그가 빠져들고 있는 악의 영향으로부터 건져 내기 위해 결사적인 노력을 해보려고 마음먹었다. 그리하여 그녀는 몇 번이나 놀러 오라고 말해 온 그의 하숙을 찾아가 그가 거실로 사용하고 있는 방으로 들어갔다. 그는 그녀 쪽으로 등을 보이고 테이블 앞에 앉아 편지를 쓰고 있었다. 갑자기 그녀는 젊은 여자다운 장난기가 생겼다. 그녀는 아직 19살밖에 안된 처녀였다. 방문을 밀어 열고 그녀가 들어온 것을 그는 알지 못했다. 뒤꿈치를 들고 다가가서 그의 구부린 어깨에 가만히 손을 얹었다.

그를 놀려 주려고 생각했다면 확실히 성공이었다. 그러나 도리어 에티 쪽이 더 깜짝 놀라고 만 결과가 되었다. 그는 사나운 호랑이가 덤벼들 듯이 홱 돌아보며 오른손으로 그녀의 목을 움켜쥐려 했던 것이다. 그와 동시에 왼손으로 자기 앞에 있는 편지를 구겨버렸다. 잠시 성난 눈을 불태우며 그는 서 있었다. 이윽고 얼굴이 굳어진 광포한 표정——그녀는 지금까지의 평화로운 생활 속에서는 그런 광포한 표정을 본 적이 없었으므로 저도 모르게 뒷걸음질쳤다——이 사라지고 곧 놀라움과 기쁨으로 바뀌었다.

"당신이었군!" 이마의 땀을 닦으면서 그는 말했다.

"사랑스러운 당신이 와 주었는데 목을 조르려 하다니! 자, 이리 와요, 에티. 잘못을 보상하게 해주오" 하고 그는 두 손을 내밀었다.

그러나 언뜻 사나이의 얼굴에서 읽은 뭔가 숨기는 듯한 공포의 빛이 그녀의 마음에서 사라지지 않았다. 여자의 본능으로 그녀는 그것이 단순히 놀란 얼굴이 아니라는 것을 알았다. 뭔가 감추는 것이 분명히 있었다.

"왜 그래요, 존? 왜 그렇게 나를 무서워하는 거지요? 존, 양심에 꺼리는 일이 없다면 그런 얼굴로 나를 보지는 않을 거에요" 하고 그녀는 외쳤다.

"맞았어, 나는 다른 일을 생각하고 있었어. 당신이 그 요정 같은 발로 소리 없이 다가왔기 때문에……."

"그렇지 않아요. 그것뿐만은 아니에요, 존."

그때 그녀는 갑자기 의혹에 사로잡혔다.

"쓰고 있던 편지를 보여 줘요."

"에티, 그럴 수는 없어."

그녀의 의혹은 확신으로 바뀌었다.

"다른 여자에게 쓴 편지로군요! 다 알고 있어요. 그렇지 않으면 어째서 나에게 숨기는 거지요? 부인에게 쓰고 있었던 거겠지. 당신이 결혼하지 않았다는 걸 어떻게 믿을 수 있지요? 당신은 아무도 몰라, 객지에서 온 사람이니까요" 하고 그녀는 소리쳤다.

"나는 결혼 같은 건 하지 않았어, 에티. 이것 봐, 이렇게 맹세하잖아. 그리스도의 십자가를 놓고 말이야!"

그가 새파래진 얼굴로 진지하게 말했으므로 그녀는 믿지 않을 수가 없었다.

"그럼 어째서 그 편지를 보여 주지 않지요?" 하고 그녀는 외쳤다.

"실은 말이야. 아무에게도 보여 주지 않겠다고 맹세한 거거든. 그러니까 당신과의 약속을 깨지 않는 것과 마찬가지로 내가 약속한 사람에 대해서도 이 약속을 지키고 싶은 거야. 지부에 대한 일로, 당신에게도 비밀이지. 어깨에 손이 닿자 깜짝 놀란 것도 탐정에게 들킨 줄 생각했기 때문이야. 전혀 이해 안 되는 일도 아니잖아."

그녀에게는 그것이 거짓말은 아니라고 느껴졌다. 그는 그녀를 끌어당겨 키스를 하여 공포와 의혹을 씻어 주었다.

"자, 이리로 앉아요. 여왕님을 맞이하는 의자로서는 좀 우습지만, 누추한 내 집에서는 가장 훌륭한 자리지. 머지않아 훨씬 좋은 곳에 앉도록 해드리지요. 자, 이제 마음이 가라앉았겠지?"

"존, 어떻게 내 마음이 가라앉을 수 있겠어요? 당신이 악인 중에서도 악인이라는 소리를 듣고 있는데, 언제 당신이 살인죄로 재판을 받게 될지 모른다고 하는데, 천주단의 맥머드, 어제 우리 집 하숙인이 당신에 대해서 그렇게 말했어요. 그 말을 들으니 칼로 가슴을 찔리는 것만 같은 기분이었어요."

"사람들의 말에 일일이 신경쓸 것 없어."

"하지만 거짓말은 아니잖아요."

"에티, 나는 당신이 생각하고 있는 것만큼 나쁜 사람은 아니야. 우리들은 우리들 나름대로 자기의 권리를 확보하려는 가난한 사람에 지나지 않는 거야."

에티는 애인의 목에 매달렸다.

"존, 그런 일은 그만두어요! 나를 위해서. 소원이니 그만둬 줘요! 오늘 내가 온 것은 그것을 사정하기 위해서에요. 존, 나 좀 봐요, 이렇게 무릎을 꿇고 빌겠어요. 이렇게 당신 앞에 머리를 숙이고 그만둬 달라고 눈물로 사정하겠어요."

그는 그녀를 안아 일으켜 머리를 자기 가슴에 대고 어루만졌다.

"에티, 그건 무리한 부탁이야. 그런 일을 하면 맹세를 깨뜨리고 동료를 버리게 되는데 어떻게 그만둘 수 있겠어? 내 사정을 알기만 한다면 당신도 그런 말을 하지는 않을 텐데……그리고 그만두려고 해도 어떻게 그만둘 수 있겠어? 지부에서 비밀을 안 사람을 자유롭게 내버려두리라고는 생각지 않겠지?"

"그 점도 생각해 보았어요, 존. 제 계획을 들어 보세요. 아버지가 얼마쯤 돈을 모아 두었는데, 아마 이곳이 싫어지셨나 봐요. 그들을 무서워하며 사느니, 살고 있다는 것마저 싫어진다면서 어딘가로 떠나고 싶어 하세요. 뉴욕이나 필라델피아로라도 같이 달아나면 안전하지 않겠어요?"

맥머드는 웃음을 터뜨렸다.

"그들의 손길은 멀리까지 뻗쳐있소, 에티. 여기서 뉴욕이나 필라델피아까지 미치지 못할 거라고 생각해?"

"그럼, 서부나 영국으로, 아니면 아버지가 떠나온 스웨덴으로 가요, 이 공포의 골짜기에서 벗어날 수 있는 곳이라면 어디든지 좋아요."

맥머드는 선배 모리스 동지의 말이 생각났다.

"이 골짜기가 그런 이름으로 불리는 것을 듣는 것은 이로써 두 번째군. 당신들에게는 상당히 공포의 구름이 덮인 것으로 보이는 모양이지" 하고 그는 말했다.

"살아 있는 순간순간이 캄캄해요. 테드 볼드윈이 우리를 용서해 주었다고 생각해요? 그 무섭고 탐욕스러운 눈으로 나를 볼 때 내 기분이 어떤지 아세요?"

"개새끼! 그런 걸 보기만 하면 그냥 두지 않겠어! 하지만 에티, 나는 여기를 떠날 수가 없어. 헛일이야. 분명히 말하지만, 그렇게 생각해 줘. 그러나 내가 생각하고 있는 대로 하게 해주면 당당하게 떠날 수 있는 방법을 찾아내겠어."

"그런 일에 '당당하게'라는 건 없어요."

"글쎄…… 하지만 6개월만 여유를 준다면, 다른 사람과 마주치더라도 부끄럽게 여기지 않고 이 고장을 떠날 수 있게 해 보이겠어."

에티는 반가운 듯이 웃었다.

"6개월이라고요!" 하고 그녀는 외쳤다. "희망이 있는 거에요?"

"7개월이나 8개월이 걸릴지도 모르지. 그러나 늦어도 1년 안에는 이 골짜기를 떠나게 될 거야."

에티도 그 이상은 어떻게 해볼 도리가 없었지만, 이것만으로도 큰 수확이었다. 금방 눈앞의 어둠이 멀리서 비치는 빛으로 밝아진 듯한 느낌이 들었다. 그녀는 존 맥머드를 알게 된 뒤 처음 맛보는 들뜬 기분으로 아버지 집으로 돌아갔다.

단원이면 단 내부의 활동을 모두 알게 된다고 생각하기 쉽지만, 얼마 안 되어 그는 조직이 하나의 지부 같은 것보다 훨씬 더 크고 복잡하다는 것을 알지 않으면 안 되었다. 매긴티 지부장마저 알지 못하는 일이 많이 있었다. 왜냐하면 철도로 조금 가야 하는 홉킨즈 지구에 군 대표라는 간부가 있는데, 몇 개의 지부를 거느리고 있으면서 언제 어느 때 멋대로 힘을 휘두를지 모르기 때문이었다. 꼭 한 번 맥머드는 그 사나이를 본 일이 있었다. 몸집이 작고 교활하게 생긴 잿빛 머리털의 사나이로, 가만가만 걸으면서 사악한 생각이 숨어 있는 눈으로 곁눈질을 하는 버릇이 있었다. 에번즈 포트라는 이름으로, 버밋사의 위세 좋은 지부장마저 이 사나이에 대해서는 거대한 당통 ^(1759~94. 프랑스의 법률가이며 혁명가. 1772년의 혁명에서 사나운 위세를 떨쳤다)이 몸집이 작으면서도 무서운 로베스피에르 ^(1758~94. 프랑스 혁명의 지도자)에게서 느끼는 것과 같은 반발과 공포를 느꼈다.

　어느 날 맥머드와 함께 하숙하는 스캔런이 매긴티로부터 편지를 받았다. 거기에는 에번즈 포트의 편지가 동봉되어 있었다. 그 글에는 롤러와 앤드루스라는 솜씨가 뛰어난 두 사람을 보내는데, 그들이 하는 일에 대해서는 자세한 것을 말하지 않는 편이 단의 목적을 위해 좋으며, 아무튼 부근에서 한 가지 일을 하기로 되어 있다고 씌어 있었다. 바라건대 지부장은 행동할 시기가 올 때까지 숙사와 그 밖의 것을 수배해주지 않겠느냐는 것이었다. 매긴티는 거기에 덧붙여서, 조합 건물에 숨겨 둘 수는 없는 일이니 맥머드와 스캔런이 2, 3일 하숙집에 함께 있게 해주면 고맙겠다고 썼다.

　그날 밤 두 사나이는 각각 손가방을 들고 하숙집으로 찾아왔다. 롤러는 빈틈이 없고 말수가 적은 중년 남자로 낡고 검은 프록코트를 입고 있었는데, 그것이 중절모와 더부룩한 반백의 턱수염과 더불어 어딘가 순회 목사 같은 인상을 주었다. 한 패인 앤드루스는 아직 어린 아이로 솔직해 보이는 얼굴을 하고 성격이 쾌활해서, 휴일에 외출하여 한순간 한순간을 즐기려는 사람처럼 원기 왕성한 모습이었다. 두 사람 모두 술은 한 방울도 하지 않고 모든 점에서 사회의 모범적인 인물처럼 행동했는데, 사실은 그들이 자객으로서 그 살인단의 가장 유능한 앞잡이였다. 롤러는 이와 같은 임무를 열네 차례나 치르고 있었고, 앤드루스도 세 차례 치르고 있었다.

맥머드는 이야기를 해보고 알았지만, 그들은 지난날 행위에 대해서 기꺼이 이야기하는 것이었다. 사회를 위해 자기 몸을 돌보지 않고 일을 한 사람들처럼 얼마쯤 수줍어하면서 자랑스럽게 이야기하는 것이었다. 그러나 이제부터 할 일에 대해서는 입을 다물고 아무 것도 말하지 않았다.

"우리들이 뽑힌 것은 나와 이 젊은이가 술을 하지 않기 때문이지" 하고 롤러는 설명했다.

"필요없는 말을 지껄일 염려가 없으니까. 분명히 말해 두지만, 군 대표의 명령에 따르고 있을 뿐일세."

"그렇고말고, 우리는 모두 동지니까 말이오." 네 사람이 저녁 식탁에 앉았을 때 맥머드의 동료인 스캔런이 말했다.

"정말이오. 옛날 일이라면 찰리 윌리엄즈나 사이몬 버드를 죽인 일이든 무엇이든 천천히 이야기할 수 있지. 하지만 이 일은 끝날 때까지 아무 것도 말할 수 없소."

"이곳에는 한 마디 해주고 싶은 놈이 대여섯 명이나 있지." 하고 맥머드가 험악하게 말했다.

"당신들이 노리고 있는 것은 아이언 힐의 존 녹스가 아니오? 그놈이 보복을 당할 때 구경하러 가면 좋은데 말이야."

"아니, 아직 그놈의 차례가 오지 않았네."

"그럼, 허면 스트라우스?"

"아니, 그놈도 아닐세."

"그래, 가르쳐 주지 않는다면 억지로 들을 수는 없는 일이지만, 알면 좋겠는데……."

롤러는 빙긋 웃으며 머리를 저었다. 그들은 아무 것도 들을 수가 없었다.

손님들은 입을 다물고 말하지 않았지만, 맥머드와 스캔런은 그들의 이른바 '재미있는 일'을 하는 장면을 구경하기로 마음먹었다. 그래서 어느 날 아침 일찍 손님들이 가만히 계단을 내려가는 소리를 듣자, 그는 스캔런을 일으켜 둘이서 급히 옷을 입었다. 몸차림을 끝내고 내려가니 사나이들이 나간 뒤여서 현관문이 열려 있었다. 아직 날이 밝지 않고 있어 가로등 빛으로 큰길 훨씬 앞쪽에 두 사람의 모습이 보였다. 쌓인 눈을 소리나지 않게 밟으면서 조심조심 그 뒤를 쫓았다.

하숙집은 시내 변두리에 가까워서 앞의 두 사람은 금방 시내 밖에 있는 네거리에 닿았다. 거기에 세 명의 사나이가 기다리고 있었는데, 롤러와 앤드루스는 그 사나이들과 잠시 동안 진지하게 이야기를 나누었다. 그리고 나서 다섯 사람은 함께 걷기 시작했다. 사람의 손이 필요한 일임에는 틀림없다. 이 네거리 있는 곳에는 좁은 길이 몇 개나 있어서 이곳저곳 탄갱으로 이어져 있었다. 사나이들이 향한 곳은 클로우 힐 탄갱으로 통하는 길이었다. 이 탄갱은 조슈어 H. 댄이라는 정력적이고 호탕한 뉴잉글랜드 태생의 소장 덕분에, 공포 시대가 오래 계속되는 동안에도 질서와 규율을 지켜 나갈 수 있었던 대규모 회사였다.

날이 밝기 시작해서 시꺼멓게 더러워진 좁은 길을 노동자들이 한 사람 또는 세 사람, 다섯 사람씩 천천히 걸어갔다.

맥머드와 스캔런은 목표한 사나이들을 놓치지 않도록 하며 노동자들과 함께 걸어갔다. 짙은 안개 속으로 갑자기 기적 소리가 들렸다. 하루 일을 시작하기 위해 갱으로 권양기를 내려보내기 10분전이라는 신호였다.

수갱 주위의 넓은 광장에 닿자, 100명쯤 되는 갱부들이 지독한 추위에 발을 구르기도 하고 손가락에 입김을 불어넣기도 하며 기다리고 있었다. 다섯 명의 사나이는 기관실 뒤에 조그맣게 웅크렸다. 스캔런과 맥머드는 광석 찌꺼기 더미로 올라갔다. 주위가 훤히 보였다. 멘지스라는 이름의 턱수염을 기른 덩치 큰 스코틀랜드 태생의 탄갱 기사가 기관실에서 나와 권양기를 내리라는 호루라기를 불었다. 그와 동시에 수염이 없고 성실해 보이는 얼굴의 키 큰 젊은 사나이가 몸을 흔들며 옆눈도 팔지 않고 똑바로 갱구 쪽으로 나아갔다. 걸어가던 그의 눈길이 기관실 뒤에 말없이 꼼짝 않고 웅크린 사나이들 위로 떨어졌다. 모두 모자를 깊숙이 눌러 쓰고 옷깃을 세워 얼굴을 감추려 하고 있었다. 한순간 죽음의 예감에 소장은 심장이 얼어붙는 느낌이었다. 그러나 다음 순간 그는 그 느낌을 뿌리치고 소리 없이 들어온 사나이들을 대하는 자신의 임무밖에 생각지 않았다.

"너희들은 뭣하는 놈들이냐?" 다가가면서 그는 호통쳤다. "어째서 여기서 서성거리고 있지?"

아무 대답이 없었다. 그때 젊은 앤드루스가 앞으로 걸어나와 소장의 복부에 한 방을 쏘았다. 기다리고 있던 100명 정도의 갱부들은 마치 몸이 얼어붙은 것처럼 꼼짝도 못하고 어떻게 할 바를 몰라 멍청히 서 있었다. 소장은 상처에 두 손을 대고 몸을 휘어 꺾었다. 그리고는 비틀걸음으로 달아나려 했는데, 다시 한 방을 맞곤 옆으로 쓰러졌다. 스코틀랜드 태생의 멘지스는 이것을 보자 무섭게 외치며 쇠 스패너를 들고 암살자를 행해 돌진했다. 그러나 그도 얼굴에 두 방을 맞고 그들의 발아래 쓰러지고 말았다. 갱부들 중에 몇 명이 와아 몰려들며 동정과 분노가 뒤섞인 분명치 않은 고함을 질렀으나, 이쪽 두 명이 군중들 머리 위로 6연발총을 마구 쏘아대자 뿔뿔이 흩어져 정신없이 버밋사의 집 쪽으로 도망치는 사람도 있었다. 용기 있는 사람이 두세 명 달아나는 이들을 도로 불러 갱구로 되돌아오게 했으나 암살단은 벌써 아침 안개 속으로 사라져 버리고, 100명이나 되는 사람이 보고 있는 앞에서 두 사람을 죽인 사나이들의 인상을 말할 수 있는 증인은 단 한 사람도 없었다.

스캔런과 맥머드는 되돌아 걷기 시작했다. 스캔런은 어딘지 모르게 침울해 있었다. 자기 눈으로 살인하는 현장을 본 것은 이것이 처음이 었으며, 생각처럼 재미있어 보이지도 않았기 때문이다. 살해당한 소장 부인의 무서운 비명이 시내로 발길을 재촉하는 두 사람의 귀에 박혀 떠나지 않았다. 맥머드는 생각에 잠겨 잠자코 있었으며, 마음이 약해진 상대에게 조금도 동정을 보이지 않았다.

"뭐, 전쟁이었어" 하고 그는 되풀이했다. "우리들과 놈들의 사이는 전쟁이 틀림없지 않겠나. 여기다 싶은 곳을 노려 공격하는 거지."

그날 밤 조합 건물에서는 성대한 파티가 베풀어졌다. 그것은 클로우 힐 탄갱의 소장과 기사를 해치웠기 때문에 이 회사가 협박을 받고 공포에 떠는 이 지방의 다른 회사와 보조를 맞추게 되리라는 것 뿐만 아니라, 이 지부가 먼 곳에서 획득한 승리를 축하하기 위해서이기도 했다. 군 대표가 다섯 명의 솜씨 좋은 사나이를 보내 버밋사에 일격을 가하려 했을 때, 동시에 버밋사로부터도 그 답례로 암살단 세 명을 뽑아 길머튼 지구에서 가장 유명하고 가장 인기가 있는 광산주 스테익 로열의 윌리엄 헤일즈를 죽이라고 요구했던 것이다. 이 헤일즈라는 사람은 모든 점에서 모범적인 고용주였으므로, 이 세상에 적이라고는 한 사람도 없을 것으로 생각되는 인물이었다. 그러나 일의 능률을 엄격히 따져 이 전능의 결사, 대자유인단에 들어 있는 게으른 술주정뱅이 광원들을 모조리 내쫓고 말았다. 현관 앞에서 장례식이 행해져도 그의 굳은 결의는 굽힐 수가 없었다. 그로 말미암아 자유로운 문명국에 살면서 살해당하는 운명에 놓이게 된 것이었다.

처형은 순조롭게 실행되었다. 지부장 옆의 명예로운 자리에 잔뜩 버티고 앉아 있는 테드 볼드윈이 암살단의 우두머리였다. 붉은 얼굴을 하고 눈이 까부라져 핏발이 서 있는 것은 결행을 위한 수면 부족과 음주를 말해 주고 있었다. 그와 두 명의 일당은 그 전날 밤 산 속에서 잤던 것이다. 머리털이 더부룩하고 옷은 비바람에 더러워져 있었다. 그러나 일을 마치고 돌아온 영웅으로서 동료들에게 이토록 따뜻한 환영을 받은 사람은 일찍이 없었을 것이다. 그들의 이야기는 되풀이되고, 환성과 웃음소리에 섞여 떠들썩했다.

그들은 어두워진 뒤에 목적한 상대가 마차로 돌아오는 것을 기다리고 있었다. 말이 속력을 늦추지 않을 수 없는 가파른 언덕 꼭대기에 진을 치고 있었던 것이다. 사나이는 방한용 모피를 두르고 있었기 때문에 미처 권총을 꺼내들 수가 없었다. 그들은 사나이를 마차에서 끌어내어 몇 번이나 총알을 쏘아 넣었다는 것이었다.

그들 중에서 이 사나이를 알고 있는 사람은 아무도 없었지만, 그의 살인에는 영원한 극적 성격이 있다. 그들은 길머튼 천주단에 버밋사 사람도 힘이 되어 준다는 것을 보였다. 다만 한 가지 뜻하지 않은 일이 일어났다. 죽은 몸에 총알을 쏘아 넣고 있는데 한 부부가 탄 마차가 다가오는 것이었다. 두 사람 다 모두 쏘아 죽여 버리자고 말한 사람도 있었지만, 광산과는 아무 상관없고 해될 것 없는 사람들이었기 때문에 사람들에게 알리지 말라, 알리면 호된 꼴을 당하게 될 것이라고 단단히 이른 뒤 그대로 보내 주었다. 그래서 피투성이가 된 시체를 냉혹 무자비한 고용주들에 대한 본보기로서 남겨 두고 세 명의 자랑스러운 복수자들은 서둘러 산 속으로 달아났다. 그 산은 사람의 발길이 닿지 않는 곳이었다. 그들은 용광로와 광물찌꺼기가 산을 이루는 곳까지 오자 안도의 한숨을 쉬었다. 이젠 안전한 것이다. 그들이 해낸 놀라운 일을 칭찬하는 소리가 들려왔다.

그 날은 천주단의 잔칫날이었다. 골짜기를 덮은 그림자는 더욱 어두워졌다. 현명한 장군이 승리의 기회를 이용하여 참패한 적에게 진용(陣容)을 가다듬을 틈을 주지 않고 계속 추격하듯이 매긴티 지부장도 적의에 불타는 눈으로 가만히 생각을 하며 작전의 뒤를 검토하여, 다시 자신에게 거역하는 패들에게 새로운 일격을 가할 계획을 세웠다. 그날 밤 취한 자들이 해산하자 그는 맥머드의 팔을 당겨 두 사람이 처음 만났을 때의 구석방으로 데리고 갔다.

"알겠나, 맥머드" 하고 그는 말했다. "마침내 자네에게 알맞은 일이 생겼네. 자네 손으로 하는 거야."

"그 말을 들으니 코가 높아지는데요." 맥머드는 대답했다.

"데리고 갈 사람은 두 명이야. 매더즈와 라일리. 그 두 사람에게는 이미 일이 있다고 말해 두었지. 체스터 윌콕스를 해치우지 않는 한 이 고장은 마음놓을 수 없으니까 말이야. 그놈을 쓰러뜨리면 탄광지대의 각 지부는 은혜를 입게 될 거야."

"아무튼 할 수 있는 데까지 해보겠습니다. 어떻게 생긴 사나이며 어디에 삽니까?"

매긴티는 질겅질겅 씹어 반쯤 태우기 시작한 잎담배를 내려놓고 수첩에서 뜯어낸 종이에 약도를 그리기 시작했다.

"아이언 다이크 회사의 공장장이지. 만만치 않은 녀석이야. 군기(軍旗) 호위상사 출신이라서 말이야. 상처투성이로, 머리털은 잿빛일세. 지금까지 두어 번 노렸는데 잘되지 않았어. 짐 캐너웨이가 그 일로 목숨을 잃었지. 이것이 그의 집으로, 아이언 다이크 네거리에 있는 외딴집일세. 이 지도에도 있듯이 소리가 들릴 만한 곳에 다른 인가가 없네. 낮에는 가 봐야 헛일이야. 녀석은 무장을 하고 있다가 말없이 쏘는데, 그것이 몹시 빠르고 정확하거든. 그러나 밤에는——그렇지, 여편네와 아이들이 셋, 거기에 하녀가 한 사람 있네——그 녀석만을 뽑아 낼 수도 없을 테니까 하려면 모두 다 해치워야겠지. 현관에 폭약을 장치해 두고 천천히 도화선에 불을 붙이면······."

"그자가 무슨 짓을 한 겁니까?"

"짐 캐너웨이를 쏘아 죽였다고 말하지 않았나?"

"왜 쏘아 죽였습니까?"

"그것이 자네와 무슨 상관이 있나? 캐너웨이가 그놈의 집 근처를 서성거리고 있으니까 쏜 거지. 자네와 나 사이라면 이쯤 해두면 알겠지. 잘 처리해 주기 바라네."

"여자가 둘에 아이들이 셋이라고 했지요. 그들도 천국으로 보내는 겁니까?"

"하는 수 없지. 그렇지 않고 어떻게 해치우겠나?"

"가엾은 생각이 드는데."

"무슨 소리를 하는 건가? 꽁무니를 빼는 건가?"

"아니, 의원님, 침착하십시오. 지부장의 명령에 꽁무니를 뺀다고 생각될 만한 어떤 말을 했거나, 어떤 일을 했다는 겁니까? 옳든 그르든 결정하는 것은 당신이오."

"그럼, 하는 거지?"

"물론이지요."

"언제 하겠나?"

"글쎄, 하루나 이틀쯤 기다려 주었으면 좋겠습니다. 그쪽 집을 살펴보고 와서 계획을 세울 필요가 있으니까요. 그러면······."

"좋아." 매긴티는 악수를 하면서 말했다. "모든 걸 자네에게 맡기겠네. 좋은 소식을 가지고 오면 우리의 경사가 될 걸세. 이 최후의 일격을 안겨 주면 놈들은 모두 맥이 빠지고 말겠지."

맥머드는 이렇게 해서 갑자기 맡겨진 임무에 대해 오랫동안 깊이 생각해 보았다. 체스터 윌콕스가 살고 있는 외딴집은 5마일쯤 떨어진 가까운 골짜기에 있었다. 그날 밤 즉시 그는 계획을 세우기 위해 혼자 떠났다. 정찰에서 돌아온 것은 날이 밝은 뒤였다. 다음날 그는 두 명의 하수인 맨더즈와 라일리를 만났다. 두 사람 모두 목숨 아까운 줄 모르는 젊은이로, 마치 사슴 사냥이라도 떠나는 것처럼 의기양양해 있었다.

그리고 나서 이틀 뒤의 밤, 그들은 시내 변두리에서 몰래 만났다. 세 사람 다 무기를 지니고, 한 사람은 발파에 쓸 폭약을 넣은 자루를 들고 있었다. 목표한 외딴집에 닿은 것은 오전 2시가 지나서였다. 바람이 센 밤으로, 토막 구름이 달의 얼굴을 4분의 3쯤 쓰다듬으며 흐르고 있었다. 경찰견에 조심하라는 주의를 들었기 때문에 권총의 공이치기를 당긴 채 조심조심 나아갔다. 그러나 울부짖는 바람 소리 외에는 아무 소리도 들리지 않았으며 머리 위에서 흔들리는 나뭇가지 외에 움직이는 것이라고는 아무 것도 없었다.

맥머드는 외딴집 문간에서 가만히 귀를 기울였으나 집 안은 쥐죽은 듯 조용했다. 이윽고 그는 폭약 자루를 문간에 걸쳐 세우고, 칼로 구멍을 뚫어 도화선을 달았다. 조용히 불을 붙인 후 그와 두 동행자는 얼른 몸을 피해 조금 떨어진 곳으로 달아나 숨기에 알맞은 도랑으로 기어들었다. 그러자 폭약이 터져 울리는 폭음과 함께 와르르 집 무너지는 소리가 들려 왔으므로 일이 잘되었음을 알 수 있었다. 지부의 피비린내 나는 기록에도 이처럼 깨끗이 해치운 예는 실려 있지 않았다.

그러나 이처럼 용의주도하게 계획한 일도 결국은 아무 소용도 없었던 것이다! 자신도 저격 대상이 되어 있음을 알고 있던 체스터 윌콕스는 가족과 함께 바로 하루 전에 안전한 곳으로 옮겼던 것이다. 그러니까 폭약으로 부순 것은 빈집이었던 셈으로, 퇴역군인 체스터 윌콕스는 여전히 아이언 다이크에서 갱부들을 훈련시키고 있었던 것이다.

"그놈은 내게 맡겨 주십시오" 하고 맥머드는 말했다. "나한테 적당한 상대입니다. 1년을 기다려서라도 반드시 해치워 보이겠습니다."

지부 전원의 감사와 신뢰의 결의가 통과되어, 당분간 그 문제는 거론하지 않기로 했다. 2, 3주일 지난 뒤 윌콕스가 잠복자의 총격에 피살되었다고 신문에 보도되자, 맥머드가 끝맺지 못한 일을 계속하고 있었다는 것이 공공연한 비밀로 되었다.

'대자유인단'의 방식은 이와 같았다. 또 '천주단'의 범행은 이와 같았다. 이리하여 뛰어나게 풍족한 지방에 공포의 지배력을 휘둘러 오랜 세월에 걸쳐 사람들은 그 가공할 존재에 시달려 왔던 것이다. 이이상 더 그들의 죄상을 늘어놓을 필요가 있을까? 그들의 사람됨과 일하는 방식을 알기 위해서는 지금까지 말한 것으로 충분하지 않겠는가? 이들의 행위는 역사에 씌어 있고, 기록으로 남아 있으므로 상세하게 읽을 수도 있다. 기록을 읽으면 두 명의 단원을 감히 체포했다고 해서 헌트와 에번즈라는 두 경관이 사살된 사건——버밋사 지부에서 계획되어 무장하지 않은 두 사람에게 잔혹하게 행해진 포악한 사건——도 알게 될 것이다. 그리고 또 러비비 부인이 매긴티의 지령으로 구타를 당해 죽어 가는 남편을 간호하고 있다가 사살된 사건에 대해서도 씌어 있다. 동생이 피살된 직후에 형 젠킨즈가 피살된 사건, 제임스 매독의 토막 살인 사건, 스탭하우스 집안의 폭파 사건, 스탠덜 집안의 살해 사건 등은 모두 같은 해 겨울에 잇달아 일어났던 것이다.

공포의 골짜기는 완전히 어둠에 갇혀 있었다. 봄은 어느덧 찾아와

시냇물이 흐르고 나무에는 꽃이 피었다. 오랜 동안 눈 속에 갇혀 있던 자연에는 희망의 빛이 비치고 있었지만, 공포의 멍에를 지고 살아가는 사람들에게는 아무런 희망도 없었다. 1875년 초여름만큼 어두운 구름이 자욱했던 적은 없었다.

제13장 위험

공포의 지배는 절정에 이르렀다. 맥머드는 지부장 보좌역으로 임명되어 언젠가는 매긴티의 뒤를 이을 인물이라고 누구나가 예상하고 있었으며, 동료들 사이의 일을 상의하는 데 없어서는 안 될 존재가 되어, 그의 협조와 조언이 없이는 아무 일도 할 수 없게 되었다. 그러나 단원들 사이에서 인기가 오르면 오를수록, 버밋사 거리를 걸어갈 때에 그에게로 향한 찌푸린 얼굴도 더욱 더 늘어나게 되었다. 시민들은 공포에 떨면서도 용기를 내어 일치단결하고 있었다. 헤럴드 신문사에서 비밀 회합이 열리고, 선량한 시민들에게 총기가 배포되었다는 소문이 지부에도 들어와 있었다. 그러나 매긴티도 부하들도 그러한 소문에 흔들리지는 않았다. 이쪽은 수도 많고, 투지도 굳세며, 무기도 충분히 갖춰져 있는 것이다. 그러나 적은 서로 흩어져 있고 힘도 약하다. 그러므로 과거에도 그러했듯이 흐지부지 되던가 아니면 고작해야 누군가가 체포되는 정도로 끝나게 될 것이다. 매긴티도 맥머드도 다른 용기 있는 이들도 모두 그렇게 말하는 것이었다.

5월 어느 토요일 저녁이었다. 토요일 저녁에는 단원들이 모두 지부에 모이기로 되어 있었기 때문에 맥머드도 거기에 참석하기 위해 집을 나가려 하는데, 지부의 온건파인 모리스가 그를 만나러 왔다. 걱정 때문에 이마에는 주름이 잡히고, 평온하던 얼굴은 일그러져 여위어 있었다.

"맥머드, 자네와 툭 터놓고 이야기를 했으면 싶은데……"

"좋습니다."

"나는 아직도 잊지 않고 있네. 전에 내가 속마음을 털어놓았을 때 지부장이 찾아와서 그 일을 캐려고 했는데도 자네가 침묵을 지켜 주었다는 사실을 말일세."

"당신이 믿고 이야기해 준 것이니 달리 어떻게 할 수가 없었던 거요. 당신이 말한 일에 찬성했기 때문은 아니오."

"그건 잘 알고 있네. 그러나 이야기를 해도 안전한 것은 자네뿐이 거든. 나는 여기에 비밀이 있다네."

그는 가슴에 손을 댔다.

"그 때문에 몸이 타들어가는 것만 같아. 이 말을 내가 아니라 자네 들 가운데 누군가가 들었더라면 틀림없이 살인이 날거고, 우리 모 두가 파멸되고 말 걸세. 하느님, 도와주소서! 나는 어쩌면 좋을지 감당할 수가 없게 되었습니다!"

맥머드는 유심히 사나이의 얼굴을 보았다. 상대는 온 몸을 떨고 있 었다. 그는 글라스에 위스키를 부어 건네주었다.

"당신 같은 몸에는 이것이 약이오." 하고 그는 말했다. "자, 그 이 야기를 들려주시오."

모리스가 위스키를 마시자 창백한 얼굴이 약간 붉어져 왔다.

"한 마디로 말하면, 탐정이 우리들을 노리고 있네."

맥머드는 깜짝 놀라 그의 얼굴을 지켜보았다.

"뭐라고요? 정신이 돌기라도 한 거요!" 하고 그는 말했다. "이 곳에는 경관과 탐정들이 우글거리고 있잖소. 지금까지 그들이 우리에 게 무슨 일을 할 수 있었다는 거요?"

"아니, 그게 아닐세. 이곳 사람들이 아닐세. 자네 말대로 이곳 사 람들이라면 해봤자 뻔한 거지. 아무 것도 하지 못해. 그런데 핀커 튼 탐정사에 대해서는 듣고 있겠지?"

"그 이름에 대해선 읽은 일이 있지요."

"허튼 소리가 아니야. 그 녀석들에게 찍히면 벗어날 가망이 없네. 정부에 고용된 자들과는 달라. 마음먹고 덤벼들면 해결이 날 때까지 물고 늘어지는 걸세. 온 힘을 다해서 덤벼들게 되면 우리는 전멸이야!"

"그놈을 해치워야겠군."

"자네는 우선 그걸 생각했군 그래! 지부에서도 그렇겠지. 그러니까 결국은 살인이 일어날 거라고 말한 걸세."

"그렇지. 사람을 죽이는 게 뭐 어때서. 이곳에서야 별일도 아니잖소."

"하긴. 그러나 나로서는 누구를 죽여라 어째라 하고 이름을 지적하는 일은 할 수 없네. 그렇게 하면 두 번 다시 마음이 편해질 수는 없을 걸세. 그렇다고 해서 내버려두면 이쪽의 머리가 달아나겠지. 아, 어쩌면 좋단 말인가!"

그는 번민의 괴로움을 견뎌내지 못하는 듯 몸을 흔들어댔다.

그러나 그의 말은 맥머드의 마음을 강하게 움직이고 있었다. 위험이 닥쳐오므로, 그것에 맞서야 할 필요가 있다고 생각하는 점에서는 그도 상대와 의견을 같이하는 것은 쉽게 알 수 있었다. 그는 모리스의 어깨를 꽉 움켜잡고 진심으로 쥐어흔들었다.

"모리스 씨," 하고 그는 외쳤는데, 흥분한 나머지 쇳소리에 가까웠다.

"초상집에 간 옛 애인도 아닐 텐데 울어 봤자 아무 소용이 없소. 사실을 확실히 말해 봐요. 그자는 어떻게 생긴 녀석이오? 지금 어디에 있으며, 어떻게 해서 그놈의 소문을 들었고, 어떤 이유로 내게 알리러 온 거지요?"

"이리로 온 것은 나에게 조언해 줄 사람은 자네뿐이기 때문일세.

전에도 말했지만, 나는 이리로 오기 전에 동부에 가게를 가지고 있었지. 그쪽에 친구들이 있는데, 그중 한 사람이 전보국에 근무하고 있다네. 어제 그 사람으로부터 이런 편지가 왔네. 편지 맨 위쪽인데 읽어보게."

맥머드가 읽은 것은 다음과 같은 글귀였다.

그쪽 천주단의 형편은 어떻습니까? 신문에는 그들의 기사가 줄곧 실리고 있습니다. 이것은 비밀이지만, 당신에게서 빅뉴스를 듣게 되는 날도 멀지 않으리라고 생각됩니다. 다섯 개의 대기업과 두 개의 철도회사가 이 문제를 진지하게 다루게 된 겁니다. 본격적으로 뛰어들었으므로 틀림없이 성공하게 되겠지요. 상당히 조사가 추진되어 있습니다. 핀커튼 탐정 사무소에서 의뢰를 받아 최고의 수완가인 버디 에드워즈를 파견하였으므로 조만간에 결론이 날 것입니다.

"그리고 추신도 읽어보게."

물론 알려 드린 것은 업무중에 알게 된 것으로 이 이상은 알지 못합니다. 매일 전보문을 취급하고 있지만 의미를 알 수 없는 이상한 암호문이기 때문입니다.

맥머드는 침착하지 못한 두 손으로 편지를 쥔 채 잠시 동안 말없이 가만히 있었다. 한순간 안개가 걷히는듯 싶더니 다시 눈앞에 깊은 못이 가로놓여 있는 것이었다.

"이 일을 알고 있는 자가 또 있소?" 하고 그는 물었다.

"아무에게도 말하지 않았네."

"하지만 이 사람이 다른 데 편지를 보낼 만한 사람이 있소?"

"글쎄, 한두 명은 있을 테지."

"이곳 지부에 말이오?"

"그럴 걸세."

"내가 묻는 것은 버디 에드워즈라는 자의 인상착의라도 알려 오지 않았을까 생각했기 때문이오. 인상을 알 수 있으면 놈을 해치울 수가 있으니까."

"하긴 그렇겠군. 하지만 이 친구는 에드워즈에 대해선 모를 걸세. 일하다가 알게 된 뉴스를 알려 준 것뿐이니까. 그 핀커튼 사무소 사나이를 그 친구가 어떻게 알고 있겠나?"

맥머드는 갑자기 날아오를 듯한 기세가 되었다.

"그렇지!" 하고 그는 외쳤다. "알았어. 이걸 눈치채지 못하고 있었다니, 얼마나 멍청한가 말이야! 하지만 운이 좋았어! 그쪽에서 덤벼들기 전에 해치워야지. 이건 모두 내게 맡겨 주시오."

"좋다마다. 내 어깨의 무거운 짐만 떠맡아 준다면야."

"그렇게 해주겠소. 당신은 가만히 틀어박혀 있어요. 내가 잘 처리할 테니까. 당신의 이름도 들먹일 필요가 없소. 이 편지는 내게 온 것처럼 하고, 모든 것을 내가 떠맡겠소. 그러면 되겠지요?"

"바라던 바일세."

"그럼, 그렇게 하기로 하고, 잠자코 있으시오. 자, 난 이제부터 모임에 가겠소. 당장 핀커튼 늙은이가 울상짓게 해주어야지."

"그를 죽이지는 않겠지?"

"모리스 씨, 너무 자세한 건 묻지 않는 쪽이 양심도 편안하고 잠도 잘 잘 수 있을 거요. 이제 아무 것도 묻지 말고 내게 맡겨 두시오. 이제부터는 내가 알아서 할 테니."

모리스는 슬픈 듯이 머리를 흔들고 돌아가면서 신음하듯 말했다.

"손에 피를 묻힌 듯한 느낌이 드는군."

"어쨌든 자기 방위는 살인이 아니오" 하고 맥머드가 위엄있는 미소를 띠고 말했다.

"그놈을 해치우느냐 우리가 당하느냐 하는 판이오. 그놈을 이 골짜기에 오랫동안 살려 두게 되면 이쪽은 전멸하고 말 것이오. 모리스 씨, 곧 당신을 지부장으로 선출하지 않으면 안 되겠는걸요. 지부를 구해 주었으니까 말이오."

말로는 태연한 척하고 있었지만, 맥머드가 이 새로운 적의 침입을 중시하고 있다는 것은 그의 행동에서 여실히 나타났다. 양심의 가책 때문이었는지, 핀커튼 탐정 사무소의 명성에 두려움을 느낀 때문인지, 아니면 재력있는 큰 기업체가 천주단 일소에 착수한 것을 안 때문이었는지, 아무튼 그의 행동은 최악의 사태에 직면한 사람의 그것이었다. 하숙을 나오기 전에 증거가 될 만한 서류를 남김없이 태워버렸다. 그것이 끝나자 이것으로 이제 안전하다고 생각했는지 긴 만족의 한숨을 내쉬었다. 그래도 아직 위험이 마음에 걸리는 듯 지부로 가는 도중에 새프터 노인 집에 들렀다. 출입이 금지되어 있었지만, 창문을 두들기자 에티가 나왔다. 그녀의 연인에게서 아일랜드 인다운 엉성한 눈빛이 사라지고 없었다. 그녀는 그의 가라앉은 얼굴에서 위험을 알아차렸다.

"무슨 일이 있었던 모양이군요!" 그녀는 외쳤다.

"아아, 존, 뭔가 위험이 닥쳐온 거지요?"

"별 것 아니야. 하지만 큰일이 벌어지기 전에 떠나는 편이 좋을지도 모르겠군."

"떠나다니요!"

"언젠가는 이곳을 떠난다고 약속했었지? 지금 그 때가 온 것 같소. 오늘 밤 어떤 소식——좋지 못한 소식이지만——을 들었는데 귀찮게 될 것 같아."

"경찰인가요?"

"아니, 핀커튼 사무소야. 그렇긴 하지만 그것이 무엇을 뜻하는지, 또 나 같은 사람에게 어떤 결과를 가져다 줄지는 알 수가 없어. 나는 아무래도 너무 깊이 빠져든 모양이니 빨리 도망쳐야 할 것 같아. 내가 도망치면 당신도 같이 간다고 말했었지?"

"존, 그러나 당신은 무사할 거에요."

"에티, 나도 온전한 곳이 있는 사람이오. 어떤 일이 있어도 당신의 아름다운 머리털 하나 다치게 하지는 않겠어. 나를 믿어 주겠지?" 그녀는 아무 말도 하지 않고 그의 손에 자기 손을 쥐어 주었다.

"그럼, 내가 하는 말을 듣고 시키는 대로 해줘요. 우리에게는 그것밖에 길이 없으니까. 이 골짜기에서는 앞으로 온갖 일이 일어날 거야. 피부로 느낄 수 있어. 우리들 가운데는 자신의 위험을 경계하지 않으면 안 될 사람이 많이 있어. 아무튼 나도 그 가운데 한 사람이지. 내가 달아나게 되면 낮이든 밤이든 당신도 똑같이 따라오는 거야!"

"존, 난 뒤에 가겠어요."

"안 돼! 같이 가는 거야. 내가 이 골짜기에서 쫓겨나 두 번 다시 돌아올 수 없다고 한다면 당신을 뒤에 남겨 두고 갈 수 있겠어? 나는 몸을 숨기고 경찰의 눈을 피해야 하므로 편지도 보낼 수 없을 거야. 나하고 같이 가지 않으면 안 돼. 내가 전에 있던 곳에 친절한 부인이 있으니까 당신은 결혼할 때까지 거기에 있으면 돼. 따라 오겠지?"

"좋아요. 존, 가겠어요."

"믿어 주어서 고마워. 내가 만일 당신의 믿음을 저버린다면, 나는 지옥으로 떨어질거야. 자, 알겠지, 에티? 내가 사람을 보내면 곧 정거장 대합실로 가서 내가 갈 때까지 기다리고 있어요." "

"낮이든 밤이든 소식이 있으면 곧 가겠어요, 존."

자신의 달아날 준비는 우선 끝났으므로 얼마쯤 마음이 놓여 맥머드는 지부로 갔다. 벌써 모두들 모여 있었다. 복잡한 암호 문답을 주고 받은 후에 경계가 엄중한 옥외 감시와 옥내 감시의 관문을 통과할 수가 있었다. 회의실로 들어가자 환성과 환영의 소리가 와글거렸다. 길다란 방 안은 사람들로 가득 차 있고, 자욱한 담배 연기 속에 지부장의 더부룩한 검은 머리털과 볼드윈의 잔인한 적의 어린 얼굴, 비서인 핼러웨이의 매 같은 얼굴, 그리고 10명쯤 되는 지부 지도자격인 사람들의 얼굴이 보였다. 그 정보에 대해 상의를 하려는데 이렇게 모여 있어서 다행이라고 그는 생각했다.

"아, 잘 나와 주었군, 맥머드!" 하고 지부장이 외쳤다. "지혜 있는 사람의 판단을 듣지 않으면 안 될 일이 생겼네."

"랜더와 이건의 일이라네." 그가 자리에 앉자 옆의 사나이가 설명해 주었다.

"스타일즈타운의 클럽 노인을 사살한 사람에게 지부에서 내린 상금을 가지고 둘이서 다투고 있는데, 어느 쪽이 총알을 쏘았는지 아무도 몰라."

맥머드는 자리에서 일어나 손을 들었다. 그 얼굴 표정이 모두의 주의를 끌었다. 무슨 일인가 하고 모두들 조용해졌다.

"지부장" 하고 그는 엄숙한 소리로 말했다. "긴급 동의가 있습니다."

"맥머드 동지가 긴급 동의가 있다고 말했는데" 하고 매긴티는 말했다.

"지부의 규정에 따르면 긴급 동의는 일반 의제에 우선하지. 자, 동지, 동의를 들어보세."

맥머드는 주머니에서 편지를 꺼냈다.

"지부장, 그리고 동지 여러분." 하고 그는 말했다.

"오늘은 반갑지 않은 정보를 가지고 왔습니다만, 우리가 예고 없이 일격을 당하는 것보다는 사정을 잘 알고 의논하는 편이 좋다고 생각합니다. 내가 입수한 정보에 의하면, 이 지방에서 가장 강력하고 가장 자산이 많은 기업 단체가 서로 협력해서 우리들을 괴멸시키려 하고 있으며, 바로 지금 버디 에드워즈인가 하는 핀커튼 사무소 탐정이 이 골짜기에서 조사를 벌이고 있습니다. 그는 우리들의 목에 밧줄을 걸고 이 방에 있는 사람들을 남김없이 감방에 처넣을 증거를 모으고 있는 겁니다. 이러한 상황에 있으므로 이것을 토의할 것을 긴급 동의하게 된 것입니다."

회의실은 타 버린 재처럼 조용했다. 침묵을 깨뜨린 것은 지부장이었다.

"그 증거가 어디 있나, 맥머드 동지?" 하고 그는 물었다.

"내게 온 이 편지에 있습니다" 하고 맥머드는 대답했다.

그는 아까의 그 대목을 읽어 들려주었다.

"나의 명예를 걸고 맹세했기 때문에 이 편지에 대해서 더 이상 자세하게 설명할 수 없고 또한 건네 줄 수도 없지만, 지부의 이해에 관한 부분은 이것밖에 없음을 보증합니다. 들은 대로의 일을 여러분께 알려 드리는 겁니다."

"지부장, 잠깐 할 이야기가 있습니다."

나이 지긋한 동지 한 사람이 말했다.

"버디 에드워즈의 소문은 듣고 있습니다만, 핀커튼 탐정 사무소에서도 첫째가는 솜씨꾼이라는 평판입니다."

"누군가 얼굴을 본 사람이 있나?" 하고 매긴티가 물었다.

"아, 본일이 있습니다" 하고 맥머드가 대답했다.

온 방 안에 수군수군 경탄하는 소리가 일어났다.

"우리는 그를 꼭 붙잡을 수 있다고 생각합니다." 의기양양한 미소를 띠며 맥머드는 말을 계속했다. "이쪽이 재빠르게 머리를 써서 행동하면 미리 막을 수 있습니다. 여러분의 신뢰와 도움만 있으면 두려워할 것은 아무 것도 없습니다."

"뭐 두려워할 것이 있단 말인가? 그자가 이쪽 일을 알 수 있을 리 없지."

"모두들 당신처럼 확고하다면 그렇게 말할 수 있을지도 모르지요. 그러나 이자는 자본가의 막대한 돈을 배경으로 하고 있습니다. 지부 안에 돈으로 비밀을 파는 그런 약한 동지가 한 사람도 없다고 생각하십니까? 이자는 우리들의 비밀을 냄새맡게 될 것입니다. 아마 벌써 냄새맡았을지도 모릅니다. 틀림없는 대책은 한 가지밖에 없습니다."

"이 골짜기에서 살아 돌아가지 않게 하는 일이지."

볼드윈이 말했다.

맥머드는 고개를 끄덕였다.

"훌륭하오, 볼드윈 동지. 지금까지 당신과는 의견이 대부분 달랐는데, 오늘밤은 훌륭한 말을 하는군."

"그럼, 녀석은 어디에 있는 건가? 어떻게 하면 알아볼 수가 있는가?"

"지부장," 하고 맥머드는 진지하게 말했다.

"말씀드리고 싶지만, 이 문제는 너무도 중요하기 때문에 공개적으로 의논할 수는 없습니다. 여기 있는 여러분을 의심하는 것은 아니지만, 조그마한 소문이라도 이자의 귀에 들어가게 되면 해치울 가망이 없어지고 맙니다. 지부장, 나는 지부에 비밀 위원회를 구성할 것을 요구합니다. 주제넘은 것 같습니다만, 지부장 당신과 볼드윈 동지, 그리고 다섯 분으로 말입니다. 그러면 내가 알고 있는 모든 일과 앞으로 해야 될 일들을 자유롭게 이야기할 수 있을 것으로 생각합니다."

곧 이 제안이 받아들여져 위원회가 만들어졌다. 의장과 볼드윈 외에 매 같은 얼굴의 비서 핼러웨이, 잔혹한 젊은 암살자 호랑이 코맥, 회계원 카터, 그리고 윌러비 형제였다. 모두들 무슨 일에든 앞 뒤 가리지 않고, 무서운 것을 모르는 얼굴들이었다.

마시고 노래하는 등의 소란도 그날 밤은 일찌감치 끝났다. 그나마도 별로 활기가 없었다. 모두들 마음에 먹구름이 끼었기 때문이다. 지금까지 다른 사람에게 공포를 주어도 그것이 그들의 일상 생활의 일부가 되어 있었기 때문에 복수 같은 것이 기다리고 있다고는 생각지 못했던 것이다. 그러므로 그것이 지금 눈앞에 닥쳐오고 보니 놀라움이 한층 더할 수밖에 없는 일이었다. 그들은 일찌감치 흩어지고 심의 사항은 지도자들에게 맡겼다.

위원들만 남자 매긴티가 말했다.

"자, 맥머드, 시작하세."

일곱 사람은 자리에 얼어붙은 듯이 앉아 있었다.

"아까도 말했듯이 나는 버디 에드워즈를 알고 있습니다" 하고 맥머드는 설명했다. "말할 필요도 없겠지만, 여기서는 그 이름을 쓰지 않고 있습니다. 용감한 사나이인 것만은 틀림없지만, 미치광이 같지는 않습니다. 스티브 윌슨으로 통하며, 홉슨 구에 묵고 있습니다."

"그것을 어떻게 알았나?"

"우연한 기회에 이야기를 해봤기 때문입니다. 그때는 전혀 눈치를 채지 못했었지요. 이 편지가 아니었더라면 생각해 내지도 못했을 겁니다만, 지금은 틀림없이 그 사나이라는 것을 알 수 있습니다. 수요일에 기차 안에서 만났습니다. 정말 큰일날 뻔했지요. 신문기

432 공포의 골짜기

자라고 말하더군요. 그때는 그렇게 생각했습니다. 뉴욕 프레스 지의 기사를 쓴다면서 천주단의 일이며, 그 녀석의 표현에 따르면 '포악 행위' 등을 자꾸만 물으려 하는 겁니다. 기사 자료를 얻으려고 귀찮을 만큼 질문을 했습니다. 나는 아무 것도 밝히지는 않았습니다만, '우리 편집장이 원하는 자료가 될 만한 것을 얻게 해주면 사례하겠소. 그것도 두둑하게 말이오' 라고 말하기에 그 녀석이 반가워할 만한 것을 들려주었더니 20달러 주더군요. 그러자 그는 '내가 알고 싶어하는 것을 완전히 가르쳐 주면 이것의 10배로 사례하겠소' 하고 말했습니다. "

"그래, 무슨 이야기를 했지 ? "

"되는대로 지껄였지요. "

"그 녀석이 신문기자가 아니라는 걸 어떻게 알았나 ? "

"이렇게 된 겁니다. 그 녀석은 홉슨 구에서 내렸는데, 나도 거기서 내리게 되었지요. 그리고 전보국으로 들어가는데 그가 막 나오는 참이었습니다. 그 녀석이 가 버리자 직원이 이렇게 말하더군요. '글쎄, 이건 두 배로 받고 싶군요'라고 나도 '그렇군' 하고 대답했습니다. 전보 용지에는 아무리 보아도 중국말이나 뭐로밖에 생각할 수 없는 글자가 가득 씌어 있었던 겁니다. 직원이 '저 사람은 매일 한 장씩 이런 전보를 친답니다'라고 말하기에 '그래요 ? '했더니 '신문의 특종이라는군요. 다른 신문사에 가로채일까봐 염려되는 거겠지요' 하고 말했지요. 그때는 직원도 나도 그렇게 생각했었는데, 지금 보니 그게 아닙니다. "

"그렇지, 자네 말대로일세 ! " 하고 매긴티가 말했다. "그런데 이 문제를 어떻게 하면 좋겠다고 생각하는가 ? "

"어째서 당장 그 녀석을 해치우지 않는 겁니까 ? " 하고 끼어든 사람이 있었다.

"맞았어. 빠를수록 좋을 걸세."

"어디에 있는지 알기만 하면 당장이라도 달려가겠는데" 하고 맥머드는 말했다. "홉슨 구에 있는 건 확실한데 어느 집인지를 모르거든요. 그러나 내 의견을 들어주신다면 계획이 있기는 합니다."

"어떤 계획인가?"

"내일 아침 내가 홉슨 구로 가서 전보국 직원으로부터 알아내겠습니다. 직원은 주소를 알고 있을 테니까요. 그래서 찾아내게 되면, 나는 대자유인단이라고 가르쳐 주고 지부의 비밀을 모조리 팔겠다고 하며 접근하는 겁니다. 틀림없이 걸려들겠지요. 서류는 집에 있는데, 여러 사람의 눈이 빛나고 있는 동안에 오게 되면 목숨이 위태롭다고 말해 주면 상대는 그것을 당연하게 생각할 겁니다. 밤 10시에 오면 모조리 다 보여 주겠다고 하면 그는 틀림없이 올 겁니다."

"그리고 나서 어떻게 하는가?"

"다음은 직접 계획해 주십시오. 맥나마라 과부의 집은 외따로 떨어진데다 할멈은 단단하기가 무쇠 같고, 귀가 멀어서 말뚝이나 마찬가지입니다. 집에는 스캔런과 나밖에는 없지요. 탐정 녀석과 약속을 하고 나면——물론 곧바로 알려 드리겠습니다——일곱 분 모두 9시까지 나 있는 곳으로 와 주십시오. 놈을 혼내 주는 겁니다. 만일 그 녀석이 살아 나가게 된다면, 그렇게 된다면 버디 에드워즈의 행운을 죽을 때까지 이야기해도 좋겠지요."

"기어이 핀커튼 탐정 사무소에 결원이 생기겠군."

하고 매긴티는 말했다.

"맥머드, 그렇게 해주기 바라네. 내일 9시에 갈 테니까, 놈을 문안으로만 들여보내면 다음은 내가 맡겠네."

제14장 버디 에드워즈의 함정

맥머드가 말한 대로, 그가 살고 있는 집은 외따로 떨어져 있어 그들이 계획한 범죄에는 안성맞춤의 장소였다. 시내에서 훨씬 벗어난 변두리로 길가로부터도 상당히 들어가 있었다. 다른 경우였다면 그들 공모자들이 전에도 몇 번이나 했듯이 상대를 간단히 불러내어 마구 권총을 쏘아대면 좋았겠지만, 이번 경우는 상대가 어느 정도 알고 있는가, 어떻게 해서 알았는가, 부탁한 사람에게 어떤 것을 보고하고 있는가 등을 알아볼 필요가 있었다. 눈치를 챈 것이 너무 늦어서 상대는 일을 끝내고 있는지도 모른다. 만일 그렇다면 적어도 그에게 복수할 수는 있을 것이다. 그러나 그들은 대체로 중요한 일은 아직 알려지지 않았을 것으로 낙관하고 있었다. 만일 알고 있었다면, 맥머드가 가르쳐 준 그런 시시한 정보를 적어서 전보치는 일은 하지 않았을 것이기 때문이다. 그러나 그것은 본인에게서 들을 수 있는 일이다. 일단 붙잡기만 하면 자백시키는 방법은 얼마든지 있을 것이다. 입을 열려고 하지 않는 증인을 다루는 것은 이번이 처음은 아니니까.

맥머드는 약속한 대로 홉슨 구로 떠났다. 그날 아침 그가 정거장에서 차를 기다리고 있는데 이상하게도 머빈대장——시카고에서 그를 알고 있었다고 하는 사나이——이 이야기를 걸어 왔다. 맥머드는 얼굴을 돌리고 상대하지 않았다. 오후의 사명을 마치고 돌아오자 그는 조합 건물에서 매긴티를 만났다.

"약속했습니다." 그는 말했다.

"됐어!" 하고 매긴티가 말했다.

거한인 매긴티는 셔츠 소매를 걷어올리고, 인장(印章)이 달린 체인을 풍성한 조끼 가슴에 비스듬히 드리우고, 무서운 턱수염 가에 다이아몬드 핀을 번쩍번쩍 빛내고 있었다. 술집 운영과 정치에 의해 그는 세력가뿐 아니라 대단한 부자가 되었던 것이다. 그로 인해 전날 밤부터 걸핏하면 눈앞에 떠오르는 감옥과 교수대가 새삼 더 무섭게 생각되는 것이었다.

"벌써 상당히 알고 있는 것 같던가?" 하고 그는 걱정스러운 듯이 물었다.

맥머드는 무뚝뚝하게 머리를 저었다.

"전부터 이 지방에 와 있었답니다. 적어도 6주일 전에 말입니다. 물론 유망 광구를 보러 온 것은 아니겠지요. 그 동안 철도회사의 돈으로 우리들 속으로 파고 들어와 일하고 있었다면, 상당한 성적을 올려서 그것을 보고하고 있었겠지요."

"지부에는 그런 일을 하도록 해줄 못난 녀석이 한 사람도 없어!" 하고 매긴티는 외쳤다.

"누구나 다 믿을 만한 사람들뿐이지. 아니, 그렇긴 하지만 저 비겁한 모리스가 있군. 그 녀석은 어떤가? 우리들을 판 놈이 있다면 아마 그놈일 거야. 저녁때까지 젊은애들을 두세 명 보내어 호된 맛을 보여 주고 자백을 받도록 할까."

"뭐, 그래도 좋겠지요" 하고 맥머드는 대답했다. "숨길 것도 없지만, 나는 모리스가 좋으니까 그가 호된 꼴을 당하는 걸 보는 건 좀 가엾군요. 지부의 문제로 한두 번 말을 걸어 온 일이 있지요. 당신이나 나와는 생각이 다르지만, 배신할 사람으로는 보이지 않았습니다. 하지만 그를 비호해 줄 생각은 별로 없습니다."

"그 녀석을 혼내 주어야겠지" 하고 매긴티는 큰 소리로 말했다.

"1년이나 전부터 그놈에게 눈독을 들이고 있었지."

"뭐, 그거야 당신이 가장 잘 알고 계시겠지요" 하고 맥머드는 대답했다. "무슨 일을 하든 상관은 없습니다만, 내일 이후가 아니면 안 됩니다. 핀커튼 문제가 끝날 때까지는 조용히 있어야 하니까요. 특히 오늘은 경찰을 시끄럽게 할 수 없습니다."

"그렇군. 버디 에드워즈에게 어디서 정보를 손에 넣었는지도 토해내도록 하세. 심장을 토막내서라도 말이야. 함정은 눈치채지 못했겠지?"

맥머드는 웃음을 터뜨렸다.

"놈의 약점을 파고들 수 있었던 것 같습니다. 천주단의 단서를 제공하겠다고 했으니 놈은 끝까지 쫓아오겠지요. 돈도 미리 받아 가지고 왔습니다."

돈다발을 꺼내면서 맥머드는 싱긋 웃었다.

"서류를 보여 주면 더 짜낼 수 있을 겁니다."

"무슨 서류지?"

"서류 같은 건 없어요. 그러나 조직이니 규약이니 단원 명단 같은 것들이 있다고 말해 두었지요. 무엇이든 샅샅이 알아내기 전에는 물러서지 않을 생각인 모양입니다."

"음, 그게 틀림없겠지" 하고 매긴티는 기분 나쁜 듯이 말했다.

"왜 서류를 가지고 오지 않느냐고 묻지 않던가?"

"내가 그런 걸 가지고 다니는 사람 같습니까? 나는 의심을 받고 있는 사람으로, 오늘도 정거장에서 머빈 대장이 말을 걸어 왔습니다!"

"음, 그건 이미 들었네" 하고 매긴티는 말했다.

"차츰 자네에게로 수사망이 뻗칠 것 같군. 하지만 이 탐정 놈을 해치우고 나면 그 다음에는 대장 녀석을 묶은 수갱 속에 처넣으면 돼. 어쨌든 오늘 자네가 만나고 온 이 홉슨 구의 탐정 녀석을 먼저 해치우지 않으면 안 되네."

맥머드는 어깨를 으쓱했다.

"잘하면 죽인 것도 모를 겁니다. 어두워진 뒤 하숙으로 오기 때문에 아무에게도 눈에 띄지 않을 테고, 놈이 떠나는 것은 아무도 볼 수 없습니다. 의원님, 내 계획은 이렇습니다. 당신들이 시간에 맞춰 와서 적당한 곳에 자리를 잡습니다. 그 녀석은 10시에 옵니다. 문을 세 번 두들기면 내가 열어주기로 되어 있습니다. 그리고 나서 그놈을 안으로 끌어들여 문을 잠급니다. 그러면 그는 우리 손아귀에 들어옵니다."

"간단명료하군."

"그렇습니다. 그렇지만 그때부터가 문제입니다. 아무튼 억센 놈이니까요, 무기도 제대로 가지고 있습니다. 잘 설득시켜 두기는 했지만, 그래도 경계를 늦출 수는 없습니다. 나밖에 없는 줄로 생각하고 있었는데, 일곱 명이나 있는 방으로 들어오게 된 것을 알면 무사하게 끝나지는 않을 겁니다. 총격전이 시작되어 누군가 다치는 사람이 생깁니다."

"그렇겠지."

"총소리를 듣고 온 시내의 경관들이 달려올 것입니다."

"그렇게 되겠지."

"그래서 이렇게 하면 좋을 것으로 생각합니다. 당신들은 모두 큰 방, 언젠가 나와 당신이 이야기를 한 그 방에 있는 겁니다. 내가 녀석을 위해 문을 열어 현관 옆 객실로 안내하고, 서류를 가지고 오기까지 거기서 기다리게 하는 겁니다. 그러면 형세가 어떤지 당신에게 알릴 수가 있습니다. 그리고 나서 나는 거짓 서류를 가지고 놈이 있는 곳으로 돌아갑니다. 놈이 그것을 읽기 시작하면 나는 뛰어들어 놈의 오른팔을 움켜잡고 소리쳐 당신들을 부르겠습니다. 그럼, 그때 모두들 달려오는 겁니다. 빠를수록 좋지요, 놈은 나 못지않게 억세어서 내게는 힘에 겨울지도 모르니까요, 하지만 여럿이 올 때까지 누르고 있을 수는 있을 겁니다."

"좋은 생각일세" 하고 매긴티는 말했다.

"지부는 이번 일로 자네에게 빚을 지게 되는군. 이것으로 내가 지부장을 그만둘 때 후계자로 자네를 떳떳이 추천할 수가 있겠지."

"원, 의원님도, 나 같은 건 아직 풋내기입니다" 하고 맥머드는 말했다. 그러나 그의 얼굴에는 이 거물의 말을 어떻게 생각하는지가 잘 나타나 있었다.

하숙에 돌아오자 그는 곧 닥쳐올 그날 밤의 일에 대비해 준비하기 시작했다. 먼저 스미스앤웨슨 권총을 청소하고 기름을 치고 탄환을 재었다. 그리고 나서 탐정을 함정에 빠뜨릴 방을 조사해 보았다. 큰 방으로 한가운데에 길다란 소나무 테이블이 있고, 한쪽에는 큰 난로가 있었다. 나머지 세 벽쪽에는 각각 창문이 있는데, 덧문은 달려 있지 않았다. 다만 엷은 커튼을 칠 수 있게 되어 있을 뿐이었다. 맥머드는 그것들을 일일이 정성들여 조사했다. 오늘밤과 같은 비밀 일을 하기에는 방이 너무 훤히 드러나 보이는 데 그는 깜짝 놀랐다. 그래도 큰길에서 떨어져 있기 때문에 그것은 그다지 큰 문제가 되지 않았다. 마지막으로 그는 같이 있는 단원과 의논했다. 스캔런은 천주단이기는 하지만 해롭지도 이롭지도 않은 조무래기로, 마음이 약하기 때문에 동료들의 의견에 반대하지도 못했다. 이따금 아무래도 손을 빌리지 않으면 안 되는 피비린내 나는 일에는 속으로 겁을 먹고 있었다. 맥머드는 계획을 간단히 이야기해 주었다.

"나 같으면 말일세, 마이크 스캔런, 어디로든 피신해서 이 일에는 가까이 하지 않겠네. 날이 밝기 전에 이 집에서 피투성이 일이 벌어질 테니까."

"그래, 존." 하고 스캔런은 대답했다. "나도 참가하고 싶은 생각은 있지만 도무지 용기가 나지 않아. 탄갱에서 댄이 당하는 것을 보았을 때는 도저히 견딜 수가 없었지. 나는 자네나 매긴티와 달라서 그런 일에는 맞지 않아. 만일 지부 쪽에서 나쁘게 생각하지 않는다면 자네의 충고 대로 오늘 밤 일은 다른 사람들에게 맡겨 두겠어."

예정대로 그들은 알맞은 시각에 찾아왔다. 옷차림이 단정하고 깨끗해서 겉보기에는 흠잡을 데 없는 시민이었지만, 인상을 볼 줄 아는 사람이라면 다부진 입매와 잔인한 눈초리로 보아서 버디 에드워즈는 살아날 수 없으리라는 것을 알아차렸을 것이다. 그 가운데 지금까지 열 번 또는 그 안팎으로 손을 피로 물들인 경험이 없는 사람은 하나도 없었다. 칼잡이가 양을 죽이듯이 살인은 그들에게 아무렇지도 않았다. 풍채로 보나 죄가 많은 것으로 보나 그중 가장 우두머리라고 말할 수 있는 것은 역시 매긴티 지부장이었다. 비서인 헬러웨이는 여위고 심술궂은 사나이로서, 뼈와 가죽뿐인 길다란 목을 하고 손발을 신경질적으로 꿈틀꿈틀 움직였다. 지부의 재정에 관한 한은 청렴한 사나이였지만, 그 이외의 것에 대해서는 손톱만큼도 정의감이나 성실함을 가지고 있지 않았다. 회계원 카터는 냉정하고 무뚝뚝한 표정을 한 누런 양피지 같은 살갗의 중년 남자였다. 조직력이 있어서, 지금까지의 나쁜 일은 거의 모두 그의 머리에서 나온 것이었다. 윌러비 형제는 행동가로서 날카로운 얼굴의 키가 크고 경쾌한 젊은이들이었으며, 그 짝패인 호랑이 코맥은 득직하게 생긴 검은 얼굴의 청년으로 동료들도 모두 그 흉포성을 두려워하고 있었다. 그날 밤 핀커튼 사무소의 탐정을 죽이기 위해 맥머드의 하숙에 모인 것은 이러한 인물들이었다.

맥머드가 테이블에 위스키를 내놓았기 때문에, 그들은 일하기 전에 우선 서둘러 한 잔씩 비우기로 했다. 볼드윈과 코맥은 벌써 상당히 취해 있었는데, 술기운에 잔학성을 더욱 불태우고 있었다. 코맥은 잠시 난로에 두 손을 대 보았다. 봄인데도 밤에는 아직 추웠기 때문에 불이 지펴져 있었던 것이다.

"이만 하면 됐군" 하고 그는 증오를 담아 말했다.

"맞았어. 거기에 잡아 묶어 놓으면 모조리 자백하겠지."

볼드윈이 그 의미를 알아차리고 말했다.

"자백하고 말고, 문제없어" 하고 맥머드도 말했다.

맥머드는 강철같은 신경의 소유자였다. 중대사의 책임을 혼자 떠맡고 있으면서도 여전히 냉정하고 태연한 태도였다. 다른 이들도 그것을 알아차리고 칭찬을 아끼지 않았다.

"자네 같으면 그놈을 충분히 다룰 수 있어."

하고 지부장이 아주 만족스럽게 말했다.

"자네에게 목이 졸리게 되기까지는 조금도 눈치채지 못할 거야. 그런데 창문에 덧문이 없는 것은 좋지 않군."

맥머드는 창문마다 커튼을 치며 돌아다녔다.

"이렇게 해 두면 이제 볼 사람은 없습니다. 그럭저럭 올 시간이 됐군."

"오지 않는 게 아닐까? 냄새를 맡았을지도 몰라."

하고 비서가 말했다.

"올 테니 걱정 마시오." 하고 맥머드는 대답했다. "이쪽도 만나고 싶어하지만, 저쪽도 오고 싶어하거든. 음, 저 소리다!"

모두들 납 인형처럼 가만히 있었다. 입으로 가지고 가던 잔을 도중에 멈춘 채로 있는 사람도 있었다. 현관에서 커다란 노크 소리가 세 번 들렸다.

"쉿!"

맥머드는 한쪽 손을 들어 주의시켰다. 그들은 기뻐 미칠듯한 광희(狂喜)의 눈길을 주고받으며 감춰 둔 권총으로 손을 가져갔다.

"어떤 일이 있어도 소리를 내지 마시오!" 하고 맥머드는 속삭이며 주의 깊게 문을 닫은 다음 방을 나갔다.

암살자들은 귀를 쫑긋 세우고 기다리고 있었다. 복도를 걸어가는 맥머드의 발소리를 하나하나 세었다. 이윽고 그가 현관문을 여는 소리가 들렸다. 인사말 비슷한 소리가 몇 마디 오고갔다. 이윽고 안으로 들어오는 낯선 사나이의 발소리와 귀에 익지 않은 목소리가 들렸다. 조금 뒤 문 닫는 소리와 자물쇠 거는 소리가 들렸다. 사냥감은 보기 좋게 함정에 걸려든 것이다. 호랑이 코맥이 소름끼칠 것 같은 웃음소리를 냈기 때문에 매긴티 지부장이 큰손으로 그 입을 덮어 눌렀다.

"조용히 해, 이 얼빠진 녀석아!" 하고 그는 낮은 목소리로 꾸짖었다. "네놈 덕분에 허탕치고 말겠다!"

그 뒤 방에서 소곤소곤 이야기하는 소리가 들렸다. 이야기는 언제 끝날지 모를 만큼 길게 느껴졌다. 이윽고 문이 열리더니 맥머드가 입에 손가락을 대고 모습을 나타냈다.

테이블 끝으로 다가가서 그는 모두를 둘러보았다. 그 태도에는 미묘한 변화가 일어나 있었다. 이제 곧 큰일에 착수하려는 사람에 걸맞는 태도였다. 얼굴은 긴장되어 바윗돌처럼 굳어 있고, 안경 속에서 두 눈이 흥분으로 불타고 있었다. 확실히 많은 사람의 우두머리다운 관록이 있었다. 모두 커다란 관심을 가지고 그를 지켜보았으나 그는 아무 말도 하지 않았다. 언제까지나 이상한 눈초리를 한 채 한 사람 한 사람 얼굴을 둘러보았다.

"어떻게 되었나?" 마침내 매긴티가 입을 열었다. "온 건가? 버디 에드워즈는 왔나?"

"왔소" 하고 맥머드는 천천히 대답했다. "버디 에드워즈는 여기 있다. 내가 바로 버디 에드워즈다!"

그로부터 10초쯤 방에는 난로에 얹은 주전자의 물 끓는 소리가 귀에 거슬렸다. 자기들을 압도하는 사나이를 올려다 보는 일곱 개의 얼굴은 그대로 얼어붙은 듯했다. 이윽고 느닷없이 유리 깨지는 소리가 나고, 창문마다 번쩍번쩍 빛나는 총신이 들이밀어지며 커튼이 잡아채였다. 그것을 보자 매긴티 지부장은 상처 입은 곰처럼 울부짖으며 반쯤 열린 방문을 향해 돌진했다. 그러나 거기에도 목표물을 겨눈 권총이 기다리고 있었다. 광산 경찰대 머빈 대장의 무서운 푸른 눈이 방아쇠 뒤에서 빛나고 있었던 것이다. 매긴티는 뒷걸음질치며 쓰러지듯 본디의 의자로 돌아갔다.

"의원님, 그쪽이 안전할 거요."

그들이 맥머드라고 생각하고 있었던 사나이가 말했다.

"그리고 볼드윈, 네놈도 권총을 놓지 않으면 목숨이 없어. 어서 내놓아! 그렇지 않으면 네놈은……그렇지, 그걸로 됐네. 이 집은 무장 경관이 40명이나 둘러싸고 있으니까. 도망칠 수 있을지 어떨지는 생각해 보면 알겠지. 머빈 대장, 권총을 빼앗으시오!"

라이플 총으로 위협을 당하고 있으니 저항할 도리가 없었다. 무기는 몰수되었다. 퉁퉁 부은 얼굴로 겁을 집어먹고 그들은 힘없이 테이블 주위에 가만히 앉아 있었다.

"헤어지기 전에 한 마디 해 두고 싶은 이야기가 있다."

그들을 함정에 빠뜨린 사나이가 말했다.

"이 다음에 만나게 되는 것은 내가 법정에서 증인석에 설 때이겠지. 그때까지 차분히 생각해 두기를 바라며 하는 말이다. 내 정체는 이제 알았겠지. 마침내 얼굴이 드러나게 되었는데, 나는 핀커튼 탐정 사무소의 버디 에드워즈다. 나는 너희들 일당을 무너뜨릴 임무를 띠고 이곳에 와서 위험한 승부를 하지 않으면 안 되었다. 내가 이런 일을 하고 있다는 사실은 누구 한 사람, 단 한 사람도, 가까운 친척도, 가장 사랑하는 사람도 몰랐다. 알고 있었던 것은 다만 여기 있는 머빈 대장과 일을 부탁한 사람들뿐이다. 그러나 고맙게도 오늘밤으로 그것도 끝이 나고, 나는 승부에서 이긴 것이다!"

일곱 개의 창백하게 굳은 얼굴이 그를 쳐다보았다. 그들의 눈에는 억누를 수 없는 증오가 담겨져 있었다. 그는 가차없는 위협을 읽을 수 있었다.

"너희들은 승부가 아직 끝나지 않았다고 생각할는지 모르지. 좋아, 그렇다면 나도 다음에는 물러서지 않겠다. 그러나 어찌 되었든 너희들 중에는 더이상 세상 구경을 못하게 될 사람도 있을 것이다. 너희들 외에도 오늘 밤 유치장에 들어가는 사람이 60명쯤 된다.

내가 이 일에 착수할 때는 너희들과 같은 결사 같은 게 있다고는 생각지도 않았다. 만들어 낸 이야기일 테니까 내가 직접 그것을 증명하려고 생각했던 것이다. 이야기를 듣자하니 대자유인단과 관계가 있다고 하기에 시카고로 가서 단원이 되었다. 그때도 만들어 낸 이야기에 지나지 않는다는 확신은 바뀌지 않았다. 그 결사는 나쁜 일을 하지 않았으며, 도리어 여러 가지 좋은 일을 한다는 걸 알았기 때문이다.

그래도 나는 일을 완수해야 했기 때문에 이 탄광 지방으로 찾아왔다. 여기에 도착해서야 그것이 지어낸 이야기가 아니라는 것을 알았다. 그래서 여기에 머물러 있으면서 알아보기로 했다. 나는 시카고에서 사람을 죽인 일도 없으며, 가짜 돈을 만든 일도 없다. 너희들에게 준 것은 진짜였으며, 그렇게 돈을 가치 있게 쓴 것은 처음이었지. 나는 너희들의 마음에 들 수 있는 방법을 알고 있었기 때문에 법에 쫓기고 있는 시늉을 했던 것이다. 역시 내 생각대로였다.

그리하여 나는 너희들의 저주받은 지부에 들어가 회의 때마다 얼굴을 내밀었다. 나도 너희들과 같은 악인이라고 말할 사람도 있을 것이다. 그러나 너희들을 체포했으니까 아무렇게나 그들 좋은 대로 지껄이게 해 두면 그만이다. 그런데 진상은 어떤가? 지부에 들어

온 그날 밤 너희들은 스탱거 노인을 구타했다. 틈이 없었기 때문에 경고할 수는 없었지만, 볼드윈, 네놈이 그 사람을 죽이려 하는 것을 보고 나는 네놈의 손을 잡아 눌렀다. 자신의 존재를 인정받기 위해 나는 여러 가지 일을 제안하기는 했지만, 그것은 틀림없이 막을 수 있다는 것을 알고 있었기 때문이었다. 댄과 멘지스의 일은 잘 알지 못했기 때문에 구제할 수가 없었지만, 그들을 죽인 범인들은 교수대로 보내줄 것이다. 체스터 윌콕스에게는 미리 경고를 해두었기 때문에 내가 그 집을 폭파시켰을 때 그는 가족과 함께 어딘가에 숨어 있었다. 막아 내지 못한 범죄도 많이 있었지만 돌이켜보면 너희들이 누군가를 해치려 할 때 그 사나이가 다른 길로 돌아가기도 하고, 시내에 나와 있기도 하고, 또한 밖에 나간 줄 알고 있었는데 집안에 틀어박혀 있었던 일이 몇 번이나 있었는지 생각해보는 게 좋을 것이다. 그것은 모두 내가 한 일이다."

"이 배신자!" 하고 매긴티는 이를 갈며 말했다.

"그렇다, 존 매긴티, 그것으로 기분이 풀린다면 그렇게 불러도 좋다. 너와 너희들 일당은 하느님의 원수이며 또 이 지방 사람들의 원수였다. 너희들에게 시달리고 있는 사람들을 건져내는 것은 사나이로서 해볼만한 일이다. 거기에는 방법이 오직 한 가지밖에 없었다. 나는 그것을 해낸 것이다.

너는 나를 배신자라고 부르지만, 사람을 구하기 위해서 지옥에까지 들어간 나를 '구세주'라고 불러 줄 사람이 몇천 명은 될 것이다. 이 일에는 석 달이나 걸렸다. 워싱턴 재무부의 돈을 마음대로 써도 좋다고 하더라도 나는 두 번 다시 이런 일은 하고 싶지 않다. 모든 것을 파악하기까지는, 여기에 머물러 있지 않으면 안 되었지. 내 비밀이 폭로될 것 같지 않았으면 좀 더 기다리고 있었을 것이다. 그런데 시내로 날아든 편지에서 일이 탄로날 기미가 보였다. 그래서 나는 행동으로 옮기지 않으면 안 되었던 것이다. 그것도 재빠르게.

더 이상 할 말은 없다. 다만 내가 죽을 때가 오면 이 골짜기에서 한 일을 생각하고, 마음 편하게 저 세상으로 갈 수 있을 것이라고 말해 두겠다. 자, 머빈 대장, 이제 더 이상 기다리게 하지 않겠소. 부하들을 불러 데리고 가시오."

이 이상 말할 일은 별로 없다. 스캔런은 에티 새프터의 집으로 전해 달라는 한 통의 봉함 편지를 받아 가지고 있었는데, 눈짓을 하여 알아차렸다는 듯한 얼굴로 웃어 보이며 가지고 갔던 것이다. 이튿날 아침 일찍 한 아름다운 아가씨와 얼굴을 완전히 감싼 사나이가 철도 회사에서 특별히 마련한 열차에 올라 누구에게도 방해받지 않고 이 위험한 고장을 급히 떠나갔다.

그것이 에티에게도 그 연인에게도 공포의 골짜기와 마지막 작별이었다. 열흘 뒤 그들은 제이콥 새프터 노인을 입회인으로 하여 시카고에서 결혼했다.

천주단의 재판은, 그들 잔당에 의해 법의 옹호자가 위협받아서는 안 된다는 생각에 멀리 떨어진 곳에서 행해졌다. 그들은 최후 발악을 했으나 헛일이었다. 지부의 자금——지방 일대에서 공갈에 의해서 짜낸 돈이지만——을 물쓰듯하며 구해 보려고 했지만 효과가 없었다. 그들의 생활이며 조직이며 범죄 등, 온갖 세밀한 점까지 알고 있는 사람의 이성적이고도 명확한 진술은 변호인들의 온갖 책략으로도 뒤집을 수가 없었던 것이다. 오랜 시간 뒤 마침내 그들은 자취도 없이 사라지고 말았다. 골짜기에서는 어두운 구름이 영원히 걷혔다. 매긴티는 마지막 순간이 되자 소리내어 울면서 교수대에서 형을 받았다. 여덟 명의 열성적인 부하도 운명을 같이했다. 50명도 넘는 사람들이 길고 짧은 갖가지 징역을 선고받았다. 버디 에드워즈의 일은 이리하여 일단락되었다.

그러나 그가 예상하고 있었듯이 승부는 아직 끝나지 않았다. 또 한 번 승부는 계속되고, 다시 또 한 번, 그리고 또 한 번 하며 계속되는 것이었다. 예를 들어 테드 볼드윈이 교수형에서 벗어났다. 윌러비 형제도 그렇고, 그밖에도 당의 흉포한 몇 명이 벗어났다. 10년 동안 그들은 세상과 격리되어 있었지만, 이윽고 다시금 자유롭게 활보할 수 있는 날이 왔다. 상대를 잘 알고 있는 에드워즈가 평화로운 생활도 이로서 끝이라고 생각한 날이 온 것이다. 그들은 에드워즈를 죽여 동지들의 복수를 하겠다고 굳게 맹세했다. 그리고 그 맹세를 지키기 위해 노력을 아끼지 않았다. 그는 시카고에서 쫓겨나듯이 도망쳤는데, 그것은 두 번이나 습격을 받아 아슬아슬하게 위험을 피했으나 세 번째는 이제 헛일이라고 확신했기 때문이었다. 시카고에서 적당히 구실을 붙여 캘리포니아로 갔다. 거기서 에티와 사별했을 때는 잠시 생명의 불길이 꺼진 듯 싶었다. 그 후 또다시 그는 죽음을 당할 뻔했기 때문에 이름을 더글러스라고 바꾸고는 미개의 협곡에서 일을 하여 거기서 한 재산 쌓아올렸다. 그러나 끝내는 악당들이 냄새를 맡았다. 경고를 받고 그는 영국으로——꼭 한 발 앞서——달아났다. 그리하여 재혼해서 훌륭한 아내를 얻고, 서섹스의 시골 신사로서 평화로운 5년——그 마지막에는 이미 우리들이 알고 있는 것과 같은 기괴한 사건이 일어났지만——을 보내는 존 더글러스가 등장한 것이다.

에필로그

  경찰의 재판 수속이 끝나고 존 더글러스 사건은 상급 재판소로 돌려졌다. 거기서 순회 재판을 받았는데, 정당방위로 인정받아 석방되었다.

  "어떤 일이 있어도 주인어른을 영국 밖으로 보내셔야 합니다" 하고 홈즈는 부인에게 편지를 써서 보냈다. "지금까지는 용케 위험을 피해 왔지만, 이곳에는 더 무서운 세력이 숨어 있습니다. 영국에 있는 한 주인께서는 안전할 수가 없습니다."

  그로부터 2개월쯤 지나서 이 사건도 어느 정도 잊혀져 가고 있었다. 그러던 어느 날 아침, 우편함에 수수께끼 같은 편지가 들어 있었다. '아, 홈즈씨! 아!'라고 그 기묘한 편지에는 씌어 있었다. 받는 이의 이름도 보낸이의 이름도 없었다. 나는 그 이상한 편지를 일소에 붙였으나, 홈즈는 전에 없이 진지한 얼굴을 했다.

  "악마의 짓이네, 왓슨!" 하고 말하며 그는 오랫동안 눈썹을 찌푸리고 앉아 있었다.

  그날밤 늦게 하숙집 주인 허드슨 부인이 들어와서, 한 신사가 아주 중대한 용건으로 홈즈에게 면회를 청한다고 알렸다. 그리고 그녀의 바로 뒤에 들어온 것은 해자를 둘러싼 벌스톤 저택의 친구 세실 바커였다. 그의 얼굴은 긴장되고 여위어 있었다.

"나쁜 소식이 있었습니다. 무서운 소식입니다, 홈즈 씨" 하고 그는 말했다.

"나도 그것을 두려워하고 있었습니다" 하고 홈즈는 말했다.

"해저(海底) 전신을 받으신 건 아니겠지요?"

"전신을 받은 사람이 내게 편지해 주었습니다."

"더글러스가 죽었습니다. 사람들은 에드워즈라고 부르지만, 내게 있어서는 언제나 베니트 협곡의 존 더글러스입니다. 전에도 이야기 했습니다만, 그들 부부는 함께 3주일 전에 팔마일러 호를 타고 남 아프리카로 떠났습니다."

"그랬었지요."

"배는 어젯밤 케이프타운에 닿았습니다. 그런데 오늘 아침 더글러스 부인으로부터 이 해저 전신을 받은 겁니다 '세인트 헬레나 바다 에서 존은 강한 바람 때문에 바닷속에 떨어졌다. 그때의 상황은 아 무도 모른다'라고 말입니다."

"아! 그렇게 말해 왔습니까?" 하고 홈즈는 깊이 생각하며 말했다. "음, 확실히 멋있는 연출이로군."

"단순한 사고가 아니란 말씀입니까?"

"절대로 사고는 아닙니다."

"피살된 겁니까?"

"틀림없습니다."

"나도 그렇게 생각합니다. 저 얄미운 천주단이, 복수심에 불타는 악인들이……."

"아니, 그렇지는 않습니다" 하고 홈즈가 말했다. "이 일에는 거물이 손을 대고 있습니다. 총신을 자른 엽총이나 서투른 6연발총 따위는 아닙니다. 필적을 보면 명필임을 알 수 있습니다. 한 번만 보아도 나는 모리아티인 것을 알겠습니다. 이 범죄는 런던에 있는 사람이 저지른 것으로 미국에서 온 사람은 아닙니다."

"그러나 어떤 근거로 그렇게 말씀하시지요?"

"왜냐하면 결코 실패하는 일이 없는 사람, 하면 무엇이든 반드시 잘되기 때문에 다시없는 지위를 차지한 사람, 그 사람의 손을 빌렸다는 사실이 있기 때문입니다. 위대한 두뇌와 대규모 조직을 가지고 한 사나이의 암살을 꾀한 겁니다. 망치로 호도를 깨는 것과 같은 거지요, 터무니없는 정력의 낭비지만……그래도 호도는 보기 좋게 벌어집니다."

"어떻게 해서 그런 사람이 이 문제와 관계를 갖게 되었을까요?"

"나로서 말할 수 있는 것은, 다만 이 사건에 대해서 그자의 부하에게 처음으로 소식을 받았다는 사실뿐입니다. 이 미국인들은 현명합니다. 영국에서 일을 하지 않으면 안 되었기 때문에, 어느 나라의 범죄자나 다 그렇듯이 이 위대한 범죄 고문에게 협력을 구한 겁니다. 그때부터 그들이 노린 사나이의 운명이 정해졌던 겁니다. 우선 이 고문은 희생자를 찾아내기 위해 조직의 힘을 동원하는 것만으로 만족했겠지요, 그리고 나서 문제를 어떻게 취급하는가를 지시합니다. 마지막에 신문 보도로 암살자가 실패한 것을 알자 자신이 나서서 솜씨를 발휘한 겁니다. 내가 벌스톤 저택에서 더글러스 부부에게 지금까지보다 더 큰 위험이 기다린다고 경고한 말을 들었겠지요? 말한 그대로가 아닙니까?"

바커는 풀 길 없는 분노로 주먹을 불끈 쥐어 자기 머리를 쳤다.

"이런 일을 당하고도 가만히 있지 않으면 안 된다는 말입니까! 그 악의 왕에게 보복의 화살을 안겨 줄 사람은 아무도 없다는 말입니까?"

"아니, 그렇게 말할 수는 없지요."

홈즈의 눈은 멀리 앞날을 내다보고 있는 것 같았다.

"아무도 이길 수 없다고는 말하지 않았습니다. 그러나 시간을 벌지 않으면 안 됩니다. 시간을 벌지 않으면……."

우리들은 잠시 말없이 앉아 있었지만, 운명에 도전하는 홈즈의 두 눈은 암흑의 장막을 꿰뚫으려는 듯이 엄숙하게 응시를 계속하고 있었다.

인생의 즐거움을 주는 홈즈

소설 장르 중에서 미스터리소설 분야의 역사는 매우 짧다. 본격적 의미에 있어서의 미스터리소설의 등장은 일반적으로 1841년 에드거 앨런 포의 《모르그 거리의 살인》을 그 기점으로 잡는다. 이 경우 '본격적'이란 말은 과학적이란 말과 직결되는 것으로 예컨대 우연성의 제거, 비상식성의 탈피, 논리 비약의 척결 등을 뜻하는 것이다.

이런 의미에서 현대의 미스터리소설은 법제도의 변천 발달과 밀접한 관계를 갖고 있다. 법에 의한 체포, 법에 의한 신문, 증거물의 법적 타당성, 법에 의한 수사 등, 법적 당위성을 추출해 내지 못하면 심증만으로의 범인에 대해서 아무런 제약을 가할 수가 없는 것이다. 그런데 법이란 설령 그것이 악법이든 선량한 법이든 항상 최고의 논리성 밑에 제정되는 것이며 따라서 최고의 논리성을 요구하는 것이다. 법의 논리란 곧 합리성을 말하는 것이고 합리성이란 바로 과학적이란 말과 동의어이다.

형사사건에 있어서 범인을 확증하는 데도 이것은 마찬가지다. 즉 논리적, 객관적인 증거의 확보가 필요하다는 것이다.

에드거 앨런 포는 이런 뜻에서 참으로 천재적인 작가였다. 미스터리소설이라고 할 수 있는 작품은 《모르그 거리의 살인》《마리 로제의 수수께끼》《도둑맞은 편지》 등 다섯 편 정도에 불과하지만 그 길지 않은 다섯 편의 소설 속에 뒷날의 미스터리소설의 전형이 될 트릭과 플롯이 모두 구비되어 있었다. 그러나 포의 등장에도 불구하고 미스터리소설이 하나의 독립된 소설 분야로 완전히 정립하기까지는 그 뒤로도 약 50년의 세월이 필요했다. 그 정립자가 코난 도일(Sir Athtur Conan Doyle)이었다.

물론 이 동안에도 미스터리소설적인 문학이 전혀 없었던 것은 아니다. 찰스 디킨즈가 1841년 발표한 《버너머 래지》, 1인 2역의 단순한 트릭 밑에 제작된 《피해자는 범인》, 그리고 1852년의 《쓸쓸한 집》 등이 그것이다. 특히 《쓸쓸한 집》에서는 범죄 전문 형사인 베케트 경감을 등장시켜 본격적인 추리의 편린을 보여 주었다. 1859년에 발표된 디킨즈의 《쫓김을 당하며》는 뒷날 엘러리 퀸에 의해 본격 미스터리소설의 수작으로 극찬되기도 했다. 디킨즈의 친구 윌키 콜린즈의 《흰 옷의 여자(1860년)》《월장석(1868년)》, 프랑스 에밀 가보리오의 《루콕 탐정(1866년)》, 오스트레일리아 피어거스 흄의 《이륜마차의 수수께끼》 등도 이 시기에 발표된 역작들이다. 이 작품들은 당시 사람들에게 매우 애독된 것들인데, 그러나 아직 독자적인 분야를 확립할 만한 독창성을 가질 정도는 되지 못했다.

코난 도일의 셜록 홈즈가 등장한 것은 1887년이었다. 도일은 그때까지 모험, 괴기, 역사 등을 주제로 한 작품을 썼는데 그 반응은 아주 미미한 것이었다. 그래서 일찍부터 포나 가보리오, 콜린즈 등에 주목하고 있던 도일은 미스터리소설 집필을 결심, 1886년 홈즈 시리즈 첫 번째 작품인 《주홍색 연구》를 완성했다. 그러나 출판사측의 거절로 이 작품이 빛을 보게 된 것은 이듬해 12월 〈비튼〉지에 의해서였다. 그나마 그 반향마저 전무한 상태였다. 오늘날엔 거의 잊혀져 버린 흄의 《이륜마차의 수수께끼》가 당시 독자들의 폭풍 같은 환영 속에 읽혀졌다는 것을 생각하면 도일의 첫 출발은 불운한 것이었다고 밖에 말할 수 없다.

그러나 희망이 완전히 끊어진 것은 아니었다. 미국의 〈리핑코트〉지가 《주홍색 연구》에 주목하여 새로운 홈즈 신작을 의뢰해 온 것이다. 이에 힘을 얻어 도일은 장편 《네 사람의 서명》을 1890년 〈리핑코트〉지 2월호에 발표했다. 이를 계기로 그는 역사소설 《화이트 컴퍼니》를 비롯한 상당수 작품을 발표하기 시작하고 1891년 〈스틀랜드〉지를 통해 홈즈 시리즈 단편들을 연재하기 시작했다.

셜록 홈즈의 본격적인 등장은 이때부터라고 보아도 무방할 것이다. 한 달에 한 편씩 1년 간 연재된 이 단편 시리즈는 폭발적인 반응을 불러일으켜 〈스틀랜드〉지의 판매 부수를 몇 갑절로 뛰어오르게 하는 한편 도일의 원고료도 대폭 인상되게 되었다.

이 〈스틀랜드〉지에 게재된 12편의 단편은 뒤이어 《셜록 홈즈의 모험(Adventures of Sherlock Holmes)》이란 단편집으로 출판되었다.

이 한 권의 단편집으로 도일의 작가적 위치는 확고히 확립되었고 '셜록 홈즈'란 불멸의 인물이 탄생되었다. 흔히 탐정은 셜록 홈즈 형(型)과 아르센 뤼빵 형 두 가지로 구분된다. 뤼빵이 몸으로 사건을 파헤치는 행동적 디텍티브라면 홈즈는 철저한 수리적 사고가, 그야말로 눈빛이 종이를 뚫을 정도의 예리한 논리형이다. 그는 모험심과 신사도를 겸비한 전형적 영국 신사로 보통 사람에서 일탈한 특이한 점이라곤 하나도 없다. 바로 이 점이 또 하나 독자들을 매료한 포인트가 되었다.

홈즈의 등장을 기폭제로 유럽 각국에서는 숱한 미스터리소설이 쏟아져 나와 그야말로 미스터리소설의 황금 시대를 이룩하게 되는데 홈즈의 명철한 추리와 중후한 매너는 그 뒤 모든 명탐정(물론 소설 속의)들에게 영향을 끼쳐 많은 아류를 낳게 된다.

도일은 의학도 시절의 은사 조셉 벨 박사를 홈즈의 모델로 삼았다고 하지만 기실 홈즈가 포의 명탐정 오귀스뜨 뒤팡의 부활이라는 것은 의심할 여지가 없다.

《주홍색 연구》의 첫머리에 이런 장면이 나온다. 왓슨을 처음으로 만난 홈즈가 "당신은 아프가니스탄엘 갔다 왔군요" 하고 말하자 왓슨이 "당신, 정말 마치 뒤팡 탐정 같군요" 하고 깜짝 놀라 그 이유를 말해 보라고 한다. "당신은 칭찬의 말로 그랬을 테지만 뒤팡 정도는 문제가 되지 않습니다. 15분 간이나 잠자코 있다가 친구가 생각한 것을 알아내다니, 이것은 뻔한 얕은 추리죠. 분석의 재능은 꽤 있었지만 포가 생각했던 만큼의 비범한 인물은 아닙니다."

여기서 말한 뒤팡의 얘기는 《모르그 거리의 살인》에서 내레이터인 '나'와 묵묵히 밤길을 걷고 있던 뒤팡이 별안간 상대의 생각을 알아차리고 '나'를 놀라게 한 부분이다.

이미 독자들도 알아차렸겠지만 이 인용에서 금방 알 수 있는 것은 홈즈와 뒤팡의 비슷한 점이다. 뒤팡이 '나'를 놀라게 했던 것처럼 홈즈는 왓슨을 놀라게 한다. 왓슨의 말대로 홈즈는 그야말로 '정말 뒤팡 탐정 같은' 인물인 것이다.

그러나 '속이 뻔한 얕은 추리'라는 홈즈의 말은 도일의 포에 대한 역설적 경외와 애착의 표현이라고 보아야 할 것이다. 아무튼 이것만 보아도 도일이 홈즈에게 쏟은 애정이 어느 정도였나 금방 이해가 갈 것이다.

홈즈 탐정을 읽은 독자라면 누구라도 깨닫게 되는 일로 그 도입부의 당돌할 정도의 패턴이 자주 눈에 띈다. 그는 사건의 의뢰인이 찾아오면 말하기도 전에 이미 상대방의 직업, 경력, 어디에서 어떻게 왔는가 등을 한눈에 알아맞춘다. 이 홈즈의 귀신 같은 관찰은 그대로 홈즈 이야기의 한 패턴이 되어 있다.

사건이 일어난다. 홈즈와 왓슨, 혹은 제삼자가 사건 현장으로 달려간다. 그러나 아무도 사건의 윤곽을 파악하지 못한다. 홈즈도 마찬가지다. 그러나 그는 항상 육감적인 어떤 예감을 느낀다. 그 예감을 쫓아 홈즈는 범인을 체포한다. 그러나 다른 사람들은 홈즈의 설명을 듣기까지는 납득이 가지 않는다.

홈즈 이야기에는 으레 왓슨 같은 보조 인물이 등장한다. 이 보조 인물의 관점에서 독자를 끌어들여 그와 더불어 홈즈의 활약을 뒤쫓게 하는 게 또한 이 소설에서 항상 쓰는 구성 패턴이다. 독자는 독자 마음대로 놀라고 감탄하고 분석하고 추적하여 제나름대로의 추리를 전개해 나간다. 도일은 그렇게 하여 독자에게 관찰과 분석에 의한 추리의 재미를 일깨워 주었다.

도일의 또 하나의 성공 요인은 작품의 단편화였다. 한 사건에 자질구레한 군더더기들을 붙여 한없이 복잡하게 만들지 않고 정말로 필요한, 즉 작품 전체의 주제를 향한 집약적인 구성으로 사건을 마무리지어 나간다는 것이다.

《바스커빌의 개》는 1901년 도일이 보어 전쟁에 참가했다 돌아와 건강을 회복하기 위해 노포크 주 크로마 온천장에 머물렀을 때 들은 이야기를 소설화한 작품이다.

대개의 미스터리소설이 그렇듯 도일의 셜록 홈즈 시리즈도 철저히 도시적(urbanity)이라는 것이다. 도시란 자못 지식의 집합장, 그 활용장이기 때문에 고도의 트릭을 요하는 미스터리소설에 있어 불가불 배경이 될 수밖에 없을 것이다. 따라서 그 작가 역시 도시인, 철저한 도시인이 아니어서는 충분한 구성이 불가능하다. 이 점은 우리가 잘 알고 있는 포나 모리스 르블랑, 현대에 와서 반 다인, 애거서 크리스티, 앨러리 퀸 등 전반적 미스터리작가에 일치하는 것이다.

코난 도일 또한 예외는 아니다. 그는 1859년 영국 에든버러에서 태어났다. 의과대학을 졸업하자 개업의의 조수 노릇을 하기도 하고 북극과 아프리카 등지를 항해한 일도 있었다. 그 뒤 의학박사 학위를 받아 한때 개업의로 종사하기도 했으나 창작에 더 깊은 매력을 느껴 20세 무렵부터 소설에 전념하기 시작했다.

말하자면 그는 현대 산업사회의 다양한 공기를 골고루 호흡할 수 있었던 전형적 도시인이었다.

그는 친구 프레서 로빈슨으로부터 다트무어에 전해 내려오는 이상한 개의 이야기를 듣자마자 로빈슨과 함께 다트무어의 고원지대를 답사하여 《바스커빌의 개》 집필에 착수했다. 그곳을 답사할 때 겪은 경험은 이 작품 속에 잘 나타나 있다.

포도 그랬지만 도일도 미스터리소설 속에 공포를 삽입하고 있다. 이것은 당시의 미스터리소설에서는 거의 공통적인 속성으로 발견되는 점이다. 《바스커빌의 개》 속에 연출된 공포의 그림자 역시 독특한 맛을 지니고 있다. 깎아 지른 암벽 위에 달을 등지고 우뚝 나타난 괴인의 그림자와 같은 홈즈의 모습, 탈옥수 셀던의 시체 옆에서 미친 듯이 웃어대는 홈즈, 어둠 속을 다가오는 스테이플튼의 담뱃불, 집사 바리모어의 한밤중의 행동 등, 전편을 타고 흐르는 기괴함은 가히 홈즈 시리즈 중에서도 이색적인 작품이라 할 수 있다.

코난 도일의 네 번째 장편 《공포의 골짜기》는 1914년 9월부터 다음해 5월에 걸쳐 〈스틀랜드〉지에 연재되었다. 제3단편집 《셜록 홈즈의 귀환》과 제4단편집 《셜록 홈즈의 최후 인사》에 수록된 여러 단편들 중간에 씌어진 것이다.

홈즈의 종횡무진한 추리 능력을 계속적으로 표현하기에 한계를 느낀 도일은, 악(惡)의 세계에서 홈즈에 필적할 만한 모리아티 교수를 창조했다. 이른바 제2단편집 《셜록 홈즈의 회상》에 실린 〈최후의 사건〉에서 얼굴을 내민 모리아티 교수가 이 장면에서도 암흑가의 배후로서 존재한다. 이 교수의 한패 중 하나가 홈즈에게로 비밀히 정보를 보내오는데, 경고가 사실이 되어 살인이 일어난다. 시체의 팔에서 낙인으로 여겨지는 마크가 발견되었다. 그리하여 홈즈의 끝없는 탐구가 계속되어서 뜻밖의 진상에 이르는데, 언제나와 마찬가지로 제2부가 덧붙여져 있다. 그러나 이 제2부는 천주단(天誅團)이라고 불리는 비밀 결사가 암약하는 공포의 골짜기를 무대로 제1부 사건의 동기를 이야기하면서 독립된 미스터리소설을 이루고 있다. 이 둘이 서로 이어져 있으면서도 저마다 다른 하나의 독립된 고리인 것이다.

이러한 구성이 장편으로서 성공하고 있는지는 의문이지만, 적어도 이 제2부는 그 나름대로 충분한 수수께끼와 의외성을 지니고 있다. 도일의 장편으로는 《바스커빌의 개》가 가장 호평을 받고 있지만, 딕슨 카는 《공포의 골짜기》를 베스트 텐의 첫머리에 들고 있으며, 이에 동조하는 사람이 적지 않다.

도일이 이 작품을 쓰던 중인 1914년에 제1차 세계 대전이 일어났다. 그는 정부의 명령으로 프랑스 및 이탈리아 전선을 순시하고, 그곳 영국 부대에 대한 보고서를 썼다. 그는 이 전쟁에서 아들 킹슬리가 부상을 입고 폐렴으로 숨을 거둔 뒤로 심령학 연구에 몰두하게 되었다. 그리하여 1915년에 이 방면의 저작을 처음 간행하고부터 세상을 떠날 때까지 약 10권을 완성시켰다. 또한 강연 등에서 홍보에 힘써, 그의 연구는 올리버 로저의 것들과 나란히 언급될 정도였다.

《공포의 골짜기》 뒤로 독자의 열렬한 성원에 답하여 도일은 홈즈 이야기를 끊임없이 발표했다. 그것들은 7년에 걸쳐 발표한 12편으로, 《셜록 홈즈의 사건집》에 수록되었다.